ALLÍ DONDE NACE EL DÍA

ALLÍ DONDE NACE EL DÍA

SARAH LARK

Traducción de Susana Andrés

Papel certificado por el Forest Stewardship Council®

Título original: *Wo Der Tag Beginnt*

Primera edición: abril de 2021

© 2019, Bastei Lübbe AG
Publicado por acuerdo con Ute Körner Literary Agent, S. L., Barcelona - www.uklitag.com
© 2021, Penguin Random House Grupo Editorial, S. A. U., Travessera de Gràcia, 47-49. 08021 Barcelona
© 2021, Susana Andrés Font, por la traducción

Printed in Spain – Impreso en España

ISBN: 978-84-666-6923-8
Depósito legal: B-795-2021

Compuesto en Comptex&Ass., S. L.
Impreso en Liberdúplex
Sant Llorenç d'Hortons

BS 6 9 2 3 8

El secreto de los árboles kopi

*Wellington, Isla Norte de Nueva Zelanda
Isla Chatham*

El presente

Prólogo

—¡Oh, gracias, muchas gracias! —Sophie empezó a bailar por la habitación con el resultado del análisis genético que acababa de entregarle su amiga Jenna—. ¡Ni te imaginas lo aliviada y contenta que me siento!

Jenna se echó a reír.

—Entonces ya podéis fijar la fecha de la boda —observó al tiempo que se sentaba en la silla del escritorio de Sophie.

El despacho de su amiga, en la Universidad Victoria de Wellington, era diminuto. En él no cabía mucho más que un escritorio para el ordenador y dos sillas. Pese a ello, Sophie lo había decorado de forma muy original. De las paredes colgaban unas impactantes reproducciones de pinturas rupestres de todo el mundo realizadas miles y miles de años atrás: caballos al galope, rebaños de bisontes que huían de depredadores o de cazadores, huellas de manos y enigmáticos símbolos. Sophie se ocupaba de descifrar el lenguaje de esas imágenes. Era especialista en arte rupestre y había escrito la tesis doctoral sobre los dibujos de las cuevas de Carnarvon, en Australia. Desde entonces trabajaba en la universidad tanto de docente como de investigadora.

—Bueno, casarnos nos habríamos casado igualmente

—contestó casi un poco ofendida, echándose hacia atrás el largo y moreno cabello. En realidad solía recogérselo en la nuca cuando trabajaba, pero la cinta con que lo llevaba atado se le había soltado mientras ejecutaba esa alocada y alegre danza—. Eso estaba claro. Ahora bien, quizá no nos habríamos atrevido a tener hijos...

—También podríais haberos hecho el análisis sin mi ayuda —opinó Jenna—. Es posible que lo hubiese pagado el seguro. A fin de cuentas, en las dos familias se dan casos de la enfermedad...

Hacía medio año que Sophie había conocido a su novio Norman y ambos se habían enamorado, prácticamente, a primera vista. Y eso que no parecían tener mucho en común: ella era una científica objetiva y él, un diseñador de páginas web en una empresa para la que creaba efectos cinematográficos especiales, extraterrestres y seres fabulosos. Probablemente no se habrían conocido nunca si la compañía de Norman no hubiera valorado tanto la credibilidad de sus mundos fantásticos. Habían contratado a Sophie como asesora para la construcción de una caverna de la Edad de Piedra. Norman la había conducido por el paisaje montañoso virtual y se había reído de ella cuando Sophie le había aleccionado con todo detalle porque era obvio que en la montaña, a tanta profundidad, las condiciones luminosas y las estructuras pétreas tenían que ser totalmente distintas a las de su película.

—Esto es Exanaplanatooch, un planeta con apenas un lejano parecido con la Tierra —le había contado con despreocupación—. Pero bien, si te empeñas, colocaremos un par de luciérnagas como en las cuevas de Waitomo, así podrán iluminar el conjunto. ¡A lo mejor hasta muerden! Lo que tal vez estimule la fantasía de los redactores...

Sophie también se había reído de la ocurrencia y había encontrado tan irresistibles las rastas rubias de Norman como sus verdes y resplandecientes ojos y su rostro, que siempre parecía un poco arrugado, como si acabara de salir de la cama.

Enseguida se volvieron inseparables. Su felicidad solo se había visto ligeramente enturbiada cuando las dos familias se conocieron: en ambas habían aparecido casos de mucoviscidosis en los últimos decenios. De ahí la posibilidad de que tanto Sophie como Norman presentaran el defecto genético que provocaba esa enfermedad hereditaria. Por lo que el riesgo de tener hijos juntos era grande.

Norman se lo había tomado con calma. En un principio había rechazado la idea de hacerse análisis genéticos y que surgieran otras complicaciones con la convivencia. Sophie, sin embargo, no estaba tranquila y al final se había sincerado con Jenna.

—Venga, Sophie, si solo se trata de esto... —había dicho su amiga—. Ya sabes que cada semana envío al laboratorio material genético de descendientes de los moriori para ese gran estudio. Nadie se dará cuenta si mandamos analizar una o dos pruebas más.

Jenna era antropóloga forense y en la actualidad se ocupaba del estudio de la herencia genética y el origen de un pueblo casi extinto. Hasta principios del siglo XIX, los moriori habían vivido en las islas Chatham, aislados del mundo y generando una cultura única. Posteriormente, como consecuencia de una invasión maorí, casi habían sido exterminados, pero en la actualidad se había vuelto a despertar un gran interés general por su origen y sus costumbres. En especial, los descendientes de los mismos moriori estaban interesados en reunir la mayor documentación posible, incluyendo un inventario del material genético existente.

Así pues, Sophie había cogido con un poco de mala conciencia un pelo del cepillo de Norman y se había hecho un análisis de sangre. Ese día le habían dado el resultado: ni ella ni Norman eran portadores del funesto gen.

—En cualquier caso, estoy supercontenta de saberlo —repitió Sophie—. Ahora mismo en lugar de no se sabe cuándo. Y salvo esto, no han encontrado nada más, ¿verdad? —De nuevo dirigió a su amiga una mirada angustiada. Bien pensado era un poco raro que Jenna le hubiera comunicado en persona el resultado. Habría sido más rápido por teléfono, sobre todo teniendo en cuenta que su despacho se encontraba en una zona totalmente distinta de la universidad—. ¿Somos... bueno... desde todos los puntos de vista... compatibles?

Jenna volvió a reír.

—Si quieres decirlo así —ironizó—. A ver, médicamente no hay ningún obstáculo para que os caséis. Yo más bien me preocuparía por el hecho de que Norman siempre esté un poco en las nubes. Pero, en fin, a lo mejor funciona... —Hizo una pequeña pausa. Juagueteó con un bolígrafo de colores con la forma de los enanos que, en el último proyecto cinematográfico de Norman, vivían en las cuevas de Exanaplanatooch—. Tal vez no has descubierto todavía tu propia espiritualidad...

—¿Qué quieres decir? —Sophie se sentó frente a ella—. ¿Por qué debería empezar a ver espíritus de repente? Claro que a veces el interior de las cavernas es un poco espectral, pero...

Jenna se mordió el labio.

—Lo pensaba por tu origen... —musitó enderezándose—. Sophie, hay... hay algo más que debo comunicarte. Ya sabes que he enviado las pruebas de ADN para un estudio sobre los moriori. La ayudante del laboratorio me ha hecho como un favor el análisis genético relacionado con las enfermedades hereditarias. Pero también ha comprobado si tal vez alguno de vosotros dos descendía de los moriori. Y... en tu caso ha resultado que sí.

Sophie frunció el ceño.

—Es imposible —objetó—. Mi familia viene de Australia y tiene raíces irlandesas... No lo sé exactamente porque nunca nos interesó nuestra genealogía. Pero mi abuela era el prototipo de la «rosa inglesa»: de un rubio rojizo, ojos azules...

—Tú, por el contrario, eres morena —señaló Jenna.

Sophie se levantó y se miró en el espejo que entre los dibujos rupestres se veía un poco fuera de lugar. Examinó su tez relativamente oscura, en efecto, y el pelo negro, pero fue incapaz de reconocer en sus rasgos proporcionados nada que señalase que perteneciese a otra etnia que no fuese la europea.

—Pero tengo los ojos azules... —Dibujó una sonrisa torcida—. Y el gen de la mucoviscidosis solo se da entre europeos...

—¿Y esto qué es? —preguntó Jenna señalando una pequeña obra de arte sobre el escritorio de Sophie. No se trataba de una reproducción como en los pósteres de las paredes, sino del dibujo a lápiz de una joven de descendencia sin duda polinesia—. Una vez dijiste que era una reliquia familiar.

Sophie asintió pensativa.

—Sí —dijo—. Lo encontré. En una carpeta con dibujos exclusivamente naturalistas. Mi tatarabuelo viajó con Ludwig Leichhardt. El resto de los dibujos está dedicado a la flora y la fauna australiana.

—Esa chica seguro que no era aborigen —observó Jenna—. ¿No podría ser esa la relación?

Sophie se encogió de hombros.

—No lo sé. En el fondo da igual que tenga cierta herencia genética de los moriori. Es posible y no es nada malo.

Jenna negó con la cabeza.

—Al contrario. Es algo especial. Te hace parte de un pueblo extraordinario. Y... y he pensado... Que podrías hacerme un favor...

—¿A las islas Chatham? ¿Una expedición? —Norman jugueteaba con su copa de champán. Esa noche su novia le había dado un par de noticias difíciles de digerir. Lo del test genético secreto, que ya era fuerte de por sí. Aunque, por otra parte, si él hubiera sabido lo mucho que ese tema preocupaba a Sophie, se habría hecho voluntariamente el test, por supuesto. A veces le desconcertaba que fuera tan reservada. Él era una persona que expresaba sus emociones y no se tomaba muy en serio las dificultades de la vida. No siempre entendía la tendencia de Sophie a darle vueltas a las cosas y a veces hasta le daba pena que ella se obsesionase tanto por algo. Tampoco se enfadó en ese momento, sino que decidió compartir su alegría con ella por el resultado y abrir una botella de champán. Cuando su novia le habló de su ascendencia moriori, respondió con serenidad—. Así no nos extrañaremos si alguno de nuestros hijos tiene un aspecto algo exótico —dijo sonriendo—. Una pequeña beldad de los Mares del Sur o un joven parecido a Bob Marley.

—A ver, raíces caribeñas, no tengo —protestó Sophie—. Los moriori provenían en su origen de Hawaiki, como los maoríes, pero luego se instalaron en las islas Chatham...

—¿Dónde están exactamente?

Sophie reflexionó unos segundos.

—En el Pacífico Sur. A unos ochocientos kilómetros al sudeste de aquí. Se encuentran un poco apartadas, pero pertenecen a Nueva Zelanda. Y... creo que pronto las conoceré. —Poco después reveló la tercera noticia de la noche: iba a unirse a una expedición de la universidad en las islas Chatham—. Los moriori son famosos por el llamado *Tree Carving*. Tallaban imágenes y símbolos en la corteza de los árboles. Hay además unas pinturas rupestres en un lugar conocido como Nunuku's Cave, en la laguna Te Whanga —informó Sophie—. En cualquier caso, Jenna precisaría de una experta en arte rupestre y, para ser sincera, a mí me interesa el tema. Los moriori vivieron siglos en esas islas. ¿Pero alguna vez oíste hablar de ellos? Y, sin embargo, desarrollaron una cultura muy especial. Eran muy pacíficos y eso les valió que casi los exterminaran. Sea como fuere, allí hay un montón de cosas por redescubrir y conservar. Por ejemplo, el tema de los árboles, nadie sabe por qué grababan esos signos en ellos. Son únicos, al igual que las pinturas de las cavernas. Los petroglifos, esos dibujos grabados sobre piedras, las imágenes de pájaros, los relieves... no se encuentran en ningún lugar salvo en la Polinesia...

—¡De acuerdo, de acuerdo! —Norman levantó las manos interrumpiéndola sonriente—. Tampoco quería saberlo con tanto detalle. Ya veo que estás decidida. ¿Cuánto tiempo estarás de viaje? ¿Para cuándo está programado?

Sophie se mordisqueó el labio inferior. Ahora empezaba la parte difícil de la historia.

—En... en enero —confesó—. Porque es... es cuando hace mejor tiempo en las Chatham, simplemente. De lo contrario hace mucho frío, ¿sabes...?

Norman arrugó la frente.

—¿Te acuerdas de que me pedí las vacaciones para enero? —preguntó—. ¿Y que queríamos ir a Australia? ¿A bucear?

Ya hacía tiempo que Norman tenía su certificado de buceo y Sophie había planeado adquirirlo en las vacaciones y marcharse con él a explorar la Gran Barrera de Coral.

Ella asintió con sentimiento de culpabilidad.

—No puedo elegir —respondió—. Los plazos son fijos. Y Jenna... no podía negarme después del asunto de la prueba.

Norman suspiró.

—Está bien —concluyó—. Pues ahora tienes... —Consultó el reloj—. Tres minutos exactamente para convencerme de los atractivos turísticos de las islas Chatham. ¿Por qué debería pasar allí mis vacaciones en lugar de tomar el sol australiano y disfrutar de la zona de inmersión más bella del mundo todavía existente?

Sophie resplandeció.

—¿Me acompañarías? —preguntó.

—El tiempo corre —fue su única contestación.

Sophie pensó unos segundos.

—Bueno, el paisaje... es bastante virgen...

—Es decir, nada de hoteles de cuatro estrellas con bar en la playa —comentó Norman.

—Hay... hum... pájaros raros como la... paloma y la petroica de las Chatham... son especies en peligro de extinción.

—No son sabrosos platos de aves... —observó Norman.

—¡Pero hay dientes de tiburón petrificados! —intentó entusiasmarlo Sophie.

—Cada vez mejor —opinó Norman riendo sarcástico—. ¿Y qué decías respecto al clima? ¿La temperatura más alta en verano es de dieciocho grados?

Sophie se rascó la frente.

—De acuerdo, admito que las Chatham no resultan atractivas para el turista medio. Pero para ti, cariño mío... —sonrió— deberían ser irresistibles este enero en especial... —Hizo una pausa teatral antes de presentar su ultimátum—. ¡Pues es entonces cuando estaré allí!

Norman no dijo más. La estrechó entre sus brazos y la besó.

El vuelo desde Wellington, la capital de Nueva Zelanda, en el extremo meridional de la Isla Norte, hasta la isla Chatham, la principal del archipiélago, fue corto pero turbulento. Los tristemente célebres vientos del oeste, característicos de la región de las Chatham, hacían honor a su nombre. Jenna, a quien ya en general no le entusiasmaba viajar en avión, pasó todo el tiempo conteniendo las ganas de vomitar, mientras que Norman encontraba la mar de emocionante el continuo subir y bajar del pequeño avión. Los otros miembros de la expedición aguantaron estoicamente las turbulencias. Además de Jenna y Sophie, un lingüista y cinco estudiantes formaban el grupo de investigadores que iba a concentrarse de manera intensiva en la cultura moriori. Los últimos estudios se habían realizado en los años setenta. Sophie charlaba con una de las estudiantes, Kirsty, una chica rubia de Auckland. Era la única que ya había estado una vez en las Chatham.

—Con mi novio —explicó la joven—. Se dedica a los estudios de la paz y los conflictos y en la facultad colabora con el Hokotehi Moriori Trust. Juntos organizan seminarios y talleres en las instalaciones en donde vamos a hospedarnos. El Kopinga Marae dispone de una acogedora casa de huéspedes y está bien situado.

A esas alturas, Sophie ya sabía que el Hokotehi Moriori Trust representaba los intereses de los descendientes de los moriori. Había obtenido una compensación económica después de que el Tribunal de Waitangi reconociera por fin los derechos de los moriori sobre su legado. Parte del dinero se había invertido en la construcción de la casa de huéspedes, en salas de reunión y de seminarios y en un museo. Para los moriori constituía sobre todo un centro espiritual.

—¿Está lejos del aeropuerto? —preguntó Sophie. Después de ese agitado vuelo estaba hecha polvo.

Kirsty negó con la cabeza.

—Solo a unos minutos en coche. Nos vienen a recoger. En sí no hay grandes distancias en la isla Chatham. Apenas tiene novecientos kilómetros cuadrados y casi un tercio de ellos está ocupado por la laguna. En cualquier caso enseguida podremos descansar.

»Ustedes han alquilado habitaciones en el hotel, ¿no? Son supercómodas. La casa de asambleas es más... hum... rústica. Pero también bonita.

Kirsty parecía ser fácil de contentar. Pero Norman había reservado habitación para Sophie y él en el Henga Lodge, un hotel contiguo al Kopinga Marae que también estaba administrado por el Moriori Trust.

—A fin de cuentas, es aquí donde voy a pasar mis vacaciones —había dicho sonriendo. En el hotel no tenían que ocuparse ellos mismos de la habitación ni de las comidas como en la casa de huéspedes, que de buen grado acogía gratuitamente al equipo de la expedición.

El avión se acercaba ahora a la isla Chatham y Sophie distinguió unas playas rocosas y escarpadas, prados color verde pálido y unas colinas boscosas. Era una isla de colinas, no de montañas. En las planicies pastaban ovejas por todos sitios, como en Nueva Zelanda. Sophie sabía que habían importado estos animales a mediados del siglo XIX. Era un clima apropiado para la producción de lana. Hacía un tiempo frío e inhóspito y también llovía cuando por fin se detuvieron en la pista de aterrizaje del minúsculo aeropuerto Tuuta. Norman se sacudió una vez abajo mientras que Jenna tenía la impresión de que iba a besar el suelo. La delicada y rubia amiga de Sophie seguía blanca como la nieve.

—Yo a la vuelta cojo el transbordador —afirmó.

Sophie negó con la cabeza.

—Para cuando volvamos te habrás olvidado de las turbulencias —la consoló.

Era posible llegar por mar a las Chatham, pero la travesía era larga e incómoda y el oleaje seguramente también afectaría a los pasajeros.

Puesto que el archipiélago pertenecía a Nueva Zelanda no había ningún tipo de formalidades para entrar en él, y, de hecho, un microbús de la Hokotehi Moriori Trust ya estaba esperando a los investigadores. El conductor les dio la bienvenida a Rekohu, como los moriori llamaban a la mayor de las islas Chatham.

—Es el primer lugar del mundo en el que el hombre ve salir el sol —anunció orgulloso.

Norman miró sorprendido el cielo cubierto.

—¿En serio? —preguntó.

El simpático hombre se echó a reír.

—Si tomamos como referencia la línea internacional de cambio de fecha —explicó—. Las Chatham están a su lado. En este sentido, aquí empieza un nuevo día antes que en cualquier otro lugar del mundo. Algo sin importancia en la vida cotidiana, ¡pero celebramos la Nochevieja por todo lo alto!

En ese momento, Sophie se acordó de las bulliciosas fiestas de cambio de siglo. Entonces se pagaron sumas elevadísimas para poder ver la primera salida de sol del siglo XXI en esa inhóspita isla.

El conductor abrió a sus pasajeros las puertas del microbús y, en efecto, en tan solo diez minutos los llevó a su destino, a través de unas carreteras carentes de tránsito rumbo al oeste.

—Aquí no es que suceda gran cosa —observó el lingüista, Tonga, quien, como el conductor, era de origen maorí.

El joven se encogió de hombros.

—En las islas Chatham solo viven permanentemente unas seiscientas personas —sonrió—. Pocas veces tenemos problemas de atascos.

El Kopinga Marae estaba ubicado en un lugar muy bonito, en medio de un prado y no demasiado lejos de la playa. Estaba formado por un edificio grande y varios pequeños de color blanco, algunos con cubierta a dos aguas y otros con cubierta plana. El estilo arquitectónico tendía más a lo moderno que a lo tradicional. Era completamente diferente a las típicas casas maoríes de Nueva Zelanda. No había elaboradas tallas de madera ni tampoco enormes estatuas de divinidades. Solo una pequeña figura decoraba la cercha del tejado principal y, a diferencia de los *tiki* maoríes, no tenía nada de amenazadora.

Jenna y la mayoría de los otros miembros de la expedición se bajaron ahí; el amable conductor llevó a Norman y Sophie al hotel.

—También se puede ir a pie —les indicó—. Está solo a unos doscientos metros.

Sophie asintió y quedó con todos para celebrar una reunión preliminar a la mañana siguiente.

—Pero que no sea demasiado temprano —pidió Jenna—. He de recuperarme del vuelo. ¿Qué opináis? ¿A las once?

—Estupendo, así podremos ir antes a la playa —respondió con optimismo Norman.

El hotel estaba cerca del mar y decían que la playa era de arena. Aunque si continuaba lloviendo y soplando el viento, Sophie no tenía muchas ganas de pasear por ella.

Una joven los saludó en la recepción. Era muy guapa y con rasgos faciales típicos maoríes.

—¿Puedo preguntarle si es usted moriori o maorí? —preguntó Norman con una sonrisa amable—. ¿Se puede distinguir visualmente la diferencia?

La mujer contestó con naturalidad a la sonrisa.

—Yo me considero moriori —respondió dignamente—. Pero por desgracia ya no hay miembros de pura cepa en nuestra comunidad. El último, Tame Horomona Rehe, Tommy Solomon, murió en 1933. Se le hizo un monumento que se puede visitar, y también su tumba... Pero, de todos modos, no depende tanto de la ascendencia como de la actitud —señaló la joven. Según indicaba la placa que llevaba en la chaqueta, se llamaba Marara—. Tenemos nuestra propia cultura, y debemos conservarla. Mejor dicho, reanimarla.

Norman arqueó las cejas.

—Desde este punto de vista, cualquiera puede calificarse de moriori... —observó.

Marara rio.

—Uno tiene que experimentarlo en su interior. Pero, en principio, invitamos a todo el mundo a compartir nuestra forma de pensar y nuestra religión. El mundo sería mucho más pacífico si hubiera más personas viviendo según nuestras tradiciones y concepciones culturales. —Dicho esto, les dio las llaves y les indicó el camino a su habitación, muy cómodamente equipada—. Pueden comer algo también en la cafetería —explicó.

Sophie asintió.

—Luego nos vamos a la cama de inmediato —afirmó.

Norman sonrió.

—Y mañana percibiremos los espíritus.

En efecto, Sophie y Norman se metieron pronto en la cama y a la mañana siguiente también se despertaron a una hora temprana.

—Mira, hace sol —anunció Norman después de echar un vistazo por la ventana. Así era, no se trataba de un sol resplandeciente, pero al menos no reinaba un ambiente tan catastrófico como el día anterior.

Dispuesta para la aventura, Sophie se puso los vaqueros, la camiseta y una cálida camisa de leñador. Cogió además un anorak grueso.

—Pues vamos a desayunar y a ver lo que nos depara la mañana —propuso—. Todavía falta mucho para las once. Podemos echar un vistazo. A los árboles, por ejemplo...

—¿Ya quieres ponerte a trabajar?

Sophie hizo un gesto negativo.

—A trabajar no. A mirar. Y mejor árboles que tumbas, ¿no?

Norman rio.

—Si eso es lo que crees... De acuerdo, ya iremos a visitar a Tommy Solomon más tarde. Y en lo que respecta a los árboles... A lo mejor hasta podemos unir la playa y el bosque. Preguntaremos en recepción.

La recepcionista —en esta ocasión otra joven que se presentó como Riria— se mostró encantada ante el interés de Sophie y Norman por el arte de su pueblo.

—Pues claro que tienen que ver los árboles —exclamó resplandeciente—. Y no muy lejos de aquí encontrarán un bosquecillo. Sigan por la orilla del mar hacia el norte. Hay un camino con algunas vistas a la costa espectaculares. Los árboles son fáciles de encontrar.

Norman miró a Sophie.

—Entonces... ¿un paseíto antes de la reunión?

Ya eran las nueve y media y la excursión duraría una hora aproximadamente contando la ida y la vuelta. Sophie estaba de acuerdo con abreviar el desayuno.

—En la reunión seguro que nos dan otra vez café —opinó—. Ahí donde esté Jenna, siempre habrá café.

Un viento fresco volvía a soplar en los acantilados, por encima de la costa. Tiraba de las rastas que Norman se había anudado en una especie de cola de caballo. Sophie encontraba que eso le daba un aspecto muy atrevido, como de marino o pirata. Ella misma se había peinado el cabello negro en una gruesa trenza que colgaba por su espalda. Encima se había calado una gorra de lana. Norman también iba bien abrigado, de modo que el viento no los molestaba. Cogidos de la mano, anduvieron cuesta arriba, respirando el aire fresco y disfrutando del maravilloso paisaje.

—De todos modos, aquí no me gustaría vivir —opinó Norman—. Es bonito, pero la naturaleza tiene algo de hostil. Seguro que para los moriori no fue fácil instalarse en este sitio.

Sophie hizo un gesto de resignación.

—Era su hogar —recordó—. No conocían nada más. Y no creo que la naturaleza les pareciera hostil. Al contrario, vivían en armonía con ella y sus dioses. Y parecían tener un sexto sentido sobre hasta dónde intervenir.

Por ejemplo, solo cazaban focas machos ya viejas. En este aspecto la población de focas pervivió durante siglos, hasta que llegaron los cazadores blancos.

—A quienes tus antepasados no expulsaron, incomprensiblemente, antes de que consiguieran destruir una parte de sus recursos alimenticios. —Norman oteó desde el arrecife, pero no alcanzó a ver ninguna colonia de focas.

Sophie suspiró.

—Eran muy pacíficos. Ya oíste lo que decía la chica ayer. Acogían de buen grado a los recién llegados.

—¿Y a pesar de eso eran cazadores? —preguntó Norman—. Me refiero a que... en general no parecían rehuir el derramamiento de sangre.

Sophie rio.

—A ver, las Chatham no eran un paraíso para vegetarianos. Aquí no es que crezcan en abundancia las verduras comestibles. Los moriori comían raíces, recogían pepitas de karaka y tostaban los brotes de los helechos, una alimentación no demasiado buena para su salud debido a la presencia de sustancias cancerígenas. No se dedicaban a la agricultura, seguramente porque en este lugar no brotaba ninguna de las plantas que trajeron del mar del Sur. En Nueva Zelanda al menos cultivaban boniatos, pero aquí hace demasiado frío, simplemente. De ahí que los habitantes se convirtieran en cazadores y recolectores. Claro que también se comía pescado. Y tienes toda la razón, era una vida dura.

Ante sus ojos apareció un bosquecillo; Sophie y Norman se dirigieron hacia el interior. Los árboles karaka estaban bastante apiñados, como si quisieran protegerse los unos a los otros del viento. Eran de unos quince metros de altura y disponían de unas espesas copas. Pero a Sophie le interesaban más los troncos.

—¡Mira, allí! —exclamó emocionada, señalando un dibujo bien nítido en la corteza lisa de un árbol—. La primera talla.

La obra de arte mostraba a un hombrecillo con el rostro en forma de corazón, parecía el dibujo de un niño. Se diría que bailaba.

—Da la impresión de estar contento —opinó Norman—. ¿No dijiste que a lo mejor tenía algo que ver con el culto a los muertos?

Sophie se encogió de hombros y miró la figura con mayor atención.

—Es lo que yo suponía —relativizó—. Y mira el pecho de este hombrecillo. Se ven las costillas. Podría ser un esqueleto.

—Más bien parece una espina de pescado —precisó Norman—. ¿Será un híbrido? ¿De qué año son estas tallas? ¿Se puede determinar?

Sophie había descubierto varios árboles más con dibujos e iba de uno a otro. La mayoría mostraba figuras similares, solo de vez en cuando se apreciaban esbozos de animales que podían tratarse de pájaros o focas.

—Por desgracia es difícil determinarlo, pues el karaka no presenta anillos anuales —explicó—. De todos modos... una cosa sí puedo decir... los dibujos se tallaron todos más o menos en la misma época. Se diría que fue un mismo artista quien trabajó en todos los árboles. Obsérvalos con detalle, los hombres son todos del mismo estilo, solo unos pocos se apartan del patrón. A lo mejor es pura coincidencia, claro, pero llama la atención, aunque los compararé con otros similares. También la dirección de la cuchilla es característica. La profundidad de las líneas no suele variar, sino que es toda bastante regular. No debería haber una gran distancia temporal entre cada una de las obras. A lo mejor tres o cuatro años, máximo diez. Habrá que ver a qué velocidad crecen los árboles aquí.

Norman se llevó la mano a la frente.

—Entiendo —dijo—. Porque la mayor parte de las imágenes están más o menos a la misma altura. Los árboles simplemente crecen. Si los grabados se hubiesen realizado en intervalos de varios siglos se verían a distintas alturas. ¿Qué nos cuenta esto entonces? ¿Era un cementerio que pertenecía a un asentamiento cercano? ¿Se enterraba a la gente debajo de los árboles? ¿Talló un enterrador estos dibujos?

Sophie sacó la cámara del bolso e hizo unas cuantas fotos.

—Este bosquecillo no era un cementerio —declaró—. Los moriori tenían unos ritos funerarios muy particulares. Enterraban a los suyos en la playa, y no del todo, los colocaban sentados mirando el mar. La cabeza, pues, sin cubrir.

—¿Y los que se quedaban tenían que ver cómo sus allegados se iban descomponiendo? —Norman empezó a pasear entre los árboles.

—Admito que es un poco morboso —contestó Sophie—. Supongo que el viento secaba los cadáveres y los pájaros también ponían de su parte. Seguramente no tardaba en quedar el esqueleto. Sea como fuere, los muertos no se enterraban en un bosque. Este tal vez fuera, como mucho, una especie de memorial. La permanencia de los ancestros en el árbol...

—Mira, hay una chispa de esperanza —gritó Norman de repente, señalando un árbol algo alejado del bosquecillo. A poco más de dos metros de altura se había grabado un corazón con dos nombres.

Sophie se puso de puntillas para verlo mejor.

—¿Kim y Bran... on? —intentó descifrar—. Parece reciente. Posiblemente se trate de unos turistas. La gente tiene que perpetuarse donde sea. Y este tampoco es un karaka. Es un árbol endémico de estas islas, un Chatham Islands Grass Tree. Que yo sepa, los moriori no dejaban tallas en ellos.

—¿Turistas? ¿Y además enamorados? ¿Luna de miel en las Chatham? —Le sonrió—. Por eso ya hemos pasado, somos únicos en este aspecto—. ¿Y cómo llegaron tan alto? ¿Se subió él a los hombros de ella o al revés? —Rio—. No, el árbol sin duda ha crecido considerablemente desde que lo marcaron.

Sophie tuvo que darle la razón.

—Cierto —admitió—. El escrito ya está bastante gastado. Apenas se pueden leer los nombres. Vaya, otro enigma que resolver...

—Que no podrás resolver por medio de la dendrocronología —advirtió Norman acariciando casi con ternura la corteza del árbol—. Incluso si este tipo de árbol muestra los anillos anuales. ¿Por qué no haces como los maoríes? Abraza el árbol y deja que te hable.

Sophie le lanzó una severa mirada.

—Yo no creo en los espíritus —dijo con fingida aspereza.

Norman sonrió.

—Pero seguro que tus antepasados los moriori sí creían en ellos.

Cogió dulcemente las manos de Sophie, las colocó en el tronco del árbol y las cubrió con las suyas—. Si nos lo proponemos..., tal vez los espíritus tracen un puente sobre el tiempo y el espacio... de una pareja de enamorados a otra...

Sophie ya iba a retirar las manos, pero entonces percibió la calidez de la corteza, la vitalidad del árbol... y al final hizo justo lo contrario... apoyó la frente sobre el tronco. Enseguida sintió el aliento de Norman en la nuca.

—Déjate llevar —susurró—. Tienes sangre moriori, sé una parte de ellos...

Sophie ignoraba si el amor y la ternura que de repente la envolvieron en un abrazo irreal procedía solo de Norman o si percibía, en efecto, el eco de los sentimientos que habían experimentado el uno por el otro, los dos enamorados.

—Pues entonces este sería el árbol equivocado —observó en un último arrebato de realismo—. Los moriori solo tallaban en los karaka. Que, además, no llamaban así. Sino kopi.

Norman besó su nuca.

—Olvídate de eso —susurró—. Llama al árbol simplemente árbol.

Sophie sonrió. Al amparo del abrazo de Norman dejó que su mente se fundiera con la historia de su pueblo.

EL RIGOR DE LA LEY

Whangaroa, Isla Chatham
Kororareka, Isla Norte de Nueva Zelanda

1835-1836

1

—¡Mira, estoy sangrando! —se lamentó Nakahu levantando el brazo en el que, ciertamente, se veían unos rasguños. Su hermana pequeña, Whano, le había clavado las uñas de las manos cuando la pelea entre ambas había ido agravándose—. De este modo has incumplido la ley de Nunuku —denunció Nakahu haciéndose la importante, al tiempo que señalaba con el dedo a Whano, quien la miró asustada—. Ahora se te pudrirán las entrañas...

Whano, que acababa de cumplir cinco años, dejó de repente de disfrutar del trozo de raíz de lino bañado en miel por el que acababa de pelearse.

—¿Es verdad, *matahine*? —preguntó amedrentada, pero su madre no parecía escucharla. Pourou, la mujer sabia de los moriori de Whangaroa, estaba sumergida en un profundo trance. Hablaba con las abejas cuya miel estaban saqueando en ese momento las mujeres y niñas. Apelaba a la indulgencia de los animales.

—¿Kimi?

Impaciente e inquieta, la niña se volvió acto seguido hacia la mayor de las muchachas. Kimi, de catorce años, ayudaba a la hechicera conservando el fuego encendido y quemando hierbas cuyo humo aturdía a las abejas.

—¡Qué va, Whano, los dioses son indulgentes con

los niños pequeños! —Kimi, una delicada muchacha con el cabello negro y largo, rostro ancho, con unos ojos almendrados y muy claros para su etnia, de un color casi similar a la miel de la flor del lino, tranquilizó a la niña sin prestarle demasiada atención. Estaba totalmente concentrada en la ceremonia, no solo por su entrega a los espíritus de las abejas, sino también para evitar los aguijonazos de los indignados animales—. Sobre todo porque Nakahu ha empezado. ¡Soy testigo! Y ahora no os enfadéis y dejadnos trabajar. Pronto habrá miel para todas.

Se acercó hábilmente a la colmena y con una herramienta especial sacó con la rapidez de un rayo un par de panales que chorreaban miel. Era la época en que los moriori bebían la miel de las flores de lino, una fiesta para unos seres no habituados a disfrutar de golosinas en una isla inhóspita.

De hecho, las abejas estaban tranquilas, pero era eso lo que Kimi esperaba. Pourou era *tohunga ahurewa*, una poderosa hechicera. Sabía hablar con los animales, y Kimi estaba muy orgullosa de que introdujera en esa peculiar disciplina no solo a sus propias hijas, sino también a ella.

Guardó veloz el trofeo en el cesto, mientras Pourou salía lentamente de su trance y cantaba algunas *karakia* finales antes de alejarse despacio y con cautela de las abejas. Al fin y al cabo, pronto despertarían de su aturdimiento y tal vez reclamarían la miel a las moriori.

Whano ya parecía haberse olvidado de la pelea con su hermana, pero Nakahu, tres años mayor, no estaba nada convencida de que los dioses dejaran sin castigo a la pequeña rebelde. En cuanto Pourou devolvió toda su atención al mundo real, la niña se quejó a su madre.

—¡*Matahine*, no puede ser que la ley de Nunuku no

sirva para los niños! ¡Y no tiene nada que ver con quién haya empezado!

Pourou, una mujer alta, fuerte, con nariz marcada, casi aguileña, y labios carnosos, hizo una mueca. No se había enterado de que sus hijas se habían peleado y tampoco parecía interesada en aclarar quién había provocado la riña. En cambio, se volvió con una mirada severa a Whano.

—Hija, ¡cómo has podido! ¡Has derramado sangre y además ante los espíritus!

El miedo volvió a reflejarse en el rostro de Whano.

—¿Se me... se me pudrirán las entrañas? —preguntó aterrada.

Pourou suspiró.

—No inmediatamente, Whano. Aun así, tendremos que realizar una ceremonia de purificación y tienes que pedir perdón a tu hermana y al espíritu del jefe de la tribu. ¡Y por supuesto nunca más debes volver a hacerlo!

—¡Pero ha empezado ella! —Whano señaló de nuevo acusadora a Nakahu, quien sonreía arrogante.

—Es cierto, *tohunga* —acudió Kimi en ayuda de la pequeña—. Nakahu le quería coger la miel y...

La mirada severa de Pourou se dirigió ahora también a Kimi.

—Kimi, mi pupila, tú deberías saberlo mejor que nadie —la reprendió—. Conoces la historia, pero tal vez podrías recitárnosla otra vez a las niñas y a mí.

Kimi asintió sumisa. Formaba parte de sus futuras tareas como *tohunga* conservar las leyendas de su pueblo. Los moriori no escribían nada, sino que guardaban las historias en su corazón. Para memorizarlo todo, la futura hechicera debía repetir las narraciones con frecuencia.

—Fue en Karewa, en el lado oeste de la laguna Te

Whanga —evocó Kimi con voz cantarina—. No hacía mucho que las tribus de los wheteina, los rauru y los hamata habían llegado a Rekohu procedentes de Hawaiki. Y no sabían mantener la paz. Se peleaban, luchaban, ni tan siquiera retrocedían a la hora de ahumar las cabezas de sus enemigos y comerse su carne. —Kimi se percató de que las dos niñas se estremecieron, como era de esperar, ante esa descripción. Las hermanas se habían olvidado de su disputa y se apretujaban la una contra la otra buscando protección. Las cuatro se habían detenido a descansar junto a un arroyo. Kimi contaba la leyenda, mientras Pourou comprobaba si había caído algún pez en las nasas que habían dejado en el agua por la mañana—. Así que las tribus combatían entre sí, corría la sangre y se prendía fuego a las aldeas, hasta que Nunuku Whenua, el jefe de los hamata, se interpuso entre los combatientes. —Las dos pequeñas escuchaban con la boca abierta, si bien al menos Nakahu ya había escuchado suficientes veces la leyenda como para poder recitarla ella misma—. El jefe se alzó entre los guerreros, lleno de la sabiduría y la fuerza de los dioses cuando les habló en voz alta: «¡Deteneos! Guardad vuestros cuchillos y bajad vuestras hachas y mazas de guerra. La guerra debe concluir. Nunca más debe librarse una batalla como la que se ha visto en el día de hoy. Nunca más debéis derramar la sangre de vuestros hermanos. Y olvidaos del sabor de la carne humana. ¿Acaso sois peces que comen a sus crías? A partir de hoy daos por enterados. Tenéis que conservar la paz, cazar juntos, pescar juntos... la tierra y el mar ofrecen alimentos a todos».

—¿Pero si uno se lo quita al otro? —intervino Whano. Todavía no se conformaba con que su madre la hubiera reñido solo a ella por lo ocurrido.

—Entonces se discute al respecto y los ancianos median en el conflicto —respondió Kimi, para lo cual tuvo que interrumpir su narración. Nunuku no consiguió establecer ninguna jurisdicción con ese primer y emotivo discurso.

»Por supuesto, los hombres no hicieron caso al principio —prosiguió—. Más bien parecían burlarse del jefe de la tribu. Pero entonces, Nunuku invocó la cólera de los dioses sobre todos aquellos que fueran a contravenir sus palabras: "¡Que vuestras entrañas se pudran el día que no obedezcáis!". De ese modo, su voz unió el cielo y la tierra y los guerreros se asustaron tanto que bajaron sus armas y se inclinaron ante el jefe. Desde entonces, el pueblo de los moriori prohíbe la guerra. En cuanto se derrama, aunque sea una gota de sangre, se aplica la ley de Nunuku. Nadie tiene ni que herir ni que matar a otro.

—Y esto lo aprendemos en la infancia —añadió Pourou, que regresaba del arroyo con dos peces plateados en el cesto—. Se aplica tanto a las niñas como a los niños, a los hombres como a las mujeres. Así que pide perdón a tu hermana, Whano, y luego le das tu porción de miel como *utu*. Así los dioses no serán tan severos contigo siempre que no vuelvas a derramar sangre.

Whano asintió resignada, aunque sin duda le resultaba duro tener que compensar, encima, a su hermana. Kimi no sabía si la madre había convencido a la pequeña, pero esta no replicaría.

Nakahu miraba triunfal y aceptó con una actitud arrogante las disculpas de su hermana. Kimi decidió para sus adentros dar una parte de su propia porción de miel a la pequeña cuando más tarde se repartiera esa golosina. Comprendía a Whano. Naturalmente, la niña tendría que haber esperado a que su madre hiciera justicia. Pero para entonces ya haría tiempo que Nakahu se habría comido toda la miel, y si Kimi y Pourou no hubieran logrado obtener más, Whano se habría ido con las manos vacías.

—¿Pero sí podemos matar animales? —preguntó Whano señalando con la última chispa de terquedad los pescados muertos del cesto de Pourou.

La mujer sabia suspiró.

—A los animales sí podemos matarlos, hija, si no, nos sería imposible sobrevivir. Igual que tenemos que apropiarnos de las raíces de la planta del lino y los brotes de los helechos y robar los huevos a los pájaros. Pero pedimos permiso y rogamos a los espíritus que nos perdonen antes de quitar la vida.

—¿Y si dicen que no? —preguntó Whano.

Pourou sonrió.

—No lo hacen mientras no seamos insaciables. Los dioses aman a sus criaturas, desean que vivamos todos. Pero si exageramos...

El rostro de Pourou se ensombreció y Kimi supo que estaba pensando en las focas, miles de las cuales habían poblado antes las playas de Rekohu. Los moriori las habían cazado de forma periódica, pero siempre cuidándose de matar los machos más viejos y retirando los cadáveres enseguida de la playa para no asustar al resto de los animales. Pero entonces habían llegado los cazadores de focas, unos hombres altos y extraños de piel blanca y con frecuencia cabello claro. Los moriori les habían dado la bienvenida, tal como hacían con todos los visitantes, si bien los había indignado el modo en que los recién llegados habían causado estragos entre las focas para apropiarse de sus pieles. Estas no habían tardado en buscarse otros lugares donde criar a sus pequeños y ahora las playas de Rekohu estaban casi vacías.

—Pero hoy necesitamos muchos animales muertos para servir a todos los invitados —intervino Nakahu.

Esa mañana, a primera hora, había llegado un barco lleno a reventar de personas de tierra firme, de la lejana Aotearoa. Todos se hallaban en mal estado, hambrientos y medio muertos de sed después del viaje. Los moriori los habían acogido en su aldea, habían compartido con ellos sus escasas provisiones y luego los cazadores y recolectores habían partido con objeto de conseguir algo que comer para así poder satisfacer el apetito de todos los huéspedes. Por la noche, la comunidad les daría solemnemente la bienvenida.

Pourou asintió.

—Sí, hoy debemos confiar en la generosidad de los dioses y los espíritus —convino—. Y ahora debemos volver a aldea. Hay que preparar la comida y las ceremonias. Seguro que ya nos están esperando.

Whano y Nakahu se dispusieron a partir, pero Kimi dudó.

—¿Me necesitas para los preparativos, *tohunga*? —preguntó—. ¿Ahora mismo? Me gustaría...

Pourou sonrió.

—¿Te gustaría ir a ver al hombre de los cabellos como el sol que vive en los bosques y llevarle un poco de tu miel? —completó la frase que Kimi había iniciado antes de que a esta se le ocurriera inventarse un pretexto.

Kimi se frotó la frente.

—Él... él me enseña su lengua a cambio —explicó—. Y me muestra cómo plantar patatas.

Hacía muy poco que la patata había llegado a la isla. Los cazadores de focas habían regalado a los moriori patatas de siembra. En cierto modo una compensación por el exterminio y expulsión de las focas...

Pourou hizo un gesto de rechazo con la mano. No le interesaban las explicaciones de su pupila.

—Es bien recibido —dijo tranquilamente—. He observado su corazón, es un ser dulce. No me da miedo que pases tiempo con él. Y tampoco tengo miedo de que te robe el alma cuando... realiza embrujos de color gris sobre finas hojas hasta que se reconoce tu rostro.

Ahora le tocó a Kimi el turno de sonreír.

—Dibujar —dijo en la lengua de los blancos—. Eso se llama dibujar. Y las finas hojas se llaman papel. De hecho se obtienen de la madera de los árboles. En ese sentido no se aleja demasiado de lo que hacemos cuando tallamos figuras en la corteza del kopi.

Pourou frunció el ceño.

—¿Conjura así a los espíritus? —preguntó.

Kimi se encogió de hombros.

—Yo creo que sí, pero él opina que no. No percibe a los espíritus. Ningún blanco los percibe.

—Siempre que los espíritus no le guarden rencor, no importa —observó Pourou—. A lo mejor tú puedes conseguir que un día los vea. Vete, pero no regreses demasiado tarde. Tendrás que traducir. Además, sería un agravio frente a nuestros huéspedes que la hija del jefe tribal no asistiera a la ceremonia. Y sabes que para su pueblo esto es especialmente importante.

No sucedía lo mismo entre los moriori. El padre de Kimi era el jefe tribal electo. Dirigía a la comunidad porque era inteligente y un cazador destacado. Sin embargo, la misma Kimi no pertenecía por ello a un rango elevado. Debía el privilegio de ser pupila de la mujer sabia a su propio talento. Aprendía muy deprisa a hablar lenguas extranjeras. Había asimilado el idioma de los cazadores de focas y de ballenas con tanta facilidad como el de los maoríes de Aotearoa, que tenían un asentamiento propio en Wharekauri, en el norte de la isla. También los invitados que habían llegado por la mañana hablaban esa lengua. Se parecía mucho al idioma de los moriori, pero resultaría de gran ayuda que Kimi estuviera presente durante las conversaciones con los visitantes.

—Ahí estaré —prometió Kimi, antes de separarse de Pourou y sus hijas e internarse por unos senderos casi invisibles en el bosque donde su amigo Brandon había construido una cabaña. El bosque daba acogida a otros blancos. Ocurría en algunas ocasiones que uno de los miembros de la tripulación de un ballenero que había atracado en la bahía de Whangaroa, al noroeste de Rekohu, ya no quería quedarse con su capitán. La mayoría de las veces, a los hombres les desagradaba la rudeza que reinaba a bordo, así como la dura vida en el mar. Y en algunos casos, como en el de Brandon, tener que matar y destripar las ballenas también les provocaba rechazo.

Brandon Halloran era un chico todavía muy joven, procedía de una isla llamada Irlanda que supuestamente yacía en el otro extremo del mundo. Se había trasladado de allí a América, otro país muy distante, y se había enrolado en un barco ballenero. Sin embargo, Brandon había odiado la vida a bordo desde el primer día, incluso después de la cuarta o quinta presa se mareaba al tener que descuartizar la ballena y hervir su grasa. Habría preferido dibujar esos majestuosos cetáceos. Kimi apenas podía creer lo auténticos que parecían esos animales en el papel.

—Casi como si fueran a saltar de allí —había comentado una vez con aparente devoción, pero Brandon se había echado a reír. Y entonces la había dibujado a ella y a través de sus habilidosas manos había surgido la imagen de una dulce muchacha moriori con expresión seria y un cabello liso que le llegaba a la cintura. Kimi había contemplado sorprendida el retrato.

—¿Quién es? —había preguntado, lo que a Brandon le había provocado todavía más risa.

—Eres tú —respondió—. En cualquier caso es una representación de ti. Al igual que los dibujos de las ballenas solo son representaciones de los animales.

Cuando después le regaló el dibujo, la gente de la aldea había confirmado perpleja que la muchacha dibujada y Kimi se parecían como dos gotas de agua. Algunos habían temido que de ese modo Brandon le hubiera robado el alma, pero Pourou había visitado al joven y tranquilizado después a los miembros de la tribu.

—Ese joven ha sido bendecido por los dioses —había explicado—. Le han concedido un don especial, aunque no sé para qué sirve. No utiliza los dibujos para hacer magia ni en absoluto para lanzar maldiciones. Dice que sirven para recordar. Con ellos conserva vivos los recuerdos. No hay nada malo en ello.

2

Kimi pensó agradecida en las palabras de Pourou cuando emprendió el camino hacia la cabaña de Brandon. Si la mujer sabia no hubiera aceptado al joven, ella no habría podido volver a verlo. No se habría rebelado contra una prohibición de su maestra. Sin embargo, le encantaba ese joven, no solo porque podía practicar con él su idioma, sino porque a él le gustaba hablar y también escuchar. Brandon contaba historias de su país, que debía ser totalmente distinto al de la muchacha, aunque, por supuesto, las rocas y los árboles estaban también habitados por espíritus. Allí se los llamaba hadas y *leprechauns*.

Kimi no podía contener la risa cuando él se los dibujaba. Ella no tenía imágenes de sus propios espíritus, pero podía percibirlos y escuchar sus voces dispersadas por el viento. Además, a menudo se manifestaban en los animales, cuyas representaciones los moriori tallaban en la corteza de los kopi cuando moría uno de los suyos. Tenían la esperanza de que los espíritus velaran por sus almas.

Brandon estaba sentado delante de su cabaña, confeccionando una trampa para pájaros cuando Kimi salió del bosque. Hacía unos días que ella le había explicado cómo construir esas trampas y desde entonces él iba practicando. Sin éxito por el momento, pues ningún tai-ko había caído en sus redes, así que dejó de buen grado su tarea a un lado en cuanto la vio. Le dirigió una sonrisa a la que ella respondió al instante. La sonrisa de Brandon era irresistible, sus ojos resplandecían y en sus mejillas aparecían unas muescas que en su lengua llamaban ho-yitos.

—¡Kimi, qué alegría! ¡Ven, siéntate conmigo! Así puedes volver a enseñarme a anudar estas tiras. No entiendo por qué no hay ningún pájaro que caiga en mis trampas aunque los árboles estén llenos de ellos. A veces me parece oírlos burlándose de mí.

Kimi también lo saludó y se aproximó con cierta timidez al tosco banco al que él la invitaba. No estaba acostumbrada a los asientos, los moriori se sentaban en el suelo. Tampoco ponían demasiado esfuerzo a la hora de construir sus cabañas. Eran muy sencillas. Brandon, por el contrario, habitaba en una casa de troncos muy maciza. Sin embargo, habían tenido que morir muchos más árboles en esa vivienda que en la morada de un moriori. Los otros blancos que vivían escondidos en el bosque lo habían ayudado a desmontar un pequeño claro y a aserrar los árboles, además le habían indicado que antes pidiera permiso a los moriori. Los blancos del bosque mantenían una buena relación con la tribu, compartían con ella las presas de caza y lo que producían sus huertos. Kimi había hecho de traductora un día que Brandon había llegado al poblado con un cesto lleno de patatas y había entablado entonces amistad con él.

Brandon hablaba un inglés, como llamaban los blancos al idioma, muy claro. Por el contrario, a Kimi le costaba entender a la mayoría de los otros irlandeses (abundaban entre los cazadores de ballenas y focas). Según él mismo afirmaba, había disfrutado yendo a la escuela, fuera lo que fuese lo que se entendiera por eso. Hablaba de cosas como libros, de los que se suponía que se sacaban historias, y él era capaz de contar muchas más de las que Kimi podía siquiera imaginar. Ella aprendía de él y él de ella. Ella le enseñaba a cazar pájaros y peces, qué raíces y bayas eran comestibles y muchas más cosas sobre la vida en Rekohu, con lo cual él tenía que aprender los nombres moriori de la isla. En la lengua de Brandon, Rekohu y sus islas vecinas se llamaban Chatham.

—Las islas Chatham —le había dicho a Kimi, pronunciando el nombre lentamente, hasta que ella lo había repetido sin acento—. El primer inglés que pasó por aquí, le puso el nombre de su barco.

—Pero ya tenían un nombre —había protestado ella. Por lo visto era característico de los blancos cambiar el nombre de todos los países a los que llegaban. Aunque los maoríes habían hecho lo mismo. Los inmigrantes de Aotearoa no solo llamaban Wharekauri a su poblado en el norte, sino a todo el país de Kimi.

—Te he traído miel —dijo Kimi, sin tocar el tema de las trampas para pájaros, y señaló a Brandon los panales de su cesta. Se alegró y enorgulleció cuando él se sorprendió de su botín.

—¿Cómo lo has conseguido sin que te picaran? —preguntó maravillado, y se lamió los dedos después de poner un trozo de panal en un plato que él mismo había tallado.

Kimi sonrió misteriosa y le habló de Pourou y de su capacidad para conjurar los espíritus de las abejas. Como siempre, Brandon la escuchaba interesado, aunque también algo extrañado.

—Y todo esto para el banquete que queréis preparar para la gente de ese barco —resumió lo que Kimi le había contado sobre los recién llegados. Él había visto llegar la embarcación desde la colina—. ¿Y dices que son maoríes de Nueva Zelanda? —Nueva Zelanda era como los blancos llamaban a Aotearoa—. ¿Qué se les ha perdido aquí?

Kimi se encogió de hombros.

—Todavía no lo sabemos. Estaban tan desnutridos y débiles que no quisimos agobiarlos con preguntas. Seguro que nos lo contarán esta noche. En cualquier caso, son muchos. En las cifras de tu país... —se esforzó por recordar—, unos cuatrocientos.

—¿Qué? —Brandon parecía alarmado. En su rostro se reflejaba preocupación. Sus amables ojos azules parecieron ensombrecerse, en su frente surgieron unas arrugas y se pasó la mano por el cabello ondulado y del color del sol—. ¿Cuatrocientas personas? ¿No os da miedo, Kimi? ¿Qué tipo de gente es? ¿Hombres, mujeres, familias?

—Hombres sobre todo —respondió Kimi—. Pero también mujeres y niños. Creemos que quieren instalarse aquí.

—¿Aquí? —se sorprendió Brandon—. ¿Dónde? ¿En las tierras de quién? ¿Hay tantas tierras de nadie en las Chatham como para acoger a toda esa gente? ¿Y de qué vivirán hasta que ellos mismos hayan construido sus propios poblados y cultivado sus campos? ¿Vais a alimentarlos vosotros? —Kimi se mordisqueó el labio. No se había planteado tantas preguntas. Sin embargo, formaba parte de las reglas de su pueblo dar una calurosa acogida a los extranjeros. Claro que llegado un momento los ancianos harían preguntas, pero no recelarían de nada—. ¿Y cómo han llegado hasta aquí? —siguió sonsacándole Brandon—. Era un barco inglés, ¿no? No han llegado con canoas.

Kimi negó con la cabeza.

—No. Dijeron que un capitán inglés los había traído. Solo lo he visto un momento, se ha marchado enseguida.

Brandon hizo un gesto reflexivo.

—Podrías haberle preguntado de dónde viene esa gente y cuáles son sus intenciones. Algo sabría. De todos modos, lo encuentro muy raro, Kimi, y pienso que actuáis de una forma demasiado despreocupada. Esos maoríes... Tom Peterson, ya sabes, el pelirrojo que vive en la colina, estaba en una estación ballenera de Nueva Zelanda. Y opina que eran gente bastante grosera. Caníbales, según sus palabras. Hasta qué punto será cierto...

Kimi hizo una mueca.

—Antes los moriori también eran caníbales —explicó a su atónito amigo, y contó por segunda vez en ese día la historia de la ley de Nunuku.

Brandon la escuchaba fascinado.

—¿Y habéis obedecido a esa regla durante siglos? Es increíble. En fin, esperemos que vuestros huéspedes sean igual de pacíficos.

Kimi asintió confiada.

—Pourou reunirá esta noche a las tribus con un ritual —dijo—. Sus espíritus y los nuestros se unirán. Entonces no tendrán otro remedio que mantener la paz. —Miró a su amigo, aunque se percató de que no lo había convencido.

—Ven con nosotros —lo invitó—. Puedes comer y disfrutar de la fiesta y conocer tú mismo a los recién llegados. A lo mejor hasta hablan inglés. Ahí en Aotearoa viven más blancos que aquí, ¿no?

Brandon asintió.

—Nueva Zelanda lleva más tiempo ocupada por los europeos que las Chatham, ofrece más oportunidades a los inmigrantes, entre otras, un clima menos hostil. —Incluso los maoríes, que en realidad tenían que saber desde hacía siglos dónde estaban las Chatham, prefirieron mayoritariamente vivir en Nueva Zelanda. El que hubieran llegado en un número tan elevado no presagiaba nada bueno. Brandon compartió sus pensamientos con Kimi—. Es posible que esos hombres huyan de algo —concluyó preocupado.

Kimi se encogió de hombros.

—Es posible. A lo mejor los blancos u otras tribus les han arrebatado sus tierras. Es probable que huyan de una guerra y estén buscando la paz.

Brandon se rascó la frente. No hizo ningún comentario, pero Kimi percibió en él cierto escepticismo.

Finalmente, el irlandés partió con Kimi en dirección al mar, hasta el poblado de la muchacha, cargado con un saco de patatas y otros productos del campo para presenciar la celebración. Respecto a la agricultura, los colonos blancos estaban mucho más adelantados que los moriori, quienes tradicionalmente no eran campesinos. A cambio proveían a Brandon y los hombres del bosque de pescados y mariscos. A los fugados cazadores de ballenas no les agradaba asomarse por las playas.

—¿Cuál es exactamente la diferencia? —preguntó Brandon—. Entre maoríes y moriori, me refiero. Para mí, hasta el nombre suena casi igual...

Kimi se encogió de hombros.

—Tenemos distintas lenguas y distintas costumbres —contestó—. Pero tienes razón, las lenguas se parecen y ninguno de los dos pueblos es indígena, ambos llegaron en canoas, procedentes de Hawaiki, hace muchas generaciones. Unos se asentaron en Aotearoa y nosotros aquí. Nuestro aspecto también es algo diferente. Nuestra piel es más oscura y muchos de nosotros somos más altos y delgados... —Rio—. Nuestras narices son más puntiagudas y con frecuencia ganchudas. Yo misma no me había dado cuenta, pero los cazadores de focas y ballenas así lo dicen. Dicen que tenemos narices de judíos. No sé qué son los judíos.

Brandon no se lo podía explicar tan rápidamente, así que obvió el tema. Él mismo enseguida se percató de que la piel de los maoríes y la de los moriori eran distintas al entrar en el poblado de Kimi, donde reinaba una gran agitación. En especial en el área de la cocina, en el centro del lugar, donde todo el mundo se aplicaba en el trabajo. Las mujeres metían la comida en los hornos de tierra tradicionales y los hombres preparaban hogueras y cavaban hoyos donde cocinar.

Los huéspedes, por el contrario, se mantenían alejados, de pie o sentados en grupitos, observando a sus anfitriones. Se reconocía a primera vista que eran maoríes porque adornaban su rostro con tatuajes en parte de guerra. Muchos hombres tenían los rostros cubiertos de líneas azules. Las mujeres llevaban en general unos tatuajes en forma de espiral alrededor de la boca y la barbilla.

Brandon nunca había visto algo parecido y pidió a Kimi que le explicara a qué respondía todo eso.

—Es algo habitual entre ellos —dijo con calma—. Creo que el *moko*, así se llaman esos grabados en la piel, también significan algo, pero no lo sé exactamente. ¿Y por qué no lo hacemos nosotros? Tal vez porque se derrama sangre. Acabo de contarte la ley de Nunuku... En cualquier caso, no me gusta. ¿A ti sí?

Brandon negó con la cabeza. Admitió que esas caras tatuadas casi le daban miedo, pero le habría gustado dibujarlas.

A continuación ayudó a cortar leña para las hogueras

mientras Kimi cocinaba y ayudaba a Pourou en los preparativos para las ceremonias.

Los moriori se reunieron con sus huéspedes en la plaza del poblado al ponerse el sol. Brandon tomó nota de que los grupos de huéspedes y anfitriones no se mezclaban, sino que se sentaban enfrentados, pero tal vez eso formaba parte de las tradiciones. Él, por su parte, se unió a los hombres moriori; Kimi, a su familia. El padre estaba delante de su tribu, detrás de él se encontraban sentados sus hijos. La madre de Kimi había muerto hacía años, pero ella tenía dos hermanos. Los moriori no vestían trajes de ceremonia. Los hombres llevaban unos sencillos cinturones de lino para tapar el sexo y las mujeres faldas y capas de lino tejido o pieles de foca sobre los hombros y alrededor de la cintura. Los dignatarios moriori se habían adornado la barba con plumas de albatros.

La indumentaria de los maoríes era manifiestamente más lujosa. Sus faldas de lino más largas y trabajadas con mayor esmero, las mujeres llevaban unos corpiños tejidos. Un voluminoso abrigo confeccionado con plumas de pájaro descansaba sobre los hombros del jefe, o al menos eso supuso Brandon que era el hombre todavía relativamente joven, fuerte y con abundancia de tatuajes que, al igual que el padre de Kimi, estaba delante de su gente.

Poco antes de que la ceremonia empezase, Brandon descubrió a otro blanco entre los moriori. Tom Peterson, también un antiguo cazador de ballenas, se hallaba al lado de una joven, llamada Raukura, con la que solía compartir su lecho, como Brandon bien sabía.

Cuando Peterson lo vio, le dijo algo a Raukura y se acercó a él.

—¿Qué, tú también vienes a echar un vistazo a esta

invasión? —preguntó a Brandon—. ¿O es la comida gratis y la bella hija del jefe lo que te trae por aquí? —Deslizó su mirada hasta Kimi. Naturalmente, al otro blanco no se le había pasado por alto que Brandon y la joven se reunían con frecuencia—. Esos... —Tom señaló a los maoríes— te despedazarían, como mínimo, si tan solo la sombra de una princesa como ella se proyectara sobre ti.

Antes de llegar a las Chatham, Tom había vivido un tiempo en Nueva Zelanda y conocido un poco las costumbres maoríes.

—Por lo que dices, los nativos de Nueva Zelanda solo tienen en mente el asesinato y la aniquilación —opinó Brandon. Si bien la impresión que le causaban los recién llegados no era de las mejores, quería creer en la pacífica visión de Kimi.

Tom negó con la cabeza.

—En absoluto. En general son muy sociables. Pero totalmente distintos de los moriori. Por ejemplo, son hábiles a la hora de comerciar. No regalan sus tierras, sino que las venden. Y enseguida entienden lo que valen. De manera que pueden volverse muy desagradables si descubren que han sido engañados.

—¿Tienes alguna idea de por qué están aquí? —preguntó Brandon.

Tom contestó que no.

—Solo una incómoda sensación. En cualquier caso, luego me llevo a Raukura. Conmigo en la cabaña estará segura.

—¿De verdad crees que sus intenciones son belicosas? —La preocupación de Brandon aumentó.

Tom se encogió de hombros.

—No lo sé, pero no voy quedarme cruzado de brazos. No vaya a ser que al final metan a mi chica en el asador...

—Deja de hablar así —protestó Brandon. En ese momento Takaroa, el padre de Kimi, se adelantó unos pasos y dirigió la palabra a su pueblo y a los huéspedes. Kimi se colocó detrás de él para traducir a los maoríes.

—¡Qué absurdo, no entender nada! —exclamó—. ¿O tú sí sabes maorí?

Tom hizo un gesto de resignación.

—Unas pocas palabras —contestó—. Aunque esto no es difícil. El jefe de la tribu pregunta a los huéspedes sus nombres y qué desean y los anima a que recen juntos una oración a los dioses. Siempre se ejecuta del mismo modo. Aunque los maoríes lo convierten más en un ritual que los moriori. Raukura señala que entre estos últimos el *powhiri* dura una hora como mucho, mientras que las tribus de Nueva Zelanda realizan todo un espectáculo con danzas, canciones y representaciones...

El joven con la capa de plumas se adelantó en ese momento y habló como portavoz de su pueblo. Su discurso, en efecto, fue mucho más largo que el de Takaroa.

—Se llama Anewa —tradujo Tom—. Y se supone que es jefe de los ngati tama. Aunque él se presenta como tal, a mí me parece demasiado joven para ello. Los ngati tama proceden de la región de Taranaki, al oeste de la Isla Norte, y ahora describe las montañas y los ríos, y habla de las canoas en las que su pueblo llegó a Aotearoa.

—¿No dice por qué está aquí? —preguntó Brandon.

Tom negó con un gesto.

En cambio, el joven jefe arrojó su capa de plumas, lanzó un penetrante grito y saltó en medio de las dos tribus. Brandon distinguió asustado una lanza y una especie de pesa en su mano. Temía que fuera a atacar a Takaroa, pero Anewa tan solo empezó a bailar. Mientras algunas mujeres maoríes tocaban la flauta y batían tambores, el joven guerrero ejecutaba con armas y cuerpo unos movimientos fascinantes, simulaba ataques, se giraba y contraía el rostro en unas muecas terroríficas.

Aparentemente, los moriori estaban tan asustados ante esa visión como el mismo Brandon; Tom, por el contrario, no se alteraba.

—Siempre empieza igual, un guerrero baila para hacer alarde de sus fuerzas ante la otra tribu —explicó—. Las tribus se evalúan mutuamente. Incluso si los huéspedes llegan de modo expreso en son de paz.

Anewa y su gente parecían esperar que también un moriori ejecutara una danza, pero Takaroa no hizo ademán de pedir a ninguno de sus hombres que saliera. Entonó, en cambio, una canción que los miembros de su tribu acompañaron. Una apelación a los dioses. Al final, Pourou se colocó en el centro y pronunció unas palabras que Kimi tradujo.

—Dice más o menos lo mismo que el jefe antes —señaló Tom—. Da la bienvenida a los visitantes e invoca la paz. Y ahora quiere apoyar sus palabras llamando a los dioses y creando un vínculo entre las tribus. Ya puedes prepararte, se pondrá a gritar enseguida. Se llama *karanga* y lo presencié en Nueva Zelanda en una ocasión. Los maoríes lo hacen al final de la ceremonia, cuando el último guerrero ha agitado su lanza.

—Pero los moriori carecen de lanzas —observó Brandon.

Tom asintió.

—Esto abrevia el asunto —apuntó satisfecho.

Pourou inspiró hondo y lanzó un grito que hizo vibrar la tierra. Si había en algún lugar dioses, pensó irrespetuosamente Brandon, no les pasaría inadvertido.

Una vez hubo cesado el grito, reinó al principio el silencio, pero luego Anewa volvió a adelantarse. Su rostro tatuado se contrajo en una sonrisa, pero no era una sonrisa afectuosa.

Brandon se percató de que Kimi se sobresaltó cuando el joven jefe empezó a hablar. Se diría que tenía que luchar por encontrar las palabras adecuadas cuando le llegó el turno de traducir.

—¿Qué dice? —apremió Brandon a Tom.

El antiguo cazador de ballenas movió la cabeza.

—No lo entiendo todo —admitió—. El tal Anewa ha dado las gracias por la unión entre las dos tribus, pero, por lo visto, con cierta ironía. Con la bendición de los dioses y si los moriori están dispuestos a no luchar contra él, le será mucho más fácil cumplir su misión. Pues a partir de ahora los ngati tama van a apropiarse de la tierra de los moriori. De hoy en adelante, las islas Chatham les pertenecen y los moriori son sus súbditos. —Se levantó, mientras entre los moriori se extendía un murmullo—. Voy a disculparme. Recojo a mi mujer y me largo de aquí. Por si acaso los moriori no se toman tan en serio lo de la paz eterna.

3

Los miembros de la tribu de los moriori se quedaron petrificados ante la traducción de Kimi. Desconcertados, miraban alternativamente a su jefe y a la mujer sabia, quienes permanecían mudos. Algunos, sobre todo los moriori jóvenes, empezaron a hablar de la intervención de Anewa mostrando su descontento, aunque de una forma en apariencia contenida. Estaban muy lejos de dejarse llevar por un arrebato de indignación, como Brandon había esperado, y tampoco reaccionaron cuando el jefe maorí Anewa indicó a su gente con toda tranquilidad que abrieran los hornos de tierra y sirvieran la comida. Cuando las mujeres estaban a punto de seguir sus indicaciones, Takaroa se vio capaz de contestar.

Entretanto, Tom había ido a buscar a Raukura y ambos se habían reunido un momento con Brandon para traducir. El jefe tribal se levantó lleno de dignidad y para asombro de Brandon pronunció unas palabras conciliadoras.

—Anewa, amigo, tienes razón. Gracias al *karanga* nos hemos convertido en un pueblo unido, entre nosotros no debe reinar la discordia. Por eso compartiremos de buen grado nuestra tierra con vosotros. ¡Nadie habla de guerra, así que, por favor, no menciones ni la servidumbre ni el poder! Permite que comamos y bebamos juntos y que en los siguientes días hablemos sobre cómo convivir bajo el mismo cielo, protegidos por nuestros dioses, espíritus y leyes. ¡Os doy, una vez más, la bienvenida!

Dicho esto indicó a su pueblo, haciendo un gesto con la mano, que ayudara a los maoríes a abrir los hornos excavados. Sin embargo, los moriori tenían miedo de acercarse a esos invitados que habían colocado las lanzas y mazas de guerra entre ellos y sus mujeres. Al final, abrieron uno de los orificios para cocinar, los maoríes vaciaron los otros y ni se les ocurrió compartir el contenido con sus anfitriones. Pourou, por el contrario, intentó lanzar de nuevo un puente entre ambas comunidades llenando una bandeja con los mejores trozos de carne y ofreciéndosela a Anewa. Él le sonrió y le dijo algo antes de coger la comida. Brandon se fijó en que Pourou empalidecía.

—Para mí esto se está poniendo demasiado caliente —dijo Tom, tirando de Raukura en dirección al bosque.

Brandon decidió reunirse con Kimi y su familia, aunque eso significara romper el protocolo.

—¿Qué le ha dicho a la *tohunga*? —preguntó a Kimi, que estaba sentada con los ancianos concentrada en escuchar lo que decían. No estaba autorizada para intervenir, pero todos eran tolerantes con ella. Los dignatarios estaban demasiado afectados para percatarse de la presencia de la muchacha y del extranjero blanco.

—La ha elogiado —dijo Kimi afligida—. Dice que se alegra de que haya comprendido. En el futuro, los moriori tendrán que servir a los ngati tama. Y no solo los de este poblado, sino todos los de la isla. Mañana sus hombres se dispersarán para comunicar a los habitantes de las demás aldeas quiénes son sus nuevos jefes.

—¡Pero no puede hacer algo así! —se indignó Brandon—. Y sobre todo no podéis aceptarlo tan tranquilos. Está bien, si solo se tratara de esta tribu, los hombres se verían superados en número por los maoríes. ¿Pero toda la población de las islas? Kimi, ¡a esos tipos podéis echarlos todos de vuelta al mar de un manotazo!

Kimi se mordisqueó el labio.

—La ley de Nunuku —fue lo único que dijo.

Brandon la miró perplejo.

—¡No lo dirás en serio! En una situación como esta...

La muchacha se alzó de hombros.

—De eso están hablando ahora mi padre, Pourou y los otros ancianos. Si la ley de Nunuku es o no es aplicable en este caso. Habrá que deliberar acerca de ello...

—¡Para entonces, Anewa ya se habrá apropiado de toda la isla! —objetó Brandon.

Kimi lo miró afligida.

—Yo no puedo decidirlo —respondió—. Y es posible que ni mi padre lo haga solo. Ya veremos qué pasa. ¿Quieres... quieres comer algo?

El joven negó con la cabeza. En ese momento, hasta la miel le habría parecido amarga.

Se diría que al menos esa noche ni Kimi ni los demás moriori iban a correr ningún peligro. Seguro que Tom Peterson había exagerado con su precipitada huida. Los maoríes no estaban interesados en imponerse por medio de la violencia. Al final, cuando Brandon dejó el poblado para regresar a su cabaña, los maoríes se deleitaban con los manjares, y también los moriori comían, aunque visiblemente nerviosos. Kimi prometió al irlandés que iría a verlo si surgía alguna novedad.

—En cualquier caso, mi padre quiere volver a hablar

mañana con Anewa —dijo—. A lo mejor... a lo mejor se trata de un malentendido.

Brandon no opinaba lo mismo y leyó en los ojos de la muchacha que tampoco ella se hacía ilusiones respecto a que se llegara a un acuerdo. Posiblemente a Kimi le sucedía lo mismo que a él: no era capaz de olvidar la danza de guerra de Anewa. No era una representación pacífica, semejaba más bien toda una amenaza.

Fuera como fuese, Brandon no logró conciliar el sueño y solo pudo aguantar hasta la tarde del día siguiente, cuando regresó al poblado para comprobar si todo estaba en orden. De nuevo lo desconcertó la tranquilidad reinante. La mayor parte de los moriori se habían retirado a sus cabañas, como si estuvieran a la espera. Sin embargo, su posición respecto a un posible enfrentamiento había mejorado de forma determinante. Anewa había cumplido con lo anunciado y se había marchado al interior con la mayoría de los hombres de su ejército de ocupación para someter a más pueblos moriori. Solo unos pocos guerreros vigilaban en Whangaroa a las mujeres y niños maoríes que se habían apropiado de algunas cabañas de la zona norte del poblado, entre ellas la del jefe tribal.

—¿Y vosotros habéis permitido que lo hicieran? —preguntó Brandon a Kimi, que estaba ayudando a sus hermanos a construir una nueva cabaña. Los edificios moriori siempre eran sencillos. Sus viviendas cuadradas de madera y caña se construían rápidamente.

Kimi hizo un gesto de resignación.

—La hospitalidad es el precepto más elevado —le informó, repitiendo sin duda las palabras de su padre.

—Pero esta gente es... —Brandon se interrumpió. De todos modos no tenía ningún sentido intentar convencer a la joven. No obstante, se dominó—. Kimi, en caso de que os decidáis a pelear —dijo con gravedad— Tom, Rich y yo os ayudaremos, por supuesto. Tom y Rich tienen armas de fuego, que no he visto entre los maoríes. Con ellas tendríamos ventaja. Comunícaselo a tu padre, por favor. ¡No podéis rendiros de este modo, tenéis que hacer algo!

—Pourou está invocando a los espíritus —le contó Kimi—. Y les ruega su ayuda.

Brandon casi no pudo evitar poner los ojos en blanco.

—¿Tenéis un dios de la guerra? —preguntó desesperado.

Kimi negó con la cabeza.

—Los maoríes sí tienen uno —observó Tom Peterson cuando Brandon fue a verlo un poco más tarde a su cabaña y le habló de la situación del poblado—. Ya te digo yo que es una cultura totalmente distinta. —Destapó una botella de whisky y llenó unos vasos.

—¿Te ves ayudando a los moriori en caso de que estalle una batalla? —preguntó.

Tom hizo una mueca con la boca.

—Si luchan de verdad tendría que involucrarme, a fin de cuentas pronto estaré emparentado con ellos. —Señaló a Raukura, que aún no había vuelto con su tribu. Había saludado brevemente a Brandon a su llegada y luego había seguido trabajando en el huerto de Tom. Brandon se preguntó si se alegraría de que Tom quisiera casarse con ella o si se limitaría a aceptarlo todo como era característico de su pueblo—. Pero todavía no lo veo. Lo siento, Bran, pero por el momento no nos queda otro remedio que esperar. Nuestros moriori pueden hacer creer a esos tipos que están seguros y atacarlos al cabo de una o dos semanas. Tal vez tendrían que confeccionar unas lanzas, pero no deberían perder la batalla. Su superioridad numérica es decisiva.

En cuanto a la superioridad numérica de los moriori, la situación cambió en un abrir y cerrar de ojos. Unos días más tarde, Brandon y los otros hombres volvieron a ver un barco entrando en la bahía de Whangaroa.

Kimi estaba con ellos. Quería ir a visitar a Raukura y Brandon la había acompañado a la cabaña de Tom en la colina.

—Es el mismo barco —señaló horrorizado Brandon.

Poco después sus temores se vieron justificados. El velero volvió a dejar a otros maoríes en tierra, de nuevo unos cuatrocientos más. Tom contó que había algunas mujeres y niños, pero en su mayoría se trataba de guerreros.

—Lo de la invasión va en serio —dijo Tom abatido—. Hasta ahora había pensado que quizá solo se tratara de un par de tipos aislados, expulsados por alguna razón de sus comunidades. Seguro que ese Anewa también era un alborotador en Nueva Zelanda. Pero ahora...

Kimi se mordió el labio.

—Van muy en serio —susurró—. Hemos recibido noticias de las otras tribus a las que Anewa ha enviado a su gente. Han llegado lejos, hasta Waitangi, y un grupo hasta Kaingaroa. —Kaingaroa se hallaba en el nordeste de la isla y Waitangi en el oeste—. Y allí... allí todo ha ido mucho peor que en nuestro caso. Los hombres han entrado en los poblados y han declarado que las tierras les pertenecían y que los moriori tenían que servirlos. Algunos de los nuestros se han rebelado. Me refiero a que antes no han realizado ningún ritual de bienvenida ni ningún *karanga*... Y luego... —Tragó saliva—. Luego los mao-

ríes simplemente los han matado. Sin decir nada... como...
como si fueran moscas.

—¿Así que ha habido muertos? —preguntó alarmado Brandon—. Por todos los cielos, Kimi, ¡tenéis que defenderos! ¡Tenéis que hacer algo!

La joven se retorció impotente las manos.

Tom se levantó.

—Voy a bajar a hablar con el capitán de ese barco
—anunció—. Averiguaré qué se ha pensado dejando aquí
a todo un ejército de ocupación. ¿Alguien me acompaña? ¿Brandon? ¿Kimi?

No preguntó a Raukura porque, de todos modos, ella
no habría entendido al capitán.

Brandon enseguida se apuntó, Kimi también después
de vacilar brevemente. Temía ir a la playa, en realidad hasta tenía miedo de volver al poblado. Desde que los maoríes habían llegado, el ambiente allí era opresivo y las noticias de los otros poblados todavía habían acrecentado
más sus temores. Siguió a los hombres camino de la costa, a una media hora larga desde la cabaña de madera de
Tom. Entretanto, los maoríes habían dejado el barco y se
habían ido directamente a la aldea de Kimi. Solo dos canoas que habían utilizado descansaban en la playa y el
bergantín *Lord Rodney* se hallaba anclado en la bahía. El
capitán vigilaba a sus hombres mientras limpiaban los
espacios de carga. Cuando Tom lo llamó en inglés, acudió a tierra solícito en una barca de remos.

—John Harewood —se presentó amablemente—.
¿Puedo ayudarles en algo?

—¿Ayudarnos? —preguntó Tom indignado—. ¿Igual
que ha ayudado a esos maoríes que han irrumpido aquí y
amenazan a pueblos pacíficos? ¿Cómo se le ocurre trans-

portar hasta aquí a todo un ejército? ¿Le pagan para que lo haga? ¿De dónde ha salido usted?

—Calma, calma... —El capitán Harewood levantó las manos sosegador—. Le responderé encantado, pero seamos imparciales. A ver, yo tampoco sé exactamente de dónde es esa gente. Algunos dicen que de Taranaki, por lo visto una región en el interior de Nueva Zelanda. Yo no conozco esa área, soy de Sídney. En cualquier caso, estaban haraganeando en la playa de Port Nicholson y amenazando a sus habitantes... Cuando atracamos, llegados de Sídney, y nuestro segundo oficial desembarcó con una parte de la tripulación, lo secuestraron sin la menor vacilación y luego entraron en mi barco. Nos pillaron por sorpresa, no opusimos resistencia; sobre todo porque empezaron a negociar. Dijeron que querían ir a las Chatham. A tomar posesión de las tierras. Y que nos pagarían por la travesía. Yo no estaba convencido, pero ¿iba a enfrentarme a cuatrocientos guerreros armados hasta los dientes? ¡Y de ingenuos no tienen nada, ya se lo digo yo! Me basta con pensar en el viaje... En realidad deberíamos haber traído a esta gente aquí en tres etapas. Pero querían llegar lo antes posible. Apretujaron a las mujeres y a los niños como sardinas en las superficies de carga. Y no teníamos ni agua ni comestibles suficientes a bordo. Por supuesto, en los tres días de viaje nadie ha muerto de hambre, pero ha sido duro. En especial para los niños pequeños y las embarazadas. La tripulación quiso repartirles el agua preferentemente a ellos, algo por lo que los guerreros casi nos habrían matado. No conocen el respeto, entre ellos reina inmisericorde la ley del más fuerte. Yo, en cualquier caso, estoy contento de habérmelos quitado de encima.

—A cambio los moriori tienen que pelearse ahora con ellos —observó Tom.

El capitán se encogió de hombros.

—Estarán en superioridad, ¿no? En el estado en que se encuentran después de la travesía... medio muertos de hambre y sed. Los nativos deberían poder librarse fácilmente de ellos. Pero está bien, me quedo en la bahía hasta que los trabajos de reparación hayan terminado. Si vuestros amigos se acercan a la playa, me los llevo.

—Muy amable... —Brandon suspiró—. Ya lo has oído, Kimi. Son muy peligrosos. Así que dile a tu padre que tu pueblo debe armarse. ¡No permitáis que os atropellen!

—Los hombres se reúnen en Te Awapatiki —informó Kimi al día siguiente. Se había marchado a primera hora de la mañana del poblado, donde ya se habían producido los primeros disturbios. Los recién llegados maoríes se servían sin la menor consideración de las existencias y propiedades de los moriori, y en ocasiones tampoco retrocedían antes sus mujeres. Habían asesinado a un hombre que había querido proteger a su hija. Y además habían llegado rumores de otros poblados acerca de los intrusos, quienes habían matado y se habían comido a algunas personas—. Ese es un lugar santo, un lugar de asambleas. Allí se debatirá sobre lo que debe hacerse. Si la ley de Nunuku sigue vigente o si tenemos que luchar.

—Te Awapatiki es un altiplano en el centro de la isla, ¿no? —preguntó Tom—. Es decir, está bastante lejos. Hasta que vuestros hombres hayan vuelto de allí, los maoríes ya se habrán recuperado y asentado aquí. ¿No dijiste que habían empezado a construir una fortaleza?

Kimi asintió.

—Un *pa* —confirmó ella—. Están talando árboles... muchos más de los que permiten los espíritus. Sus dioses son más generosos. Pourou ya se ha resignado ante esa profanación. Han traído patatas de siembra. Nosotros lo habríamos compartido todo con ellos, nosotros... —pugnaba con las lágrimas.

Tom y Brandon se miraron.

—¿Crees que serviría de algo que también fuéramos a... Te Awapatiki? —inquirió Brandon—. ¿Que habláramos con la gente? Me refiero a que... está muy bien y es bonito que tengáis leyes y honréis a lo dioses. Pero nosotros también tenemos mandamientos, y el quinto dice: no matarás. Eso no evita que en caso de necesidad nos pongamos a salvo.

Tom se encogió de hombros.

—Por el momento nadie sabe si no nos condenarán por esto —observó secamente—. ¡Olvídate, Bran! No harán caso de extranjeros. Solo podemos confiar en la sensatez de los jefes tribales. Y tú, Kimi... ¡no vuelvas al poblado! Quédate aquí, quédate con Bran o conmigo y Raukura. En este lugar estarás segura. Quién sabe qué va a suceder...

Kimi negó con la cabeza.

—Imposible, no puedo. No puedo dejar a mi gente en la estacada. Tengo que traducir cuando lleguen las negociaciones. Y Pourou... cantamos *karakia*, intentamos apaciguar a los espíritus...

Tom suspiró.

—¿Qué es lo que defenderá tu padre en la asamblea? —preguntó Brandon—. ¿Guerra o sumisión?

Kimi bajó la mirada.

—Paz —respondió en un murmullo—. La ley de Nunuku.

4

Hasta mucho más tarde, Kimi no se enteraría de la decisión que habían tomado los varones de la tribu en Te Awapatiki. Pues mientras los aproximadamente mil individuos aptos para la guerra, entre ellos ciento sesenta jefes tribales, intentaban averiguar cuál era la voluntad de los espíritus, los maoríes llevaron a la práctica su plan de someter a la isla sin la menor piedad. Los moriori nunca sabrían cuál había sido el desencadenante para convertir de forma repentina la invasión en un baño de sangre, cuando hasta el momento se había realizado sin apenas hacer uso de la violencia. Es posible que llegara a oídos de Anewa y otros jefes que los moriori se habían reunido en Te Awapatiki y que no pensaran en absoluto seguir aguardando a que los hombres se amotinaran y lucharan contra ellos.

Por lo menos los guerreros esperaron a que los varones regresaran para lanzarse al ataque, tal vez consideraban deshonroso matar únicamente a mujeres y niños. Pero cuando Pourou y las otras mujeres oyeron que los hombres volvían al pueblo y salieron dichosas a su encuentro, resonó el grito de guerra de los maoríes.

Kimi, que iba delante junto con Pourou, entonando con ella la canción de bienvenida a los hombres, no supo cómo salieron de repente por todas partes guerreros que se abalanzaron sobre su pueblo. Reconoció a los hombres de Anewa. Los maoríes debían de haberse preparado sin hacer ruido, y ahora gritaban y repartían hachazos y mazazos sin orden ni concierto. Kimi observó horrorizada que una lanza penetraba en el pecho de su padre y que un guerrero cogía a la joven Nakahu y la arrojaba contra un árbol.

Un hacha mató a uno de sus hermanos, una mujer miraba consternada a su hijo muerto por una lanza. Los hombres caían bajo el violento golpe de las mazas de los guerreros. Por un breve instante, Kimi se sumergió en un infierno de sangre y gritos, súplicas y miedo. Los maoríes parecían apalear y lacerar a sus víctimas por puro placer, mientras que los moriori no hacían nada por defenderse. Los hombres en particular bajaban la cabeza afligidos cuando los atacantes agitaban el hacha, casi como si se hubiesen preparado para esa escena.

Kimi no podía asimilarlo, ya no podía pensar, gritar o hacer algo y a punto estuvo de entregarse solícita a la muerte como la mayoría de los demás moriori. Entonces vio que al menos una parte de las personas de su tribu huía para salvarse y al final su instinto de supervivencia la hizo reaccionar. Se obligó a no mirar atrás y corrió hacia el bosque. Desesperada, se precipitó a través de los matorrales empapados por la última lluvia. No se tomó tiempo para seguir los caminos trillados, sino que cogió el camino directo hacia la colina sobre la que se encontraba la cabaña de troncos de Tom. La de Brandon, su auténtica meta, se hallaba al pie del montículo. El trayecto no era largo, pero ese día le pareció una eternidad.

Sollozando, tomó aire cuando por fin llegó al claro y vio a Brandon. En ese momento estaba colgando la ropa lavada en una cuerda tendida entre dos árboles y esa escena tan pacífica le arrebató la poca serenidad que le quedaba. Se desmoronó, gimiendo y temblando de la cabeza a los pies. Sollozaba histérica cuando Brandon corrió hacia ella asustado y se arrodilló a su lado.

—Nos... nos están matando... —dijo, al principio en su propia lengua y luego en inglés—. Nos están aniquilando a todos.

Más tarde, Kimi no recordaba cómo había conseguido seguir a Brandon hasta la cabaña donde se había acurrucado en la cama, se había cubierto la cabeza con la colcha y había continuado llorando desesperada. Brandon le sirvió un poco de whisky y se llevó un susto de muerte cuando golpearon la puerta de entrada. Kimi se puso a gritar horrorizada, pero se tranquilizó enseguida al ver que Tom y Raukura abrían y se precipitaban en el interior. Raukura parecía tan agitada como Kimi. Enseguida corrió hacia ella para abrazarla.

Tom tenía la tez de un tono ceniciento.

—Whisky —dijo afónico, cogiendo la botella. Brandon había llenado un vaso para Kimi. Tom bebió un gran trago de la botella.

—Lo siento, Bran, pero lo necesitaba... —confesó turbado.

—¿Habéis estado en el poblado? —preguntó Brandon. El aspecto de ambos no permitía sacar otra conclusión.

—No del todo —contestó Tom—. De lo contrario, es posible que también nosotros estuviésemos muertos. Pero nos encaminábamos hacia allí. Los hombres habían anunciado su regreso y, naturalmente, queríamos saber qué habían decidido en Te Awapatiki. Al oír los gritos de guerra, Raukura se ha escondido en una gruta y yo he trepado a un árbol. Brandon, he... he visto cosas... —Bebió otro trago de whisky.

—Kimi dice que han matado a los moriori de forma totalmente indiscriminada —apuntó Brandon.

—No se han limitado a eso —dijo Tom con la voz apagada—. Han matado enseguida a algunos, que era lo mejor que podía pasarles. A los demás los han amontonado como si fueran ganado... y ahora han ordenado a los hombres que caven hornos en la tierra...

Kimi se enderezó.

—¿Quieren... quieren...?

—De verdad, hasta ahora tampoco lo había creído —admitió Tom—. Bien, en Nueva Zelanda se había comentado que antes eran antropófagos y... que eventualmente... cuando un jefe vencía a otro, se asaba el corazón de este último, se ahumaba su cabeza y se guardaba como trofeo. Pero esos salvajes... ¡están preparando un banquete! Asan la carne de los muertos y quién sabe lo que tendrán en mente hacer con los que han encerrado. ¡Es espeluznante! La sangre, los gritos de dolor, los himnos victoriosos de los guerreros. ¡Reina una auténtica locura! Tenemos que irnos todos de aquí.

—¿Piensas que no se detendrán ante colonos blancos? —preguntó Brandon—. Bueno... vosotros tenéis mosquetes...

—Y ellos también —replicó Tom—. Y además... ¿Qué hacemos con dos mosquetes contra trescientos o cuatrocientos guerreros sedientos de sangre?

Raukura dijo algo y Kimi intentó mantener la calma para traducir.

—Dejarán en paz a los pocos blancos instalados aquí —dijo—. Sabe por Aotearoa que estos sí devuelven el golpe. Además, apenas tienen tierras. Un par de granjas en la costa y vuestras tres cabañas. Los maoríes quieren tierras y esclavos. Quieren establecerse aquí.

Tom asintió.

—Y comerciar con los blancos. En Nueva Zelanda actúan igual. A pesar de todo, yo insisto en que debemos huir. Al menos en un principio. Hasta que la situación se calme.

—¿Se calme? —preguntaron al unísono Brandon y Kimi.

Tom asintió.

—¿Qué sugerís vosotros en cambio? ¿Debemos ir a buscar nuestros dos mosquetes, tal vez preguntar también a Rich si se apunta con nosotros, e intentar con ellos echar al mar a cuatrocientos o quinientos guerreros? No podemos ayudar a los moriori. Se ha perdido la oportunidad.

—La ley de Nunuku... —susurró Kimi.

Tom hizo una mueca con la boca.

—Ya lo ves, Bran, además lo considerarían un delito. Los hombres han decidido posicionarse en contra de la rebelión. En el camino de vuelta nos hemos encontrado con dos que han podido escapar y nos lo han explicado. Un par de jefes más jóvenes estaban a favor de luchar, pero los ancianos se han impuesto: su plan consistía en volver a negociar con los maoríes y retirarse en caso necesario. Es posible que se hubieran resignado a ser esclavos sin oponer resistencia. En realidad, la masacre del poblado ha sido innecesaria.

Kimi lloraba de nuevo. Raukura se había repuesto entretanto.

—¿Yo ir cabaña recoger cosas? —preguntó en su inglés básico.

Tom asintió.

—Sí, Raukura, vamos a hacer el equipaje. Pero no

te dejo sola. Voy contigo. ¡Y vosotros también recogéis, Bran! No hay peros que valgan. Debemos llevar a las mujeres a un lugar seguro. —Y dicho esto, dejó la botella de whisky con determinación y echó el brazo al hombro de Raukura. La joven volvió a apretar la mano de Kimi, que no había soltado en todo ese rato, y siguió a su compañero.

—¡Nos vemos enseguida! —dijo con un murmullo a Kimi, y luego se volvió a los dos hombres—. Nosotros playa, ¿sí?

—Sí, nos encontraremos en la playa —confirmó Tom—. Lo antes posible. Espero que Rich también venga con nosotros. Ahora no debería quedarse nadie solo aquí.

Richard O'Connor vivía algo más lejos, al oeste, cerca de otro asentamiento moriori. Kimi se preguntaba aturdida si allí reinaría todavía la paz o si los maoríes ya habrían tomado el poder sobre Rekohu y bañado de sangre todo su pueblo.

Brandon no tenía gran cosa que llevarse. Tardó apenas unos minutos en meter dentro de un petate sus pocas propiedades. Kimi lo observaba infeliz.

—Yo no puedo irme —declaró en voz baja—. Yo soy de aquí... hablo con los espíritus... ¿Quién hablará con los espíritus cuando yo ya no esté?

Brandon se encogió de hombros.

—Tu maestra, como ha hecho hasta ahora. Si es que todavía sigue viva. Pero nadie sacará ningún provecho de que te dejes matar. ¡Ven conmigo, Kimi! Conserva en primer lugar la vida. Luego ya veremos si podemos volver o no.

—Pero mi árbol está aquí... —musitó—. Mi padre plantó un árbol para mí en el bosquecillo de los kopi... y para mis hermanos. Tutai está muerto, lo han matado. Y mi padre... —Emitió un gemido al revivir la horrible escena—. ¿Quién conjurará a los espíritus por ellos?

Brandon sabía que hablaba de las tallas en los árboles, típicos de su pueblo. Había bosquecillos de kopi cuyos árboles tenían grabados símbolos o figuras de hombres o animales.

—Kimi... —Intentó hacerla razonar—. Hoy han muerto docenas de miembros de tu pueblo. Ninguna persona sabe quién tallará los árboles por ellos, primero deberían ser enterrados... Pero ahora no podemos preocuparnos por eso. Tenemos que irnos, Kimi, antes de que peinen los bosques en busca de fugitivos. Por lo que Tom ha contado, hay varios hombres que han huido. Y Anewa no correrá el riesgo de que se agrupen y lo cojan desprevenido. A fin de cuentas, tu gente conoce estos bosques, podrían causar daños a los maoríes...

—¿Y la ley de Nunuku? —replicó Kimi de nuevo.

Brandon se llevó las manos a la frente.

—¡Por favor, entiende lo que está pasando! A los maoríes eso les da totalmente igual. No correrán ningún riesgo. Vayámonos de aquí. Si es necesario, te arrastraré por el cabello hasta la playa. ¡No pienso dejarte aquí! —Kimi gimió. Luego se levantó. Brandon sintió que se quitaba un peso de encima—. Ven, esperemos fuera a los demás. Escondidos en el bosque. Tengo una desagradable sensación...

Abrió la puerta y se quedó petrificado. Kimi empezó a gritar. El hombre que estaba ahí delante era Anewa, todavía con la indumentaria de guerra, el faldellín de hebras de lino y el torso desnudo manchado de sangre. Había levantado el hacha para conseguir entrar a la fuerza.

Brandon dio por instinto un paso atrás. Pensó en coger un arma, pero no tenía ninguna y tampoco habría podido reaccionar lo suficientemente deprisa para vencer al guerrero. Anewa parpadeó, tenía que acostumbrar la vista a la penumbra de la cabaña. Brandon se esforzaba en encontrar la manera de distraer la atención del guerrero para que no reconociera a Kimi.

—¿Qué quieres? —preguntó con determinación.

Anewa lo amenazó con el hacha.

—La hija del jefe de la tribu —primero en su lengua y luego en un inglés elemental—. ¿Dónde está?

Kimi gimió y entonces Anewa se percató de su presencia.

—¡Ah! Yo saber que encontrar aquí. —Se volvió hacia ella—. Tú venir conmigo.

—¿Para que la mates? —preguntó Brandon. Levantó el petate en un intento desesperado de protegerse y al mismo tiempo se apartó de la puerta—. ¡Si quieres llevártela, será sobre mi cadáver! —La provocación desorientó al guerrero.

Pero aun así, no se dejó confundir. Alzó el hacha y le golpeó con el extremo romo. Brandon se echó a un lado, pero Anewa le dio en la sien y el irlandés se desplomó.

Anewa lo apartó a un lado con el pie.

—¡Ven conmigo! —ordenó a Kimi.

La joven estaba como paralizada. No quería abandonar a Brandon. Si Anewa pretendía matarla podía hacerlo en ese mismo instante.

El guerrero le propinó un golpe brutal en el rostro.

—¡Ven conmigo! —le exigió de nuevo.

Kimi probó el sabor de la sangre, le había abierto el labio.

—¿Para que también puedas matarme? —le soltó—. ¿Y comerme?

Anewa rio.

—Tonterías —resopló—. Eres hija de un jefe tribal. Comerte sería *tapu*. ¿Y además para qué? Todo tu poblado está lleno de ganado para el matadero. —La cogió del brazo—. Ahora eres mi esclava —declaró—. He tomado posesión de la tierra según nuestras costumbres y me quedo con la hija del *ariki*. A partir de ahora me servirás a mí. —Y dicho esto tiró de ella para sacarla de la cabaña.

Kimi miró a su alrededor. Su última oportunidad habría sido que Tom y Raukura estuviesen allí. Tom iba armado. Y era más audaz que el dulce Brandon. Pero enseguida se recriminó por pensar de ese modo. Rechazaba el derramamiento de sangre. Tenía que someterse a la ley como habían hecho ese día todos los demás en el poblado. Probablemente ya había pecado. Si no hubiese huido, Brandon todavía estaría vivo. Arrojó una última mirada al cuerpo inerte del joven. Un charco de sangre se había formado alrededor de su cabeza.

Anewa la arrastró consigo.

—Ya sé caminar sola —musitó—. Te... te seguiré.

Anewa dibujó una sonrisa diabólica.

—Una mujer dócil —dijo satisfecho—. Seré muy dichoso contigo, mi pequeña moriori...

El poblado de Whangaroa, que esa mañana todavía tenía un aire plácido y acogedor, presentaba ahora la imagen auténtica del horror. Alrededor de los hoyos para cocinar había pedazos de los cuerpos sin vida, los perros se peleaban en torno a las cabezas cortadas de hombres y mujeres cuyos brazos y piernas los maoríes habían asado en hogueras. Habían arrastrado algunos cadáveres hasta la playa. Horrorizada, Kimi contó cerca de cien víctimas, entre ellas su otro hermano.

Los supervivientes estaban encerrados en un redil y parecían totalmente paralizados, llorando y lamentándose ante los preparativos del lúgubre banquete en medio de su aldea. Kimi comprobó que Pourou todavía vivía, la pequeña Whano se escondía detrás de ella.

—¿Qué... qué va a ser de ellos? —preguntó sobrecogida, cuando pasó junto a su gente tras Anewa.

Este se encogió de hombros.

—Ya veremos. Necesitamos trabajadores, hemos traído patatas de siembra. Hay que talar bosques y labrar campos de cultivo. Y hay que seguir construyendo el *pa*. No podemos vivir en estas cabañas. —Señaló las viviendas con las que los moriori siempre se habían contentado. Empujó a Kimi a la cabaña del jefe tribal, que había incautado para sí ya al principio—. Tú espera aquí —dijo—. Y no intentes escapar. Te encontraría dondequiera que fueras. ¡Acuérdate de que ahora eres mía!

Kimi se sentó sobre el colchón de lino que yacía en el suelo y pensó en su padre y sus hermanos, que habían vivido allí. Intentó rezar una oración por ellos, pero las palabras no salían de su garganta. De todos modos, los espíritus no la escucharían. Anewa y su gente seguro que los habían expulsado del poblado. Como petrificada, se quedó sentada oyendo las risas y canciones de los maoríes que celebraban su victoria en la plaza. El olor de la carne asada y de la grasa quemada era repugnante. Kimi tenía la sensación de que nunca más podría volver a comer. «¿Pero sí podemos matar animales?» Pensó en la pregunta de la pequeña Whano. La niña todavía seguía con vida. Kimi reflexionó sobre si los animales morían más fácilmente.

En un momento determinado, el batir de los tambores y los cánticos del exterior la adormecieron. El agotamiento venció al miedo. Despertó sobrecogida cuando Anewa entró en la cabaña.

—Una buena lucha, una buena comida y una mujer... —Rio y desnudó a Kimi arrancándole su ligera vestimenta.

Kimi se acurrucó.

—Yo... yo solo tengo catorce años —susurró—. Nunca lo he...

El maorí soltó una carcajada.

—Pues claro que eres virgen. La hija de un jefe... —Kimi ignoraba qué tenía que ver una cosa con otra, pero entre los maoríes parecían imperar ciertas normas en ese tema—. ¡Y ahora tomaré posesión de ti igual que he tomado posesión de tu país! —Anewa abrió la puerta de la cabaña—. ¡Todos sois ahora testigos, hombres de los ngati mutunga y de los ngati tama! —gritó al exterior—. ¡Voy a plantar mi semilla en la hija del *ariki*!

Acto seguido se abalanzó sobre Kimi. Era mucho más alto que ella, por lo que su rostro quedaba bajo el pecho del guerrero. Olía a sangre y sudor, la muchacha creía que iba a vomitar y gritó de dolor cuando él le clavó el miembro y la embistió, una y otra vez. Le hacía tanto daño que creía que la desgarraban por dentro. Anewa la sujetaba brutalmente por los brazos. Cuando abrió un instante los ojos vio el rostro del hombre tatuado y contraído.

Para ella, transcurrieron horas hasta que Anewa por fin se apartó. Kimi ya no sabía si lloraba o si solo gemía y suspiraba. No sabía quién era, solo sentía dolor y asco. Su cuerpo estaba sucio, entre sus muslos se mezclaba la sangre y un líquido viscoso.

—¡Mi esclava! —exclamó de nuevo Anewa, satisfecho, antes de darse media vuelta—. ¡Mis tierras!

Se durmió al instante.

Kimi no pudo pegar ojo en toda la noche. El hedor que desprendía Anewa no la dejaba respirar y sus ronquidos la sobresaltaban cuando conseguía adormecerse.

A la mañana siguiente el horror prosiguió. Kimi pensaba que iba vomitar al levantarse y ver los restos de la comilona del día anterior. Sus aterrados compatriotas habían tenido que contemplarlo todo desde el redil. La muchacha habría preferido volver a meterse en la cabaña de su padre, que el jefe de los maoríes consideraba ahora de su propiedad, y acurrucarse por mucho que apestara ahí dentro y por mucha que fuera su necesidad de ir al arroyo a lavarse.

Anewa, que estaba sentado delante de la cabaña, urdiendo planes con sus hombres, le ordenó rudamente que le llevara algo que comer. Kimi se dirigió tambaleante hacia las hogueras, también su estómago protestaba. Necesitaba comer algo con urgencia para apaciguarlo, pero no cabía en su mente tragar bocado. Al final se obligó a tomar un trozo de pan ácimo que coció para Anewa. Llevó al maltratador también un poco de pescado y esperó que no la forzase a recoger carne fría de la noche pasada. No habría sido capaz de desprenderla de los huesos de las piezas asadas de los cadáveres.

En un principio, Anewa pareció satisfecho y Kimi se arrastró hasta el lugar dedicado a los baños en el arroyo. Nadie la veía y pensó en escapar, pero no sabía a dónde ir. Los maoríes la encontrarían en la isla y en la bahía no había barcos. El bergantín del capitán Harewood ya había levado anclas. Además, se sentía demasiado desgraciada para emprender cualquier cosa. No podía hacer más que limpiar la sangre, el sudor y la peste de su cuerpo. Se lavó la ropa al mismo tiempo, pero tendría que remendar el corpiño. Anewa se lo había desgarrado al arrancárselo.

Después del baño, Kimi se quedó un rato sentada en la orilla para que se le secara el cabello al sol. Ahí, entre los árboles y las cañas reinaba la paz, como si no hubiera ocurrido esa pesadilla en el poblado. Kimi trató de hablar con los espíritus, debería intentar consolarlos y serenarlos, pero tan solo podía compartir con ellos el duelo.

El sol todavía no había llegado a su cénit cuando uno de los guerreros de Anewa apareció de repente junto al arroyo y le ordenó que volviera al poblado.

—¡Ven, el *ariki* te necesita! —dijo lacónico.

Kimi se sobrecogió. ¿Iba a abusar de nuevo Anewa de ella? ¿Ahora, en pleno día? Llena de miedo, siguió al hombre, pero no a la cabaña, sino al redil en el que sus parientes y amigos se entregaban a su destino. La mayoría de ellos miraban apáticos al frente, otros lloraban. Los pocos niños que había se escondían detrás de sus madres o de otros supervivientes. Anewa hablaba en voz alta y con abundantes palabras a los moriori, que, como era evidente, apenas entendían nada y tampoco se hallaban en posición de concentrarse en lo que les decía su torturador.

—¡Traduce! —ordenó Anewa. Kimi sintió la mirada compasiva de Pourou. La *tohunga* presentía lo que le había ocurrido—. Diles que vamos a dejarlos salir. Que han de trabajar, porque son nuestros esclavos. Y que no tienen ni que pensar en escaparse. Toda la isla está ya bajo nuestro control. Los otros jefes de nuestro pueblo también han impuesto aquí nuestras costumbres y leyes... De nada les servirá rebelarse.

Kimi tradujo, y Pourou se acercó llena de dignidad a la valla del redil. Sus ojos estaban enrojecidos por las lágrimas, lloraba por su hija Nakahu y por todos sus protegidos. ¿Hablarían con ella los espíritus?

—¿Qué hemos de hacer? —preguntó la *tohunga*.

Anewa hizo una mueca con los labios.

—Primero ordenar todo este desaguisado... —Abarcó con un gesto la plaza del poblado—. Y luego os encargaréis de los campos de cultivo. Además, hay que acabar el *pa*...

—¿Y nos daréis algo que comer? —preguntó Pourou.

Kimi no podía imaginarse que tuviera hambre, pero, por supuesto, debía pensar en los niños.

Anewa rio.

—Hay restos suficientes ahí —se burló.

Pourou le lanzó una mirada que él debió recibir como una maldición. Bajó por unos segundos la vista.

—Primero a trabajar, luego podéis ir a pescar —aclaró—. Y ahora, a limpiar...

Kimi ayudó a recoger los huesos de las víctimas del terrorífico banquete y a llevarlos a la playa, donde los hombres de los moriori los sepultaron. A los cadáveres que yacían colocados en hileras, y ante cuya visión los guerreros seguramente se habían regocijado, los enterraron según el rito tradicional. El pueblo de las islas Chatham enterraba a sus muertos sentados y mirando al mar. Además, Pourou empezó a entonar las antiguas oraciones y canciones, pero los vigilantes maoríes la hicieron callar de inmediato.

—¡Enterradlos! —gritó el guerrero encargado de la supervisión—. Y no quiero oír ni una palabra más en esa lengua tan rara. Ese siseo... es insoportable. Hija del jefe, diles que a partir de ahora tienen que hablar solo en maorí.

—Pero si no saben —objetó Kimi.

El hombre resopló.

—Pues que aprendan. O que se callen. Los esclavos tienen, de todos modos, que cerrar el pico.

Kimi tradujo intentando al mismo tiempo introducir a la asustada gente en la lengua maorí.

—Lo que se diferencia, sobre todo, es la pronunciación —explicó, esperando consolar de este modo a los aldeanos—. Solo tenéis que pronunciar «tch» en lugar de «t». Y pronunciad toda la palabra con claridad, no os comáis el final.

Nadie lo intentó. Los hombres, las mujeres y los niños trabajaban en silencio y cabizbajos. A Kimi se le rompió el corazón cuando vio a la pequeña Whano enterrando huesos en la arena y estuvo a punto de vomitar cuando vio que sus maltratadores arrastraban unos cadáveres para cenar en el poblado.

Las mujeres moriori asaron al final un par de pescados en la playa y desenterraron raíces de helecho para masticarlas. Kimi encontró alarmante lo rápido que habían recogido suficiente para todos.

Por la noche, volvió a repetirse el martirio de Kimi en la que antes había sido la cabaña de su padre. Anewa se había lavado, pero sus embestidas le resultaban aún más dolorosas pese a que se había puesto un ungüento lenitivo que le había preparado Pourou para las heridas.

Kimi se durmió llorando quedamente. Tenía que calmarse, esa pesadilla no iba a concluir en breve. Seguro que una parte de los esclavos no viviría mucho más tiempo. Anewa no había dejado ninguna duda respecto a que los consideraba «ganado para el matadero». En ocasiones especiales o cuando los cazadores no hubiesen obtenido piezas suficientes, morirían más moriori. Pero para Kimi no habría ninguna muerte rápida. Anewa la necesitaba y la quería, tal vez nunca se desprendería de su esclava.

Solo quedaba una única esperanza: los pocos colonos blancos de la isla que tenían granjas. Cultivaban tierras, uno de ellos criaba cerdos. Los maoríes habían cogido animales que se habían escapado, lo que había sido motivo para un nuevo banquete.

Si esos granjeros se sentían amenazados por los maoríes tal vez tomaran partido y lucharan contra los invasores. Seguro que recibirían apoyo de Aotearoa, Brandon había dicho que los ingleses tenían tropas destinadas allí, fuera lo que fuese lo que eso significaba. En cualquier caso, los *pakeha*, como llamaban los maoríes a los blancos, tenían la soberanía en Aotearoa. Si querían, también podían acceder a Rekohu.

Por desgracia, las últimas esperanzas de Kimi se desvanecieron con rapidez. Era obvio que los blancos habían decidido ignorar, sencillamente, las desavenencias entre los indígenas. En cuanto los maoríes comenzaron a cosechar patatas y a cultivar otros frutos, los colonos y los hombres de los barcos balleneros empezaron a negociar. Y, sin embargo, no debía pasarles desapercibido lo mal que trataban los nuevos señores a los esclavos moriori. Kimi y sus compañeros de fatigas nunca tenían comida suficiente, se les insultaba y golpeaba. A ella le parecía como si los maoríes disfrutasen descubriendo que alguien se quejaba. Las muertes se sucedían una tras otra, pero ahora ya no celebraban sus matanzas en la plaza del poblado, sino que hacían que sus víctimas cavaran hoyos para cocinar, junto a los cuales los mataban de un mazazo. Los huesos roídos los dejaban tirados sin más.

Esto resultaba casi insoportable para los moriori, pero con el tiempo les permitieron tener más libertad de movimiento. Huir era imposible, y además la mayoría estaba demasiado acobardada y agotada a causa del duro trabajo en el campo como para alejarse del poblado. Al cabo de unas semanas, Kimi era la única con valor suficiente para dar un paseo a solas. Aunque todavía le dolía que Anewa la penetrase violentamente, la entrada de su cuerpo parecía haberse ensanchado. Ya no sangraba y cuando se ponía el ungüento el dolor corporal era soportable. Todavía sentía asco y repugnancia, a menudo salía tras el coito para vomitar y cuando el tiempo lo permitía dormía al aire libre. Donde mayor calma encontraba era bajo las estrellas.

A veces hasta conseguía librarse de los constantes pensamientos de sangre y muerte y recordar los buenos tiempos. Pensaba en su padre y en lo orgulloso que se había sentido de que Pourou la aceptara como pupila, en sus hermanos y en Brandon, sobre todo en él. Desde que la habían capturado se preguntaba si los otros blancos lo habrían encontrado y enterrado. ¿O acaso su muerte los había empujado a escapar corriendo? Kimi, atormentada por el sentimiento de culpa, desearía al menos cantar *karakia* para su amigo irlandés y encomendar su alma a los espíritus. Incluso si no eran los dioses del joven y aunque nadie hubiera plantado un árbol en Rekohu cuando él había nacido.

En pleno verano, cuando Anewa viajó al este de la isla para reunirse con los otros jefes, ella se encaminó a la cabaña de Brandon y se quedó sorprendida al encontrar el claro del bosque ordenado. La puerta de la cabaña estaba cerrada y el interior seguía igual a como Kimi y Brandon lo habían dejado el día de la masacre. Faltaba el petate de Brandon, así como su cadáver. Kimi buscó alguna tumba recientemente cavada, pero no la encontró. ¿Se lo habrían llevado los hombres?

Kimi no se permitía pensar en que su amigo todavía siguiera con vida. En ese caso, al menos no se sentiría responsable de su muerte ni tendría que apaciguar el espíritu de Brandon. Por otra parte, tenía la necesidad de abordar este tema. Hasta el momento no había podido hacer nada por los muertos del poblado: los maoríes no permitían que Pourou celebrara las antiguas ceremonias y después de trabajar nadie tenía fuerzas para tallar imágenes en la corteza de los árboles. Ahí en el claro había un árbol kopi bajo el cual Brandon y ella se habían sentado a menudo. Él la había dibujado y había dicho que esas reproducciones eran «retratos». Kimi decidió que ese árbol sería un buen hogar para el espíritu de Brandon y al instante se puso a grabar símbolos para él. Tal vez un albatros, un ave que llevara de vuelta su alma a Irlanda, si es que Brandon así lo deseaba...

Kimi necesitó varias horas para plasmar la imagen en el árbol; mientras, estuvo cantando canciones y recitando oraciones y una sensación de paz la envolvió como hacía mucho tiempo atrás. Casi le parecía sentir la presencia de Brandon. Al final se le ocurrió una idea. Volvió a entrar en la cabaña, echó un vistazo al armario toscamente construido y enseguida halló lo que buscaba. Emocionada encontró varios dibujos, un retrato de ella, una ballena, pingüinos, un pájaro taiko... Kimi sonrió. Ella le había ayudado a encontrarlo y entonces no había entendido por qué prefería dibujarlo antes que cazarlo. A esas alturas, a ella la caza le repugnaba, ya no conseguía pedir permiso a los espíritus de los animales para matarlos: era pedir demasiado, no era capaz de exigir tal sacrificio.

Se llevó consigo los dibujos y los escondió cerca del poblado en un tronco hueco. Ahí estarían seguros y ella podría volver, contemplarlos y sentirse cerca de Brandon. Por primera vez desde que la desgracia había asolado su hogar, Kimi experimentó cierto consuelo.

6

Unas horas después de la masacre de Whangaroa, Brandon Halloran se despertó en la cubierta de un barco. Había fuerte marejada, las planchas sobre las que yacía vibraban y de vez en cuando una ola saltaba por encima de la borda. Así fue como un chorro de agua salada lo devolvió a la realidad.

Tom Peterson, que estaba sentado a su lado, suspiró aliviado.

—Por fin has vuelto —exclamó dichoso—. Estábamos muy preocupados por ti, pero el calafate opinaba que volverías en ti.

—El calafate... —Brandon se llevó aturdido las manos a su dolorida cabeza. ¿Acaso no solía llamarse a un médico en lugar de a un carpintero cuando alguien estaba herido?

Tom rio.

—Él aquí es el curandero. Y piensa que eres duro de cráneo. Aunque a primera vista pensamos...

—¿Dónde estoy? —preguntó Brandon. Le parecía una situación irreal. ¿No estaba en el bosque hacía un momento? ¿Con... con Kimi? Se irguió sobresaltado—. ¡Kimi! ¿Qué ha pasado con Kimi? ¿La... la habéis encontrado? Ese maorí...

Tom lo empujó para que se tendiera de nuevo sobre la manta en la que estaba.

—Tranquilo, tranquilo o volverá a abrirse la herida. Y ya has perdido sangre suficiente, eso es lo que nos ha asustado tanto. Desafortunadamente no hemos encontrado a Kimi. Solo a ti, inconsciente y con la cabeza abierta. Nos imaginamos lo que había ocurrido.

—¿Y no habéis hecho nada? —preguntó Brandon furioso—. No habéis intentado encontrarla, no...

Tom hizo una mueca y negó con la cabeza.

—Lo siento, pero no hemos intentado asaltar el poblado donde seguramente se encuentra. Si esa gente hubiera querido matarla, lo habría solucionado en tu cabaña.

—Uno, era solo uno... —le quitó la palabra Brandon.

El amigo suspiró.

—Uno que tú hayas visto —replicó—. En el bosque había montones. Han peinado toda la zona buscando fugitivos. Estoy seguro de que nos han visto, pero nos han dejado marchar.

—¡Deberíais haberlo seguido! —insistió Brandon. Le dolía mucho la cabeza, pero su preocupación por Kimi relegaba el dolor a un segundo plano.

Tom le tendió una botella de whisky. El carpintero del barco prescribía el alcohol como medicina.

—Toma un buen trago, luego tal vez puedas volver a reflexionar. Y a comprender que Rich y yo tenemos apego a la vida...

—¿Rich? —preguntó Brandon.

Tom le aguantó la botella en los labios.

—Sí, Richard también está aquí —le informó—. Lo encontramos en mi cabaña, cuando incendiaron el poblado moriori vecino puso pies en polvorosa. Los maoríes causaron allí los mismos estragos que en Whangaroa.

Llegó para advertirnos de lo que ocurría. Una suerte, porque yo solo contigo a cuestas no habría podido recorrer todo el camino hasta la playa.

—¡Ojalá me hubieseis dejado allí! —Brandon tosió, causando de nuevo un estallido de dolor en su cabeza—. Entonces habría podido intentar liberar a Kimi, yo...

—¿Tú solo contra cuatrocientos guerreros maoríes, Brandon? ¡Y qué más! No podíamos hacer nada por esa gente. En cualquier caso está en nuestra mano informar a las autoridades neozelandesas de lo ocurrido en las Chatham. Tal vez hagan algo, a fin de cuentas las islas pronto pertenecerán a Nueva Zelanda. Pero ya puedes olvidarte de Kimi. Con lo guapa que es seguro que la hacen esclava de uno de esos tipejos. A lo mejor hasta se casa uno con ella y no lo pasa tan mal.

—¿Tan mal? —Brandon solo tenía ganas de pegarle un puñetazo a alguien, pero, naturalmente, la razón le decía que Tom no se merecía que descargara en él su rabia. Al contrario, los dos antiguos cazadores de ballenas le habían salvado la vida. A saber si habría sobrevivido a su herida solo, en la cabaña. Y ni pensar en un intento de liberación en el poblado maorí—. Debe de ser un infierno —dijo a media voz.

Tom suspiró.

—En eso no te llevaré la contraria —dijo—. Al menos he salvado a Raukura. Está con Rich bajo cubierta.

—Pero ¿dónde estamos? —preguntó Brandon de nuevo.

Tom levantó los brazos.

—Prométeme que no me pegarás cuando te lo diga —le pidió—. Sé que esto te parecerá una traición, y a mí tampoco me gusta. Pero teníamos que irnos de la isla y este era el único barco.

—¿El *Lord Rodney*? —preguntó Brandon.

Tom asintió.

—Sí. El capitán Harewood ha tenido la amabilidad de aceptarnos a bordo en el último momento. Acababa de izar a toda prisa las velas cuando hemos llegado a la playa. La terrible matanza ya había llegado a sus oídos y se temía que los maoríes pudieran volver a secuestrar el bergantín. No sé hasta qué punto es cierto todo lo que dice, no doy crédito a toda la historia. Después de dejar aquí a los primeros guerreros, podría haberse largado. Pero a lo hecho, pecho. Ahora estamos a bordo y en un par de días llegaremos a Kororareka. Está en la bahía de Islas, por el momento el asentamiento inglés más grande de la Isla Norte de Nueva Zelanda. Y ahora descansa y deja de pensar en esa chica. Has hecho lo que estaba a tu alcance. Esos tipos casi te matan. Es probable que Kimi haya recitado la ley de Nunuku hasta el último momento. Olvídate de los moriori. Son buena gente, pero también un poco cándida...

Brandon pasó en cubierta la mayor parte de los tres días que duró la travesía. El interior del barco habría estado más cálido y seco, pero a pesar de que lo habían limpiado en la isla Chatham, todavía olía al sudor de toda esa gente que el velero había transportado y que no había tenido reparo en hacer allí sus necesidades. Brandon atribuía a esa atmósfera cargada sus dolores de cabeza, se sentía mejor al aire libre. A partir del segundo día ya casi no sufría cefaleas, pero se mareaba cuando intentaba ponerse en pie y vomitaba con frecuencia. Le extrañaba, pues hasta entonces nunca se había mareado en el mar. El calafate afirmaba que eso se debía al golpe en la cabeza.

—Tardará varios días —pronosticó tranquilamente el hombre cuando cambió la venda a Brandon—. Pero en conjunto has tenido suerte. Cuando esos salvajes golpean con sus mazas... has estado a un pelo de no volver a despertarte nunca más.

Brandon lo entendía, pero no se sentía afortunado, sino que le pesaba el sentimiento de culpa. ¿Habría existido alguna posibilidad de salvar a Kimi? ¿Si se hubieran ido con Tom y Raukura en lugar de quedarse solos en la cabaña? Al fin y al cabo, Tom y Rich tenían armas de fuego. Los tres juntos habrían podido vencer a los guerreros...

Brandon no podía parar de darle vueltas a la cabeza por mucho que Tom y Rich intentaran levantarle la moral. Raukura no se dejaba ver demasiado. Se mareaba y tenía miedo de todo lo nuevo que le esperaba en el mundo de los *pakeha*. Seguro que Kimi no se habría acobardado tanto. Al contrario, en mejores circunstancias seguro que hasta habría disfrutado del viaje.

Brandon aparcó todos esos pensamientos cuando por fin llegaron a Kororareka. La pequeña ciudad estaba situada en un lugar maravilloso, edificada en un promontorio que llegaba hasta la bahía de Islas. El mar allí era de un azul intenso y camino del puerto, el *Lord Rodney* pasó junto al montón de pequeñas islas que daban nombre a la región. Algunas eran rocosas, otras verdes y con bosques, y en esa época, en primavera, los árboles estaban en flor y los arbustos llenos de color. Al ver los arbustos *rata* y las plantas *turutu* casi totalmente cubiertos de flores violetas o rojas, Brandon se quedó maravillado, deseoso de poder dibujar, o mejor aún pintar, esa maravilla. Cuando consiguiera algo de dinero, compraría colores, pero primero tendría que contentarse con dibujar a lápiz las extrañas formas de esas tiernas flores y bayas.

Contemplaba arrebatado los delfines que acompañaban la embarcación y de nuevo pensaba apenado en Kimi. A ella le habría encantado ver todo eso. Incluso Raukura se atrevía a salir a cubierta y observar a los juguetones cetáceos. Había cientos de ellos.

Kororareka, en cambio, decepcionó un poco a Brandon. Aunque la pequeña ciudad era famosa como centro comercial, todavía se estaba formando a paso lento el auténtico núcleo urbano en el que comerciantes honrados administrarían panaderías y pescaderías, almacenes generales y otras tiendas especializadas en utensilios de caza y pesca. Sin embargo, el lugar estaba lleno de cazadores de ballenas y focas, presos huidos de Australia y marinos que habían desertado. Sobre todo en la zona portuaria abundaban las tabernas y burdeles. Raukura miraba atónita a las pintarrajeadas prostitutas que enseguida se ofrecieron a los marinos cuando el *Lord Rodney* hubo anclado. Unos maoríes de aspecto marcial reclamaban el pago por amarre. Cuando Raukura los vio no quería bajar a tierra.

—¿Y ahora qué hacemos? —preguntó Brandon desanimado cuando él y los tres huidos de las Chatham bajaron al muelle.

Richard le sonrió.

—Lo primero de todo beber un trago —contestó, señalando la taberna más próxima—. Os invito, todavía me quedan un par de chelines. Y ahí mismo podemos pedir trabajo. Algo habrá que hacer aquí, incluso si no queremos enrolarnos en un barco.

Brandon no quería de ninguna de las maneras y Tom tampoco. Richard, por el contrario, era un viejo lobo de mar. La caza de ballenas no le había gustado, pero en principio le gustaba la vida en el mar, incluso había echado una mano en el *Lord Rodney*. A lo mejor el capitán

Harewood lo habría contratado, pero Rich no quería. Al igual que Tom, sospechaba de ese hombre. Recelaba del capitán por el hecho de que hubiese llevado a los maoríes a las Chatham no porque lo hubiesen obligado a la fuerza, sino porque le hubiesen pagado debidamente.

Brandon y Tom cedieron solo ante la perspectiva de que el dueño del local pudiera ayudarlos a encontrar trabajo. Esperaron impacientes hasta tener ante sí una pinta de cerveza fuerte. Acto seguido, Brandon preguntó al hombre, que señaló a uno de los clientes.

—El capitán de puerto —dijo con calma—. Si hay algún trabajo que dar por aquí, él lo conoce.

Brandon cogió su cerveza y se acercó al hombre rechoncho y ya bastante achispado que estaba tomando un whisky. Aun así, parecía tener controlada la situación. Al día siguiente, dijo, arribaba de Europa un barco cargado de mercancías diversas. Si Rich, Brandon y Tom estaban puntuales en el puerto, podían ganarse un par de chelines descargándolo.

—¿Y una habitación? —preguntó Brandon, pensando sobre todo en Tom y Raukura. La joven no podía pasar la noche en la calle.

El capitán de puerto se echó a reír.

—Aquí solo se alquilan por horas —bromeó—. Pero bueno, no voy a ser malo, por mí podéis dormir en mi cobertizo. Detrás de la capitanía, está lleno de jarcias y trastos, pero seguro que os podréis hacer un rinconcito.

Brandon y Tom fueron hacia allí, mientras Rich se quedaba en la taberna estableciendo más contactos. Brandon no tenía ninguna duda de que el viejo lobo de mar muy pronto zarparía. Parecía contento, seguramente llevaba tiempo aburriéndose en la isla Chatham.

Tom enseguida empeñó su mosquete, lo que les dio suficiente para hartarse de comer antes de echar un vistazo al cobertizo del capitán. Tal como esperaban estaba sucio y húmedo, pero serviría para una noche.

—Si mañana ganamos algo, nos buscaremos un sitio mejor —consoló Tom a Raukura.

Pero ella no estaba molesta por ese inhóspito alojamiento. Solo se alegraba de escapar de la vista de los viandantes, de esas casas tan raras y de la música atronadora que salía de las tabernas. Después de comer algo de pan y queso —también la comida era algo nuevo para ella, pues en Rekohu muy pocas veces tenían cereales—, se acurrucó bajo una manta que le dio Tom y enseguida se durmió.

—Mañana tienes que comprarle un vestido y una cinta para el cabello o lo que sea que necesiten las mujeres respetables —le aconsejó Brandon a Tom cuando se echaron a dormir—. Así como va, semidesnuda, cualquiera puede suponer que es una prostituta. ¿Y qué haremos mañana con ella cuando vayamos temprano a trabajar al puerto?

Raukura no estaba dispuesta en absoluto a quedarse sola en la capitanía. Al día siguiente, de madrugada, siguió a Brandon y Tom al puerto y los esperó en el muelle mientras descargaban el barco procedente de Europa. Entretanto, cubrió con la manta su ropa tradicional y se esforzó por pasar desapercibida. Los marineros, sin embargo, no dejaban de dirigirse a ella. Tom y Brandon intentaban no perderla de vista, pero no siempre lo conseguían. A fin de cuentas, se veían obligados a meterse en el interior de la embarcación. Brandon estaba preocupado.

Al mediodía descargó las cajas de algunos pasajeros elegantemente vestidos. Uno de ellos, un hombre con barba, de aspecto distinguido y con levita y sombrero de copa que supervisaba el trabajo, se fijó en Raukura. Cuando Brandon bajaba por la rampa con el equipaje, lo vio junto a la joven, hablándole. Enseguida intervino.

—Señor, por favor, deje a esta señora tranquila —pidió de forma medianamente cortés—. Si... si lo que pretende es... compañía... pues... hay señoras suficientes que... hum... que... —Señaló a las putas que esperaban delante de las tabernas, al aire libre.

El hombre —Brandon se dio cuenta en ese momento de que llevaba un maletín de médico— lo miró extrañado.

—¡Por favor! —exclamó indignado, pero se recobró enseguida—. Discúlpeme, por supuesto no debería haberme dirigido a su... amiga... de una forma tan... directa, pero desde luego no abrigo intenciones deshonestas. Mi nombre es Ernst Dieffenbach... soy alemán. Médico y naturalista. Y la fisonomía de esta mujer... Es nativa, ¿verdad? ¿Es maorí?

Raukura se sobresaltó al escuchar la palabra maorí.

—No realmente, señor. —Brandon encontraba peculiar a ese hombre, pero se esforzó por ser más amable—. Pertenece al pueblo moriori. Vive más allá, en las Chatham.

—¿Sí? —observó Dieffenbach—. ¿Hay varias tribus autóctonas? No lo sabía. En cualquier caso... su fisonomía es extremadamente interesante y yo solo le he preguntado si mi dibujante puede hacer un esbozo de ella. Pero no parece entenderme. ¿Podría tal vez traducirle mis palabras?

Brandon ignoraba cómo arreglárselas con la palabra «fisonomía», pero en ese momento descubrió a un joven que, algo alejado de Dieffenbach, tenía preparados sus útiles de dibujo. Por lo visto acompañaba al científico para documentar los resultados de sus investigaciones. En el fondo no había nada que objetar y, tal vez, hasta recompensaba a Raukura con un par de chelines por haber dado el visto bueno. Sin embargo, el moriori de Brandon no llegaba muy lejos. Con Kimi siempre hablaban exclusivamente en inglés.

—No conozco tan bien la lengua —admitió—. Pero a lo mejor... —Se volvió hacia el dibujante—. ¿Podría dejarme una hoja de papel, señor?

El hombre arrancó solícito una hoja de su cuaderno de esbozos, Brandon siempre llevaba un lápiz consigo. En ese momento sonrió tranquilizador a la muchacha.

—Raukura, al señor le gustaría tener un dibujo de ti —dijo despacio y gesticulando. Ella había aprendido algo de inglés con Tom—. Quiere un retrato tuyo, como el que yo hice de Kimi.

Y mientras, trazó rápidamente un boceto del rostro de la muchacha.

Raukura asomó curiosa por encima de la manta y sonrió vergonzosa.

—¿Esto yo? —preguntó. Tampoco ella se había visto jamás en un espejo.

Brandon asintió.

—Sí. Y esto es para ti. —Le dio el retrato—. Pero este señor quiere hacer un esbozo de ti y quedárselo. Para recordar siempre qué aspecto tienen los moriori.

Raukura parecía algo desconcertada, pero al final consintió. No obstante, contemplaba maravillada el dibujito de Brandon. Este también había atraído la atención de Dieffenbach.

—Es bueno, joven —afirmó—. Tiene usted talento. Mire, Baumeester, de haberlo sabido no habría tenido usted que hacer el viaje... —Estas últimas palabras iban dirigidas al joven dibujante que, situándose en el ángulo adecuado, sacaba el carboncillo—. Yo no podía saberlo...

Escuche, joven. —Se volvió de nuevo hacia Brandon—. Podría darme su nombre y su dirección. El señor Baumeester aquí presente ha dejado Alemania a regañadientes. Acaba de casarse, y ya sabe. En caso de que mi viaje se alargara, tal vez él quisiera acortar el suyo...

Brandon no podía creer lo que estaba oyendo. ¿Existía de verdad la posibilidad de ganar dinero dibujando? Hasta el momento lo había considerado más bien una afición, su madre lo había rechazado por considerar que era propio de vagos y le había regañado cada vez que él conseguía una hoja de papel para ponerse a dibujar al instante. Pero al observar el resultado del trabajo del señor Baumeester pensó que sus propios dibujos no eran ni mucho menos peores que los de ese artista profesional. Sin embargo, Brandon todavía no tenía dirección en Kororareka, naturalmente.

El investigador torció la boca cuando le escribió su nombre y le planteó el problema.

—Hum... entonces ¿cómo puedo contactar con usted? ¿A través del capitán de puerto? Es él quien le ha facilitado este trabajo, ¿no? —Brandon asintió, aunque no creía que fuera un hombre del que poder fiarse demasiado. A eso del mediodía ya volvía a estar borracho—. ¿O tal vez en una iglesia? ¿Un párroco? —sugirió Dieffenbach.

Brandon se encogió de hombros.

—Soy irlandés, señor. Católico romano.

En Nueva Zelanda dominaban las iglesias anglicanas.

—¡Entonces preguntemos dónde está el cura más cercano!

Dieffenbach era sumamente obstinado. Echó un vistazo alrededor y descubrió al capitán de puerto, que se aproximaba tambaleándose. Iba a comprobar cuál era la causa de que se demorase la descarga del barco. Al principio no parecía entender el acento algo áspero del naturalista —a pesar de que Dieffenbach hablaba bien en inglés, no era su lengua materna—, pero luego su rostro se iluminó.

—¡Se refiere a la misión! Al obispo Pompallier y su gente. Tienen cabañas en el extremo sur de la bahía. Quieren construir un edificio allí... Puede ser que estén de viaje o evangelizando por algún lugar...

Dieffenbach se encogió de hombros.

—Ya los encontraré —contestó optimista, y lanzó una mirada satisfecha al dibujo que Baumeester casi había terminado de Raukura. Volvió a recoger el maletín.

—Muy bien, señor Halloran. Me alegro de haberlo conocido. Así como a su joven amiga. ¿Cuál me ha dicho que es su nombre y el de su tribu?

Baumeester apuntó concienzudamente «Raukura, de la tribu de los moriori en las islas Chatham» en el margen del retrato, y se despidió a su vez.

Brandon reanudó el trabajo y se encontró en el interior del barco a Tom, quien estaba en ese momento reparando dos toneles. Los flejes de hierro se habían roto. Con una habilidad sorprendente, Tom arregló las cubas sin que apenas se perdiera su contenido.

—Aprendí hace tiempo —explicó ante el sorprendido Brandon y los marinos que ya estaban preocupados por el cargamento—. El oficio de tonelero. En Londres, hace mucho tiempo... —Sonrió—. En aquella época no me pareció lo suficiente aventurero, así que me enrolé en un barco ballenero y allí me encargué de los barriles.

—El capitán seguro que se alegró de ello. A fin de cuentas, el aceite de ballena se guardaba en toneles.

Brandon estaba impresionado. Él mismo no había podido aprender ningún oficio en Irlanda. Sus padres trabajaban las tierras de un noble y para sus hijos no había otra perspectiva que escapar a algún país lejano.

En ese momento le contó a Tom su encuentro con Dieffenbach y mencionó de paso la misión católica.

—Quizá podríamos alojarnos allí con Raukura —pensó—. El obispo os podría casar y...

—Soy anglicano —lo interrumpió Tom—. Si es que soy algo. Hace siglos que no entro en una iglesia...

A Brandon le sucedía lo mismo, pero, a diferencia de él, Tom no parecía lamentarlo. Brandon siempre había asistido a misa de buen grado los domingos.

—Los anglicanos también tienen una misión —intervino uno de los hombres que con cuidado sacaba rodando uno de los barriles que Tom acababa de reparar—. Te Waimate. Está un poco apartada, al norte. Pero es más grande que las otras misiones. Y aceptan a maoríes... ¡Eh, a lo mejor necesitan un tonelero! Hacen talleres. Quieren civilizar a los salvajes. Han de trabajar con sierras y martillos en lugar de pelear con hachas y mazas...

Brandon y Tom se miraron.

—¡Vamos a intentarlo! —dijo Tom.

Un par de horas más tarde, Tom tenía trabajo y alojamiento en la misión de Te Waimate. Esta resultó ser una especie de aldea con un molino de grano, una carpintería, una fábrica de tejas, una herrería, una escuela y una iglesia. Artesanos británicos enseñaban a los maoríes interesados en sus trabajos manuales y estaban muy dispuestos a contar con los conocimientos de un tonelero. El complejo tenía que autofinanciarse en lo posible e incluso obtener beneficios. Los misioneros negociaban ávidamente con los capitanes de barcos europeos. Siem-

pre se precisaban toneles para transportar col fermenta-
da, cerveza y, por supuesto, ron o ginebra.

Brandon atrajo menos interés.

—Aquí no se dibuja —declaró el reverendo Williams,
director de la misión—. Es una profesión poco lucrativa,
joven...

Así pues, Brandon emprendió el camino hacia la misión
católica que hasta el momento solo estaba ocupada de
manera provisional por dos hermanos maristas. Nunca
había oído hablar de esa orden, pero ambos le explicaron
con amabilidad que hacía ya algún tiempo que se había
fundado. Al principio, los hermanos, y más tarde las hermanas, se habían ocupado de enseñar religión a los niños
en el campo, pero últimamente la comunidad se concentraba en la evangelización. Hacía unos pocos meses que
los primeros religiosos habían llegado a Nueva Zelanda.

—Estamos empezando —explicó diligente el hermano Gerome. Todos procedían de Francia, donde la orden
tenía su sede—. Acaban de nombrar al obispo, que está
inspeccionando el país. Pero a la larga queremos divulgar el evangelio, hasta nos han prometido una prensa ti-
pográfica.

—¿Y después enseñarán a los maoríes a imprimir?
—quiso saber extrañado Brandon.

El concepto de los protestantes le parecía más sensato, Nueva Zelanda necesitaba más carpinteros y fabrican-
tes de tejas que impresores.

El hermano François, el segundo religioso, se echó a
reír.

—No, no, no vamos a dejar que unos principiantes se
ocupen de ello. Nuestra idea de la misión es distinta a la
de los anglicanos. Ellos creen que si enseñan a los mao-

ríes a ganarse el pan honradamente, acabarán yendo a la iglesia. Como si todos los artesanos fuesen creyentes. Nosotros, por el contrario, nos preocupamos del pan espiritual. Queremos que esos paganos conozcan a Dios, la palabra de Dios. Por eso se ha traducido la Biblia al maorí y queremos continuar generando alimento espiritual y distribuyéndolo entre el pueblo.

—¿Se refiere a traducir e imprimir libros de oraciones? —entendió Brandon, y de repente se le ocurrió una idea—. ¿Padre? —preguntó—. ¿No sería más sencillo para los salvajes aprender la Biblia por medio de imágenes? ¿De ilustraciones? ¿De dibujos?

Poco después, Brandon ya tenía un lugar donde dormir en Kororareka, aunque ningún trabajo fijo. Al fin y al cabo el taller de traducción y la imprenta de los hermanos maristas todavía eran algo utópico. Hasta que llegara el momento debería abrirse camino con trabajos temporales; además, muy pronto se realizarían obras de construcción en la misión. Seguro que entonces tendría algo en que ocuparse.

En cualquier caso, el futuro en Nueva Zelanda resultaba prometedor para Brandon Halloran. En realidad quería regalar a los hermanos maristas algunas imágenes de santos para su improvisada sala de oraciones, pero lo primero que dibujó fue el rostro de Kimi y colgó la imagen sobre su cama. Ni quería ni podía olvidarla.

LA VOCACIÓN

Berlín
Nueva Zelanda

1838-1840

1

Se acercaba la hora de vestirse para ir a misa, pero Ruth no acababa de decidirse. ¿Se ponía su vestido preferido, uno de colores claros, estampado de flores y mangas amplias y un pañuelo doblado en pico sobre los hombros? ¿Y además el sombrerito con forma de capota y adornado con flores de seda que realzaba su cabello cobrizo y protegía su tez blanca del sol? ¿O mejor se ponía la falda oscura y una blusa bajo una sencilla mantilla? En general, a David no le gustaban los adornos superfluos, desaprobaba la afectación. Por otra parte, era domingo, ¡y debía ser un día especial! A Ruth se le aceleró el corazón al pensar en lo que David le había dicho al oído cuando se había asomado a la herrería el día antes.

—Acompáñame por la mañana a la iglesia. Tengo que decirte algo, ¡algo importante!

Los claros ojos azules de David había centelleado prometedores, lo que para Ruth solo podía significar una cosa: ¡por fin se le iba a declarar!

Era el momento oportuno para ello. David había obtenido el título la semana anterior y ya podía mantener a una familia. Y los padres del chico no le pondrían piedras en el camino. Hermann Mühlen había mencionado varias veces que Ruth, la hermosa hija del panadero, no le desagradaba en absoluto como nuera y a la madre de David también le gustaba la muchacha. Mantenía una estrecha amistad con la madre de Ruth. Las mujeres se alegraban ante la idea de establecer en un futuro próximo unos vínculos de parentesco.

Después de mucho pensar, Ruth llegó a la conclusión de que no podía esperar la propuesta de matrimonio con una falda y una blusa. ¿Tal vez un vestido más sencillo? Al final se decidió por un vestido de paseo a cuadros azules y granates, con las mangas algo más anchas pero con una cintura muy estrecha. Tuvo que ceñirse bien el corsé para entrar en él. El escote era quizá un poco demasiado grande... Ruth se puso encima un chal de cachemira. Le encantaba el tejido ligero como una pluma de ese accesorio tan de moda, a pesar de que era carísimo. De hecho, incluso su madre se enfadó un poco con su marido cuando este satisfizo el deseo de la hija en su decimoséptimo cumpleaños. Roland Helwig podía permitírselo. Su panadería en el distrito berlinés de Pankow funcionaba bien. Los Helwig no acumulaban ninguna fortuna, pero llevaban una vida burguesa, sólida, gracias a la cual podían permitirse algunos lujos.

Lo mismo sucedía con los Mühlen, el padre de David era propietario de la herrería local. Así que las condiciones en las que Ruth esperaba vivir en el futuro no se diferenciarían mucho de las que la rodeaban en su vida de soltera. Al menos mientras controlase la tendencia de David a un ahorro cercano a la automortificación. El futuro marido de Ruth era muy creyente. Era muy generoso en sus donativos, sobre todo para proyectos de evangelización. Sin embargo, Ruth confiaba en mantenerlo dentro de unos límites de comedimiento. Conocía a David el tiempo suficiente para saber cómo influir sobre él.

Lanzó un último vistazo a su imagen en el espejo.

Desde la sala de estar le llegaron voces hasta el primer piso.

—¿Tan pronto, David? —Oyó la voz de su madre.

Los Helwig solían salir media hora más tarde a misa. Acudían a la iglesia protestante más cercana, mientras que David había pensado ir con Ruth a la de Belén en el centro de Berlín. Había mencionado a un predicador, Ruth no lo había oído bien. ¡En realidad no le importaba a qué iglesia ir!

Se mordisqueó un poco los labios y se pellizcó las mejillas para adquirir algo de color. En conjunto, le gustó la imagen que reflejaba el espejo. Bajo la capota, a cuadros como el vestido pero sin flores, vio un rostro oval y dulce, dominado por unos ojos despiertos de color violeta, largas pestañas y unas potentes cejas. Ruth era delgada, pero con curvas en los lugares convenientes, el corsé acentuaba la cinturita de avispa, las caderas eran algo exuberantes. Se había peinado con la raya en medio y llevaba el cabello recogido en un moño en la nuca. Unos tirabuzones laterales suavizaban un poco la severidad del peinado.

Su madre y David seguían charlando cuando ella bajó por la escalera. La relación era natural, a fin de cuentas Klara Helwig conocía a David desde que era niño y lo tuteaba, mientras que él había sustituido hacía unos pocos años el confiado «tía Klara» por un formal «señora Helwig» o «apreciada señora». El joven daba mucha importancia a las fórmulas sociales y de cortesía, por lo que al percatarse de la presencia de Ruth y siguiendo todas las reglas de la etiqueta se inclinó tanto que ella no pudo distinguir si le habían brillado los ojos al verla. Pero Ruth resplandecía frente a él. David tenía un aspecto irresistible con el cabello rizado y de un rubio pajizo y sus facciones elegantes. Llevaba el pelo corto, dejando solo intuir las patillas que estaban de moda. No quería en absoluto dar la impresión de ser un cursi. La levita era entallada, el cuello ceñido y la corbata negra, sobria, igual que su chaleco. Nunca había escogido un chaleco a rayas o estampado como estaba de moda en ese momento. En casa llevaba el sombrero de copa bajo el brazo.

Ruth pensó para sus adentros que no tenía para nada el porte de un herrero. La mayoría de los representantes de su gremio eran hombres musculados y robustos. Con ese traje de los domingos, David parecía más un estudiante que un artesano.

—Qué buen aspecto tienes —observó, con la esperanza de que él le devolviera el cumplido.

Pero el elogio más bien pareció incomodar al joven.

—Es conveniente llevar una indumentaria razonablemente festiva para ir a misa y honrar al Señor —se justificó.

La madre de Ruth sonrió.

—En cualquier caso formáis una bonita pareja —dijo con afabilidad—. ¡Id y no hagáis esperar más al pastor Goßner!

David le deseó con cierta ceremonia que pasara un buen domingo antes de salir de la casa con Ruth. La condujo por las calles vacías del domingo y ella disfrutó del paseo bajo el pálido sol otoñal. En realidad, siempre disfrutaba de la compañía del joven y cuando podía cogerlo del brazo, como en esa ocasión, el corazón le latía más deprisa. Ansiaba que él la abrazara y la besara, pero David nunca había llegado tan lejos.

—¿Qué tal la fiesta? —preguntó.

Después de haber pasado el examen, los jóvenes artesanos solían celebrar su aprobado en alegre francachela. El maestro Mühlen había sido generoso y no solo había invitado a sus compañeros de gremio, sino a la mitad de comerciantes. La panadería Helwig los había provisto de patés, y seguro que habían corrido ríos de aguardiente y cerveza.

David hizo un gesto de indiferencia.

—Demasiado aguardiente, demasiada cerveza y demasiada gula —observó—. Se podría haber empleado ese dinero de una forma más sensata. Pero mi padre estaba satisfecho.

Él, a su vez, no parecía haber disfrutado mucho de la fiesta. Ruth ya hacía tiempo que sabía que no era partidario de celebraciones. Era una persona más bien tranquila y que tenía poco en común con los artesanos de su misma edad. Si hubiera podido escoger no habría optado por la profesión de su padre. Ya de joven le encantaba leer, en la escuela había sido un alumno aplicado y siempre el mejor. Le habría gustado estudiar más tiempo e ir luego a la universidad. Habría preferido seguir su vocación de sacerdote, pero no podía enfrentarse a su padre con tales deseos. Generaciones de Mühlen habían herrado caballos. La herrería de Pankow era un negocio familiar desde hacía cincuenta años y David tenía que seguir dirigiendo la empresa.

—¿Tu padre te contrata ahora o te conviertes ya en su socio? —preguntó Ruth. Ya veía ante sí el cartel HERRERÍA HERMANN Y DAVID MÜHLEN.

David se encogió de hombros.

—Yo... Bueno, esto... esto forma parte de lo que quería contarte. De la sorpresa... —Le sonrió—. Pero esperemos hasta llegar a la iglesia. Hasta que... hasta que hayas escuchado al pastor Goßner.

Ruth arrugó la frente. ¿Qué tenía que ver ese pastor con la herrería y con la pedida de mano de David? Aun así, el asunto parecía prometedor. Era posible que Hermann Mühlen hiciera partícipe del negocio a su hijo si David pensaba fundar una familia en breve.

La iglesia de Belén era una bonita construcción redonda con una cúpula coronada por una linterna. David y Ruth entraron en ella por la puerta principal, en el oeste, y el joven enseguida se dirigió a unos asientos debajo del púlpito. Saludó a dos hombres sencillamente vestidos que por lo visto habían llegado sin familiares. Ruth se preguntó de dónde los conocería, pero el órgano empezó a tocar y ella cogió su libro de cánticos. Él entonó con gravedad el himno. Ruth sabía por experiencia que no le gustaba que le comentaran o preguntaran nada durante la misa. David estaba totalmente volcado en el oficio religioso.

El pastor Goßner, quien celebraba la misa, era un hombre bajito y rechoncho de cabello oscuro ya algo encanecido. Se lo había peinado con un flequillo al estilo de Martín Lutero. Tenía el rostro apergaminado y una expresión bondadosa, sus ojos, oscuros y hundidos, irradiaban empatía y afabilidad. Para sorpresa de Ruth no resultó ser un predicador que la conmoviera y no le pareció que hubiera gran diferencia entre él y el pastor de Pankow. Ruth se esforzó por concentrarse sin demasiado éxito. Era una buena cristiana, pero no podía decir que la misa la llenara de una forma tan espiritual y estimulante como a David. Encontraba aburridos a la mayoría de los predicadores. No era una persona reflexiva por naturaleza. Para ella, las largas explicaciones y las interpretaciones de la Biblia constituían una pérdida de tiempo.

Sin embargo, en ese momento escuchaba con atención cómo el pastor Goßner elegía un fragmento de la historia de los apóstoles como punto de partida para exhortar a sus oyentes a divulgar el evangelio también en la vida cotidiana.

—La misión no solo significa llevar la fe a lugares lejanos y divulgarla entre pueblos paganos. No, dar testimonio del Señor debería ser para todos nosotros una necesidad constante, una tarea que cumplimos de buen grado. ¿Pero lo es realmente? ¿Con qué frecuencia rezamos juntos, queridos feligreses? La mayoría de vosotros tal vez rece una oración con la familia antes de las comidas, tal vez con los niños antes de acostarlos. Pero ¿qué pasa en el taller, en la oficina, en nuestro puesto de trabajo? ¿Acaso no sería hermoso que allí también se formaran grupos de oración en alabanza a nuestro Señor? ¿Y que algunos de nosotros encontráramos tiempo para visitar hospitales y asilos en los que practicar el amor al prójimo con los allí recluidos?

»Amigos míos, practicando el amor al prójimo acercamos Dios a los hombres, ganamos sus almas para Cristo. La misión, querida congregación, debe comprenderse como un cálido manto que junto con Dios extendemos sobre todo el mundo. Enviemos representantes de Dios a los paganos. Demos testimonio ante la familia y los amigos. Alegremos a los necesitados con la palabra de Dios. Os animo a todos a que os unáis bajo este manto de la misión. ¡Sigamos a Jesús! ¡Unámonos todos en Dios!

Ruth se preguntó si debía tender el manto sobre los otros o deslizarse ella misma debajo, pero sabía que a David le resultaban ajenas esas sutilezas retóricas. Después del sermón parecía confortado. Vio que en el banco, junto a su libro de cánticos, descansaba una revista: *La abeja en el campo de la misión*. Ruth de inmediato se imaginó una abeja bajo un manto, víctima del pánico, intentando picar en libertad. Apenas si pudo contener una risita. De todos modos, le habría encantado echar un vistazo a la publicación a la que, como era obvio, David daba importancia. Hacía años que su amigo mostraba interés por las misiones. Si hubiera sido sacerdote, le había confiado en una ocasión a Ruth, habría viajado por todo el mundo llevando la luz a los paganos.

Pero habían empezado a cantar y a dar la comunión. La última parte de la misa siempre era la que más le gustaba a Ruth porque al menos estaba ocupada. Al final, acabaron con un cántico. El pastor dio la bendición y dejó la iglesia para despedirse en persona de los fieles delante de la puerta. Para sorpresa de Ruth, saludó a David por su nombre y le dirigió a ella misma una bondadosa sonrisa.

—¿Así que esta es la señorita por quien tanta estima sientes? —preguntó amistosamente.

Ruth se sonrojó. ¿Había hablado David con el pastor sobre sus planes de contraer matrimonio? ¿Quería tal vez que Goßner los casara en esa iglesia? Ella por su parte no tenía nada en contra, pero podía imaginar que sus padres fueran a extrañarse bastante y que el sacerdote de la familia, quien había bautizado y dado la confirmación a David y Ruth, incluso se sintiera, quizá, algo dolido.

—Soy Ruth Helwig —se presentó algo cohibida.

El pastor Goßner inclinó la cabeza.

—Nos veremos luego en la oración del mediodía —dijo como de paso, volviéndose a su siguiente feligrés.

Ruth siguió al entusiasmado David escaleras abajo hasta la plaza de la iglesia. Ella estaba menos eufórica.

—¿Todavía vamos a rezar más? —preguntó—. Pensaba... bueno, yo con la misa del domingo tengo suficiente. —En realidad se esperaba un romántico paseo después del oficio. El Tiergarten no estaba tan lejos y a esa hora el sol calentaba. El follaje de los árboles resplandecía con todos los matices del otoño.

—Solo una breve oración —la tranquilizó David—. Para los miembros elegidos de la comunidad. El pastor nos invita personalmente y después charlamos un rato. Es muy... edificante. Todavía nos queda una hora para...

—Para dar un paseo —convino Ruth. Seguro que David le pediría ahora la mano y el parque soleado le parecía un entorno perfecto para una romántica proposición.

David asintió y volvió a cogerla del brazo. Ruth se deleitó con su contacto y esperó a que le pidiera de una vez si quería ser su esposa, pero él solo hablaba del sermón del pastor Goßner y de lo bella que era esa idea de la misión en la vida cotidiana.

—Tal vez deberías involucrarte... cuidando enfermos quizá. Entonces tú también serías parte de ese manto del que hablaba el pastor... —Sonrió—. Puede que algo así como un pedazo de esa cálida capa de la que formamos parte los hombres a pesar del viento y la lluvia.

Ruth empezaba a perder la paciencia. ¡Qué disparates estaba diciendo sobre capas y mantos en lugar de ir al grano! ¿Sería demasiado tímido?

Al entrar en el Tiergarten se arrimó un poco más a él.

—¿Qué es lo que querías decirme, David? —preguntó con voz dulce—. Sobre nosotros y... y la herrería.

David frunció el ceño.

—¿La herrería? Ah, sí... claro, también se verá afectada. Mi padre se enfadará mucho. Pero yo... para mí es simplemente una bendición, un sueño hecho realidad, y espero de corazón que tú sientas la misma alegría que yo. Eres la primera a quien se lo confieso, yo...

En el estómago de Ruth se formó algo parecido a un nudo. Eso no sonaba a una proposición de matrimonio.

—¿Qué es lo que quieres confesarme? —preguntó impaciente.

—Bien, voy a hacerme misionero —dijo David por fin—. No te lo creerás, ni yo mismo podía entenderlo. Es un nuevo concepto. Lo ha desarrollado el pastor Goßner y es... es... ¡Ruth, no necesito ninguna carrera de Teología ni tampoco estar ordenado sacerdote para divulgar la palabra de Dios! Consiste en la práctica del amor al prójimo, es...

Ruth se frotó las sienes.

—¿Vas... vas a predicar en... en hospitales y cárceles? —inquirió.

La idea no la entusiasmaba precisamente, pero en principio no había, por supuesto, nada que objetar. Bien, tendría menos tiempo para la familia, a lo mejor herraría a uno u otro caballo menos. Pero si eso le hacía feliz...

David negó con la cabeza.

—¡No, no, me voy a ultramar! ¡Voy a ser misionero, Ruth! ¡La misión Goßner me envía a recorrer el mundo! —La miraba buscando su aprobación.

Ruth tragó saliva, impaciente de repente por acudir a esa oración de mediodía. Sobre todo a la charla final. Si tenía que ser así, ¡ella estaba lista para luchar por David contra ese pastor Goßner!

2

La oración del mediodía se concentraba con mayor intensidad en el cometido de la misión, que, por lo visto, tanto preocupaba al pastor Goßner y a los creyentes reunidos en torno a él. David y Ruth habían vuelto a encontrarse con los dos jóvenes serios a los que el primero había saludado en la iglesia y a quienes les presentó después del rezo. Heinrich Bauer, un vidriero de Schönefeld, y Franz Feldmann, un músico. El hermano Heinrich y el hermano Franz, como David se dirigía a ellos, pertenecían, como él mismo, a los ya declarados misioneros. Tampoco ellos, como advirtió Ruth, eran sacerdotes ordenados.

La joven aprovechó la oportunidad para hablar de ello.

—¿Y cómo van esos misioneros a convertir, bautizar y casar a la gente sin tener una formación? —señaló—. ¿No hay que consagrarse como sacerdote?

—Ordenarse —la corrigió dulcemente el pastor Goßner. Parecía alegrarse de su interés crítico—. Pero, mire usted, señorita Helwig, eso no es tan decisivo. Para mí es mucho más importante que los jóvenes que estamos enviando a los países infieles se entreguen de corazón. A una persona no se la convierte solo con la palabra. No, mis misioneros deben ganarse el alma de las personas, demostrarles con su tarea diaria la superioridad de nuestro Señor sobre sus fetiches...

Ruth no pudo contenerse.

—¿David debe convertir a los paganos herrando los caballos mejor que los invocadores de espíritus locales?

El hermano Heinrich y el hermano Franz la miraron con desaprobación, mientras Goßner volvía a sonreír con dulzura.

—En cierto modo —respondió—. Solo que es posible que allí no tengan caballos... Pero el hermano David les enseñará, por ejemplo, a forjar un arado. A construir herramientas que hagan su trabajo menos duro y les posibiliten una vida mejor; entonces sentirán respeto hacia él y su Dios y lo escucharán con atención cuando les hable de Él.

—Y además, sí que recibiremos una formación —intervino David—. El pastor Goßner nos instruirá. En las reuniones de la tarde. Así que no hemos de ingresar en ningún seminario...

Ruth sabía que no había nada que David deseara con más intensidad que asistir a uno de esos seminarios, pero la oferta de Goßner dejaría al padre del joven sin argumentos. Hermann Mühlen no podía tener nada en contra de la formación sacerdotal de su hijo si además este se dedicaba a su auténtica profesión de herrero. Respecto al tema sobre el viaje a ultramar, ya se hablaría más tarde.

—¿Y quién les paga? —preguntó provocadora—. ¿De qué van a vivir en... ultramar? —Por el momento, Goßner y sus seguidores no parecían tener una idea clara respecto a en qué parte del mundo iban a ocuparse de los paganos.

—Yo no quiero dinero —replicó David.

Goßner levantó las manos sosegador.

—Bueno, la misión se financia con donativos —explicó—. Entre otros, los de nuestros amigos aquí presentes... —Señaló al resto de los invitados, dos matrimonios de edad mediana. Uno de los caballeros se había presentado como Ferdinand Spring, fabricante, y el otro como Paul Schirrmacher, comerciante—. Y, por supuesto, nuestros enviados vivirán modestamente. Seguro que conseguirán hacerlo del trabajo de sus propias manos...

Los hombres asintieron con vehemencia. Ruth se preguntó si esperaban en serio que los paganos fueran a pagarles por su amor al prójimo. A esas alturas ya no sabía si echarse a reír o a llorar. El proyecto de la misión le parecía raro e inmaduro, pero David estaba firmemente decidido a participar en él. De golpe, Ruth se dio cuenta de lo que su padre había querido decir un día cuando había descrito a su novio como una persona buena pero algo incapaz de dirigir su propia vida. Ruth había escuchado a sus padres cuando discutían sobre la conveniencia de tener a David como yerno. Roland Helwig era de la opinión de que David no podría llegar muy lejos sin la guía de su padre. Pero a los ojos de Klara Helwig eso no lo descalificaba para convertirse en marido de su hija, al contrario. «Entonces Ruth tendrá que tomar las riendas cuando el maestro Hermann ya no esté —había dicho sonriendo—. Seguro que lo hará encantada.»

Ruth se había sentido indignada, pero ahora que recordaba la conversación debía dar la razón a sus padres. Era más enérgica que David, y si quería salvar algo del sueño de su vida, que era casarse con él y envejecer a su lado, tenía que actuar ahora.

—¿Aceptan también a mujeres? —preguntó de golpe—. Vaya, si no hay que ser sacerdote a la fuerza y no hay que ordenarse, entonces también podrán enviar misioneras.

El hermano Heinrich y el hermano Franz soltaron una sincera carcajada; David se permitió una ligera sonrisa de superioridad.

El pastor Goßner no perdió la compostura.

—Naturalmente, señorita Helwig, nuestra misión también necesita mujeres —respondió para su sorpresa—. Pero no en ultramar. Aunque, como ya he mencionado en el sermón de hoy, las posibilidades de practicar el amor al prójimo son ilimitadas. Las misiones internas y externas son hermanas gemelas e hijas predilectas de Jesús. También se alegra cuando las mujeres cristianas se involucran en su entorno más cercano. —Ruth apretó los dientes. Si tenía que opinar sobre las hermanas gemelas y las hijas predilectas ya podía olvidarse de sus pretensiones. Mientras, el pastor seguía hablando—. En cualquier caso, en el pequeño hospital cuya asociación de enfermeras yo presido, pronto empezaremos con la formación de alumnas de enfermería. Así que si tiene interés...

Ruth reflexionó. Hasta ese momento, nunca se había visto trabajando de enfermera, pero sin duda era el primer paso para conseguir llegar a su objetivo. Se enderezó.

—Resulta algo repentino, pero sí, me lo imagino —dijo—. Los caminos del Señor son inescrutables. Y si hay algo que realmente me interese es... bueno... seguir el modelo... a Jesús.

Los padres de Ruth se mostraron sorprendidos por los planes de su hija, pero no se opusieron a ellos. Al contrario, el maestro Helwig era de la opinión de que su hija debía aprender un oficio y hacer algo útil, y más cuando David, el esperado futuro marido, se hacía de rogar con la proposición de matrimonio. La formación en el cuidado de enfermos podía serle de utilidad más tarde, cuando fuera madre, y él no veía ningún problema moral. Los hospitales en los que operaba la asociación de enfermeras de Goßner, bajo el patrocinio de Isabel de Prusia, solo atendían a mujeres y niños.

Klara Helwig también estaba lejos de prohibir a su hija que se formara, pero demostró ser más clarividente que su marido y entrevió la causa de esa repentina necesidad de practicar el amor al prójimo.

—Es por David —dijo yendo al grano—. Venga, Ruth, no puedo imaginar que un solo sermón te haya iluminado. ¿Qué tiene ese chico en mente? ¿Quiere rezar con los infieles mientras tú les cambias el vendaje?

Ruth enrojeció y contó a su madre que David tenía intención de ser misionero, al tiempo que le pedía que guardara el secreto. Los padres de su novio no debían enterarse de nada.

—En algún momento el pastor Goßner también tendrá que enviar mujeres —afirmó convencida—. A más tardar cuando se funde allí una auténtica misión. Necesitarán entonces un hospital...

Klara Helwig se mordió el labio y suspiró.

—Hija mía... Desearía que no me hubieses contado nada. Mechthild Mühlen es mi mejor amiga... y no contarle nada de esto ahora... Tal vez habría que proteger a David de sí mismo...

Ruth alzó los hombros.

—David es un adulto y ya ha obtenido su título. Es herrero. Nadie puede impedirle que haga su aprendizaje itinerante. Y si este le lleva a África o a donde sea que habitan los infieles es un asunto que solo a él le concierne.

—A su madre le romperá el corazón —dijo preocupada Klara Helwig—. Y en lo que a ti respecta... ¿Tanto lo quieres, hija mía? ¿Tanto como para meterte en una aventura así por él?

—Yo lo he elegido —respondió Ruth obstinada—. Quiero casarme con él y con ningún otro. Y en esta misión tampoco se trata, por el momento, de grandes aventuras. Yo trabajo en el hospital y por las noches David lee la Biblia o hace lo que haya que hacer para formarse como misionero. Lo que salga de eso, ya se verá.

Para sus adentros, Ruth alimentaba la esperanza de que el proyecto quedara en agua de borrajas. Mientras no se hubiera fijado el país de destino, no se hubieran comprado los pasajes de barco y no hubiera ningún plan sólido de financiación, David solo podía soñar con que lo enviaran a ultramar.

Ruth, por su parte, seguía fantaseando con un matrimonio totalmente normal y se alegraba de que su relación con David se hubiera vuelto mucho más íntima por el hecho de que, al menos en apariencia, ella persiguiera los mismos objetivos que él.

El año siguiente transcurrió sin incidentes especiales. A Ruth se le asignó uno de los apartamentos alquilados en los que la asociación de enfermeros del pastor Goßner atendía a los enfermos y, para su sorpresa, la medicina despertó en ella un gran interés. Le encantaba observar lo que hacían los médicos sin que ellos se percataran y demostró poseer una rápida capacidad de comprensión. Solía proporcionar a los médicos instrumentos y vendajes antes de que ellos se lo solicitasen. Recordaba la medicación y las dosis y nunca se confundía, y además destacaba en el cuidado tanto de pacientes jóvenes como de mayores. Trataba amablemente y con naturalidad a los niños y era comprensiva cuando las mujeres le abrían su corazón.

La mayoría de los pacientes procedía de ambientes pobres, a veces desastrosos. No eran personas muy devotas. Aceptaban que les ofrecieran rezar con ellas porque se sentían obligadas. De ahí que Ruth redujera la oración al mínimo. Prefería mostrar a mujeres y jóvenes cómo coser un vestidito sencillo de niña, zurcir un calcetín o tejer una gorra. Su madre le había enseñado de pequeña a hacer trabajos manuales y le gustaba compartir sus conocimientos. Además, cada día llevaba a las viviendas de los enfermos un cesto de pan y pasteles del día anterior. Si bien allí se cuidaba a los pacientes, las visitas de estos se alegraban enormemente con las donaciones de la panadería. Ruth sospechaba que muchos niños, cuyas madres con frecuencia se recuperaban de un mal parto, padecían hambre y este descubrimiento todavía le hacía juzgar más escépticamente los esfuerzos de Goßner por la misión. ¿No sería más sensato gastar el dinero de los generosos donantes en el hospital en lugar de enviar a misioneros a apartadas regiones del mundo?

—Se trata también de alimento espiritual —objetó David cuando ella compartió sus ideas con él—. Y sin duda los infieles pasan la misma hambre.

Ruth se preguntaba si el hecho de adorar a los ídolos conllevaba a la fuerza ser incapaz de labrar, cazar o criar ganado. Si tenía que ser sincera, no sabía nada de esos paganos a los que con tanta frecuencia se aludía en la formación del pastor Goßner, y al pensar sobre a quién pedir opinión solo se le vino a la mente su viejo profesor. Desde principios de siglo la escolarización era obligatoria en Berlín y Ruth, al igual que David, había acudido a una escuela pública. Así que aprovechó la mañana que tenía libre, tras haber hecho el turno de noche, para echar un vistazo y consultar al profesor Hohmann.

Casi un poco nostálgica atravesó los pasillos delante

de las clases y percibió el característico olor a cera para el piso, sudor de niños y ropa húmeda. Las chaquetas y abrigos de los alumnos estaban colgados delante de las clases. Cuando anunciaron la pausa, entró con el corazón batiente al aula de sexto curso en la que el profesor borraba en ese momento la pizarra. Su turbación estaba totalmente injustificada. El señor Hohmann se alegró mucho de que fuera a verlo y asintió cuando ella fue directa al tema.

—David... sí... siempre tuviste debilidad por ese chico, ¿verdad? Es un joven bueno y listo, aunque un poco soñador. Así que ahora quiere convertir infieles...

El profesor Hohmann era un hombre alto y delgado que llevaba con dignidad su raída levita. A los docentes no les pagaban muy bien.

Ruth asintió.

—Para ser sincera no me imagino cómo se irá desarrollando todo esto y me temo que él mismo tampoco lo sabe. ¿Qué es lo que debo entender por «pagano»?

El maestro la miró con severidad.

—¡Pero Ruth, esto ya te lo he enseñado! Un pagano es una persona que no cree en nuestro Señor Jesucristo, ni en Dios Padre ni en el Espíritu Santo. En lugar de eso adora ídolos o espíritus. En parte se trata de figuras que inspiran miedo y con frecuencia se les ofrecen horribles sacrificios. Es bueno y correcto que la Iglesia envíe hombres valientes para redimir a esa gente.

Ruth asintió impaciente. Esta aclaración ya la había oído varias veces por boca de David. Pero a ella le parecía algo vaga.

—¿Y dónde están? —siguió interrogando—. ¿Cómo viven? A lo mejor... Señor Hohmann, ¿no hay ningún libro o folleto que cuente algo sobre los paganos y sus ídolos?

—Hum... —musitó el profesor, pero se fue a las estanterías del fondo del aula y sacó un grueso libro: *Los mitos de dioses y héroes griegos*—. Aquí tienes —dijo—. Bueno, es obvio que no habla de los paganos de África o India o dondequiera que vayan a enviar a David. Pero los antiguos griegos eran indudablemente paganos. Tal vez empiezas a introducirte en el tema con esto. Es una lectura muy agradable.

Ruth le dio varias veces las gracias y cogió el tocho para enfrascarse en su lectura durante las largas horas del turno de noche. El texto le planteó todo tipo de interrogantes. Por lo visto, los griegos eran un pueblo que había vivido antes y durante el período romano. En las clases de historia había oído que los romanos habían sido muy civilizados. Sin embargo, Ruth descubría ahora a unas divinidades tan aterradoras como Hades y Poseidón, aunque encontró muy interesantes a algunas diosas. Por ejemplo le gustaba Atenea, al igual que Artemisa y comprendía a Hera cuando esta se enfadaba con el infiel de su marido Zeus. Le pareció extraño que se ofrecieran sacrificios a esos dioses, pero los griegos no se le antojaron unos salvajes desenfrenados. Era evidente que no habían pasado hambre y, por lo que había leído, tampoco carecían de alimento espiritual. Entre ellos había bastantes sabios, como Méntor y Tiresias. ¿Qué habrían dicho si David, el hermano Heinrich y el hermano Franz hubieran aparecido en Esparta o Ítaca para llevarles la luz? Casi se rio al imaginar a su amigo conversando con el astuto Ulises o con un rey como Agamenón de Micenas.

Al final concluyó la amena lectura sin que le hubiera servido de mucho. David replicaba ante cualquier intento de hablar sobre el tema con el argumento de que los griegos no habían sido en realidad paganos porque en su tiempo Jesucristo todavía no había nacido. Así que por muy buena voluntad que le hubieran puesto no habrían podido ver la luz.

Ruth se preguntaba por qué Dios no se había mostrado previamente y si todos los hombres que habían vivido antes del nacimiento de Jesús estaban condenados o no. Una cosa sí tenía claro: el asunto de la misión era más complicado de lo que David se imaginaba.

3

David estaba muy lejos de abrigar tales dudas. Escuchaba con un fervor enorme las explicaciones del pastor Goßner, que, de hecho, resultó ser un buen profesor y teólogo. No era extraño, pues había pasado dos veces los exámenes necesarios para conseguir el clericato. Primero había sido sacerdote católico y luego se había convertido, por lo que la Iglesia luterana le había pedido que repitiera todos los exámenes. Ahora practicaba con sus futuros misioneros la interpretación de la Biblia, les enseñaba oraciones y les hacía escribir y recitar sermones. De vez en cuando se los llevaba a visitar casas donde les enseñaba a atender a las personas y sus necesidades. Eso era lo único que a David no le gustaba especialmente. Nunca sabía qué decir cuando alguien le contaba sus penas; las preocupaciones de la gente, en su mayoría ancianos, pobres o débiles mentales, le resultaban ajenas. En cambio, destacaba en la exégesis. Amaba el estudio de la Biblia y se deleitaba en sus misterios. Sus sermones también eran bonitos, siempre le había gustado hacer redacciones y ahora componía unos textos conmovedores. Incluso Ruth los encontraba reconfortantes. Después de leer el sermón de David sobre el hijo pródigo y de haberlo dejado por las nubes, se planteó, no obstante, una pregunta.

—¿Te entenderán los paganos? —preguntó—. A ver... hablan alemán ahí en África, India o...

David reflexionó. No parecía haberse planteado nunca está cuestión ni tampoco a Goßner se le había ocurrido enseñar a sus alumnos lenguas extranjeras. A esas alturas ya eran cinco los futuros misioneros. Al grupo se habían unido un hermano Gottfried, carpintero, y un hermano Oskar, curtidor de pieles.

—La lengua ya se aprenderá —contestó David—. Con ayuda de Dios... igual que iluminó a los apóstoles en Pentecostés... —Con los ojos brillantes empezó a cantar alabanzas sobre el Espíritu Santo que había otorgado a los discípulos el don de las lenguas extranjeras.

Ruth era menos optimista.

—¿No creerás en serio que os van a aparecer unas lenguas de fuego en cuanto lleguéis a esos países extranjeros y que entonces empezaréis a comprender el... hum... pagano?

David, por lo visto, no quería saberlo con tanta precisión.

—Ya se arreglará —afirmó—. ¿Te gustaría volver el domingo a la oración del mediodía y conocer a los hermanos Gottfried y Oskar?

Ruth asintió, aunque sin demasiado entusiasmo. De hecho, tampoco le gustaban demasiado el hermano Heinrich y el hermano Franz. Ambos eran unos mojigatos y el último, sobre todo, tenía una concepción tan lúgubre de la vida que condenaba todo lo de este mundo. La capacidad de David para entusiasmarse les era ajena a los dos. Para ellos no se trataba tanto de llevar la luz a los paganos como de arrancarlos de las tinieblas, como lo expresaba pensativo David. Ruth no veía una gran diferencia, pero reprimió cualquier comentario. A fin de cuentas era David quien debería entenderse y colaborar durante meses o quizá años con sus «hermanos». Mejor, pues, que mostrara comprensión hacia sus peculiaridades.

El hermano Gottfried y el hermano Oskar no resultaron ser tan ajenos a este mundo, pero igual de aburridos que Heinrich y Franz. Se sumergían tenazmente en el estudio que, como era obvio, no les resultaba fácil. Cuando por la mañana asistían al pastor Goßner en el oficio, hasta Ruth se daba cuenta de que la liturgia les resultaba complicada.

—Todavía les queda tiempo para practicar —comentó con un suspiro David. Seguía sin haber un plan concreto acerca de la partida de los misioneros—. Ay, Ruth, a veces creo que nunca nos iremos a ultramar... Dios nos ha llamado, pero parece como si todo fracasara a causa del vil metal y por falta de oportunidades...

Ruth se colgó de su brazo y emprendió el camino hacia el Tiergarten. Según su opinión, se merecía al menos un paseíto antes de la oración del mediodía, aunque el aire frío no invitaba a salir al exterior ese nublado día previo a la primavera.

—Si Dios quiere que estéis en ultramar, de algún modo os llevará allí —animó a su desalentado novio—. Y si no es así, es que no era tal su voluntad. A lo mejor deberías tener un poco más de confianza.

David sonrió.

—Qué animosa eres, Ruth, qué optimista y esperanzada. A veces pienso... a veces pienso que los paganos reconocerían mucho antes a Dios si oyeran tu alegre voz que al hermano Franz conjurando el fuego eterno.

Ruth respondió halagada a su sonrisa.

—Díselo al pastor Goßner —sugirió—. A lo mejor así me envía antes contigo.

En su interior, seguía esperando que el viaje de su

amado hacia la misión nunca se realizara, pero, tal como iba a confirmarse ese día, había infravalorado a Dios —o a Goßner— en lo concerniente a ello.

Fuera como fuese, todo el rostro del pastor resplandecía cuando los participantes en la oración se reunieron en su parroquia sobre las doce y media.

—Como acabo de saber —explicó—, hoy no solo tenemos que dar gracias a Dios por un hermoso domingo, sino porque por fin ha escuchado los ruegos que infatigablemente le hemos dirigido durante estos meses. Imaginaos, en su infinita bondad, misericordia y sabiduría, ha enviado a casa de nuestro mecenas Paul Schirrmacher —señaló al comerciante que ya había estado presente durante la primera oración de mediodía a la que había asistido Ruth y que ahora sonreía halagado— a un invitado que nos ayudará a poner en marcha, por fin, nuestro proyecto de la misión. Hoy podemos saludar aquí entre nosotros a August Fritze. —El hombre rubicundo y corpulento que estaba junto a Schirrmacher saludó a todos, campechano, con una inclinación de cabeza—. El señor Fritze es de Bremen, donde dirige una exitosa compañía naviera. —Goßner siguió hablando—. Y ahora se ha mostrado dispuesto a llevar a ultramar a nuestros cinco valientes y jóvenes misioneros en una de sus embarcaciones.

—¡Loado sea el Señor! —no pudo evitar decir David, una exclamación a la que se unieron encantados los otros misioneros, a excepción del hermano Franz, con su expresión avinagrada.

—¿Y a dónde se van? —Ruth planteó conscientemente la pregunta como una provocación. No alcanzaba a entender que los hombres no quisieran saber antes de nada cuál era la meta de la expedición.

—¡A Nueva Zelanda! —respondió satisfecho Goßner—. El señor Fritze enviará allí el mes que viene un barco ballenero e invita a nuestros jóvenes a viajar en él, por lo cual espera, naturalmente, que colaboren con los marineros y participen en la caza de las ballenas.

David y los otros asintieron con vehemencia. Ruth interpretó que se trataba más de un empleo que de una invitación. Estaba claro que los hombres tenían que pagarse la travesía. Aunque no tenía ni la menor idea de cuánto duraba el viaje. Nunca había oído hablar de Nueva Zelanda.

—Tampoco suena a tan pagano —observó. Ese día le resultaba difícil dominar su afilada lengua—. ¿Quién... quién vive en ese país? ¿Y qué lengua se habla allí?

Goßner no parecía saberlo, pero el señor Fritze, que tomó en ese momento la palabra, podía responder a las preguntas.

—Estimada señorita, Nueva Zelanda, un país compuesto por dos islas, se encuentra en la Polinesia. En el otro extremo del mundo, por decirlo de algún modo, se trata de una larga travesía. Es colonia británica, por lo que se habla el inglés. O al menos lo habla una parte de la población civilizada, los salvajes tendrán su propia lengua. Según he oído decir se los llama maoríes y entre ellos hay que realizar sin duda una gran obra de evangelización. Es gente que hasta no hace mucho practicaba el canibalismo... —Un rumor se extendió entre los reunidos para la oración—. A estas alturas ya no practican esta costumbre —los tranquilizó Fritze—. Pero seguro que es un extenso campo de labranza para Dios y Jesucristo. Estoy muy contento de poder hacer mi aportación.

Los misioneros y demás presentes le dedicaron un frenético aplauso y en la oración imperó casi el desenfreno. Los creyentes entonaron himnos de acción de gracias y se superaron a sí mismos en alabanzas y ensalzamientos a Dios. Ruth era la única que no se alegraba de la noticia. Así que ahora iba a perder a David, al menos en un principio. Seguro que en el barco ballenero no admitirían a ninguna mujer, así que cualquier observación al respecto sería inútil.

La joven decidió volver a recurrir al profesor Hohmann y pedirle que le dejara buscar Nueva Zelanda en el globo terráqueo. Además, tenía que encontrar a alguien que le enseñara inglés. Un curso de cuatro semanas no ayudaría demasiado a David, pero al menos le daría una base, mejor eso que nada.

El señor Hohmann sabía tan poco sobre Nueva Zelanda como todos los demás a quienes Ruth preguntó, pero al menos localizó el país en el globo terráqueo. La joven se quedó horrorizada al comprobar que, efectivamente, se encontraba casi en el extremo opuesto de la Tierra, apenas si podía creer que se viajara hasta tan lejos para cazar ballenas.

—Y tanto, la caza de ballenas es un negocio muy lucrativo —explicó el profesor—. De algún sitio viene todo el aceite para las lámparas. Con el esperma de ballena se obtienen perfumes, con las barbas de ballena se fabrican las varillas empleadas en corsetería. Todo esto es caro. Si bien debe de ser un trabajo muy difícil y sucio y no exento de peligro. Ya solo todo ese tiempo en el mar, con las tempestades...

El señor Hohmann no dejó lugar a dudas respecto a que prefería su mal pagado puesto de profesor en Berlín que una vida llena de aventuras en un barco ballenero.

—¿Y en Nueva Zelanda especialmente hay muchas ballenas? —preguntó Ruth—. ¿Tantas como para que valga la pena hacer un viaje tan largo?

El hombre se encogió de hombros.

—No lo sé, Ruth. Nunca he oído hablar de Nueva Zelanda ni tampoco he leído al respecto, pero seguro que hay libros. Si quieres te buscaré alguno. A mí mismo se me ha despertado el interés ahora que se envía al otro extremo del planeta a uno de mis antiguos alumnos. Aun así, me atrevo a dudar de que pueda encontrar suficiente lectura en cuatro semanas para preparar un poco a tu amigo para la misión. Por mucha pena que me dé, deberás asumir que viajará a lo desconocido. Admiro su arrojo. Dile de mi parte que le deseo lo mejor y mucha suerte.

Ruth sí que tuvo suerte al menos cuando buscó clases de inglés. El comerciante Schirrmacher había informado durante la oración del mediodía que sus hijas tenían una institutriz inglesa y cuando Ruth le consultó amablemente, miss Barden enseguida se declaró dispuesta a combinar sus tareas en casa de los Schirrmacher con enseñarles su idioma. Por desgracia solo tenía una tarde libre a la semana, demasiado poco para Ruth. David, sobre todo, apenas aprendería con cuatro horas de clase. La inglesa, en apariencia muy práctica y sensata, propuso que solicitaran oficialmente a Schirrmacher que la dispensaran de sus tareas para poder dedicarse a los misioneros, y el comerciante se avino solícitamente a ello.

La oferta, sin embargo, no fue muy aplaudida entre los religiosos. Todos habían informado de su partida con poco tiempo y los maestros para quienes trabajaban esperaban de ellos plena dedicación hasta el último día. Así que no tenían ningunas ganas de ponerse a estudiar después. Solo David asistía con regularidad a clase, confirmando esa rapidez con que aprendía que ya le había caracterizado en la escuela. Hizo muchos progresos y parecía firmemente decidido a seguir trabajando en la lengua durante el viaje. Miss Barden le proveyó para ello de un libro en cuya lectura él ya se enfrascaba concienzudamente antes de la partida. Por supuesto, el maestro Mühlen protestaba porque eso menoscababa su trabajo.

—Haga lo que haga, mi padre está enfadado conmigo —comentó afligido David—. No entiende lo que significa para mí la misión. Y cree que me hará cambiar de opinión amenazándome con desheredarme. Como si a mí me importara eso...

—Podrías hacer muchas cosas buenas con dinero —observó Ruth, y mencionó de nuevo la indigencia de muchas de sus pacientes—. Digamos que si solo dieras una décima parte de tus ingresos de herrero como limosna...

David negó con la cabeza.

—No, Ruth —dijo con gravedad—. No voy a comprar mi libertad de ese modo. He prometido dedicar mi vida a Dios y labrar sus campos. Es una bonita imagen que utilizó el señor Fritze, ¿verdad? Sembraremos el amor y la fe en los... los...

—Maoríes —lo ayudó Ruth.

—Los maoríes podrán cosechar la luz eterna —explicó David—. ¡Ah, estoy impaciente por conocer a esa gente, Ruth! ¡Qué hambrientos de esperanza y fe deben de estar! Ya veo sus rostros iluminándose cuando reciban el sacramento del bautismo.

Ruth esperaba que tuviera razón, al menos en un principio. No se sacaba de la cabeza la idea del canibalismo y el primer librito que el profesor Hohmann le había encontrado (el descubrimiento de las islas por el capitán Cook en 1769) tampoco dibujaba a los nativos de Nueva Zelanda como unos ángeles.

—Tú sé prudente —susurró Ruth, sabiendo que David no era consciente de lo que a ella la inquietaba.

Un nublado día de junio del año 1839, los cinco jóvenes por fin subieron al tren rumbo a Bremen. Ahí estaba atracado el barco ballenero. Los hermanos Heinrich, Franz y Gottfried llegaron solos a la estación; el hermano Oskar, en compañía de una oronda mujer que lloraba a moco tendido, como observó indignado el hermano Franz.

—Es mi casera —murmuró turbado el hermano Oskar—. Es lo que pasa cuando uno es amable.

Los hombres miraban con desaprobación, pero a Ruth le surgió la sospecha de si Oskar Meyer no habría alimentado ingenuamente en la mujer las esperanzas de un casamiento. A fin de cuentas, David tampoco había tomado nota de que Ruth había esperado mucho más de él que una amistad en Jesús.

Pese a ello, Ruth acompañaba a su amigo y la madre de David no había desaprovechado la oportunidad de despedir a su hijo desde el andén. Lloraba porque David se había peleado con su padre. El maestro Mühlen había intentado hasta el último momento hacerle cambiar de opinión, unas veces con amenazas y otras con promesas. El hijo había callado resignado o había rezado, lo que su padre había interpretado como una provocación. Ruth sabía que no era esa la intención de David. Rezaba a Dios con toda ingenuidad pidiendo comprensión para su padre, quien últimamente había perdido los estribos y acusado a su hijo de ser un tonto santurrón.

—¡Os escribiré! —prometió tanto a Ruth como a su madre—. ¡En cuanto sea posible!

Cuando el tren se alejó, Ruth se esforzó por mostrar una sonrisa valerosa, mientras que Mechthild Mühlen rompió en sollozos.

—¿Cuándo volveremos a verlo? —preguntó afligida.

Ruth respondió con determinación.

—¡Yo enseguida! —afirmó.

4

Mi querida amiga en Jesús:

El corazón de Ruth se desbocó cuando por fin abrió la primera carta de David. Ya no creía que volvería a tener noticias de él, pues desde su partida había transcurrido casi un año. Si bien sabía que el viaje sería largo, nunca habría supuesto que se iba a prolongar durante siete meses. La carta estaba fechada el 30 de enero de 1840, y por lo visto David la había escrito en un lugar llamado Otago Harbour.

Mi querida amiga en Jesús:

Espero que esta carta te encuentre dichosa en la fe y con buena salud, tal como cada día ruego a Dios por ti, así como por mis queridos padres y por todos nuestros conocidos en Berlín.

Acabamos de llegar a la Isla Sur de las dos que componen la colonia de Nueva Zelanda y hemos dado gracias a Dios cuando, tras un viaje por medio mundo, por fin hemos pisado suelo firme. Pese a ello, la vista de las colinas y bosques que rodean la estación ballenera en la que hemos desembarcado no resultan tan extraños, si uno prescinde de que aquí todo está en flor mientras que

Berlín seguramente estará nevado. En su inagotable sabiduría, Dios ha decidido que en este país sea verano cuando el nuestro se ve asolado por las tormentas de invierno. Pero dejando de lado el calendario, este paisaje también podría corresponder al de algún lugar de Alemania. Es tras una mirada más atenta cuando uno se percata de que aquí no hay robles ni tilos, sino unos arbustos y árboles extraños. Además, tampoco se aprecian animales salvajes como los que conocemos, no hay liebres ni conejos, ni venados ni jabalíes. Solo se cazan pájaros en los bosques y son en parte muy raros. Lo kiwis, por ejemplo, son torpes, pesados y tan tontos que se pueden coger con la mano. El kea, por el contrario, es una especie de papagayo que no conoce el miedo, roba todo lo que brilla y centellea y, naturalmente, todo tipo de comida. Pienso que Dios debe de haber sonreído satisfecho ante su criatura, pero prefiero no compartir estas ocurrencias con mis hermanos en el Señor, son demasiado serios y rígidos en su fe.

Ruth encontró estimulante que David al menos se hubiera dado cuenta de eso. Pasar siete meses en el mar con los hermanos debía de haber sido enervante, incluso si uno estaba decidido a soportar pacientemente sus peculiaridades. Siguió leyendo.

Sé, queridísima Ruth, que debes de estar ardiendo en deseos por saber todo lo referente a nuestro viaje, pero si he de ser sincero, no es de mi agrado recordar la travesía. Por supuesto participé diligente y animoso en todos los trabajos que nos impusieron a cambio del pasaje, pero la vida en el mar no es la mía. Tan solo por las inclemencias del tiempo: las lluvias y tempestades eran frecuentes y nuestro barco, el *Juliane*, cabeceaba como un caballo indócil. Tuvimos que arriar las velas, asegurar todos los objetos de cubierta y tener cuidado de no caer nosotros mismos por la borda. Nuestra vida se hallaba en manos del Señor, solo podíamos confiar en la experiencia de nuestro timonel y del capitán. Inquietos y rezando, pasamos noches enteras en los cobertizos de madera en los que nos alojábamos con la tripulación, además los hermanos Franz y Gottfried padecieron fuertes mareos de mar. Pocas veces he dado tan fervorosamente las gracias a Dios como cuando salió el sol el día después de que el mar se calmara y supiéramos que habíamos sobrevivido a esa tormenta.

Otros días hacía un calor aplastante y en una ocasión reinó la calma chicha, es decir, la ausencia total de viento. Solo podíamos esperar de brazos cruzados que volviera a soplar y que hinchara las velas antes de que se acabaran todos nuestros alimentos.

Rezábamos con fervor e invitábamos también al capitán y sus hombres a que nos acompañaran. Pero esos cazadores de ballenas son un hatajo de impíos sin sentimientos. Se burlaban de nuestros esfuerzos y se reían de nuestros temores, a veces me moría de miedo al verlos tentar tan a menudo a Dios con sus blasfemias y su pecaminoso comportamiento en los puertos. ¿Acaso dejará que un día el barco se hunda para castigarlos?, me preguntaba.

Pero como tantas otras veces, el Señor, en su bondad infinita, se mostró indulgente, al igual que evitó la violencia en aquellos puertos donde atracábamos ocasionalmente para adquirir provisiones. Se trataba siempre de islas mimadas por el sol y bendecidas por el mar, pero donde imperaba el pecado: la embriaguez, la fornicación y la gula.

A pesar de todo, a Ruth le habría gustado saber los nombres de esas islas benditas, así como en qué lugares de la travesía había que contar con tempestades y con calma chicha. Había leído todos los libros que estaban a su disposición sobre Nueva Zelanda y el viaje a ese país, y suponía que las tormentas debían desatarse sobre todo en el Atlántico, mientras que las zonas de calma debían de corresponder a las latitudes del caballo. Cuando dejaba de soplar el viento demasiados días y escaseaban las provisiones se sacrificaban los caballos que se transportaban en el barco y se comía su carne o se tiraban por la borda, de ahí el nombre de esa área. Ruth lo encontraba todo interesantísimo, pero David no facilitaba datos geográficos exactos.

Como hombres de Dios preferíamos, por descontado, no bajar a esos antros de perdición, sino que pasábamos el breve período de parada en el interior del barco, donde rezábamos por los hombres y mujeres que a diario pecaban en los puertos y cada vez se acercaban más y más a la condena eterna.

Ruth se planteó dónde se había quedado ese celo de los hermanos por evangelizar. ¿Acaso no deberían haber desembarcado y predicado en los puertos para salvar al menos un par de almas? Entendía que las condiciones de estos lugares les repelían y los atemorizaban, pero ¿qué pasaría cuando se encontraran frente a unos salvajes cuyas costumbres todavía los asustarían más? No se sacaba de la cabeza el tema canibalismo.

Todo esto nos unió estrechamente a nosotros, hermanos en Jesús, incluso si alguno u otro a veces actuaba de forma peculiar. El hermano Franz, por ejemplo, solía sorprenderme porque no sentía la menor dicha ante la belleza innegable, pese a todas las complicaciones, del mar. Es violinista y al principio los marineros le pedían que tocara algo para poder escapar durante algunas horas de la monótona vida cotidiana en el barco. Unos aires alegres tal vez podrían haber abierto los corazones de esos hombres tan rudos, de modo que también se hubiesen unido a nuestras oraciones e himnos de alabanza al Señor. Pero el hermano Franz solo toca melodías tristes y lentas y acompaña como mucho canciones que tratan de pecadores arrepentidos o de la Pasión de Cristo.

Por favor, no me malinterpretes, eso es muy edificante y domina el instrumento como un virtuoso. Al hermano Heinrich, el más sensible de nosotros, su música lo conmueve hasta las lágrimas. No obstante, la tripulación del *Juliane* no supo apreciar el valor de sus interpretaciones y cuando el barco permaneció parado durante días a causa de la calma chicha y el ambiente general se ensombreció, el capitán prohibió al hermano Franz que tocara el violín para no desmoralizar todavía más a sus hombres.

El hermano Heinrich es el que me resulta más próximo en Dios. También él se sumerge de buen grado en la escritura y se entrega a la oración, durante las largas horas en el mar hemos sostenido muchas y enriquecedoras conversaciones. A quien más apreció el capitán fue al hermano Gottfried y al hermano Oskar, pues trabajaban a fondo y se destacaban en las tareas en cubierta y más tarde en la caza de las ballenas. Son ambos hombres duros y de una fe inquebrantable, pero a menudo coléricos, a veces creo que les gustaría blandir la espada de fuego de Dios para limpiar la tierra de pecadores empecinados. Nada les impedía echar en cara a los marineros su conducta inmoral e impía, lo que con frecuencia acabó en confrontaciones. La mayoría de las veces se trataba del alcohol a bordo, el *Juliana* transportaba barriles llenos de ron y cuando la caza de ballenas había sido exitosa el capitán permitía que corriera en abundancia. Es cierto que matar y destripar la ballena es un trabajo tan sucio y sangriento que, de vez en cuando, hasta yo mismo deseaba consolarme con un trago, al menos para asentar el estómago. El olor de la carne de ballena hervida es bestial, pero solo así puede obtenerse la grasa que hace tan rentable la caza de estos animales.

El capitán y la tripulación del *Juliane* se entregaron a esa sanguinaria caza varias semanas antes de desembarcar en Nueva Zelanda. Naturalmente, nosotros los misioneros habíamos esperado que antes nos dejaran en algún puerto, pero el capitán se negó a perder tiempo con ello.

Ruth pensó que posiblemente le había interesado conservar los refuerzos de su tripulación. Durante la travesía en sí, la ayuda de David y los otros habría sido limitada. A fin de cuentas no tenían ni idea de navegar y solo habían podido colaborar como asistentes. En cambio, todo el mundo podía meter la carne de ballena en unas ollas enormes y hervirla, y seguro que también se aprendía deprisa a remar. Había leído que en los barcos balleneros incluso se recurría a gente como el cocinero y el calafate para esa tarea. En cuanto aparecía una ballena, todo lo demás quedaba subordinado a su caza.

Así que por primera vez, delante de las costas de la Isla Sur, vimos ballenas. ¡Qué imagen tan impresionante! Debo confesar, queridísima Ruth, que la historia de Jonás siempre me ha parecido algo irreal. ¿Cómo era posible que un pez fuera tan grande como para tragarse de golpe a un hombre y albergarlo durante días en su vientre antes de que Dios, en su infinita bondad, decidiera liberarlo? Pero así es en efecto, te lo digo, Ruth, cada palabra de la Biblia es verdadera. Esos gigantes del mar podrían dar cabida a tres hombres y más, algunos eran más largos que toda nuestra embarcación y no era poco el esfuerzo que se requería de la tripulación para arrastrarlos. Pero los hombres remaban audaces hacia ellas, armados con lanzas, era una lucha entre David y Goliat. Por otra parte, esos animales no se defienden demasiado. Dios los hizo pacíficos, se resignan a ser subyugados por los seres humanos.

Ruth frunció el ceño. Por lo que ella había leído, las ballenas se rendían a la simple superioridad de sus cazadores. Si bien los arpones de los hombres no actuaban más que como pinchazos de una aguja, su acción prolongada iba debilitando a los animales, y entonces era posible arrastrarlos durante horas junto al barco, matarlos y despedazarlos.

Aunque su caza responde sin duda a la voluntad divina, encontré repugnante el modo en que se mata y destripa a esos colosos. Al final, todo el barco acaba lleno de sangre, viscosidad y grasa, se tarda horas en limpiarlo y días hasta que el hedor del hervido desaparece. A veces coincide con la siguiente caza. Pasaron meses hasta que por fin se llenaron los toneles a bordo del *Juliane*, pero sin duda también esa demora de nuestro viaje formaba parte de los designios del Señor. Dos hombres, que llegaron a nuestro barco en canoa, se unieron a nosotros. E imagina, queridísima Ruth, resultaron ser maoríes (es decir, miembros de la tribu pagana) a los que no escatimamos esfuerzos por convertir.

Sin embargo, ya estaban bautizados con los nombres de Paul y Michael, que pronunciaban de forma extraña. Cuando les pregunté por qué, me contaron que era la traducción al maorí, su lengua, de sus nombres ingleses, y como ambos eran buenos cristianos y sabían apreciar nuestro celo, empezaron a enseñarnos su idioma en los días sucesivos.

La lengua de los maoríes no es sencilla, queridísima Ruth, mucho más difícil que el inglés, que durante la travesía he ido concienzudamente estudiando. Pero creo que cuando estemos frente a los hombres, en sus poblados, podremos encontrar las palabras adecuadas para predicar.

Ruth no creía que fuera tan sencillo, pero reconocía al menos el esfuerzo por enfrentarse con empeño a las tareas que esperaban a los misioneros. Ella, por su cuenta, había seguido con las clases de miss Barden y después de un año de estudiar intensamente ya hablaba muy bien el inglés. ¿Pero se atrevería a predicar en esa lengua? Ruth lo dudaba, aunque se consolaba con la idea de que dar sermones tampoco la atraía demasiado.

Y por fin la superficie de carga del *Juliane* se llenó hasta los topes con grasa y barbas de ballena y el capitán anunció que ya nada impedía que atracáramos en Nueva Zelanda. Había que aprovisionarse de víveres y realizar un par de reparaciones, y la tripulación podría entonces regresar a Bremen.

Así que hemos desembarcado aquí, en una estación ballenera de Otago Harbour, al sudeste de la Isla Sur. Unida a ella hay una pequeña misión, dos religiosos se esfuerzan en asistir a los cazadores de ballenas y, con mucho más éxito, en evangelizar a la tribu maorí local. Ambos pertenecen a la Iglesia de Inglaterra, pero sus seguidores son también luteranos y enseguida nos han acogido con suma cordialidad. Aun así, no precisan de refuerzos. La tribu que vive en el poblado de Otakou y que comercia con los cazadores de ballenas hace tiempo que está cristianizada y los misioneros opinan que los salvajes son obedientes y que su fe es sólida.

En general, la evangelización de toda la Isla Sur parece ya muy avanzada. En algún momento tendremos que explorar la zona septentrional para encontrar algún campo del Señor todavía sin arar. Pero de momento volvemos a estar en tierra firme, queridísima Ruth. Hasta ahora Dios nos ha guiado excelentemente y seguro que seguirá haciéndolo.

Ahora debo concluir esta carta, el capitán espera. Se la llevará mañana mismo cuando emprenda el viaje de regreso y espero que no tarde en llegar a tus manos.

Con mis mejores deseos, y firmemente arraigado en el amor a Dios, se despide tu

DAVID

Ruth suspiró y guardó la carta con cuidado en una pequeña caja de madera especialmente bonita para volver a leerla después una y otra vez.

«Queridísima Ruth...» Solo esa expresión la llenaba de ternura.

Por lo demás, las noticias de David tampoco le parecieron demasiado prometedoras. Por lo visto, habían enviado a los misioneros a un terreno que hacía tiempo que estaba cultivado. Seguro que no había ninguna posibilidad de que los cinco misioneros de Goßner fueran a construir en breve una misión propia que creciera pronto y tuviera que ampliarse con un hospital.

Ruth meditó en si habría en Berlín la posibilidad de aprender maorí, pero era poco optimista.

Por el momento, no podía hacer nada más que seguir esperando.

5

La siguiente carta de David no se hizo esperar tanto.
Poco después de que Ruth hubiese contestado a su primer mensaje con gran amabilidad y comprensión y de
que, por supuesto, Mechthild Mühlen y el pastor Goßner hubiesen expresado brevemente su satisfacción por el
éxito de la travesía y la llegada de los misioneros sanos y
salvos, volvió a recibir correo. Pero para Ruth, la misiva
había tardado una eternidad. Había terminado enseguida su formación como enfermera y seguía disfrutando del trabajo con los pacientes. Se había planeado
construir un auténtico hospital en los años próximos
que contaría con áreas para hombres, mujeres y niños
y que iba a llamarse Elisabeth. Ruth se habría involucra-
do de buen grado allí. Lo mismo le habrían confiado en
algún momento la dirección de un departamento. Pero
pese a lo mucho que la entusiasmaba su trabajo, soñaba
con vivir junto a David. Ansiaba recibir nuevas noticias
sobre cómo les iba a los misioneros en el otro extremo
del mundo y a veces casi no lograba contener su impaciencia. Seguía estudiando el inglés aplicadamente, iba a
misa y asistía a oraciones, esto último con mucho menos
fervor.

Pese a las desalentadoras noticias de Otago, el pastor

Goßner era optimista en relación con la búsqueda de un campo de actividades apropiado para sus hombres.

—Nueva Zelanda es grande —dijo con toda tranquilidad.

Ruth tuvo que controlarse de nuevo para no replicarle. De hecho, el país era más bien pequeño y estaba poco habitado. Como sabía gracias a los diarios ingleses que ahora disfrutaba leyendo en compañía de miss Barden, en la Isla Sur ya había más inmigrantes europeos que maoríes. La Isla Norte estaba menos explotada y la población maorí era más densa. Tal vez no sería una mala idea que David y los otros se embarcaran de nuevo. En general, Ruth consideraba que la búsqueda desesperada de paganos por parte de los misioneros era extraña cuando no vergonzosa. Cada día veía un montón de miseria en las casas de los enfermos y en los distritos pobres de Berlín. Había ahí un amplio terreno en el que practicar cualquier tipo de amor al prójimo. Era innecesario competir en el otro extremo del mundo por hallar individuos dispuestos a convertirse. Ruth se había enterado de que en Nueva Zelanda había misiones anglicanas, metodistas, presbiterianas, católicas, así como grupúsculos luteranos que pugnaban por conseguir creyentes.

Abrió presurosa la carta. De nuevo enviada desde un puerto, Hokianga Harbour.

Ruth, mi querida confidente en Cristo:

En primer lugar, mi agradecimiento más sincero por tu bonita carta. Qué bien hace recibir noticias de las personas de casa que amamos, y me alegro mucho de la gran satisfacción que extraes del trabajo con los pobres y los enfermos en nuestra ciudad natal. Verdaderamente, Dios nos ha bendecido a los dos, aunque mis hermanos y yo de vez en cuando hemos dudado un poco en los últimos meses sobre todos esos caminos equivocados que hemos tenido que recorrer antes de que, esperemos que por fin, hayamos encontrado nuestro destino.

Ruth prestó atención. Eso sonaba muy bien.

Mi última carta te llegó desde Otago, en la Isla Sur, donde, como recordarás, nos acogieron por un breve tiempo dos misioneros de la Iglesia de Inglaterra. Allí pudimos por vez primera visitar un poblado nativo y encontramos muy amables a los maoríes, piadosos y abiertos a la verdadera religión y al modo de vida europeo. Casi la totalidad de los hombres, mujeres y niños ya van decentemente vestidos en lugar de ir corriendo por ahí medio desnudos como todavía puede verse en algunas ilustraciones. Emulan en todo a los inmigrantes europeos, y resulta conmovedor presenciar lo mucho que se benefician de los humildes obsequios de los misioneros: ollas, sartenes, mantas y otras cosas que para nosotros son de lo más natural. Celebramos con ellos un servicio que encontramos muy alentador y edificante, pero tuvimos que aceptar que esa pequeña misión que asiste a esa honrada tribu no precisa de cinco servidores de Dios más. Así pues, tuvimos que buscarnos otro campo de actividad y nos marchamos al norte de la Isla Sur. Debe tenerse en cuenta que esta isla está poco habitada. Apenas hay familias que emigren aquí, la mayoría de los blancos que van a parar a Nueva Zelanda son hombres, cazadores de ballenas, de focas y algún que otro religioso.

Si es que puede hablarse de poblaciones, estas suelen encontrarse alrededor de las estaciones balleneras. Los animales no solo se cazan desde los barcos, sino asimismo desde tierra firme. Los nativos también prefieren establecerse cerca de la costa. Así que decidimos seguir el litoral hacia el norte y enseguida encontramos un barco que nos trasladó allí. Al fin y al cabo, la grasa que se produce en las estaciones balleneras debe transportarse a Europa, así que son muchos los cargueros que pasan regularmente por ellas.

En las siguientes semanas recorrimos toda la costa oriental de la Isla Sur, pero no encontramos ningún campo en el que actuar. En el fondo es algo satisfactorio: también tú siendo cristiana te deleitarás al oír que casi todos los maoríes han asimilado la auténtica fe. Los misioneros que se ocupan de ellos nos recibieron orgullosos y contentos, pero nosotros no teníamos nada que hacer, ni a la hora de convertir a los paganos, ni en lo referente a encontrar un trabajo. El poco dinero con que nos proveyeron nuestros mecenas en Berlín enseguida se agotó, aunque no derrochábamos. La comida es cara en el otro extremo del mundo, lo que no es extraño, pues viene a la isla desde lejos. Por ahora hay pocos colonos que se dediquen a la agricultura y la ganadería, muchos artículos se compran o se intercambian con las tribus locales maoríes y ellos enseguida han aprendido lo valiosos que resultan sus productos.

Somos jóvenes y estamos sanos y dispuestos a trabajar por nuestra manutención, pero está resultando complicado. Por el momento, aquí no hay caballos y como consecuencia de ello no hay trabajo para un herrero, sin contar con que tampoco dispongo de herramientas. A lo mejor los trabajos artesanales de los hermanos serían más útiles, pero ellos no hablan inglés, de ahí que les resulte difícil hacerse entender. Todavía no hemos conocido a ningún colono alemán.

Cuando por fin llegamos a la población situada más al norte de la Isla Sur, decidimos no intentarlo en la costa Oeste, sino invertir el último dinero que nos quedaba en la travesía a la Isla Norte. Allí se suponía que había más nativos, más colonos e incluso pequeñas ciudades como Kororareka y Auckland. Con ayuda de Dios esperábamos ganar algo de dinero en Port Nicholson, donde estaba atracado nuestro barco, y luego seguir viajando hacia el norte para encontrar tribus maoríes que todavía no hubiesen sido cristianamente asistidas. A diferencia de en la Isla Sur, donde todos los nativos pertenecen a la misma tribu, en la Isla Norte hay distintas tribus que a veces pelean entre sí.

A Ruth esto le pareció más peligroso que esperanzador. No le gustaba imaginarse a su amigo en medio de un conflicto entre dos o tres tribus.

Siguió leyendo interesada.

La travesía por el conocido como estrecho de Cook, así se llama el paso entre las dos islas de Nueva Zelanda, no duró mucho, pero fue tempestuosa. El hermano Heinrich y el hermano Oskar se marearon mucho. En Port Nicholson nos encontramos con unos pocos colonos, así como con una tribu maorí que realmente daba la impresión de ser más belicosa que los dóciles ngai tahu de la Isla Sur. Se decía que negociaban con una comunidad de colonos ingleses con los que cambiaban tierras por armas para poder defenderse de otras tribus vecinas. Los misioneros anglicanos llevaban a término las negociaciones, también aquí se nos han adelantado. Los nativos nos parecieron menos piadosos que sus hermanos de la Isla Sur, pero estaban todos bautizados.

Ruth oscilaba de nuevo entre reír o llorar. En cualquier caso, dudaba de que Dios realmente hubiera guiado los pasos de los misioneros de Goßner hacia Nueva Zelanda. Prefería no atribuir al Todopoderoso un error tan catastrófico.

Los misioneros que ya están activos entre los indígenas nos informaron de que en el interior de la isla todavía hay tribus de maoríes que no han hallado el consuelo en la fe. Sin embargo, no han tenido apenas contacto con los colonos ingleses, por lo que solo se los puede evangelizar en su propia lengua. Además, no son demasiado amigables. Esta noticia provocó un elemento de discordia en nuestra hermandad. El hermano Franz y el hermano Gottfried eran del parecer que como auténticos hombres de Dios teníamos que estar dispuestos, en caso de duda, a dar la vida como mártires para llevar la luz a los salvajes. Teníamos que ponernos en manos del Señor y confiar en que Él nos daría las palabras adecuadas cuando nos encontrásemos ante los infieles.

Ruth creyó recordar que un año antes había oído a David ser de la misma opinión. Pero en lo que iba de tiempo debía de haber experimentado en su propia carne lo desamparados que estaban los hermanos, incluso frente a europeos, cuando no dominaban el lenguaje local. Si uno podía comunicarse no corría al menos peligro de que lo vieran inadvertidamente como un enemigo y que lo mataran. En cualquier caso, no parecía que David hubiese defendido el martirio como solución.

Nosotros, por el contrario, opinábamos que era más sensato y grato a Dios que nos dirigiéramos primero al norte, a un entorno más habitado. Nos dijeron que en Kororareka y en Hokianga Harbour había misiones más grandes. Esperábamos que allí fuera posible realizar primero tareas auxiliares y mejorar nuestros conocimientos del idioma maorí, para después correr el riesgo de internarnos, conducidos por la mano de Dios, en los bosques todavía inexplorados.

Al final, Dios tomó la decisión por nosotros permitiendo que atracara un barco en Port Nicholson que en los próximos días partiría rumbo a Hokianga Harbour.

Quiso el destino que el calafate muriese recientemente a causa de una enfermedad y el capitán accedió a permitirnos viajar con él si, bajo las indicaciones del hermano Gottfried, hacíamos las reparaciones que su embarcación necesitaba con urgencia. Naturalmente, nos pusimos manos a la obra llenos de ímpetu y, tras pocos días de alegre ocupación, pudimos hacernos a la mar. Por fin la suerte parece sonreírnos.

Hokianga Harbour reposa en un brazo de mar. Es un territorio montañoso y cubierto de bosques, aunque también agrícola. Se cultiva el lino bajo la dirección de los misioneros en torno al metodista Samuel Ironside. El reverendo Ironside gestiona su misión desde hace cinco años y ha cultivado excelentemente bien el campo del Señor. Los nativos son pacíficos y trabajadores, el reverendo nos ha informado de que los jefes tribales están a punto de firmar un contrato según el cual están dispuestos a ceder toda su tierra a la Corona. Para ello se reunirán en una aldea llamada Waitangi, arriba, en la Isla Norte de Nueva Zelanda. El reverendo Ironside tiene la intención de servir de traductor de los representantes británicos.

La misión del reverendo es grande. Nos invitó a que trabajáramos en ella algunas semanas o meses y, mientras, estudiar aplicadamente el idioma maorí. Nos contó que él necesitó solo de cinco meses para hablarlo con fluidez, lo que, por supuesto, nos resultó muy estimulante. Sin embargo, nos desaconsejó que nos aventurásemos tierra adentro. Las tribus allí instaladas están con frecuencia en guerra con las que viven cerca de la costa, por lo que no suele reinar la paz entre los maoríes de la Isla Norte. El reverendo Ironside tiene puestas muchas esperanzas en el poder conciliador del cristianismo para unir a los seres humanos. Respecto a las tribus todavía no evangelizadas, hay que esperar.

A Ruth le vino a la mente que en Europa tener una religión común todavía no había impedido ninguna guerra, pero, al menos, podía respirar aliviada. Era seguro que en Hokianga Harbour ni David ni los otros corrían ningún peligro, aunque todavía estaban muy lejos de construir su propia misión. ¿O? Se apresuró a leer el siguiente fragmento de la carta.

A la larga, nos explicó el reverendo, la New Zealand Company —así se llama una asociación para la explotación de la tierra en beneficio de los colonos ingleses— penetrará en el interior de la Isla Norte. Llegará a entenderse con los maoríes y seguro que ellos también se muestran receptivos a la misión. Así han actuado siempre y en todas partes las tribus hasta ahora. Según el reverendo Ironside piensan mucho en su propio beneficio.

Ruth se sorprendió. En realidad no daba la impresión de que estuvieran ansiando escuchar la palabra de Dios, sino más bien de esperar la luz con la introducción de las lámparas de aceite de ballena. ¿Y acaso no había hablado David en su última carta de las «limosnas» en forma de ropa y utensilios de cocina que repartían los misioneros? Eso parecía ser un fuerte estímulo para que las tribus se dejaran convertir. Ruth no quería hacer un juicio moral. De todos modos, se preguntó qué iban a regalar los misioneros de Goßner cuando por fin encontraran un campo de actividad propio. A fin de cuentas, ya ahora carecían de medios. Ruth siguió leyendo con gran interés.

Pero entonces se produjo el cambio. Cuando ya estábamos todos sumamente descorazonados por el hecho de que no hubiera en Nueva Zelanda ningún campo de actividad duradero para nosotros, el reverendo Ironside nos habló de un archipiélago que, aunque pronto formará parte de Nueva Zelanda, todavía no ha sido ocupado por ningún blanco. Nos dijo que era seguro, al menos ahí no había ninguna misión. Las islas se llaman Chatham, y en especial en la más grande, la isla Chatham, viven tribus que nunca antes han estado en contacto con el cristianismo. Sin embargo, no nos serán hostiles. Conocen a blancos, pues hay estaciones balleneras y de cazadores de focas.

Según el reverendo Ironside, las Chatham están aproximadamente a ochocientos kilómetros al sudeste de la Isla Norte. El tiempo es allí tempestuoso y la tierra no muy fértil y bastante inhóspita. Así que la vida en ese lugar no será fácil. Por supuesto, enseguida dijimos que eso no nos asustaba. Somos capaces de soportar las mayores inclemencias con tal de divulgar la palabra de Dios hasta en el último rincón del mundo. Acto seguido, el reverendo Ironside nos prometió que, en cuanto estuviésemos preparados, organizaría una travesía en barco hasta allí. Naturalmente, nosotros preferiríamos partir hoy antes que mañana. Sin embargo, logró convencer a los más ansiosos de entre nosotros para que nos quedásemos un poco más de tiempo y estudiásemos el idioma de nuestros futuros feligreses así como el inglés. A estas alturas ya puedo expresarme en esa lengua con fluidez, lo que, en parte, te debo a ti, mi queridísima Ruth, y a tu juiciosa previsión. A los demás les sigue resultando difícil sostener una conversación por muy sencilla que sea. Eso hay que mejorarlo antes de emprender el camino hacia nuestro nuevo hogar.

Así que ya ves, mi querida amiga, estamos ocupados y últimamente nos sentimos afortunados. Dios pocas veces nos muestra el camino directo a nuestra meta. Entretanto debemos recorrer senderos equivocados y superar las dudas que nos asolan. Es lo que hemos tenido que aprender en estos últimos meses y lo que nos ayudará a entregarnos a nuestras futuras tareas con todavía más celo y humildad. En la próxima carta, queridísima Ruth, espero poder hablarte de la construcción de nuestra propia misión, y es posible que del bautizo de nuestro primer feligrés.

Entretanto, tu siempre fiel amigo en Jesús,

DAVID

Ruth sonrió y leyó el último párrafo de la carta una vez más.

«Mi querida amiga Ruth...»

Comparado con el «querida amiga en Jesús» de su última carta, David estaba progresando. No cabía duda de que la echaba de menos, tal vez no con tanta intensidad como ella a él, a fin de cuentas tenía distracción suficiente, pero pensaba en ella. Y en caso de que realmente la misión de la isla Chatham fuera en serio, tal vez ella podría empezar pronto con la segunda parte de su plan. Lástima que David se marchara ahora a otro lugar más frío e inhóspito que Nueva Zelanda. En realidad, Ruth ya había encontrado algo decepcionante la lluviosa Isla Sur. Al oír la palabra misión uno pensaba en países más cálidos, como África o India. Como compensación se había consolado con la abundante vegetación y la similitud general con Europa. Y ahora esa islita rocosa y tempestuosa...

Ruth suspiró y buscó consuelo en la Biblia.

«A donde tú vayas, iré yo.»

Le habría gustado utilizarlo como lema de su próxima carta, pero era demasiado pronto. Antes David tenía que poner pie en las Chatham. ¿Habría libros sobre estas islas? ¿Se encontrarían en el globo terráqueo?

Al día siguiente acudiría una vez más al profesor Hohmann.

1

—*¡Wahine!*

¡Mujer! ¿Por qué no la llamaba nunca por su nombre?

Kimi se sobresaltó. Incluso después de cinco años como esclava de Anewa, el sonido de su voz bastaba para infundirle miedo y sobrecogerla. Ahora, con la espalda dolorida, se enderezó, estaba arrancando las malas hierbas con las otras esclavas moriori. Su estatus de hija de jefe tribal y de posesión privada de Anewa no la libraba de realizar las tareas más sucias y fatigosas. Las duras labores del campo a menudo la llevaban hasta sus límites, y más al encontrarse tan desnutrida, pero habría trabajado el doble si ello le hubiera ahorrado las agresiones nocturnas de Anewa. Este seguía regocijándose atormentando y humillando a Kimi. Nunca se acostumbraría a sus insultos, su risa maligna y sus caprichos. También en ese momento sintió miedo y repugnancia cuando la llamó.

—¿Anewa? —Kimi bajó la cabeza humildemente. Al menos no exigía que lo llamara «señor».

—*¡Ariki!* —la corrigió en esta ocasión. Sin embargo, su voz no indicaba que estuviera especialmente de mal humor o que buscara una razón para castigarla—. En el

futuro me llamarás «jefe». No te olvides de eso en Aotearoa.

—¿En Aotearoa? —preguntó Kimi—. ¿Quieres...
quiere volver?

¿Qué había sucedido para inducir a Anewa a dejar
Rekohu? ¿Para siempre y con toda su tribu? Parecía
querer llevarse a Kimi, pero seguro que dejaría a la mayoría de los moriori. El corazón de la muchacha latía con
fuerza. En realidad, ya no creía que su pueblo recupe-
rase la libertad. El poder de los maoríes se había conso-
lidado e, incluso si se hubiera producido un alzamiento,
Anewa y sus guerreros lo habrían sofocado sin el menor
esfuerzo. El pueblo de Kimi estaba debilitado y desmo-
ralizado. Los nuevos señores habían prohibido a los
moriori hablar en su propia lengua y casarse entre sí.
Casi no nacían niños. Incluso mujeres como Kimi, de
quienes abusaban los guerreros maoríes, pocas veces se
quedaban embarazadas. Las duras condiciones de trabajo y la falta permanente de alimentos exigían su tri-
buto.

En los primeros meses que siguieron a la invasión, el
número de moriori también se vio diezmado por la continua práctica del canibalismo entre sus agresores. A esas
alturas solo vivían unos pocos cientos de individuos en
la isla Chatham, y solo doce de los niños de Whangaroa,
entre ellos la pequeña Whano. El pueblo debería haber
visto esto último con optimismo, pues la supervivencia
de la niña aseguraba al menos la descendencia de la mujer sabia. Sin embargo, desde la invasión de la isla y de la
muerte de Nakahu, Pourou ya no era la misma. La *tohunga* ya no invocaba a los dioses. Explicaba que los espíritus de los moriori habían sido víctimas de la masacre,
como los humanos que los adoraban.

Kimi no se lo creía. No quería creérselo. Habría perdido toda esperanza de no ser por el consuelo de los espíritus a los que conjuraba, siempre que podía escabullirse, en el bosquecillo de los kopi. Creía percibir su presencia bajo esos árboles, en cuya corteza tallaba imágenes para evocar a sus amigos asesinados y a sus parientes. Invocaba y sosegaba a sus espíritus, y a veces transmitía a los inconsolables allegados mensajes de sus muertos.

Trataba de conservar las antiguas tradiciones dentro de sus posibilidades, e intentaba transmitir sus conocimientos a Whano. De ahí que alguna gente la honrase como *tohunga*. Pero a esas alturas a muchos moriori les daba igual que se cantasen *karakia* en la lengua de su pueblo, que se respetasen las reglas sobre las comidas y que se pidiese perdón como era debido a las plantas y animales antes de consumirlos. Lo principal era que hubiese algo que comer. No había gran cosa por la que dar gracias a los dioses.

A ella le resultaba vergonzoso que la llamaran respetuosamente *tohunga makutu*, hechicera, al fin y al cabo su formación no había ni mucho menos concluido cuando los maoríes habían llegado. No sabía mucho, pero tenía la sensación de que iba a volverse loca si también se olvidaba de lo poco que conocía. Y ahora Anewa hablaba de regresar a Aotearoa.

El maorí soltó su desagradable carcajada.

—¿Volver? Ya te gustaría a ti, *wahine*, que nos fuéramos y os volviéramos a dejar la tierra a vosotros, los *paraiwhara*. —*Paraiwhara*, gente negra, era uno de los insultos preferidos con que los maoríes se referían a sus esclavos moriori—. Al contrario. Esta tierra es nuestra, mía, para siempre. Me apropiaré de ella ante mi pueblo y ante el pueblo de los *pakeha*...

Kimi se sorprendió. ¿Por qué Anewa se interesaba de

repente por los inmigrantes blancos? Ahí en Rekohu apenas les había hecho caso, y a los blancos les era indiferente que de repente mandasen los maoríes en los poblados moriori. Los pocos colonos de las Chatham y los barcos que anclaban allí comerciaban con los nuevos señores de las islas. Se vendían bien las patatas que Kimi y su pueblo cultivaban con el sudor de su frente. En los barcos eran muy apreciadas como provisiones.

—Se dice que hay muchos *pakeha* en Aotearoa... —observó Kimi con prudencia. No quería plantear una pregunta directa.

Anewa asintió.

—Sí. Y ahora van a cerrar un acuerdo con los jefes maoríes. Acudirán representantes de su reina para rendir homenaje a los *ariki*. Aspiran a que los admitamos en nuestras tierras... —Kimi reflexionó. Hasta ese momento había opinado que los *pakeha* eran superiores a los nativos. Contaban con armas, mercancías, llevaban a la isla nuevas plantas útiles y animales. Comparados con los moriori, los colonos de las Chatham siempre habían sido ricos—. Nos han invitado —siguió diciendo Anewa—. A todos los *ariki* de Aotearoa, a un lugar llamado Waitangi.

—¿Nuestro Waitangi? —preguntó Kimi incrédula. Había un asentamiento con ese nombre al sur de Whangaroa.

Anewa negó con la cabeza.

—No, un Waitangi en Aotearoa. La tierra de los ngati miru. Ahí vive un *pakeha* de nombre James Busby, el encuentro se celebrará en sus propiedades. ¡Y yo voy a representar a nuestro pueblo y nuestra tierra!

Se enderezó arrogante delante de ella y de los demás esclavos que estaban trabajando y que se habían enterado de parte de la conversación. Sin embargo, ninguno reaccionó, todos mantuvieron las cabezas gachas y guardaron silencio.

—Pero vosotros no sois una tribu —se le escapó a Kimi.

Ahora sabía que Anewa y los otros invasores pertenecía a distintas tribus de la región de Taranaki. Naturalmente se consideraban ngati tama, ngati mutunga o ngati wai, pero no procedían de tribus nómadas que hubieran partido para conquistar un nuevo territorio. Eran más bien fugitivos y desterrados que se habían unido para comenzar brutalmente de cero. Sin embargo, no todos tiraban en la misma dirección como al principio, cuando todavía temían a los moriori y se unían en su contra. Ahora había diversas diferencias que con frecuencia desembocaban en peleas. Incluso planeaba la amenaza de una guerra entre los ngati mutunga y los ngati tama.

Anewa castigó la insolente observación con un fuerte bofetón en la cara. Era tan rápido que ella nunca conseguía evitarlo. La mejilla se le empezó a hinchar enseguida.

—Ni te atrevas a decir lo que soy o lo que no soy —la amenazó—. Soy el jefe de los ngati tama de Wharekauri y como tal los representaré en Waitangi. Los blancos reconocerán mis reivindicaciones al igual que los *ariki* de otras tribus.

—¿Quiere ser *ieriki* de todo Rekohu? —preguntó provocadora Kimi. Los moriori llamaban *ieriki* a sus jefes.

Esta vez estaba preparada para la bofetada que no tardó en recibir.

—*Ariki* de Wharekauri —la corrigió—. ¡Ya sabes que no quiero oír esos bisbiseos y murmullos que llamáis vuestra lengua! Y sobre todo los estúpidos nombres de esta isla. ¿Y qué hay de malo en que uno se coloque al frente de su pueblo en ese lugar? Wharekauri es demasiado pequeño para tres o cuatro tribus. Es mejor unirse bajo el mando de un jefe fuerte. Eso es lo que manifestaré a los *pakeha* y al conjunto de los *ariki* de Aotearoa. Y tú me traducirás.

Kimi suspiró y se llevó la mano a la mejilla.

—Allí habrá traductores —supuso.

Anewa resopló.

—Sí, sin duda. Pero ellos pueden contarme muchas cosas. No soy tonto, *wahine*. No voy a permitir que un tercero medie entre yo y un representante de la reina blanca. Hablaré con él de hombre a hombre, eso fortalecerá mi *mana*.

Entre los maoríes, el *mana*, la valía de un hombre o una mujer ante su tribu, tenía gran importancia. Y es posible que aumentara con la posesión de una esclava que además era versada en idiomas.

Kimi asintió afligida.

—¿Cómo iremos a Aotearoa? —preguntó resignada—. Está... está demasiado lejos para ir en canoa, ¿verdad?

Anewa se golpeó el pecho.

—*Wahine*, mi pueblo viajó en canoa desde Hawaiki hasta Aotearoa. Viajar desde Wharekauri hasta Waitangi ha de ser posible. —Kimi contuvo la pregunta de por qué, entonces, los invasores habían tenido que secuestrar el bergantín *Lord Rodney* para llegar a la isla—. Pero no será necesario construir canoas —prosiguió Anewa—. Uno de los barcos balleneros parte mañana y el capitán va rumbo a la Isla Norte, a Kororareka. Nos llevará.

Hasta ese día, Kimi apenas había navegado, solo un par de veces con su hermano en una barca de algas marinas hinchadas y juncos atados como las que solían utilizar los moriori. Eran más parecidas a balsas que a canoas, pero muy seguras. Incluso si el mar estaba encrespado, raras veces zozobraban. Pese a ello, los moriori no habían emprendido largos viajes en esas *korari*. Cualquier travesía era peligrosa debido al oleaje en torno a Rekohu, así que para los jóvenes representaba una prueba de valor viajar a una de las islas cercanas para buscar huevos de albatros. Kimi recordó con nostalgia que los moriori aumentaban su *mana* a través de la destreza en la navegación y en el arte de la inmersión. Se acordaba todavía de los aplausos que había recibido su hermano cuando se había sumergido en busca de langostas. Había subido a la superficie con un animal en cada mano y un tercero en la boca. El verano después de la masacre habría partido por vez primera a cazar albatros y se habría convertido así en un hombre.

Kimi se subió angustiada al barco ballenero. Aotearoa estaba lejos, seguro que con esa travesía ponía en peligro su vida. Un marinero, que al zarpar la sorprendió recitando atemorizada *karakia* e invocando las bendiciones de los espíritus de su pueblo, se rio de sus temores.

—Nueva Zelanda está a un paso —le explicó después de que ella le confesara sus miedos—. En cambio, de Inglaterra a la Polinesia... Se tardan tres meses en llegar, ¡y anda que no hay tormentas en el Atlántico! Para un barco como el nuestro esto está chupado, jovencita. No tienes que preocuparte.

Anewa y su séquito —se había llevado a dos guerreros que debían precederle con las armas rituales de un jefe— no sentían el más mínimo miedo ante el mar. Lo que no querían era estar en el interior del barco, todavía recordaban perfectamente el viaje en el *Lord Rodney*. Tampoco para Kimi tenía ningún interés el interior del *Prin-cess Victoria*. No se sentía a gusto en el ballenero pese a que enseguida se percató de que el viento y la tormenta no podrían contra la embarcación. Además, una parte de la superficie de carga ya estaba ocupada por toneles de aceite de ballena reciente y una apestosa cetina, pues antes de anclar delante de las Chatham la tripulación había matado una ballena. La sensible Kimi olía además la sangre. Sintió pena por el majestuoso animal que había muerto y percibió su espíritu, que todavía no descansaba en paz. Recitó entonces *karakia* para el gigante del mar y se propuso tallar su imagen en un árbol cuando regresara a Rekohu. La muchacha no tenía que disculparse por su propio pueblo ante el espíritu de la ballena. Los moriori nunca habían cazado esos mamíferos.

Exceptuando el hedor y el tiempo, Kimi encontró el viaje casi reposado. Anewa la dejó tranquila durante la travesía. Así que tuvo tiempo para contemplar el mar, regocijarse de la compañía de los delfines y reflexionar sobre la misión que emprendía el maorí llevándosela con él. ¿Una invitación de los *pakeha* para rendir homenaje a los jefes tribales? En realidad uno iba al encuentro de alguien a quien encontraba digno de honores. ¿Y acaso los blancos tenían necesidad de hacerse los simpáticos? El viaje en el *Princess Victoria* la convenció aún más de la superioridad de los *pakeha* frente a los maoríes y moriori. Aunque las canoas de las tribus eran totalmente aptas para navegar, eran mucho más pequeñas que los balleneros. Una canoa construida de modo tradicional nunca habría podido transportar docenas de toneles o varios centenares de personas.

Cuanto más se acercaban a Aotearoa, más tranquilo

estaba el mar y mejor tiempo hacía. Al final, un auténtico país de ensueño se desplegó ante los ojos de Kimi. El barco atravesó una bahía salpicada de cientos de islas grandes y pequeñas. Algunas rocosas, otras de un verde intenso y con bosques se distribuían en medio de un mar azul celeste iluminado por el sol.

—Bahía de Islas —le explicó el amable marinero—. Ahí es donde atracaremos.

—¿Kororareka es una isla? —preguntó Kimi—. ¿Y Waitangi?

El hombre rio.

—Ni la una ni la otra. Waitangi esta cerca de la pe queña ciudad de Paihia. Kororareka se encuentra en una península, prácticamente frente a Waitangi. Tenéis que encontrar a alguien que os lleve o ir a pie. Por mar no está lejos, cada día circulan barcos.

Kororareka no tardó en aparecer. Era la primera vez que Kimi veía una población tan grande de blancos. Encontró intimidatoria toda esa aglomeración de edificios. Ya las casas de los maoríes, las estaciones balleneras y las granjas de la isla Chatham, así como las cabañas que Brandon y sus amigos habían construido eran más grandes, confortables y sólidas que las viviendas de los moriori. Pero algunas de las casas que ahora contemplaba asombrada eran más altas que tres hombres subidos uno encima del otro y en lo alto también había ventanas. Se diría que en el interior de estas construcciones se podía trepar. Alrededor de los edificios se extendían unos rellanos de madera provistos de barandillas. Por lo visto, a los *pakeha* les gustaba detenerse allí, pues habían colocado mesas y sillas. Además, todo estaba pintado, los colores eran mucho más brillantes que los tintes vegetales que Kimi utilizaba para realzar sus grabados o para teñir las hebras de lino. Cuando desembarcaron, la muchacha se colocó intimidada detrás de Anewa. Todas esas novedades no asustaban a los maoríes. Así que debía de haber poblaciones similares por toda Aotearoa.

Los *pakeha* tampoco parecían carecer de alimentos. Por el puerto deambulaban hombres y mujeres que ofrecían pescado asado y mariscos, así como panes nunca vistos. El olor era tentador. Mientras los hombres buscaban barcos que pudieran llevarlos a Paihia, se atrevió a acercarse a una mujer vestida de negro. Señaló con timidez una cosa que semejaba al pan ácimo hinchado.

—¿Quieres un buñuelo? —preguntó la mujer, cuya edad Kimi no supo calcular, pues era la primera vez que veía a una *pakeha*. Bajo el rígido tocado que escondía su cabello, la blanca miró con desconfianza a Kimi. Le resultaba sospechosa esa joven de aspecto exótico y con un vestido *pakeha* gastado y demasiado grande para su talla. Y, sin embargo, Anewa había insistido en que se lo pusiera. Su esclava tenía que hablar y tener la apariencia de una blanca, para que los *pakeha* lo respetaran a él—. Vale un penique.

Kimi frunció el ceño decepcionada.

—Entonces nada, lo siento. No tengo dinero.

La mujer vio confirmadas sus sospechas. Había algo en esta nativa vestida a la manera occidental y que seguía a tres guerreros de aspecto marcial que no cuadraba. De todos modos, debió de conmoverla que Kimi hablara tan correctamente y con tanta fluidez el inglés.

—Sin dinero no llegarás muy lejos —respondió preocupada—. Y tus compañeros tampoco. Supongo que quieren ir a Waitangi, a esa reunión de los jefes tribales con el gobernador. Pero si no pagan, nadie los llevará.

Kimi pensó que Anewa y sus hombres siempre encontraban el modo de llegar a donde querían. Los maoríes de Rekohu ganaban mucho dinero cuando comerciaban con los cazadores de ballenas.

—Ellos sí tienen dinero —contestó—. Yo no. Soy una esclava.

Kimi lo dijo como de paso, a esas alturas su estatus le parecía lo natural. No esperaba ver la expresión perpleja y compasiva que apareció en el rostro de la mujer.

—¿Una esclava? ¿Quieres decir que esos salvajes te consideran de su... propiedad? Nunca había oído hablar de algo así. Estoy impaciente por saber qué dirá el gobernador general Hobson cuando aparezcan por su casa con sus siervos.

Rápidamente, sacó un trozo de papel blando de un cajón lateral de la bandeja donde llevaba los buñuelos, envolvió uno y se lo dio a Kimi.

—Toma, muchacha, es un regalo. ¡Que lo disfrutes! Tienes aspecto de no haberte llevado nada como Dios manda a la boca desde hace semanas.

Kimi le dio las gracias ruborizada. No había querido dar pena y menos aún para obtener un buñuelo. Aun así, hincó el diente en el pastel y sintió que era lo mejor que había comido en su vida. Blando y dulce, casi se deshacía en la lengua. Sonrió a la mujer.

—Es muy rico —susurró.

La mujer asintió.

—Ve con Dios, muchacha —le deseó cuando Anewa llamó a Kimi con un gesto autoritario.

Kimi se encogió y corrió diligente hacia él. Al hacerlo se metió deprisa el resto del buñuelo en la boca.

—¡Se puede saber qué andas cotilleando con las mujeres *pakeha*! —la increpó Anewa—. Vale más que hables por nosotros con los pescadores. Ese no quiere llevarnos. —Señaló a un anciano que se apresuraba a empujar su barquito fuera del embarcadero. Llevaba graba-

do en el rostro el miedo a los guerreros—. Dile a ese...
—Anewa ya tenía en la mira a otro pescador— que el
ariki de los ngati tama de Wharekauri exige que lo lleve a
Waitangi.

Kimi se mordió el labio. Haría el ridículo traducien-
do una cosa así; había aprendido gracias a la amable mujer que esos pescadores eran hombres libres a los que había que pagar para ser trasladados de un sitio a otro.

Anewa la empujó groseramente.

La joven moriori se acercó con la cabeza baja al pescador, que no parecía tener miedo de los maoríes, y le
comunicó sus deseos. Tal como había esperado, el hombre se rio.

—Pues dile al gran jefe tribal que si quiere algo tiene
que pedírmelo por favor. Y que entonces a lo mejor os
llevo... será un chelín por persona.

Kimi tradujo sus palabras a Anewa sin mencionar lo
del «por favor».

Anewa soltó un gruñido.

—Que le pague el gobernador —respondió.

El pescador volvió a reírse cuando Kimi tradujo las
palabras al inglés.

—Ese no querrá —explicó—. Así que o me paga o la
reunión de Waitangi va a celebrarse sin el gran guerrero.
Que le pida al gobernador que se lo devuelva. Y que esos
tipos bajen las armas. Sí, ya sé que no son más que hachas que llevan delante del jefe tribal como la reina lleva
la bandera. Pero también con eso se puede dar un golpe
a la gente en la cabeza.

Kimi tradujo con precaución y consiguió, efectivamente, que Anewa y el pescador se pusieran de acuerdo.
Al principio temió que, cuando estuvieran en el mar, los
maoríes intentaran lanzar al hombre por la borda y recuperar las monedas. Pero de la tripulación de la pequeña

barca de pesca también formaban parte dos forzudos *pakeha* más. Ofrecieron a los maoríes un lugar donde sentarse en la popa del barquito y la travesía transcurrió sin incidentes.

2

—Un espectáculo impresionante, ¿verdad?

El doctor Ernst Dieffenbach se acercó a Brandon, quien estaba sentado con el cuaderno de apuntes abierto a un lado del campamento maorí haciendo sus primeros esbozos. El naturalista estaba de visita en la casa de Busby mientras el gobernador negociaba con los jefes tribales y había pedido a Brandon que se encargara de documentar gráficamente el encuentro.

En efecto, ante sus ojos se desplegaba un abigarrado panorama de grupos humanos reunidos en torno a las tiendas y las hogueras. Jefes tribales fastuosamente ataviados, con faldellines de lino endurecido, armas tradicionales y mosquetes ceñidos a cintos de cuero, posaban delante de sus canoas de guerra. Llevaban unas costosas capas de colores, con plumas de kiwi incrustadas, los cabellos recogidos en moños de guerra y las caras cubiertas de tatuajes marciales.

En medio se deslizaban los representantes de la Corona con levitas o uniformes de gala de colores, así como sacerdotes y misioneros vestidos de negro, entre ellos protestantes que se distinguían por sus alzacuellos y católicos con sus largas sotanas. Los representantes de la

Iglesia hablaban bien el maorí e iban a hacer de mediadores y traductores.

El escenario de la reunión consistía en un extenso prado junto a la orilla, el mar azul celeste delante de un brazo de tierra y por encima de todo ello un cielo azul radiante por el que se deslizaban unas nubes blancas y algodonosas.

—A mí este espacio más bien me parecer amenazador —admitió Brandon—. Con todos estos guerreros armados hasta los dientes...

—Bah, son muy pacíficos —respondió Dieffenbach quitando hierro al asunto—. Es todo apariencia. Ya conocemos todo eso...

—No sé...

En los últimos años, Brandon había estado viajando mucho con el naturalista. Dieffenbach había contactado con él medio año después de su llegada a Kororareka. Su dibujante quería regresar a Alemania y Brandon lo sustituyó de muy buen grado, disfrutando además de un buen sueldo. Así pues, el joven irlandés copiaba con toda precisión la flora y la fauna de Nueva Zelanda, pero también documentaba las aventuras de Dieffenbach mientras escalaba alguna montaña o visitaba poblados maoríes. Así que sabía que el tintineo de las armas formaba parte de las presentaciones entre las tribus. Ya no se estremecía automáticamente cuando estaba frente a un hombre tatuado y con una lanza en la mano. No obstante, guardaba ciertos resquemores.

—No puede usted olvidarse de las Chatham, ¿verdad? —preguntó el perspicaz Dieffenbach—. Todavía lleva grabado hasta la médula ese asunto de los maoríes. Y tiene razón. Lo que ha ocurrido allí con esa gente...

El encuentro con Raukura en el muelle de Kororareka había atraído el interés de Dieffenbach hacia el pueblo de los moriori y, como no había obtenido una información que le satisficiera en Nueva Zelanda, se había ido con su dibujante alemán a las Chatham. Se había quedado sobrecogido por las condiciones de vida de la isla, aunque a su llegada ya había pasado la fase de canibalismo.

—Todavía se encuentran por todas partes huesos —había contado más tarde a Brandon—. Prohibieron a los familiares que enterraran esos últimos restos. El comportamiento de los maoríes con sus esclavos era horroroso. Cualquier niño puede pegarles, escupirles o insultarlos. Los llaman *blackfellas*, *paraiwhara* en su lengua. Y eso que no son mucho más oscuros de piel que los maoríes. —Dieffenbach había contado que los moriori estaban subyugados y desmoralizados—. Sin duda son el pueblo más débil. Tal vez no físicamente, pero sí mentalmente, me da la impresión de que son lentos de pensamiento y que apenas tiene una cultura propia. ¡Pero eso no justifica que se los extermine! ¡Lo que allí ha ocurrido es una vergüenza!

Brandon bien habría puesto objeciones a lo que afirmaba su patrón respecto a la inteligencia de los moriori, pero sabía que al doctor, por lo general bastante accesible, le desagradaba que discreparan de sus opiniones. Así que solo le preguntó por Kimi, a lo mejor había estado con él como traductora. Pero Dieffenbach no había desembarcado en Whangaroa, sino en los alrededores de Waitangi. Unos granjeros blancos lo habían hospedado. No había entrado en contacto con Anewa y los pocos supervivientes de la tribu de Kimi.

—En cualquier caso —contestó Brandon simplemente—, sé de qué son capaces esos hombres. Tienen dos caras, y no solo porque una esté tatuada.

Dieffenbach rio.

—Aquí seguro que se portan bien —supuso—. A fin de cuentas, quieren algo del gobernador. Y no son los únicos que van armados. El gobernador tiene una guardia de corps, confíe en ella. Además, si hubiera algún peligro no estarían todos estos curas por aquí...

Señaló a los religiosos. Uno de ellos, un hombre diligente, peinado con raya en medio y con un hábito largo, hablaba con varios jefes mientras gesticulaba con vehemencia.

—El obispo Pompallier —observó Dieffenbach—. No está demasiado bien visto por nuestro amigo Busby ni por el gobernador. Se dice que está influyendo sobre los maoríes para que no firmen el tratado con la Corona. Al fin y al cabo, los acuerdos que en él se establecen van en contra de sus intereses...

—¿Qué es lo que se dice exactamente? —preguntó Brandon, dibujando el asta en la que ondeaba empujada por un ligero viento la Union Jack.

Dieffenbach se encogió de hombros.

—Todavía se está negociando —contestó—. Pero se trata de que la Corona británica asuma la administración general de la colonia para mantener el orden y la seguridad. Ambos sabemos que urge hacerlo.

Brandon asintió. Era el caso de muchos inmigrantes: gente difícil, marginal y a menudo violenta. Muchas veces se trataba de reos huidos de Australia o delincuentes que con la emigración habían podido escapar de los justos castigos de su país de origen. En poblaciones como Kororareka, los ciudadanos honrados no se atrevían a salir a la calle cuando anochecía y también los maoríes sufrían los asaltos de los criminales blancos.

—Según el parecer de la Corona, esto solo funcionará si como contrapartida los maoríes reconocen la soberanía de la reina sobre Nueva Zelanda —siguió diciendo

Dieffenbach—. Los jefes tribales tienen que renunciar aún más a su poder.

—¿Se les explicará de este modo? —preguntó Brandon con una sonrisa torcida.

Dieffenbach se alzó de hombros.

—Dependerá de la integridad del traductor —observó—. También debe de mencionarse algo sobre la propiedad de tierras en el tratado, se garantizará a los maoríes el derecho sobre las suyas. Si quieren venderlas, la Corona tiene derecho preferencial de compra. Si será provechoso o perjudicial para ellos... No lo sé. Soy un científico, no un comerciante. ¿Qué pasa ahí al fondo?

Detrás del campamento de los jefes iban atracando canoas y barcas con más participantes en el encuentro que se celebraba en los terrenos de Busby. Las autoridades tribales se saludaban unas veces amigable y otras gélidamente, pertenecían a tribus a veces aliadas y a veces enfrentadas.

Dos jefes se enfrentaron al joven *ariki*, que acababa de bajar de una barca de pescadores acompañado de dos guerreros que formaron delante de él con las hachas de guerra de su tribu y seguido por una mujer. Parecía haber diferencias de opinión. Los dos guerreros se plantaban hostiles junto a su *ariki*, la mujer se mantenía detrás, encogida. Llevaba un vestido occidental, pero el cabello negro suelto, como las muchachas maoríes.

Brandon experimentó una extraña sensación. Algo en ella despertó su curiosidad.

Los jefes hablaban rápidamente en maorí. Levantaron el tono de voz, lo que atrajo la atención de los religiosos, así como del anfitrión inglés.

James Busby, un mediador experimentado en conflictos con y entre maoríes se dirigió a los contendientes. Lo mismo hicieron el gobernador y uno de los misioneros. El joven jefe enseguida se dio cuenta. Soltó un par de palabras más a los otros *ariki* y se fue directamente hacia los blancos.

—¿Tú gobernador? —preguntó a Hobson en voz alta y casi amenazadora.

El misionero se interpuso.

—Sí, *ariki*. Este es el gobernador general William Hobson y mi nombre es Samuel Ironside. Dirijo la misión de Hokianga, hablo bien el maorí y me ofrezco de buen grado a traducir sus palabras.

Ironside era un hombre delgado, de rostro largo y cabello ya canoso, con patillas y perilla. Se veía una persona afable y distinguida.

El jefe no le hizo ni caso, sino que siguió hablando directamente a Hobson.

—Yo *ariki* Anewa, de tribu ngati tama en Wharekauri. Y yo mi propia mujer hablar conmigo. ¡*Wahine!* —Con voz atronadora ordenó a la joven que se acercara.

La muchacha dijo algo en un tono tan bajo que Dieffenbach y Brandon no pudieron oírla. Se acercaron discretamente un poco más. Otros *pakeha* también observaban con atención.

—¿Qué dices, muchacha? —preguntó Busby cortésmente.

La joven levantó la cabeza.

—Si me lo permite... Mi señor desea que sea yo quien traduzca sus palabras.

Brandon ya se había sobresaltado al reconocer la voz de Anewa, pero ahora todo su cuerpo se estremeció. Cogió a Dieffenbach por el brazo.

—¡Es Kimi! —profirió—. Dios misericordioso, es ella.

Kimi no dejó entrever si había percibido la exclamación de Brandon y si lo había reconocido o no. Anewa seguro que no había oído nada. Estaba totalmente concentrado en Busby y Hobson, así como en los dos jefes más ancianos que se aproximaban con paso digno. Eran los hombres que acababan de detener a Anewa. Uno de ellos se volvió hacia Hobson. Hablaba sosegadamente.

Samuel Ironside traducía, mientras Anewa intentaba continuamente cortarle la palabra al jefe tribal.

—Habla Te Parininihi, *ariki* de los ngati tama, una tribu natural de Taranaki, pero que también posee asentamientos en el sur. Sobre estos gobierna Te Puohu... —El misionero señaló al segundo jefe maorí—. Los dos niegan rotundamente las pretensiones del hombre que se presenta aquí como *ariki* Anewa. Anewa no es jefe de los ngati tama, aunque sea de alta estirpe. Sin embargo, nunca se le ha elegido como jefe tribal porque carece de *mana*, amplitud de miras y dignidad... —Llegado a este punto Anewa se rebeló, pero el tímido intento de Kimi de traducir sus palabras no fue escuchado—. De hecho, el joven es conocido como un alborotador —tradujo Ironside ahora más libremente—. Aunque es un gran guerrero no está dispuesto a obedecer el consejo de los ancianos. Su partida a Wharekauri (este es el nombre maorí de las islas Chatham) no contaba con la autorización de los ancianos de la tribu. El jefe tribal Te Puohu criticó duramente que para ello se secuestrara un barco *pakeha*. La conquista de las islas...

Anewa se entremetió de nuevo.

—Dice el *ariki* —tradujo Kimi a media voz, que Brandon consiguió escuchar porque Ironside se interrumpió un momento— que se apropió de las tierras de los moriori según las leyes y costumbres de su pueblo.

Brandon ya no pudo aguantar más.

—¡Causó los estragos propios de una bestia salvaje! —gritó.

Kimi se volvió hacia él y estuvo a punto de desfallecer cuando lo reconoció. En su amplio rostro aparecieron la sorpresa y la alegría, la esperanza y también el miedo. Levantó casi imperceptiblemente las manos.

—Quienes conquistaron las islas Chatham —prosiguió Ironside— fueron los representantes de varias tribus que se unieron porque había conflictos con la forma de dirigir sus clanes. Los jefes son cautelosos a la hora de pronunciarse, pero al parecer, fueron delincuentes y marginados en gran parte quienes se unieron para evadirse del tradicional gobierno de los ancianos. Puede que Anewa haya sido uno de los cabecillas, pero eso no lo convierte en *ariki*. Según opinión de Te Parininihi y de Te Puohu no está autorizado para firmar el tratado. Según Te Parininihi, debe ser un tratado de paz y Anewa Te Tokumaro no defiende la paz.

Anewa reaccionó a la explicación del jefe con un alud de palabras, pero Kimi no hizo ademán de traducirlo. Seguía mirando petrificada a Brandon.

Ironside tampoco tradujo los gritos de Anewa, parecía sentirse incómodo y no encontraba las palabras para verter al inglés de una forma más o menos educada tal verborrea.

Pero Hobson tomó entonces la iniciativa.

—Así no avanzaremos —advirtió a Busby y a los jefes—. Y todo esto no debería discutirse en público. Debo admitir que todavía no he oído nada sobre lo sucedido en las islas Chatham, creo que oficialmente aún no pertenecen a Nueva Zelanda, pese a que la Corona ya las está reivindicando. A lo mejor un representante de nuestro clero está mejor informado y...

—¡Yo! —Brandon apartó la mirada de Kimi y se inmiscuyó con la misma espontaneidad que unos segundos antes—. Yo puedo informar, gobernador o... su excelencia... —No sabía cómo dirigirse correctamente a un gobernador general—. Yo estaba allí...

Anewa se percató entonces de él, su rostro se contrajo de ira y escupió un par de palabras en maorí.

—Este es el hombre al que yo maté —tradujo mecánicamente Kimi.

Hobson y Busby miraron atónitos a Ironside, quien confirmó la traducción de la muchacha con un asentimiento.

—Tal vez es mejor que se presente, joven —indicó Busby—. Siempre que tenga nombre y no estemos hablando aquí con un espíritu.

Brandon se desconcertó por un instante, pero entonces Dieffenbach intervino con gravedad.

—Gobernador, señor Busby, señor Hobson, por favor, disculpen a mi joven empleado, está... está algo afectado. Y es comprensible en vista de los perjuicios que infligieron al pueblo moriori en las Chatham y de los cuales fue testigo en el año 1835. Es evidente que el aquí presente Anewa fue partícipe de ellos...

Hobson se enderezó.

—Bien —dijo—. Entonces propondría que nos reuniésemos con el doctor Dieffenbach y el señor...

—Brandon Halloran —consiguió decir Brandon.

—En casa y que escuchemos lo que tienen que decir. Reverendo Ironside, dé por favor las gracias en mi nombre a los jefes Te Parininihi y Te Puohu. Intentaremos solucionar el conflicto de modo que todo el mundo quede satisfecho. El *ariki* o mister Anewa y su séquito deben esperar mientras aquí. Reverendo Williams... —Hobson se volvió hacia el director de la misión, quien, entretanto, había seguido la discusión como la mayoría de los otros presentes. Williams realizaría la honorable tarea de traducir en la lengua maorí el tratado que se elaboraría en Waitangi—. Por favor, asegúrese de que no se produzcan más peleas o conflictos. Acuda a las fuerzas del orden de la Corona incluso si los señores maoríes parecen dispuestos a mantener bajo control a las partes en conflicto.

Un par de guerreros del séquito de los jefes tribales de Taranaki se habían interpuesto contundentes entre sus *ariki* y Anewa, sus lanzas no eran en absoluto unas armas rituales.

Williams inclinó brevemente la cabeza al grupo y dejó con ello claro que se había impuesto la calma y que el público tenía que dispersarse de nuevo.

Brandon dirigió una última mirada a Kimi antes de seguirlo. La expresión de la muchacha desgarraba el corazón: por una parte estaba llena de esperanza de que el gobernador pudiera ayudar a su pueblo; y por otra parte llena de miedo ante cómo reaccionaría Anewa.

«¡Todo irá bien!» Los labios de Brandon dibujaron estas palabras, pero no creía que Kimi lo hubiera entendido.

3

Hobson se dirigió hacia la casa de Busby, una bonita mansión aunque nada ostentosa. El edificio de un piso, de madera, pintado de blanco y con la cubierta a dos aguas gris, transmitía una atmósfera acogedora, James Busby vivía allí con su esposa e hijos.

Se había habilitado un anexo como sala de recepción de los jefes y despacho de los secretarios y traductores. Era una habitación decorada con banderas de colores e insignias honoríficas de la Corona y de las tribus. La firma del tratado sin ninguna duda se celebraría muy solemnemente.

Pero para esa ocasión, Busby condujo a Hobson, Dieffenbach y Brandon a su propio despacho, que era mucho más pequeño. Samuel Ironside se había unido a ellos y nadie le indicó que se marchara.

—Entonces, ¡cuénteme joven! —pidió Busby a Brandon.

Brandon inspiró hondo. Ahora debía dar testimonio contenido y con voz firme. Habló con todo detalle de los moriori, de sus extrañas leyes y de la brutalidad con que los maoríes se habían aprovechado de su hospitalidad y desamparo. Cuando describió la masacre de mujeres y niños, así como las aberraciones caníbales de la invasión, en los rostros de Hobson y Busby apareció una expresión de repugnancia.

—¿Y esto es lo que ese Anewa entiende por apropiación de tierras según las costumbres y leyes maoríes? —preguntó incrédulo Hobson, mirando a Ironside.

El misionero se alzó de hombros.

—El canibalismo era habitual en la Polinesia —observó—. Y nos engañaríamos a nosotros mismos si negáramos que ese tipo de excesos también se practicaba entre los maoríes de Nueva Zelanda. Aunque creo que en los últimos cien o doscientos años eso ha sido la excepción más que la regla. En las historias de los nativos se habla de que un jefe tribal se comía el corazón de otro para obtener parte de su *mana* o que se ahumaban las cabezas de los enemigos para exhibirlas como trofeos... Pero en las dimensiones que describe el señor Halloran... Eso me parece más obra de un grupo de malhechores que de un ejército de invasión acatando órdenes.

Busby asintió.

—Eso se ajusta también a lo que declaraba el jefe de los ngati tama —observó—. Un ejército de alborotadores sin un auténtico liderazgo que, por desgracia, tropieza con un pueblo amante de la paz... ¿Estudió a esos moriori, doctor Dieffenbach? ¿Qué es lo que no funciona en ellos? Me refiero a que ¿cómo es que se dejaron llevar como ovejas al matadero, en el sentido literal de la palabra, sin defenderse? ¿Acaso son un poco limitados?

Brandon ya iba a replicar, pero Dieffenbach le pidió con un gesto que callara. Explicó que había pasado algún tiempo entre los moriori después de la invasión.

—Estaban totalmente amedrentados, decaídos, sucios, desnutridos, enfermos, con la espalda cubierta de úlceras. Los maoríes los tenían como esclavos y les daban un trato humillante, por eso me parecieron al principio algo...

débiles de mente. Sin embargo, cuando uno se ganaba su confianza, mostraban una capacidad total de respuesta. Sin duda no eran tan vitales con sus adversarios los maoríes, tal vez mostraban una inclinación general hacia el fatalismo. Pero desde luego no eran cretinos, como puede verse en la joven que acompaña a Anewa. Habla perfectamente el inglés y, según el señor Halloran, domina el maorí con la misma fluidez.

Busby frunció el ceño.

—Entonces ¿la joven del vestido azul es moriori?

Brandon asintió.

—¡Y tenemos que hacer algo por ella! —reclamó—. No pueden permitir que permanezca en manos... en manos de ese asesino, ella...

—Parece estar con él por propia voluntad —opinó Hobson.

—¿Por propia voluntad? —Brandon se indignó—. ¿No le ha visto la cara? Está acongojada, delgada, se encoge cada vez que su torturador abre la boca, el miedo la paraliza...

—Es su esclava —observó Samuel Ironside algo más comedido—. Como el señor Halloran ya nos ha contado, los moriori que sobrevivieron se convirtieron en esclavos de los maoríes. Esa mujer tuvo que aceptar su estatus, ¿qué remedio le quedaba? Los esclavos, en especial las mujeres, que están físicamente sometidas a sus señores, pocas veces se rebelan.

Hobson suspiró.

—¿No puede ser algo así como su... esposa? —preguntó.

Ironside hizo una mueca de desaprobación.

—Señor gobernador, las mujeres maoríes están bastante seguras de sí mismas. Y la esposa de un jefe tribal, y así es como se ve a sí mismo ese Anewa, no vendría a una reunión como esta a remolque y siendo humillada en público. Esa muchacha es su esclava.

—Y la esclavitud está prohibida en el imperio colonial británico —intervino Brandon—. Debemos hacer algo.

Hobson se rascó la frente.

—Señor Halloran —observó—, todos nosotros hemos entendido que tiene usted en gran estima a esa mujer. Y todos condenamos los hechos de los maoríes en las Chatham. Por supuesto, no reconoceremos en Anewa el rango de jefe tribal, será expulsado inmediatamente de aquí. Sin embargo, debemos ser realistas. Señor Ironside, ¿está permitida la esclavitud entre los maoríes?

El misionario apretó los labios.

—En cierto modo —admitió—. Pero, en general, no es frecuente maltratar a los esclavos, en su mayoría presos de guerra, y someterlos a vejaciones. Entiéndanme... Quien se entrega en lugar de morir en la lucha pierde su *mana*, es decir, su reputación. Aunque pudiera, no volvería con su tribu. Así que...

—De acuerdo. —Hobson interrumpió las explicaciones—. Hemos entendido, es complicado. Pero el hecho es que los maoríes conocen el concepto de esclavitud y la aceptan. Podrían producirse divergencias si ahora, remitiéndonos al derecho inglés, le quitamos a Anewa su esclava.

Brandon lo miró desconcertado.

—Quiere decir que...

—Quiero decir que podrían surgir grandes complicaciones cuando los jefes maoríes tengan que aceptar la soberanía de la Corona y de las leyes británicas —prosiguió impasible Hobson—. En tales circunstancias exigirían seguir negociando.

—Y con toda la razón —observó Dieffenbach—. Hay

contradicciones. Si permiten que los maoríes ejerzan sus derechos sobre sus tierras y sus propiedades, los esclavos, según su sentido de la justicia, son parte de ellas.

—Pero esto es... —Busby levantó las manos—. Señores, no podemos hacer depender el éxito de este encuentro de tales sutilezas.

—Son seres humanos, señor —insistió Brandon—. Estamos hablando de una muchacha de diecinueve años que lleva cinco viviendo en un infierno. Y su pueblo... —Pensó que tenía que añadir esto último pese a que sabía, por supuesto, que Hobson no iba a poner en marcha ningún ejercito de liberación en favor de los moriori.

Dieffenbach lo miró con simpatía.

—A lo mejor... —advirtió— debería escuchar a la joven. Podría confirmar las explicaciones del señor Halloran.

—He dicho la verdad —replicó Brandon.

Dieffenbach hizo un gesto apaciguador.

—Naturalmente, Brandon, pero aun así...

Samuel Ironside, como sacerdote buen conocedor del ser humano por profesión, entendió.

—Lo considero una buena sugerencia —lo apoyó—. Además, la joven y el señor Halloran tendrían la posibilidad de conversar sin la vigilancia del señor de la muchacha. Sin contar con los otros datos que de ese modo podamos recopilar, sería un acto de... mmm... humanidad.

Busby y Hobson se miraron y luego asintieron.

—Vaya a buscar a la joven —dijo Hobson displicente—. Llévese dos soldados por si acaso Anewa da problemas.

Poco después, Brandon conducía a Kimi al interior de la sala de reuniones improvisada y los centinelas se apostaban en las salidas. El joven entendió el mensaje. Podía hablar con Kimi, pero no tendría la oportunidad de escapar con ella.

Pero ahora estaba frente a ella y la sala con coloridos adornos se convirtió en el claro que había delante de su cabaña en Rekohu... antes de que Anewa y su gente convirtieran su paraíso en un infierno.

Kimi se acercó a Brandon y le cogió las manos.

Él miró sus dulces ojos oscuros; le habría gustado preguntarle y contarle tantas cosas... Pero solo quería confesar su fracaso.

—Kimi... —susurró—. Dicen... dicen que no pueden hacer nada por ti. Entonces no fui capaz de hacer nada, y ahora...

La muchacha apoyó muy suavemente su rostro en el del joven, un gesto fugaz y conmovedor.

—Ya lo sé, Brandon —dijo—. Nadie puede hacer nada contra Anewa... Pero yo... ¡yo estoy muy contenta de que estés vivo! Tenía la esperanza, ¿sabes?, porque no encontré el cuerpo. Pero segura no lo estaba. Hice el duelo por ti e invoqué para ti a los espíritus buenos en un árbol.

Brandon sonrió.

—Me han protegido y guiado —respondió—. Me va bien, Kimi. Yo... yo gano dinero dibujando.

Kimi asintió.

—Dibujas bien. Todavía tengo tus delfines. Los invocaste para mí. Son mis espíritus protectores. Cuando estábamos en el mar rodeaban nuestro barco. Y Anewa no me tocó.

—Desearía poder hacer más. —Brandon la atrajo un poco más cerca de sí—. ¿Eres... eres su esposa? —preguntó a media voz.

Ella lo miró.

—Soy su esclava —dijo—. Mi mente y mi cuerpo le pertenecen. Y sí, me utiliza. Pero para convertirme en su esposa debería darle mi alma. ¡Y él nunca la tendrá! Lo odio y lo temo, Brandon; pese a ello, cumplo la ley de Nunuku.

Brandon suspiró.

—¿No intentarás huir? Van a expulsar a Anewa. Así que tiene que encontrar un barco, en Paihia o en Kororareka. Yo te esperaría en el puerto...

Kimi negó con la cabeza.

—Volvería a golpearte una segunda vez —advirtió—. Y en esta ocasión no volverías a levantarte. Llevo cinco años sintiéndome culpable por tu primera muerte. No vuelvas a tentar al destino. Te quedas aquí y dibujas. Yo regresaré y haré lo que pueda por mi pueblo.

Y dicho esto le soltó las manos y miró a su alrededor.

—¿Dónde he de reunirme con los señores? ¿O esto era solo un pretexto?

En principio, Busby y Hobson no tenían gran interés en escuchar las palabras de Kimi, pero tanto Dieffenbach como Ironside insistieron en que hablara.

Con la cabeza gacha, la moriori los informó. Con aparente sangre fría contó los sucesos del día de la invasión y de los meses que siguieron. Describió el banquete caníbal de sus torturadores, y las restricciones y perversiones que todavía ensombrecían la existencia de los supervivientes.

Los hombres escuchaban en silencio y Brandon dibujaba. Durante su declaración realizó un retrato de Kimi en el que se reflejaban su dulce hermosura, su sufrimiento, pero también su determinación.

—Mi pueblo me llama *tohunga* —concluyó la muchacha—. Porque yo intento aferrarme a las antiguas costumbres. Nuestra mujer sabia dice que nuestros dioses han muerto, pero no es así. Y rezo para que un día podamos vivir en nuestro país según nuestra ley. Que no está sellada con sangre como la de Anewa.

—Una mujer digna de consideración —dijo Dieffenbach, cuando los centinelas se llevaron a Kimi para conducirla de nuevo con Anewa y expulsar a este al mismo tiempo—. Lo siento mucho por usted, Brandon.

El joven irlandés no respondió, retuvo el dibujo con firmeza. Si lo que Kimi creía era cierto, que él había invocado a los espíritus protectores de los delfines cuando los dibujó, con ese retrato quería poseer un pedacito del alma de la muchacha. Y un día ambos volverían a reunirse.

El 6 de febrero del año 1840, cuarenta y cinco jefes tribales de la Isla Norte de Nueva Zelanda firmaron el Tratado de Waitangi. Con ello otorgaban toda la soberanía a la Corona británica y se convertían en súbditos de su majestad la reina Victoria.

Brandon fue testigo de la ceremonia y plasmó el acontecimiento para la posterioridad con brillantes colores.

Kimi, en la cubierta de un barco que la devolvía a las islas Chatham, unía su espíritu con el de los delfines que jugaban alrededor. Iba a necesitar toda la protección posible.

4

—*¡Wahine!*

Como siempre, la llamada de Anewa sobresaltó a
Kimi. Dejó el cuchillo con el que estaba limpiando la
verdura y se levantó con fatiga. Le dolían la espalda y las
costillas, estaban repletas de hematomas. Desde el regreso del frustrado viaje, Anewa continuamente buscaba
razones para golpearla y castigarla. De algún modo había sacado la conclusión de que Kimi era la única responsable de la ofensa que había recibido en Waitangi y
de la enorme pérdida de *mana* que le hacían sentir claramente sus compañeros.

Por toda la isla Chatham se había divulgado muy deprisa que ni los maoríes de la Isla Norte ni el gobernador
pakeha habían reconocido el mando de Anewa sobre la
isla. Como consecuencia, los guerreros se reían de él,
mientras que los jefes de las demás poblaciones estaban
indignados de que se le hubiese ocurrido tal iniciativa.
Con los representantes de los ngati mutunga de Kaingaroa casi había estallado una guerra por ese motivo, pero
decían que un par de marineros *pakeha* habían mediado
para evitarla. Kimi no lo sabía con exactitud, pero se alegró cuando Anewa se marchó al nordeste con sus guerreros.

Y ahora él volvía a llamarla, igual que había hecho antes de viajar a Aotearoa. Kimi solo esperaba que no planeara emprender otra aventura. Tan deprisa como le permitía su dolorido cuerpo, se dirigió a la cabaña del maltratador, que antes había sido la morada de su padre. Como jefe tribal, si bien autoerigido en ese rango, le correspondía una casa propia, no tenía que compartir una comunitaria con otros miembros de la tribu. Pero muchos otros guerreros también habían roto con esa costumbre maorí en Rekohu. A fin de cuentas había suficientes viviendas vacías, se había expulsado a los moriori lejos, al interior, entre los campos de cultivo y el bosquecillo de árboles kopi. Mientras los hombres tuvieran sus propias cabañas, a nadie le molestarían los gritos y llantos de las mujeres moriori de quienes abusaban.

Kimi deslizó la mirada por la plaza del poblado. No se habían producido muchos cambios desde la invasión de Whangaroa. Los maoríes habían mandado a sus esclavos que construyesen una casa de la comunidad y se habían preocupado por fortificar el lugar. Alrededor del poblado había cercas y zanjas para mantener a distancia posibles agresores. Los maoríes llamaban *pa* a un asentamiento con ese sistema defensivo. No se habían esforzado demasiado en su ornamentación. Kimi sabía por los blancos que habían visitado los poblados maoríes de Aotearoa que las casas estaban decoradas con tallas de madera y con elaboradas figuras de dioses. También ahí había dos *tiki* pintados de rojo a la derecha e izquierda de la entrada al poblado y de la casa de las asambleas. Pero estaban bastamente tallados y carecían de vida. Era evidente que Anewa y los suyos no se habían hecho acompañar ni por artistas ni por constructores de Aotearoa.

Kimi comprobó que la llamada de Anewa no procedía de la cabaña. Estaba en la casa de las asambleas entre las estatuas de los dioses, rodeado por algunos guerreros bien armados y reunido en asamblea. Delante de él había cinco *pakeha*, que por una parte parecían peticionarios y por la otra lanzaban miradas de desaprobación a los *tiki*. No tenían aspecto pusilánime.

Uno de ellos, no muy alto pero fuerte, de abundante cabello oscuro y barba hablaba con Anewa gesticulando con vehemencia.

Kimi saludó tímidamente.

Anewa se dirigió a ella sin preámbulos.

—No tienes que inclinarte delante de ningún *pakeha* —le advirtió—. ¡Tu señor soy yo y solo yo! Los cinco han venido hoy de Aotearoa en un ballenero. No hablan más de tres palabras en maorí, pero parece que desean trabajar para nosotros. Y quieren algo más, pero solo saben hablar en inglés. No entiendo nada de lo que dicen.

A Kimi le extrañó un poco. El inglés de Anewa era malo, pero siempre negociaba con los capitanes de los barcos que atracaban en Rekohu. Seguro que tenía unos conocimientos básicos.

Pero cuando oyó al hombre barbudo enseguida confirmó que a ella le pasaba lo mismo. El torrente de palabras de los recién llegados le resultaba incomprensible del todo. Tampoco entendió nada cuando un segundo hombre, muy alto y delgado, con las mejillas hundidas y unos ojos que brillaban peligrosamente añadió algo.

—Lo siento... Anewa, no... no sé qué quieren...

La reacción de Anewa ante esta declaración no se hizo esperar. Levantó la mano y le propinó una sonora bofetada.

Los *pakeha* parecieron alterados. Un hombre fuerte, de cabello castaño, iba a intervenir. El cuarto *pakeha*, de pelo oscuro y flaco lo contuvo con una expresión descontenta en el tosco rostro.

—Vas a traducir, de inmediato —tronó Anewa—. ¿Desde cuándo te atreves a desobedecerme? ¿Te crees que te van a ayudar?

Rio burlón y señaló a esos visitantes no deseados. El de cabello castaño todavía tenía las manos cerradas en puños y el de la barba parecía tan enojado como un perro rabioso.

—No te desobedezco, es que no entiendo qué dicen —intentó defenderse Kimi desesperada—. No hablan como los *pakeha*, bueno, como los *pakeha* de Aotearoa... o... de Irlanda.

Se encogió por miedo a recibir otra bofetada cuando de repente el quinto de los recién llegados tomó la palabra.

—Disculpa —dijo con una voz melodiosa—. ¿Entiendes tal vez esta lengua?

Hablaba en inglés. Como Brandon y los *pakeha* de las estaciones balleneras y de Aotearoa. Kimi experimentó un enorme alivio. Además, su salvador parecía amable. Era rubio como Brandon, pero tenía el cabello rizado y por los lados le crecía hasta en la cara. Tenía los ojos azules y muy claros.

—Sí —susurró Kimi—. Sí, esta... esta la entiendo. Pero ¿cómo...?

—Tienes que perdonar a mis hermanos —dijo el hombre—. Y el jefe debe mostrar indulgencia. El hermano Gottfried no habla muy bien inglés y todos nosotros solo conocemos unas pocas palabras en maorí.

Anewa soltó una especie de gruñido. Había entendido un par de cosas.

—El jefe quiere saber quiénes son ustedes y qué quieren —dijo Kimi en inglés—. ¿Y qué... qué lengua es esa suya? —La última pregunta salió de ella por puro interés personal. Anewa seguramente no tenía la menor curiosidad, pero para Kimi era una sorpresa el que, por lo visto, no todos los *pakeha* hablaran la misma lengua.

—Alemán —contestó el joven—. Somos alemanes. El Señor nos ha guiado hasta aquí desde el lejano Berlín para divulgar la buena nueva en las Chatham.

—¿Tenéis un señor? —preguntó Kimi—. ¿Sois esclavos? Si os ha traído hasta aquí, ¿dónde está él?

El joven sonrió.

—El Señor, nuestro Dios, nos ha guiado hasta aquí —precisó—. Enviados por sus seguidores y sacerdotes desde Berlín para divulgar su palabra. Para traeros la paz y el amor en el Señor...

Kimi estaba al borde de la desesperación. Entendía las palabras que pronunciaba el hombre, pero no su sentido. No sabía exactamente cómo comunicarle todo eso a Anewa.

—Vienen... vienen aquí por un dios —intentó traducir—. Los ha enviado un *tohunga* con un mensaje. Un... un mensaje alegre.

Desconcertada, paseó la mirada de uno a otro y suspiró aliviada al ver asomar una pizca de entendimiento en la cara tatuada de Anewa.

—¿Son como ese tal Aldred? ¿El reverendo Aldred? —preguntó.

Kimi se encogió de hombros. Nunca había oído ese nombre. Pero el hombre rubio, en cambio, sonrió.

—¡Sí! —exclamó—. Yo soy el hermano David Mühlen y estos son los hermanos Oskar Meyer, Gottfried Stute, Franz Feldmann y Heinrich Bauer. —Se volvió hacia Anewa y lo intentó de nuevo en maorí—. Nosotros misioneros, aprendido maorí en la misión de Hokianga. ¡Ahora aquí para traer mensaje de Biblia, hablar de Dios y salvar vuestras almas!

Kimi miró a Anewa buscando ayuda.

—¿Qué quieren? —preguntó.

El jefe sonrió.

—Quieren que creamos en su dios. Se supone que es más poderoso que los nuestros, en cualquier caso es más rico. Ese reverendo Aldred llegó a Aotearoa hace un par de lunas. A Kaingaroa. Con dos maoríes y su libro sagrado. Lo leen a todos, y a los que cantan *karakia* con ellos y dejan que les echen agua por la cabeza, les regalan mantas, cazuelas y ropa *pakeha*. Pregúntales si quieren que nosotros también lo hagamos y qué nos regalarán a cambio.

El joven rubio reaccionó alterado, con un torrente de palabras, cuando Kimi tradujo. Para ella no era fácil entenderlo. David Mühlen hablaba con un fuerte acento alemán y su inglés todavía no era perfecto. A pesar de todo, ella creyó comprender que los nuevos misioneros, así se autodenominaban ellos, no sabían que ya había otros «cristianos» en las Chatham. Además, no podían darle nada a Anewa porque ellos mismos eran pobres.

—Pero saben construir casas, curtir pieles y herrar caballos —tradujo Kimi.

—No tenemos caballos —la interrumpió Anewa.

Esto le daba un poco de rabia. Había visto montar a caballo a algunos blancos en Aotearoa y admiraba esos animales. En Rekohu solo había unos pocos y eran de los granjeros *pakeha*. Anewa y otros jefes tribales habían intentado comprárselos, pero no querían venderlos y los guardaban como a la niña de sus ojos, así que ni pensar en robárselos.

El rubio parecía haber entendido su comentario. Asintió resplandeciente.

—Nosotros poder ayudar a ti comprar caballos —dijo en maorí—. Misionero Ironside en Hokianga. Tiene caballos, nosotros pedir, él vender a ti.

Anewa pareció por vez primera realmente interesado.

—En cualquier caso, quieren enseñarnos cómo se hace lo de construir casas y curtir pieles y... —Kimi trató de seguir con su traducción.

—Tienen que enseñar a los esclavos. —Volvió a cortarle la palabra Anewa—. Yo quiero caballos. A lo mejor otro tipo de ganado. Cerdos, ovejas... Los capitanes me piden carne. Pregúntales si pueden enseñar a los esclavos cómo mantener el ganado.

Los moriori nunca se habían dedicado a la ganadería y los maoríes de Aotearoa habían aprendido esa actividad de los blancos. Por el momento había en Rekohu unas cuantas ovejas y un criador de cerdos que era *pakeha*. Los moriori, sin embargo, nunca habían tenido dinero suficiente para comprarle esos animalitos negros.

El joven rubio pudo contestar afirmativamente a todo. Sería sencillo que les enviasen animales desde Nueva Zelanda, seguro que el reverendo Ironside los ayudaría en esa tarea. Él mismo no tenía experiencia en la crianza de ovejas y cerdos, pero el hermano Oskar y también el hermano Heinrich provenían del campo.

—¿Y qué quieren a cambio? —preguntó Anewa con severidad.

Kimi apenas si conseguía traducir todas las extensas divagaciones del hermano David. La palabra Mühlen le resultaba difícil de pronunciar y no había retenido el nombre de los demás misioneros.

—Quieren construirse una casa —empezó a concretar con lo que estaba segura de haber entendido—. Y otra casa para su... su dios. Y luego quieren también... hum... hablar... contarnos sobre su dios. Por lo que dicen, parece que es muy bueno. Y que nos quiere a todos.

Anewa hizo un gesto de rechazo.

—Igual que los de Kaingaroa. Solo que a esos al menos se los entiende. El *pakeha* habla bien maorí y los otros... Bueno, son ngai tahu... de la Isla Sur... también hay que prestar atención. —Los dialectos de las tribus se diferenciaban un poco—. Al menos son maoríes. Así que diles... diles que pueden contarnos cosas, que no nos molesta, si trabajan a cambio. Pero nada de ese galimatías que habla el barbudo.

—Podéis predicar en maorí o en inglés —le explicó Kimi la situación al hermano David—. Pero si habláis inglés la gente no podrá seguiros. Yo soy aquí la única que lo habla y entiende realmente bien; los maoríes saben, como mucho, un par de palabras y los moriori nada en absoluto.

—¿Quiénes son los moriori? —preguntó el misionero.

Kimi suspiró.

—Es una larga historia. Ya se la explicaré, pero ahora... —No sabía por qué tenía la impresión de que ese hombre era capaz de alcanzar su objetivo y, tal vez, empezaba a sentir curiosidad por su dios. Había hablado de paz. A lo mejor su dios le había impuesto algo parecido a la ley de Nunuku, pero era más poderoso que los dioses de los moriori.

El joven misionero se puso a hablar brevemente con los otros *pakeha* en su idioma y Kimi sintió, en su propio cuerpo, como Anewa iba montando en cólera.

—¡El jefe no quiere oír esta lengua! —advirtió con urgencia.

Pero al rubio no se le ocurrió más que una cosa.

—¿Podrías traducir tú? —preguntó—. ¿Nosotros predicaríamos en inglés y tú traducirías para tu gente?

Uno de los *pakeha*, el flaco con la expresión descontenta, añadió algo.

El rubio respondió con poco disimulada impaciencia. En inglés, para que Kimi entendiera.

—Naturalmente, no para siempre, hermano Franz, solo como solución provisional. Tengo claro que es una mujer y que Dios no la ha elegido ni la elegirá para el sacerdocio. ¡Pero si queremos conseguir algo aquí, vale más que aprendamos maorí!

De repente intervino el de cabello castaño que casi se había interpuesto para proteger a Kimi de Anewa. Se volvió hacia ella.

—¿Tú poder enseñar a nosotros? —preguntó—. ¿Maorí? ¿E inglés?

Kimi bajó la cabeza. De hecho, lo que más le gustaría sería estar con los *pakeha*, sobre todo con el del cabello rizado. ¿Pero se lo permitiría Anewa?

El hermano David pareció leer sus pensamientos.

—Escucha, *ariki* —dijo volviéndose al jefe. No solo su inglés era mejor que el de sus amigos, también su maorí—. Hacer cambio. Yo comprar caballos en Nueva Zelanda. Buenos caballos, mejores para esta isla. Seguro. Yo ¡*tohunga*! —Se llevó la mano al pecho.

Anewa rio.

—¿*Tohunga* de caballos? —*Tohunga* no solo era la palabra maorí para sacerdote o para hechicera, sino también para «especialista».

El misionero asintió con seriedad.

—*Tohunga* de caballos —repitió—. Y tu *wahine*, *tohunga* de idiomas. El cambio es: yo enseñar cómo cuidar caballos; ella enseñar cómo hablar tu lengua. ¿Tú de acuerdo?

Anewa se lo pensó unos segundos.

—Primero caballos —exigió—. Luego puedes tener la esclava. De día. De noche, no.

Los misioneros reaccionaron consternados ante esta

última observación. El hermano David empezó un largo discurso mediante el cual quería dejar totalmente claro que él jamás intimaría demasiado con la esposa del jefe, ni tampoco con ninguna otra mujer entre sus feligreses. Y por supuesto, se apresuró a decir, tampoco quería decidir algo así sin contar con ella. Kimi tenía que dar clases a los misioneros siempre que ella así lo quisiera.

Anewa comprendió al menos esto último. Hizo una mueca.

—¡Es esclava! —escupió en inglés al misionero—. ¡Querer, no; deber!

Kimi aguantó ese desplante con la cabeza baja.

—Me gustará mucho trabajar para ustedes —dijo a media voz.

—¡Primero los caballos! —insistió Anewa.

5

Al día siguiente, zarpó un barco con destino a Kororareka y el misionero rubio subió a bordo acompañado de dos guerreros de Anewa a quienes se les había confiado el dinero para la compra de los caballos. La tribu no sufría por falta de medios de pago. El comercio al que se dedicaban los maoríes con los marineros y cazadores de ballenas no solo se limitaba al trueque, a veces también se intercambiaban monedas o billetes entre proveedores. Sin embargo, los maoríes de las Chatham raramente tenían la oportunidad de pagar con ellas. Los jefes iban reuniendo el dinero y el hermano David se mostró sorprendido de que pusieran a su disposición una considerable cantidad.

—Que compre al mismo tiempo ovejas y cerdos —gruñó Anewa—. Y que no intente poner pies en polvorosa, tenemos aquí a sus hermanos...

Kimi se esforzó por formular la amenaza de la forma más diplomática posible. Se sorprendía un poco de que esos cinco hombres fuesen hermanos, a fin de cuentas no guardaban el menor parecido entre ellos.

El hermano David respondió ofendido.

—Yo nunca os engañaría —dijo. Kimi no supo por qué esa afirmación la hizo tan feliz. Pero era bonito que él la incluyera de forma tan natural. Casi como si supiera que si engañaba a Anewa, eso sin duda también tendría consecuencias para ella. Fue como si él leyera sus pensamientos.

—¡Nuestro Dios no permite ni mentiras ni argucias!

Kimi repitió sus palabras a Anewa, quien no hizo comentarios. Pero ella sintió que tenía que contestar algo.

—Por lo visto es un dios bueno —dijo.

El hermano David estuvo mucho tiempo fuera, pero eso se debía a la naturaleza del encargo. El mismo Anewa sabía lo que duraba el viaje a Aotearoa, y además el misionero tenía que buscar el mercado de ganado más próximo u otra posibilidad para adquirir los animales. Por último precisaba de transporte para volver a las Chatham. Todo eso podía dilatarse durante semanas.

Los cuatro misioneros aprovecharon el tiempo para empezar a construir su casa. Con ganas y una dedicación enorme se pusieron a talar árboles y a preparar el terreno. Anewa les había permitido la edificación en una planicie, algo por encima del poblado de Whangaroa. Sin embargo, el primer día se produjo un incidente. El misionero de rostro avinagrado, que junto al hermano David era quien mejor hablaba el inglés y el maorí, apareció en la aldea muy alterado.

—¿Por qué tú no decir que cementerio? —le preguntó a Anewa, lo que ya de por sí era osado. El jefe estaba practicando con sus guerreros la lucha con las pesas de guerra. Kimi no lo habría molestado con un asunto cualquiera, lo que probablemente lo hubiera encolerizado—. ¡No poder construir misión en cementerio! Cementerio lugar santo.

Kimi se aproximó con prudencia para ofrecerse a traducir, pero Anewa y sus guerreros se echaron a reír.

—Uy, sí, claro. Habéis encontrado huesos en vuestro terreno —observó el jefe—. No era ningún cementerio, no os preocupéis. Solo era un *hangi*.

El misionero arrugó la frente.

—*Hangi*, ¿no significa... horno? —Se volvió a Kimi. Por lo visto no confiaba en sus conocimientos del léxico. Anewa y sus hombres reían tranquilos, mientras Kimi se iba poniendo enferma. En los meses que siguieron a la invasión, los guerreros maoríes habían celebrado sus crueles fiestas en los más diversos lugares. Entre otros, en la planicie donde ahora iba a establecerse la misión—. Huesos de seres humanos —lo intentó de nuevo el misionero—. Nosotros encontrar. ¡El cementerio!

Anewa rio.

—No, hombre blanco. La comida. —Royó un hueso imaginario.

El misionario pareció entender, al menos las palabras. Miró a Kimi profundamente trastornado.

—¿Coméis hombres? —preguntó en inglés.

Kimi suspiró.

—Nosotros no —dijo quedamente—. Querían saber la diferencia entre maoríes y moriori. Ahora ya lo saben. Ellos son los matarifes, nosotros el ganado.

Después, por la tarde, tuvo tiempo para echar un vistazo por las obras de los misioneros. Las encontró paradas y a los hombres, inseguros y acobardados, rezando en parte y en parte escribiendo.

—¿Es verdad lo que decir hermano Franz? —preguntó el hombre que el día anterior había querido defender a Kimi. Los otros misioneros lo llamaban hermano Gottfried—. ¿Que... que nos coméis?

Kimi hizo un gesto negativo.

—A vosotros no —tranquilizó a los hombres—. Tendrían demasiado miedo de matar a un *pakeha* y además comérselo... En ese caso, la gente de la estación ballenera y los granjeros *pakeha* intervendrían. Como mínimo ninguno volvería a comerciar con ellos.

Percibió por la cara de perplejidad de los misioneros que tenía que expresarse con más sencillez. Kimi suspiró.

—No comen blancos —repitió, intentando describir la desgracia que se había abatido sobre su pueblo con las palabras más accesibles que conocía. A continuación dejó que los hombres le mostraran dónde habían encontrado los huesos y empezó a reunir los restos de las víctimas. El misionero de barba llevó un paño grande en el que pusieron los huesos. Luego los hombres ayudaron a Kimi a transportarlos a la playa y enterrarlos.

El hermano Gottfried contempló la arena y el mar.

—¿El cementerio? —preguntó incrédulo y con poco entusiasmo.

Kimi asintió.

—Nosotros enterramos a nuestros muertos en la playa, mirando al mar —dijo, empezando a cavar una fosa.

El hermano Oskar y el hermano Gottfried habían llevado palas y la ayudaron. El hermano Heinrich recitó *karakia* de los cristianos cuando metieron los huesos en las fosas. La misma Kimi entonó a su vez *karakia* y entonces el hermano Franz la sorprendió con una oración en maorí: el padrenuestro. Kimi dedujo del texto que el dios de los cristianos era como Rangi, el dios de los cielos y padre de todos los demás dioses excepto de la diosa tierra, Papa. Tenía que dar de comer a todos sus hijos y protegerlos de todo mal. Los otros misioneros lo repetían, Kimi les corrigió la pronunciación. Al final la joven podía recitar la oración de memoria. Los misioneros no cabían en sí de contentos.

Puesto que los caballos prometidos no habían llegado, Anewa no permitía oficialmente a Kimi que trabajara para los misioneros como traductora, pero siempre que ella encontraba un momento libre, daba un pequeño paseo hasta la futura misión. Se asombraba de lo deprisa que la casa adquiría su forma, se convertiría en un edificio realmente grande. Los conocimientos del idioma de los extranjeros no evolucionaban al mismo ritmo, pero ya mejorarían cuando Kimi pudiera practicar con ellos cada día. En un principio, era ella quien aprendía. Los hombres le enseñaron las oraciones que habían estudiado en la misión de Aotearoa. Habían pasado allí un par de semanas antes de llegar a Rekohu. Kimi mejoraba su pronunciación, intentaba adivinar el texto original cuando los hombres lo habían modificado y cada vez comprendía mejor su religión. El hijo de su dios había pedido a sus discípulos que pusieran su mejilla izquierda al enemigo que les había golpeado en la mejilla derecha. ¡Eso encajaba totalmente con la ley de Nunuku!

Empezó a hablarles de ello a los moriori cuando trabajaban juntos en los campos y se alegró de dar esperanzas así a su pueblo. Sus propios dioses debían de haber muerto o estar al menos muy debilitados. Con los misioneros, sin embargo, un dios había atravesado el océano y estaba dispuesto a comprender a los moriori y tal vez a liberarlos de toda maldad.

Casi una luna después de su partida, el hermano David regresó de Aotearoa y con él dos fantásticos caballos, ocho cerdos y diez ovejas. Los animales salieron a trompicones del interior de la embarcación que debía cargar grasa de ballena en la estación de Rekohu. Parecían algo agotados después del viaje de varios días y con fuerte marejada, pero el hermano David aseguró que estaban sanos y eran fuertes.

—Una yegua y un semental, un verraco y siete cerdas, un carnero y nueve ovejas —fue enumerando con orgullo, y exigiendo tal vez demasiado al vocabulario de Kimi. Nunca había aprendido las palabras de los distintos sexos de los animales. De todos modos entendió el principio.

—No tenéis que matarlos —explicó a Anewa y sus guerreros, que ya estaban pensando en un ágape. Con tantos animales, qué más daba comerse uno o dos—. Son animales de cría. Si los dejáis sin tocar, este mismo año se habrán duplicado o triplicado.

El hermano David no entendía por qué sus amigos empalidecían al oír la palabra «matar». Kimi supuso que le hablarían en alemán acerca del canibalismo de los maoríes. Después parecía también él preocupado, pero tal como había dicho Kimi, Anewa siempre estaba dispuesto a llegar a arreglos en el trato con los *pakeha*. Asintió displicente y señaló a los misioneros un grupo de esclavos moriori con cuya ayuda tenían que construir rediles y establos para los animales. Lo hicieron de buen grado. Kimi observaba extrañada cómo se sometían a la voluntad del maorí.

—¿Por qué hacéis esto? —preguntó a David un día. Anewa les había impartido groseramente unas órdenes. Allí había que construir un establo, allá reparar una casa de asambleas—. ¡Trabajáis para él como si fuerais esclavos!

David sonrió y Kimi se sintió feliz. Tenía una sonrisa

cálida y no parecía burlarse nunca de ella como los guerreros maoríes, sino tomarse en serio todas las preguntas y dudas que expresaba.

—Es el principio de nuestra labor de misioneros —explicó.

Puesto que Kimi pasaba varias horas al día con los hombres, los conocimientos de estos en la lengua habían mejorado con celeridad. Sobre todo David y Franz progresaban. Los otros misioneros eran más hábiles con las manos que con la cabeza. Trabajaban horas y horas en las obras y eran sumamente diestros. Pero más lentos para retener las palabras.

—No nos subimos al púlpito y predicamos, sino que trabajamos con las personas a quienes queremos convertir. Damos ejemplo con una existencia grata a Dios y mejoramos su vida en la tierra con nuestro trabajo antes de enseñar a sus almas el camino para llegar al Señor. —Los claros ojos de David brillaban como siempre que hablaba de su misión.

Kimi se alegraba de ello, pero a pesar de todo tenía que hacer una objeción.

—Pero vosotros no trabajáis con los maoríes, sino con los moriori. Como esclavos con esclavos. Esto... esto no puede fortalecer vuestro *mana*. Anewa más bien os despreciará por eso.

David se rio.

—Oh, no, Kimi, lo ves de modo totalmente equivocado. De hecho ya se han presentado cuatro o cinco hombres que quieren ser bautizados. Justo después de la primera oración dominical.

Uno de esos últimos días, David y los otros habían celebrado un gran oficio divino por primera vez y prácticamente todos los habitantes del pueblo había ido a escucharlos. David había dado el sermón en inglés y Kimi lo había traducido. Además se habían rezado oraciones en maorí, pues a esas alturas los misioneros ya lo hacían casi sin cometer errores.

—¿Bautizarse significa...? —Kimi todavía no había entendido el concepto pese a que David se lo había explicado varias veces.

—Con el bautismo, el pagano se convierte a la fe cristiana —respondió entusiasmado David—. Elige la luz en lugar de la oscuridad, la vida eterna en lugar de la muerte. Con el bautismo se salva el alma.

—Anewa dice que el reverendo Aldred da a todos los que se bautizan utensilios de hierro y una cazuela a las mujeres —observó Kimi—. ¿Los guerreros no os han pedido regalos?

David se mordió el labio.

—Nosotros... Bueno, ya lo dije una vez, ¡no compramos almas! Tampoco tenemos nada que regalar. Hasta ahora no hemos bautizado a nadie. No... no nos hemos puesto del todo de acuerdo de qué hacer con el bautizo y la preparación a una vida cristiana. El hermano Franz opina que primero deberíamos instruir minuciosamente a quienes vayan a ser bautizados y contarles todo sobre Dios y su Hijo Jesucristo... los misterios de la fe...

—¿Como el de la vida eterna? —preguntó Kimi—. Los guerreros me han preguntado si después de recibir el bautismo son invulnerables...

David rio.

—Esas cosas precisamente. El hermano Franz opina que las personas tienen que aprender que eso se refiere al más allá, a la vida eterna después de la muerte. Mientras que los otros hermanos son del parecer de que primero tenemos que bautizar a la gente y luego empezar con la enseñanza. —Suspiró—. De todos modos, el hermano Franz es muy rígido.

El hermano Franz seguía contemplando el mundo con descontento, pero Kimi había llegado a apreciar su incorruptible mirada hacia las condiciones del poblado. Todos los misioneros estaban sorprendidos del comportamiento de los maoríes con los esclavos y las mujeres, y de las continuas peleas entre ellos. El hermano Franz, sin embargo, era el único que se refería a eso con frecuencia y que incluso reprendía a los maoríes por sus actos. Naturalmente, no se atrevía con Anewa y sus hombres, pero sí regañaba a niños, por ejemplo, que se divertían torturando a los esclavos y robándoles la comida. Los demás misioneros apartaban la vista a un lado, profundamente afligidos y con cierto sentido de culpabilidad, aunque no se atrevían a protestar de forma explícita.

—Pero dice la verdad —observó Kimi.

—Si somos demasiado claros y el jefe nos prohíbe predicar y hablar con la gente quedaremos totalmente atados de pies y manos —justificó David su reserva—. Por el contrario, dando continuos ejemplos del amor cristiano al prójimo educamos las almas de los hombres. Dejarán por propia iniciativa de portarse tan mal cuando hayan entendido que todos somos hermanos.

Kimi estaba convencida de que a Anewa le daba totalmente igual lo que predicaran los misioneros. Mientras trabajaran para él, ya podían sermonear lo que les diera la gana. Seguro que nunca los trataría como hermanos, y a los moriori aún menos. También dudaba de la influencia del buen ejemplo. A fin de cuentas, ¿qué diferencia había entre dar ejemplo del tipo de vida cristiana y aferrarse como hacían los moriori a la ley de Nunuku? Ni lo uno ni lo otro causaba la menor impresión en Anewa y sus guerreros.

Y, sin embargo, no tardó en celebrarse el primer bautizo. Los hermanos David y Oskar habían hecho una excursión a Kaingaroa, al nordeste de la isla Chatham, y habían conocido al misionero Aldred y sus catequistas maoríes. Los cuatro habían bautizado a casi todo el poblado y se alegraban cada vez que ganaban a un nuevo cristiano. Obsequiaron a los misioneros alemanes con dos biblias en lengua maorí que a partir de entonces David estudiaba aplicadamente cada día con Kimi. Con ello los conocimientos del idioma de él y la admiración por Jesucristo de ella iban creciendo. Ahora, cuando iba al bosquecillo de los árboles kopi, invocaba a veces al Redentor en lugar de a sus dioses locales. Él le sonría y su sonrisa se parecía a la de David, con cuya voz cálida y profunda le hablaba.

—Estás muy cerca del Señor —le explicó David cuando ella le habló de esos encuentros—. ¿Cuándo vas a acogerlo del todo en ti? Deberías recibir el bautismo.

Kimi se había echado atrás después de que el hermano Franz hubiera dejado claro en el marco de un sermón que su Dios no permitía la presencia de otros dioses a su lado. Si se bautizaba tenía que renunciar a todos esos dioses que la habían acompañado cada día desde la niñez. Tampoco podía rezar bajo los árboles kopi, exigía David, sino en la casa del Señor recién construida que los cristianos llamaban iglesia. Esa casa infundía gran respeto a Kimi. Ni los maoríes ni los moriori construían casas a sus dioses. Allí se sentía protegida, sobre todo cuando David predicaba. A esas alturas ya no necesitaba traductora, lo que era bueno porque según la Biblia las mujeres debían callar en la congregación.

Además, los misioneros mantenían la paz en la iglesia. Lograron imponer que en la casa de Dios ningún maorí insultara o golpeara a un moriori. Si bien los dos grupos se sentaban separados, acudían juntos al oficio divino. Kimi no estaba del todo segura de que las personas de su tribu entendieran demasiado bien los sermones y oraciones. Los ancianos en especial no hablaban bien el maorí, y el fuerte acento extranjero de David y sus hermanos tampoco facilitaba la comprensión. Aun así, los moriori gustaban de asistir al servicio y cada vez eran más los que se bautizaban. Solo Pourou se mantuvo alejada de la iglesia y de los misioneros. No creía que el dios de David fuera más fuerte que los espíritus que se habían dejado matar por los invasores maoríes.

—Si nos quisiera librar del mal, ya lo habría hecho —dijo concisa, después de que Kimi le recitara el padrenuestro—. Las promesas no sirven a nadie. Y paz... Si los cristianos respetan la ley de Nunuku... ¿para qué necesitan los mosquetes? ¿Y por qué todos los cargueros están provistos de cañones?

—El hermano David no tiene mosquete —señaló Kimi.

Pourou la miró con pesar.

—Por eso se arrastra a los pies de Anewa —contestó—. Y encierra a su dios en una casa para que los guerreros no lo maten como a nuestros espíritus.

6

Aunque la vida de Kimi había mejorado con la llegada de los misioneros, Anewa seguía maltratándola por las noches. Había descubierto el whisky. Los capitanes de los barcos a los que vendían los productos del campo y recientemente la carne de cerdo y de cordero pagaban complacientes con un par de toneles de alcohol de alta graduación. Con el whisky, Anewa adquiría todavía más seguridad en sí mismo y se volvía más agresivo. Soltaba iracundo largas peroratas sobre los ngati mutunga del otro lado de la isla, los maoríes de Taranaki en Aotearoa y los blancos, que, según su parecer, eran inferiores a su pueblo.

—Ya ves a nuestros misioneros, cómo obedecen dócilmente construyéndonos casas y limpiando la mierda de nuestros animales. —Rio—. Son todavía más tontos que vosotros los *paraiwhara, wahine*. Ni siquiera es necesario hacerlos esclavos, ellos mismos se esclavizan.

Kimi no podía contradecirlo, pero veía a los inmigrantes blancos desde un ángulo totalmente distinto. La conducta de los misioneros le planteaba interrogantes en muchos aspectos, pero sentía un gran respeto por sus conocimientos y habilidades. Era sorprendente lo mucho que el hermano Oskar sabía de la cría de ovejas, de cómo curar las pezuñas de los animales cuando cojeaban, de cuándo iban a parir y cómo ayudarlas diestramente a hacerlo. El hermano Gottfried había construido para los moriori azadas y carretillas de madera que les facilitaban enormemente la cosecha de patatas. Y las patatas crecían mejor desde que el hermano Heinrich les había enseñado a abonar los campos con el estiércol de los animales.

Bajo las hábiles manos de David, los enormes caballos, a los que Kimi todavía tenía miedo, se convertían en dóciles corderitos. Incluso el díscolo semental con el que Anewa tanto se esforzaba en cabalgar, se rendía ante el hermano sin rebelarse. A todo esto, que también debería haber sorprendido a Anewa, se añadían aptitudes que los maoríes y su gente no podían apreciar porque no captaban la dimensión de sus capacidades. Kimi siempre encontraba fascinante que la Biblia pareciera hablar a David. Gracias a Brandon ya conocía el principio de leer y escribir, en el pasado él le había enseñado un par de letras. Sin embargo, no tenía libros y había admitido que no era muy buen lector. Decía que no había asistido lo suficiente a la escuela, fuera lo que fuese eso.

David y los demás misioneros, en cambio, sabían leer y escribir con fluidez. Cada uno de ellos tenía varios libros en los que estaban escritas oraciones e interpretaciones de la Biblia, aunque por desgracia en alemán. Pero por lo visto no solo había libros religiosos, sino también sobre animales y paisajes, un buen lector hasta podía convertirse en *tohunga* sin que tuviera que pasar años y años acompañando a un anciano y reteniendo cada una de las palabras de su enseñanza. Si a uno se le olvidaba algo, podía volver a leerlo. También tenía sentido dejar por escrito un tratado, como el Waitangi. La escritura incluso facilitaba a los *pakeha* comunicarse entre sí a través de grandes distancias. David le enseñó un papel cubierto de escritura que llamaba carta. De ese modo podía saludar e informar de las novedades a sus padres y amigos en el otro extremo del mundo.

Cuando Kimi se mostró tan impresionada por ello, empezó a enseñarle el arte de la lectura. La muchacha se sintió sumamente orgullosa de poder deletrear las primeras frases de la Biblia en maorí.

¡Y luego la música! Cuando el hermano Franz sacaba el violín y tocaba la música de Dios, Kimi pensaba que iba a ponerse a llorar de emoción. El canto de las *karakia* que Pourou le había enseñado para conjurar a los espíritus no podía competir con ella.

Estaba convencida de que los blancos habrían podido vencer a Anewa y sus hombres si hubiesen querido. Y aunque estaban respetando la ley de Nunuku, lo que en realidad ella debería haber admirado, tenía que contener a veces la rabia que le causaba que no lo hicieran.

Desde la llegada de los misioneros, Kimi se veía enfrentada a unos pensamientos rebeldes. Ahora que ya no estaba todo el día haciendo las tareas más miserables bajo el látigo de Anewa, sino que pasaba más tiempo con los misioneros, se atrevía a soñar con otro tipo de vida.

Por ejemplo, ¿qué pasaría si se escapara? ¿Si se escondiera en algún barco y huyera de Anewa? ¿Si se marchara a Aotearoa o a Europa mismo? Le planteaba miles de preguntas a David sobre Alemania e Inglaterra, y cuando él le contestaba como siempre, tan amable y paciente, despertaban en ella otros deseos e ilusiones. David hablaba mucho del amor y naturalmente se refería ante todo al amor a Dios y al prójimo. Pero cuando Kimi pensaba en David, tenía ante sus ojos el amor entre hombre y mujer. Con Brandon había percibido un asomo de su poder, pero entonces todavía era una niña. Habían sentido inclinación el uno por el otro, pero nunca se habían tocado. Su agridulce encuentro en Waitangi había sido un sueño, un coqueteo fugaz con lo imposible. Anewa en ninguna circunstancia cedería su esclava a Brandon.

Pero ¿qué sucedería si David se lo pidiera? ¿Si le ofreciera a lo mejor alguna contraprestación? Para la tribu de Anewa, los misioneros eran provechosos, mucho más que Kimi. Y en el lecho del joven jefe ella era fácilmente sustituible y, si se casara con David, de todos modos se quedaría en el poblado como traductora. Así que era posible que Anewa le devolviera la libertad si David la pretendiera.

Después de que el hermano Gottfried —un *tohunga* en el manejo de la madera, lo que los *pakeha* llamaban carpintero— hubiese construido muebles para la casa, los misioneros se instalaron en ella. Kimi contemplaba fascinada los armarios, mesas, sillas y arcones. Los moriori no conocían nada equiparable. Acariciaba fascinada las superficies lisas. ¿Cómo podía alguien pulir la madera de ese modo?

—¿Te gusta? —preguntó el hermano Gottfried al percatarse de su admiración.

Kimi asintió. Junto a David, el hermano Gottfried era su favorito entre los misioneros. Nunca se olvidaría de con qué naturalidad había estado dispuesto a precipitarse sobre Anewa el primer día, cuando la abofeteó. En el ínterin, sin embargo, se había unido a los «borregos», como Kimi llamaba en secreto a los cobardes. Solo Franz criticaba con dureza a los maoríes.

—¿Tendrías ganas de venir a limpiarnos la casa periódicamente? —preguntó el misionero—. Necesitamos a una mujer que se cuide de ella. Pero vosotros... vosotros no sabéis mucho de limpieza y cocina...

Era cierto que en las casas moriori se limpiaba poco,

aunque algunas veces se barría y se vareaban las esterillas. Pero cocinar sí se hacía regularmente. Kimi se preguntaba qué querría decir eso de «cuidarse de la casa».

—Al menos contigo se puede hablar —prosiguió el misionero—. A lo mejor podría pedir que nos enviaran un libro de cocina. Estás aprendiendo a leer.

Kimi ignoraba qué era un libro de cocina, pero ya se había dado cuenta de que los hombres se quejaban a menudo de la comida. En Alemania, por lo visto, se servían a la mesa otros platos además del pescado y patatas cocidos en hornos de tierra o asados en fuegos abiertos.

—Si me decís qué he de hacer y cómo, me apetecería mucho —respondió—. Y si el jefe lo permite.

Cada actividad que realizaba para los misioneros la alejaba más horas al día de Anewa y su gobierno del terror en el poblado. Kimi habría hecho casi cualquier cosa por ello.

David se mostró encantado ante la idea de dar trabajo a Kimi en la misión y de que aprendiera a cocinar como era costumbre en su país de origen.

—Eso levantaría un poco los ánimos —explicó—. En la actualidad... bueno, ya sabes, todo es un poco complicado.

Cierto, habían aparecido desavenencias. Los misioneros estaban crispados y su furia se dirigía sobre todo al hermano Franz. Kimi oyó que el hermano Gottfried y el hermano Oskar se quejaban de que el hermano Franz se escaqueaba del trabajo. Era evidente que el músico no tenía ningunas ganas de limpiar el estiércol de los establos y de poner el tiro a los caballos para ir a labrar los campos. Ya no creía que trabajando pudieran ganarse a los maoríes para la fe cristiana y basaba sus sermones más en el miedo que en las promesas. Kimi escuchaba fascinada sus explicaciones sobre el fuego del infierno que amenazaba a quieres eran tan corruptos y malvados como Anewa y sus hombres. Solo el bautismo podía redimir a los hombres, pero los maoríes tenían que ganárselo primero, decía el hermano Franz. Exigía que se confesaran e hicieran penitencia antes para que él se declarase dispuesto a aceptar a uno de ellos en la comunidad cristiana.

A partir de entonces, el número de bautizos en el asentamiento se estancó, lo que disgustó a los otros misioneros. Pero Kimi dudaba de que eso dependiera de los sermones del hermano Franz. Unas semanas antes se habían producido conflictos entre los ngati tama y los ngati mutunga y, esta vez, había corrido sangre. De hecho, había muerto un guerrero de cada lado, de la parte de Anewa uno bautizado por el hermano Heinrich que había estado firmemente convencido de que el hacha de guerra del enemigo no podría dar con él y herirlo. A fin de cuentas, había vencido a la muerte con el bautismo. Se había precisado de toda la elocuencia de David para evitar que sus indignados compañeros lincharan al hermano Heinrich, porque Paura todavía seguía siendo mortal. Ya nadie en el campamento de Anewa creía en una vida eterna a través del bautismo. Además, asistir a la misa había perdido la atracción de la novedad y la misión de paz de David no gustaba a los maoríes.

Kimi, que ya se había dado cuenta de que la Biblia también contaba historias sanguinarias, propuso que se predicaran las del Viejo Testamento. Esas gustarían más a los maoríes.

—No sé... —David estaba visiblemente frustrado—. Tienen que ajustarse al mensaje de amor universal de Dios y a Jesús como príncipe de la paz. Pero no he estudiado los hechos de fondo... —Contó a Kimi con todo detalle lo mucho que le había pesado no poder asistir a un seminario. Se había dado cuenta de que la breve formación de Goßner no había preparado lo suficiente a los misioneros para su trabajo.

—Entonces ¿no eres ningún *tohunga* de verdad? —intentó comprender Kimi—. Igual que yo... Pourou me ha enseñado algo sobre los espíritus, pero hay tanto que yo todavía no sé...

No entendió por qué David sonrió afligido.

—Con todo el tiempo que llevo aquí y ni siquiera he podido exorcizar a tus espíritus —dijo infeliz.

Tampoco los hermanos Heinrich, Gottfried y Oskar estaban satisfechos. Kimi cada vez los oía hablar con mayor frecuencia de su antiguo hogar. Parecían añorar a sus familias, Gottfried y Oskar en especial estaban también perturbados por las necesidades carnales. A veces seguían con la mirada a las mujeres del poblado, sobre todo a las que llevaban la indumentaria tradicional moriori. Mientras que las maoríes vestían ropa occidental —también los hombres preferían pantalones de montar y chaquetas de piel, simplemente porque así iban más protegidos contra el frío y la lluvia—, los esclavos iban medio desnudos. El hermano Oskar se indignaba a causa de la depravación de esas mujeres vestidas con tanta ligereza.

—A lo mejor los misioneros tendrían que casarse con ellas —sugirió un día Kimi con el corazón desbocado cuando David se quejó de las miradas lascivas de sus hermanos—. ¿Acaso no pone en la Biblia que el hombre no debe estar solo?

David suspiró.

—Sí, no andas equivocada. Dios creó a Eva para que Adán y ella se multiplicaran y sometieran la tierra. Nosotros, hombres de Dios, tan lejos de nuestros hogares, no podemos contar con que cree a partir de nuestra costilla a la mujer adecuada para nosotros. No, Kimi, el Señor espera de nosotros continencia... a menos que surja otra cosa.

Miró apenado a Kimi y ella sintió una punzada. Era evidente que David no contaba con que Dios quisiera unirlo a una mujer moriori, por mucho que hubiera intimado con ella.

Anewa no tenía nada en contra de que Kimi trabajase en casa de los misioneros, pero a cambio pidió que los hombres de Dios se esforzasen más en el campo y en los establos. Los misioneros ya llevaban casi dos años en Rekohu y los animales se habían multiplicado. Al mismo tiempo, el número de los esclavos moriori se iba reduciendo. La gente moría de agotamiento, desnutrición y desesperanza. De ello, ni Anewa ni sus hombres sacaban la conclusión de que tenían que tratar mejor a los esclavos que quedaban o que ellos tenían que arrimar el hombro. En su lugar, presionaban a los misioneros: había que labrar ese campo, había que construir ese redil o de lo contrario no podrían predicar el siguiente domingo. Un día el hermano Gottfried se enfadó tanto que se negó a obedecer a Anewa, lo que no impidió que pronunciara un sermón. Lo hizo delante de los bancos de la iglesia vacíos. Si el jefe lo prohibía, los maoríes se conformaban sin oponerse y los moriori no se atrevían a dejar el poblado.

Kimi contemplaba con tristeza cómo sufría David. Ahora que se ocupaba de la casa de los misioneros, todavía pasaba más tiempo con él y más cariño le tenía. Mientras que los otros misioneros solían llamarle le atención y a veces incluso se sulfuraban porque había hecho algo mal, David se esforzaba por enseñarle con toda paciencia cómo cuidar una casa *pakeha*. Aprendía a limpiar y lavar al estilo de los blancos, a planchar las camisas de los misioneros y a utilizar la estufa de hierro fundido que los hombres habían hecho llevar de Aotearoa. Le divertía especialmente encender el fuego dentro de casa. ¡Era casi increíble cómo con un poco de ramas secas y leña se podía conseguir que un agradable calor se extendiera por una habitación cerrada! Los maoríes y los moriori solo conocían las hogueras al aire libre.

Además, los misioneros le permitían que después de haber concluido el trabajo se sentara junto a la estufa y leyera. Cada vez lo hacía mejor, aunque ella habría deseado tener más libros y de otro tipo. La Biblia contenía historias interesantes, pero se las aprendió enseguida. Junto al libro sagrado, los hermanos solo contaban con otros de oraciones que a Kimi pronto le resultaron aburridos. En el punto central de la mayoría de las *karakia pakeha* se situaba la remisión de los pecados, que Kimi no entendía bien. El modo de vida cristiano tenía por objetivo evitar vilezas y ella nunca había visto a David y sus hermanos cometer faltas dignas de mención. Por el contrario, los maoríes bautizados seguían maltratando a sus esclavos sin mostrar el más mínimo arrepentimiento. ¿Se lo perdonaría el dios de David simplemente si rezaban? ¿Y de verdad les importaba a ellos que lo hiciera?

Kimi se preguntaba si David no iba albergando poco a poco las mismas dudas que ella con respecto al éxito en la conversión de sus feligreses maoríes. Aquellas optimistas expectativas según las cuales solo el bautismo y el buen ejemplo de los misioneros moverían a los individuos a convertirse en unos buenos cristianos no se habían satisfecho. Tal vez fuera esa la causa del distanciamiento entre el hermano Franz y los otros. Él enseguida había dudado de su concepto de conversión.

En cualquier caso, era evidente que David estaba perdiendo el entusiasmo por la misión. Ya no resplandecía por dentro cuando predicaba, sino que apelaba con más desesperación que pasión a sus oyentes para que llenaran de vida el cristianismo. Y si en un principio los hermanos habían entonado alegres canciones de alabanza a Dios cuando trabajaban con el ganado o en el campo, ahora cumplían sus tareas en silencio y malcarados.

A Kimi esto le daba pena y cada vez la llenaba más de miedo. Sospechaba que en algún momento David y los otros arrojarían la toalla. Por lo que David contaba sobre la misión de Goßner había deducido que todavía había muchos países en los que convertir a los paganos. Entretanto, el pastor había enviado misioneros a India. ¿Qué sería de ella cuando David y el resto decidieran buscarse otro terreno de acción? Cerrarían la misión y arrebatarían a Kimi su plácido refugio. Ya no habría más horas de paz junto a la estufa, ni libros ni las amables palabras de David.

Todo en ella se resistía ante la idea de que la entregaran a Anewa sin ningún tipo de consuelo.

7

En uno de los pocos domingos realmente resplandecientes de Rekohu, Kimi partió en busca de consuelo y consejo entre los antiguos dioses. Anewa se había marchado con algunos de sus guerreros al sudoeste de la isla Chatham para debatir, o pelearse, sobre algún tema con los maoríes de Waitangi. Nunca sabía si podía desear que se marchara a la guerra porque así al menos había la posibilidad de que alguien lo matara o si ya por imaginar esto infringía la ley de Nunuku y los mandamientos de los cristianos. Esperaba encontrar serenidad en el bosquecillo de los árboles kopi y, ciertamente, las figurillas de los dioses que durante los años de soledad había ido grabando en las cortezas, parecieron saludarla con cordialidad. Kimi se sentó a la sombra del árbol que había dedicado al espíritu de su padre y cantó *karakia*. También el padrenuestro encajaba, a su parecer, a la perfección. A lo mejor Jesús se reunía con sus espíritus si ella lo llamaba. Kimi soñaba con Él, que de nuevo tenía la cara de David... Entonces resonó su voz.

—Kimi, ¿qué haces aquí? Este me parece un lugar realmente pagano para rezar la oración que Jesús nos enseñó. —Abrió los ojos extrañada y vio que David, en carne y hueso, estaba frente a ella. Estaba entre los árboles y le dirigía una severa mirada—. ¿Qué árboles son estos? ¿Quién ha tallado estos dibujos? —Preguntó señalando las figurillas de las cortezas.

Kimi le dirigió una sonrisa de disculpa.

—No sabía que hubiera lugares a los que a Jesús no le gustara ir —respondió—. Y pensaba que vendría complacido a bendecir a mis ancestros. Claro que no eran cristianos, sus almas no podrían ir al cielo. Así que viven aquí, en los árboles...

David frunció el ceño.

—¿Y tú... tú has hecho estos grabados? —preguntó desconcertado.

Kimi negó con la cabeza.

—No todos, pero sí muchos. Porque ya no hay nadie que los haga. No hay nadie que se ocupe de ellos... de todos los espíritus de la gente que Anewa y sus hombres han matado.

David también sonrió entonces, pero era una sonrisa triste.

—Ay, Kimi, eres un alma tan buena... Te preocupas por todo. Pero yo soy un mal pastor. Después de todo este tiempo, después de tantas explicaciones sobre la religión cristiana, todavía te encuentro aquí adorando a los ídolos. He fracasado, Kimi... —Se apoyó en uno de los árboles y descansó la frente en la corteza.

Kimi pensó que los espíritus lo habían llamado para consolarlo.

—No has fracasado —dijo—. Has bautizado a mucha gente. Por mí... —tuvo que superarse a sí misma, pero quería hacer una buena obra por David— por mí, también puedes bautizarme.

David levantó la cabeza y se quedó mirándola.

—Kimi... el bautizo no es un favor que tú me debes —dijo entristecido—. Pensaba, pensaba que habías entendido. Tienes que bautizarte solo si realmente quieres entregarte a Dios.

Kimi se levantó y le puso la mano en la mejilla.

—Quiero entregarme a ti —dijo con toda ingenuidad refiriéndose a su corazón y su alma.

No estaba preparada para que, acto seguido, David la estrechara apasionadamente contra sí.

—¿Está permitido esto? —preguntó Kimi en voz baja después de haber hecho el amor.

Pasado el primer susto, había gozado de la unión, era la primera vez que experimentaba otra cosa que no fuera asco y dolor. Sobre todo, había disfrutado de los besos. Sentir la lengua de David en su boca era como una caricia que abarcaba todo su cuerpo y lo reconfortaba. Algo que Anewa nunca había hecho con ella. Ni los maoríes ni los moriori se besaban. E incluso cuando al final David la había penetrado había sido una experiencia totalmente distinta a cuando se trataba de Anewa. David había avanzado de forma pausada, con ternura, aunque también con cierta torpeza. Es probable que no lo hubiera hecho nunca o al menos no con frecuencia. Kimi se alegró, significaba que ella era algo especial para él y que tal vez siempre lo sería. Lo demostraba también el hecho de que al final él no se hubiera dado media vuelta ni se hubiera ido. Estaba tendido junto a ella, la tenía entre sus brazos y parecía disfrutar de la cercanía de su cuerpo. Kimi se habría sentido feliz si los sermones de David no la hubieran hecho dudar. El dios de los cristianos, al menos así lo había entendido ella, condenaba la unión física entre hombre y mujer, siempre que antes no se hubiesen prometido en matrimonio.

—No —dijo David—. No está permitido. Ha sido...

En realidad ha sido un pecado grave. —Pese a esas duras palabras, el tono de su voz era suave, más bien resignado, y no hacía ademán de ir a desprenderse de su abrazo—. Creo, espero, que... La bondad de Dios es infinita, Kimi, tal vez pueda perdonarnos. Tal vez... tal vez te ha enviado para darme valor. Ya no tenía fuerzas, pero ahora... Ha sido una experiencia... Creía... creía estar viendo el cielo.

Kimi sonrió.

—Me gustaría ser siempre el cielo para ti —respondió ella con ternura.

David negó con la cabeza.

—No deberíamos buscar el cielo en la tierra —desaprobó con rigor—. Vale con ganarse la vida eterna, para nosotros y para los demás. Al enseñarme un retazo del cielo me recordó esa obligación. Debo seguir intentándolo. Debo seguir poniendo toda mi fuerza en convertir a los paganos, para salvar sus almas inmortales. También la tuya, Kimi, sí, ¡te bautizaré! —Dicho esto la miró como si le hiciera un regalo especial. Ella asintió—. Y ahora me voy a la iglesia a pedir perdón —anunció David.

La muchacha se separó de mala gana de él.

—¿He de hacerlo yo también? —preguntó—. ¿Ahora? ¿Contigo?

Eso al menos prometía que seguirían juntos.

David negó con la cabeza.

—No, no, eso debo resolverlo conmigo mismo... y con Dios. Tengo que saber si tú has sido una herramienta o si yo he caído en una mala tentación...

Kimi se sintió herida.

—¡Yo no soy mala! —protestó.

David se puso en pie.

—No... no, claro que no eres mala. Eres una buena

chica, pero no... no dejas de ser una pagana. Cuando sientas como una cristiana, ya me entenderás.

Kimi lo siguió con la mirada cuando se alejó en dirección al poblado. Se sintió sola y abandonada, pero quedaban los espíritus. Kimi rezó *karakia* y sintió su consoladora presencia. Jesucristo no se le volvió a aparecer.

Al día siguiente, hacia mediodía, Kimi iría a casa de los misioneros. Antes tenía que acompañar a uno de los representantes de Anewa al puerto. Un carguero había atracado por la noche y los maoríes habían vendido víveres al capitán. Normalmente, el jefe tribal era quien realizaba las negociaciones, para ello bastaba con su inglés. Tane, su mano derecha, necesitaba a Kimi como traductora.

—Tenéis aquí a un par de misioneros alemanes, ¿verdad? —le preguntó el capitán después de que se hubieran puesto de acuerdo sobre la entrega de las patatas y la carne de cerdo—. Traigo unas cartas para ellos. Y un paquetito. ¿Me puedes decir dónde encontrarlos?

Kimi respondió afirmativamente y se ofreció a llevar el correo a David y los demás. Recogió las cartas como si se tratara de un valioso tesoro. Eso de que gente separada por miles de kilómetros llegaran a comunicarse tenía algo de mágico.

Ya iba a ponerse en camino hacia la misión, cuando Tane se interesó por el paquetito.

—Quiero verlo —advirtió—. A lo mejor necesitamos lo que está ahí envuelto.

—¡Pero si es del hermano David! —exclamó Kimi—. Tú no tienes que abrirlo.

Tane rio.

—¿Y quién me lo va a impedir? ¿Los misioneros o tú?

—Le arrebató el paquetito de la mano y desgarró el papel. De dentro saltó un libro.

El exquisito recetario de Margaret Jones. La cubierta mostraba unos elaborados dibujos de platos bellamente decorados.

—Esto es para mí —protestó Kimi—. Aquí... aquí dentro explican cómo preparan los *pakeha* la comida.

—¿Ah, sí? —Tane hojeó el libro, bastante grueso, con el ceño fruncido—. ¿Y cómo cocinan? —Sonrió—. ¿Y qué? Lo mejor seguro que no sale aquí.

Hizo un gesto como si fuera a cortarle el cuello a Kimi. A ella se le revolvió el estómago. Pese a ello tenía que comportarse de manera comedida con el representante de Anewa.

—Tane, todavía no sé qué pone dentro —dijo dócilmente—. Primero tengo que leerlo. Luego... luego puedo hasta preparar algo en el poblado. Al modo de los *pakeha.* Vosotros mismos podréis ver si es bueno o malo. Pero ahora devuélvemelo. De todos modos a ti no te servirá de nada.

El guerrero hizo una mueca.

—Yo no creo que tengamos que comer como los *pakeha.* ¡No vaya a ser que nos volvamos como esos maricas! —Pareció reflexionar acerca de qué hacer con el libro, luego se lo arrojó a Kimi.

—Toma —dijo magnánimo—. Antes de que el domingo tenga que volver a oír un sermón sobre lo que, según esos hombres de Dios, es tuyo y es mío... Tómalo y llévaselo a tu misionero.

Kimi le dio las gracias sin aliento y se puso enseguida en camino. No fuera a ser que Tane se lo pensara mejor y también le pidiera las cartas.

Se encontró a los misioneros rezando la oración del mediodía. El hermano Gottfried leía en voz alta un libro de oraciones, David mantenía la cabeza humildemente baja. A Kimi se le aceleró el corazón al verlo. Volvía a sentir sus besos y no cabía en sí de alegría por el regalo que le había hecho con el libro. Qué amable por parte de su familia satisfacer su deseo de que le enviaran el libro... para una muchacha que no conocían. Kimi lanzó una mirada al sobre desgarrado en el que había estado envuelto el libro. El emisor había sido una tal Ruth Helwig. Kimi enseguida sintió afecto por ella.

Esperó emocionada a que acabasen la oración y luego repartió los sobres entre los hombres. No había nada para Franz, pero eso no parecía entristecerlo. David, por el contrario, recibió tres cartas. Al igual que los otros, se retiró a leerlas muy contento. Kimi, mientras tanto, se puso a limpiar la casa y a lavar. Estaba tendiendo las camisas de los misioneros para que se secaran cuando David se precipitó fuera de la casa.

—¡Kimi! ¡La misericordia de Dios es infinita! ¡No solo ha perdonado mi paso en falso, sino que nos ha indicado a mí y a los demás el camino que debemos seguir! La misión florecerá, crecerá. Las mujeres le darán un nuevo aspecto.

—¿Mujeres? —preguntó Kimi—. ¿Vienen... vienen todavía más misioneros? —Esa era también la respuesta a su oración. Por lo visto ese pastor Goßner no quería cerrar la misión. No, al contrario, enviaba refuerzos—. Tendremos una enfermería... ¡una escuela! —David no cabía en sí de alegría ante las novedades—. Se desarrollará aquí una congregación cristiana viva. Dios es generoso, Kimi, también te perdonará a ti. Tú qué crees... ¿Te bautizamos el domingo?

Kimi seguía preguntándose si Dios la perdonaría, en especial si se suponía que ella solo era una herramienta. No se arrepentía de lo que había pasado en el bosquecillo de los kopi. Al contrario, le hubiera gustado repetirlo y no le habría importado hacer antes la promesa de matrimonio. En caso de necesidad, incluso en secreto, si David tenía miedo de Anewa. Pero seguro que los dos miembros de la pareja tenían que estar bautizados.

La joven moriori asintió.

—El domingo está bien —aprobó.

Y Adán conoció a su mujer...

Berlín
Isla Chatham

1842-1843

1

Ruth, mi más preciada amiga en Cristo:

Cuánto te agradezco esas amables palabras con las que tan vívidamente me informas sobre la apertura del nuevo hospital Elisabeth. Casi he tenido la sensación de estar disfrutando a tu lado de la ceremonia. Me alegro infinitamente de que no solo hayas encontrado allí un campo de actividad grato a Dios y que se aviene a tu vocación, sino también un trabajo que te satisface profundamente. Casi experimento, queridísima Ruth, algo de envidia al leer tu carta, pues aunque aquí vamos progresando con la ayuda de Dios, en estos últimos tiempos nos hemos sentido, no pocas veces, desanimados. Incluso después de un largo e inagotable trabajo para convertir a los paganos del lugar no podemos felicitarnos por contar con una congregación verdaderamente floreciente. Sí, casi me inclino a decir que a cada dos pasos que conseguimos dar hacia delante, sigue un contratiempo.

Pondré por ejemplo nuestra misión, el edificio ya está por fin acabado. Es realmente amplio, en realidad deberíamos avergonzarnos de vivir con tanta comodidad. Tenemos muebles e incluso una cocina, generosa donación de la iglesia anglicana de Kororareka, cuyo obispo nos honró hace poco con su presencia. De hecho, en nuestra nueva sede podríamos dar clases a los niños de los maoríes y moriori, tal vez hasta crear grupos femeninos para el rezo y el estudio de la Biblia, es decir, todo lo que da vida a una labor comunitaria. Pero, por desgracia, nuestros feligreses no tienen el menor interés o al menos no se atreven a mostrarlo. Tal como te comunicaba en mi última carta, una parte de la población está formada por esclavos, hace unos años las tribus maoríes de Nueva Zelanda invadieron a la población moriori local. Desde entonces, esa pobre gente no es dueña de su propia vida y también entre los maoríes son los guerreros quienes deciden lo que sus mujeres y niños han de hacer.

Según nos explicó el obispo, la situación cambia entre los nativos que viven en Nueva Zelanda, pero en las Chatham nuestros jefes son menos comprensivos y civilizados que sus hermanos de tierra firme. En especial en el poblado de Whangaroa, en el que comenzamos nuestra labor evangelizadora, gobierna un jefe tribal que solo piensa en su beneficio material. Pone sus condiciones a toda labor misionera que nos permite realizar. La mayoría de las veces nos exige que trabajemos para él y otros maoríes. Al principio lo hacíamos de buen grado y considerábamos una alegría y un deber cristiano no solo dar ejemplo a los paganos de una existencia grata a Dios, sino también hacerlos partícipes de los adelantos técnicos y agrícolas europeos. Sin embargo, la sensación de que nos explota va en aumento a medida que pasan los días. El hermano Franz incluso llega a reprocharnos que queramos comprar a Dios las almas y corazones de los paganos con el fruto del trabajo de nuestras manos.

Es posible que hasta lo hiciéramos de buen grado. ¿Quién conoce los caminos del Señor y qué es el dinero o un esfuerzo monetario frente a la salvación de un alma? Pues no solo a mí me aflige la desagradable sospecha de que estos hombres y mujeres no están realmente comprometidos, que sus oraciones e incluso su predisposición a ser bautizados no son más que falsedad. Nos halagan y nos hacen concesiones para que construyamos sus casas y cuidemos de su ganado, pero ni pensar en que un penique de los beneficios que se obtienen con ello vaya a convertirse en donativo para los más pobres.

Las dudas en torno al sentido de nuestra actividad nos está robando, a mis hermanos y a mí, la alegría en nuestra tarea. Estaría al borde de la desesperación si no fuera porque a veces aparecen pequeños rayos de esperanza, como la amabilidad y capacidad de aprendizaje de la joven y aplicada Kimi, que se ha unido confiadamente a nosotros y mantiene el orden, con bastante destreza, en esta morada habitada por varones. Como todas las mujeres moriori está desnutrida, es menuda y resulta difícil calcular su edad. Cuando los maoríes invadieron su poblado le sobrevino un duro destino. El jefe la ha esclavizado y hace... No sé cómo expresarlo decentemente, pero me temo que además de explotarla como mano de obra, también abusa de su cuerpo de un modo repugnante. Y, sin embargo, Kimi es una niña espabilada, algo que ya es evidente por el hecho de que es la única de su tribu que habla bien el inglés. De hecho, ya conoce un alemán elemental, pues el hermano Heinrich y el hermano Oskar tienen enormes dificultades para aprender el inglés y no solo hablan entre sí en nuestra lengua madre, sino que también se dirigen en ella a la chica.

Kimi también nos ayuda a comprender y hablar el maorí. A mí me resulta sorprendentemente fácil, así que correspondo enseñando a leer y escribir a mi diligente y pequeña maestra. Deberías ver con qué ahínco estudia la Biblia en su lengua y con qué prontitud asimila nuestras costumbres. Imagina, cuando hace poco el hermano Gottfried enmarcó un dibujo no muy bien hecho del hermano Oskar y lo colgó en la pared de nuestra sala de oraciones, Kimi apareció el día después con un montón de dibujos sumamente bonitos. Por lo visto, son obra de un cazador de ballenas que se estableció aquí por un breve período de tiempo. Muestran sobre todo ejemplares de la fauna local, delfines, ballenas, aves. Kimi debe de haberlos guardado como a la niña de sus ojos, el jefe se los habría cogido si hubiera sabido de su existencia. Seguro que con un bonito marco se podría ganar dinero con ellos.

Kimi nos indicó que nos quedásemos con ellos y decorásemos las paredes, lo que, naturalmente, hicimos de buen grado. Eso pareció alegrarla mucho, pues, a diferencia de la mayoría de los representantes de su pueblo, parece estar desarrollando un sentido para la estética. Si tuviéramos a más personas como ella entre nuestros feligreses, no albergaríamos ni dudas ni temores, sino que nos regocijaríamos en nuestra labor de cultivar el campo de sus almas para Dios.

Ruth Helwig hizo una mueca e interrumpió la lectura. ¿Llenaba David toda una página de su carta deshaciéndose en elogios por una «niña espabilada» llamada Kimi que debía rondar los veinte años y que ya no era, ni de lejos, virgen? Por mucho que lamentara la evidente decepción por lo desagradecidos que eran sus feligreses, ¡ese himno de alabanza a Kimi despertó en ella el sentimiento de los celos! ¿Quién sabía si una pícara no se habría colado en el corazón de su elegido disfrazada de pagana corta de mente? David seguro que no se daba cuenta de su astucia. Si la chica rezaba la Biblia diligente y de buen grado, no pensaría nada malo de ella.

Ruth volvió a leer la carta de nuevo. Por supuesto, el tono era en parte abatido. Los paganos no estaban esperando que los convirtieran, pero a lo mejor los misioneros no les daban lo que necesitaban. ¿No habría sido mejor construir una escuela y un dispensario para ganarse la simpatía de la gente, en lugar de asumir trabajos para los que el jefe y sus guerreros eran al parecer demasiado buenos? ¿Cómo iban a admirar los salvajes a sus sacerdotes si estos seguían las órdenes sobre qué casa construir y qué caballo había que herrar? Exceptuando esto, las condiciones en las Chatham habían mejorado. Se había erigido el edificio de la misión, la iglesia, los campos estaban cultivados, se había introducido la ganadería e incluso había cuadros colgados de las paredes de habitaciones de la casa. La civilización había llegado, así que no había ningún obstáculo para que Ruth llevara a la práctica el plan que había urdido desde hacía tanto tiempo.

Leyó deprisa las últimas líneas de la carta —al final, David le pedía un libro de cocina a través del cual quería introducir a Kimi en los platos alemanes—, antes de doblarla con cuidado y meterla en el bolso. El domingo iría a la misa del pastor Goßner y asistiría a la oración del mediodía.

—Por favor, no se disguste si le hablo con franqueza, señor pastor —dijo Ruth sumisa, después de concluir la oración y cuando los invitados todavía estaban juntos en la parroquia bebiendo café y comiendo las galletas con las que las activas señoras del grupo de lectura de la Biblia mimaban a su pastor—. Pero debo admitir que estoy preocupada por la salvación eterna de los misioneros en la isla Chatham.

El pastor Goßner se volvió hacia ella con esa sonrisa indulgente que al principio Ruth encontraba simpática, pero que a estas alturas la encolerizaba. Ya hacía mucho tiempo que solo la exhibía cuando hablaba con mujeres, a menudo pacientes del hospital, pero también enfermeras y mujeres del grupo de la Biblia, cuyas sugerencias y opiniones escuchaba amablemente aunque en realidad no se tomaba en serio.

—¡Pero señorita Ruth! —exclamó con voz dulce y en absoluto alarmada—. ¡Qué palabras tan duras son estas! ¿Qué es lo que la hace dudar de la piadosa vida de nuestros hermanos?

Ruth sacó del bolso la carta de David.

—Yo no estoy dudando de su piadosa vida —corrigió—. Solo veo en peligro su salvación. Por lo visto, acaba de colarse una astuta pequeña Eva en el jardín de Adán. Si me permite que le lea un fragmento de la última carta del hermano Mühlen...

—Por supuesto. —El pastor Goßner asintió con vehemencia. Se había despertado su curiosidad.

Ruth desplegó la carta y leyó un resumen del himno de alabanza a Kimi.

—Naturalmente, todo esto tiene un tono ingenuo —dijo— y apuesto, con total certeza, a que el hermano David no alimenta ningún pensamiento impuro hacia la joven. Sin embargo, observando con frialdad el caso, nos hallamos ante una persona... hum... inexperta —Ruth consiguió ruborizarse—, que tal vez no conviva con cinco hombres pero sí pasa muchas horas con ellos. El jefe parece considerarla una especie de préstamo que ha hecho a los misioneros y puede que en cierto modo cobre por que su esclava los ayude en el cuidado de la casa. ¿Sabemos... —carraspeó— qué tareas incluye eso?

El pastor Goßner la miró consternado. Quería decir algo, pero antes de encontrar las palabras adecuadas, la señora Schirrmacher, la esposa del comerciante cuyo donativo financiaba parte de la misión, salió en ayuda de Ruth.

—Encuentro que la señorita Helwig tiene toda la razón —afirmó la matrona con determinación—. Es una indecencia que una muchachita se encargue del mantenimiento de la casa de cinco hombres. Tendría que ocupar ese puesto una persona mayor, más experimentada, una viuda quizá. Y del cuidado de la morada de un buen pastor luterano debe encargarse una esposa diligente que además le apoye en sus tareas con la congregación.

El pastor Goßner apretó los labios. Él mismo era soltero, había empezado su servicio a Dios como sacerdote católico y se había desenvuelto bien en el celibato. Pero en principio no quería contradecir a la señora Schirrmacher.

—Por lo visto en la isla Chatham no es fácil encontrar nativos dispuestos a ayudar en el mantenimiento de la casa de los misioneros —señaló al final—. Estoy seguro de que los hermanos piensan lo mismo que nosotros y han tenido que recurrir a los servicios de esa joven porque lo necesitaban. Les escribiré para advertirles expresamente que no se encariñen con ella.

Ruth tomó aire.

—Disculpe, señor pastor —dijo—. Pero yo... yo creo que no es suficiente. Como ha dicho la señora Schirrmacher, serían necesarias un par de creyentes firmes y formadas en tareas prácticas para ayudar a los misioneros.

La señora Schirrmacher le lanzó una escueta sonrisa de complicidad. Parecía entender cuáles eran las intenciones de Ruth. Antes de que tomara la palabra, se volvió hacia su marido.

—La señorita Helwig acaba de dar en el clavo —explicó—. Reflexionemos una vez más sobre dónde pueden encontrarse este tipo de mujeres jóvenes. Y si hiciéramos un llamamiento en esa... Nueva Zelanda. Es la colonia más próxima. Ya hay allí un obispado. A lo mejor...

—Pero el hermano Bauer y el hermano Meyer no hablan inglés —la interrumpió Ruth. La conversación había tomado un giro que no le gustaba.

—Y en Nueva Zelanda también escasean las mujeres blancas —observó el señor Schirrmacher. Comerciaba con Nueva Zelanda y sabía un poco de qué hablaba—. Ya es difícil para los comerciantes y ganaderos que se han instalado allí encontrar una esposa adecuada. Aprovechan con frecuencia sus viajes de negocios a Inglaterra o Irlanda para encontrar esposa para sí o para sus hijos. Bien mirado, es bastante comprensible, hasta ahora son pocas las familias en esa parte del mundo. La mayoría de los blancos de las islas son hombres. Aventureros y vividores. Las pocas mujeres... En fin, no tengo que explicarle aquí a nadie que una respetable señorita de buena familia no emprendería sola una travesía en barco por medio mundo. Y menos aún cuando allí no la espera ni su prometido ni un miembro de su familia...

—O una tarea en la misión —se atrevió a señalar Ruth—. La... la Iglesia católica también envía monjas.

La señora Schirrmacher sonrió de nuevo. Esa sonrisa se deslizó primero por su marido, luego por Ruth y el pastor.

—Así que opinan, querido Paul, y usted, querida señorita Helwig, que sería aconsejable reclutar en Alemania a nuestras futuras esposas de párrocos y enviarlas a ultramar como auxiliares de la misión primero. Dios ya se encargará de formar las parejas como sea de su agrado. —Juntó solícita las manos.

El pastor Goßner se rascó la frente.

—Esa seguro que sería una bonita solución —admitió—. Pero el viaje es caro...

La señora Schirrmacher volvió a llamar la atención de su marido.

—Creo que algo podrá organizar mi esposo —determinó—. Alguna posibilidad de viajar en un carguero, al menos hasta Londres, seguro que se presenta. Y los barcos de pasajeros parten desde allí. Tampoco será tan caro un pasaje. Lo más difícil será encontrar a cinco mujeres jóvenes que sean lo suficientemente abnegadas y valientes como para emprender un viaje así y entregarse a Dios y esa misión en un destino incierto... Para mí, personalmente, resulta casi inimaginable. ¿Usted qué piensa, señorita Helwig? ¿Podría enfrentarse a tal llamamiento?

Por la noche escribió su carta a David. Todavía no se había atrevido a comunicarle los últimos acontecimientos. Hasta entonces ni ella misma había podido creer que su plan ya estuviera en marcha. Pero ahora le describía vivamente sus proyectos. Le declaró lo mucho que lo añoraba, le recordó los paseos y comidas campestres que hacían juntos en Havelstrand, lo tachó todo después y volvió a escribir la última parte de la misiva.

> ¡Por fin, por fin vamos a volver a vernos, David! Casi no puedo esperar a estar de nuevo cara a cara contigo después de tanto tiempo. ¿Acaso no es una feliz coincidencia que Dios nos una otra vez? ¿Acaso no confirma esto que algo planea... para ti y para mí?

Se despidió y envió la carta junto con el libro de recetas que había pedido para Kimi con ayuda de su profesora de inglés. No había sido tan fácil como David imaginaba cuando se lo solicitó, pero seguramente él no había pensado que en las librerías berlinesas no rebosaban los libros de cocina en inglés. ¿O había creído que Kimi aprendería a leer alemán mientras su carta llegaba primero a Ruth y la respuesta de esta a las Chatham? A Ruth le parecía bastante imposible. Una indígena no podía ser tan lista.

Al final, el pastor Goßner propuso por su cuenta reclutar a las futuras auxiliares de la misión entre las enfermeras que su asociación había estado formando en los últimos años. Además, iba a hablar en la iglesia sobre su intención de enviar a mujeres a la misión y comprobar de este modo si habría interesadas dentro de la congregación. Ruth suspiró aliviada por no tener que indicarle qué debía decir. El pastor rendía estupendamente cuando se trataba de organizar la asistencia a los pobres o el cuidado de los enfermos, pero en cuanto a la misión, carecía de pensamiento práctico y de visión de futuro.

Ella misma no se extrañó en absoluto de que poco después de que se anunciara la operación ya hubiera dos muchachas dispuestas a acompañarla a las Chatham. Las conocía de vista del hospital y también se habían formado como enfermeras. Una de ellas, Wilma Krüger, seguramente con las mismas segundas intenciones que Ruth. Sin embargo, Wilma no se sentía atraída por unirse a un hombre determinado, ella estaba totalmente cautivada por la idea de la misión. Tenía veintidós años y desde la infancia soñaba con una vida al servicio de la Iglesia, convertir a los paganos, salvar sus almas y también civilizarlos.

Ya en la primera conversación con el pastor Goßner había presentado un sinnúmero de sugerencias para mejorar la situación en la isla Chatham. Lo primero sería fundar una escuela y, por supuesto, un dispensario con la hermana Ruth. Berlín no le interesaba demasiado. Procedía de una familia de trabajadores que no entendía demasiado que Wilma se ocupara del cuidado de enfermos cuando podría estar ganando mucho más en la fábrica. Había trabajado entre los trece y los dieciocho años en una tejeduría y, al mismo tiempo, se había hecho cargo de sus hermanos pequeños. Wilma era capaz de llevar la administración de una casa con recursos limitados. Podía realizar pequeñas labores de costura, sabía cocinar y lavar, incluso en las condiciones más básicas. Además, era una creyente firme y en cierta medida culta, aunque para ella no había sido tan fácil tener acceso a los libros y seguir formándose un par de años más después de la escuela como sí lo había sido para Ruth, hija de un artesano.

—Seguro que aprenderé mucho —prometió al pastor Goßner—. También con ayuda de la hermana Ruth. Ha accedido a enseñarme inglés. Así que si me escoge, señor pastor, no habrá nada que pueda hacerme más feliz que dedicar mi vida a Dios.

El pastor sonrió y observó la delgada silueta de Wilma, era rubia y medianamente guapa.

—¿Y tal vez también estés dispuesta a amar y contraer matrimonio con uno de los misioneros instalados en las Chatham? —preguntó con su famosa y benigna sonrisa.

Wilma asintió y se santiguó.

—¡Hágase la voluntad de Dios! —confirmó.

La tercera del grupo era Hilde Lehmann, una joven gordita que pasaba desapercibida. Tenía la piel fea y el pelo fuerte y oscuro. No era una fiel practicante. Al igual que Ruth, no rezaba más de lo necesario con los pacientes que le confiaban. Llevaba a término su trabajo de forma diligente pero sin una gran pasión. Hilde había crecido en un orfanato, donde el pastor Goßner se había fijado en su destreza y aplicación, así que había decidido que estudiara para ser enfermera. Ella le estaba agradecida, pues sin su guía habría tenido un futuro más sombrío. Hilde odiaba la idea de pasar toda la vida trabajando, además de acabar teniendo que alquilar cama por horas en una familia de trabajadores y sin disponer de habitación propia donde disfrutar de sus actividades. Estas consistían en su caso en leer revistas y folletines. Le encantaban las historias de amor y se imaginaba en el papel protagonista, también en tierras lejanas.

El mayor deseo de Hilde residía en encontrar marido y fundar una familia, pero era consciente de que no tenía grandes posibilidades. Nadie se enamoraría de ella por su aspecto, desde luego ningún hombre que fuera a mantener solo una familia. En cualquier caso, podía contar con un simple obrero y un puesto en una fábrica, además del cuidado de la familia y los hijos. Hilde ya había cuidado suficientes enfermos y esposas de obreros sin esperanzas para saber las repercusiones de ese tipo de vida. Era lo último que deseaba y hasta el momento se había apañado con una vida de marisabidilla. Siendo enfermera tenía un sitio donde dormir en el hospital y sus ingresos propios. No había pensado en casarse y tener hijos hasta el llamamiento del pastor Goßner en busca de auxiliares para la misión de las Chatham. La joven no había dudado ni un minuto en inscribirse y, el pastor Goßner no puso ninguna objeción a que Hilde se marchara.

Naturalmente, no sabía ni una sola palabra de inglés y no había estudiado textos religiosos. De ahí que Ruth se ofreciera, ya durante los preparativos del viaje y después en el barco, a darle clases a ella y a Wilma. A esas alturas Ruth hablaba muy bien el inglés. Estaba decidida a ponerse a estudiar la lengua de los maoríes en cuanto llegase a las Chatham.

2

Después de la rápida inscripción de Wilma e Hilde, el reclutamiento de las auxiliares de la misión se estancó. Las otras enfermeras no tenían el menor interés y las familias de la congregación de Goßner no querían enviar a sus hijas a un paradero incierto. Goßner tuvo que renunciar muy a su pesar a dos soñadoras de diecisiete años ante las decididas protestas de sus padres.

Al final, cuando el señor Schirrmacher anunció durante la oración dominical del mediodía que ya había conseguido un barco para las auxiliares, solo había tres mujeres: Wilma, Hilde y Ruth. Estas viajarían con un socio neozelandés que había visitado Alemania con su familia. La esposa ya se había declarado dispuesta a velar por las señoritas, los camarotes de las viajeras estaban lo suficiente lejos de los alojamientos de la tripulación, por lo que las muchachas no ponían en peligro su virtud. No había más pasajeros. El barco era un carguero y pertenecía al comerciante que viajaba con ellas. El señor Schuman, que hacía unos años había emigrado con su familia a Nueva Zelanda con el fin de establecer allí una base comercial para el negocio familiar, transportaba a las auxiliares de la misión haciendo un acto de caridad.

—¡No tenemos ni que cazar ballenas ni que hervir su grasa como David! —comunicó Ruth alegremente a sus padres, a los que por fin puso al corriente de sus planes un par de semanas antes de su partida. Lo había estado retrasando, no esperaba ni entusiasmo ni apoyo de su parte.

Su padre contrajo el rostro y su madre no se mostró sorprendida.

—Ya me lo esperaba —dijo la señora Helwig—. En cuanto David se marchó y descubriste de repente tu pasión por la enfermería. Y de que cada cinco minutos corrieras a rezar con ese Goßner después de no haber puesto gran interés en los sermones de nuestro querido pastor Schüle. Admítelo, Ruth, lo has estado planeando durante mucho tiempo. ¿Pero también lo has reflexionado a fondo? —Lanzó una mirada escrutadora a su hija.

—Pues claro que no está en lo más mínimo reflexionado —gritó el padre de Ruth—. ¡Auxiliar de misión en el otro extremo del mundo! Para ir detrás de ese hombre que a lo mejor no quiere saber nada de ti...

Ruth lo miró indignada.

—Claro que quiere saber algo de mí —contestó convencida—. Me escribe unas cartas preciosas...

—Pero ¿te ha pedido en matrimonio? —preguntó el señor Helwig—. ¿Te ha pedido, incluso rogado, que vayas corriendo a su lado? Más bien no, ¿me equivoco?

Ruth se sonrojó un poco.

—No se atreve —afirmó—. En estas cosas es muy... hum... discreto. Pero antes de acudir a la llamada de la misión, estuvo a punto. Y tú no tenías nada en contra, papá.

El maestro Helwig soltó un gruñido.

—Una cosa es que tu hija se case con el inútil del hijo de los vecinos y otra que se vaya sola a un futuro incierto para lanzarse al cuello de un predicador sin recursos y soñador.

—David lleva dos años escribiéndome —explicó Ruth—. Sé que me espera en su congregación de la isla Chatham. Y no voy a arrojarme a su cuello.

La señora Helwig suspiró.

—Hija, apenas lo conoces. No, no digas nada, claro que habéis jugado juntos de niños. Y te ha contado sus sueños y deseos. ¿Pero te has tomado en serio todas estas peroratas sobre el seminario de sacerdotes y sobre su vocación y dedicación a Dios? Hace poco he hablado otra vez de ello con Mechthild... —Mechthild Mühlen y Klara Helwig seguían siendo amigas íntimas—. Él siempre ha hablado de ello, aunque todos nosotros hicimos oídos sordos. Todos dábamos por sentado que David Mühlen se encargaría de la herrería de su padre. Y él también estaba dispuesto hasta que apareció ese Goßner con su misión. Reconócelo, Ruth, tú te quedaste tan pasmada como todos los demás. Nunca habías esperado que fuera a llevar a la práctica sus planes.

—Tampoco contábamos con una oportunidad así —dejó caer Ruth.

Su madre asintió.

—Sin embargo, fue sorprendente que realmente la aprovechara. Ruth, siempre lo hemos visto como un soñador...

—Sí, y que yo lo manejaría a mi antojo. Tú misma lo dijiste —recordó triunfal.

La señora Helwig sonrió.

—Alguien ha estado escuchando cuando no tocaba, ¿cierto? ¡Debería darte vergüenza, Ruth! Me acuerdo de haberlo mencionado ante tu padre, no era algo dirigido a tus oídos. Pero no voy a desdecirme, así lo creía de verdad. Pensaba que en adelante bailaría al compás que tú le marcaras, al igual que hacía exactamente lo que su padre quería que hiciese. Pero me equivoqué. Todos nos equivocamos. Su padre no pudo detenerlo. Tú no pudiste detenerlo. ¿Qué sucederá, Ruth, si detrás de nuestro querido soñador se esconde un fanático duro como el acero? ¿Si no es esta la última etapa? ¿Quién sabe a dónde emigrará cuando esté bautizado el último pagano de la isla, que no es grande, si he entendido bien, y apenas está habitada?

Ruth bajó la cabeza.

—Lo amo —insistió—. Y la Biblia dice: «A donde tú vayas, iré yo...». Libro de Rut, si no recuerdo mal.

La señora Helwig volvió a suspirar.

—Tal vez habríamos hecho mejor llamándote Deborah. Fue una profetisa, ¿verdad? Desearía que tuvieras un poco más de amplitud de miras.

—¡Basta ya de tonterías, Klara! No necesita amplitud de miras. Es joven, tonta y se aferra a ideas locas —declaró enervado el maestro Helwig. Todavía no estaba dispuesto a ceder—. Te lo prohibiremos, Ruth. En esta historia, no cuentes con nosotros para que...

Su mujer le puso una mano en el brazo.

—Roland, ya sabes que es una cabezota. Si se lo prohibimos se marchará a escondidas. Ya lo has oído, está firmemente decidida. Así que separémonos por las buenas. Y te daremos un poco de dinero, Ruth, un dinero que no está destinado a David, prométenos que no se lo darás. Será tu reserva y protección personal. No lo invertirás en esa misión sin futuro. Cuando quieras volver, cuando no veas más salida, aquí siempre tendrás tu casa. Tus hermanos y nosotros... estamos aquí para apoyarte.

Ruth se estrechó entre los brazos de su madre y se sintió aliviada cuando también su padre le dio un abrazo algo torpón.

—Siempre has sido valiente —farfulló—. Tu extraño misionero no sabe apreciar lo que tiene.

El barco zarpó en Hamburgo. Tras una lacrimosa despedida de padres y hermanos, Ruth compartió un camarote con Wilma e Hilde. Comparada con las otras dos, casi se sentía un poco culpable. La familia de Wilma no se había asomado a la estación de tren para despedirse de ella e Hilde, de todos modos, no tenía parientes. Pero todas estaban de buen humor. Ruth e Hilde estaban impacientes por viajar. Nunca habían visto el mar y esperaban descubrir maravillas en playas desconocidas. Wilma rezaba y estaba deseosa sobre todo de iniciar sus tareas en la misión. En cuanto zarparon, abrió su libro de inglés. Estudiaba con ahínco. Para cuando llegaran a Nueva Zelanda, quería que la entendieran.

Hilde, por el contrario, miraba interesada por la ventana y conversaba con Ruth. Hacía poco que se había enterado de que esta ya conocía a los misioneros de la isla Chatham y estaba ansiosa por saber qué aspecto tenían, qué habían estudiado y qué impresión le habían dado a Ruth.

—Se diría que vamos en busca de pareja —observó mordaz Wilma en una pausa.

Hilde y Ruth se miraron y soltaron una risita.

—Tendrías que asumir —respondió Ruth— que es exactamente así.

La travesía en barco fue estupenda. Si bien el espacio de que disponían era realmente diminuto, las tres jóvenes tenían que compartir camarote y las literas en las que yacían eran estrechas y duras. Wilma e Hilde estaban acostumbradas a vivir con otras chicas en estancias reducidas y se adaptaron enseguida. Pero para Ruth esa estrechez era nueva y todavía tenía que habituarse a los sonidos de las otras mientras dormían, aunque se dijo que pronto debería compartir habitación con David. Ya podía ir aprendiendo lentamente a no hacer caso de los ronquidos ni de las palabras pronunciadas durante el sueño.

Reinaba, pues, un buen ambiente y parecía además que la buena suerte acompañaba la travesía. El señor Schuman, su anfitrión, no dejaba de admirarse del buen tiempo que hacía. El Atlántico estaba calmo. Llegaron a aguas más cálidas sin grandes tormentas y ninguna de las jóvenes se mareó. Los Schuman resultaron ser unos compañeros de viaje educados y agradables. La señora Schuman sugirió hablar en inglés con las jóvenes para que se acostumbrasen enseguida. Ruth enseñaba a sus dos amigas a escribir y leer en la lengua extranjera. El experimento dio buenos resultados, pese a que a Wilma y a Hilde les resultó difícil al principio. Pero una era tenaz y la otra inteligente. Ruth se sorprendió de lo deprisa que la insignificante Hilde aprendía la lengua. Después de las cuatro primeras semanas en el mar, Ruth se la encontró en cubierta con una revista femenina inglesa. Trataba de descifrar todas las palabras posibles de un relato romántico.

—¿Me lo lees en voz alta? Es que me encantan estas lecturas, ojalá ya pudiera leer sola —confesó disculpándose. La señora Schuman parecía compartir su debilidad por las historias románticas. Tenía un montón de revistas y de novelas rosas que prestó de buen grado a las jóvenes.

Ruth asintió tranquilamente y rio.

—No tenemos que contar a Wilma nada al respecto —dijo en un tono de complicidad—. Lo importante es que aprendas inglés. Pero ten cuidado de cómo hablas luego con los misioneros.

Cogió la revista y leyó un par de frases.

—«Peter, mi corazón vuela hacia ti. Qué deprisa late cuando oye tu voz. Cuando una sonrisa ilumina tu rostro, hasta mi alma resplandece...» Esto sería algo excesivo para el hermano Oskar y el hermano Gottfried.

Hilde también rio.

—Pensaba que no sabían inglés.

Ruth e Hilde ya se habían hecho buenas amigas cuando el barco llegó al golfo de Vizcaya.

—A partir de ahora subirán las temperaturas —advirtió la señora Schuman. Hasta ese momento habían pasado frío durante sus paseos por la cubierta—. Recuerden lo que les he dicho, no tardarán en sacar la ropa de verano de la maleta.

Las mujeres empezaron a disfrutar todavía más de la cubierta. De vez en cuando se veían ballenas y grupos de delfines dando vueltas alrededor de la embarcación. Ruth no se cansaba de contemplarlos y esperaba que de un día a otro Wilma viera confirmada la historia de Jonás como había hecho David tiempo atrás. Sin embargo, fue Hilde, de hecho, quien la recordó. Wilma se rio de ella.

—Estas ballenas seguro que no eran —señaló—. Ni siquiera tienen dientes, sino como unas laminillas: barbas de ballena. Con ellas se hacen corsés. ¿Verdad, Ruth? En cualquier caso, Jonás se le hubiera quedado atragantado en el cuello a la ballena.

Ruth recordó vagamente haber oído algo similar y sintió un gran respeto por los conocimientos de Wilma y la facilidad con la que dejaba entrever que las historias de la Biblia no siempre debían creerse palabra por palabra. Wilma era muy piadosa, pero no una beata ni una fanática.

Después de unas semanas en el mar, el señor Schuman anunció a las jóvenes que harían una escala y podrían bajar a tierra. Iban a cargar reservas de víveres en Salvador de Bahía, Brasil. En compañía de su benefactor y de la esposa de este, las futuras auxiliares de la misión pudieron dar una vuelta en ese exótico lugar sin estar expuestas a ningún peligro.

Por primera vez se cruzaron con personas de tez oscura que no eran paganas, como sospechaba Hilde, sino que habían sido bautizadas, aunque eran católicos.

—Se nos han adelantado los misioneros papistas —se lamentó Wilma—. Pero lo tenían más fácil. Aquí la gente habla español y muchos papistas son españoles.

—Portugués —la corrigió el señor Schuman—. Brasil fue colonia portuguesa. Los nativos fueron sometidos, y el país ocupado por portugueses y otros correligionarios. Para inmigrar era condición indispensable practicar la fe católica. Se traían esclavos de África a los que se bautizaba a la fuerza. Aquí no hay nada que evangelizar, señorita Krüger.

Wilma lo asumió tranquilamente y disfrutó con Ruth e Hilde de las frutas exóticas que había para probar, de las magníficas playas y del clima cálido.

—Qué lástima que no evangelicemos en África o en otro país cálido —declaró Hilde, algo que Ruth solo se atrevía a pensar—. Sería tan bonito sentir siempre el sol.

—Debemos ir a donde Dios quiere vernos —le advirtió Wilma al instante.

Ruth asintió humildemente y pensó en que su sol siempre se llamaría David. Con él sería feliz en cualquier lugar.

En total, la travesía del *Emma Laura* —Schuman había puesto al barco el nombre de su esposa— duró la mitad de tiempo que el ballenero en el que había viajado David a Nueva Zelanda.

Al cabo de tres meses y medio, el barco entraba en Kororareka; el sol resplandecía cuando atravesó la bahía de Islas. De hecho Ruth se quedó fascinada por el paisaje que se desplegaba ante sus ojos y casi le gustó más que la tropical Bahía. Sin embargo, en Nueva Zelanda hacía frío, era primavera. Wilma e Hilde se quedaron desconcertadas cuando Ruth les explicó en el barco que las estaciones del año eran en Nueva Zelanda justo las opuestas a las de Alemania.

—Y ahora, ¿cómo vamos de aquí a la isla Chatham? —preguntó impaciente Wilma, en cuanto hubieron desembarcado. Los Schuman planeaban seguir el viaje hasta Auckland, donde estaba situada la sede comercial.

—Hemos de encontrarles un sitio en un carguero o en un barco ballenero —explicó el señor Schuman—. Y hasta que lo hagamos tendrán que alojarse en algún lugar. Pero no creo que vaya a ser difícil. Hay por aquí cerca una misión, en Te Waimate. Seguro que las albergarán en ella de buen grado. Creo que el obispo Selwyn o los misioneros podrán organizar la continuación del viaje. Tienen muchos tratos con los cazadores de ballenas. Seguro que no las harán esperar demasiado.

Los Schuman no permitieron que las muchachas se marcharan solas a Te Waimate. Kororareka, explicó su benefactor, no era lugar seguro para ellas, y con razón lo calificaban de agujero infernal. Abundaban los individuos de aspecto sospechoso.

La misión de Te Waimate, por el contrario, causaba una muy buena impresión. Era como un pueblecito, había unas bonitas casas de madera para las familias de los misioneros, albergues para los huéspedes y distintos talleres artesanales en los que los maoríes conversos podían practicar técnicas culturales europeas. Ruth pensó que el concepto era muy parecido al proyecto del pastor Goßner y reunió todavía más fuerzas para ir a la misión de la isla Chatham. A lo mejor David y los otros habían procedido con cierta torpeza. Se propuso aprovechar el tiempo en Te Waimate para reproducir en todo lo posible la exitosa misión. Wilma lo veía igual y sorprendió a sus compañeras cuando ya el primer día en el lugar las saludó en maorí.

—¡*Kia ora* significa buenos días! Y hay que decirlo deprisa. En general, los maoríes hablan bastante rápido.

Ruth e Hilde estaban dispuestas a echar una mano en la enfermería, pero confirmaron sorprendidas que no había ninguna.

—Por ahora todavía no nos han enviado, desgraciadamente, ninguna enfermera de Berlín. —El reverendo Williams, director de la misión, sonrió indulgente. El obispo Selwyn estaba de viaje—. Sus hermanos en la isla Chatham son dignos de envidia. Pero al menos en Kororareka hay un médico excelente.

—¿No hay médico en la isla? —preguntó Ruth.

El reverendo negó con la cabeza.

—No. Allí vale más no ponerse enfermo. Aunque la medicina tradicional maorí tampoco es tan mala (las viejas *tohunga* poseen un conocimiento profundo de las plantas curativas), solo me temo que ninguna se haya adherido a la invasión de las Chatham. Todas gozan de gran consideración en sus tribus y seguro que nadie habrá prescindido de ellas.

A continuación, el reverendo Williams explicó a sus atentas oyentes su opinión sobre la situación en las Chatham. Él era del parecer de que los maoríes de las islas no habían abandonado la tribu de Taranaki por propia voluntad.

—Naturalmente, no se sabe a ciencia cierta —precisó al preguntarle Wilma—. Pero cuando los británicos y los maoríes firmaron el Tratado de Waitangi, en el que se establecían los derechos y la protección de las propiedades maoríes, así como el mantenimiento de la seguridad y el orden, se produjo un acontecimiento que me hizo reflexionar. Un maorí de las Chatham, supuestamente un jefe tribal, quería participar en las deliberaciones, pero los maoríes que viven aquí, en Nueva Zelanda, lo echaron. Se lo consideraba más un alborotador que un jefe, y esto dice mucho para mí. En las Chatham no encontrarán la estructura y cultura tribales típica, como la que tienen aquí los maoríes, que no son salvajes, tienen sus hábitos y su arte.

—Mi... bueno, uno de los misioneros de la isla Chatham me escribió que los maoríes habían... invadido la isla. ¿Es así? —preguntó Ruth.

El reverendo Williams asintió.

—Se dice que fue una operación muy sangrienta —prosiguió—. Los nativos que vivían allí, los moriori, tienen que haber sufrido mucho, y todavía sufren. Pero sus hermanos en la fe les podrán explicar todo mejor.

Ruth asintió y se preguntó por qué David no lo había hecho hacía tiempo. Había apuntado algunas observaciones sobre la esclavitud de los moriori, pero no se había referido a ningún disturbio extremo durante la invasión. Sin embargo, pronto sabrían cuál era la situación de los nativos en la isla. El reverendo Williams les comunicó que la semana siguiente ya podrían marcharse en un carguero.

—Mañana mismo zarpará un ballenero, pero el capitán es un tipo duro y su tripulación una horda de salvajes. No puedo ponerlas en sus manos. Pero sí les daré una carta para los hermanos de Whangaroa advirtiéndolos de su llegada. ¿Están ustedes de acuerdo?

Ruth asintió con vehemencia. Qué bien que los hombres pudieran prepararse para su llegada. Todavía no sabía si David había recibido ya su última carta y, el libro de cocina. Ella había salido solo dos semanas después. ¿Sería posible que el *Emma Laura* hubiese adelantado al barco con el correo?

3

Las tres jóvenes ya decían un par de frases en maorí cuando el carguero zarpó. Compartían un angosto camarote —un oficial del barco había puesto galantemente su alojamiento a su disposición— y esperaban pasar la mayor parte de la travesía en la cubierta. Pero entonces sintieron toda la furia de los Roaring Forties. Ya el segundo día del viaje estalló una fuerte tormenta. Las olas sacudían el barco de un lado para otro y hubo que arriar las velas para que el viento no las desgarrara. Ruth y las otras temían por su vida, aunque el capitán y los oficiales intentaban convencerlas de que no corrían ningún peligro.

—Aquí continuamente estallan tormentas —advirtió tranquilo el capitán—. Bueno, en especial ahora en primavera, pero la mayoría de los pasajeros también se marean en las otras épocas del año. En las islas, el tiempo es igual de horrible. Mucho viento, mucha lluvia, escasa vegetación... A ver, no es que hayan escogido ustedes el lugar más hermoso del mundo para evangelizar, señoras mías. Yo me habría buscado los paganos en otro lugar...

En efecto, nada recordaba las resplandecientes playas de Bahía cuando, tras unos días de viaje turbulento, por fin aparecieron las Chatham. Ruth y sus compañeras se sintieron en parte aliviadas y en parte preocupadas por los abruptos acantilados, las playas angostas y los árboles inclinados por el viento en las colinas. Se alegrarían de bajar por fin a tierra, pero la costa no resultaba especialmente atractiva.

Al menos no llovía cuando el barco echó el ancla en la bahía y la tormenta había amainado. Eso era importante porque los marineros tenían que llevar a las muchachas a la costa en pequeñas barcas de remos.

—Desde aquí no hay mucha distancia —las consoló el capitán—. Esta es la bahía de Whangaroa, sus hermanos viven al lado, unos metros tierra adentro. Ahí está también el poblado maorí. Nadie vive justo en la playa. Demasiado azotadas por las tormentas.

Ruth preguntó con el corazón agitado si sería posible enviar a un mensajero a la misión que anunciara su visita. El capitán contestó afirmativamente, pero explicó que era innecesario.

—Ya saben que ha llegado un barco. Los maoríes tienen oteadores y se mueren por hacer negocios con nosotros. Dentro de una hora, como muy tarde, estarán aquí y sus hermanos también se habrán enterado. Si ellos mismos no vigilan la costa, Kimi los pondrá al corriente.

Ruth aguzó los oídos.

—¿Conoce a... Kimi? —preguntó.

El capitán asintió.

—Por supuesto. Todo el mundo conoce a Kimi. Es la traductora de los maoríes. Aquí es la única que habla bien el inglés, tal vez exceptuando al hermano David Mühlen, pero a él no le dejan traducir. No entra dentro de sus intereses que el misionero descubra cómo timan a los capitanes. —Rio—. Las tribus nos venden víveres, y cuando un capitán se encuentra en caso de necesidad aumentan los precios.

—¿Y a Kimi eso no le molesta? —preguntó Ruth.

—La pobre chica no puede hacer nada —respondió el capitán—. Hace lo que le piden. Es una lástima, en realidad, toda la tribu ha sufrido muchísimo con la invasión maorí. En fin, ya lo verán ustedes mismas. En un par de días lo sabrán todo mejor que yo.

En efecto, apenas habían amarrado los marinos el barco y empezado a bajar las barcas de remo al agua, cuando se produjo movimiento en la playa. Ruth distinguió nativos con pantalones de montar y chaquetas de piel, maoríes probablemente. Se quedó más tranquila al no verlos aparecer con los faldellines de lino y armados con lanzas, sino con el mismo aspecto que los varones maoríes de la misión de Te Waimate. Y entonces su corazón dio un vuelco cuando cinco hombres vestidos de oscuro salieron a la playa, todos con el sombrero de ala ancha típico de los misioneros. Detrás de ellos, a una distancia conveniente, los seguía una mujer cuya edad no se apreciaba. Ruth solo distinguió en la lejanía que llevaba un vestido, largo y al menos recatado. ¿Sería Kimi?

De repente, ya no podía esperar a bajar de la oscilante barca de remos. ¡Por fin, por fin había llegado a su meta!

Los maoríes de la playa habían empezado, entretanto, a lanzar al agua sus canoas. Al acercarse, Ruth distinguió los tatuajes marciales de sus rostros. Si recordaba bien, los indígenas de Te Waimate no tenían ese aspecto tan hostil. Tampoco tenían el cabello recogido en unos extraños moños como esos hombres. Lo llevaban corto, como los trabajadores blancos.

Hilde miraba a los hombres fascinada, también ella parecía percibir la amenaza latente que emanaban. Los hombres, a su vez, las contemplaban igual de sorprendidos. Seguramente nunca habían visto mujeres blancas en ese lugar.

Los misioneros esperaban en un segundo plano y no hicieron gesto de intervenir cuando uno de los maoríes se acercó a la barca de remos que los hombres arrastraban a tierra para que Ruth y las chicas pudieran bajar sin mojarse. El hombre se irguió provocador ante ellas.

—Yo, Anewa —dijo el hombre en inglés—. Jefe tribu. ¿Quién vosotras? ¿Quién permiso para llegar a mi playa?

Ruth estaba buscando las palabras adecuadas, pero Wilma dio un paso hacia delante.

—*Kia ora, ariki* —saludó en las primeras palabras maoríes que conocía, y luego prosiguió en el inglés que le permitían sus conocimientos—. Yo hermana Wilma Krüger y estas hermanas Ruth Helwig e Hilde Lehmann. Venimos a ayudar a nuestros hermanos de la misión Goßner a salvar a tu pueblo. Dios nos ha permitido hacerlo y a él le pertenece esta playa y cada milímetro de esta hermosa tierra. Te la ha dado a ti y a tu pueblo para que saquéis rendimiento de ella, pero seguro que no te ha otorgado el derecho a expulsar a sus servidoras.

Dicho esto, se inclinó brevemente y se bajó de la barca con toda la dignidad con que era posible hacerlo. Ruth e Hilde la imitaron. El jefe se quedó mirándola, confuso a ojos vistas. Ruth no sabía si había entendido el sermón de Wilma, pero esta lo había dejado como mínimo estupefacto. Sin duda el jefe tribal no estaba acostumbrado a que una mujer le sermoneara de ese modo.

Wilma lo dejó plantado y se dirigió a los misioneros, que seguían sin moverse.

—¡Hermanos! —les gritó—. ¡Os saludamos! Dios nos ha traído hasta aquí sanas y salvas. ¿Rezamos una oración para darle las gracias de todo corazón?

Las miradas de los hombres se dirigieron a David, a quien Ruth descubrió ahora en el medio. Su corazón se desbocó al verlo. ¡Qué guapo estaba! Más que en Berlín. Parecía más delgado pero más viril. El rostro más anguloso y curtido por el viento y el sol. Bajo el sombrero de ala ancha asomaban los rizos rubios, pues llevaba el cabello más largo que en Alemania. Ruth encontró que se asemejaba a un príncipe que se hubiera perdido en esa vestimenta sobria y negra que además se mostraba raída. Naturalmente, no tenía más que un traje que se ajustara a su calidad de religioso y era el que llevaba desde hacía tres años.

Los hermanos parecían esperar ahora a que él tomara la palabra y diera la bienvenida en su nombre a las mujeres. Pero David solo tenía ojos para Ruth, quien se preguntó temerosa qué efecto le estaría causando. Antes, cuando se encontraban, solía vestirse con colores alegres, pero en su papel de auxiliar de la misión tenía que limitarse a la ropa formal. Al igual que las otras mujeres llevaba una falda negra y una blusa blanca, y encima una chaqueta negra entallada. Una capota negra le cubría el cabello largo.

Fue al final el hermano Heinrich quien tomó la palabra.

Les dio ceremoniosamente la bienvenida a la isla Chatham y alabó a Dios por su segura llegada, hasta que el jefe, Anewa, intervino. Daba la impresión de haberse recuperado de la sorpresa inicial, se acercó al grupo de los blancos y les dirigió un par de palabras cortantes. Ruth no entendió ni una y Wilma seguro que tampoco. El jefe pareció percatarse de ello.

—¡*Wahine!*

La llamada era para la mujer vestida de azul que estaba detrás de los misioneros. Ruth apartó la vista de David y la miró con más atención cuando ella se aproximó con la cabeza gacha. Vio que el vestido occidental estaba raído y lleno de zurcidos. Era evidente que le iba demasiado grande y que flotaba alrededor de su delgado cuerpo. Para ser moriori era excepcionalmente frágil, Ruth recordó que David le había hablado de desnutrición. De todos modos tenía un cabello precioso que le caía suelto por la espalda. Ruth no pudo apreciar bien sus rasgos, pues la muchacha no osaba levantar el rostro.

El jefe la inundó con un torrente de palabras, tras lo cual ella por fin alzó un poco la cabeza y habló a las mujeres.

—Mi nombre es Kimi —empezó titubeante y en un inglés fluido—. El gran jefe Anewa me pide que os dé una calurosa bienvenida en su nombre. Desea invitaros a que vayáis mañana a su poblado para que le contéis de dónde venís y cuáles son vuestras intenciones. Sin embargo, no debéis hablar alemán en su presencia porque le disgusta no entender lo que dice la gente a su alrededor. Ahora mismo no tiene mucho tiempo, quiere ir al barco para negociar con el capitán.

¿Anewa se había expresado con tanta educación? A ella el sermón del jefe más bien le había sonado a una citación judicial. Quería hablar con las mujeres, pero seguro que no para darles la bienvenida.

Wilma asintió.

—Dile que mañana iremos a verlo y nos presentaremos formalmente, incluso podemos rezar juntos por primera vez. Es cristiano, ¿verdad? —Kimi asintió—. Y entonces, si Dios quiere, estaremos encantadas de contarle cuáles son nuestros planes para la misión. —Wilma miraba abiertamente al jefe, mientras Kimi traducía.

Anewa resopló, contrajo el rostro en una mueca amenazadora y escupió unas duras palabras.

—Dice que será un placer —tradujo Kimi.

David Mühlen parecía haberse recobrado por fin. Pidió a los misioneros y a las auxiliares que se arrodillaran en la arena y que dieran gracias a Dios con una extensa oración. Ruth lo encontró exagerado, pero obedeció y se arrodilló como todos los demás. Kimi se quedó de pie. Ruth la miró brevemente y tomó nota de la tez oscura y de unos ojos grandes, con pestañas largas y cejas espesas. La nariz tal vez era algo ancha, los labios muy carnosos, pero la joven irradiaba una serena dignidad. Era posible que hubiese vivido duras experiencias, pero no se dejaba vencer por ellas. Ahora se percató de que Ruth la observaba y la miró tímidamente a su vez. En sus ojos había algo así como curiosidad, pero también resignación.

¿Qué debería significar eso?

El viento se levantó de repente y empezó a lloviznar. Ruth estaba deseando marcharse de la playa y suspiró aliviada cuando David por fin terminó el rezo.

—Iremos ahora al edificio de la misión —anunció—. No os preocupéis, allí se está caliente y al abrigo de la lluvia. Pero tenéis mucho equipaje... —Echó un vistazo a las bolsas de viaje y las cajas que los marineros habían descargado—. Me temo que tendremos que hacer dos viajes—. Hermano Franz, ¿te importaría quedarte aquí vigilando las cosas?

El hermano Franz era el más delgado de los cinco hombres. Ruth recordó que David había mencionado en sus cartas que le disgustaban los trabajos manuales. Resultaba acertada la decisión de que los hombres más fuertes llevaran las cargas pesadas y él se quedara vigilando el resto.

—¿No podemos decir que nos las recojan después? —preguntó Ruth—. Seguro que en la misión habrá hombres...

Estaba pensando en Te Waimate, donde unos asistentes maoríes habían llevado su equipaje a la casa con toda naturalidad. Por otra parte, sus pertenencias personales no eran muchas. Las modestas tenencias personales de las auxiliares no abarcaban más que tres pequeñas bolsas de viaje. No obstante, la activa Wilma había reunido antes de la partida donaciones que llenaban tres voluminosas cajas. Ruth sabía que contenían ropa, juguetes y utensilios de cocina, todo para ganarse la simpatía de las mujeres e hijos de los paganos.

El hermano Franz le lanzó una mirada burlona.

—Hermana Ruth, si deja aquí sus cosas, desaparecerán antes de que pueda decir «No robarás». Una frase que, por lo demás, solemos repetir con frecuencia ante nuestros feligreses, pero que se extingue sin que nadie la escuche. Alrededor de este poblado hay exactamente cinco hombres de los que pueden fiarse, y somos nosotros.

—No es cierto. —La leve objeción procedía de Kimi, a quien se le habían escapado estas palabras. Ya parecía arrepentirse de lo dicho y bajó de nuevo la cabeza. Al hacerlo, un mechón de cabello cayó sobre su rostro. No lo apartó, sino que daba la impresión de esconderse tras él—. Todavía quedan un par de hombres moriori —siguió hablando a pesar de todo—. Y nosotros no robamos.

David le dirigió una mirada afectuosa que puso en guardia a Ruth.

—En eso tiene razón, hermano Franz, los moriori son buenos cristianos —observó apoyando a Kimi.

El hermano Franz alzó los ojos al cielo.

—A ellos no les queda otro remedio —ironizó—. Los maoríes los matarían a golpes si se enterasen de que se habían apropiado de algo que al jefe le hubiese gustado tener.

Wilma tomó la palabra.

—Bien, las cosas que hay en las cajas están pensadas para nuestros maoríes y moriori (alguien tendrá que explicarme la diferencia exacta que hay entre ellos). Sin embargo, no deberían servirse ellos mismos. Así que muchas gracias por su explicación, hermano Franz, y por hacer la guardia. Seguiremos esforzándonos por enseñar en la congregación los mandamientos cristianos.

El hermano Heinrich, el hermano Gottfried y el hermano Oskar ya se habían cargado al hombro una caja cada uno, David cogió dos bolsas de viaje. Iba al lado de Ruth, Kimi se quedó con el hermano Franz.

—Siento que os hayáis visto el primer día metidas en estas pequeñas disputas domésticas —se disculpó David. Avanzaban por un sendero del bosque. Los árboles los guarecían un poco del viento y la lluvia—. El hermano Franz no tiene a los maoríes en gran estima y recela por igual de los moriori, aunque son gente buena, que realmente vive el cristianismo. Si hay un pueblo que de verdad haya asimilado el mandamiento de poner la otra mejilla, es él. Aunque no parecen ser muy listos. Kimi es la excepción. —Sonrió, lo que reforzó las sospechas de Ruth. No cabía duda de que sentía por Kimi una gran simpatía—. Imagina, incluso os ha preparado la comida. Cuando los oteadores de los maoríes han visto llegar el barco ha venido directa a la misión. Por desgracia, el libro de cocina que enviaste solo contiene recetas inglesas. Son peculiares, pero Kimi se esfuerza mucho. Hoy tenemos estofado irlandés.

Ruth asintió amablemente. Por supuesto, ella había

escogido un libro inglés partiendo de la base de que Kimi no entendía el alemán. Pero daba igual, fuera quien fuese el que había cocinado de la forma que fuera un plato para ellas, estaría contenta de llevarse en breve algo caliente al estómago. Esta Kimi sin duda tenía vista. Esa elaborada comida seguro que servía sobre todo para ganarse la simpatía de las auxiliares. Probablemente la joven quisiera conservar su puesto en la misión.

El trayecto hasta el edificio era, en efecto, corto, y la maciza construcción de madera con porche y establos adosados, así como una iglesia pequeñita pero de aspecto muy acogedor reconciliaron a las mujeres con el sendero fangoso que unía la playa con la misión y que, pese a su sólido calzado, a duras penas habían logrado recorrer. Ruth había estado varias veces a punto de cogerse del brazo de David, tal como hacía antes, cuando iban a pasear juntos. Pero ahora se llamó al orden. Coqueteos y jueguecitos por el estilo no eran dignos de la auxiliar de una misión. En los últimos meses había estado estudiando y estudiando las cartas de David y creía saber cómo debía actuar para intimar con él. El camino para llegar a él solo pasaba por la religión. Nada de tropiezos. Tendría que servirse de Dios para recuperar a David.

Pero ahora entró junto a él en la casa y de nuevo se vio agradablemente sorprendida. Los muebles eran modestos, pero estaban bien hechos. En una estufa de hierro fundido había un fuego encendido junto al que las mujeres podrían secarse la ropa y entrar en calor. La mesa en la gran sala de estar, vecina a la cocina, ya estaba vestida, con una vajilla sencilla de barro y cubiertos. No estaba correctamente dispuesta, Kimi todavía no dominaba el trato con el cuchillo y el tenedor.

—¡Qué cuadros tan bonitos hay en las paredes! —observó Hilde—. ¿Los ha pintado uno de los hermanos?

Ruth también dirigió en ese momento su atención a las paredes y no pudo evitar admirar los dibujos. Debían de ser los que Kimi había regalado a los misioneros.

David explicó a las mujeres que solo uno era obra del hermano Heinrich.

—Os enseño un momento vuestra habitación y luego vamos a la playa a recoger el resto de las cosas —dijo. Era evidente que los hombres tenían prisa por hacer esto último—. Mientras, podéis arreglaros.

Ruth, Wilma e Hilde se instalaron en una sobria habitación en un anexo, sin lugar a dudas bien alejado de las habitaciones de los misioneros. De nuevo tenían que compartir el espacio. No habría esferas privadas hasta que no encontrasen pareja.

Hilde era consciente de ello y, por supuesto, ya había evaluado a los hombres.

—El hermano Franz es el que más me gusta —anunció—. Sin contar con el hermano David, pero este es para Ruth. —Ruth se ruborizó. Nunca le había confiado de manera explícita a su amiga que había organizado todo eso para conquistar el corazón de David Mühlen. Sin embargo, Hilde no tenía ni un pelo de tonta—. Aunque me parece realmente rígido y desabrido. El hermano Gottfried y el hermano Oskar son más divertidos. ¿Y a ti cuál te gusta más, Wilma?

Wilma le lanzó una severa mirada.

—¡Aquí no va de escoger al hombre con quien divertirse más! Pero... si tantas ganas tenéis de saberlo... —También ella se ruborizó—. A mí me ha gustado la voz del hermano Heinrich. Con qué fervor ha rezado y cómo nos ha dado esa cálida bienvenida.

—Lástima que solo seamos tres —opinó Ruth—. Dejando aparte por cuál nos decidamos, quedarán dos hermanos sin esposa.

Su padre se había expresado mucho más drásticamente respecto al hecho de enviar tres mujeres a cinco hombres.

—Esto solo se le puede ocurrir a quien ha sido papista —había dicho sonriente Roland Helwig cuando Ruth le habló del tema—. Ajeno al mundo e irreflexivo. Es inevitable que aparezcan los celos y las peleas. Esperemos que los piadosos hermanos no acaben saltándose a la yugular los unos a los otros.

Ruth no podía negarlo del todo. Sin duda habría sido mejor que se presentaran más jóvenes dispuestas a emprender esa aventura. Sin embargo, por prudencia no había planteado la cuestión. Ya estaba harta de esperar.

David y los otros misioneros volvieron enseguida. Las mujeres habían tenido tiempo suficiente para decidir qué cama ocuparía cada una y para rezar la obligatoria oración de gracias, cuando oyeron las voces en el edificio principal y les llegó el aromático olor de la carne con verduras.

Volvieron corriendo a la sala de estar, Kimi se hallaba en la cocina contigua junto al hornillo, calentando una olla. Había acompañado a los misioneros hasta la casa. Ruth se preguntó si comería con ellos, pero ella negó con la cabeza cuando David la invitó amablemente a hacerlo.

—Mejor no, Da... hermano David. Anewa me... podría echarme de menos. El capitán le ha comprado un cerdo y dos sacos de patatas. Seguro que le ha pagado con whisky...

No dijo más y David no preguntó nada.

Ruth y las otras dos mujeres se miraron alarmadas.

Gracias a su experiencia como enfermeras y en el cuidado de mujeres y familias conocían de sobra la relación entre alcohol, violencia y abuso.

—Kimi, puedes quedarte aquí si tienes miedo de tu marido —dijo Wilma tranquilamente. Ella misma no parecía estar asustada—. Aquí en la iglesia estás segura.

Los misioneros se turbaron, el hermano Franz parecía contener una sonrisa amarga.

Kimi miró a Wilma como si estuviera loca.

—Es mejor que me vaya —fue lo único que dijo.

Wilma se mordió el labio. Al igual que Ruth e Hilde pensaba en las muchas mujeres de Berlín que volvían a toda costa con sus maridos, que luego las llenarían de moratones a la menor oportunidad.

—Pero mañana nos harás de traductora, ¿verdad? —preguntó afablemente—. Creo que tendré que dejarle un par de cosas claras a tu marido. No parece haber interiorizado del todo los valores cristianos.

Kimi levantó la vista y sus ojos brillaron. Ruth pensó que no parecía una obrera berlinesa resignada y todavía enamorada. Era evidente que en ella bullía una ira sofocada.

—¡No es mi esposo! —exclamó Kimi. Y al decirlo miró a David. Por lo visto, esperaba que él explicase a las mujeres la auténtica relación que la unía a Anewa. Cuando él calló, giró sobre sus talones y se marchó.

Fue el hermano Franz quien rompió el silencio.

—No es su esposa, es su propiedad.

4

Wilma todavía estaba rabiando cuando, al día siguiente, las mujeres partieron hacia el poblado maorí acompañadas de David y el hermano Oskar, el más audaz de los cinco misioneros. Todos los demás tenían que trabajar en el campo. Reinaba un ambiente abatido. La primera noche en la misión, que en realidad debería haberse dedicado a dar gracias a Dios y a que los hermanos y las auxiliares de la misión se conocieran, se había visto ensombrecida por las inquisitivas preguntas de Wilma y sus consiguientes reproches.

—¿Cómo habéis permitido que traten a esos moriori como esclavos? Y que se sirvan de ellos de un modo que a un cristiano debería resultarle sumamente repugnante. ¿No está bautizado ese jefe? ¿No ha renegado del mal? ¿Y enviáis cada día de vuelta a esa joven sabiendo lo que él le hace? —Por supuesto, David y los otros habían intentado ser persuasivos y habían presentado miles de justificaciones por su tolerancia. ¿Cómo iban a imponer los valores cristianos ante un guerrero armado?—. No tenéis que imponer. No utilizamos la violencia para convertir a los paganos —había insistido Wilma—. Vuestra tarea era y sigue siendo convencer a la gente. Está claro que aquí estar bautizado no es lo mismo que estar convertido. Y es vergonzoso. ¿De verdad os habéis creído que con un poco de agua en la cabeza se garantiza a estos hombres la vida eterna aunque sus almas sigan estando cautivas del mal?

Wilma estaba firmemente decidida a tomar las riendas de la misión. Con la Biblia y el paraguas bajo el brazo, el cabello recogido en un moño tirante debajo de la capota negra y castamente vestida toda de negro, se puso a la cabeza de las otras mujeres y partió en dirección al poblado. A las prudentes indicaciones de David respecto al trato con el jefe tribal —debían cuidarse de que la sombra de Anewa no se proyectara sobre ellas, porque era una ofensa para su majestad— contestó con una mirada desdeñosa.

—Ante los ojos de Dios, hermano David, todos somos iguales —le comunicó segura de sí misma—. Y él es el único que hace brillar el sol. No debemos temer ni su luz ni su sombra.

Ruth lo encontró muy valiente, pero se alegró de que esa mañana el sol no brillara en las Chatham. Hacía un día tan gris y lluvioso como el anterior y ella volvía a tener frío.

La visión del poblado no le levantó los ánimos. En los alrededores de la misión de Te Waimate había visto las típicas casas maoríes y había encontrado bonitos esos edificios, aunque las grandes y terroríficas estatuas de las divinidades que guardaban las entradas de las moradas de los maoríes aún no conversos obraban un efecto amenazador. Eran sólidos, adornados con tallas y pintados de colores, y a Ruth le habían gustado. Aunque el reverendo Williams ya les había advertido en Te Waimate que las Chatham no eran un lugar tan idílico, las cabañas ladeadas de los esclavos y las casas de troncos sin adornos de los maoríes, en cuya construcción seguramente habían colaborado en gran parte los misioneros, las sorprendieron y deprimieron. Delante de una de ellas las esperaba Anewa, detrás del cual había un grupo de guerreros armados hasta los dientes... y Kimi, que se había puesto una manta sobre los hombros para protegerse del frío y la lluvia. En la plaza del poblado se habían reunido mujeres y niños curiosos. Todos sin excepción llevaban indumentaria occidental y parecían bien alimentados.

—Son todos maoríes —reveló David a Ruth antes de acercarse a los establos para ver los caballos—. Los moriori están en el campo, trabajando. A ellos apenas se los ve. Cuando están libres, se esconden en sus cabañas.

—Pero ahí deben de pasar un frío horroroso —señaló Ruth.

David se encogió de hombros.

—Les regalamos mantas cuando se bautizan. Pero sus señores se las quitan.

Wilma resopló cuando lo oyó, se detuvo un momento en la plaza del pueblo y dirigió un cariñoso *kia ora* a las mujeres y los niños antes de acercarse con paso firme a Anewa.

—*Kia ora, ariki, kia ora*, Kimi —dijo en un tono resuelto—. Qué bien que tanta gente de vuestro pueblo se haya reunido aquí para darnos la bienvenida. ¿Qué tal si celebráramos nuestro primer encuentro con una canción? Un par de nuestros cánticos más hermosos ya están traducidos en vuestra lengua.

Por supuesto, Wilma se los había aprendido de memoria en Te Waimate. Con voz fuerte y llena entonó *Toma mi mano, querido Padre*. Ruth, Hilde y después el hermano Oskar se unieron a ella y luego, en efecto, también se mezclaron las voces de las mujeres maoríes. Ruth había oído que el canto y la danza eran muy importantes en su cultura. Wilma parecía actuar de forma totalmente instintiva, también sorprendió a Ruth e Hilde porque no arremetió contra Anewa de manera directa. Pese a que la encolerizaba que tuviera esclavos y los maltratara, se comportaba con diplomacia.

Con una voz serena, anunció al jefe tribal que Dios la había enviado a ella y a las otras mujeres blancas a la isla Chatham para apoyar a los misioneros. Incluso cuando Anewa le preguntó burlón si iban a compartir dos hombres cada una de ellas, no perdió el temple.

—¡Fraternalmente! —El jefe soltó una carcajada cuando Kimi, bastante agobiada, tradujo.

—Tienes razón, jefe, la relación entre misioneros y auxiliares se basa en el amor fraterno —respondió Wilma—. El que después se reconozcan como marido y mujer queda supeditado a la voluntad divina. Por supuesto, esto, con su permiso, no es de la incumbencia de nuestros feligreses. —Ruth esperaba que Kimi tradujera con la misma diplomacia que el día anterior. Aunque por el momento el jefe tribal no parecía irritado, sino divertido por la presencia de esa persona resoluta que estaba delante de él tan segura de sí misma—. De todos modos, no estamos aquí para coquetear con los hermanos, sino para involucrarnos en el trabajo de la misión —siguió diciendo Wilma—. La hermana Ruth y la hermana Hilde construirán un dispensario. Estará abierto a todo aquel que esté enfermo o herido. Las mujeres no tienen que vacilar en llevar allí a sus hijos si tienen alguna duda sobre su crecimiento. Yo voy a abrir una escuela en la que vuestros hijos no solo serán introducidos en el cristianismo, sino que también aprenderán inglés y a leer y escribir. Creo que todos pueden ver en Kimi lo útil que resulta eso.

La joven moriori dejó de nuevo que el cabello le cayera delante del rostro. Que se la citara como persona parecía resultarle sumamente incómodo.

—Kimi es una esclava —afirmó el jefe—. Lo hace todo por mí. Y con una como ella ya es suficiente. A las otras las necesitamos en los campos de cultivo.

Wilma lo fulminó con la mirada.

—Ah, vale, al gran jefe ya le va bien que para asuntos tan importantes como negociar con marineros y cazadores de ballenas tenga que mediar una esclava. Una muchacha a la que nadie toma en serio. ¿No sería mucho mejor que negociara su propio hijo? ¿De igual a igual con los blancos?

—El jefe no tiene ningún hijo —dijo Kimi a media voz.

—Bueno, pues un sobrino o él mismo. Yo no tengo nada en contra si los adultos también acuden a mi escuela. La experiencia solo demuestra que los niños aprenden más rápido.

Anewa dijo algo.

—¿Qué le dais a cambio si envía los niños a la escuela? —preguntó Kimi en su nombre—. ¿Y los enfermos al dispensario?

Esto también le resultaba lamentable a la joven.

—Educación y salud para su pueblo —contestó Wilma—. No tiene que enviar a nadie. Los niños han de ir por propia voluntad. Y vendrán. —Y dicho esto, dio tranquilamente la espalda a Anewa y se dirigió a las mujeres y niños. Se acuclilló delante de una niña y se sacó de repente, como de la nada, un títere de la manga, se lo calzó en la mano y lo hizo bailar delante del rostro fascinado de la pequeña.

—*Kia ora*, me llamo Emma —dijo con voz impostada—. Y tengo muchos amigos en la escuela de la misión. Puedes venir a jugar con nosotros. ¿Cómo te llamas?

La niña cogió tímidamente la muñeca.

—Me llamo Marama —respondió.

Wilma sonrió.

—¿Y quieres saber cómo se dice eso en inglés? ¿Quieres aprender a hablar como los blancos?

Marama resplandeció.

—*Me*, Marama —dijo enorgulleciéndose de sus primeros conocimientos en inglés. Los niños pillaban algunas palabras durante las negociaciones con los marineros y los granjeros *pakeha*.

—¡Qué niña más lista!

En un abrir y cerrar de ojos, Wilma había convencido a Marama y sus amigas de lo mucho que se divertirían yendo a la escuela.

Anewa resopló.

—Ellos no tienen que querer nada —ordenó a Kimi que tradujera—. ¡Yo y solo yo decido si van o no van a la escuela!

Wilma se encogió de hombros.

—Pues que no vayan. Ya vendremos nosotras aquí a ver a Marama y sus amigos. A nosotras nos da igual dónde poner la pizarra y atender a los enfermos.

Ante los ojos de Ruth aparecieron las imágenes de misiones en la selva africana donde las hermanas y los hermanos daban clases debajo de las palmeras. Ahí, en cambio, ya empezaba otra vez a lloviznar.

—Pero por supuesto eso no significa que no vayamos a traer también regalos —transigió Wilma—. Ya has visto las cajas con que hemos viajado. Están llenas de ropa y de otros objetos útiles para mujeres y niños. Al que venga a la misión se le dará un regalo. ¡Pero no se le pagará!

Las mujeres y niños habían empezado a hablar inquietos entre sí. Parecían encontrar la oferta de Wilma sumamente atractiva. Y en ese momento, Ruth e Hilde sacaron unos regalitos con los que ganarse la simpatía de los presentes. Repartieron sonrientes muñequitas y pelotas a los niños así como collares de cuentas de madera de colores a las mujeres. Anewa observaba con desprecio. Ya llevaba tiempo suficiente negociando con los blancos como para saber que todo eso no tenía mucho valor. Sin embargo, satisfacía a su pueblo.

Ruth vio que dudaba.

—Las mujeres y las niñas pueden asistir a la misión —tradujo al final Kimi—. Tampoco tienen otra cosa que hacer. Pero nuestros jóvenes guerreros seguirán siendo instruidos por su maestro de armas. No tienen necesidad de aprender otra cosa que el arte de la guerra. —Todo eso sonaba muy digno, pero bastaba echar un vistazo a la gente que estaba alrededor para saber que no había demasiados adolescentes en la tribu. La aplastante mayoría estaba formada por varones adultos. A lo mejor había una docena de mujeres maoríes. Casi todos los niños eran muy pequeños, seguramente habían nacido en las Chatham.

Wilma aceptó la decisión del jefe sin poner objeciones. Pero no estaba dispuesta a darse con ello por satisfecha.

—¿Y los moriori? —preguntó—. ¿Vuestros... esclavos? También ellos serán bienvenidos en la misión.

—Los esclavos trabajan en los campos —dijo Anewa.

—¿Los niños también? Insistió Wilma sin dar crédito.

—No hay muchos niños... —susurró Kimi.

Wilma se enderezó. Ruth encontraba fascinante ver cómo se crecía mientras hablaba.

—Si tenemos que ir a buscar a los niños moriori a los campos, iremos a los campos. Hemos llegado desde muy lejos para que tu pueblo conozca a Dios, jefe. Así que el camino a los campos de labranza no nos asusta.

Miró de nuevo a su alrededor antes de dar ceremoniosamente las gracias a Anewa por su atención y por sus concesiones.

—Y ahora cantaremos otra canción. Esta... esta en inglés...

En el barco, Ruth había enseñado a Wilma e Hilde *Amazing Grace*, que ya había sido traducida también al maorí. Las mujeres la entonaron en voz alta y con convicción.

El jefe dijo algo a sus guerreros. Ruth entendió las palabras mujer, *wahine*, y *mana*. Le tendría que preguntar a Kimi qué significaba esto último.

5

Wilma abrió inmediatamente la escuela y lo cierto es que asistió mucha gente. Las mujeres maoríes fueron con sus hijos y todos mostraron interés y ganas de aprender, aunque los pequeños eran bastante desobedientes. Las auxiliares de la misión enseguida comprobaron que no sentían el menor respeto hacia los hermanos y se quedaron horrorizadas por el modo en que trataban a Kimi, quien, al menos en los primeros días, estaba presente como traductora. Los niños no tenían el menor reparo a la hora de propinarle puñetazos o patadas cuando algo no les gustaba y las madres no los reñían.

—En el poblado todavía es peor —señaló Hilde, que había dado una vuelta acompañada por Kimi para ofrecer su ayuda como enfermera y comadrona—. La insultan y le pegan. Parecen disfrutar humillándola. Supongo que son celos. Mientras el jefe comparta la cabaña con Kimi no hay cabida para otra mujer.

Ruth recordó la carta de David.

—O simplemente porque es una moriori —reflexionó—. Ya habéis oído cómo hablaba el jefe sobre esa gente, David me escribió y me contó que la tratan muy mal. Tenemos que ocuparnos de ello a toda prisa. Exceptuando a Kimi, ¿habéis visto a algún moriori más en el tiempo que llevamos aquí?

Las otras mujeres contestaron negativamente, si bien Hilde señaló que era probable que no se distinguieran las diferencias entre maoríes y moriori.

—¿O pensáis que Kimi tiene un aspecto muy distinto al de las otras mujeres? Sí, más delgada, por supuesto, y tal vez algo más oscura de tez. Pero no es en absoluto negra. ¿Qué te parece, Ruth, vamos mañana a los campos?

El dispensario no tenía por el momento mucho éxito, los maoríes se fiaban mucho más de la medicina tradicional. Hilde intentaba ganarse su confianza yendo al poblado y hablando con las mujeres cuyos hijos parecían enfermos. Ruth se ocupaba de la rehabilitación de las habitaciones de la misión que tenían que estar dedicadas al cuidado de pacientes. Había asumido también la administración de la casa. Así ya no se necesitaba más a Kimi, lo que parecía entristecer a la muchacha, aunque lo aceptaba sin rechistar.

A Ruth, eso le seguía planteando incógnitas. En realidad, había estado decidida a que no le gustara Kimi y le había atribuido astucia y mala fe. Sin embargo, sus sospechas no se habían visto confirmadas. La moriori era amable y modesta, no emanaba ningún poder de seducción, sino una gran tristeza. En cuanto a David, era innegable que ella buscaba su cercanía, pero no lo miraba con lascivia y su comportamiento no era provocativo.

—No es tanto una serpiente como un cachorrito que reclama atención —le reveló Ruth a Hilde, con la que ahora hablaba más abiertamente sobre su relación con David.

La amiga había asumido que el joven era tabú para ella,

y concentraba sus intereses en Oskar y Gottfried, entre los cuales no acababa de decidirse. Había rehusado al hermano Franz por malhumorado.

—Los cachorritos también pueden conmover —señaló—. A ti misma te ha ocurrido.

En la segunda visita al poblado maorí, Ruth había adoptado un cachorrillo que no parecía tener propietario y al que los aldeanos pegaban y daban patadas. Cuando Kimi indicó que pronto acabaría en una olla (si la caza no era exitosa, los maoríes comían perros), Ruth se lo llevó enseguida. El animalito era pequeño, blanco y negro y desgreñado, le puso de nombre Jonas.

—A fin de cuentas han estado a punto de tragárselo —había dicho justificando la elección del nombre—. Aunque no una ballena. Y tampoco es que sea muy obediente. —Esperaba poder cambiar esto último.

—¿Crees que David se sentirá atraído por eso? —preguntó preocupada Ruth—. ¿Por esa mirada de cachorrito?

Hilde se alzó de hombros.

—Es un hombre —contestó prosaica—. La chica es preciosa. Justo esa expresión melancólica... que en el retrato, por cierto, no tenía. Allí se ve a una muchacha feliz. ¿No te has fijado? Allí se la ve emprendedora y atrevida.

Las mujeres habían estado contemplando con atención los dibujos de Brandon Halloran que colgaban en la misión, tras lo cual Kimi les había enseñado el único que había conservado. Su retrato, que mostraba a una jovencita dichosa.

—Sin duda era antes de Anewa... —Ruth suspiró.

En cuanto a la relación de Kimi con Anewa, sentía auténtica lástima. Kimi mostraba con frecuencia las huellas del maltrato y había mañanas en las que apenas podía moverse, sobre todo tras las noches en que la botella de whisky había circulado entre los guerreros. Ruth podía imaginarse lo que la muchacha tenía que soportar después de cada bacanal.

—En cualquier caso, mira a tu David de otra manera que a los otros hermanos —siguió diciendo Hilde—. Salta a la vista. Seguramente está enamorada de él. Y él... Bueno, a mí me parece que no es del todo indiferente. Por una parte está orgulloso de ella porque para la misión seguro que es un éxito. Por otra parte la evita.

Ruth todavía no se había dado cuenta de esto último, pero cuando puso mayor atención creyó percibir sutiles mensajes entre David y Kimi. Esta sin duda buscaba consuelo en él y lo miraba con respeto, pese a que él no la trataba como a la niña espabilada que con tanto entusiasmo había descrito a Ruth. No parecía abrigar sentimientos paternales. Más bien parecía alerta, y forzaba manifiestamente un acercamiento con Ruth cuando Kimi estaba en la misión.

A Ruth eso la alegraba. A fin de cuentas su relación no había ido mucho más lejos desde que estaba en las Chatham. Por supuesto él la trataba afectuosamente y enseguida volvió a darle un trato de confianza. Le confesaba sus dudas con respecto al trabajo en la misión, le pedía consejo y le leía sus sermones. Pero no hacía ningún gesto de ir a besarla, abrazarla o declararle su amor.

—A lo mejor es todavía demasiado pronto —la consolaba Hilde—. Tal vez quiere esperar a que otro hermano dé el primer paso. ¿Cuándo crees que Heinrich se le declarará a Wilma? Los dos parecen hechos el uno para el otro.

Era obvio que entre Wilma y Heinrich estaba germinando algo, aunque los unía menos la pasión que un objetivo común y una forma muy similar de encaminarse hacia él. Heinrich no se mostraba tan resoluto y optimista como la joven, pero su fe era tan inquebrantable como la de ella y se entregaba con ahínco a la tarea de llevar a los maoríes por el buen camino. Así que parecía fascinado por el ímpetu de Wilma. No cabía duda de que ella haría lo que quisiera de él.

—Todavía tardará —pronosticó Ruth—. Antes de que se atreva a ser realmente claro pueden pasar meses. Y Wilma no precipitará las cosas. Ya la conoces: no ha venido aquí para casarse, a ella le interesa la misión. Un marido es para ella un medio para llegar a un fin.

Los terrenos de cultivo de los maoríes no estaban justo al lado del poblado, sino algo más lejos, en el interior. Kimi condujo a Hilde y Ruth por un camino trillado en el bosque. Le habían pedido que les hiciera de traductora.

—Los moriori hablan otra lengua, ¿he entendido bien? —preguntó Ruth algo afligida. Bastante difícil era aprender maorí, y Wilma e Hilde todavía seguían estudiando aplicadamente el inglés.

Kimi asintió.

—Sí, pero no se diferencia demasiado del maorí. Esencialmente en la pronunciación. Ahora la mayoría ya entiende bien el maorí, solo les cuesta hablarlo. No... no nos gusta hablar maorí.

Ruth reflexionó sobre si debería preguntarle sobre las circunstancias de la invasión de Anewa y los otros guerreros maoríes. Durante la primera noche, Wilma con sus inquisitivas preguntas ya había sonsacado algunos hechos a los misioneros, pero probablemente se habían producido atrocidades sobre las cuales Kimi tampoco había hablado con ellos o había guardado en secreto por respeto a las mujeres.

Pero antes de que pudiera hacerlo, aparecieron a la vista los campos. Ruth había oído decir que en las Chatham se cultivaba sobre todo patatas, pero en esa época crecían verduras como coles y nabos. Aunque la vegetación natural de las Chatham era más bien escasa, el suelo parecía sumamente fértil, al menos si se abonaba y se mantenían las malas hierbas bajo control. Y en efecto, los campos estaban labrados de manera primorosa y estupendamente cuidados. No faltaba mano de obra y los misioneros habían aportado los conocimientos necesarios en agricultura.

En uno de los campos encontraron a los primeros moriori y Ruth comprendió al instante por qué no se podían confundir con los maoríes. Eran seres doblegados, cubiertos de harapos, casi todos descalzos y con los pies en el barro, sacando nabos de la tierra con unas herramientas de lo más primitivas, no tenían nada en común con los orgullosos guerreros de Anewa.

—¡Dios mío! —dijo Hilde, al descubrir también a niños trabajando.

Kimi llamó a uno de ellos.

—Esta es Whano —presentó a la niña delgada, que levantó la vista hacia las mujeres bajo una mata de cabello negro apelmazado.

Hilde sacó una de las muñecas que Wilma repartía entre los niños.

—*Kia ora*, Whano —dijo amablemente, tendiéndole el juguete.

Whano lo miró recelosa y dijo un par de palabras que Ruth no entendió.

—Pregunta si se puede comer —dijo Kimi afligida, sacando un canto de pan de su bolsillo.

La niña lo cogió voraz y se lo metió en la boca antes de que otros trabajadores la vieran.

—Whano era una hermana para mí —siguió diciendo Kimi. Su voz era extrañamente inexpresiva—. Hubo un tiempo en que los espíritus hablaban con su madre, Pourou. Pero ya no lo hacen más. Pourou dice que han muerto.

Ruth sabía que Wilma habría confirmado en esos momentos, sin dudarlo en absoluto, la muerte de los dioses paganos y habría rezado una oración por la fe verdadera. Pero ella fue incapaz de pronunciar una palabra. Hilde tampoco se sintió motivada para evangelizar.

—Dile que no se aflija —indicó—. Dios está muy vivo, incluso si a veces nos somete a duras pruebas. ¡Por todos los cielos, qué delgada está la pequeña! ¡Y qué sarpullido tienes aquí, hija mía...!

Bajo la mirada desconfiada de un vigilante maorí que a pesar de todo no se entremetió, Hilde revisó a la niña y le untó la espalda con una pomada, mientras Ruth se dirigía a otros trabajadores. Kimi la presentó y señaló varios problemas de salud. Cogió demostrativamente la herramienta de la persona a la que tenían que examinar y se encargó de su trabajo mientras Ruth e Hilde procedían a su tarea, auscultaban, y distribuían pomadas y jarabes contra la tos. Por eso el guardia las dejó hacer.

—Esto no sirve de nada si no comen decentemente —advirtió Ruth, cuando Kimi las condujo a otros campos donde estaban trabajando los esclavos. En total debía de haber cincuenta personas, entre las que se contaban siete niños—. No entiendo cómo los hombres han visto esto y no han intervenido. Mañana abriremos el comedor para pobres.

—Anewa ha de darnos permiso —objetó preocupada Kimi, pero Ruth hizo un gesto de rechazo.

—Lo hará, Kimi, no te inquietes. Se alegrará de que sean otros quienes den de comer a sus esclavos. Solo me temo que tendremos que comprarle a él la verdura...

Wilma se encargó de negociar con Anewa sobre la adquisición de patatas y col para la comida de los pobres. A largo plazo quería que en la misma misión se cultivasen las verduras. Animó al hermano Heinrich a que dejara de trabajar dos días para los maoríes y que a cambio se encargara de preparar un par de bancales alrededor de la misión.

Anewa montó en cólera y al domingo siguiente la iglesia volvía a estar vacía. Wilma no se dejó arredrar por ello. Se marchó con las otras dos auxiliares y el hermano Heinrich al poblado de los moriori y rezó una oración delante de las viviendas de los esclavos durante la cual se entonaron numerosos cánticos. Eso sacó de sus refugios a las mujeres y niños.

Wilma repartió azúcar.

—Porque es domingo —dijo— y Dios es especialmente generoso con nosotros.

Pese a las amenazas de Anewa, la escuela volvía a tener asistencia el lunes.

En los días siguientes, la vida en la misión de Whangaroa se estabilizó. Wilma daba clases por las mañanas a los niños maoríes y Ruth e Hilde tenían abierto el dispensario. Si no había nada que hacer, daban clases a las mujeres que habían ido con los niños y cosían vestidos sencillos. Las telas para ello se encontraban en cantidades, aparentemente inagotables, en las cajas llegadas de ultramar. Al mediodía, las mujeres emprendían el camino hacia los campos en los que se encontraban los esclavos moriori y la mayoría de las veces también los misioneros. Ruth había comprado al capitán de un ballenero una olla grande en la que cada día preparaba un nutritivo potaje para los esclavos. Por desgracia casi se componía solo de vegetales. Con carne y pescado no se podía contar, hasta que Ruth comprobó que Kimi sabía pescar y poner trampas.

—¿Cómo es que no se lo has enseñado a los misioneros? —preguntó, mientras que, siguiendo las indicaciones de la joven, tejía nasas de lino.

Los misioneros recogían la verdura de las plantaciones. Pocas veces comían carne, y cuando lo hacían era la de los cerdos que criaban y mataban para los maoríes.

—No tienen tiempo —respondió Kimi en voz baja.

Por lo visto tampoco habían tenido el menor interés. Ruth mostró poco entusiasmo por la caza, pero al final se superó a sí misma, como Wilma e Hilde, y empezó a limpiar el pescado y torcerles el pescuezo a las aves que habían caído en las trampas. Prohibieron estrictamente a Kimi que antes cantara *karakia* para sosegar los espíritus de los animales. A partir de entonces, la moriori evitaba cazar y no comía nada de carne.

—Sigue estando anclada en el paganismo —se lamentó David cuando Ruth le habló de ello—. Tengo que volver a ocuparme de ella, necesita apoyo para mantenerse fiel a la religión.

Justo al día siguiente invitó a Kimi a que leyeran juntos la Biblia. Para sorpresa de Ruth la joven no quiso.

—Dijo que estaba muy cansada —informó Ruth a Hilde entre aliviada y disgustada—. David cree que está enferma. Tenemos que estar al tanto. Está pálida y vomita.

Wilma, que estaba tendida en la cama leyendo un libro de salmos, intervino en la conversación.

—Está embarazada —señaló.

—¿Qué? —se extrañó Ruth—. Pero esto... esto...

Se mareó al pensar en todo el tiempo que Kimi había pasado con David antes de su llegada.

—Es evidente —dijo Wilma—. Menudas enfermeras estáis hechas si no os habéis dado cuenta en todo este tiempo. Miradla: los pechos más grandes, cansancio constante y hambre, hipersensibilidad frente a los olores. Ayer, cuando preparé caldo de carne, se puso verde y fue a vomitar entre los arbustos. Yo diría que está de tres o cuatro meses...

Hacía unos dos meses largos que las auxiliares estaban trabajando en la misión de la isla Chatham.

Hilde se llevó las manos a la frente.

—Tienes razón. Todo lo confirma. Y... ¿y ahora qué hacemos? No vamos a dejarla sola con ese Anewa. Es capaz de matar a golpes al niño que lleva dentro de su vientre cuando tenga un arrebato. ¿No podemos acogerla aquí?

Ruth se mordió el labio. Su compasión por la joven se enfrentaba a sus recelos.

—Tendremos que hablar con los hermanos al respecto —dijo con voz ahogada—. Sin su beneplácito no podrá ser. Y, como ya sabéis, tienen miedo de Anewa...

Después de la oración de la noche, Wilma enseguida sacó el tema. Los misioneros habían adquirido la costumbre de sentarse un rato juntos y hablar sobre los asuntos de la misión o simplemente charlar. Wilma solía unirse a

Heinrich, Ruth a David, e Hilde repartía su atención entre Gottfried y Oskar. El hermano Franz solía quedarse solo.

Ese día, de todos modos, Wilma atrajo el interés general, si bien Ruth estaba especialmente concentrada en observar la reacción de su amigo ante la noticia. Cuando Wilma habló del embarazo de Kimi, este empalideció y sus dedos se crisparon alrededor de la taza.

—Es... ¿es seguro? —preguntó con voz ronca.

Wilma se encogió de hombros.

—Tendremos que comprobarlo. Pero sí, en realidad estamos seguras. Así pues, ¿qué hacemos?

—¿Qué podemos hacer? —preguntó el hermano Franz de mala gana.

—Deberíamos sugerir al jefe que se casara con ella —opinó Gottfried—. Y que llevara un matrimonio cristiano con ella.

Hilde lo miró como si estuviera mal de la cabeza.

—No lo dirás en serio —se le escapó. Pese a sus propias preocupaciones, Ruth pensó divertida que ese día la balanza se había decantado en favor del hermano Oskar—. ¿Quieres casarla con ese asesino sin escrúpulos? Yo estaba pensando en algo así como darle... asilo eclesiástico.

El hermano Franz se cogió la frente.

—En cuanto se le presentara la oportunidad —dijo irónico—, nuestro amigo Anewa la arrastraría por el cabello para sacarla de la casa de Dios y luego, queridos amigos, habríamos perdido el último *mana* que nos permiten tener hasta ahora.

Ruth había aprendido ahora que el *mana* era el respeto que los maoríes le debían a un miembro de la tribu.

—No podemos quedarnos de brazos cruzados —protestó indignada Wilma.

—Hablaré con Kimi —dijo David con la boca pequeña—. Tenemos... tenemos que averiguar qué dice de todo esto. Y si ya lo sabe...

—Hazlo —le indicó lacónica Ruth—. Seguramente contigo será con quien más se abra.

Le llegó hasta el alma que David se sonrojara.

6

Ruth no se enteró de qué habían hablado David y Kimi. Él solo informó en la siguiente reunión que ella ya sabía que estaba embarazada. Pourou, la mujer sabia del pueblo, la había examinado y ayudaría a Kimi cuando el hijo naciera, siempre que la joven se decidiera a tenerlo.

—No estará pensando en... ¿abortar? —preguntó horrorizada Wilma—. Está bautizada. No le has dicho que... David la interrumpió.

—Es posible que ni siquiera sepa lo que es. Todo niño maorí es bien recibido. Sin embargo, apenas nacen... muchos embarazos acaban en abortos naturales. En cualquier caso, lo dejará todo en manos de Dios. Como sierva del Señor se resignará a su destino. —Con esto pareció querer dar por terminada la conversación. Se notaba que el diálogo abierto le resultaba penoso.

—Más bien como sierva de un esclavista —apuntó sarcástica Hilde—. ¿Qué dice el jefe al respecto? ¿Está segura de que él es el padre?

—¿Qué quieres decir con esto? —intervino David.

—¿Quién más iba a tocarla? —preguntó el hermano Oskar—. Es una buena chica. No va por ahí tirándose a todos los hombres.

David volvió a enrojecer. ¿A causa de las palabras

que había utilizado Oskar o porque escondía algo? Ruth ya no estaba segura de si podía confiar en su elegido.

—¡Pues claro que es de Anewa! —opinó también el hermano Gottfried—. Y sigo pensando que un matrimonio cristiano sería la mejor solución. Tal vez alguien debería hablar con él.

Ningún misionero tomó la palabra, pero el hermano Heinrich se removió en la silla.

—Hermanos... hermanas... ¿Podríamos dejar descansar un momento el tema Kimi? Seguro que es un asunto de suma importancia, pero a fin de cuentas es el jefe tribal quien tiene que pedir su mano. Yo... hum... bueno, nosotros... la hermana Wilma y yo... Empezó a dar rodeos mientras se ponía rojo como un tomate—. Bueno, nosotros hemos decidido... Que... que en lo que respecta a un matrimonio cristiano...

—Sentimos afecto el uno por el otro y deseamos dar testimonio de ello ante Dios —lo interrumpió solemnemente Wilma—. Deseo tomar a Heinrich Bauer como mi legítimo esposo y él siente lo mismo por mí. ¡Nos alegraría mucho que uno de vosotros nos casara en nuestra iglesia, aquí en la isla Chatham, tras un noviazgo razonable. —Colocó la mano sobre el brazo de Heinrich, supuestamente la máxima caricia que se permitían unos misioneros durante el compromiso.

Exceptuando a Ruth —y sin duda a David— todos en el grupo se olvidaron del problema de Kimi con la noticia. Felicitaron a Wilma y Heinrich, los aconsejaron acerca de la duración del noviazgo y entonces, de repente, David buscó la mirada de Ruth. Ella la devolvió preocupada.

—Ruth... —dijo cuando el grupo se disolvió—, podrías... bueno... es una noche tan hermosa. ¿Saldrías un momento conmigo? Para... ¿para hablar?

—Pues claro —contestó ella, aunque no se esperaba nada bueno.

¿Iba a confesarle ahora su relación con Kimi? ¿A contarle que estaba pensando pedir la mano de la joven para legitimar a su hijo?

Lo siguió angustiada al exterior de la casa, bajo un cielo estrellado y limpio. Había además luna llena, la noche era perfecta para una confesión romántica. Ruth se reprendió por ser tan pusilánime. ¿Por qué esperaba más decepciones en lugar de disfrutar de estar a solas con él?

David se puso frente a ella con gravedad, mirándola a los ojos.

—Ruth —dijo con voz firme—. Nos... nos conocemos desde la infancia y siempre he sentido cariño por ti. Para mí siempre has sido mi amiga más querida y creo que siempre has visto en mí al amigo más fiel.

Ruth asintió sorprendida.

—Claro... claro... yo...

—Y ahora, como tú misma dijiste hace poco, Dios, en Su infinita bondad, nos ha reunido a los dos aquí, en el otro extremo del mundo. Mencionaste que podría tener planes para los dos y últimamente he estado rezando por ello y reflexionando. Querida Ruth, ¿piensas tú también que es voluntad de Dios que contraigamos matrimonio? ¿Quieres compartir conmigo tu vida en el futuro? ¿Quieres ir a donde yo voy?

—David...

Ruth nunca hubiera imaginado que la proposición de matrimonio fuera a sorprenderla. Había estado muchas veces preparada para ello, había soñado en tantas ocasiones qué palabras emplearía él y cómo contestaría ella... Pero ahora estaba como paralizada. Estaba de pie con el hombre al que amaba y bajo la Cruz del Sur. Por fin se había declarado y ella solo había pronunciado su nombre.

David se mordió el labio.

—Comprendo que te haya... sorprendido. —Ruth casi se echó a reír—. Y si todavía necesitas tiempo para pensártelo...

—¡No! —exclamó. Por el amor de Dios, no más demoras. Se sobresaltó cuando el rostro de David mostró su decepción y él dibujó una sonrisa forzada—. No, bueno... Sí. No, no necesito pensármelo y ¡sí, sí, quiero casarme contigo!

Ahora por fin sentía que la invadía una sensación de calidez y de alivio enorme. ¡Lo había conseguido, todos sus esfuerzos habían dado fruto!

El rostro de David se iluminó. Ese resplandor que ella siempre había deseado.

—Sí... sí... entonces... Yo... bueno, me alegro...

Ruth levantó la vista hacia él.

—Ahora deberías besarme —le dijo.

Casi estalló de felicidad cuando él lo hizo.

—Sigue en pie el asunto de Kimi —le recordó Hilde cuando a la mañana siguiente Ruth le contó en la enfermería que David se le había declarado. La noche anterior no había dicho nada delante de Wilma. Había acordado con David que, después de la oración de la noche, comunicarían a los otros misioneros su intención de casarse, tal como Heinrich y Wilma habían hecho—. Algo sucedió entre ella y David. Entiéndeme bien, no quiero presumir que sea el padre del niño. Pero, fuera como fuese, tiene mala conciencia...

Ruth suspiró.

—Eso sucedió antes de que yo llegara a la isla —señaló—. Bueno, si es que realmente hubo algo. A lo mejor le dio esperanzas, a lo mejor pensó en casarse con ella. Y entonces llegué yo... y ella comprobó que Anewa la había dejado embarazada.

—Todo es posible —admitió Hilde—. Tal vez nunca lo sepamos. En cualquier caso, está el hecho de que ella vive aquí y seguirá mirando a David como un cordero degollado. Y si realmente da a luz al niño, algo que no pongo en duda, pues le estamos dando bien de comer, entonces... Jolín, Ruth, si existe la más mínima posibilidad de que sea de David... si se descubre que su padre no es maorí... Ese Anewa la matará... Y es posible que a tu futuro marido también.

Ruth se rascó la frente.

—¿Crees que deberíamos hablar con ella otra vez? ¿Y con él? ¿Obligarlos a... a admitir que sucedió algo?

Hilde se encogió de hombros.

—No lo sé, Ruth. Lo mejor sería, naturalmente, que nadie saliera mal parado. Ya se nos ocurrirá algo. Hasta ahora siempre has sabido aprovechar a la perfección la ayuda de Dios. La divina providencia velará también con el fin de encontrar una buena solución para Kimi.

—Yo no le deseo nada malo —insistió Ruth.

Hilde asintió.

—Entonces ingenia algo...

Ruth pidió a Kimi que la acompañara a pescar. Quería controlar las nasas que había colocado el día anterior.

—No me enfadaré si cantas para los peces —prometió a la joven.

Kimi asintió sumisa. En los últimos días todavía parecía más abatida que antes. No parecía alegrarse de estar esperando un hijo.

Siguió a Ruth con la cabeza gacha por el sendero del

bosque hasta llegar al arroyo. No levantó la vista hasta que Ruth le habló de su embarazo.

—¿Se lo has dicho ya a Anewa? —preguntó. Kimi respondió que no—. ¿Porque tienes miedo de él? —siguió interrogándola Ruth. La muchacha suspiró—. ¿Crees que a lo mejor pediría tu mano? —Ruth tenía que averiguar si era una posibilidad que Kimi deseaba o que más bien temía.

—A lo mejor —dijo Kimi—. Soy hija de un jefe tribal y esto es importante para los maoríes. Puede ser que el niño refuerce su *mana*. Si es que doy a luz. Lo que no es seguro.

—A ver, por falta de alimentación no vas a perderlo —explicó Ruth—. Si sigue pegándote podría morir en tu vientre.

Kimi asintió.

—Y yo con él —replicó indiferente—. Cuando matan al niño dentro del vientre, la mayoría de las veces se pierde sangre. Es lo que hicieron entonces con casi todas las mujeres embarazadas.

—¿A propósito? —preguntó horrorizada Ruth, para llamarse después al orden. No se trataba de la masacre ocurrida hacía siete años. Tenía que resolver un problema concreto—. Kimi, ¿has pensado alguna vez en huir de él?

La moriori le dirigió una mirada desesperada.

—¿Alguna vez? —preguntó con un deje irónico—. Hermana Ruth, desde entonces no hay ni un día en que no haya pensado en ello. Es imposible. ¿Adónde iría? ¿Cómo saldría de aquí? Aunque ese sería el menor problema, cualquier barco me llevaría. ¿Pero luego? —Rio—. ¿Me voy a Europa?

—A Nueva Zelanda —dijo Ruth—. Escucha, hay una misión en Kororareka. Te Waimate...

—También son todos maoríes —señaló Kimi.

—Sí. Pero están bautizados, bueno, bautizados como es debido, son realmente conversos. Y estarías bajo la protección de la Iglesia. Hay un obispo, tiene mucha influencia... Y tanto la Iglesia como la Corona prohíben la esclavitud.

—Eso no me sirvió de nada en Waitangi —dijo con amargura Kimi—. Expulsaron a Anewa, pero dejaron a su esclava con él.

Ruth ya conocía la historia.

—Las circunstancias eran distintas —afirmó—. En Te Waimate tendrás el cobijo de la misión, Anewa no se enterará de nada. Podrás traer tranquilamente al mundo a tu hijo y luego pensar qué hacer. Yo... yo puedo darte algo de dinero.

Dijo esto último a disgusto, sabiendo que rompía la promesa que había hecho a sus padres. El dinero tenía que ser su seguro, no el de Kimi. Por otra parte, que la joven moriori desapareciera sería en ese momento la mejor inversión en el futuro de Ruth.

Kimi se quedó mirándola.

—En realidad no quiero morir —dijo a media voz.

Ruth le cogió la mano.

—Entonces acepta el dinero y vete a Te Waimate. ¡Inténtalo, Kimi! ¡En cualquier lugar encontrarás algo mejor que lo que hay aquí!

Kimi sonrió.

—Es de cuento, ¿no? La hermana Wilma los lee a los niños.

Ruth asintió.

—Es la verdad —aseguró—. Inténtalo, Kimi. ¡Vete!

Dos días más tarde, Anewa volvió a marcharse para reunirse o enfrentarse con los ngati mutunga de Kaingaroa. Por la noche, Kimi salió a hurtadillas del poblado y se marchó a bordo de un ballenero rumbo a Kororareka. El capitán cobró una buena suma para llevársela. No diría nada a Anewa.

Un mes más tarde, el hermano Gottfried Stute unía en matrimonio a Heinrich Bauer y Wilma Krüger, Oskar Meyer e Hilde Lehmann, y, naturalmente, a David Mühlen y Ruth Helwig. Fue una ceremonia sencilla pero muy bonita. Ruth había alcanzado sus objetivos.

NUEVOS CAMINOS

Te Waimate, Isla Norte de Nueva Zelanda
Kororareka
Preservation Inlet, Isla Sur de Nueva Zelanda

1843-1844

1

Al lanzar la última mirada a la isla Rekohu, envuelta en brumas, los sentimientos de Kimi oscilaban entre la tristeza por la pérdida de su hogar y de su pueblo, la esperanza de alcanzar la libertad y el terror ante el hecho de que Anewa descubriera su huida y saliera en su búsqueda antes de que ella llegara a buen puerto en la misión de Te Waimate. Si es que era un buen puerto. Las hermanas Ruth, Wilma e Hilde estaban convencidas de ello, pero ellas no habían visto a Anewa y sus guerreros causando estragos entre los moriori. Ninguna de ellas podía imaginar de qué eran capaces los maoríes. Los misioneros quizá sí, a fin de cuentas habían visto los huesos en los hornos de tierra.

Kimi no podía tomarse a mal que David no se hubiese atrevido a prepararle una fuga. La conversación que había mantenido con ella, a ojos vistas de mala gana, había sido decepcionante. David había vuelto a disculparse ante ella y su Dios por haber mantenido relaciones «deshonestas» en el bosque de los kopi y había rezado al Señor para que no los castigara por ese pecado. Salvo rezar, no se le había ocurrido ninguna otra solución y había elogiado a Kimi y citado la Biblia cuando ella había dicho que se resignaba a su destino, incluso si eso último significaba tener que morir con su hijo.

Pero las hermanas no arrojaron tan deprisa la toalla y en general parecían tener más *mana* que los hermanos. Wilma incluso imponía respeto a Anewa. Y Ruth... había conseguido desde el otro extremo del mundo que David se apartara de su lado, de Kimi. La joven no podía creer que eso fuera obra de Dios. Ella estaba firmemente convencida de que los dioses habían bendecido la unión de David y ella en el bosquecillo, y aunque en realidad resultaba muy improbable —Anewa la había poseído incontables veces y David solo una—, la joven creía que habían engendrado entonces al niño. El vínculo entre David y Ruth, por el contrario, era obra de esta última, y en realidad Kimi había estado decidida a odiarla por ello.

Pero luego habían llegado las auxiliares de la misión, habían sido amables y habían hecho frente a Anewa y organizado el comedor para los pobres... y ahora era precisamente Ruth quien la ayudaba a escapar.

Kimi palpó la bolsa que llevaba en el bolsillo. Por primera vez en su vida disponía de algo dinero. No sabía cuál era el valor, pero más o menos la cantidad que los capitanes de los balleneros reembolsaban a los maoríes por un cerdo. Además, Ruth había pagado al capitán en cuyo barco se encontraba ahora Kimi y le había dado una carta para el reverendo Williams, el director de la misión de Te Waimate. Kimi le estaba profundamente agradecida por ello y decidida a no envidiarla por el amor de David. Al contrario, le deseaba que fuera feliz. A lo mejor bastaba con su *mana* para retenerlo de verdad. A lo mejor él permanecía a su lado y no hablaba de pecado cuando disfrutaba de estar con ella.

La travesía a Aotearoa fue, como casi siempre, tormentosa, pero esta vez no pasó tanto frío como entonces, camino de Waitangi. El capitán le había destinado un cobertizo protegido del viento para dormir y tenía dos mantas de las existencias de Wilma. Además, llevaba una falda de lana que había pertenecido a Hilde. Esta se la había estrechado con sus propias manos y cuando prosiguiera con el embarazo la podría ir ensanchando. La blusa y el abrigo eran de Ruth. No había querido aceptar este último. Era la única prenda realmente de abrigo de la hermana y pasaría frío. Aun así, esta le había explicado que ahora era verano y que de ahí al inverno le enviarían uno nuevo desde Alemania.

Kimi había dejado con pena los dibujos de Brandon en la isla Chatham. Solo guardaba su retrato en el bolso. Le habría gustado, no por primera vez, tener ella también un retrato de Brandon. Últimamente su recuerdo se iba difuminando y los pensamientos sobre David iban ocupando su puesto. Pero ahora volvía a sentirse cerca de él. Ovillada en las mantas, pensaba en aquellos tiempos pasados antes de la invasión, en las tardes soleadas en las que él la había dibujado, en sus conversaciones y en su risa.

La vista de las numerosas islas mimadas por el sol de la bahía de Islas alegró a Kimi tanto como en el primer viaje con Anewa. Aunque esta vez no tenía que ir amedrentada detrás de él ni nadie tendría que regalarle un pastelito, sino que habría podido comprar el buñuelo a la mujer del muelle si hubiera estado allí. Ruth le había indicado que cogiera un carro de pago hasta Te Waimate, pero Kimi no sabía qué era y no se había atrevido a preguntarlo. Le indicaron qué camino tomar y resultó ser bastante largo. La misión se encontraba a varios kilómetros, pero a Kimi no le importaba andar. Se quitó los zapatos que le había dado Wilma, que según la opinión de la auxiliar le sentaban bien y que a ella le apretaban, y se puso en marcha.

La carretera a Te Waimate estaba bien construida. De cuando en cuando circulaba a través de algún bosque claro, aunque la mayoría de las veces entre campos de cultivo y prados en los que pastaban ovejas. Kimi encontró el paseo reconfortante. Se quedó sorprendida por la amplitud del edificio, que además estaba lleno de vida. Tanto maoríes como *pakeha* entraban y salían, había gente trabajando en los talleres y, al parecer, se estaba cocinando en un anexo. Kimi se fue hacia allí mecánicamente. Después del largo camino estaba hambrienta. ¿Le darían las mujeres un poco del potaje que preparaban sobre un gran fuego?

Todas las trabajadoras eran maoríes y Kimi dudó de poder hablar con ellas. Pero cuando de repente distinguió un rostro conocido, no dio crédito a lo que veían sus ojos: era Raukura, la moriori que había vivido con Tom Peterson en Rekohu y que había huido con él. Raukura la miraba tan incrédula como ella, pues, naturalmente, ambas habían cambiado en los años que siguieron a la invasión.

Raukura había engordado y tenía un aire maternal. Llevaba ropa *pakeha* y como las blancas se había recogido el cabello en lo alto y lo había cubierto con una capota. Kimi no lucía la melena suelta como antes, sino peinada en una gruesa trenza, y ya no era una niña.

—Kimi, ¿eres tú? —preguntó Raukura perpleja en maorí, se había acostumbrado totalmente a hablar en esa lengua. Cuando Kimi le contestó en moriori rompió a llorar—. Nunca habría pensado que volvería a oír mi lengua —dijo sollozando—. Y te daba por muerta, Kimi.

Como al resto de la tribu. ¿Es verdad que han arrasado con todo?

Las mujeres de la cocina siguieron trabajando tranquilas mientras Kimi y Raukura se ponían al día. A Kimi le resultaba casi extraño. En la isla Chatham estaba rotundamente prohibido que los moriori hablaran en su lengua. Si un maorí los oía, los castigaba. Ahí, por el contrario, nadie se preocupaba por ellas.

—La verdad es que los maoríes de esta misión son todos amables —confirmó Raukura cuando Kimi se lo señaló—. Desde el principio me han tratado como a una más. Lo único que encontraron extraño fue que no llevara tatuajes.

Las mujeres de la cocina mostraban todas el tradicional *moko* junto a la boca.

—¿Cómo llegaste hasta aquí? —preguntó Kimi, al tiempo que lanzaba una mirada voraz al caldero.

Raukura se dio cuenta y enseguida, sin tener que pedir permiso a nadie, le sirvió un plato.

—¿Nos queda todavía algo de pan, Moana? —preguntó a una mujer maorí, quien diligentemente sacó a continuación media hogaza de un armario.

—El del día todavía no ha salido, señora Peterson —advirtió—. La panadería tenía un encargo muy grande para el cuartel. Hasta la tarde no habrá algo para la misión.

Raukura asintió.

—Está bien, Moana, creo que a mi amiga también le gustará el pan de ayer. ¡Disfrútalo! —Sonrió a Kimi, que no salía de su asombro.

—Te has casado con Tom Peterson —confirmó entre bocado y bocado.

Raukura asintió.

—Sí. Y los dos estamos empleados aquí. Yo dirijo la

cocina junto con una misionera y Tom tiene el taller de toneleros. Enseña a los maoríes que se han instalado en los alrededores de la misión. Le va muy bien.

Kimi ya había oído decir en las Chatham que en la misión de Te Waimate disponían de diversos talleres. El concepto en sí era similar al de la misión de Goßner, pero aquí los maoríes trabajaban para los misioneros y no al revés.

—Pero háblame de Whangaroa —la instigó Raukura con curiosidad—. ¿Cómo van las cosas por allí? ¿Han... han sobrevivido muchos miembros de la tribu?

Kimi se terminó la sopa antes de hablar de los ágapes canibalísticos de los primeros tiempos, de la esclavitud y de la llegada de los misioneros, que mejoró un poco la situación, tampoco mucho. Por último, habló de las mujeres y de su embarazo, aunque no mencionó que posiblemente fuera David quien la había fecundado.

—Aquí los misioneros parecen tener más *mana* que los de casa —comentó resignada al final—. Como los maoríes se enteren...

—Los maoríes de Te Waimate son distintos —afirmó Raukura, corroborando lo que habían señalado las auxiliares de la isla Chatham—. Ni mucho menos tan... malos. ¿Y estás buscando ahora protección ante ese Anewa? Tienes que presentarte al reverendo Williams, no creo que ponga ninguna objeción. Si quieres, Tom y yo podemos acompañarte y confirmar que dices la verdad.

Kimi lo encontró estupendo. Tenía miedo de desplegar la historia de su pueblo delante de un religioso al que no conocía. Todavía recordaba muy bien la ignorancia de los sacerdotes y políticos de Waitangi.

Sin embargo, el reverendo Williams no cuestionó sus declaraciones. Ese hombre alto, de aspecto severo y cuyos penetrantes ojos azules observaban bajo un mechón de abundante cabello encanecido, solo asintió con tristeza.

—Ya he oído hablar de ello —dijo—. Aunque pensaba que no sería tan grave. Las tres jóvenes que permanecieron aquí un par de días, antes de ir a la isla Chatham, no parecían saber nada de ello. Y, sin embargo, tenían contacto en Alemania con los hermanos de Goßner...

Kimi se acordó entonces de la carta de recomendación que Ruth le había dado. La sacó del bolsillo y el misionero la leyó con atención.

Suspiró al terminar.

—Sí... es lo que yo pensaba... Las hermanas están sorprendidas y escandalizadas por las condiciones de vida en la isla Chatham. Pero te dedican grandes elogios, Kimi, te recomiendan encarecidamente, tal vez como profesora para las mujeres maoríes. De hecho, hablas el inglés con fluidez.

La conversación entre ella, los Peterson y el misionero se había sostenido en inglés, y Kimi comprobó que durante el tiempo transcurrido Raukura casi dominaba ese idioma. Pero todavía estaba muy lejos de hablarlo «con fluidez».

La muchacha bajó la cabeza y se ruborizó.

—Me esfuerzo —dijo.

El misionero sonrió.

—En cualquier caso, por el momento te quedas aquí. Puedes presentarte a la señora Randolphs, es la esposa de uno de nuestros misioneros. Trabaja de comadrona y te ayudará a traer a tu hijo al mundo. Por lo demás, ayudarás a la señora Kimberley en la escuela.

Las esposas de los misioneros habían asumido las mismas tareas para las que el pastor Goßner había enviado a Ruth, Hilde y Wilma a las islas Chatham. Kimi se preguntaba si también se habrían casado ahí o si habían acompañado a sus maridos a Nueva Zelanda. Más tarde se enteró de que había sido esto último. La Iglesia de Inglaterra no era amiga de enviar misioneros solteros fuera de su país. Probablemente no deseaba que se crearan uniones entre ellos y las mujeres de los nativos.

Raukura ofreció a Kimi un lugar donde dormir en un pequeño anexo del taller de toneles donde vivía con Tom. El reverendo Williams había supuesto que encontraría una cama o un colchón en el dormitorio de las mujeres —los maoríes compartían un dormitorio como en sus tribus de origen, aunque en la misión hombres y mujeres dormían en recintos separados—, pero Raukura comprendió el temor que despertaba eso en su amiga.

—Pronto te darás cuenta de que las mujeres no van a hacerte nada malo —apuntó—; mientras tanto, puedes quedarte con nosotros.

Kimi le estaba sumamente agradecida, si bien el espacio en la vivienda de los Peterson era muy reducido. Raukura y Tom ya tenían un hijito y estaban esperando otro. Por eso la primera ya conocía a la señora Randolphs y acompañó a Kimi a la revisión.

—Estás muy delgada —opinó la misionera, que inspiraba muchísimo respeto con su vestido negro y la capota blanca como la nieve que parecía flotar sobre su cabeza—. Pero pese a ello todo parece estar en orden. ¿Sabes desde cuándo estás embarazada?

Kimi asintió y señaló el día que había estado con David en el bosquecillo de los kopi como posible fecha de la fecundación.

—¿Te agredió ese hombre? —se cercioró la señora Randolphs de nuevo. Ya le había desagradado, al principio, que Kimi no pudiera presentar a ningún marido legítimo como padre de su hijo.

—Anewa siempre me ha maltratado —dijo Kimi—. Desde hace años. Pero hasta ahora nunca he concebido o tal vez haya perdido al niño muy pronto. Este... este es el caso de casi todas las moriori.

La señora la miró con severidad.

—Vaya, pues entonces es un milagro que la tribu todavía no se haya extinguido —dijo, y parecía realmente afectada cuando Kimi le ratificó que los moriori estaban en el mejor camino para desaparecer. La comadrona no había oído hasta el momento nada referente a la invasión maorí de las Chatham. Cuando Kimi contó a media voz cómo habían matado a los nonatos, que se había prohibido el matrimonio entre moriori y todas las demás crueldades de los invasores, se mostró compasiva—. Qué bien que Dios te haya traído a buen recaudo al menos a ti. Y a tu hijo. Dios debe de teneros preparado algo grande. En la oración de la noche le daremos las gracias.

Aunque Kimi pensaba que antes debía dar las gracias por su exitosa huida a Ruth Helwig y las otras auxiliares que a los poderes divinos, asintió obediente y en la siguiente misa rezó con fervor a Dios, Jesucristo y el resto de los espíritus presentes en ese amable lugar. Tenía que haber varios. Kimi había observado a dos mujeres recogiendo boniatos y las había oído cantar *karakia* a toda prisa y como a escondidas mientras arrancaban los tubérculos. Por su parte, primero tendría que familiarizarse con esas oraciones, pero en eso era optimista. Siempre se le habían dado bien las lenguas. También aprendería aquí la de los espíritus locales.

2

Llegó un día en que Ruth Mühlen se atrevió a confesarse que odiaba la isla Chatham. Por supuesto, durante la primera época la estancia la había estimulado y construir la misión había resultado edificante. Volver a ver a David y esperar a que se declarase la habían tenido en vilo. Luego había llegado el enlace matrimonial y una satisfactoria vida de casada. David resultó ser un amante respetuoso y tierno, y Ruth se encontraba exaltada por el hecho de haber alcanzado realmente su meta. Pronto tendría a su marido junto a ella con más frecuencia, las tres mujeres se habían puesto de acuerdo en que cada una quería tener su propia casa y urgían a sus maridos para que construyeran viviendas independientes.

Durante un paseo con Jonas, Ruth descubrió un día una cabaña de madera vacía en el bosque, cerca del poblado maorí. Como no tardó en confirmar, esa era la casa del cazador de ballenas, Brandon Halloran, quien había dibujado a Kimi y de quien la moriori tanto les había hablado. Ruth convenció a David para que se fueran a vivir allí, de modo que solo se tuvieran que construir dos casas nuevas. Hilde y Oskar se contentaban con una casita pequeña; Heinrich y Wilma pensaban en una más amplia. El hermano Franz y el hermano Gottfried refunfuñaban porque eso costaría mucho trabajo y David señaló que no era justo frente a los otros, más modestos, que se mostraban dispuestos a conformarse con una vivienda más pequeña. Para sorpresa de todos, Hilde le llevó la contraria.

—Yo creo realmente que Wilma y Heinrich necesitan una casa más grande. A fin de cuentas quieren quedarse aquí para siempre. Ella no abandonará la escuela y él tampoco el trabajo en el campo...

—¿Quién habla de abandonar? —preguntó ofendido David—. Todos queremos...

—En verano me marcharé a Nueva Zelanda —anunció de forma inesperada el hermano Franz—. Quizá como misionero, quizá ocupe simplemente un puesto como maestro. Aquí, hermanos míos, estamos luchando en vano, tanto si queréis admitir la verdad como si no. Los maoríes de Anewa no se han convertido en realidad al cristianismo. Nos engañan y nos utilizan. Puede que los moriori estén más abiertos a Dios, pero son solo unos pocos, y para darles un soporte espiritual no se necesitan cinco misioneros y tres auxiliares.

—Yo creo que aquí todavía queda mucho por hacer —protestó David.

El hermano Heinrich asintió.

—Todavía quedaremos cuatro —indicó—. Sin contar con nuestras valientes y trabajadoras mujeres. Así que si el hermano Franz quiere marcharse, deberíamos confiar en que ha pedido consejo a Dios y que debemos dejarlo partir con nuestra bendición.

Al final, Wilma y Heinrich se instalaron en el antiguo edificio de la misión, el hermano Gottfried se dio por satisfecho con el anexo en el que habían dormido hasta entonces las mujeres. David y Ruth se fueron a la cabaña y enseguida quedó lista una casita de madera para Hilde y Oskar. Ruth la encontraba excesivamente sencilla y primitiva, pero Hilde no se quejó.

—A mí ya me va bien así, de todos modos no pienso envejecer aquí —explicó—. Algún día Oskar también se hartará de la isla. Y, con un poco de suerte, también de la misión...

—¡Hilde! —exclamó con desaprobación Ruth, aunque entendía muy bien a su amiga. Hilde, al igual que ella, no había llegado a auxiliar por vocación. Sin embargo, parecía ver que a la larga cabría la posibilidad de convencer a su marido para que se dedicara a otro oficio.

—En cualquier caso, yo no voy a establecerme aquí. Con el tiempo nos iremos a Nueva Zelanda u otro lugar. Si Wilma y Heinrich desean matarse trabajando en este sitio, adelante, que lo hagan. Pero si quieres saber mi opinión, esto no tiene futuro, y Oskar también se dará cuenta. Ya va camino de hacerlo. ¡A la que me quede encinta, lo convenzo para que nos marchemos!

En su fuero interno, Ruth envidiaba su optimismo. Oskar era robusto y enérgico. Era un creyente firme, pero no se engañaría eternamente a sí mismo. David, por el contrario, estaba entusiasmado por los avances que su misión había hecho desde la llegada de las mujeres. Cada día se alegraba por la escuela, elogiaba a Ruth e Hilde por su compromiso con la enfermería, aunque allí seguía sin haber gran cosa que hacer, y daba los domingos unos entusiastas sermones sobre lo que significaba llevar una vida cristiana. A Anewa y su gente no los criticaba. Desde que Franz se había ido, eran Wilma y Heinrich quienes apelaban a la conciencia de los maoríes, aunque en vano.

Ruth incluso veía indicios de que a los primeros éxitos de Wilma seguían nuevos retrocesos. La escuela se llenaba sobre todo cuando llegaban nuevas donaciones de

Alemania y Wilma tenía algo que repartir. Entonces aparecían también mujeres por la enfermería de Ruth e Hilde. En general, el entusiasmo por la novedad había desaparecido y estudiar se convertía a la larga en un esfuerzo. Muchos niños maoríes no tenían ganas de ir a la escuela y los niños moriori, que sí estaban interesados, no solían poder asistir simplemente porque estaban agotados, exhaustos.

Pero no solo los fracasos de la misión enervaban a Ruth. A ellos se añadía el mal tiempo. Después de medio año largo, era otoño, siempre llovía y se sucedían las tempestades. Los caminos estaban llenos de barro, todos los quehaceres fuera de casa se convertían en una tortura interminable. Incluso Jonas dejaba de mal grado su mantita delante de la estufa. Ruth aprovechaba las noches para zurcir su ropa y la de David y hacer distintos trabajos manuales mientras su esposo estudiaba. Ansiaba tanto un cambio de rutina que hasta se había leído varias veces tres novelas rosas de la señora Schuman que Hilde todavía guardaba. En un momento dado incluso llegó a recurrir al dinero, que tan cuidadosamente reservaba, para que le enviaran un par de libros de Nueva Zelanda. Con muy mala conciencia mintió a David diciéndole que sus padres se los habían mandado.

—Vale más que te envíen ropa de abrigo y para niños —avisó David mordaz.

Ruth e Hilde todavía no estaban embarazadas; Wilma, por el contrario, había comunicado recientemente que esperaba un hijo. Ruth se alegraba de que al menos David no se hubiera dado cuenta de que los libros estaban escritos en inglés. Sus padres se los habrían enviado en alemán, por supuesto. Pero Ruth no se hubiera atrevido a pedírselos. Les enviaba unas cartas vagas. Los Helwig no debían enterarse, por nada del mundo, de lo mal que se sentía en las Chatham. Si hubiera entrado en detalles, habría caído posiblemente en la tentación de contarle a su madre los sentimientos que albergaba sobre los «feligreses» de David. Ya le resultaba bastante difícil admitir lo mucho que temía y despreciaba a la gente de Anewa.

Cuando este se había percatado de la huida de Kimi, había montado en cólera. Golpeó salvajemente a varios esclavos varones moriori y se justificó ante los escandalizados misioneros diciendo que eran cómplices y que iba a forzarlos a que le delataran dónde estaba Kimi. Por supuesto no había obtenido ningún resultado y al final Anewa se había rendido y se había buscado otra víctima entre las mujeres moriori. Tres días después de que Kimi desapareciese, Whano se había arrastrado hasta la enfermería. La niña de trece años había sido brutalmente violada por Anewa.

—Ahora me quiere tener a mí por esclava —había explicado la niña llorando—. Pero a lo mejor coge a otra si mi madre lo maldice. —La ofensa que había sufrido su hija pareció despertar de nuevo a la hechicera que se escondía en la resignada madre.

—Creo que vuestros dioses están muertos —había dicho Hilde.

—Los buenos —había aclarado Whano—. Mi madre invocará solo a los malos.

—Para triunfo de la cristianización, también entre los moriori —había sido la respuesta de Hilde.

Pero no solo los excesos actuales del jefe tribal y sus guerreros repugnaban y atemorizaban a Ruth, también los testimonios que quedaban del pasado en las Chatham. Durante los primeros meses en la isla, Ruth había salido a pasear pocas veces por la naturaleza y la mayoría de ellas con Kimi. Ahora, sin embargo, se atrevía a hacer excursiones con Jonas, que se había convertido en un perro muy alegre e inquieto. Primero visitaron los alrededores de la misión y luego el bosque en torno al poblado maorí. Ruth obviaba el origen de los huesos que Jonas siempre le traía. Sin embargo, recordaba las lecciones de la clase de anatomía y dudaba si se trataba de huesos de animales. Pero cuando un día el perro le llevó un cráneo humano, quedó consternada y sin más capacidad de autoengaño. Se sentó temblorosa sobre el tronco de un árbol y se acordó de lo que Kimi le había contado sobre lo ocurrido en la isla en 1835.

Ruth ya no se quitaba el miedo de encima. Por mucho que se dijera que era una buena cristiana, se sentía perseguida por los espíritus de los muertos aunque no creyera en ellos. ¿Era voluntad divina que los misioneros hicieran el bien a los torturadores de los moriori? ¿Era realmente un buen proyecto convertirlos, trabajar para ellos y obsequiarlos en lugar de denunciar sus actos e informar al mundo entero de lo que había pasado en esa isla alejada de todo? A esas alturas las Chatham ya pertenecían oficialmente a Nueva Zelanda. A lo mejor cabía la posibilidad de llevar ante los tribunales a Anewa y sus cómplices.

Ruth permanecía noches enteras despierta pensando en ello. Creía oír las voces de los espíritus susurrar en el bosquecillo, alrededor de la cabaña de Brandon. Había descubierto un árbol en el claro en cuya corteza alguien había tallado un pájaro y al principio se había alegrado de ello. Pero cuando un día descubrió el bosque de los kopi y los espíritus danzantes en sus cortezas, entendió que allí intervenía la magia. Pese a toda justificación y pese a toda su educación cristiana se sintió invadida por el pánico. Regresó corriendo a la misión y ni siquiera las sosegadas explicaciones de David pudieron tranquilizarla.

Cuando se percató de que estaba embarazada, tomó una firme determinación. No iba a criar a su hijo en la isla Chatham, ni hablar. El niño no iba a jugar con los hijos de los asesinos ni tampoco ver cómo los niños de su edad trabajan como esclavos en los campos de los maoríes. Ruth quería marcharse de la isla, pero David se negaba a abandonar su labor religiosa. Y ahora estaba enfadadísimo con el hermano Oskar, quien recientemente se mostraba crítico con los fracasos de la misión. Hilde pronto conseguiría convencerlo de que se marcharan los dos a Nueva Zelanda y él trabajara en el oficio que había aprendido. Pero ni diez caballos conseguirían que David volviera a levantar el martillo de herrero...

Ruth se hizo ilusiones cuando un día el hermano Heinrich les comunicó la buena noticia de que el obispo Selwyn había anunciado su visita a las islas. Quería inspeccionar la misión del reverendo Aldred en el nordeste y echar un vistazo a la de Goßner. Si bien ninguna de las dos dependía directamente de él, como obispo anglicano de Nueva Zelanda se sentía responsable de los luteranos. Los misioneros solían celebrar sus visitas. Siempre llevaba donaciones, los elogiaba por su labor y los animaba a no arrojar la toalla. Significaba un cambio para los maoríes, pues celebraba una misa especialmente solemne, y expresaba su interés por los moriori. En general, se le consideraba un hombre servicial y accesible, y para Ruth constituía su única esperanza. Si era hábil, podría escapar de las Chatham con su ayuda.

Naturalmente, fue Wilma quien recibió al obispo en el edificio de la misión, preparó una habitación de invitados y cocinó para él. Ruth conoció al hombre de aspecto rígido la mañana después de su llegada. El obispo celebró una misa durante la cual la joven tuvo tiempo para observarlo. Selwyn, cuyo rostro se hallaba dominado por dos espesas patillas de rizos similares a los del cabello que ahora clareaba en su cabeza, tenía los ojos pequeños, una nariz afilada y un mentón prominente. A Ruth le pareció muy atento a lo que sucedía en el mundo. Era muy consciente de lo que ocurría en las Chatham. Enseguida preguntó por la situación de los moriori, elogió la iniciativa de crear un comedor para los esclavos y prometió donativos.

Hilde y Ruth pidieron medicamentos para su enfermería. Si bien la misión de Goßner recibía donaciones de Alemania, el transporte de las medicinas por una distancia tan grande resultaba ser un problema. Con frecuencia, los jarabes y pomadas ya se habían echado a perder cuando llegaban a la isla Chatham. El obispo entendió el problema y prometió realizar envíos desde Nueva Zelanda. Después de desayunar y conversar largamente con los misioneros, Ruth ya tenía suficiente confianza con el obispo para pedirle si podía hablar a solas con él. El momento era propicio, David y los otros estaban en el poblado maorí «despejando el cielo», como decía Hilde. Asumían diversos trabajos que estaban a medias para asegurarse de que Anewa enviaría a su gente a la misa que el obispo celebraría por la tarde. Wilma se hallaba ocupada en el cuidado de la casa e Hilde estaba al corriente. Deseó mucha suerte a Ruth con sus planes.

—Y bien, ¿qué le preocupa señora Mühlen? —preguntó amablemente el obispo. Ruth le había propuesto que fueran a dar un paseo juntos. Guiados por un entusiasta Jonas, los dos anduvieron por el bosque y los campos. Excepcionalmente, no llovía—. ¿Algún otro deseo en relación con su enfermería? No recibe muchas visitas, ¿cierto? —También de esto se había dado cuenta.

—No —admitió—. Tenemos pacientes, aunque casi todos son moriori. Hemos de salir en su busca e insistir o maniobrar para asistirlos. De vez en cuando una de nosotras tiene que sustituir al esclavo en el campo, mientras la otra le hace un tratamiento.

El obispo suspiró.

—Es deplorable —musitó.

—Los maoríes en sí están bastante sanos —siguió diciendo Ruth—. Casi todos son jóvenes y están bien alimentados. —No llegaron ancianos a las Chatham.

Reflexionaba febril sobre cómo llegar al asunto que le interesaba, pero el obispo volvió a sorprenderla cuando la miró inquisitivo y fue directo al grano.

—Usted no es feliz aquí, ¿es así, señora Mühlen?

Ruth se mordió el labio.

—No quiero —susurró—, no quiero ser desagradecida. Dios me ha enviado aquí, al lado de un hombre maravilloso. Estoy totalmente entregada a mi marido y... —Se ruborizó.

—Y pronto tendrá un hijo. —El obispo sonrió.

Ruth asintió.

—Debería estar contenta —advirtió—. Sin embargo... Si debo ser sincera, excelencia, tengo la sensación de que mi marido y yo... de que aquí no hacemos gran cosa. Entiéndame bien, David y sus hermanos han realizado una gran labor. En lo que se refiere al desarrollo de la civilización, la agricultura... A estas alturas casi todos los maoríes y moriori están bautizados.

El obispo rio.

—El orden en que lo ha enumerado ya es significativo, señora Mühlen. Y entiendo perfectamente a dónde quiere desembocar. Su marido y sus compañeros de trabajo han llegado a donde han podido. Aquí, al menos por ahora, no se puede hacer más. Hasta qué punto hay que darse por satisfecho... Debemos someternos a la voluntad del señor. Y a lo mejor saber esperar también. Por lo que he oído la señora Bauer pone un gran esfuerzo en impartir clases. La siguiente generación será más culta y con ello más receptiva a los valores cristianos.

Ruth le dio la razón sin mencionar que también tenía sus dudas con respecto a la escuela. Luego fue al tema.

—Solo creo que mi marido no debería quedarse aquí hasta que aparezca la nueva generación. El número de cristianos que pueda crecer es limitado. No se necesitarán cuatro misioneros y tres auxiliares para darles una educación cristiana.

El obispo asintió de nuevo.

—Bastaría con uno —observó—. Creo que el hermano Heinrich y su esposa solos podrían ocuparse lo suficientemente bien de la congregación. Pero esta misión no depende de mí, señora Mühlen. El pastor Goßner envió a los hermanos y debe ser él o los misioneros quienes realicen los cambios.

—A pesar de ello, podría usted ayudarme —no pudo evitar decir Ruth—. Mi esposo... bien, él es, en cuerpo y alma, un hombre entregado a Dios. Y se aferrará a su puesto en esta isla si no se le presenta otra opción. ¿Sabría usted de algún otro campo de actividad? Y... en tal caso, ¿podría usted influir en él para que aceptara ese otro puesto? Porque... ¿tal vez es voluntad del Señor?

El obispo intentó poner mala cara sin conseguirlo.

—¿Es posible que sea usted un poco intrigante, señora Mühlen? —preguntó—. ¿De verdad pretende utilizarnos a mí y a Dios para que su marido se aleje de esta inhóspita isla y usted pueda dar a luz a su hijo un poco más cerca de la civilización?

Ruth bajó la cabeza.

—Yo jamás me rebelaría a la voluntad divina —aseguró—. ¿No será más bien que Él actúa a través de mí? ¿Y de usted, si le da un puesto a David en el cual sea más útil para el cristianismo que aquí?

El obispo Selwyn no escondió ahora su regocijo. Era evidente que le divertía sobremanera esa discusión con Ruth.

—¿Y qué tipo de puesto debe de haberse imaginado nuestro Señor para su marido? —preguntó irónico a la joven—. ¿Debería seguir convirtiendo a los infieles? ¿O prefería usted instalarse en una amable parroquia rural neozelandesa?

Ruth suspiró.

—Preferiblemente esto último —admitió—. Aunque me temo que no sería posible, dado que David no es en realidad sacerdote.

El obispo asintió.

—Lo sé. Y esto me pone las cosas muy difíciles. Su esposo no es ni anglicano, y yo soy responsable de la comunidad anglicana, ni ha estudiado en un seminario. Como usted dice, sirve a Dios en cuerpo y alma. Pero no está ordenado.

Ruth se rascó la frente.

—Sus sermones son maravillosos —afirmó—. Y tiene un profundo conocimiento del ser humano. —Al menos siempre estaba dispuesto a ver lo bueno que había en ellos—. Es un creyente convencido —prosiguió.

El obispo hizo un gesto de rechazo.

—Lo sé todo —le dijo—. Solo... Bien, señora Mühlen, lo único que podría ofrecerle sería un puesto... en un lugar igual de apartado que este. Tenemos escasez de sacerdotes en Nueva Zelanda. Los religiosos ordenados pueden elegir el sitio y hay lugares a los que nadie quiere ir.

—¿Otra misión, entonces? —preguntó Ruth—. Pensaba que casi todos los maoríes de Nueva Zelanda ya estaban convertidos.

—Más o menos —precisó el obispo—. Digamos que están bautizados. Pero no estaba pensando necesariamente en una misión en la selva. Estos suelen ser proyectos especiales. En los que un sacerdote carismático se dirige a una tribu y construye algo allí. En la actualidad estoy buscando más bien guías espirituales dispuestos a ocuparse de nuevos asentamientos...

El corazón de Ruth se aceleró. Sonaba a inmigrantes blancos, a colonos, hombres, mujeres y niños honrados.

—Sería... sería...

—No se imagine que va a ser tan fácil —advirtió el obispo—. No estoy hablando de colonias de campesinos, sino de estaciones balleneras o lugares habitados por cazadores de focas... No cabe duda de que esos hombres están bautizados, pero con frecuencia se trata de mala gente que no conoce ni la justicia ni la ley. Las mujeres, cuando las hay... suelen ser... bueno... de dudosa moral...

—¿Prostitutas? —preguntó Ruth. Su trabajo en los barrios míseros de Berlín la había endurecido.

El obispo le dirigió una mirada de reconocimiento.

—Al menos no tiene miedo de pronunciar la palabra —observó.

—Tampoco tengo miedo de ocuparme de esas mujeres —declaró Ruth—. Y David... Bueno, para David todos los seres humanos son hijos de Dios...

Seguramente, David necesitaría meses para reconocer a qué profesión se dedicaban sus futuras parroquianas.

—Los directores de estas estaciones están muy interesados en tener a un religioso que sea capaz de... cómo expresarlo... mantener a raya en cierto modo a los hombres y mujeres. Si su marido y usted se atreven, podríamos intentarlo. —Temblando de frío, el obispo regresó de nuevo a la misión. Había vuelto a empezar a llover—. Pero se lo advierto. Tal vez vayan de mal en peor.

Ruth se mordió el labio. No parecía muy prometedor, pensó en Kororareka, el «agujero infernal» de la bahía de Islas. Pero por muy depravados que fueran las prostitutas y los cazadores de ballenas, no estaría tropezando con huesos humanos cuando saliera a pasear con su perro. No tendría que contemplar impotente cómo los niños se mataban trabajando como esclavos en las plantaciones o tenían que vivir cosas peores como la pequeña Whano. Ruth pensó en las palabras que le había dicho a Kimi: «En cualquier lugar encontrarás algo mejor que lo que hay aquí».

—Si el Señor desea que mi marido ocupe el lugar de religioso en una colonia de este tipo, yo, por supuesto, lo seguiré de buen grado —dijo sumisa—. A donde él vaya, iré yo.

El obispo la miró burlón.

—Entonces ya veremos qué podemos hacer —contestó—. Hágase la voluntad de Dios.

Esa misma tarde habló con David y, después de que este pasara dos días de retraimiento, rezando y reflexionando profundamente, confesó a Ruth que Dios lo había llamado para ocupar un nuevo lugar. Iba a trabajar de guía espiritual en la estación ballenera de Preservation Inlet, en el extremo sudoccidental de la Isla Sur de Nueva Zelanda.

—Allí nos servirán tanto tu experiencia de enfermera como mis conocimientos del idioma maorí —explicó—. En el interior de la estación hay un poblado maorí cuyos habitantes, aunque todos bautizados, se encuentran en la actualidad sin soporte espiritual. Esto se corresponde con mi esfera de actividad. Espero, Ruth, no haberte cogido demasiado desprevenida con esta decisión. Puede resultarte difícil dejar a tus espaldas todo lo se ha cons truido aquí...

Ruth hizo un gesto de rechazo.

—A donde tú vayas... —citó por enésima vez, para después plantearle la pregunta que de verdad le interesaba—. ¿Qué tiempo hace por allí?

3

Kimi pasó un par de meses libre de toda preocupación en la misión de Te Waimate. Encontró numerosas posibilidades de colaborar y además disfrutó de tranquilidad para seguir formándose. Ahora que ya hacía tiempo que sabía leer, practicó la escritura, lo que le dio la posibilidad de intensificar sus tareas de traductora. Traducía oraciones, historias, recetas e instrucciones de uso del inglés al maorí, y se sumergía en el fascinante mundo de los libros. Pero algunas de las cosas que leía sobre la historia de los inmigrantes europeos resultaban para ella un misterio.

—No lo entiendo —se lamentaba a Raukura y Tom—. Jesucristo predicaba la paz, el Nuevo Testamento se parece a la ley de Nunuku. Pero luego hay esas... cruzadas.

Tom rio.

—¡Y no solo eso! En Irlanda los católicos y protestantes todavía se están tirando los trastos a la cabeza. Y solo por una pequeña diferencia, los luteranos y los papistas estuvieron años en guerra.

Kimi asintió.

—El hermano Heinrich dice que los papistas van mal encaminados...

—Ahí lo tienes —respondió Tom—. A los seres humanos les gusta andar a la greña. Vosotros los moriori sois una rara excepción y no se puede decir que el cielo os haya recompensado por ello. ¡No tienes que verlo todo tan rígidamente, Kimi! Y no te creas todo lo que los pastores escriben y predican.

—Pero el reverendo Williams y el obispo Selwyn, los misioneros de Rekohu... hacen mucho bien —objetó Kimi.

Sentía una gratitud infinita hacia el director de la misión por haberla acogido. El brazo de Anewa no parecía llegar, en efecto, hasta Te Waimate. Se sentía segura.

—También tienen sus defectos —afirmó Tom.

A veces chocaba con los misioneros porque en vez de asistir a la oración, prefería irse a la cantina. Cuando los religiosos descubrieron un día que tenía whisky, casi lo echaron.

—Tienen sus reglas —lo tranquilizó Raukura—. Como nosotros las nuestras. Y a ti tampoco te entusiasmaría que los maoríes rondaran por aquí toda la noche borrachos. —A diferencia de Kimi, ella sabía perfectamente a qué aludía su marido.

—No hay que exagerar —refunfuñó Tom—. O como solía decir mi madre: el infierno está lleno de buenas intenciones.

A Kimi no le molestaba que los hermanos fueran tan rígidos en la religión. Asistía obediente a las oraciones, hablaba en voz baja y en secreto con los espíritus de las plantas y los árboles, y se esforzaba por respetar las normas de sus anfitriones. Mientras, el niño iba creciendo en su vientre y ella ya no tenía miedo de perderlo. Hablaba con él, le cantaba y pensaba en el árbol que iba a plantar para el pequeño.

No podría ser un kopi, no crecían en los alrededores de Te Waimate. Así que tendría que decidirse por uno de Nueva Zelanda. Disimuladamente, ensayó la posibilidad de grabar un dibujo en la corteza de distintos árboles.

En invierno del año 1843, un resplandeciente día en la bahía de Islas, empezaron las contracciones. Raukura, que tres meses antes había dado luz a una niña, acompañó a Kimi a ver a la señora Randolphs, aunque estaba segura de que todavía habría de esperar varias horas hasta el parto.

—En Rekohu las mujeres trabajan en las plantaciones hasta poco antes de dar a luz —explicó a la comadrona.

La señora Randolphs se llevó las manos a la cabeza.

—Seguramente esta sea una de las causas de que nazcan tantos niño muertos —señaló—. Tú ahora te tiendes en la cama y descansas. Con lo delgada que eres ya te será bastante duro.

De hecho, el vientre de Kimi se arqueaba casi de forma grotesca por encima de su frágil cuerpo. Aunque había engordado desde que vivía en la misión, siempre sería pequeña y delicada.

El parto duró más de veinte horas. Kimi se retorcía con cada contracción sin que realmente ocurriera nada. Seguro que todo habría ido más deprisa si la señora Randolphs le hubiese permitido andar por la habitación y empujar al niño de rodillas, como era usual en su cultura. Kimi echó de menos las *karakia* que se cantaban a los recién nacidos moriori para dar la bienvenida al espíritu del niño y tranquilizarlo. En cambio, había té caliente, un reconfortante consuelo y la repetida observación de que había que tener paciencia.

La señora Randolphs se remitió a los pecados de Eva cuando Kimi gritó de dolor y Kimi pensó en David. ¿Acaso era eso otro castigo por las pocas horas de felicidad que había pasado en el bosquecillo de los árboles kopi? Por otra parte, Raukura también había tardado mucho en dar a luz a su hijo. Y eso que estaba unida a Tom en cristiano matrimonio.

Kimi lloró de dolor, agotamiento y alivio cuando el bebé por fin llegó al mundo.

—Una niñita —anunció la comadrona—. ¡Vivaracha y con todo en su sitio!

Colocó la diminuta criatura sobre el vientre de Kimi antes de cortarle el cordón umbilical. Kimi percibió su pataleo.

—Déjemelo, quiero tenerlo conmigo —susurró cuando la señora Randolphs le quitó enérgicamente al bebé.

—Antes hay que bañarlo y ponerle los pañales —explicó—. Mientras, te recuperas. Enseguida saldrá la placenta, así que reúne fuerzas.

Kimi habría reunido fuerzas en contacto con el bebé, sobre todo, pero se conformó. Raukura no había podido cantar a su hijo la canción de bienvenida hasta que la comadrona se marchó y la dejó sola con el pequeño. Esperaba que los espíritus no se disgustaran. Pero de momento rezó una oración a Jesucristo.

Al principio, la señora Randolphs farfulló algo que sonó a aprobación.

—Aunque... a saber si habrá bendición... —murmuró cuando sacó a la niña de la bañera y la envolvió en un paño limpio.

Kimi, que miraba curiosa a su hija, comprobó que la pequeña era roja como un tomate. La mayoría de los recién nacidos de su tribu era más oscuros.

—¿Cómo? —preguntó Kimi, no entendía por qué los dioses no iban a bendecir a su hija.

—Es una pequeña mestiza —constató la señora Randolphs—. O ¿a quién quieres engañar?

Kimi movió la cabeza negativamente. Nunca había oído eso de mestiza. ¿Le estaba proponiendo la comadrona un nombre?

—No. No, no tendrá un nombre *pakeha* —explicó—. Se llamará Rohana. Es un nombre bonito, un nombre moriori...

—Por supuesto, informaré al reverendo Williams al respecto —dijo con severidad la señora Randolphs.

Kimi asintió.

—Sí, claro. A lo mejor... a lo mejor quiere bautizarla.

Naturalmente, Raukura y Tom habían bautizado a su hija en la iglesia de la misión. Según había aprendido Kimi, entre los *pakeha* se bautizaba a los niños cuando eran muy pequeños para salvar sus almas antes de nada.

—A lo mejor —respondió la comadrona con la boca pequeña—. Aquí tienes a tu hija.

Kimi se olvidó de todo lo que la rodeaba al coger entre sus brazos al bebé. Rohana era de piel clara, por lo visto tenía razón, era el fruto de una feliz tarde bajo los árboles kopi. Empezó a cantar en voz baja. La canción evocaba la belleza de su hogar, el viento en las islas, la lluvia que hacía crecer las plantas... Kimi describía a su hija el mundo en el que realmente debería haber visto la luz. Intentaba también que no percibiera la tristeza que siempre sentía cuando pensaba en Rekohu.

—¿Es una canción de cuna? —preguntó recelosa la señora Randolphs.

Kimi asintió. ¿Qué le importaba a la comadrona los espíritus a quienes encomendaba a su hija con la canción?

—Pronto —susurró a Rohana—, pronto plantaremos tu árbol.

A la mañana siguiente, Rohana todavía estaba más guapa que el día de su nacimiento. Lloraba poco y mamaba bien, a Kimi le había subido enseguida la leche y la tenía en abundancia. Las mujeres maoríes de la cocina y la escuela que visitaron a Kimi y Rohana encontraron preciosa a la niña. A la única que no parecía gustarle era a la señora Randolphs. De ahí que Kimi abandonara lo antes posible la enfermería para volver a su habitación en casa de los Peterson, donde Raukura pudiera ocuparse de ellas. La amiga le confirmó que la niña estaba bien. Tampoco ella podía explicarse el comportamiento de la comadrona.

—Conmigo fue muy amable —recordó—. Pero yo estoy casada. Eso para los *pakeha* marca la diferencia.

Tres semanas después del nacimiento —antes no se había sentido lo suficientemente fuerte— salió con Rohana. Con una pala y un esqueje, que había cortado antes del parto y dejado en agua para que echara raíces, se fue a pasear por el campo y encontró un bonito lugar entre un arroyo y un bosquecillo. Allí el árbol de Rohana tendría sitio suficiente para crecer y sol y agua en abundancia.

—El árbol todavía existirá cuando ya no vivamos —le susurró a su hija—. Tu espíritu siempre encontrará cobijo en él, se renovará en sus flores y semillas. A lo mejor un día alguien tallará una imagen para ti en su corteza con el fin de invocar a los espíritus bondadosos. Pero estoy segura de que vendrán incluso sin que nadie los llame. Pues ¿qué espíritu no querría bailar con el tuyo?

Acarició a la pequeña, le dio de mamar y permaneció un par de horas rezando y cantando con Rohana delante de su árbol. Cuando por fin regresó, se sentía más feliz y serena.

Raukura la esperaba en la cocina de la misión con un plato de potaje.

—Tienes que estar cansada después del paseo —dijo. Sabía de qué hablaba, pues también ella había plantado un árbol para la pequeña Toha fuera del terreno de la misión—. Ah, sí, y el reverendo Williams ha preguntado por ti. Le he dicho que has ido al campo, es lo primero que se me ha ocurrido. Tampoco parecía ser urgente. Aunque grave, por su expresión. Mañana por la mañana, después de la misa, tienes que ir a su despacho. Con Rohana.

Kimi comió la sopa con avidez.

—Posiblemente se trate del bautizo —supuso—. A lo mejor está enfadado porque todavía no lo hemos celebrado... —Hasta ella tenía mala conciencia. El bautismo cristiano debía hacerse lo antes posible para que el niño no fuera al infierno si moría antes de la ceremonia. Rohana estaba muy bien de salud, aunque Kimi sí se había sentido débil y tenido fiebre los días después del parto.

—No será nada malo —dijo Raukura tranquila—. Pero no llegues tarde, odia que los maoríes no sean puntuales.

Kimi asintió. El tiempo no tenía tanta importancia para la tribu como para los *pakeha*. Ya hacía mucho que se había acostumbrado a que en la misión no fuera la luz del sol la que rigiera el transcurso del día, sino el reloj.

A la mañana siguiente, justo después de la misa, entraba en el despacho del misionero, que ya conocía desde el día de su llegada. Estaba sentado detrás del escritorio. Kimi lo saludó educadamente y sosegó a Rohana, que lloriqueaba un poco. El reverendo Williams la miraba con severidad.

Kimi le sonrió.

—¿Quería hablar conmigo? —preguntó amablemente—. ¿Y conocer a mi hija?

Williams soltó una especie de resoplido.

—Ya me han llegado noticias de la niña —dijo—. La señora Randolphs me ha informado. Bastante tarde, pero quería estar segura...

Kimi meció a la niña en sus brazos.

—¿Segura de que sobreviviría? —preguntó extrañada. De hecho, la comadrona no había expresado ninguna duda al respecto.

El misionero no contestó a su pregunta. En lugar de ello se quedó mirándola fríamente.

—¿Dices que tu hija es maorí? —preguntó en el tono de quien ya conoce la respuesta.

Kimi negó con la cabeza.

—Es moriori —corrigió, y retiró la manta en que había envuelto a Rohana dejando a la vista una fina pelusilla.

Williams miró a Kimi.

—¿A quién quieres engañar, muchacha? La señora Randolphs es una experimentada comadrona y ya ha visto a docenas de mestizos. Y de esta niña... Dios mío, se diría que es una auténtica «rosa inglesa».

Kimi frunció el ceño.

—No entiendo —admitió—. ¿Por qué rosa?

El reverendo hizo un gesto de rechazo.

—Olvídate, se dice así. Me refiero a que tu hija tiene raíces europeas, no lo niegues.

Kimi lo miró con tristeza.

—No, señor, tiene raíces en Nueva Zelanda. Le he plantado un árbol aquí, porque... porque no podemos volver a Rekohu. Y porque aquí no crecen árboles kopi, he elegido para ella un pohutukawa. Sus flores son preciosas. Y me ha dicho el jardinero que no se mueren tan deprisa. Son muy robustos. Creo que es un buen árbol.

Williams contrajo el rostro, era obvio que intentaba conservar la paciencia.

—¿Qué tienen que ver los árboles con todo esto? Da igual, no vamos a seguir dándole vueltas: Kimi, se aprecia con toda claridad que el padre de tu hija no es un maorí, como tú dices, sino un europeo. Un inglés o un irlandés o de donde sea que vengan los cazadores de focas y ballenas que entran y salen de la isla. Así que: ¿quién fue y qué relación tenías con él?

Kimi sonrió y acarició la cabecita de Rohana.

—Ah, vale, se refiere a eso. Sí, es hija de un *pakeha*. Me alegré mucho. No quería darle ningún hijo a Anewa. No quería que al final se volviera tan malo como él. Pero los dioses me bendijeron con la semilla de David. David fue bueno conmigo.

Esperaba ver reflejada su propia alegría en el rostro de Williams, pero en lugar de eso el religioso mostró desprecio y cólera.

—Muchacha, ¿quieres decirme que te acostaste con David Mühlen? ¿Con... con el misionero?

Kimi asintió.

—Era bueno conmigo —repitió—. Yo pensé que a lo mejor me tomaría como esposa. Pero su Dios le envió una mujer de su propia tierra y él no podía rechazar ese obsequio. Ella también es muy buena y amable. Sin ella yo no estaría aquí. Él le dará unos hermosos hijos.

El reverendo Williams se quedó por unos segundos sin habla. Pero luego concentró toda su rabia en Kimi, que se estremeció bajo sus horribles palabras.

—Tú, putón, ¿apareces por aquí, embarazada, y nos explicas las salvajadas que hacen los brutales jefes maoríes para darnos pena y luego nos traes a casa una mestiza engendrada por un hombre de Dios al que sin duda alguna sedujiste? ¿Y a cuya mujer sin duda convenciste para que organizara tu huida de la isla Chatham? ¿Para que tu amante maorí no te matara a golpes cuando se diera cuenta de que su supuesto hijo es hijo de un blanco?

—Yo soy... Yo he...

Kimi miró confusa al reverendo. Empezó a comprender lentamente. Aunque en los últimos meses había oído muchas cosas acerca de la moral cristiana y del concepto del honor, y, claro, conocía los diez mandamientos. Hasta ese día había pensado que los cristianos daban tan poca importancia al amor antes del matrimonio como a la prohibición de matar. A fin de cuentas, Tom también había vivido con Raukura en la isla Chatham, y varios hombres de la estación ballenera, que habían comerciado con Anewa, vivían con mujeres maoríes.

Williams parecía verlo de otro modo. Sus ojos reflejaban desprecio y frialdad.

—¿Y qué más, muchacha? —siguió gritando—. ¿Detrás de cuál de mis hombres estás ahora? ¿Es que te ha contado alguien que aquí pronto se abrirá un seminario? ¿Estás esperando a un hombre joven al que puedas volver loco para que quizá se case contigo y se ocupe de tu cría?

Kimi buscaba una respuesta, pero solo recordaba la última pregunta. Miró serena a Williams a los ojos.

—Reverendo, yo no espero nada más —dijo en voz baja—. Estoy muy contenta aquí en la misión con mi hija. Es una niña maravillosa y puedo encargarme yo sola de ella. Tengo mucha leche y...

El reverendo golpeó la mesa con la mano.

—¡Basta! No quiero saber nada más de ti. Si tan segura estás de que puedes ocuparte de tu hija, ¡adelante! Yo te habría pedido que la dejaras en un orfanato cristiano para que la criaran. Pero si crees que la puedes mantener, llévatela.

Kimi se frotó la frente.

—¿Que me la lleve? A... ¿Adónde?

—¡A donde sea! —tronó el misionero—. Me es totalmente indiferente lo que hagáis tú y tu bastarda. En cualquier caso, mañana por la mañana a más tardar dejas la misión. Para perdidas que se cuelan entre nosotros con falsedades, que mienten, engañan y seducen no hay sitio en Te Waimate. No os quiero volver a ver ni a ti ni a tu hija. ¡Y ahora, esfúmate!

4

Kimi no tenía mucho que llevarse. Raukura le dio un par de pañales y un vestidito para la niña y ella todavía tenía la falda oscura de Hilde, varias veces ensanchada y vuelta a estrechar tras el parto. La blusa de Ruth se ceñía sobre sus pechos llenos de leche, pero todavía podía abrocharse. Además, Raukura le había regalado un vestido verde a su llegada a Te Waimate. Procedía de una donación inglesa y ya no le iba bien después del nacimiento de su segundo hijo. Ahora era el vestido de los domingos para Kimi, aunque no daba demasiado el pego. Su prenda de vestir realmente buena era el abrigo negro de Ruth. Raukura la presionó para que se lo llevara sin falta aunque ese invierno no hiciera mucho frío.

—A lo mejor puedes cubrirte con él por la noche si tienes que dormir en el exterior —le aconsejó preocupada—. Si no encuentras enseguida trabajo y refugio en Kororareka.

Kimi y los Peterson habían estado dándole vueltas al caso, pero Kororareka era el único lugar al que podía dirigirse. Otra opción habría sido el poblado maorí cercano, una solución que apoyaba Tom Peterson.

—Ahora ya conoces a los maoríes de aquí —dijo—.

No tienen nada que ver con esa chusma de las Chatham. Seguro que te acogerían con la niña.

Tom consideraba que era simplemente imposible encontrar trabajo en Kororareka con una niña encima. Además era pesimista en cuanto conseguir un empleo honrado en ese agujero infernal de la bahía de Islas. Para los hombres siempre había algo que hacer en el puerto, pero para una mujer joven...

—Williams, el apóstol de la moral, te condena con una sonrisa fría a la prostitución —se indignó Tom—. ¡Bien que lo sabe! Y, sin embargo, tú no eres culpable de nada. ¿De verdad se ha pensado que violaste a ese misionero?

Kimi lo miró con ojos como platos.

—Soy moriori —dijo sencillamente—. No ejerzo la violencia con nadie. Y tampoco he mentido. Pero no sabía... ¡no podía saber que mi hija era de David! ¿Qué... qué es prostitución?

Tom Peterson suspiró. Estaba realmente indignado con lo que el reverendo Williams había hecho a la joven moriori y pensaba de verdad en marcharse él también de la misión. Pero entonces tendría que pensar en empezar desde cero con dos mujeres y tres niños, dos de ellos todavía muy pequeños. Sin propiedades, sin ahorros. Tom se sentía culpable, también ante su viejo amigo Brandon, que sin duda había amado a Kimi, pero no podía correr ese riesgo.

—¿No quieres dejar al menos a la pequeña aquí? —preguntó Tom sin responder a la pregunta de Kimi.

Raukura se había ofrecido a cuidar de Rohana junto a su propia hija, al menos hasta que Kimi encontrara un trabajo en Kororareka que le permitiera recoger a la niña. Pero ella había rechazado horrorizada el ofrecimiento y también ahora se negó con vehemencia.

—Yo no me voy sin Rohana —declaró—. Es mía, es

una parte de mí. Nunca me separaré de ella. Ya encontraré algo, Tom. Se necesitarán traductores... y sé leer y escribir.

Tom suspiró. De nada serviría explicarle a la joven que un hombre, además en el barrio portuario de Kororareka, al ver la bonita cara de Kimi, su cabello brillante y largo hasta la cintura y sus ojos dulces y redondos, lo último que pensaría sería en darle trabajo por saber leer y escribir.

—Inténtalo, Kimi —dijo al final resignado—. Te deseo toda la suerte del mundo.

Al amanecer, Raukura y Kimi lloraron cuando la última emprendió su camino. Tom le tendió al final algo de dinero que ella rechazó.

—Todavía me queda un poco de la hermana Ruth —explicó. En efecto, todavía habían sobrado un par de chelines con lo que pensaba que podría aguantar los primeros días.

—Tómalo a pesar de todo —insistió Raukura—. En el mundo de los *pakeha*... Creo que ahí se necesita mucho dinero.

—Así es. —Tom suspiró—. Tómalo, te lo damos de corazón. Y ahora, vete... No voy a decir que te vayas con Dios, pues no puede bendecir que te echen. Pero, a lo mejor, sí con tus espíritus.

Kimi movió la cabeza con tristeza.

—No me los puedo llevar conmigo —contestó—. Pero en Kororareka habrá otros...

Tom se frotó la frente.

—Si no fuera un lugar dejado de la mano de Dios...

El corazón de Kororareka latía en el puerto. Alrededor de los muelles se situaban unas pocas tiendas y muchos bares, un par de talleres y de puestos de comida. Kimi estaba agotada al llegar a la ciudad. Todavía no se había recuperado del todo del parto y, siguiendo la costumbre de su pueblo, llevaba a Rohana sujeta con un pañuelo a la espalda, así como la bolsa con sus pertenencias.

«A lo mejor encuentras habitación en un hotel más o menos decente, al menos la primera noche», le había indicado Tom, pero justo la propietaria de la primera pensión en la que le habría gustado alojarse pedía todo el dinero del que disponía por una noche. Además, miraba con recelo a la joven.

—¿Una maorí con un niño blanco? ¿De dónde has salido, muchacha, y qué buscas por aquí? —Kimi pidió tímidamente trabajo, ante lo cual la mujer se echó a reír—. ¿Qué trabajo te iba a dar yo? ¿Servicio de habitaciones? ¿Alguna vez has hecho una cama en una casa decente? Y encima con una cría llorona colgada del cuello...

—Rohana es muy tranquila —explicó Kimi, pero la mujer hizo un gesto de rechazo.

—Además, me volverías locos a los tíos. Primero al mozo y luego a los huéspedes. Ni hablar. Mejor que te busques la vida en el puerto. Guapa, lo eres, y por lo visto no tienes nada de mojigata.

Lanzó una significativa mirada a Rohana.

Kimi dio las gracias y se marchó. Se permitió una comida caliente en un puesto callejero, el dueño asaba langostas en un fuego abierto y sabían estupendamente. Tampoco eran demasiado caras, pero Kimi comprendió que su patrimonio desaparecería en un abrir y cerrar de ojos si cada día comía ahí. Con un suspiro, marchó en búsqueda de trabajo, pero todos los comercios, tabernas y restaurantes la rechazaban. Sin embargo, cuando llegó directa al área del puerto, las miradas de los dueños de los locales se volvieron más interesadas.

—Algo podrías ganarte aquí —opinó un hombre rubicundo y rechoncho que administraba una tabernucha cerca de los muelles—. Pero tendrás que abrirte de piernas, claro. Lo mismo me enseñas qué tienes que ofrecer... —Hizo gesto de desabrocharse los pantalones—. Si me gusta, te ofreceré un sitio donde dormir. En el cobertizo siempre tengo a tres o cuatro mujeres durmiendo. Y puedes traerte a los clientes. ¡Ahora sí, yo me quedo con un tercio de tus ganancias!

Kimi rechazó presurosa la propuesta y salió corriendo para recibir una contestación similar en el siguiente cuchitril. Tom tenía razón. Para una mujer, encontrar un trabajo honrado en Kororareka no era sencillo. Y los espíritus... todavía no había percibido ni uno desde que estaba en la ciudad.

A pesar de todo, decidió no dejarse abatir. Después de haber dado de mamar a Rohana en un rincón entre un cobertizo, una taberna y algunos toneles apilados que contenían o habían contenido whisky o ron, reanudó la búsqueda de trabajo. Se había recogido el cabello en un moño en la nuca y el abrigo le cubría la blusa ceñida. Así no se la veía tan provocativa. Sin embargo, eso no cambió en nada la reacción de los dueños de los bares. O bien le decían que no tenían trabajo, o bien le indicaban un dormitorio que ofrecían a las chicas del puerto a cambio de una suma de dinero. Por regla general eran unos sucios cobertizos detrás de la taberna, a menudo cerca del retrete. Eran repugnantes.

Se hizo de noche y ella estaba agotada de tanto caminar y de tanta negativa. También la paciente Rohana empezaba a lloriquear. Kimi pensó de nuevo en una habitación de hotel, pero estaba preocupada por si gastaba demasiado deprisa el dinero. Si al día siguiente no encontraba ningún trabajo en Kororareka, a lo mejor tenía que marcharse a Paihia. El lugar donde se encontraba la mansión de los Busby, donde se había negociado el Tratado de Waitangi, era mucho más pequeño que Kororareka. Tal vez la gente allí no era tan depravada y tenía menos prejuicios frente a maoríes y moriori. Kimi iba entendiendo poco a poco que los blancos no veían ninguna diferencia entre los dos pueblos. Con el transcurso del día había renunciado a seguir corrigiendo a los *pakeha* que la llamaban maorí.

Pero ahora tenía que superar esa noche. Recordó abatida el angosto rincón entre el cobertizo y los toneles en el que al mediodía había dado de mamar a Rohana. Si se acostaba allí sería casi seguro que nadie se percatara de su presencia, y había sitio suficiente para desplegar una manta y tenderse en ella.

Kimi desanduvo el camino y comprobó que en la taberna vecina reinaba mucho ajetreo. Debía cuidarse de que nadie la viera mientras buscaba el escondite, pero tampoco allí había tanta tranquilidad como al mediodía. De la bodega salían cantos y risas y del cobertizo las voces de las putas y de sus clientes, así como los jadeos y gemidos de los hombres después de haber llegado a un acuerdo con ellas. Efectivamente, debían de ser tres o cuatro mujeres las que bajo la égida del magnánimo dueño del local hacían contactos en el cobertizo, y el negocio funcionaba bien.

Durante toda la noche las chicas y sus clientes no dejaron de entrar y salir. Kimi no pudo conciliar el sueño y pensó de nuevo, mientras daba de mamar a la pequeña, en la doble moral de los cristianos. Por lo que los misioneros habían contado, casi todos los hombres y mujeres de Europa estaban bautizados. Las putas y sus clientes cometían un pecado tras otro durmiendo juntos y el dueño del lugar también era culpable animándolos a hacerlo. Pero no parecía que a nadie le importase saltarse las leyes divinas y, por lo visto, nadie temía ser castigado. Tal vez las mujeres rompían las normas por pura desesperación.

¿Debería considerar también la posibilidad de tener que vender su cuerpo si no encontraba trabajo? Para ella ni siquiera constituiría un pecado, los espíritus de los moriori no se entremetían en los asuntos del amor. Una mujer podía entregarse a quien quisiera. Claro que ahora ella estaba bautizada, pero seguía opinando que el dios de los cristianos y sus espíritus ya se las arreglarían. Jesucristo, de eso estaba segura, había contemplado con buenos ojos su unión con David, en el bosquecillo de los kopi todos los dioses y espíritus eran indulgentes.

Kimi suspiró. No se sentiría culpable si aceptaba la oferta de algún tabernero, pero le horrorizaba el olor de los clientes y el dolor cuando la penetrasen. Aunque no podía ser peor que lo que Anewa le había hecho.

Al amanecer, el ambiente se tranquilizó en el cobertizo y al final solo se oían las voces agotadas de las mujeres que todavía se pasaban una botella de whisky antes de descansar. Una de ellas llegó en ese momento, al menos Kimi no había oído su voz por la noche. Avanzaba arrastrando los pies y en cuanto entró en el cobertizo, se dejó caer en la paja.

—Por fin has llegado, Iris —la saludó una de las otras—. ¿Te ha ido mal? ¡Madre mía, estás blanca como la leche!

Las mujeres debían de tener un farol en el cobertizo.

Kimi esperaba que fueran con cuidado y no provocaran un incendio.

—Toma primero un trago —la invitó una de sus compañeras.

Iris dio las gracias con una voz diáfana y joven.

—Ha sido terrible —dijo—. Y... y tampoco podré volver a trabajar mañana, como mínimo. Tampoco sé si podré... lo único que quiero es dormir...

Poco después, en el cobertizo se extendió realmente el silencio. Kimi todavía pudo dormir un poco antes de que el sol la despertara. Dio de mamar con rapidez a Rohana, que había estado durmiendo tranquilamente pegada a ella, para que no llorara y despertara a las mujeres de al lado. Kimi quería marcharse de allí antes de que empezara el movimiento. Sin embargo, después de esa breve noche acostada sobre el suelo duro estaba destrozada y le iba a resultar difícil ponerse a buscar trabajo. Pero tuvo suerte con el desayuno. Los dueños de las tabernas se desprendían de los restos de la comida de sus comensales en unos cubos que dejaban en los patios traseros y ella encontró uno en cuanto dejó su escondite. Cogió avergonzada algo de pan, en parte empapado con el jugo de un asado, y se lo comió. Por ahora no pasaría hambre, y después... Kimi decidió que se premiaría con una porción de langosta asada si conseguía encontrar trabajo.

Pacientemente fue abriéndose camino de casa en casa y al final preguntó también a los marinos de los barcos que estaban amarrados en el puerto si tenían trabajo. ¿Por qué no podía descargar o limpiar un cubierta?

Hacia el mediodía sus esfuerzos se vieron recompensados. Dos marineros todavía jóvenes no tenían ningunas ganas de limpiar el barco una vez descargado. Este necesitaba urgentemente un lavado, pues había transportado ovejas procedentes de Australia a Nueva Zelanda.

Sin consultar antes con su capitán, los chicos prometieron a Kimi un par de chelines si hacía ella su trabajo y luego se metieron en la taberna más cercana. La muchacha retiró primero el estiércol y luego fregó los tablones. Era una tarea dura, pero al menos ella estaba tranquila en el barco vacío y ya se había ocupado de los establos en la isla Chatham.

Mientras trabajaba, le cantaba nanas a su hija, y cuando concluyó la tarea se compró un bocadillo de gambas frescas y se lo comió con ganas y sin mala conciencia. Se había ganado el dinero y no necesitaba recurrir a sus reservas. Pero el trabajo le había costado un precio, pues mientras que hasta ahora su aspecto había sido limpio y aseado, ahora emitía un intenso olor a oveja, aunque había tratado de limpiar el dobladillo de la falda con agua de mar. Eso no hacía más fácil la búsqueda de trabajo. Sobre todo cuando llamaba a las puertas de viviendas para ofrecerse como criada o auxiliar de cocina, las mujeres arrugaban la nariz y la echaban.

Por la noche volvió a dirigirse a su escondite junto a la taberna y escuchó de nuevo la conversación que sostenían dos mujeres en el cobertizo. Iris, la que había llegado tan tarde la noche anterior, no parecía haberse recuperado. Lloraba mientras otra le exhortaba para que «moviera el culo de una vez por todas y se fuera a la taberna».

—No puedo, Molly —respondía con voz débil—. La hacedora de ángeles también ha dicho que tengo que descansar al menos dos días...

Kimi se preguntó qué sería una hacedora de ángeles. Los ángeles formaban parte de los espíritus de los cristianos, hasta ahí llegaba. ¿Pero podían hacerlos unas mujeres sabias? ¿Tal vez para repoblar el mundo espiritual de «ese pueblucho impío» como Tom llamaba Kororareka.

—Si la vieja ha hecho el trabajo como debe, enseguida puedes volver a trabajar —explicó resoluta Molly—. ¡Joder, Iris, lo digo por tu bien! ¿Quieres que Will venga aquí y que te saque a golpes?

Will debía ser el dueño de la taberna, al menos esta se llamaba Sweet Willie's.

El argumento obró su efecto. Al final, las dos mujeres dejaron el cobertizo y Kimi y Rohana se quedaron tranquilas, hasta que la primera prostituta llegó con un cliente. Luego todo se precipitó. Esta vez Kimi también escuchó gritos, gritos altos y quejumbrosos. Iris parecía tener dolores cuando los clientes la penetraban. En la calma de la mañana, Kimi oía sus gemidos. Hubo que pasar bastante tiempo hasta que la joven moriori por fin logró dormir un poco.

El día siguiente transcurrió de forma parecida al anterior, solo que esta vez Kimi no encontró a ningún marino perezoso que le diera trabajo a escondidas. En lugar de ello recibió dos ofertas ambiguas de marineros, y aunque al final un pescador compasivo le dio un par de peniques por destripar lo que había pescado y colocarlo en cajas que enseguida vendió en el muelle, eso no le llegó para una buena comida de mediodía. Además, el abrigo tenía ahora restos de barro y escamas de pescado. Kimi anduvo por la playa para intentar limpiarse, pero no se engañaba: con cada día que pasaba, peor era su aspecto y menos posibilidades tenía de encontrar un trabajo decente.

Lo mejor era irse lo antes posible a Paihia e intentarlo allí.

Por una última noche, volvió a acurrucarse en su escondite junto a la taberna. Se instaló relativamente pronto, antes de que empezara el trajín, y volvió a escuchar a las prostitutas mientras daba de mamar a Rohana.

Iris estaba enferma de gravedad. Las otras mujeres estaban preocupadas por ella. Ni siquiera Molly la animaba a salir a buscar clientes a la taberna.

—A lo mejor esto se para si te quedas unas horas tranquila —aconsejó—. No vas a sangrar eternamente.

Kimi escuchaba y recordó que por la mañana había visto en los cubos de basura, junto a los restos de comida, unos paños con sangre. Uno de los clientes debía de haber herido a Iris. Kimi sintió verdadera pena. Con Anewa, en los primeros tiempos sobre todo, también había sangrado con frecuencia.

—Me duele tanto... —se lamentaba Iris con un hilillo de voz—. No podríais... el doctor... Dicen que también viene por aquí.

—¿Estás loca? —la interrumpió Molly—. Puede que el doctor Thompson venga. Pero ¿qué vas a decirle? ¿Quieres delatar a Teresa, la hacedora de ángeles? ¿Qué vamos a hacer entonces, en caso de que uno nos endilgue un crío?

—No quiero morir —susurró Iris.

—No lo harás —la consoló la otra mujer—. Yo ya he pasado tres veces por esto. Mira, mañana estarás mejor. Y entretanto... Te dejo el whisky. Bébete un trago de vez en cuando y así te dormirás.

A Kimi también le habría gustado beberse un trago esa noche. Mientras que últimamente había hecho calor para la estación del año y no había llovido, ese día la lluvia había sido persistente. Kimi apenas había podido protegerse a sí misma y Rohana con el abrigo de Ruth. Tenía frío y de nuevo no pudo conciliar el sueño, aunque ya se había acostumbrado a los jadeos y gemidos de los clientes, que hoy se mezclaban con el llanto tenue de Iris y al final con sus gritos que, naturalmente, ahuyentaban a los clientes.

—Aquí no podéis dejar a esta chica —llegó a advertir un hombre cuando Molly le pidió con un tono aflautado que la siguiera a otro alojamiento—. La pequeña tiene fiebre... y está sangrando.

—Ya nos ocuparemos de ella —lo tranquilizó Molly. Pero fue la cuarta mujer, hasta ahora Kimi pocas veces había oído su voz, quien tomó la iniciativa.

—Lo siento, pero ahora no puedo —rechazó a su cliente—. Búscate a otra chica, tengo...

—El doctor... —pedía Iris con voz débil—. Por favor... ve a buscar al doctor... Alison...

—Molly me matará —dijo suspirando la aludida—. Y Will...

—No dejes que me muera...

Kimi pensó si debía salir a buscar ayuda, pero no tenía ni idea de a dónde ir a buscar al doctor que Iris pedía. En cualquier caso podría cantar *karakia* para ella. Conocía hierbas que tal vez habrían detenido la hemorragia, pero no las llevaba encima.

—Está bien. —Alison parecía haber tomado una decisión—. Me voy. Te quedas acostada y te estás tranquila, ¿oyes? No grites o se irán los otros clientes y lo mismo le dicen a Will lo que pasa. Por ahora no sabe nada de lo que sucede, le hemos dicho que tenías un cliente para toda la noche.

—Pero... —Iris iba a objetar algo con voz afligida.

—Ya le pagaremos, no te preocupes. Juntaremos el dinero y le daremos su parte. Lo que no tienes que hacer es fastidiarnos también el negocio...

Justo después, Kimi se asomó a mirar entre los toneles y vio a una mujer que dejaba apresurada el cobertizo e iba hacia la calle. En efecto, Alison iba a buscar un doctor, debía de ser un hombre de buen corazón si llegaba al barrio portuario y trataba a las putas. Y encima, a media noche.

Kimi intentó tranquilizarse, pero seguía escuchando los suspiros de Iris. Aunque apretaba los dientes para no gritar, volvía a llorar.

En un momento dado, Kimi no pudo aguantar más. ¿Qué ocurriría si el médico no venía? A lo mejor Alison iba de un *tohunga* a otro para pedir ayuda. Kimi reunió sus cosas. Tenía que entrar en el cobertizo y ver qué podía hacer por Iris. Naturalmente la descubrirían, pero en realidad le daba igual. Si a la mañana siguiente salía para Paihia, no volvería nunca más.

En el cobertizo ardía, en efecto, un farol que emitía una luz mortecina. Suficiente para reconocer que la joven descansaba en un lecho de paja manchado de sangre, más muerta que viva. Tenía el rostro, ya de por sí delgado, hundido y pálido, ardía por la fiebre.

Kimi no creía que nadie pudiera ayudarla, ni Pourou ni un médico. Ella misma solo podía intentar mitigar un poco el dolor. Sacó con cuidado a la dormida Rohana del paño en que la llevaba y la dejó en la paja junto al lecho de la enferma. Luego acarició la frente de la joven, le susurró palabras sosegadoras y empezó a cantarle *karakia*.

Junto a la puerta del cobertizo había un cubo con agua. Kimi buscó un trapo o algo parecido con el que poder refrescar el rostro de la enferma. Al final, extrajo afligida del bolso uno de los pocos pañales que guardaba para Rohana y lo empapó de agua. Con un cazo que encontró en el cubo, le dio algo de agua a Iris. La enferma bebió con avidez.

—¿Quién... Quién eres...? —preguntó débilmente—. ¿Ma... maorí? Aquí... aquí casi no hay maoríes...

En efecto, las nativas pocas veces se prostituían, Kimi

no había visto en la calle a ninguna mujer maorí esperando clientes.

—Soy moriori —respondió dulcemente—. Y soy... soy *tohunga*. Voy a ayudarte.

Iris mostró una débil sonrisa.

—Cantas... bien... —susurró. Y perdió el conocimiento.

Aun así, Kimi siguió cantando y limpiando el sudor y la sangre del cuerpo de la enferma. Tenía la sensación de que las horas transcurrían sin que nadie apareciese. Molly y la otra mujer se habían buscado otros sitios a los que ir con sus clientes. De golpe, oyó pasos y voces.

—¿Y cuánto tiempo lleva sangrando? ¿Desde hace un par de días? —Era una potente voz masculina.

Entonces entraron en el cobertizo una mujer bajita y flaca, tal vez Alison, y un hombre fuerte y pesado con un formal terno y un maletín de médico bajo el brazo. El doctor Thompson tenía el cabello moreno revuelto. Seguramente había renunciado a peinarse cuando Alison lo había despertado. Su cara era redonda, y tenía una expresión bondadosa aunque, en ese momento, alarmada.

—¿Quién eres tú? —preguntó sorprendido, cuando vio a Kimi junto al lecho de la enferma, ocupada en lavarle el cuerpo.

—¿Qué haces tú aquí? —preguntó Alison recelosa.

Kimi dejó de cantar y de limpiar a la mujer.

—Tiene fiebre. He intentado refrescarla.

El médico asintió.

—Muy sensatamente. Ahora, por favor, consigue algo de agua caliente. A lo mejor tengo... —Observó a Iris con mayor atención mientras hablaba y detuvo afligido lo que iba a decir—. Oh, Dios mío, esto... esto es mucho peor que lo que yo me imaginaba. No creo... De todos modos, ve a buscar agua caliente, chica, lo intentaremos al menos con una infusión. ¿Qué es esto? —señaló a Rohana—. ¿Alguna de vosotras...? —Parecía no dar crédito.

Alison negó con la cabeza.

Kimi levantó a Rohana.

—Es mía —dijo con firmeza, dispuesta a proteger a la niña—. Ella...

—La maorí no es de las nuestras —declaró Alison, señalándola.

Kimi asintió confirmándolo.

—Yo... yo pasaba por aquí por casualidad. Y no sé dónde puedo calentar agua —dijo modestamente—. Lo... lo siento. Quería ayudar y...

El médico la escrutó con la mirada.

—Ya nos ocuparemos más tarde de este asunto —dijo con calma—. Ahora veremos si podemos hacer algo por Iris. Deja a la niña durmiendo otra vez, muchacha, y ayúdame. Has hecho bien, aplicándole paños con agua fría. Puedes seguir haciéndolo.

En la hora que siguió, el doctor Thompson, ayudado por Kimi y Alison, lo hizo todo por detener la hemorragia y reforzar el corazón de Iris. Al final, sin embargo, los temores de Kimi se vieron confirmados. La vida de Iris se había ido escapando, fluyendo con la sangre. Murió por la mañana sin volver a recobrar el conocimiento.

—He llegado demasiado tarde —dijo el doctor Thompson afligido—. Por Dios, muchacha, ¿por qué no me habéis llamado antes? Ayer aún podría haber hecho algo y a lo mejor todo habría ido bien si no hubiera empezado enseguida a... Will, hijo de perra, seguro que la envió a trabajar al instante, ¿verdad?

Alison asintió.

—La envió Molly —precisó.

El médico suspiró.

—Da lo mismo. Pobrecilla... —Tiró de la manta bajo la que había dormido Iris para cubrirle el rostro—. Supongo que Will se ocupará como mínimo del entierro —dijo con severidad—. Ya ha ganado suficiente aprovechándose de ella... y por lo visto ya tiene sustituta. —Miró a Kimi, más con pena que con menosprecio.

—Ella no trabaja aquí —repitió Alison. Era una chica pálida de cabello rubio y aspecto cansado y consumido, aunque no era mucho mayor que la misma Kimi—. En cualquier caso, no hasta ahora. No creo que Will la quiera. Con el niño...

Kimi se irguió.

—Sí que me quería —dijo—. Pero a mí... a mí no me gusta esto, yo...

Alison soltó una carcajada.

—¿Y a quién le gusta? —preguntó desdeñosa—. Pero tampoco debes de ser una santa virgen o no te habrían endilgado un crío. Un blanco...

Kimi estrechó con fuerza a Rohana contra sí.

—A mí no me han dado dinero por ella —manifestó con dignidad—. Y... y ahora mismo me voy...

Lanzó una última mirada de pena al cuerpo sin vida de Iris y se levantó. Se miró la ropa afligida. Su falda, ya de por sí sucia, mostraba ahora manchas de sangre.

El doctor Thompson, que estaba metiendo de nuevo sus cosas en el maletín, levantó la vista.

—Espera —dijo calmadamente—. No sé de dónde vienes, pero si te quedas aquí acabarás como ellas. —Con un amplio gesto de la mano señaló el cobertizo, Alison y el cadáver de Iris—. Y sabe el cielo qué sucederá con la niña. Os llevo a ti y a la pequeña a mi casa. —Al ver que Kimi se ponía rígida, añadió—: Con mi esposa. No tengas miedo. A no ser que tengas algo que esconder. ¿Qué ha sucedido con tu tribu, muchacha? Eres maorí. Te han echado por... —Deslizó la mirada hacia Rohana.

Kimi negó decidida con la cabeza.

—Soy moriori —corrigió—. Y mi tribu... Es una larga historia, ¡pero nadie me ha echado!

El médico suspiró de nuevo.

—Ya nos lo contarás. Ahora ven, es tarde. Y tú informas a Will de la muerte, Alison. ¿O debo hacerlo yo? No vaya a ser que esté borracho y encima te mate a golpes porque le llevas una mala noticia.

Alison aceptó agradecida la sugerencia. Era evidente que tenía miedo del dueño de la taberna, probablemente desaprobaría que hubiera interrumpido su trabajo para ir a llamar al médico.

Así que Kimi se escondió un rato más detrás de los toneles, mientras el médico entraba en la taberna y volvía a salir poco después con el quejumbroso tabernero acusándolo de haber ocasionado la muerte de Iris.

—La vieja Teresa... Dios mío, no debería ser yo quien lo dijera, pero ella trabaja bien. Este último año no se le ha muerto ninguna mujer. Pero hay que darles un par de días de descanso después de una intervención así. Por todos los cielos, Will, ¡tanta urgencia tenías en sabe Dios qué para no poder renunciar una semana al dinero de esa pobrecilla!

Kimi se percató de que el médico conocía al tabernero y las putas por su nombre de pila. Así que Teresa era la hacedora de ángeles. Decidió que más tarde le preguntaría de dónde venía esa expresión. Iris había muerto de las secuelas de un aborto espontáneo, Kimi había visto con frecuencia algo similar en las Chatham. ¿Qué tenía entonces eso que ver con los espíritus cristianos?

Al final, el médico ya estaba listo y buscó por el patio

a su nueva protegida. Suspiró aliviado cuando descubrió a Kimi y su hija detrás de los toneles.

—Ya pensaba que te habías ido —confesó con una sonrisa cansada—. Y eso que esperaba poder salvar al menos a una. Ven, vámonos de aquí. Este no es lugar para un bebé.

Kimi asintió.

—Este no es lugar para nadie —observó ella—. Un lugar dejado de la mano de Dios, dijo un amigo mío. A lo mejor... ¿a lo mejor es por eso por lo que las chicas quieren hacer ángeles?

—¿Cómo? —El doctor Thompson la miró sin comprender, después se echó a reír casi alegremente—. Cielos, es cierto que no tienes ninguna experiencia con todo esto. Hablas muy bien el inglés, pero hoy acabas de aprender la expresión hacedora de ángeles, ¿es así? Entonces ¿de dónde has salido?

Mientras Kimi lo seguía primero fuera del área portuaria, luego a un barrio residencial tranquilo y por último a las afueras, le contó su historia.

5

El doctor Thompson vivía en una casa de madera de dos plantas, pintada de color claro, en un barrio de la periferia de Kororareka que a la larga acabaría integrándose en la ciudad ahora en expansión. Acogía casas aisladas con jardines más o menos grandes. Junto a la puerta de su vivienda se veía la placa de la consulta. Así que el médico también recibía ahí a sus pacientes. Kimi se peguntó si a los enfermos no les amilanaba el largo camino desde el centro hasta ahí.

—Tienen que molestarse en venir hasta aquí, yo soy el único médico de la ciudad —explicó el doctor cuando ella le comunicó lo que pensaba—. Y la ventaja de este entorno es que pude construir una casa grande, con salas de consulta amplias. Incluso tengo dos camas para poder acoger enfermos graves en caso de necesidad y ocuparme de ellos de forma intensiva porque no hay hospitales cerca... Además, me falta una enfermera. No quiero pedirle a mi esposa que haga esa tarea. A veces tengo, simplemente, que improvisar.

Thompson parecía ser un médico bastante comprometido. En ese momento golpeó la puerta con la aldaba para advertir a su esposa de su llegada y la de su invitada..., o a lo mejor se había olvidado de la llave.

Pero al menos no sacó a la señora Thompson de la cama o ella no habría abierto tan deprisa. Todavía no se había vestido, llevaba una bata mullida sobre un camisón que cubría su figura rellenita. El rostro de la menuda mujer era redondo y estaba enmarcado por un vigoroso cabello castaño. Seguro que durante el día lo llevaba recogido en un moño. Sonrió al ver a su marido.

—Curt, te esperaba antes. ¿Has tenido una noche muy dura? —preguntó con cariño.

El doctor Thompson la saludó con un beso fugaz en la mejilla.

—Muy dura y deprimente —respondió—. Una chica se ha muerto desangrada a causa de un aborto. Ese desgraciado de Will Hughes la ha forzado a trabajar poco después... La chica no podía negarse...

El doctor Thompson dejó su maletín en el vestíbulo de entrada. De allí se llegaba a un recibidor del que salían las salas de tratamiento. Las habitaciones privadas de la familia estaban en el primer piso.

—Pobrecilla —se lamentó la señora Thompson.

Luego se percató de la presencia de Kimi, quien tímidamente se introdujo en la casa detrás del médico.

—¿Y a quién nos has traído? —preguntó con amabilidad, aunque lanzando una mirada de desaprobación a la ropa sucia de Kimi. Al ver a Rohana su expresión volvió a dulcificarse.

—Oh, a dos invitados —exclamó—. Qué niño tan mono.

El doctor Thompson también se acordó en ese momento de que llegaba acompañado.

—Esta es Kimi —la presentó—, de la tribu de los... ¿Cómo era que se llamaban, muchacha? En cualquier caso, viene de las islas Chatham con una parada en la misión de Te Waimate. Allí es donde dio a luz. Nuestros misioneros, tan cristianos ellos, no podían soportar que uno de los suyos fuera el padre... En cualquier caso, iba camino de caer en las garras de Will Hughes o de cualquier canalla parecido. Así que la he traído. A lo mejor podemos encontrar un trabajo decente para ella.

—Ahora, de momento, tal vez sea mejor que te refresques —se dirigió cordialmente la señora Thompson a Kimi—. Y necesitarás pañales limpios para el niño. —Se había acercado para ver mejor a Rohana y arrugó significativamente la nariz—. ¿O quieres comer algo? ¿Tienes mucha hambre, pequeña?

—No... —Kimi explicó que gracias a los cubos de basura de Will Hughes, las pequeñas tareas realizadas y el poco dinero con que contaba, no había tenido que sufrir hambre por el momento—. Aunque estaría bien que pudiera bañar a Rohana —añadió—. Hacía demasiado frío para lavarla en una fuente. Y claro, necesita pañales limpios. Todavía tengo algunos, señora, solo espero que ya estén secos. Al mediodía los he lavado en una fuente, pero hay tal humedad hoy que...

La señora Thompson hizo un gesto de rechazo.

—Ya encontraremos un par de pañales secos. Lo mejor es que os lleve a la dos al baño, y tú, Curt... Si después de esta noche tan agotadora te apetece un vino, hay una botella de tinto abierta en el salón. Pero si prefieres desayunar... Tendrás que prepararte tú mismo el café.

Miró un reloj de pie adornado de tallas de madera, ya casi eran las cinco.

El doctor Thompson sonrió.

—Prefiero el vino —decidió—. Mañana es domingo. A lo mejor los pacientes hacen una excepción y dejan que me recupere durmiendo.

Kimi siguió a la simpática esposa del médico a una habitación caldeada que tenía bañera, lavabo y un retrete. Ya tenía preparada una gran jarra con agua caliente.

—Para mi marido —explicó la señora Thompson—. Después de esas visitas en el barrio del puerto siempre siente la necesidad de lavarse.

Kimi enseguida sintió mala conciencia. El médico la había ayudado y ahora ella se quedaba, encima, con su agua para el baño. La señora Thompson le puso un poco en un lavamanos mientras Kimi desnudaba a su hija. Rohana se despertó y parpadeó.

—Una niña bonita y bien alimentada —constató la señora Thompson—. ¡Qué encanto! Y con esos bonitos ojos azules. —Abrió el armario y sacó unos paños limpios—. ¿Qué edad tiene? ¿Uno o dos meses?

—Cuatro semanas, señora —respondió Kimi. Colocó con cuidado a Rohana en el pila y la bañó.

La señora Thompson la observaba con satisfacción.

—Lo haces muy bien. Es evidente que has aprendido cómo mantener limpio a un bebé. ¿Y a ti misma? ¿Te ocupas de tu propia limpieza?

Kimi se mordió el labio. Estaba avergonzada.

—Siento ir tan sucia, señora —intentó explicarse—. Llevo días en la calle. Y... y no quería desnudarme y bañarme en el mar de Kororareka. O en un arroyo fuera de la ciudad. Seguro que hay maoríes. Y no quiero encontrarme con ellos. Pero a Rohana la he lavado siempre lo mínimo. Incluso cuando ella no quería porque el agua estaba muy fría.

La señora Thompson sonrió.

—No era mi intención reñirte por tu estado actual —se justificó—. Solo quería saber si en general eres limpia y aseada. Para ser una mujer de las tribus, te veo extraña. Ya por el hecho de que no vas tatuada...

—Soy moriori —aclaró Kimi por enésima vez—. No soy maorí. Nosotras no nos tatuamos... Lo... lo siento...

—No, no, está muy bien —la interrumpió la señora Thompson—. Se me ha ocurrido una idea. Todavía... ¿todavía das de mamar a la pequeña? —Como a todas las *pakeha* le resultaba difícil referirse abiertamente a esas cosas tan naturales. Sin embargo, se animó a hacer otra pregunta—. ¿Tienes mucha leche?

Kimi asintió.

—Tengo leche suficiente, Rohana no pasa hambre.

Secó al bebé aseado y lo envolvió en unos pañales limpios.

La señora Thompson la observaba satisfecha.

—Por supuesto, tengo que consultar a mi marido, pero a lo mejor sé de un puesto para ti. Curt tiene una paciente con problemas para dar de mamar a su bebé. Simplemente carece de leche suficiente y su hija no tolera la leche de vaca. Ahora lo está intentando con leche de yegua, pero primero: es difícil de obtener, y segundo: la pequeña no la digiere bien del todo. El señor y la señora McIntosh están desesperados. Tienen miedo de que se les muera la niña. Si podemos proponerte como ama...

—¿Qué significa ama? —preguntó Kimi, suspirando relajada cuando la señora Thompson se lo aclaró—. Pues claro —dijo—. Tengo leche suficiente para dos bebés. La ayudaré encantada. Pero ¡no van a pagarme por eso!

—¡Pues claro que los McIntosh van a pagarte por eso! —exclamó el doctor Thompson cuando, pocas horas más tarde, su esposa le informó durante el desayuno tardío de la idea que se le había ocurrido.

Kimi y Rohana habían dormido estupendamente en una de las camas de las salas de tratamiento de enfermos. También Kimi había podido lavarse antes y cambiarse de ropa, se había puesto el vestido verde de Raukura. Aunque estaba arrugado y no le sentaba especialmente bien, estaba limpio. Además, se había cepillado el pelo y se lo había recogido en lo alto. Más tarde ya encontraría la posibilidad de lavárselo, a lo mejor la señora Thompson le dejaba calentar agua para hacerlo. En cualquier caso, Kimi volvía a sentirse aseada y, lo que todavía era más importante, segura.

—Pero ahora come algo, muchacha —la animó la señora Thompson.

Kimi estaba hambrienta, pero se esforzó por no devorar la papilla de avena, el pan con mantequilla, la miel y la mermelada que su anfitriona había servido.

—Has tenido una idea estupenda, Herminc —elogió el médico a su esposa—. Los McIntosh se sentirán infinitamente agradecidos, Kimi, y no son pobres. Te podrán dar comida y alojamiento además de pagarte, por supuesto. Considéralo como un empleo de nodriza. Seguro que después de darle de mamar, también tendrás que ocuparte de la pequeña Paula.

La señora Thompson le informó de que el señor y la señora McIntosh eran inmigrantes escoceses y tenían una panadería en Kororareka. Suministraban pan y pasteles caseros a las tabernas del puerto y a los encargados de los víveres de los barcos amarrados en Kororareka.

—En su tienda venden distintos pasteles —dijo la señora Thompson—. Sus buñuelos son fabulosos. Y los *scones* y las magdalenas... —Sonrió—. Vivirás en el país de Jauja, Kimi. ¿Qué te apuestas a que nunca has comido algo tan bueno como los buñuelos de los McIntosh? Lo mejor es que vayamos a verlos en cuanto hayamos acabado de desayunar. ¿O crees que les molestaremos porque es domingo, Curt?

El doctor Thompson opinó que nunca sería demasiado pronto para presentar a la pequeña Paula la que iba a ser su ama. Aun así, quería hacer una revisión a Kimi y aconsejó que antes tomara un rápido baño toda entera.

—Tiene que causar una buena impresión —dijo—. Y yo debo cerciorarme de que está bien del todo antes de recomendarla.

Al final, los Thompson y Kimi se pusieron en camino una vez llegada la tarde. La joven llevaba su abrigo mínimamente limpio y se había peinado el cabello brillante y recién lavado en una gruesa trenza. Olía al jabón de lavanda de la señora Thompson. Por primera vez en su vida, Kimi había tomado un baño caliente y se había quedado fascinada de lo suave que le había quedado la piel y de lo bien que olía después de algo tan placentero. Aunque conocía el jabón de las misiones, solo habían utilizado el jabón duro para el cuidado corporal.

—Me hago enviar los artículos de baño de Inglaterra —admitió la señora Thompson—. Hay que darse algún lujo.

Kimi sonrió tímidamente. También la palabra «lujo» le era extraña.

La panadería de los McIntosh se encontraba en Gould Street y Kimi recordó haberla visto cuando buscaba trabajo. Aunque entonces estaba cerrada. En realidad, Kimi podría haber vuelto a echar un vistazo al día siguiente, pero habían surgido los trabajos por horas y después de las negativas de los otros comerciantes de Kororareka había renunciado a desandar el camino. Ahora lo vivía como un golpe de suerte. Seguro que era algo bueno que, al verla, los McIntosh no se acordaran de una pedigüeña cansada y desaseada a la que habían echado un par de días antes.

La puerta de la casa de madera pintada de azul claro

y amarillo, que en la planta baja albergaba el horno y la tienda y en el primer piso acogía la vivienda familiar, enseguida se abrió cuando el doctor Thompson llamó dando unos golpecitos.

—¡Doctor! —El hombre alto y fuerte que los atendió parecía sorprendido pero contento. John McIntosh tenía el cabello cobrizo, el rostro oval y los labios carnosos. Los ojos marrones, que parecían algo cansados, asomaban por debajo de unas tupidas cejas. No llevaba barba, pero sí las inevitables patillas de los europeos.

—¿Le ha mandado llamar Margaret? No queríamos molestarlo. Pero Paula ha vuelto a vomitar y ha pasado toda la noche llorando. Al parecer tampoco soporta la leche de yegua. Por mucho que me esfuerce ya no sé qué hacer... —El señor McIntosh acabó de abrir la puerta e hizo un gesto invitador con la mano. Se dirigía con tal ansiedad y desesperación al doctor Thompson que al principio no reparó en la presencia de la señora Thompson y Kimi. Se dio cuenta del despiste cuando las mujeres entraron tras el médico y entonces se apresuró a saludar a la esposa de este—. Discúlpeme, Hermine, estaba tan metido en mis propios asuntos... es horrible ver a tu propia hija consumirse de este modo... ¿Y quién está aquí? —Dirigió a Kimi una sonrisa afectuosa que todavía se ensanchó más cuando descubrió a Rohana en el pañuelo portabebés.

La señora Thompson le hizo un guiño.

—Son Kimi, John, una moriori de las Chatham, y su hija Rohana. Creo que las dos son la respuesta a tus oraciones...

Poco después se sentaron todos en una acogedora sala de estar, dominada por un sofá y unas amplias butacas, y amueblada con unas mesas y armarios sencillos de madera rojiza de kauri. La señora McIntosh sirvió té y pastas. Todo era exquisito, pero la señora Thompson no pudo ganar la apuesta de que Kimi no había comido antes algo tan bueno como los buñuelos de los McIntosh. De hecho, ya los había probado hacía unos años en el muelle de Kororareka, antes de emprender la travesía a Waitangi. Margaret McIntosh era la mujer que en aquel entonces le había regalado un buñuelo. Kimi enseguida la había reconocido, mientras que, al parecer, la señora McIntosh no recordaba a la esclava a quien tan amablemente había obsequiado. Kimi admiró la perspicacia de los espíritus, que ahora le ofrecían la oportunidad de devolver su cordial gesto a la señora McIntosh.

—Lo que necesitan... lo que Paula necesita —anunció el doctor Thompson— es un ama. Y el azar ha querido que ayer conociera a esta jovencita. Kimi está sana, sabe cuidar de los niños. Su propia hija está bien alimentada y atendida. Y dispone de... —carraspeó—, bueno... de capacidad suficiente para alimentar a un niño más. Si quieren intentarlo... Les recomiendo vivamente a Kimi.

El señor McIntosh lanzó una mirada crítica a la joven. Deslizó la vista por el rostro oscuro, el cabello negro bien peinado y el vestido gastado y manifestó cierto recelo cuando observó la tez clara y el vello rubio de Rohana. La señora McIntosh, por el contrario, resplandeció. Tenía los ojos azules y el cabello rubio oscuro, que llevaba recogido con descuido en lo alto. Sus labios, cejas y pestañas no eran demasiado coloridos, pero la esperanza que ahora iluminaba su semblante casi embelleció su cara afligida y llena de preocupación.

—¡Un ama! O, Dios mío, doctor, no había pensado en algo así. Aquí, en esta tierra salvaje... en este lugar dejado de la mano de Dios... —La señora McIntosh no parecía encontrarse especialmente a gusto en su nuevo hogar.

—Tampoco hay muchas mujeres en Kororareka —observó su marido—. Al menos decentes... —De nuevo miró a Kimi con cierta desconfianza.

Su mujer, en cambio, hizo un gesto de rechazo con la mano.

—Que sean decentes o no me da totalmente igual —declaró, pero se volvió hacia Kimi con una sonrisa—. Con lo cual no quiero decir que dude de tu decencia, muchacha. Si el doctor te recomienda... ¿De dónde vienes? ¿De algún poblado maorí? ¿Tal vez de la misión?

Una mujer de los poblados seguramente no habría llevado ropa *pakeha*. Y la inteligente escocesa sacó las consecuencias acertadas.

—¿Hablas inglés?

Kimi asintió y empezó a resumir su historia.

—He buscado aquí trabajo —finalizó—, pero no lo he encontrado. Pero si puedo ayudar... Será un... un placer alimentar a Paula. Y de verdad que no hace falta que me paguen por eso, yo...

El doctor Thompson y su esposa pusieron al mismo tiempo los ojos en blanco, la señora McIntosh sonrió cariñosamente a Kimi.

—Ya nos pondremos de acuerdo en eso —dijo—. ¿Puedo... puedo ir a buscar a Paula ahora?

La niña se había dormido al fin por la mañana y los McIntosh no habían querido despertarla cuando llegaron los Thompson. Pero todo el rato mantenían el oído atento para salir corriendo si Paula emitía un sonido.

—Vale más que vayamos nosotros a verla —sugirió el doctor Thompson—. Kimi, Margaret... Podríamos... bueno... intentarlo ahora mismo...

Kimi volvió a encontrar extraño que hasta un médico tuviera reservas a la hora de hablar de amamantar a un bebé.

La señora McIntosh se levantó de un salto y Kimi y el doctor la siguieron hasta una habitación infantil amorosamente decorada. La pequeña Paula estaba acostada en una cuna pintada de blanco y adornada con tallas de madera, al lado había una mecedora. Había una cómoda para cambiar al bebé, un armario e incluso una casa de muñecas. En las paredes colgaban alegres cuadros de colores, y en un estante se veían muñecos de tela y animalitos de madera.

—Todavía no juega con todo esto —dijo nerviosa la señora McIntosh, cogiendo una muñequita de la mecedora—. Pero mi marido... estaba tan contento de que al fin tuviéramos un hijo que enseguida se puso a hacer los muebles y encolarlos y a comprar muñequitos y animales con que jugar... Tenía que tenerlo todo. Tenía que ser feliz. —Gimió.

Kimi y el doctor se inclinaron sobre la cuna. La niña que había dentro estaba delgada y pálida. A Kimi le recordó a muchos bebés moriori que había visto morir porque sus madres, desnutridas y agotadas de tanto trabajar, no tenían suficiente leche para ellas.

—¿Qué edad tiene? —preguntó apenada Kimi.

La señora McIntosh sacó cuidadosamente a su hija de la cuna.

—Tres meses —respondió entristecida. De hecho, la niña no era mucho más grande que Rohana, que tenía dos meses menos. Se despertó en los brazos de su madre y enseguida empezó a gimotear.

—Tiene hambre —señaló la señora McIntosh.

Kimi dejó a Rohana durmiendo sobre la mullida alfombra que tenía a sus pies, sin vergüenza alguna se desabrochó el vestido y lo bajó hasta la cintura. Debajo llevaba una camisa que se subió. Dejó al descubierto los pechos, de los que tan solo de pensar en amamantar a la niña, ya gotearon la leche.

La señora McIntosh la miró como si estuviera viendo un milagro.

—Pero... pero siéntate —dijo sin respirar, señalando la mecedora.

En cuanto la joven moriori se sentó, dejó a Paula en sus brazos y vio con ojos ya anegados por las lágrimas cómo colocaba al bebé. Al principio la niña pareció desconcertada, pero al notar el sabor de la leche, cerró la boquita diminuta y de color frambuesa alrededor del pezón y chupó.

En los siguientes minutos no se oyó en la habitación nada más que el sonido del bebé al succionar y el de su madre llorando. Entonces Kimi empezó a cantar. No tenía más remedio, también tenía que dar la bienvenida a esa niña que estaba entre sus brazos bajo la protección de sus espíritus. Cuando Rohana se despertó, le pidió a la señora McIntosh que se la colocara en el otro pecho. Las dos pequeñas mamaban en armonía. A la señora McIntosh le resbalaban las lágrimas por las mejillas, pero al mismo tiempo todo su rostro resplandecía.

—Es un milagro, un regalo de Dios —susurró cuando Paula se durmió junto al pecho de Kimi—. Nunca... nunca la había visto tan feliz. Tan... satisfecha.

Kimi sonrió.

—Está cansada —dijo—. Pero luego tendremos que volver a despertarla. Ahora tiene que beber mucho.

La señora McIntosh asintió.

—Por supuesto. Pero primero nos ocuparemos de darte una habitación a ti, Kimi... ¿O prefieres dormir aquí? ¿Con las niñas? —Le cogió a Paula de los brazos y la metió en la cunita y justo después puso a Rohana al lado de Paula.

—Rohana puede dormir en una cesta —señaló Kimi conmovida. Seguro que a la hija de una criada no le correspondía dormir en una cuna tan distinguida—. En la misión los niños tenían cestitas. O me la llevo conmigo.

Yo... yo no necesito mucho. Con un colchón tengo bastante...

La señora McIntosh movió la cabeza enérgicamente.

—¡De eso nada, Kimi! Por supuesto vas a tener una cama propia y bonita, y si tu hija va a compartir su leche con la mía, es justo y adecuado que le deje un poco de sitio a Rohana en su cuna. Por lo visto a las dos les gusta.

Las niñas estaban acurrucadas la una contra la otra. Kimi les sonrió.

—Parecen gemelas —dijo, y tomó dolorosamente conciencia de que tras la invasión de los maoríes no había vuelto a ver gemelos en su poblado.

—Hermanas de leche... —La señora McIntosh sonrió feliz—. Entonces, ven, Kimi. Y usted, doctor, dé la buena noticia a mi marido.

6

Ruth y David Mühlen, y por supuesto también su perro Jonas, dejaron las Chatham en un carguero que pasaba por diversas estaciones balleneras abasteciéndose de aceite y barbas de ballena para al final transportar los artículos a Inglaterra. Preservation Inlet, en el extremo meridional de la Isla Sur, se encontraba en su ruta. El viaje duró unos pocos días y David aprovechó el tiempo para estudiar la Biblia; mientras, Ruth preguntaba todos los detalles sobre su próximo hogar al capitán y los oficiales, en cuya cámara los misioneros se reunían para comer. Se enteró de que en la Isla Sur casi llovía tanto como en las Chatham, aunque hacía más calor.

—La vegetación es muy abundante —señaló el timonel—. Bosques húmedos, algo especial. En Europa no hay.

—¿Y... asentamientos? —preguntó Ruth con cautela.

Todavía no había perdido la esperanza de que también se hubiesen instalado granjeros o ganaderos en los alrededores de la estación ballenera.

Pero el capitán Rumsford movió negativamente la cabeza.

—No, *sorry*, señora Mühlen. Ahí solo hay naturaleza. Y la estación ballenera, por supuesto.

Al menos no se mencionaba a los maoríes. Ruth esperaba que en la nueva esfera de actividades de David quedaran a salvo, al menos, de nativos problemáticos y violentos.

Finalmente llegaron a un largo fiordo y Ruth se quedó al instante hechizada por el paisaje. En su desembocadura había una pequeña isla, rebosante de verdor y habitada, por lo visto, por miles de aves. El barco se deslizaba por un corte entre acantilados de diversas alturas, algunos de los cuales mostraban extrañas formaciones. Pero de vez en cuando el paisaje era simplemente ondulado. Ruth podía imaginarse que en algún momento surgirían allí pueblos bonitos y esmerados campos de labranza. A veces se veían playas en las cuales se desperezaban las focas y anidaban aves marinas. Ese entorno era demasiado hermoso para no hacer cultivable su tierra. Y David tenía ahora amplia experiencia con la agricultura. A lo mejor podía convertir a una parte de los cazadores de ballenas y animarlos a establecerse. Seguro que había terrenos en abundancia en los que asentarse...

Pero entonces apareció la estación ballenera y solo con ver las primitivas cabañas y los trabajadores en la playa se le cayó el alma a los pies. Una observación más atenta la hizo pensar que los caminos de esta misión también estaban pavimentados con huesos, solo que esta vez no se trataba de huesos humanos, sino de los gigantescos esqueletos de las ballenas que arrastraban hasta la playa para destriparlas. No debía de hacer mucho que se había celebrado la última matanza de este tipo: las vísceras del animal que ya no servían a los cazadores se descomponían en la arena y extendían su hedor a putrefacción hasta el lugar donde estaba anclado el barco. Se mezclaba con la peste de la grasa de ballena, que se hervía enseguida en la playa. Los hombres todavía estaban ocupados en llenar barriles con ese líquido transparente y amarillento.

—Luego la llevaremos en una barca de remos a tierra —indicó el capitán Rumsford, a Ruth casi le pareció que la miraba con una expresión compasiva. Era evidente que los oficiales del barco habían disfrutado de su compañía, aunque apenas habían sido capaces de ocultar que David les ponía de los nervios. Para pesar del religioso, ni los oficiales ni los miembros de la tripulación habían aceptado su convocatoria de acudir a la misa que se celebraba de forma periódica en la cubierta; incluso se le había dado a entender claramente que era un engorro que estuviera tan eufórico agradeciendo a Dios por otro día seguro en el mar. A Ruth casi le había dado pena, aunque, por otra parte, también ella se moría de frío cuando él se ponía a rezar bajo la llovizna y no había forma de que acabara.

Mientras Ruth y David reunían sus pocas pertenencias y Jonas ladraba excitado, los marineros bajaron al agua la barca de remos. Los hombres cargaron sus maletas de viaje y el arcón que su madre le había enviado y que afortunadamente había llegado poco antes de su partida. Contenía un pequeño ajuar. David y Jonas saltaron a la barca y el capitán Rumsford tendió caballerosamente la mano a Ruth para ayudarla a subir. No olvidaría ese gesto en mucho tiempo, pues era la última muestra de galantería que le iban a dedicar en los siguientes meses.

Los hombres de la playa, en cualquier caso, no hicieron el menor gesto de ir a dar la bienvenida a los recién llegados. Saludaron con un gesto de la cabeza a los marineros y miraron a David, que llevaba su traje negro de misionero, con cierta extrañeza y a Ruth con una lascivia apenas contenida.

David no se dio cuenta de nada, al igual que tampoco parecía percatarse del hedor de la playa. Deslizó con satisfacción la vista por el paisaje, el mar, el cadáver de la ballena y los hombres y alzó la voz.

—Demos gracias a Dios por la feliz llegada —dijo, volviéndose primero a Ruth y a los miembros de la tripulación e incluyendo después a los cazadores de ballenas—, y por una buena presa. ¿Cuándo ha caído la ballena en vuestras redes, compañeros? ¿Ayer?

Uno de los cazadores arrugó la frente.

—No se cazan con redes, señor, sino con arpones —explicó.

Otro sonrió irónico.

—Si quieres un día puedes probarlo, reverendo.

Ni Ruth ni David lo corrigieron. Ella encontró alentador que reconociera que David era un religioso, pero el hombre dejó bien claro que no tenía ningún respeto por el cargo.

—Si a ti se te traga la ballena, nosotros nos lo pasaremos estupendo con el bomboncito de tu mujer.

Ruth tomó aire. Se envolvió todavía más con el chal que se había puesto sobre los hombros para guarecerse del viento y la lluvia, y bajó la cabeza mientras David rezaba impasible su oración.

—¿Dónde puedo encontrar al señor Harrison? —preguntó después a uno de los hombres.

El cazador señaló tierra adentro.

—Seguro que no tarda en venir —respondió.

Pero ni el capitán ni David querían esperar en la playa al operador de la estación ballenera. El capitán Rumsford se puso en marcha con su tripulación, después de haber dejado las barcas de remos en tierra, amarradas y en lugar seguro. David corrió tras ellos. Ruth siguió a los hombres entre huesos de ballenas y hogueras apagadas sobre la cuales todavía colgaban unas enormes marmitas para hervir la grasa de los cetáceos que desprendía un olor repugnante. El único que parecía disfrutar de ese sitio era Jonas. Ruth apenas podía evitar que fuera merodeando por las tripas de las ballenas en proceso de descomposición. Lo llamó enérgicamente, lo ató a la correa e intentó ignorar las miradas insolentes de los cazadores, que seguían con la vista cada uno de sus movimientos. Los hombres no se tomaban la molestia de esconder su lujuria y no escatimaban en expresiones indecorosas, hasta que el capitán Rumsford los amonestó con unas palabras secas. Ruth permaneció junto a David y se colocó el chal también alrededor de la capota. Tenía que mostrarles a esos hombres lo menos posible de su persona, aunque sabía, por supuesto, que eso a la larga sería absurdo. En el futuro iba a vivir entre esa gente. No podría evitar que la vieran.

Enseguida llegaron al asentamiento de cabañas que constituía la estación y Ruth tuvo que comprobar horrorizada que las viviendas de los cazadores no eran mucho más que refugios para cuya construcción se utilizaban huesos de ballena. Con los que también se hacían muebles. Nadie consideraba necesario hervirlos antes a fondo. Olía allí casi tan mal como en la playa. El hedor a aceite de ballena, sangre y muerte impregnaba todo el lugar.

Pero al menos encontraron al jefe. El capitán Rumsford saludó a Peter Harrison, quien, con unos sucios pantalones vaqueros, una chaqueta encerada y un sombrero de ala ancha, tenía un aspecto casi tan andrajoso como el de sus hombres, cuyas ropas de trabajo consistían en camisas y pantalones de lino.

—¡Rumsford! —Harrison dibujó una amplia sonrisa sobre su rostro curtido. Era un hombre alto y fuerte que por lo visto nunca se cortaba el cabello, sino que se contentaba con atárselo en la nuca. Sus ojos de un azul metálico y la nariz aguileña le hicieron pensar a Ruth en un pirata. Al sonreír dejó al descubierto unos dientes marrones y torcidos—. ¡El mar te ha vuelto a arrastrar aquí! Estás de suerte, tenemos tanto aceite como sea capaz de cargar tu barco. Luego ya te puedes ir directo a la *good old* Inglaterra.

El capitán Rumsford le devolvió la sonrisa y le tendió la mano.

—Estás de suerte, Harrison, nos lo llevaremos todo. Y todas las barbas de ballena que tengas. En Europa van locos por ellas... los corsés de las damas...

Ruth pensó en silencio que nunca más volvería a llevar corsé sin acordarse de esa playa pestilente. Por otra parte sabía que las barbas de ballena también tenían otros empleos en Europa. Las largas y fibrosas láminas de la mandíbula superior de los grandes cetáceos se utilizaban en la suspensión de carruajes, para fabricar varillas y allí donde se necesitara un material ligero, flexible y, aun así, resistente.

—Hablando de damas —siguió diciendo el capitán—. Tengo el placer de haber podido traer hasta aquí a dos pasajeros. Si me permiten: el misionero David Mühlen y su encantadora esposa Ruth.

David dio un paso adelante para saludar al jefe de la estación ballenera.

Peter Harrison no reaccionó con demasiado entusiasmo.

—No lo dirás en serio —le dijo al capitán sin ni siquiera hacer caso de la mano tendida de David—. Me dejas aquí a un pastor y su señora... ¿Qué demonios se supone que tengo que hacer con ellos?

David se adelantó con energía, decidido a hablar por sí mismo.

—Usted no tiene nada que hacer con nosotros —informó dignamente al cazador—. Y me aseguró el obispo que nuestra llegada estaba anunciada. El obispo Selwyn le advirtió en su última visita que tenía pensado enviar un religioso a su asentamiento. Dijo que urgía que Dios volviera a estar cerca de sus trabajadores. El obispo Selwyn los encontraba algo... hum... asilvestrados.

Peter Harrison soltó una sonora carcajada.

—¿Y usted pretende civilizarlos? ¿Con su señora? En serio, caballero, ya le di a entender claramente al obispo que lo único que no nos hacía falta aquí era un religioso. Y menos aún uno con parentela. ¿Cómo voy a cuidar de esta damisela? —Señaló a Ruth y no pudo evitar volver a reír cuando Jonas se puso protector delante de ella y empezó a ladrarle—. Ladrar no servirá de nada —observó él—. Tendrá usted que morder. Señor...

—Hermano David Mühlen —corrigió Ruth—. Y espero que a mi marido y a mí se nos trate con un mínimo de respeto.

Harrison deslizó por ella la mirada, torció la boca y se dirigió de nuevo solo a David.

—Escuche, tenemos aquí a ciento veinte hombres y dos putas. ¿Y usted quiere construir una casita para su mujercita y que esos tíos solo se acerquen a ella para rezar y a lo mejor cuidarle el jardín?

—Esto me lleva a plantear dónde vamos a vivir —intervino de nuevo Ruth.

Hablaba con el valor de quien está desesperado. David parecía haberse quedado petrificado, todavía tenía que recuperarse de la sorpresa de no ser bien recibido en ese lugar. Eso, naturalmente, también la confundía a ella. El obispo Selwyn había mencionado que la mayoría de los encargados de las estaciones balleneras se alegraban de recibir a los religiosos que les enviaban. Habían dado en ese lugar con la excepción.

Peter Harrison suspiró.

—Por esta noche les dejaré mi cabaña. De lo contrario su virtud irá cuesta abajo, señora, y más deprisa que un arpón clavado a una ballena. Cuando esa gente se emborracha, lo que sucederá esta noche porque acaba de cobrar, no diferencia entre su esposa y las chicas de costumbres ligeras. Así que, señora... ¿Mühlen? Mi casa es su casa. Hasta que mi amigo el capitán Rumsford se haga a la mar y se la lleve con él. No hay peros que valgan, Rumsford, tú me los has traído, tú te los vuelves a llevar.

Ruth suspiró aliviada. Por ella se habría ido en ese mismo momento de allí. Pero no había contado con la conciencia evangelizadora de David.

—Nosotros no vamos a volver a marcharnos con el capitán Rumsford, ni hablar —replicó con determinación—. El obispo me ha asignado esta estación como ámbito de actividad y yo he aceptado su encargo. Así que cumpliré con mi misión, con o sin su consentimiento, señor Harrison.

Peter Harrison puso los ojos en blanco. Era evidente que estaba harto de discutir bajo la lluvia sobre la permanencia de ese misionero cabezota en su estación.

—Ya hablaremos luego —respondió escuetamente a David—. Ahora lleve a su esposa a mi cabaña. Está ahí arriba... —Señaló un alto por encima del asentamiento. Probablemente allí apestaría menos. En realidad, lo mismo hasta soplaba de vez en cuando el viento—. Y nosotros nos vamos a la taberna, Rumsford. El whisky de Hank no es el mejor, pero a cambio tiene un ron decente... Ha llegado con el último carguero.

Mientras los hombres se alejaban en dirección a la playa —Ruth no había visto allí ninguna taberna, pero a lo mejor estaba más allá de los huesos de ballena—, dos marineros de Rumsford cargaron con el arcón hasta la cabaña. Ruth se alegró de alejarse de la lluvia y de la pestilencia, aunque su alojamiento no resultó ser demasiado acogedor. Era muy pequeño y espartano en su mobiliario —aunque más limpio que las cabañas de los trabajadores— y carecía totalmente de comodidades, no había ni siquiera retrete. Estaba a punto de echarse a llorar cuando vio la estrecha cama con las sábanas sucias y malolientes. Todo en ella se rebelaba a poner las primorosas sábanas de su dote sobre ese colchón. Lo mejor sería que David y ella durmieran en el suelo. Aunque antes tendría que fregarlo.

—David, aquí no podemos quedarnos —no pudo evitar decir cuando por fin se quedó a solas con su marido.

En ese momento, David colocaba la Biblia y el libro de oraciones sobre la mesa en medio de la cabaña.

—Pues claro que nos vamos a quedar, Ruth —dijo tranquilamente—. Nuestra tarea está allí donde el Señor nos envía. ¿Qué ha sido de tu confianza en Dios?

Se irguió para rezar otra oración mientas Ruth, con lágrimas en los ojos, intentaba hacer algo más hospitalaria la cabaña. Aunque era consciente de que sus esfuerzos eran en vano. Si bien Peter Harrison les dedicaba un mínimo de cortesía, no los protegería si David se emperraba en quedarse. Deberían dejar la cabaña en cuanto el capitán Rumsford partiera. Luego se quedarían abandonados a su suerte.

Esa noche, Ruth no consiguió conciliar el sueño. Reflexionó desesperada sobre cómo conseguir planificar su vida en esa inhóspita parte de Nueva Zelanda. Por la mañana ya tenía, al menos, un proyecto aproximado.

Pero antes de que pudiera empezar a llevar su plan a la práctica, tuvo que seguir a David al asentamiento de cabañas. Su marido estaba firmemente decidido a rezar allí una oración matinal, sin importarle la posición de Harrison. El jefe de la estación ballenera tenía resaca y estaba de mal humor. Debía de haber pasado media noche bebiendo con Rumsford, y sus hombres seguro que también se habían gastado buena parte de su sueldo en alcohol. Cuando David entonó sus cánticos y oraciones, el malestar aumentó. Harrison de nuevo echó a David del asentamiento.

Mientras, Ruth tranquilizó a Jonas, que no paraba de ladrar, y se dirigió a dos jóvenes que parecían menos resacosos. Preparaban café delante de una de las cabañas.

—Mi... mi marido y yo pensamos instalarnos aquí —dijo con voz firme—. El obispo le ha otorgado el cargo de representante de la Iglesia en esta región. Nosotros... nosotros estamos por decirlo de algún modo bajo su protección.

Los dos hombres la escucharon en silencio. Solo la comisura de los labios de uno se movió un poco. Al parecer se preguntaba cómo el obispo Selwyn pensaba protegerlos allí.

—Nosotros no somos de rezar, señora —explicó el otro—. El jefe tiene razón. Sería mejor que se fueran.

—No podemos irnos —objetó Ruth—. El obispo y... y Dios... nos han enviado aquí. Mi marido no los desobedecerá. Y por eso... necesitamos urgentemente ayuda para construir una cabaña. Una cabaña estable. ¿Podrían echarle una mano a mi marido? Por supuesto, yo les pagaría. Aquí no tienen ahora nada que hacer, ¿verdad? —Por el momento no había ninguna ballena en la orilla.

Los dos jóvenes —Ruth calculó que como mucho tendrían dieciocho años— se miraron.

—A mí no me importaría —dijo el que había contestado más educadamente—. Pero al señor Harrison no le gustará.

El otro se encogió de hombros.

—¿Y a nosotros qué más nos da si le gusta o no? —dijo indiferente—. Mientras estemos aquí cuando llegue la próxima ballena... Y cuanto más dinero hagamos, antes podremos irnos de este agujero asqueroso.

Era evidente que no estaban nada satisfechos con el trabajo que realizaban en la estación ballenera.

Ruth, aliviada, les hizo un gesto de asentimiento.

—Entonces podemos empezar, en cuanto mi marido y el señor Harrison hayan acabado de discutir... ¿Tienen ustedes alguna sugerencia respecto al lugar donde situar la casa? En cierta medida debería ser cerca de la playa, pero donde no huela tan mal.

Con el corazón encogido, se desprendió en los siguientes días de otra parte del dinero que sus padres le habían dado antes de su partida a las Chatham. De nuevo se sintió culpable por romper la promesa que les había hecho. No estaba gastándose el dinero en sí misma porque se encontrara en una necesidad extrema, para liberarse de David y su misión, sino que de nuevo reforzaba su unión con ese fanático religioso. Por otro lado, no le quedaba más remedio. David no cedería y ella no quería y no podía separarse de él. Seguía amándolo y, en cierto modo, lo admiraba por su tenacidad. Además, tenía que pensar en su hijo. En un par de meses nacería y necesitaba un techo bajo el que refugiarse.

7

Cuando no había que cazar ni destripar ninguna ballena, los hombres no tenían nada que hacer en la estación, al menos nada por lo que se les pagara. La mayoría de ellos daban vueltas por el cobertizo de tablas de la playa en el que un hombrecillo mugriento y con cara de rata servía ron y whisky y se peleaban por los favores de las dos putas: Lazy y Jill. Eso parecía ser del gusto de la mayoría de los cazadores. Salvo los dos jóvenes con quienes Ruth había hablado el primer día, nadie corrió a colaborar en la construcción de la cabaña.

Larry y Fred, como dijeron que se llamaban, demostraron haber sido una buena elección. Especialmente el más joven, Larry, era puntual, aplicado y respetuoso. Era cortés con Ruth e incluso se quitaba el sombrero cuando David interrumpía el trabajo para rezar una oración. No hacía más concesiones a la religión de quien le daba empleo. Larry era un tipo amable, pero no parecía creer en nada. Ruth suponía que había escapado de algún sitio. Nunca hablaba de su familia o de su país de origen. Era evidente que le repugnaba la estación ballenera y no se juntaba con nadie, salvo con Fred, algo mayor e igual de desilusionado, con quien compartía su primitiva vivienda. Los dos hablaban con frecuencia de dejar Preservation Inlet, pero no veían ninguna alternativa. Ruth se preguntaba si se escondían de algo, pero no los atosigaba y, sobre todo, no intentaba convertirlos. En cuanto a esto, vigilaba también a David. En ningún caso debía su marido exasperar a sus cumplidores ayudantes incitándolos a alabar y dar gracias a Dios con demasiada frecuencia.

—Es evidente que no tienen la necesidad de dar las gracias por nada en su vida —declaró enérgicamente—. Y, la verdad, yo los entiendo. Este sitio asqueroso en el que viven, esta peste... y si se da crédito a lo que Larry dice, el trabajo es una auténtica pesadilla. Uno puede perder su fe en Dios. Así que dales tiempo. Cuando el Señor los llame, ya acudirán...

El primero que los llamó fue Harrison. Lo hizo una semana después de que comenzara la construcción de la cabaña —por suerte, los muros exteriores ya estaban listos y una parte de la cubierta se había terminado, así que los Mühlen pudieron instalarse de forma provisional—, en el fiordo se había avistado una ballena. Larry y Fred dejaron los clavos y el martillo y obedecieron a la señal que informaba del avistamiento. David y Ruth se unieron a ellos. A su llegada, los hombres de la playa ya estaban empujando y ocupando unas anchas y estables barcas de remos. En cada una se instalaron diez remeros y un arponero que se colocaba en la proa. También Harrison ocupó ese puesto.

Los botes se alejaron rápidamente de la orilla. David no había tenido ninguna oportunidad de rezar una oración con los hombres por el éxito de la caza y expresó su disgusto. Pero Ruth lo puso en su sitio con determinación.

—David, la gente tiene ahora otras cosas que hacer

y nosotros también. Cielos, hace buen tiempo. Esto no durará siempre y entonces la construcción de la casa no avanzará tan deprisa. Sin contar con que nuestros ayudantes estarán ocupados con la ballena. ¡Así que olvídate por una vez de rezar y ocúpate de la cubierta! Necesitamos una sobre la cabeza y tú podrás dedicarte más relajadamente a tu trabajo cuando yo esté a buen resguardo.

Hasta el momento, Ruth había seguido a su marido como una sombra siempre que él había intentado acercarse a sus nuevos feligreses. No se atrevía a quedarse sola con los chicos cuando él se iba a rezar la oración de la mañana y la de la tarde en la playa. Celebraba ambos servicios tanto si acudían cazadores como si no. Aunque no creía que Larry y Fred fueran a hacerle algo malo, otros hombres aburridos y bebedores de whisky pasaban para ver las obras de la cabaña y hacer comentarios. Por la tarde a más tardar ya estaban lo suficientemente achispados para perseguir a Ruth con sus obscenidades e incluso intentar sobarla. Ruth se había horrorizado cuando uno le había pellizcado el trasero y se había enfadado consigo misma porque había chillado asustada como una niña tontorrona al ver un ratón. Los hombres se lo habían pasado en grande y desde entonces iban tras ella dando chillidos en cuanto la veían. Necesitaba urgentemente una puerta tras la cual encerrarse.

Por fin David también lo entendió y se puso a trabajar en la construcción mientras duraba la caza, hasta que volvieron a oírse voces en la playa. Los hombres se comunicaban a gritos mientras arrastraban a tierra la ballena apresada. La algarabía llegaba hasta la cabaña en construcción. David había insistido en levantarla directamente detrás de la colina en la que estaba la vivienda de Harrison para estar cerca de sus feligreses. Mucho más al interior también habría sido complicado. El terreno pertenecía a la tribu local de maoríes, Harrison solo había comprado a los nativos unas pocas hectáreas junto a la playa.

—Lo siento, Ruth, pero ahora tengo realmente que hacer acto de presencia en la playa —se excusó David, dejando las herramientas a un lado—. Los hombres han de saber que estoy con ellos y hay que recordarles que ha sido Dios quien les ha deparado una caza exitosa. Los animaré a que le den gracias por ello.

Se cubrió ansioso con su levita negra de misionero y emprendió el camino a la playa. Ruth lo siguió, de mala gana, al interior de una pesadilla que no podría olvidar en toda su vida.

Los arpones que los hombres lanzaban a las ballenas eran como garfios. Para arrastrar al animal a tierra tenían que clavarse en su piel. Además, había que acertar varias veces y ni aun así lo mataban. Tampoco era esa la intención. Se hería lo suficiente a la presa para que no intentara huir, pero para que se mantuviera en la superficie por sí misma. A tierra se la arrastraba por medio de cables y tornos. Y seguía viva.

—No está muerta —dijo impresionada Ruth, cuando depositaron en la arena ese animal que sin duda pesaba cincuenta mil kilos—. ¿Y... y qué van a hacer...?

Incluso David, que tampoco tenía ninguna debilidad por los animales y toleraba a Jonas solo porque cazaba ratones y ratas, empalideció cuando vio que los cazadores no se disponían a dar el golpe de gracia a la víctima antes de empezar a descuartizarla.

Lo que importaba sobre todo era la capa de grasa que había bajo la piel y que desprendían en grandes pedazos.

Ruth intentó no mirar, en especial a los ojos de la ballena, a la que estaban despedazando todavía con vida. Lo único que esperaba era que el sufrimiento de esa enorme criatura acabase pronto. Los hombres no perdían el tiempo. Se encendieron los fuegos y encima se colgaron las marmitas en que iban a hervir la grasa.

—Tal vez deberíamos rezar ahora —opinó David con voz débil, enderezándose.

Ruth se volvió, solo le cabía esperar que Dios también lo hiciera. En caso contrario debería tener que castigar a esos hombres por su barbarie.

Tardaron horas en despedazar la ballena. Incluso al día siguiente los hombres seguían ocupados en ello.

Al final, David siguió a Ruth a la casa en obras bastante deprimido, nadie le había hecho caso a él ni tampoco a su incitación a rezar. A esas alturas se estaba dando cuenta de que sus posibilidades de contactar con esos hombres sin sentimientos eran bastante escasas. Pese a ello, durmió bien; en cambio, Ruth luchaba con un profundo malestar. En realidad, el hedor no llegaba hasta su casa, pero temía llevarlo impregnado en la ropa. Ya hacía tiempo que había comprobado que los cazadores siempre olían a aceite de ballena, aunque se lavaran periódicamente como Larry y Fred. Ruth tenía además pesadillas —la imagen de la ballena agonizando no la abandonaba— y encima las risas y las canciones de la playa llegaban hasta la casa. Los hombres festejaban su presa.

A la mañana siguiente, Ruth estaba hecha polvo y de buen grado se habría escaqueado de la oración.

—¿No podríamos contentarnos con rezar aquí, David? —preguntó agotada—. De todos modos, no acude nadie. Y esa imagen tan triste en la playa... ese pobre animal destripado...

David le lanzó una mirada severa.

—Dios dio al hombre el dominio sobre la tierra. Ese animal alimenta a los individuos de esta estación, a los marineros que llevan su aceite a Europa, a muchos artesanos en su país... También a nosotros, Ruth, nos paga el obispo por velar de sus almas.

A ella, la sola idea de sacar beneficio de esa masacre le provocaba náuseas, pero no iba a quedarse sola en la cabaña a medio construir. Así que se fue con David a la playa y se sorprendió al no encontrarla vacía. Unos hombres estaban ocupados con el cadáver de la ballena. A Ruth casi se le heló la sangre en las venas cuando vio que eran maoríes. La mayoría eran hombres, guerreros por los tatuajes de sus rostros, aunque iban vestidos igual que los cazadores de la estación. ¿Trabajaban también para Harrison? Solo dos mujeres mayores y un anciano llevaban la indumentaria tradicional de la tribu. Estaban al lado del animal muerto rezando una especie de oración.

Ruth habría preferido retirarse en ese mismo momento, pero David no tenía miedo a establecer contacto.

—*Kia ora* —saludó a los hombres y mujeres, luego se presentó.

Después de tantos años en la isla Chatham hablaba la lengua muy bien, lo que pareció satisfacer a la gente de la playa. Puesto que no daban muestras de ser agresivos, también Ruth se atrevió a acercarse y se esforzó por entender una parte de la conversación. Las mujeres enseguida se aproximaron amablemente. Una de ellas se dio cuenta a primera vista de que Ruth estaba embarazada y se alegró de ello.

—En este lugar donde solo hay tristeza y muerte... —dijo en voz baja—. Que nazcan niños, fortalece a los buenos espíritus.

Ruth bajó la cabeza intimidada, no sabía qué decir. David, por el contrario, hablaba animadamente con los maoríes y al final tradujo un poco para Ruth.

—Son Akona, Harata y Ahuru, de la tribu de los ngati tahu —explicó—. Su poblado está un poco más al interior, pero hasta hoy estaba vacío. Acaban de regresar de una migración.

—¿Migran todos juntos? —se asombró Ruth.

David se encogió de hombros.

—Por lo visto, sí. Pero ahora han vuelto para cultivar sus campos y una parte de los hombres trabaja para Harrison. Dicen que en este lugar siempre se habían cazado ballenas, ya antes de la llegada de los blancos. Pero Harrison caza más. Temen que el fiordo pronto se quede sin ballenas.

Ruth lo entendía, y en ese momento se percató de lo que el anciano y las mujeres hacían junto al cuerpo de la ballena. A fin de cuentas, sabía por Kimi de la costumbre de pedir perdón a las presas de caza. Hasta ahora lo había considerado una costumbre puramente moriori. Para ella, era una novedad que también los maoríes la practicasen.

—E imagínate, son todos cristianos —informó regocijado David, lo que extrañó en cierta medida a Ruth. Orar por la ballena era un acto más bien pagano—. Había misioneros por la región y los bautizaron a todos. Ahora les gustaría participar en la oración de la mañana y nos han invitado para esta noche. A un *powhiri*. Una especie de ceremonia de bienvenida con comida...

—Pues entonces cuidaos de no convertiros en el plato principal —se burló Peter Harrison.

Había llegado con sus hombres cuando David y los aparentemente devotos maoríes acababan de concluir su breve servicio religioso y se alegró de que la tribu hubiese regresado.

—Son mis mejores cazadores —los elogió, señalando a los guerreros—. Llevan en la sangre la caza de la ballena, pero hasta hace al menos un par de años no tenían inconveniente en celebrar un agradable asado de la tribu vecina. Ya saben a qué me refiero.

Sonrió irónico y Ruth empalideció. Claro que era posible que estuviera bromeando. Había oído decir que los maoríes de la Isla Sur eran mucho más pacíficos que los del norte y que casi todos pertenecían prácticamente a la misma tribu. No se harían daño entre sí, y allí hasta tenían relación con cristianos. Aun así, no las tenía todas consigo cuando al atardecer se puso en camino hacia el interior con David, y tenía la sensación de que a su marido le ocurría lo mismo.

Pese a todo, el camino hacia el poblado maorí era precioso. Ruth se internaba por primera vez en un bosque húmedo y se quedó fascinada por los diversos tonos de verde y por la atmósfera fantástica y de ensueño de ese paisaje que enseguida la cautivó. Los helechos crecían tan altos como los árboles, el musgo cubría el suelo como una mullida alfombra y por todos sitios fluían arroyos, había lagos y pequeñas cascadas. Ruth se sorprendió a sí misma esperando que aparecieran hadas y gnomos jugando por allí, pero solo descubrió unos insolentes papagayos que recibían el nombre de kea. No tenían nada de tímidos. Ruth se asustó cuando se acercaron volando a la bolsa en que llevaba unos regalitos para la tribu. Larry ya les había advertido antes de su partida. No había que quitar el ojo de las bolsas o las mochilas. Con sus hábiles picos, los pájaros llegaban a abrir las hebillas para quedarse con los víveres de los caminantes. Naturalmente, Jonas ladró a los keas, pero estos no parecían nada impresionados.

El poblado maorí se encontraba en un claro. Estaba rodeado de una pequeña zanja que no parecía demasiado marcial. Tampoco se veían esas aterradoras figuras de dioses como las que Ruth había observado en la Isla Norte. Solo la casa de asambleas estaba vigilada por un *tiki* y David se quedó sin respiración cuando descubrió una talla de madera que representaba a Jesús en la cruz.

En el poblado reinaba una animada actividad. Unas muchachas ensayaban canciones, otras afinaban instrumentos, las mujeres preparaban la comida. Ruth se percató de que había más mujeres que en la isla Chatham y que abundaban los niños. Al igual que los numerosos perros, rodearon confiados y alegres a David y Ruth e intentaron intercambiar un par de palabras en inglés con ellos. Ruth pensó si no debería fundar una escuela como Wilma en Whangaroa.

Una de las dos mujeres que habían visto en la playa se acercó a los misioneros, los saludó cordialmente y los invitó a tomar asiento.

—Van a celebrar un gran ritual en nuestro honor —tradujo David a Ruth, quien, para su regocijo, había entendido casi todo lo que había dicho Akona—. Se alegran de que Dios nos haya enviado. Los primeros misioneros causaron una buena impresión. Aunque me parece que estas personas conservan parte de sus supersticiones. No cabe duda de que todavía contamos con un amplio campo de cultivo.

Ruth estuvo a punto de sonreír. También ella había comprendido que la anciana no hablaba de Dios, sino de los dioses que habían bendecido la llegada de los misioneros. Y estaba bastante segura de que Akona no solo había entendido un poco mal la historia de la Santísima Trinidad. Pero al menos parecía desplegarse allí realmente un campo de acción para David. A diferencia de los cazadores de ballenas, los maoríes parecían receptivos a la buena nueva.

El *powhiri* empezó con los maoríes sentados frente a David y Ruth, lo que ambos encontraron extraño. Si todos querían ser amigos, podrían haberse sentado juntos. Así que tenía más bien aspecto de enfrentamiento. La oración que recitaron todos al principio del ritual obró en Ruth un efecto amenazador. Invocaban, por lo que ella entendía, el poder de los dioses. A Jesucristo no lo mencionaban.

—Esto es una invocación pagana —observó David también alarmado.

Parecía a punto de levantarse y amonestar a sus futuros feligreses. Pero entonces los maoríes se callaron y se adelantó el jefe tribal. Tenía el mismo aspecto marcial que Anewa en la isla Chatham, lo seguían unos guerreros armados, tatuados y de expresión furiosa.

Ruth se cogió asustada al brazo de David cuando uno de los hombres, obedeciendo a una señal que le hizo el *ariki* con el dedo, se desprendió del grupo y empezó a ejecutar al ritmo de tambores y flautas una danza que semejaba más una advertencia que unos movimientos rítmicos. El hombre agitaba su lanza y daba unos saltos salvajes en dirección a David y Ruth, como si fuera a atacarlos y clavarles el arma. Al mismo tiempo contraría el rostro en unas muecas terroríficas.

David conservaba la calma, pero Ruth notaba que temblaba. Y mucho más cuando, justo después, todo un grupo de guerreros se adelantó, formándose para atacar. Ruth oyó que David rezaba. Ella misma pensó en darse a la fuga. Pero ¿hacia dónde ir? Los hombres la alcanzarían enseguida, sobre todo si las puertas del poblado se habían cerrado.

Por si fuera poco, una anciana de la tribu hizo su aparición y lanzó un grito estremecedor y entonces Ruth pensó que ese era el último día de su vida. Se agarró a David, pero a continuación un grupo de muchachas y mujeres adultas con la indumentaria para la danza, las faldas de lino y el corpiño tejido con colores se formó en el centro y empezaron a cantar una alegre canción agitando pelotas trenzadas que emitían un zumbido. Los guerreros se habían retirado con su jefe y miraban relajados.

Ruth encontró la danza bastante desvergonzada, aunque a esas alturas le daba totalmente igual. Lo único que quería era marcharse antes de que entre los maoríes surgiera algún descontento.

Entretanto, un anciano, vestido con un faldellín de lino endurecido como el de los guerreros y una capa de un extraño tejido sobre los hombros, se levantó y empezó a hablar. Ruth solo entendía la mitad de lo que decía. Giraba en torno a cómo la tribu había llegado a Nueva Zelanda en tiempos inmemorables, a por qué se había asentado precisamente ahí y a qué había de especial en el paisaje del entorno de Preservation Inlet.

Cuando hubo terminado, los maoríes miraron expectantes a David, quien les devolvió la mirada inseguro. A continuación, la anciana Akona se acercó a él y le tendió sonriente una fronda. Con ello explicó algo y le señaló con un leve gesto de la mano que se pusiera en medio.

—Él vosotros presentar —le dijo en inglés a Ruth.

David lo había entendido, se puso frente a los reunidos y empezó a describir con conmovedoras palabras cómo en un distante lugar llamado Berlín, en Alemania, había recibido la llamada de Dios para viajar a países remotos y divulgar su mensaje.

Ruth apenas le prestaba atención.

—¿Por qué nos queríais atacar? —preguntó a Akona—. Ese hombre... el guerrero...

El rostro de Akona se iluminó con una ancha sonrisa y respondió despacio para que ella lo entendiera.

—Nadie quería atacaros, *wahine*. La danza de la guerra es parte del ceremonial. Mostramos a las visitas lo fuertes y valientes que son nuestros guerreros. Para darles un poco de miedo, ¿comprendes? Así no empiezan una guerra...

Es decir, la intimidación como parte de la ceremonia de bienvenida. Ruth entendió. Aun así, eso no aumentó su simpatía por la tribu. Al contrario, reforzó su opinión de que los maoríes eran un pueblo agresivo y desconfiado.

—¿Y por qué ha gritado así la mujer? —siguió preguntando Ruth.

Akona sonrió.

—He lanzado el *karanga*. Es la parte más sagrada del *powhiri*. El grito cierra un vínculo entre la tribu y sus visitantes. Conjura la paz entre ellos.

David había concluido la presentación y propuso que rezaran todos juntos. A los maoríes les extrañó un poco, en esa parte de la ceremonia no se solía rezar. Pero fueron condescendientes y dieron prueba de que los primeros misioneros que los habían visitado les habían enseñado al menos el padrenuestro. Estimulado, David empezó a cantar una canción. Ruth se incorporó cuando entonó *Toma entonces mis manos*, lo que regocijó enormemente a los maoríes.

A continuación, Ruth repartió los pequeños obsequios que había llevado, junto a dulces y semillas; un montón de colgantes de cruces de madera. Los misioneros las habían tallado en las Chatham, durante algunas horas ociosas de la tarde, aunque Anewa y su gente no habían estado muy ansiosos por llevarlas. Los ngai tahu, por el contrario, las aceptaron con alegría y se las pusieron al cuello junto a los colgantes de jade. David torció la boca al ver las cruces junto a unas figurillas de dioses que le parecían demoníacas.

—No puedo permitirlo —le susurró a Ruth, pero ella hizo un gesto de rechazo.

—Explícaselo más tarde —le pidió.

Bajo ningún concepto debía poner en peligro la armonía que reinaba entre ellos y la tribu. Mientras David ya había superado su miedo, el corazón de Ruth seguía latiendo con fuerza. Por mucho que se repitiera que en esa velada no había corrido ni un segundo de peligro y que esa tribu abierta y pacífica no tenía nada que ver con Anewa y sus brutales guerreros, los maoríes no le caían en gracia. Vio con repugnancia que los miembros de la tribu se disponían a intercambiar con ellos el *hongi*, el saludo tradicional de los nativos. Akona colocó primero la nariz y la frente en el rostro de Ruth; ella sintió la piel áspera y los bordes agrietados de los tatuajes, que no estaban pintados en la piel, sino labrados en ella. La anciana olía a hierbas y humo... En realidad, no era desagradable, pero a pesar de eso, Ruth se alegró cuando volvió separarse de ella y vio horrorizada que el siguiente anciano de la tribu estaba listo para saludarla del mismo modo. Solo cuando la comida se sirvió —pescado, carne de ave y boniatos, todo exquisito y con especias aromáticas—, se relajó, y de buen grado se habría bebido un trago del whisky que los maoríes hacían circular con generosidad.

—No cabe duda de que permanecen anclados en el paganismo, pero sus almas claman a Dios —resumió David sus experiencias de la noche cuando regresaban a su casa—. Se me ha bendecido con la posibilidad de ser aquí activo, mañana mismo celebraré el primer servicio religioso. Y tú te ocuparás de las mujeres y de los niños. Necesitan que por fin se les imparta una educación cristiana. ¡Oh, Ruth, cuánto me alegro! Estos últimos días... Esa gente impía de la estación ballenera... Había empezado hace poco a sentirme mal con mi misión. Pero ahora sé por qué Dios nos ha enviado aquí. Deberíamos darle fervientemente las gracias de nuevo...

Ruth no respondió, no podía sentir el menor agradecimiento. En cualquier caso por haber sobrevivido a esa velada. Seguía amando profundamente a David, pero debía admitir que nunca compartiría su entusiasmo por la misión. Ni siquiera por él podía amar a todos los paganos de este mundo ni tampoco oír que sus almas clamaran a Dios.

Lo único que Ruth deseaba de verdad era marcharse bien lejos de Nueva Zelanda y de poblados maoríes y estaciones balleneras, de la violencia, los gritos y el miedo. Mientras David todavía rezaba, se acurrucó bajo la manta en su lecho provisional y se apretujó contra Jonas, que se alegraba de que sus amitos durmieran en el suelo. En cuanto David conciliaba el sueño, conseguía cada noche colarse bajo la manta de Ruth buscando calor y protección. Ese día parecía especialmente necesitado de afecto. Por lo visto a él tampoco le había gustado el poblado maorí.

8

Ruth suspiró aliviada cuando la cabaña de madera detrás de la colina por fin quedó terminada. El proceso había sido rápido, pues tras la exitosa caza posterior a su llegada, pasaron dos semanas sin que se observase ninguna presa. Consiguió que David hiciera unos sencillos muebles de madera en lugar de recurrir al mobiliario de huesos de ballena que Larry y Fred les ofrecieron solícitos. No tenía ningunas ganas de vivir en un cementerio, le dijo a David, quien no parecía ser contrario a esa extraña costumbre. Desde que habían visitado el poblado maorí volvía a estar entusiasmado con su tarea. La construcción de la casa le resultaba un fastidio, habría preferido dedicarse a sus obras de apoyo espiritual y aún más porque sus primeros logros ya se dejaban ver. El concepto de Goßner parecía funcionar allí, los maoríes no solo aceptaban de buen grado las indicaciones prácticas de David en cuanto al empleo de herramientas e innovaciones en la agricultura, sino también sus sermones. Al menos los escuchaban amablemente y les gustaba que les leyera la Biblia. Historias como la de Jonás y la ballena suscitaban mucho interés, la tribu incluso estuvo dispuesta a liberar a Cristo y su cruz de la compañía de los *tiki* delante de la casa de asambleas. A instancias de David le construyeron un altar propio e incluso hicieron desaparecer las estatuas de los dioses.

—¿De verdad que las han quemado? —se maravilló Ruth cuando David la informó encantado.

Desde que habían acabado la cabaña, ella ya no lo acompañaba al trabajo. Se sentía segura detrás de la maciza puerta con cerrojo de su casa. Pasaba los últimos meses antes del nacimiento de su hijo cosiendo ropita para él y escribiendo cartas, aunque en sus descripciones embellecía ante los ojos de sus padres y de Wilma la vida que llevaba. Con Hilde, en cambio, se quejaba francamente de sus penas. Hilde y Oskar también habían dejado las Chatham. Vivían junto a Auckland y él volvía a trabajar de curtidor de pieles.

—A ver, quemarlas todavía no las han quemado —precisó—. Solo las han guardado. Para no ofender a nuestro Señor Jesucristo con su vista.

Ruth confirmaría más tarde que las figurillas de los dioses estaba velando ahora el interior de la casa de asambleas. Los maoríes no se desprendían tan fácilmente de sus espíritus.

Cuando el nacimiento del bebé se fue acercando, Ruth emprendió la tarea de introducir a un reticente David en los conocimientos básicos de la ayuda al parto. A fin de cuentas, él sería el único que podría asistirla en esas horas complicadas, y el pastor Goßner había advertido a los misioneros en sus circulares que no eludieran rendir ese servicio a sus esposas si les acontecía en un lugar indómito. Así que Ruth preparó paños y vendas, un cuenco para lavar al niño y una tijera para cortar el cordón umbilical. Le explicó a un ruborizado David cómo solía desarrollarse un parto sin entrar demasiado en las posibles complicaciones. Ella sabía que si algo salía mal estaría de todos modos perdida. En un amplio radio de la estación ballenera no había ningún médico.

Un día que Ruth había lavado ropa en un arroyo cercano y que la estaba tendiendo en una cuerda delante de la cabaña, sintió que rompía aguas. Poco después empezaron las contracciones. Era primavera y hacía muy buen tiempo. El invierno en la casa de madera había sido duro y Ruth había estado pasando frío, por mucho que se abrigase. David no permanecía ni mucho menos tanto tiempo como ella en la cabaña, pero incluso él comprendía que sin una estufa no podrían resistir otra estación fría. En este sentido había encargado a su pesar un pesado hornillo de hierro fundido en la ciudad más cercana. Tampoco ese día estaba en casa, sino instruyendo a los maoríes del poblado sobre cómo hacer arados para preparar los campos antes de la siembra de los cereales de invierno. En cambio, Larry sí estaba presente.

Ruth le había perdido completamente el miedo al joven, en cierta medida sentía una afinidad espiritual con él. Larry odiaba la vida en la estación tanto como ella. Tenía miedo de cazar esos animales gigantescos y sus temores estaban justificados. Desde la llegada de Ruth y David, tres cazadores habían muerto durante la loca cabalgada sobre las olas, arrastrados por uno de esos mamíferos marinos en su desesperada lucha por salvar la vida. David les había dado sepultura en un cementerio no muy alejado de la playa. Harrison y sus hombres aprobaron que el misionero celebrara las misas de réquiem y colocaron cruces de huesos de ballena en las tumbas de los difuntos. Larry no quería ni acabar así ni seguir aniquilando ballenas. El sufrimiento del animal le daba tanta pena como a Ruth, pero, si no se había aprendido ningún oficio manual, en Nueva Zelanda no se encontraba tan fácilmente otro trabajo. Tampoco tenía formación escolar. Había viajado como grumete de Londres a Nueva Zelanda. Antes había vivido en la calle.

Cuando Ruth dio un traspié, él la ayudó a entrar en la casa y se ofreció a ir a buscar a David. En realidad, ella quería decirle que no, ya que, de todos modos, el niño tardaría horas en llegar al mundo. Bastaría con que su marido volviera a casa por la noche. Sin embargo, el dolor que le recorrió el cuerpo con la siguiente contracción fue tan fuerte que descartó ese sensato razonamiento. Quería tener a su David al lado. Necesitaba su amor, su consuelo, no quería estar sola. Incluso la breve hora que Larry invertiría en ir a buscarlo se le haría larga.

En un gesto de atención, Larry puso a hervir agua para preparar un té mientras Ruth se quitaba el vestido mojado por el líquido amniótico, se ponía el camisón y se acostaba en la cama. Estaba sumamente agradecida al joven, pues entonces cocinaba fuera, en un fuego abierto, como los maoríes y los hombres de la estación. Nunca habría conseguido volver a salir de la casa para calentar el agua.

Larry le sonrió tímidamente cuando le llevó la bebida a la cama.

—Voy ahora a buscar a su marido —le prometió tranquilizador—. Y quién sabe, a lo mejor el niño ya ha salido cuando él venga.

No tendría tanta suerte, pensaba Ruth, si es que podía calificarse de tener suerte dar a luz a un hijo sin ayuda. Ahora todavía tenía fuerzas para cortar sola el cordón si seguían los dolores... Intentó respirar con calma y no pensar en cómo se había imaginado antes que sería el nacimiento de su primer hijo: en una cama mullida, en casa de sus padres o de los Mühlen, con una comadrona experimentada y diligente a su lado y, naturalmente, con su madre y la de David consolándola y apoyándola. Y ahora estaba sola en una cama basta y sobre un saco de paja. En lugar de oler a lavanda como en el dormitorio de su madre, apestaba a aceite de ballena, y David ni siquiera encendería un fuego para que ella entrara en calor.

Al principio, Ruth no pasó frío. Al contrario, estaba bañada en sudor a causa de los dolores. Si dependía de la intensidad de los dolores, el bebé nacería pronto. Se aferró a la esperanza de que ese martirio no durara mucho y trató de adivinar cuánto tiempo pasaba entre dos contracciones, pero no podía concentrarse. Una y otra vez sus pensamientos se desviaban hacia Alemania... hacia Berlín... o hacia la misión de las Chatham, donde Wilma hubiera podido ocuparse de ella. Fue entonces cuando tomó totalmente conciencia de las consecuencias de haber decidido emprender una nueva aventura sola con David. Si al menos él estuviera allí...

David apareció al cabo de una eternidad. Estaba pálido, parecía nervioso y al principio se salvó invitándola a que rezaran juntos una oración.

—Dios nos conceda el valor y la fuerza en estas difíciles horas —entonó, repitiendo su ruego después de cada contracción.

Salvo por eso, la situación lo bloqueaba. Si bien no podía hacer gran cosa por su esposa, ella había esperado que le llevara una infusión y a lo mejor algo de la sopa que ya estaba preparada para reunir fuerzas entre los dolores, que a esas alturas eran tan fuertes que pensaba que iba a desgarrarse. Deseaba que él, sin que ella se lo indicara, le secara el sudor del cuerpo y le enfriara la frente, sobre todo ansiaba su cercanía. Quería que la cogiera entre sus brazos, que la apoyara. Pero David evitaba todo contacto. Era evidente que tenía miedo, y que le resultaba lamentable ver a su esposa en ese estado. Ruth ya solo esperaba que no temiera tocar al niño cuando por fin saliera.

Después de pasar casi ocho horas con dolores, Ruth tuvo que admitir que algo no iba bien. Temía horrorizada que el niño estuviera mal colocado; si ese era el caso, llegaría al mundo primero por los pies, y en el peor de los casos se quedaría atravesado en el vientre y ella no podría empujarlo.

—David... ¿podrías... podrías intentar... es que a lo mejor el niño está mal colocado? ¿Podrías intentar girarlo un poco en mi vientre?

Eso, en realidad, era imposible. Había que tener mucha práctica para hacer el gesto con que una partera experimentada colocaba en su sitio el feto. Pero a lo mejor... con ayuda de Dios... Ruth estaba dispuesta a agarrarse a un clavo ardiendo. Gritó de dolor cuando David intentó torpemente actuar en su cuerpo. Él se retiro de inmediato.

—No puedo... —susurró él—. Dios misericordioso, no puedo. Tengo... solo puedo... solo puedo rezar, Ruth. Recemos de nuevo.

Hasta entonces había gritado de dolor, pero ahora gritaba de agotamiento y ante la creciente certeza de que iba a morir en esa cama. De nada servía que David volviera a rezar, ella sentía ahora más rabia que deseos de rendirse a la voluntad divina. Habían renunciado a tanto y David había llegado tan lejos para servir a Dios. ¿Y ahora Él lo recompensaba con la pérdida de su esposa y de su hijo? ¿Le mostraba cómo los dos morían sufriendo unos dolores terribles?

Ruth sospechaba que iba a maldecir a Dios antes de que eso pasara.

De repente alguien golpeó la puerta, al principio débilmente, luego con energía. David miró a Ruth con los ojos abiertos de horror. ¿Quién podía ser a esas horas? Ya era bien entrada la noche.

—Ve a abrir —le pidió gimiendo Ruth.

Si se trataba de un atraco, si alguien iba a asaltarlos... En cualquier caso sería más rápido morir por el cuchillo de un ladrón o el hacha de un guerrero maorí que estirar la pata miserablemente tratando de parir a ese niño.

—¿Larry? —La voz de David expresaba su sorpresa. No había contado que fuera el joven cazador—. ¿Qué hace usted aquí? Y...

Con las últimas fuerzas que le quedaban, Ruth se irguió y distinguió a Akona en el umbral de la puerta de la cabaña. Llevaba el vestido tradicional de su tribu y se había cubierto con una manta para guarecerse del frío nocturno. Llevaba un hatillo en la mano.

—Qué... qué se supone... —David miraba confuso a la anciana maorí que tranquilamente lo empujó a un lado y entró para colocarse enseguida junto a la cama de Ruth.

—La he ido a buscar —explicó Larry—. Es... es... hermano David, llevamos horas oyendo los gritos de su esposa. Llegan casi hasta nuestras cabañas... —Larry y Fred habían construido su cabaña algo apartada del pequeño asentamiento. Era posible que los gritos de dolor de Ruth llegasen hasta allí—. Algo no va bien. Y entonces he pensado... y Fred ha dicho... Los maoríes tienen sus hechiceras. Y tantos niños...

David lo fulminó con la mirada.

—No voy a tolerar brujerías en mi casa —declaró.

Ruth suspiró.

—David, a estas alturas me da igual que saque al niño por arte de magia o... o simplemente girándolo... —La anciana había levantado entretanto el camisón de Ruth y miraba preocupada la mancha de sangre que se había extendido entre las piernas sobre la sábana—. Puedes... ¿puedes girarlo? —Le dijo en maorí a la anciana.

Akona cantó ensimismada *karakia*. Ahora le sonreía alentadora.

—Sí. Pero antes te daré algo que beber... tienes que soltarte, *wahine*. Abandónate a las manos de los dioses... —Akona sacó distintos tarros y hierbas de su hatillo.

—Va a... no permitiré que se conjuren en mi casa a no se sabe qué dioses paganos, yo... —Naturalmente, David había entendido las palabras de la anciana. Pero pese a su áspera oposición, no hizo ningún gesto de echar a Akona de la cabaña. Estaba confuso, desconcertado, abatido... todo eso lo superaba.

Ruth se esforzó para ser de nuevo fuerte.

—Se refiere... a que... —susurró— me resigne a la voluntad de Dios y de su hijo Jesucristo... Tú también podrías... volver a rezar... Pero, por el amor del cielo, déjala. Si no puede girar al niño, me moriré.

—Véngase con nosotros —intervino Larry al ver que David todavía dudaba—. Esto es cosa de mujeres. Usted no puede hacer nada. Dejemos solas a su señora y a la hech... hum... la comadrona... Venga a nuestra casa y se bebe un trago de whisky con Fred y conmigo... Que sí, tiene que hacerlo, es como una medicina. No hay peros que valgan, aquí no hacemos más que molestar.

Ruth nunca hubiera creído que habría llegado a desear que David la dejara en esos momentos tan duros, pero cuando por fin siguió al joven cazador, suspiró aliviada.

Bebió con docilidad la infusión que le administró Akona. Ciertamente, la relajó un poco, al igual que el monótono cántico de la anciana. Las oraciones no se dirigían a Dios, sino que evocaban a una diosa llamada Hinetaiwaiwa.

A continuación, Akona colocó sus manos fuertes y callosas sobre el vientre de Ruth y palpó la posición del niño. Ruth gritó cuando el bebé se dio la vuelta. Pensaba que nunca había sentido un dolor tan fuerte, pero estaba claro que la maorí había movido algo. Con la siguiente contracción pareció avanzar. Ruth se retorcía y doblaba de dolor.

—Ahora tienes que ponerte de pie —indicó la anciana. Ruth creía no haber oído bien. No podía esperar que ella fuera a moverse de la cama—. Sí, ¡tienes que hacerlo! —Akona la ayudó a levantarse con determinación—. Ahora todo irá deprisa y será más fácil si estás de pie. El niño quiere bajar y salir, *wahine*. Ayúdalo...

Asistida por Akona, Ruth dio vacilante un paso tras otro y los dolores, en efecto, eran de ese modo mucho más fáciles de soportar. Después de un rato, la anciana le indicó que se pusiera de rodillas, se agarrase al armazón de la cama y empujase. Tenía los paños listos para recoger al niño, y luego todo se precipitó. Con un aluvión de sangre y un resto de líquido amniótico, la criaturita se deslizó fuera del cuerpo de su madre. Esta volvió a gritar y sintió un gran alivio. Debilitada, se dejó caer en el suelo.

Akona volvió a cantar. Saludó al niño y lo meció en sus brazos.

—Tienes un hijo —anunció afablemente—. Está un poco agobiado y un poco rojo y arrugado, pero respira. Está sano.

Ruth no se percató de que la mujer cortaba el cordón umbilical, tampoco se volvió hacia el recién nacido. Necesitaba tiempo para recuperarse. Cuando por fin abrió los ojos y Akona le enseñó al niño, no podía dejar de mirarlo.

—Quiero... quiero cogerlo... —susurró, intentando

enderezarse. En ese momento cayó en la cuenta de que todavía estaba sentada en el suelo... en un suelo natural. David no lo había revestido con tablas de madera. No era un lugar para dar la bienvenida a un niño—. Pero antes quiero volver a meterme en la cama —murmuró, y se sobresaltó cuando oyó el primer grito del pequeño.

—Está sano del todo —dijo satisfecha la maorí—. Quiere ir contigo. —La ayudó a erguirse y tenderse.

Ruth se sentía sucia. El camisón, empapado de sudor y sangre, se le pegaba al cuerpo, pero cuando por fin tuvo entre sus brazos al niñito, se olvidó de todo. Pensó que nunca había visto nada tan bonito.

—¿Qué nombre vas a ponerle? —preguntó Akona.

Ruth pensó un instante.

—Laurence —dijo con determinación—. Es el nombre auténtico de Larry.

David había tenido otros muchos nombres en mente, pero su hijo debía la vida a la audaz decisión de Larry de ir a buscar ayuda en el poblado maorí.

Akona miró satisfecha a madre e hijo. Pero no les dejó demasiado tiempo para descansar.

—La placenta —dijo cuando Ruth sintió un nuevo dolor—. Mejor te levantas...

9

David no cabía en sí de orgullo ante su hijo y no encontraba modo de dar suficientes gracias a Dios porque el pequeño hubiera llegado al final sano y salvo al mundo. Ni Ruth ni él hablaron de esa terrible noche y de su fracaso total como auxiliar en el parto, así como tampoco de cómo había contribuido Larry en que Ruth se salvara y de la ayuda de Akona durante el nacimiento. El nombre que Ruth había elegido no gustó especialmente a David, pero llegaron a un acuerdo a ese respecto. Llamaron al niño Laurentius – Laurent. Y como segundo nombre David escogió Theodor, obsequio de Dios, contra lo cual Ruth no puso ninguna objeción.

Akona se llevó una bala de tela de la dote de Ruth en compensación por sus servicios de comadrona. Tampoco perdió de vista a la madre y al niño después del parto; primero vigiló la subida de la leche y los primeros intentos de mamar de Laurent, y luego acudía periódicamente para ver cómo estaba el pequeño. Acompañaba todas sus acciones en el cuidado del niño y la madre con las oraciones tradicionales. Ruth debía vigilar que eso no llegara a oídos de David. A ella no le importaba qué dioses evocaba la anciana. Tal vez Kimi tuviera razón, mejor obedecer a los espíritus del lugar que confiarse a un solo y lejano Dios.

Esos días, Ruth pensaba a menudo en Kimi. La moriori ya debía de haber dado a luz hacía tiempo. Esperaba que se pareciera a ella y no a Anewa... o a David.

Larry estaba entusiasmado en su papel de «padrino» y en los días que siguieron se consagró de buen grado a la construcción de la casa. Construyó un pavimento e instaló el hornillo que por fin había llegado de Nueva Zelanda. También se lo llenaba complaciente a Ruth para que ella no tuviera que cargar con la leña.

Tras el nacimiento, Ruth ya no encontró más excusas para evitar sus tareas de auxiliar de misión y en los meses que siguieron se esforzó por cumplirlas.

Primero fue con Laurent a la playa para saludar y presentarse a las prostitutas de la taberna de Hank. Si era sincera consigo misma tenía ahí menos miedo al contacto que en el trato con los maoríes. En Berlín ya se había ocupado de las chicas de la calle en el marco de la misión de Goßner. Pero en el fondo, Lazy y Jill resultaron ser más resignadas e inaccesibles que las mujeres de su país. Ya hacía tiempo que habían perdido la esperanza de abandonar su oficio. El sucio cobertizo, detrás de la taberna del cazador de ballenas, era para ellas la última estación de un largo y mísero camino. Las mujeres nunca saldrían de esa vida, y era posible que ni siquiera quisieran hacerlo. Al menos les faltaba la energía para hacer el más mínimo esfuerzo. Lazy y Jill no tenían más que los vestidos que llevaban puestos. Ni siquiera parecían darse cuenta de que estaban apelmazados por la suciedad. Rechazaron desinteresadas el intento de Ruth por sacarlas de su letargo regalándoles telas para estimularlas y ayudarlas a confeccionar con ellas unos vestidos.

—De todos modos, dentro de tres días tendrán el mismo aspecto —murmuró Jill, que al menos habló con Ruth. Lazy, una morena algo mayor, solía estar tan borracha que ni se dio cuenta de su presencia. El estado de desnutrición en que se hallaban las dos mujeres era espantoso; Lazy, en especial, no parecía alimentarse de otra cosa que de whisky o ron. Seguramente llevaba semanas sin comer algo caliente. Ruth intentó con desesperación convencer al menos a Jill. Las mujeres tenían un fuego delante de su cobertizo. Habrían podido cocinar algo allí, pero no contaban con suficiente ímpetu para ello—. No me quedan fuerzas, señora... —Jill, una joven rubia, seguro que todavía no tenía más de treinta años, pero estaba gastada por la vida—. Y, de todos modos, no tenemos dinero... Los granujas de los maoríes piden una fortuna por unas pocas verduras.

Las mujeres de los maoríes vendían sus excedentes de boniatos y otros productos agrícolas en la estación ballenera. Sus precios no eran en absoluto abusivos, pero seguramente resultaba demasiado agotador para Jill salir de la playa e ir al asentamiento a comprar. O tal vez tenía miedo de encontrarse con los cazadores sin su «protector» Hank. A Ruth tampoco le gustaba ir al improvisado mercado. La agobiaban las miradas lascivas, los intentos descarados de tocarla o pellizcarla, las invitaciones obscenas para fornicar con los hombres. Esos tipos todavía querían llegar más lejos con Lazy y Jill y obtener gratuitamente aquello por lo que solían tener que pagar.

—La próxima vez os puedo traer comida —propuso Ruth, pero Jill negó con la cabeza.

—Es muy amable por su parte querer ocuparse de nosotras, señora —dijo—. Pero... Es mejor que se mantenga alejada. Si aparece mucho por aquí, Hank se enfadará. Y no es... no es bueno... Y el pequeño... —señaló el cestito en el que Ruth lo transportaba y donde dormía profundamente— tampoco ha de ver esto. Ya verá lo suficiente cuando crezca. Y tú... tú tienes unas tetas tan grandes que atraerán a los hombres...

Perdió el hilo, mientras Ruth se ruborizaba avergonzada. Claro que ahora tenía los pechos tan grandes que casi no podía abrocharse los vestidos y las blusas, pues estaba dando de mamar a su hijo. La advertencia de Jill estaba totalmente justificada. Cuando iba sola a la playa tenía que andar con cuidado. Los cazadores de ballenas estaban muy lejos de respetar su posición como esposa del misionero o incluso su maternidad.

Ruth tuvo que aceptar que Jill tenía razón. No había mucho que ella pudiera hacer por las prostitutas de la playa. No valía la pena correr el riesgo por lo poco que podía facilitarles en obsequios y alimentos.

Así que muy a pesar suyo suspendió las visitas a las mujeres y se limitó a preparar una olla de comida caliente para que David se la llevara siempre que iba al asentamiento. Además, se desprendió de un trozo del jabón perfumado del último paquete que le había enviado su madre, lo que a Jill la regocijó enormemente. David informó dichoso que desde entonces las prostitutas acudían de vez en cuando al servicio religioso que oficiaba en la playa. Pero no vio ninguna relación con el generoso regalo de Ruth.

—¡Se arrepienten de su vergonzosa actividad! —declaró—. Y esperan ser perdonadas.

Ruth más bien pensaba que esperaban más donativos, pero se guardó para ella estas consideraciones, así como sus dudas con respecto a los motivos por los que los cazadores maoríes acudían con regularidad a los oficios. Ella partía del puro pragmatismo: el trabajo de los cazadores de ballenas era peligroso y justamente los maoríes no veían ningún riesgo. Cuantos más dioses y espíritus tenían a su lado, más seguros se sentían. Es probable que invocaran con tanto celo a Tangaroa, el dios de los mares y a Tawhirimatea, el dios del tiempo, como rezaban a Jesucristo.

Pero David no quería ni oír hablar de ello. Consideraba que eran conversos y Ruth estaba contenta cuando él estaba satisfecho. El nacimiento de su hijo había reforzado su decisión de quedarse con él y ser una buena compañera en su misión. También estaba dispuesta a volver a tener relaciones sexuales con él, pero David no la había tocado desde que había nacido Laurent. A este respecto, los sentimientos de Ruth eran contradictorios. Por una parte ansiaba que David la tocara, su ternura y su amor físico, le encantaba sentirlo en su interior y casi siempre llegaba al clímax. Por otra parte, temía volver a quedarse embarazada. En las condiciones de vida actuales no quería engendrar a otro hijo, aunque naturalmente se decía que Akona volvería a ayudarla de buen grado y que estaba en manos de una partera de enorme experiencia.

Pero lo que Ruth más deseaba por encima de todo era tener una amiga. No le bastaba con escribir cartas a Hilde, ansiaba el intercambio con una persona de ideas afines y un poco de normalidad. Le habría gustado volver a hablar sobre vestidos y moda, sobre recetas de cocina y libros, le habría gustado reír espontáneamente con otra mujer. Ansiaba la civilización, una cocina decente, tiendas en las que comprar ropa y alimentos y poder charlar con los vendedores y otros clientes. En Preservations Inlet David era su único interlocutor, y de vez en cuando Larry o Fred. Ambos jóvenes estaban firmemente decididos a dejar la estación ballenera. Solo esperaban que algún capitán de barco estuviera dispuesto a contratarlos a los dos como marineros auxiliares y a llevárselos.

Ruth estaba al borde de la desesperación, pero se guardaba para sí sus preocupaciones. Seguía enviando eufóricas misivas a su casa en las que ensalzaba las alegrías de la maternidad. Contaba a padres y amigos lo bien que mamaba Laurent y lo bien que se desarrollaba. Omitía que casi había muerto durante el parto. ¿De qué serviría que su madre se inquietara? Solo a Hilde le confesó la verdad y apenas pudo esconder la envidia que sentía cuando su amiga le habló de su vida. Hilde esperaba su primer hijo, pero tenía el apoyo de la floreciente congregación de la Iglesia de Inglaterra a la que ella y Oskar se habían unido. Le describía las comidas campestres, los bazares para los pobres y que pensaba volver a trabajar como enfermera de la comunidad tras el nacimiento de su hijo. Era evidente que Hilde era feliz. A veces Ruth rompía a llorar cuando comparaba la vida de su amiga con la suya.

A pesar de todo intentaba apañárselas con lo que tenía. Visitaba el poblado maorí, repartía las donaciones que la comunidad del obispo les enviaba de vez en cuando, enseñaba a las mujeres a coser vestiditos infantiles y trataba de transmitir sus conocimientos básicos sobre prevención de la salud e higiene. Pero casi nadie recurría a sus servicios como enfermera. Las mujeres se atenían preferentemente a la medicina tradicional de Akona y sus conjuros. Ruth no podía tomárselo a mal. A fin de cuentas, la anciana *tohunga* hacía bien su trabajo.

Así pues, Ruth abandonó el cuidado de enfermos e intentó fundar una escuela, pero no era una profesora nata como Wilma. No consiguió elaborar unos contenidos que cautivaran a los niños. Enseguida perdía la paciencia y reñía a sus alumnos cuando no entendían, así que tuvo que experimentar el rápido absentismo de sus estudiantes. Los niños maoríes no estaban acostumbrados a una educación y disciplina rígidas y nadie en la tribu consideraba que fuera útil saber leer y escribir. Los niños percibían la asistencia a clase como otra forma de pasar el tiempo. Si no les divertía, no iban.

Pasado apenas un año en Preservation Inlet, Ruth tuvo que reconocer que habían vuelto a fracasar y sospechaba que David era del mismo parecer. Al joven misionero le afectó profundamente sorprender un día a uno de sus celosos adeptos entre los cazadores maoríes invocando la ayuda de sus propios dioses antes de subir a una barca. Descubrió que llevaban figurillas de ídolos y tallas representando al dios del mar en las canoas. Rechinando los dientes, David reconoció que los maoríes solo aceptaban al dios de los cristianos como un personaje secundario en el firmamento de los dioses. Lo mismo podía aplicarse a la gente del poblado. Los hombres y las mujeres escuchaban con atención y amablemente sus indicaciones en relación con la agricultura y el trabajo manual, y aceptaban de buen grado los utensilios que él les daba. Sin embargo, al plantar y recolectar los boniatos cantaban *karakia* y pedían permiso a los espíritus de los árboles antes de talarlos para ampliar sus campos de cultivo. Ruth observaba de qué modo un hombre, por lo general tan tranquilo, empezaba a perder la paciencia. Desesperado, amenazaba con el fuego del infierno. Los maoríes reaccionaban consternados y preguntaban cómo podían apaciguar a los dioses de David. Eran complacientes, pero no estaban preparados para una comprensión profunda del cristianismo.

Un domingo, que Ruth se había quedado con Laurent en la cabaña porque el pequeño se había resfriado y tenía fiebre, David regresó de la misa en la playa con la noticia de que Lazy no se encontraba bien.

—Jill ha dicho que se estaba muriendo, por lo que, claro está, he ido a verla. Y, en efecto, Ruth, parece estar agonizando. He intentado rezar con ella, he pronunciado oraciones para acompañar su agonía, pero ya no se da cuenta de nada. Dios se apiade de ella. Por otra parte, las condiciones allí... Cielos, Ruth, ¡ningún ser humano debería morir en unas condiciones tan indignas!

Ruth siempre había opinado que nadie debería vivir en tales condiciones, así que en lugar de pronunciarse, preparó su maletín médico, se echó un chal por encima y emprendió el camino a la playa. No creía poder ayudar a Lazy, pero a lo mejor sí había la posibilidad de aliviar sus últimas horas. David se quedaría mientras con Laurent. Así que Ruth le dejó despreocupada al niño. Si bien había perdido el control durante el parto, era siempre un padre tierno y esforzado, que tampoco se arredraba a la hora de cambiarle los pañales.

Ruth también dejó a Jonas en la cabaña. Normalmente, el perro la acompañaba a la playa, ella se sentía más segura cuando ladraba a los cazadores, aunque, por supuesto, el pobre no habría podido hacer nada contra esos hombres. Pero a la hora de cuidar a Lazy no haría más que molestar.

Ruth encontró a Lazy febril sobre un saco de paja sucio en el mal aislado cobertizo donde las putas practicaban su oficio. En las siguientes horas, lavó a la enferma, le puso uno de sus propios camisones limpio. Cambió el saco de paja por unas mantas que había llevado, le administró un jarabe de opio y otro contra la tos. Ruth sospechaba que sufría una neumonía grave. Pero sus cuidados no se vieron coronados por el éxito. La prostituta murió a la madrugada y, agotada y afligida, Ruth fue a hablar con Hank para comunicarle el fallecimiento. Para ello tenía que ir inevitablemente a la taberna en la que ya estaban empinando el codo los primeros cazadores. Abrirse camino por el local fue toda una prueba en sí, pero Ruth se esforzó por no hacer caso ni de los silbidos ni de las obscenas increpaciones de los hombres. Finalmente, llegó hasta Hank y le dio el pésame. Para sus adentros esperaba un poco de implicación también por parte de los hombres que durante años habían conocido a la mujer. Pero la reacción del tabernero y de sus parroquianos le llegó al alma.

—¿De verdad que la ha palmado? —En la voz de Hank había más fastidio que pesadumbre—. Joder, ¿y de dónde saco yo ahora otra que ocupe su sitio? Jill no puede con todo, aunque haga turno doble... Joder, tendré que salir a ver qué encuentro por la costa Oeste...

Mientras Ruth lo miraba horrorizada, los hombres, sonrientes, empezaron a rodearla junto al mostrador.

—¿Y por qué no fichas a esta misma, Hank? —preguntó uno de ellos. Se acercó tanto a Ruth que ella podía oler su aliento cargado de whisky—. Es la mar de mona. Y decidme, chicos: ¿es justo que nuestro misionerito la tenga toda entera para él solo? ¿Encaja con su religión? ¿O es que no tiene que amar al prójimo como a sí mismo?

Los hombres respondieron con una carcajada, se alzaron unos gritos exigiendo el compartir cristiano o fraternal. Ruth miró a su alrededor invadida por el pánico, pero ni Larry ni Fred estaban por allí y Hank no hacía ningún gesto de ir a defenderla de la agresión de sus clientes. Los hombres cada vez iban más lejos con su descaro, uno incluso le arrancó el sombrero y otro se dispuso a soltarle el pelo.

—¡Mirad qué guapa es! Y qué bien huele... —Un gordo le olisqueó el cuello mientras ella intentaba en vano apartarlo.

Pero por fin llegó la salvación. Peter Harrison y el capitán Rumsford entraron en la taberna y descubrieron a Ruth en medio de un gentío vocinglero. Ella aprovechó la oportunidad para liberarse y salir corriendo cuando el capitán alzó la voz, autoritario, y llamó a los hombres al orden. Fuera se desmoronó. Se acuclilló junto a la barca de remos de Hank que estaba en la playa. El tabernero solía salir a pescar en ella. Ahora le ofrecía refugio, al principio se sintió incapaz de levantarse y volver a la cabaña. Era demasiado fácil que alguien la siguiera y ya había oscurecido.

—¿Señora Mühlen...? —Ruth levantó la cabeza al oír la voz del capitán Rumsford. El anciano lobo de mar debía de haberles lavado el cerebro a los hombres de la taberna o haberlos dejado en manos de Peter Harrison, que era quien les daba trabajo. Había salido para ver cómo estaba. Ruth se lo agradeció de corazón. Seguro que la llevaría a casa. Lentamente dejó su escondite—. Señora Mühlen... qué forma tan desagradable de volver a vernos. Pero no han ido más lejos, ¿verdad? —El capitán se acercó a ella preocupado.

Ruth movió la cabeza.

—No —dijo—. Gracias a su intervención no ha ocurrido nada, en cualquier caso no más de lo que suele suceder cuando me atrevo a mezclarme con esta gente.

Volvió a romper en llanto. El capitán esperó. Y Ruth se sorprendió a sí misma abriéndole su corazón. Todas las barreras se rompieron. Le contó sollozando el miedo que tenía de los maoríes, de las intrusiones de los cazadores de ballenas, le habló de su soledad y de los desesperados esfuerzos de David que no llevaban a ningún sitio. Ni siquiera se detuvo ante la espantosa noche en que su hijo nació.

El capitán Rumsford suspiró.

—Debería haber vuelto a llevármelos entonces —observó—. Era de prever lo que iba a pasar. Pero su marido no quería en absoluto...

—¡No puede! —Ruth se secó las lágrimas—. No encontraría ningún otro puesto como guía espiritual. Este... este era su única esperanza.

Con el ceño fruncido, el marino escuchó lo que le contaba sobre la evolución de David como padre espiritual, la misión de Goßner y que no tenía la formación suficiente.

—Pero su marido me parece un hombre listo —dijo Rumsford—. ¿No puede realizar esos estudios que le faltan?

Ruth suspiró. Por fin se había calmado y, acompañada por el capitán, emprendió el camino de retorno a su casa.

—¿En qué lugar? —preguntó abatida—. ¿En tierras salvajes? ¿En dónde hay un seminario por estas zonas solitarias?

—Bueno, aquí mismo no —respondió Rumsford—. La Isla Sur no está tan explotada. Pero me parece haber oído decir que se abre uno en Te Waimate. Está...

—Sé dónde está. —Ruth aguzó los oídos. La misión de Kororareka. ¿Podría ser verdad?

—No estoy del todo seguro. Escriba al obispo. Por supuesto, solo si su marido está realmente interesado. —El capitán sonrió—. En cualquier caso, para mí sería un placer volver a llevarlos conmigo.

El corazón de Ruth empezó a latir más deprisa al considerar las nuevas posibilidades que se le presentaban. Un seminario de sacerdotes, unos estudios, vivir entre la gente... Y luego un tranquilo cargo de pastor en la ciudad... o en un pueblo, en un nuevo asentamiento en el campo. Granjeros, artesanos, hombres, mujeres, niños que los domingos se reunían con toda naturalidad en la iglesia. De acuerdo, Kimi estaba en Te Waimate. Con su hijo... Ruth estaba un poco preocupada sobre cómo reaccionaría David al volver a ver a la joven, en especial si el niño resultaba ser, en efecto, hijo suyo. Pero apartó esos pensamientos de su mente. Cualquier cosa era mejor que vivir en la estación ballenera.

—Mi marido querrá —dijo—. Le... le doy las gracias, capitán. Por haberme ayudado hoy y... y por su sugerencia de ir a Te Waimate. Cielos... ya estoy llorando de nuevo, pero es la primera vez en meses que siento algo así como esperanza.

El capitán Rumsford acompañó a Ruth hasta la cabaña de madera y examinó con el ceño fruncido esa primitiva vivienda.

—Usted no se merece esto, señora Mühlen —sentenció cuando volvió a despedirse. Aunque David le había invitado a tomar un té y rezar una oración, prefirió ir a la taberna y beber allí un whisky con Harrison.

—Tiene que irse sin demora. Este tampoco es sitio para criar a un niño. Y seguramente querrán tener más hijos.

Ruth asintió, aunque David todavía no había vuelto a tocarla.

—Haré todo lo que esté en mi mano para convencer a mi marido —prometió—. Deséeme suerte.

Convencer a David para que asistiera a un seminario no fue difícil. Toda su vida había deseado una carrera así. Sin embargo, había razones de peso que le impedían marcharse de Preservation Inlet.

—El obispo me ha otorgado este cargo. No debo decepcionarlo. Escabullirme así, sin más.

—No te estás escabullendo —objetó Ruth—. Si nos vamos solo será con el permiso expreso del obispo Selwyn. De todos modos antes tienen que admitirte y para eso el obispo ha de interceder por ti. Lo necesitas como valedor.

—Pues eso —dijo David preocupado—. A lo mejor no me aceptan.

Ruth negó con la cabeza.

—Eso dependerá de cómo formulemos la solicitud. Yo, personalmente, opino que tiene una deuda con nosotros. Nos estamos matando desde hace un año en este lugar dejado de la mano de Dios...

—¡Ruth! —la amonestó David—. No hay lugares dejados de la mano de Dios. El Señor siempre está con nosotros, Él...

—Puede que esté aquí, pero no es bienvenido —lo interrumpió Ruth implacable—. Tan poco como los somos nosotros. Si el obispo opina que esta banda de salvajes, delincuentes y violadores necesitan a un padre espiritual, que envíe a otra persona. Pero que no sea a un matrimonio. David, ¡despierta! ¡Casi me muero al nacer Laurent y hoy he estado a un pelo de que me violasen! Y no, ahora no mires avergonzado hacia otro lado, te lo digo tal como es. ¡Quiero irme, David! ¡Lo antes posible!

David se rascó la frente.

—Pero una carrera en el seminario... no ganaría dinero... ¿De qué vamos a vivir? Claro que podría intentar trabajar al mismo tiempo, pero entonces se dilatará un montón de años.

Ruth se mordió el labio. Le repugnaba volver a romper por segunda vez la promesa que había hecho a sus padres. Si mencionaba ahora sus ahorros, habría perdido el dinero. Por otra parte...

—No te inquietes —dijo con determinación—. Tengo algo de dinero.

Esa noche, David tuvo relaciones con su mujer por primera vez desde que Laurent había nacido. Envolvió a Ruth con el amor y ternura que ella tanto había ansiado y ella se entregó sin temor ninguno a su abrazo. Estaba segura de que si engendraba ahora un hijo no llegaría al mundo en una cabaña apestando a aceite de ballena.

Ruth estaba embarazada de nuevo cuando un mes más tarde dejaron Preservation Inlet con la bendición del obispo Selwyn. Aceptaron a David en el St. John's College, el seminario que acababan de fundar en Te Waimate. La joven familia encontraría cobijo en la misión.

Ruth respiró hondo cuando el barco que los llevaba a Kororareka cruzó el fiordo. El aire era fresco y diáfano, no flotaba en él el hedor a grasa de ballena. Deslizó dichosa la mirada por las playas indómitas, deseosa de ver los cientos de islas y el sol en la bahía de Islas. Buscó la mano de David. Una nueva vida la esperaba.

LA BANDERA DE KORORAREKA

Te Waimate
Kororareka

1844-1845

1

Durante la travesía a la Isla Norte, en un rato libre, Ruth contó a David la historia de la huida de Kimi. Le costó hacerlo porque eso implicaba tener que desvelar ciertos secretos. Las tres auxiliares de la misión se habían puesto de acuerdo para ocultar a los misioneros su participación en la partida de Kimi.

—Pensamos que cuantas menos personas estuvieran al corriente, mejor —se justificó—. Y además queríamos evitaros tener que mentir si Anewa os preguntaba al respecto.

Naturalmente, tal interrogatorio se produjo, y Ruth y las otras mujeres suspiraron aliviadas porque el jefe tribal creyó a los misioneros cuando le dijeron que no tenían nada que ver con la huida de Kimi. Ruth, Wilma e Hilde habían mentido sin la menor vergüenza. Incluso Wilma había podido conciliar esa mentira con la religión.

Para sorpresa de Ruth, David se tomó con relativa tranquilidad su confesión. Al menos no le hizo ningún reproche, solo comentó que para Kimi seguro que había sido mejor escapar de las garras de Anewa.

—Por aquel entonces recé con frecuencia por ella —dijo meditabundo—. Cuánta pena me daba todo ese tiempo. Me alegra saber que ha encontrado refugio en Te Waimate. Cuán bien meditados y misericordiosos son los caminos del Señor. Si confiamos en Él, en verdes prados nos hace reposar.

En silencio, Ruth cerró las manos en puños. Por mucho que la tranquilizase que David se tomara este asunto con calma, consideró superfluas esas palabras encomiásticas. No era el Señor quien había pagado al capitán para sacar a Kimi en secreto de las Chatham, sino ella, Ruth. David podría haber actuado mucho antes para proteger a la muchacha, más allá que fuera o no el padre de la criatura. En lugar de ello la había aconsejado mal. Su callada sumisión a la voluntad divina posiblemente le habría costado la vida si Ruth, Wilma e Hilde no hubieran intervenido.

Le habría gustado echarle todo eso en cara, pero respiró hondo y se obligó a calmarse. Ya hacía tiempo que sabía por experiencia propia que David no podía colaborar de otro modo que no fuera a través de la oración. Las soluciones prácticas, sobre todo si implicaban un riesgo, le eran ajenas. Él confiaba en Dios, siempre que otras personas como Ruth o el pastor Goßner lo llevaran por el buen camino. Era de esperar que en el futuro no tuvieran que tomar más decisiones que amenazaran su vida. A David no le resultaría difícil ponerse a la cabeza de una comunidad pacífica, y seguiría teniendo a Ruth para resolver los problemas prácticos de sus ovejitas.

Casi con regocijo pensó en las confidencias que habría entre la solícita esposa del pastor y las muchachas o mujeres enamoradas en busca de esclarecimiento o consejo sobre cuestiones vitales, como de qué modo reducir la descendencia. Le habría gustado trabajar de enfermera de la comunidad. Se imaginaba que los deberes de la esposa de un pastor serían similares.

El sol volvía a brillar cuando el carguero que los había transportado —para decepción de la joven no había sido el velero del capitán Rumsford— se introdujo en la bahía de Islas. Ruth se alegró de ver los delfines que rodeaban el barco, el verde intenso de las colinas que cubrían las islas y los variados colores de los árboles y las flores. La Isla Norte mostraba su faz más hermosa y ni siquiera la vista de las tabernas del barrio portuario, que David desaprobó con rigor, pudieron enturbiar el entusiasmo de Ruth. La pequeña familia enseguida encontró la oportunidad de seguir el viaje hacia Te Waimate. Tom Peterson dirigía un taller de toneles en la misión, había repartido una carga de barriles en el pueblo y los llevó en su carro. Durante el viaje, Ruth le contó que una vez había pasado unos días en Te Waimate antes de partir para las Chatham. Alabó la impresión que había dejado en ella esa misión floreciente y ejemplar y el comportamiento tan civilizado de los maoríes que estaban en ella. Se sorprendió cuando Tom torció el gesto.

—Esto ha cambiado un poco, señora —observó él—. Los maoríes ya no son tan dóciles como antes. Por no decir que bajo la superficie en calma la cosa está que arde. Un jefe local, Hone Heke, está haciendo campaña en contra de los blancos. Y, sin embargo, fue el primero en firmar ese Tratado de Waitangi.

—Con él los maoríes cedían sus tierras a los británicos, ¿no? —preguntó Ruth.

Kimi le había contado algo sobre el Tratado de Waitangi, aunque ella no se había interesado mucho. David no tenía ni idea del memorable encuentro de los jefes tribales en la propiedad de Busby.

—No del todo —respondió Tom—. Se han puesto a

sí mismos y su país bajo la tutela de la Corona. No podían sospechar que los británicos se iban a tomar el tratado como una carta blanca para inmigrar en masa y anexionarse las tierras como colonia. A la mayoría de los jefes tribales esto no les preocupa. Si se les paga con cierta honestidad, venden de buen grado sus tierras a los ingleses, tienen suficientes. Pero ese Hone Heke es de otro calibre. Ese no nació ayer. Siempre supo cómo obtener dinero de los *pakeha*, más allá de la simple venta de tierras.

—¿A qué se dedica? —preguntó Ruth, pensando en la venta de productos agrícolas como en la isla Chatham y Preservation Inlet. La respuesta de Peterson la sorprendió.

—Ese tipo cobra impuestos —explicó el tonelero—. Argumenta que la bahía de Islas pertenece a su tribu, los nga puhi. Cada capitán que la cruza debe pagar por ello. Cinco libras por entrar en el puerto de Kororareka.

—No cobrarás interés a tu hermano, si quieres que el Señor, tu Dios, te bendiga... —citó con desaprobación David.

Tom se encogió de hombros.

—Probablemente Hone Heke no considera que los barcos *pakeha* sean sus hermanos —dijo con calma.

—Y las cinco libras tampoco los matarán —observó Ruth—. Cuando uno piensa todo lo que ganan con los productos de las ballenas...

—Exacto. Han pagado con diligencia —informó Peterson—. Pero desde que Nueva Zelanda pertenece oficialmente a Inglaterra, el gobernador cobra un impuesto por los artículos comerciales y los balleneros son reacios a pagarlos. Así que ya no llegan a Kororareka y adquieren las provisiones en otro sitio. Si quieren saber mi opinión, esto es beneficioso para la ciudad. Cuanto menos cazador de ballenas en las tabernas, menos prostitución. Las llamas de este agujero infernal se van apagando. Puede convertirse en una pequeña y agradable ciudad si se establecen más granjeros y artesanos. Pero, por supuesto, Hone Heke está enfadado porque sus ingresos decrecen. Y además no le gustó nada que la capital se traspasara a Auckland. Hasta ahora, Kororareka era la colonia más importante del Norte. Ahora ha perdido valor.

—¿Y con ello la tribu ha perdido... *mana*? —preguntó Ruth.

Tom asintió.

—¿Qué consecuencias extrae de ello el jefe? —inquirió David—. ¿No irán a rebelarse los maoríes?

Peterson se encogió de hombros.

—Por el momento solo refunfuñan. Y cada vez evitan más adaptarse a los blancos. Esto significa que no se acercan a la misión. Ya no se interesan por ir a la escuela, por aprender un oficio, por confeccionar ropa occidental. Prefieren restaurar las antiguas tradiciones.

—¿Pero siguen siendo cristianos? —preguntó David—. ¿Asisten a los servicios religiosos?

Peterson asintió.

—Esto no parece ser un problema. Están totalmente convertidos. Al menos los maoríes de los alrededores de la misión. Pero la mayoría de los talleres tendrán que cerrar. Yo estoy pensando en mudarme a la ciudad y abrir mi propio negocio. Mi esposa no lo ve tan claro, se siente más segura en la misión. Pero cuando Kororareka se vuelva más tranquila...

Ruth pensó si la fundación del St. John's College tendría algo que ver con el cierre de los talleres. A lo mejor el obispo había establecido el seminario en Te Waimate porque había más espacios libres. Eso, naturalmente, significaba un golpe de suerte para David. Sin embargo, sus esperanzas de poder trabajar de enfermera en la misión, como el reverendo Williams les había ofrecido a Hilde y ella durante su permanencia en Te Waimate, se verían frustradas. Si los maoríes recurrían de nuevo a sus tradiciones tribales, confiarían otra vez en sus *tohunga* en lugar de en la medicina europea.

Fue cuando estaban a punto de llegar a Te Waimate que a Ruth se le ocurrió preguntar a Tom Peterson por Kimi. El tonelero seguramente conocía a todos los residentes de la misión y les daría una información más franca que el reverendo Williams, con el que Ruth tenía además que solicitar una cita.

—Hace poco recomendé a una muchacha que vivía en las Chatham que se dirigiera a la misión. Su nombre es Kimi —mencionó como de paso—. ¿Todavía sigue ahí?

La reacción de Peterson volvió a sorprenderla

—¿Fue usted? —preguntó—. ¿Es usted la hermana... Ruth? —Por primera vez observó a sus pasajeros con auténtico interés—. ¿Y usted es... David... el misionero? —Esto último con un tono casi de reproche.

—Ruth y David Mühlen —confirmó Ruth. Kimi seguro que había citado pocas veces su apellido—. ¿Conoce a Kimi? ¿Está bien?

Tom Peterson resopló.

—No lo sé —respondió enfurecido—. Y mi esposa tampoco. Los moriori no escriben cartas... O nuestros tan cristianos misioneros no las reparten en caso de que procedan de «perdidas»...

—¿Su esposa es moriori? —preguntó Ruth asombrada—. Y... ¿a qué se refiere con eso de... «perdidas»?

Tom hizo una mueca.

—Mi esposa, Raukura, es moriori, exacto. Pude ponerla a buen recaudo antes de la masacre de la isla Chatham. En lo que respecta a Kimi... Creo que es mejor que le pregunte a Raukura lo que ha ocurrido con ella. Porque yo me perdería por el pico... Bueno, perdería mi trabajo.

—¿Cómo iba usted a perder su trabajo por hablarnos de Kimi? —preguntó David—. Ella...

—Como le hable de Kimi —respondió entre dientes Tom—, mis palabras podrían superar los límites de la decencia... hermano David... —De nuevo ese extraño tonillo.

—¿Ha nacido su hijo? —insistió Ruth, ansiosa por saber un poco más sobre lo que le había ocurrido a Kimi.

Tom deslizó la vista por los pasajeros y la depositó en David.

—Y tanto —dijo mordaz—. Tiene... O más bien debería contestar «tienen» una hija preciosa. —Miró a David significativamente—. Por cierto, ahí está la misión. Deberán presentarse al director de inmediato, el reverendo Cutterfield. Y usted, señora Mühlen... pase a vernos cuando guste. Raukura se alegrará de conocerla.

Recorrieron los últimos metros antes del acceso a la misión en un silencio gélido. David se mordisqueaba los labios y Ruth cavilaba sobre las consecuencias de la confidencia de Peterson. Tenía que saber algo más concreto lo antes posible. Qué había ocurrido con Kimi y si el reverendo Williams y Cutterfield sabían de la paternidad de David.

En Te Waimate enseguida obtuvo más información sobre el destino de la moriori. Después de que el director del St. John's College diera una calurosa bienvenida al nuevo seminarista y su familia, David se presentó a los otros estudiantes mientras la señora Randolphs, la esposa de un misionero, enseñaba a Ruth sus aposentos. Se había previsto para los Mühlen tres habitaciones limpias y luminosas y con un mobiliario funcional. Jonas no fue tan bien recibido como la joven familia. La señora Randolphs le permitió de mala gana dormir en un cobertizo. Los animales domésticos no eran gratos.

—Cuánto sitio —no pudo dejar de decir fascinada Ruth, cuando vio las habitaciones. La señora Randolphs sonrió.

—Seguro que vendrán más hijos y necesitarán entonces mucho espacio —dijo amablemente—. ¿O acaso ya está de nuevo encinta? —Ruth asintió y acto seguido la señora le desveló que trabajaba de comadrona en la misión.

—Entonces... ¿habrá conocido usted también a Kimi? —preguntó Ruth.

La señora Randolphs le habló solícita.

—Sí, yo asistí a la pequeña en el parto. En realidad, una jovencita muy afable. Lástima que luego se descubriera que era una embustera. Con lo que nos llegó a contar de no se sabe qué maorí que la violaba y maltrataba, de tantos años de martirio, y luego va y trae al mundo una niña blanca como la nieve y con ricitos rubios. Al final le confesó al reverendo que había seducido a un misionero en las Chatham. O a más de uno. Por supuesto, tuvo que echarla de aquí.

Ruth tragó saliva. Eso explicaba la reacción de Tom Peterson. Si el tonelero estaba casado con una moriori debía conocer la historia de Kimi. De mala gana —no se había imaginado así el comienzo de una nueva vida en la civilización—, preguntó por Raukura y buscó la casa de los Peterson antes de la oración de la tarde. Así se enteró de la huida de Kimi.

—Quería buscar trabajo en Kororareka —la informó Raukura—. Pero ¿qué tipo de trabajos hay ahí para una mujer? Y la niñita... Tom ha estado preguntando por el pueblo, pero no ha averiguado demasiado. Un par de taberneros le ofrecieron que se quedara con ellos... con ellos...

—Comprendo... —Ruth suspiró—. ¿Y lo ha hecho? Raukura negó con la cabeza.

—No, desapareció de repente. Suponemos que se marchó a Paihia. A lo mejor ha encontrado allí un trabajo decente. Esperemos que así sea.

A esas alturas su consternación se había transformado en enfado. No le resultaba fácil mantener la calma, y menos aún cuando David ni siquiera había seguido pensando en Kimi. Hablaba entusiasmado de los otros alumnos, del plan de estudios y de la gran biblioteca del College.

—No quiero saber lo que ocurrió entre tú y Kimi —dijo Ruth—. Fue antes de nuestra boda, espero que también antes de mi llegada a las Chatham. Pero ¿cómo pudiste dejar sola a Kimi? Tenías que saber que su hijo es tuyo.

David bajó la cabeza.

—Puedo explicarlo. Fue... fue... yo no quería...

—¡Ahora no me digas que Kimi te obligó a acostarte con ella! —Ruth nunca había estado tan enfadada en su vida. Al menos no con su querido David.

—No... —David movió la cabeza—. Claro que no. Nos ocurrió. Simplemente sucedió. Solo una vez, tienes que creerme...

Ruth no sabía si podía creerlo. En realidad, le era indiferente.

—¿La amabas? —preguntó.

David negó indignado.

—¿Qué te crees? Ella...

—¿Vas a decirme que ella es una nativa? —inquirió Ruth sarcástica—. ¿Y que por eso ni siquiera consideraste la idea de unirte en matrimonio con ella? Por Dios, David, ¿qué te has creído? ¿Te amaba ella? —Él se encogió de hombros—. A lo mejor esperaba que te casaras con ella —prosiguió Ruth—. De ese modo habría escapado de Anewa. Sea como fuere, hemos llevado a esta chica a una situación horrible. Tú con tu paternidad y yo... Yo no debería haberla enviado aquí o al menos debería haberme inventado una historia que explicara la existencia de un niño blanco. Madre mía, podría haberla violado un cazador de ballenas...

—¡Ruth! —exclamó David—. ¡Te estás pasando de la raya! ¡Comprendo que estés enfadada, pero esfuérzate al menos por expresarte de forma más comedida!

—¿Así que tengo que maquillar lo sucedido? —Ruth fulminó a su marido con la mirada—. ¿Cómo se dice de forma comedida que se ha arrastrado a una muchacha a la prostitución? ¿A lo mejor: «Eligió un destino peor que la muerte»?

—No es seguro que ella... que ella... —David no iba al grano.

—Vamos a averiguarlo lo antes posible —dijo Ruth decidida—. ¡Tú vas a averiguarlo! David, has tenido una hija con ella. Y ha desaparecido con la niña. Así que si a ti te da igual lo que ha ocurrido con Kimi, a lo mejor te interesa la pequeña Rohana. —Ruth se volvió hacia Laurent, que había estado durmiendo tranquilo en su nueva camita. Acababa de despertarse y empezó a lloriquear. Seguramente tenía hambre. Ruth tendría que prepararle una papilla. Aunque las cuatro familias de misioneros que residían en la bonita casa blanca de madera tenían aposentos privados, compartían cocina.

—No puedo tener un hijo más —musitó David—. Con... con otra mujer. Ruth, voy... voy a ser religioso. El curso de mi vida debe ser inmaculado...

—No necesitas reconocer públicamente tu paternidad. —Ruth suspiró. Otra vez sería ella quien debería urdir un plan, pero mientras no supieran dónde se hallaba Kimi, era inútil—. Tienes que encontrarla. Después ya pensaremos en si podemos ayudarla de algún modo. A lo mejor dándole algo de dinero de forma periódica...

—¿De dónde vamos a sacarlo? —preguntó David desanimado—. El poco dinero que tenemos... el seminario...

Se tapó la cara con las manos. Los gastos de los estudios en el seminario y el alquiler de la casa en la misión se comerían todos los ahorros de Ruth. Ajustando el presupuesto, tendrían suficiente dinero hasta que David se ordenara. Sin embargo, no podrían asumir unos gastos adicionales.

—Tendrás que buscarte un trabajo al mismo tiempo —le dijo Ruth—. O yo me busco un empleo. Pero no podemos abandonarla a su suerte, David. Sea lo que sea lo que le haya pasado, nosotros somos, los dos, culpables de ello.

Y dicho esto, Ruth levantó a Laurent, que protestaba, lo calmó y se lo llevó a la cocina. Se sentía de nuevo fatal. Qué forma tan triste de comenzar su ansiada nueva vida. Por lo visto no estaba destinada a ser del todo feliz.

En los días que siguieron, David no hizo ningún gesto de investigar el paradero de Kimi. Empezó el semestre, tenía que ocuparse de libros y planes de estudio. Ruth encontraba que se lo tomaba todo demasiado en serio. De hecho, el St. John's College no tenía más que cuatro estudiantes, así que se podía abarcar fácilmente su organización. En total, los estudiantes asistían a cuatro horas por las mañanas, el resto del día estaba dedicado al estudio. Aunque los seminaristas se reunían con frecuencia para repasar juntos la Biblia o para discutir sobre lo que habían aprendido por la mañana, David habría podido dejarse dos tardes libres a la semana, pedir prestado un caballo y seguir explorando en Kororareka. El fin de semana habría podido viajar a Paihia con Ruth y preguntar allí por Kimi. David rechazaba con vehemencia sobre todo esto último. Había que preparar los servicios religiosos, liderar grupos de lectura de la Biblia... Propuso a Ruth que dirigieran juntos la escuela dominical para los niños, con el fin de que también ella fuera introduciéndose en los futuros deberes de la esposa de un pastor.

Eso no le gustó a Ruth.

—No voy a asistir a ningún seminario para leerles a los niños historias de la Biblia —respondió enojada.

Además, ya había gente suficiente en la iglesia que se ocupaba de los pocos niños maoríes que quedaban en la escuela dominical. Ella prefirió reunirse con Raukura y Tom para saber exactamente qué había hecho hasta entonces Tom por encontrar a Kimi.

—He estado preguntando por la ciudad —respondió tranquilo el tonelero—. Sobre todo en el puerto. Y la vieron también por allí. Hasta que desapareció. Yo la buscaría en Paihia, señora Mühlen. Si es que está por los alrededores...

—¿En qué otro sitio puede estar si no? —preguntó Ruth alarmada.

Tom Peterson se encogió de hombros.

—En fin, ¡imagínese usted! Una chica joven en un lugar como este... No hay otro oficio al que pueda dedicarse, usted misma debe saberlo. Y no siempre se le pregunta a la mujer si es eso lo que quiere realmente. ¿Qué tiene que hacer cuando unos tipos se lanzan sobre ella y la raptan? Kimi puede estar en cualquier lugar. En Auckland, Wellington o la Isla Sur, en la costa Oeste o en una estación ballenera...

Ruth pensó horrorizada en Lazy y Jill. Siempre se había preguntado cómo habrían llegado hasta Preservation Inlet. Pero Tom Peterson probablemente tuviera razón: Hank las habría comprado a algún proxeneta y ahora se buscaría del mismo modo una sustituta para Lazy. Ruth comprendía ahora los comentarios del tabernero a ese respecto.

—Eso significa que no podremos encontrarla nunca —dijo con voz ronca.

Peterson asintió abatido.

—Si no está en Paihia, tendremos que asumirlo.

—Voy a rezar por ella —dijo David después de volver de Paihia. Cuando ya habían pasado dos semanas y después de que Ruth lo presionase, por fin se había ido al pequeño poblado donde, según sus propias palabras, había investigado concienzudamente.

—Allí no la conoce nadie —aseguró, y Ruth no creyó que mintiera. Puede que tendiera a soslayar la existencia de Kimi y Rohana, pero no las dejaría conscientemente en la miseria.

—Lo siento —añadió—. Pero al final todos estamos en manos del Señor. Roguémosle para que la proteja y la guíe.

Sí, igual que había protegido y guiado a Lazy y Jill, pensó Ruth. Cada vez le resultaba más difícil ver en el dios de David al padre amoroso. Y ella nunca había tenido una fe ciega.

Sin embargo, rezó por Kimi con Raukura, que un día la llevó al árbol que la primera había plantado para Rohana.

—¿No... no deberíamos tallar algo en la corteza? —balbuceó Ruth después de que Raukura hubiese cantado *karakia* y ella misma rezado. Era una costumbre pagana, pero a lo mejor a Kimi le habría gustado.

Raukura negó con la cabeza.

—Se conjura a los espíritus cuando alguien está muerto —dijo—. Y yo espero... espero con toda mi alma que Rohana no haya muerto...

2

Desde que los maoríes habían invadido las Chatham, Kimi nunca se había sentido tan segura y contenta como ahora en casa de los McIntosh. En efecto, la señora McIntosh le había colocado una cama en la habitación de Paula y la joven se había instalado en esa estancia luminosa y caliente junto con las dos niñitas. Por primera vez en su vida no tenía que trabajar. Los primeros meses en especial, cuando todavía daba de mamar a Paula y Rohana, la señora McIntosh había insistido en que se recuperara; la solícita escocesa incluso se habría encargado ella misma de cambiar los pañales y vestir a las niñas. El padre de Paula, que no cabía en sí de alegría, la colmaba de pasteles de la panadería. Kimi engordó aun dando de mamar. Las caderas y el rostro se le redondearon, el cabello recuperó su brillo. Cantaba para las niñas y les leía los libros de cuentos que la señora McIntosh había comprado. Todavía no entendían las historias, pero Kimi estaba convencida de que les gustaba oír su voz.

La madre de Paula también se ocupaba de suministrar lecturas a la misma Kimi, que devoraba las novelas que le daba a pesar de encontrar extraño su contenido. Casi siempre trataban de un hombre y una mujer que se amaban, aunque eran de tribus distintas, y al final se juntaban, pese a que sus padres o todos los ancianos de la tribu no aprobaban su unión. Antes de la invasión, para una moriori no habrían existido tales limitaciones. En el caso de una maorí —además hija de jefe tribal, casi siempre se trataba de hijos de nobles—, habría sido imposible que los padres transigieran. Kimi pensaba que, probablemente, un jefe tipo Anewa antes se habría comido a un candidato a yerno inapropiado que permitir que se casara con su hija. Fuera como fuese, los libros eran entretenidos, mucho más que la Biblia o los libros de oraciones de la casa de los misioneros, aunque no tan emocionantes como las crónicas de viajes o los libros de historia de la biblioteca de la misión.

En cuanto a la Iglesia, los McIntosh eran miembros de la Iglesia de Escocia. No asistían a las misas de los anglicanos. Mientras no hubiera ningún pastor que representara su religión, se limitaban a orar en casa. A Kimi no le parecían especialmente creyentes, al menos no rezaban, ni mucho menos, tanto como los misioneros de la isla Chatham. Ella se sumaba a sus oraciones cuando la familia se reunía para rezar o la señora McIntosh lo hacía antes de la comida, pero, por lo demás, no se preocupaban mucho de los asuntos espirituales. En casa de los McIntosh solo se alojaban huéspedes afables a los que no había que apaciguar.

Cuando las niñas dejaron de mamar, Kimi asumió más labores domésticas. Seguía ocupándose de las pequeñas, les daba de comer y las bañaba y salía a pasear con ellas empujando un extraño vehículo que la señora McIntosh llamaba cochecito y del que estaba sumamente orgullosa. Además, le gustaba echar una mano en el negocio, tanto en el obrador como en la tienda. Allí el trabajo era más liviano que cualquier otro que hubiera hecho, pero al menos tenía la sensación de estar devolviendo a los McIntosh un poco del dinero que le retribuían cada mes. Todavía pensaba que casi era inmoral que le pagaran por cuidar a la niña, y más por cuanto los escoceses no solo se limitaban a dar un sueldo con que se sustentaban Kimi y su hija. Poco después de su llegada le habían regalado dos vestidos a medida, oscuros, sencillos y con delantal, tal como los llevaba la misma señora McIntosh.

Esa era la indumentaria típica de las representantes de su Iglesia e iba acompañada de una bonita capota de color blanco, bajo la cual se escondían el cabello. Kimi la llevaba muy orgullosa cuando salía a pasear con las niñas. También Rohana se vestía con prendas nuevas y siempre que el señor McIntosh compraba una muñeca, un animalito o un lazo para Paula, también llevaba un obsequio para la hija de Kimi. Las dos niñas disfrutaban periódicamente de ropa nueva. La mayoría de los clientes de la panadería suponían que la rubia Rohana y la morena Paula eran hermanas.

—Pero es divertido que la rubia tenga ojos color castaño y la morena los tenga azules —observó con regocijo una clienta.

En efecto, los ojos de Rohana, en un principio azules, habían cambiado de color y Kimi encontraba que también su forma semejaba a la propia de un niño moriori. La mayoría de las personas no lo advertía. Rohana siempre era vista como una niña *pakeha*.

Lo único que enturbiaba un poco la felicidad de la moriori con los McIntosh era no poder gozar de la amistad de Raukura y Tom. En un principio, la señora McIntosh la había ayudado a escribir dos cartas y enviarlas a la misión, pero nunca había recibido respuesta. Y, sin embargo, la dirección era la correcta. Kimi suponía que las cartas habían acabado en el escritorio del reverendo Williams y él las habría tirado para proteger a Raukura de la nociva influencia de la proscrita. Esto entristecía a Kimi. Tenía pensado ir un día a Te Waimate y sorprender a Raukura y Tom Peterson, pero ahora era inviable con el voluminoso cochecito. Con el paso del tiempo su vida en la misión también quedó algo relegada al olvido y, además, recientemente había surgido un asunto que la inquietaba.

Los MacIntosh estaban suscritos a un periódico, el *Auckland Chronicle*, y Kimi lo leía sin falta después de que el marido hubiese señalado la necesidad de estar siempre informado de lo que sucedía en el país. De ese modo estaba al corriente de las sesiones parlamentarias y los proyectos de ley, la fundación de alguna población y los juicios, que por regla general no eran de su interés. Aun así, también leyó los artículos acerca de Hone Heke y sintió miedo.

—¿Hay algún lugar al que podamos escaparnos si los nga puhi nos atacan? ¿Si estalla una guerra? —preguntó al señor McIntosh. El panadero había estado hablando durante el desayuno de la última provocación que Hone Heke había lanzado a la Corona británica—. Ese tipo estaba de viaje con un par de colegas y estuvieron armando alboroto en la ciudad, borrachos seguramente. Por lo visto se desnudaron y hostigaron a las mujeres. Y luego se fueron a Flagstaff Hill... —La colina en la que ondeaba la Union Jack, la bandera británica, se encontraba en el extremo septentrional de la población—. Y cortaron el asta. No lo hizo el mismo Heke, sino un tal Te Haratua.

—En fin, yo lo considero una gamberrada —opinó la señora McIntosh dando de comer a la pequeña Paula un trozo de bizcocho de miel—. Esto no tiene nada que ver con una guerra, Kimi. No hay que tomárselo en serio.

Kimi se mordió el labio. Había perdido el apetito. Las hordas maoríes merodeando por ahí la horrorizaban. Al principio, también los moriori habían considerado que la soberbia aparición de Anewa no era más que una fanfarronada.

—Pero sin duda es sensato marcarles los límites antes de que se tomen más libertades —observó el señor McIntosh—. El *Chronicle* dice que el gobernador quiere enviar tropas. E incluso va a molestarse en venir él mismo. A mí me parece una estrategia realmente buena: mostrar fuerza y, pese a ello, estar abierto al diálogo. El gobernador FitzRoy me parece un hombre capaz.

Kimi esperaba que tuviera razón, pero no se hacía ilusiones con respecto a la actitud negociadora de Hone Heke. Había visto al jefe tribal en Waitangi. Era una de las figuras más ambiguas de la reunión y ya entonces le había recordado a Anewa: un hombre que se apropiaba de lo que le apetecía, impulsivo, susceptible y lo suficiente inteligente como para reconocer las debilidades de su enemigo y sacar provecho de ellas. Hoy podía calificarse de amigo de los *pakeha* y mañana enfrentarse a ellos con el hacha de guerra en la mano. Kimi todavía veía ante sí el rostro amistoso de Anewa y sus amigos la noche en que Pourou había lanzado el *karanga*, el grito que unía a las tribus de los ngati tama y de los moriori ante los dioses. Y recordaba con la misma claridad sus gestos de odio y de sed de sangre cuando poco después se abalanzaron sobre sus anfitriones.

—En cualquier caso, no has de tener miedo, Kimi —dijo la señora McIntosh—. Estamos bajo la protección de la Corona británica. No nos pasará ninguna desgracia.

En efecto, en un principio todo apuntaba a que Kororareka volvía a la calma. En agosto de 1844, el bricbarca *Sydney* entró en el puerto de la ciudad y con él llegaron ciento sesenta oficiales y miembros del 99.° Regimiento, estacionado en realidad en Australia. Se instalaron en la Polack's Palisade, un antiguo puesto comercial que habían reconvertido en cuartel. Poco después llegó el gobernador FitzRoy acompañado de más tropas. Convocó inmediatamente a los jefes tribales maoríes descontentos a una reunión en Te Waimate, oyó sus quejas y los hizo entrar en razón. Eso pareció apaciguar los ánimos. Sin embargo, Hone Heke no acudió al encuentro. Solo envió una carta disculpándose y se ofreció a reponer el asta de la bandera.

—Ya lo digo yo, una gamberrada —repitió la señora McIntosh—. Cuando se los pilla, se ponen colorados y dicen que esa no era su intención.

Kimi no hizo comentarios. Consideró un error que el gobernador enviara a las tropas australianas de vuelta a Sídney tras el supuesto acuerdo con los maoríes. Y, en efecto, la paz no duró. Aunque en un principio los maoríes evitaron desafiar directamente a la Corona, sí sembraron el terror entre los habitantes de Kororareka. Los comerciantes de la población se vieron especialmente afectados. John McIntosh estaba muy intranquilo cuando asaltaron una carnicería cuyo propietario se había casado con una antigua esclava de Hone Heke. Si bien no hubo heridos, saquearon la tienda.

—A nosotros no nos lo harán —aseguró enfadado el señor McIntosh, colocando un revólver sobre el mostrador para horror de la joven moriori—. No os quedéis mirando con esa cara de susto —dijo a su esposa y a Kimi—.

Deberíais iros familiarizando con esto. Tenéis que poder defenderos en caso de que esos tipos intenten hacer aquí lo mismo que en la tienda de los Lord. —Lord era el nombre del carnicero cuyo negocio había sido víctima de los saqueadores.

—Pero John... las niñas... —La señora McIntosh se acercó titubeante al arma. Paula y Rohana solían estar en la tienda cuando Kimi o la señora McIntosh trabajaban en ella.

—A ver, Margaret, conseguiréis mantener a las niñas fuera del alcance del arma —gritó el señor McIntosh—. Lo pondremos en el cajón que hay debajo del mostrador. Ellas no se acercarán, pero vosotras lo tendréis al alcance de la mano. En serio, Margaret, no voy a permitir que os enfrentéis indefensas a esos ladrones. Ya habéis oído que molestan a las mujeres, hasta ahora solo en la calle, y todo queda en obscenidades y... hum... exhibicionismo. Pero si tienen a una mujer sola en su poder...

El argumento pareció convencer a la señora McIntosh. Decidida, aunque también con prudencia, cogió el arma y dejó que su marido le explicara cómo se cargaba y disparaba.

—En realidad deberíamos practicar alguna vez —señaló el señor McIntosh—. Pero espero que baste con amenazarlos con ella si entran para armar follón. Kimi, ¿qué pasa contigo? Coge también esto y haz como si estuvieras apuntando.

Kimi se sentía mal solo de pensar en tocar el revólver. En su mente surgió la ley de Nunuku como escrita en la pared de la panadería, tal cual el *mene tekel* de *El festín de Baltasar*. Era moriori, tenía prohibido ejercer la violencia. Nunca apuntaría a un ser humano con un arma letal así.

—Dale tiempo, seguramente en su tribu no tengan

armas —dijo la señora McIntosh apaciguando los ánimos—. En las Chatham se tiene un tipo de vida muy primitivo y en la misión tampoco se emplean revólveres. Es posible que no haya visto ninguno de cerca hasta ahora.

Eso no era verdad, pues Anewa tenía distintas armas de fuego, pero Kimi no la contradijo.

—No... no matarás... —citó con voz temblorosa la Biblia.

El señor McIntosh frunció el ceño.

—¿A qué viene esto? Kimi, está muy bien que seas tan buena cristiana, pero por desgracia estos son tiempos inciertos. Naturalmente, estamos bajo la protección de la Corona, no deberíamos tener que defendernos nosotros mismos. Pero el gobernador no puede poner un vigilante delante de cada comercio. Así que tenemos el derecho de velar por nosotros mismos. Observa el arma y recuerda cómo utilizarla. Puede matar. Sí. Pero también puede salvarte la vida.

Kimi siempre había disfrutado mientras trabajaba en la tienda, pero desde los últimos asaltos de Hone Heke no se sentía a gusto allí. Recordaba exactamente con qué rapidez la violencia puede irrumpir en una vida y destrozarla. Ya que no hacía más que ver maoríes por el pueblo —algunos solo alborotaban, otros se quedaban en la calle riendo, provocando y mostrando sus armas—, le habría gustado escaparse con Rohana.

Sin embargo, el señor McIntosh seguía sin inquietarse demasiado.

—Estos son solo un par de granujas aislados —declaró—. Se dice que ni siquiera son nga puhi, que vienen de distintas tribus. Estos lo único que buscan es armar follón. No están organizados.

—¿Y los asaltos? —preguntó Kimi angustiada.

Se habían producido más robos en otras tiendas. Los

maoríes seguían entrando en los locales, armados y vestidos para la guerra y señalando los artículos que los propietarios del negocio, atemorizados, les tendían al momento. En lugar de dejar el dinero en el mostrador, los guerreros hacían muecas y agitaban sus hachas. Los tenderos preferían renunciar a que les pagaran para que los maoríes se retirasen cuanto antes.

—Por el momento no ha pasado nada por los alrededores —decía sosegadora la señora McIntosh. Era cierto, la mayoría de las tiendas saqueadas estaban cerca del puerto.

—Y si lo intentan... Aquí no se regala nada —advirtió con determinación su esposo—. Si entra uno y se pone a menear sus armas, ya sabéis dónde está el revólver.

Desde entonces, Kimi intentaba evitar el trabajo en la tienda siempre que era posible, pero un día que estaba completamente sola, sus temores se vieron justificados. El señor McIntosh estaba detrás, en el obrador. Su esposa había ido con Paula y Rohana a ver al doctor Thompson.

Kimi estaba haciendo una selección de pasteles decorados con un glaseado de colores para colocarlos sobre el mostrador, donde debían atraer la atención de quienes entraban solo para comprar pan y despertar así su interés por una golosina especial. Levantó la vista cuando sonó el timbre que anunciaba la presencia de un cliente y se encogió instintivamente cuando reconoció quién entraba.

Dos maoríes accedieron a la tienda a paso ligero, el seguro paso del guerrero que Kimi tan bien conocía. Ambos llevaban la ropa tradicional. El torso desnudo, el sexo cubierto por un faldellín de hebras de lino endurecido. Por supuesto, iban armados. Kimi ya iba a escapar en dirección al obrador, pero entonces una voz conocida la dejó paralizada.

—¡Lo sabía! —Anewa soltó una de sus desagradables carcajadas—. Por lo que parece, las esclavas huidas se juntan todas en Kororareka. Hone ya ha recogido la suya...

—No era cierto. La antigua esclava Kotiro, la esposa del carnicero Lord, seguía viviendo con su marido *pakeha*. Hone Heke y sus hombres habían estado alborotando un par de días, pero se habían retirado al entrar el barco con las tropas de Australia. Era evidente que el jefe tribal sopesaba con cuidado cuándo podía arriesgarse y cuándo era mejor dejar las cosas tal cual. Anewa, ella lo sabía, era distinto—. Y aquí estás, *wahine*... te echaba de menos. La pequeña Whano grita demasiado...

—¿Qué... qué estás haciendo aquí? —no pudo evitar decir.

Se estremeció al darse cuenta de que lo había interrumpido. Pero no pareció que fuera a castigarla enseguida.

—¡Ya ves! —Anewa cogió tranquilamente uno de los pasteles que Kimi acababa de colocar—. Le doy a mi amigo Hone un poco de ayuda armada. Los nga puhi y los ngati tama tenemos los mismos problemas...

Kimi sabía que se trataba de impuestos o de derechos aduaneros ilegales. También los maoríes de la isla Chatham exigían cinco libras por cada ballenero que entraba en su puerto. Desde que el gobernador había introducido unos derechos legales de aduana para los artículos cotidianos, los capitanes no tenían que pagar dos veces y los ingresos estaban desapareciendo, justo como en el caso de los nga puhi de Kororareka. Estaba claro que para Hone Heke esto ya era motivo para emprender una guerra.

Anewa y su amigo se iban comiendo los pasteles mientras Kimi trabajaba mentalmente. El arma se hallaba accesible debajo del mostrador. Podría cogerla con facilidad y apuntar con ella a los hombres. Todavía se acordaba de cómo había enseñado John McIntosh a su esposa a sacar el seguro. Ella era capaz de hacerlo. Y era probable que la amenaza bastara para asustar a los hombres. Seguro que no debería matar o herir a nadie. Kimi luchaba consigo misma, pero no lograba moverse.

—Tendremos que espabilar a esos blancos —resonó la voz de Anewa—. Como los de América. Ellos también les han dicho a los ingleses qué piensan de los impuestos... —Últimamente, Hone Heke se remitía a la rebelión de los colonos americanos en Boston contra la ley que gravaba la importación del té.

—Pero antes recogeré a mi guapa esclava. ¡Tú te vienes conmigo, Kimi!

Anewa cogió a Kimi del brazo con la rapidez de un rayo y la sacó del mostrador, al que ella se agarró fuertemente. No se defendía, pero gritaba como una loca. Pensaba febril en Rohana, que se quedaría sola. Esperaba que los McIntosh se encargaran de ella, porque pensar que un orfanato *pakeha* lo hiciera le desgarraba el corazón. Pero ahora el otro guerrero también la cogió del brazo.

—Tendrás que compartir a la esclava, Anewa —dijo con un mueca perversa—. Entre hermanos de armas...

Los hombres arrastraban a Kimi hacia la puerta, pero entonces resonó desde el obrador la voz atronadora de John McIntosh.

—¡Eh, soltad inmediatamente a esta chica! ¡Manos arriba! —ordenó el panadero. Apuntaba con una escopeta de doble cañón y por la expresión de su cara estaba claro que no bromeaba—. Y os largáis. De inmediato y sin bailar, mear ni levantaros las faldas delante de mi tienda como hicisteis en la de Lord.

Anewa miró a McIntosh y mostró una mueca propia de los maoríes al empezar una pelea.

—¡Esta mujer es mi esclava! —afirmó—. Se escapó. Yo solo me llevo lo que es mío. ¿O he de matarla? Cogió su cuchillo.

Un instante después sonó un disparo. McIntosh no acertó. La bala con la que había apuntado al brazo de Anewa penetró en la pared de madera. Pero los guerreros se llevaron tal susto que soltaron a Kimi. Ella corrió hacia su patrón y entonces empezaron a oírse unas voces inquietas en el exterior.

—Según los derechos aquí vigentes la esclavitud está prohibida —dijo McIntosh mientras recargaba—. Matar a delincuentes, no. Así que largaos antes de que esto se ponga serio. ¡Y ni os atreváis a volver a asomaros por aquí!

Kimi, que se había escondido debajo del mostrador, solo vio con el rabillo del ojo que Anewa y su compañero abandonaban realmente la tienda. En cuanto confirmó que había pasado el peligro rompió en un llanto histérico.

Poco después, Margaret McIntosh estaba con ella. Había entrado por la puerta posterior, metido a las niñas en la cama, porque estaban las dos resfriadas, y el disparo la había sobresaltado. Cuando vio a Kimi debajo del mostrador y su marido le resumió lo ocurrido, cogió una botella del obrador, le sirvió a Kimi un vaso de whisky y trató de sosegarla.

—Hijita, ¿por qué no te has defendido? —preguntó cariñosamente pero reprendiéndola con suavidad—. Ya sabías dónde está el revólver. No puede ser que no hayas pensado en él...

Kimi movió la cabeza.

—Es que soy moriori. No debo pelear. La ley de Nu-nuku me lo prohíbe... —E interrumpiéndose a causa de los sollozos le contó a Margaret el antiguo dilema de su pueblo.

La escocesa la escuchaba sin dar crédito.

—Pero querida mía, hay que defenderse —le dijo—. No hay que dejárselo hacer todo. Una ley así... es buena y bonita cuando se produce una pelea tonta entre dos clanes. ¡Pero no sirve con salvajes que vienen a despojar-te de todo cuanto tienes!

—Sí, ¡sí sirve! —insistió Kimi—. Lo dijeron nuestros ancianos. Está en todos sitios. Y... y Jesucristo también lo dice, que... que hay que poner la otra mejilla...

—Y un par de días después echó a los comerciantes del templo —señaló Margaret—. Son todo palabras bo-nitas, Kimi. Y bien sabe Dios que yo soy una buena cris-tiana. Pero si alguien le hace algo a Paula o a John, me convierto en una loba. A pesar de lo que digan las leyes y lo que ponga en la Biblia.

Kimi no supo qué contestar. Le habría dado toda la razón a Margaret McIntosh. Si Anewa no la hubiera ame-nazado a ella, sino a Rohana... Por otra parte, las mujeres de su poblado habían visto sin hacer nada cómo mataban a sus hijos. Sin infringir la ley...

—No... no puedo... —dijo con un hilillo de voz, y se sobresaltó de nuevo cuando la voz de John McIntosh re-tumbó.

—¡Y tanto que puedes! —exclamó el escocés—. A partir de mañana habrá prácticas de tiro. Y tú aprenderás a disparar esta arma, Kimi. Cuando sepas cómo funciona y lo fácil que es, te olvidarás de esa ley. No hemos reco-rrido nueve mil kilómetros desde Escocia para rendirnos sin pelear. Y tú, Kimi... ¿Cuántos años hace que existe tu pueblo? ¿Quinientos? ¿Y ahora os estáis muriendo a causa de las supuestas inteligentísimas palabras de un hombre fallecido mucho tiempo atrás? Tonterías, muchacha. ¡A partir de mañana aprendes a defenderte!

Kimi odiaba cada segundo de esas horas que pasaba a la fuerza en el puesto de tiro. Pero se aguantaba. Cada dos días, por las tardes, Margaret y ella seguían a John McIntosh al cuartel, donde los oficiales habían instalado un puesto de tiro. No eran ellos los únicos ciudadanos preocupados que apuntaban a botellas y dianas. Los hombres y mujeres que participaban desarrollaban su destreza de formas muy distintas. Margaret McIntosh, por ejemplo, se entregaba a la causa resuelta y casi fascinada, pero pocas veces daba en el blanco. Kimi, por el contrario, por muy desganadamente que apuntase y por mucho que el retroceso del arma todavía la asustase, tenía buena puntería. Al menos dos de cada tres botellas estallaban cuando ella disparaba. Sin embargo, eso no la enorgullecía. Hacía lo que le decían los McIntosh, pero no traicionaba sus creencias. No podía poner en cuestión la ley de Nunuku, no debía. De lo contrario todo habría sido absurdo.

Su pueblo habría muerto en vano.

3

David estaba totalmente inmerso en sus estudios. Se entregaba tanto a disciplinas como Ética, Historia de la Iglesia y Exégesis que el reverendo Cutterfield tuvo que amonestarle más de una vez para que no abandonara otras tareas. Al igual que la misión de Goßner, la de Te Waimate tenía el criterio de no solo cristianizar a los maoríes, sino de civilizarlos en general, es decir, conseguir que su estilo de vida se asemejara en todo lo posible al de los cristianos *pakeha*. A este ámbito pertenecía la formación de oficios manuales, y David se vio de repente confrontado a la tarea de introducir a jóvenes maoríes en el arte de la herrería. No disfrutaba haciéndolo, así que reaccionó negativamente cuando Ruth le propuso que, junto a los estudios, se dedicara también a herrar caballos para ganar algo de dinero, pues el destinado al mantenimiento de la casa iba disminuyendo más y más.

Las esperanzas que Ruth había puesto en vivir del dinero de sus padres hasta que David se ordenara resultaron ilusorias. En efecto, los estudios de seminarista se comían mucho más de lo que ella había calculado. Los libros que David necesitaba urgentemente —y que después debían constar en la biblioteca del despacho de un pastor, así que no bastaba con pedirlos prestados— eran caros. Y la misma Ruth también necesitaba algo de dinero. En la isla Chatham y en Preservation Inlet, no había importado para nada cómo fuera vestida. Allí nunca habría ido lo suficiente andrajosa como para no atraer las miradas de los hombres. Durante su primer embarazo no se había comprado ni confeccionado ningún vestido de embarazada, sino que había ido arreglando unas faldas viejas. En Te Waimate no era lo mismo. Se esperaba que las esposas de los misioneros y sus hijos presentaran un aspecto aseado. De ahí que Ruth tuviera que encargar un vestido nuevo y renovar su guardarropa después del embarazo. Ella misma cosía las prendas para Laurent, pero, claro, había que pagar por la tela. Por mucho que ahorrara, no le salían las cuentas... hasta que en la sección local de la *Auckland Gazette* encontró el anuncio de un médico establecido en Kororareka.

KORORAREKA
CONSULTORIO MÉDICO CON HOSPITAL ANEXO
BUSCA URGENTEMENTE AUXILIAR CON EXPERIENCIA
DOCTOR CURTIS THOMPSON, HAZARD STREET, 53

—Hay un médico que busca enfermera —dedujo Ruth del discreto enunciado. Había ido a ver a David al College en la pausa entre dos clases y le había leído el anuncio—. No esperará encontrar una aquí. Si me presento, seguro que me da el empleo.

David no compartía su entusiasmo.

—Estás casada —objetó malhumorado—, y además embarazada. No es normal que las mujeres casadas trabajen fuera de casa. Si algún día tengo una congregación ya aportarás tus conocimientos médicos. Pero ahora...

Ruth suspiró.

—David, yo no estoy ansiando aportar mis conocimientos médicos en ningún sitio. Debo ganar dinero. Y me parece que ese médico necesita desesperadamente a alguien que disponga de mis habilidades. En tal caso, le dará igual que esté casada y embarazada...

—¿Y qué pasará con Laurent? —le reprochó—. ¿Te lo llevarás? ¿Y el chucho? No hace más que ladrar cuando tú no estás.

La presencia de Jonas en Te Waimate era para David como una espina que llevaba clavada. El animal no le había molestado en las cabañas de la isla Chatham y Preservation Inlet, pero en Te Waimate nadie tenía animales domésticos y una parte de los misioneros desaprobaba ese perro ladrador que anunciaba la llegada de toda visita. Además, Jonas estaba muy lejos de aceptar su confinamiento en el cobertizo del jardín. En cuanto podía, se metía en la vivienda de los Mühlen y cuando otro inquilino se lo encontraba David tenía que aguantar sus reproches.

Ruth se encogió de hombros.

—Ya lo solucionaremos —dijo—. En caso de necesitarlo, Raukura podría cuidar de los dos. Le gusta el perro. Y donde hay tres niños caben cuatro...

Entretanto, Raukura y Tom habían tenido otro hijo.

—¿Vas a confiar tu hijo a unos desconocidos? —preguntó David sin dar crédito.

Ruth estaba empezando a hartarse.

—Tú también te lo puedes llevar al seminario —propuso—. Si no soportas que una nativa se cuide de él.

Era una provocación, pero en los últimos tiempos se había percatado de que David estaba desarrollando cierto resentimiento hacia los «paganos», para cuya salvación había viajado pocos años antes hasta el otro extremo del mundo. Tal vez habían sido las numerosas malas experiencias con los maoríes de la isla Chatham y los fracasos con la cristianización de la gente de Preservation Inlet lo que habían cambiado su actitud. A veces, sin embargo, Ruth temía que las causas fueran más profundas. Cada vez se preguntaba con mayor frecuencia si David realmente tenía vocación de guía espiritual. Amaba a Dios más que a los seres humanos y no entendía que la mayoría de sus ovejas no compartieran esa profunda espiritualidad. Además, nunca había sido un hombre abierto a lo extraño. Ruth se acordaba de lo escuetas que habían sido sus descripciones del viaje a Nueva Zelanda y de lo poco que se había interesado por la flora y fauna de los lugares en que habían vivido. Para él su labor de misionero siempre había consistido en «civilizar a los salvajes», es decir, en convertir lo extraño en algo conocido. El que la gente se aferrara con tenacidad a sus propias tradiciones le producía una profunda inseguridad.

—Yo simplemente creo que un hijo debe estar con su madre —respondió David, sin contestar a la provocación de Ruth—. Como futura esposa de un pastor debes dar ejemplo.

Ella se encogió de hombros.

—En primer lugar, el pastor y su esposa tienen que vivir *de* algo. Si tú no ganas dinero, tendré que ganarlo yo. Y mañana iré a ver al doctor Thompson, por lo que agradecería que me acompañaras en ese primer encuentro. Si no lo haces, preguntaré en el establo si alguien me engancha un carro. También puedo recorrer yo sola los pocos kilómetros hasta allí.

Aunque nunca lo había hecho, consideraba que conducir un carro tampoco debía de ser tan difícil.

—Un problema más —dijo David—. ¿Pretendes ir y venir cada día?

—Ya lo solucionaremos —respondió irritada—. Querer es poder. Entonces ¿me llevas o no?

El doctor Thompson no cabía en sí de alegría cuando al día siguiente Ruth se presentó como una enfermera formada en Berlín y con experiencia. Puesto que tenía la sala de espera llena, ella le propuso que le dejara permanecer un par de horas como prueba. Su esposa —contentísima de poder eludir el detestado trabajo de auxiliar— se ocupó entretanto del pequeño Laurent y puso servicial una mantita a Jonas junto a la chimenea. En el momento en que además le dio un trocito de salchicha, se ganó toda su simpatía. A Laurent lo mimó con *scones*.

—Puede dejármelos a los dos más a menudo —se ofreció—. Si no encuentra a nadie de confianza en la misión. El perro no da trabajo y prefiero cuidarme de niños que estar vendando heridas y aplicando pomadas.

A Ruth, por el contrario, sí le gustaba esto último. Había echado de menos el trabajo de enfermera y enseguida se familiarizó con todas las tareas que le encargaba el doctor Thompson. Cuando por fin se vació la sala de espera, los dos estaban satisfechos y contentos de trabajar juntos en el futuro.

Ruth también pudo solucionar la cuestión de cómo llegar a su nuevo puesto. Varios jóvenes maoríes que habían crecido en la misión y aprendido un oficio trabajaban en Kororareka. Cada día hacían juntos el recorrido en un carruaje en el que se transportaban artículos de la misión a la ciudad y al revés. David tuvo al principio reparos ante el hecho de dejar que Ruth viajara con un grupo de jóvenes. Pero, primero, el reverendo Williams ponía la mano en el fuego por sus pupilos y, segundo, también había entre ellos dos mujeres. Pai y Marama trabajaban como doncellas en un hotel. Así que la decencia quedaba a buen resguardo y ningún obstáculo se interponía en que colaborase con el doctor Thompson.

Para gran regocijo de Ruth, el médico le ofreció un salario decente. Discutieron de los horarios y los honorarios con una taza de té y unas pastas en compañía de la señora Thompson, que la encontraba sumamente simpática. Los tres charlaron de forma animada, y, como en casi todas las conversaciones que se sostenían en esa época en Kororareka, trataron el tema de Hone Heke y su poco decidida rebelión, hasta que David regresó para recoger a Ruth. Había empleado el tiempo libre para visitar la misión católica de Kororareka. Desde que estudiaba Historia de la Iglesia, se interesaba por las diversas facetas de la religión cristiana y, a diferencia de los otros misioneros luteranos, no sentía aversión frente a los católicos. Su mentor, el pastor Goßner, había sido un sacerdote católico antes de convertirse.

David estaba sorprendentemente entusiasmado por la jornada con los hermanos maristas.

—Una experiencia en realidad inspiradora —comentó eufórico—. La comunidad en la que viven los hermanos me parece mucho más cordial y más espiritual que mi convivencia con los otros misioneros en la isla Chatham. Ya solo el hecho de que se estructure el día según las oraciones...

—Eso también lo hacíamos nosotros en la misión —le recordó Ruth, que habría estado encantada de saltarse la oración de la mañana y de la misa vespertina.

—De acuerdo, pero los frailes lo viven de una forma mucho más intensa —afirmó David—. Naturalmente, tienen el principio de «rezar y trabajar», aunque a mi entender se antepone la oración, con lo que su trabajo está más estrechamente vinculado a la misión directa...

Los hermanos maristas de Kororareka ponían el punto central de su misión en la traducción de textos cristianos en la lengua maorí y tenían además su propia imprenta. Del reparto de libros de oraciones y cánticos se encargaban otros sacerdotes o frailes. Había varias misiones católicas en Nueva Zelanda.

Ruth reflexionó cuando David habló de ello.

—Pues yo más bien calificaría de misión directa el trabajo con la gente y no estar imprimiendo libros —objetó—. ¿Pueden llamarse misioneros cuando no tienen ningún contacto con los maoríes?

—Desde luego, se puede ver desde distintos ángulos —contestó David—. A lo mejor me he expresado mal. Me refería a que... Bueno... el trabajo de los hermanos maristas tiene... más que ver con Dios que con... En fin, cuando enseño a los maoríes a herrar un caballo, eso no tiene ningún aspecto espiritual especial.

Ruth suspiró. Así que de nuevo se trataba de su detestado trabajo manual. Pero tenía que aguantar un par de años más hasta dejar totalmente de lado el martillo y los clavos de herradura. Por toda Nueva Zelanda se necesitaban sacerdotes. Cuando David se hubiera ordenado, no tendría que quedarse en la misión. Una vez más soñó con una vida tranquila y dichosa en el campo como esposa de un pastor. Estaba dispuesta a asumir una gran parte de las actividades pastorales que se presentasen para que David pudiera dedicarse cada vez más a estudiar la Biblia y a predicar.

Pero primero Ruth tenía que ajustarse a su vida en Kororareka. Se sentía más o menos bien en Te Waimate. Habría preferido una vivienda propia, pero comparadas con las condiciones de vida en la isla Chatham y en Preservation Inlet la ocasional mojigatería de los misioneros y sus esposas era fácilmente soportable. De todos modos, desde que trabajaba con el doctor Thompson pasaba poco tiempo en compañía de los cristianos. Colaborar con el médico le resultaba muy grato y también la satisfacían sus obligaciones como madre. Los viajes diarios con los maoríes hacia Kororareka no le importaban, solo tenía la sensación de que a David todavía lo inquietaban. Cada vez con mayor frecuencia él se ofrecía a llevarla a Kororareka o a recogerla, y siempre que lo hacía estaba de buen humor.

Un día propuso que asistieran juntos a una misa de los hermanos maristas.

—¿Ahora? —Ruth estaba agotada. Ya había llegado al sexto mes de embarazo y se cansaba. Además, tenía que ir a recoger a Laurent a la casa de Raukura. Se había dispuesto que la amiga maorí cuidaría del pequeño tres días a la semana. Mientras que el resto de los días laborables la señora Thompson estaría encantada de vigilarlo—. Para cuando lleguemos ya habrá oscurecido.

—Me gustaría compartir por una vez contigo esta experiencia —explicó, y sin esperar el asentimiento de Ruth, desvió el caballo hacía el sur, hacia la misión de los católicos—. Es muy solemne.

Ruth dedujo que ya había asistido a una misa de los hermanos. Lo encontró extraño, pero cuando se trataba de rezar, él nunca tenía suficiente. Así que se sometió a su voluntad con un suspiro y pisó por primera vez una iglesia papista, como solía decir irrespetuosamente su padre. Al principio se sintió un poco desorientada a causa de la oscura, aunque iluminada por la acogedora luz de las velas, iglesia, el brillo de los altares y las diversas y coloridas estatuas e imágenes de santos. Las iglesias protestantes eran, por el contrario, más bien sencillas.

A la larga uno no podía sustraerse a la atmósfera del oficio. Los cánticos de los monjes, el aroma del incienso, la misa celebrada en latín que confería a las palabras y gestos del sacerdote, familiares en realidad, el aspecto de un ritual de hechicería y conjuros mágicos. Ruth se quedó impresionada y casi agradeció a David esa experiencia espiritual. Él se alegró a simple vista cuando se lo dijo.

—Eso mismo siento yo también —dijo entusiasta—. Es un poco... un poco... ¡como si el cielo se te abriera y pudieras captar un asomo del esplendor divino!

Ruth frunció el ceño.

—Yo no iría tan lejos —observó—. En serio... bueno, por muy bonito que sea, me da la impresión de que flota allí un poco de superstición. Por ejemplo, ¿por qué tienen que decir la misa en latín? ¿Acaso los creyentes no han de comprender lo que los sacerdotes negocian con Dios en su nombre?

David la ayudó a bajar del pescante del pequeño carruaje de dos ruedas con el que habían viajado. Parecía reflexionar.

—Es un punto de vista —advirtió—. Por otra parte... Los misterios de la fe... Se necesita algo de esfuerzo para entenderlos. A lo mejor no deberíamos hacer creer a la gente que es tan fácil...

En realidad, Ruth no pensaba que el protestantismo hiciera creer nada a sus adeptos. En todo caso, ella nunca se había sentido obligada a indagar en esos misterios. Fuera como fuese, no le apetecía ponerse a discutir ahora con David. Si los hermanos maristas tanto le fascinaban, no tenía nada que objetar contra un cambio. Solo esperaba que la dirección del seminario del St. John's College no lo viera de otro modo. Había muchos protestantes que seguían rechazando con vehemencia el catolicismo y veían a sus representantes como enemigos en lugar de como hermanos en Cristo.

4

Sin embargo, en los días que siguieron, Ruth estuvo más preocupada por los altercados de Kororareka que por los conflictos espirituales de David con el catolicismo. Cada vez eran más las personas que acudían a la consulta del doctor Thompson hablando de los asaltos de los guerreros maoríes. Una mujer se había hecho daño al escapar de ellos, en una tienda había habido una pelea. No era algo serio, pero estaba claro que la situación se iba agravando. Ruth y los Thompson observaban con inquietud la estrategia del gobernador, consistente por una parte en ser comprensivo con Hone Heke y sus partidarios, pero, por otra, mostrarles su fortaleza enviando a las tropas australianas.

El día después de la nueva llegada del bricbarca *Sydney* a Kororareka acudieron cuatro oficiales a la consulta. Ruth miró admirada a los jóvenes con las casacas rojas. Uno de ellos solo se había puesto la chaqueta por encima de los hombros y tenía la camisa empapada de sangre.

—¿Se ha producido algún combate? —preguntó antes de pedir al primer paciente que entrase—. Pensaba que el gobernador estaba negociando.

El gobernador FitzRoy, así como otros representantes de las tribus maoríes insurgentes se habían reunido en Te Waimate para conversar.

—Nada de combates, solo una indigestión —respondió uno de los muchachos.

—Y una infección en el pie —informó otro—. Ya hace tiempo que la tengo.

—Pero esto... —Ruth señaló al hombre con la camisa manchada de sangre. Llevaba el brazo izquierdo en una posición poco natural y un vendaje impregnado de sangre en la parte posterior de la cabeza—. Yo diría que esto es más bien producto de una acción violenta directa.

El cuarto soldado no parecía enfermo, tan solo acompañaba a su amigo.

—Se ha caído del mástil —informó por boca de su amigo.

Ruth dirigió una mirada sorprendida a los hombres. El acompañante era un soldado rubio, con el rostro alargado y una nariz afilada. El que se había herido en la cabeza era apuesto, o lo sería si no estuviera tan pálido y con la cara contraída por el dolor. Tenía un cabello castaño rizado y unos ojos de un marrón avellana, el rostro oval e inteligente y unos labios carnosos que en ese momento dibujaron una sonrisa pese al dolor.

—Sargento Cooper Leighton —se presentó.

—Si no te degradan después de este asunto —observó su amigo—. Andar trepando por las jarcias...

—¿Acaso no forma parte eso de los deberes de la Real Artillería? —preguntó Ruth.

Leighton negó con la cabeza e hizo una mueca. Por lo visto, el movimiento le producía dolor.

—Era una apuesta —aclaró—. Con uno de los marineros. A ver quién podía subir y bajar más deprisa...

Ruth puso los ojos en blanco.

—¿Y usted ha perdido? ¡Pues podría haberse roto el cuello!

—He ganado —la contradijo Leighton—. Atajando el asunto de un salto. Pero no he calculado bien la altura...

—Ha aterrizado con cierta brusquedad —explicó el amigo.

Ruth se llevó las manos a la cabeza. Al parecer se las tenía con un joven intrépido.

—Está bien, entre —dijo—. Creo que usted es el caso más grave, los demás todavía pueden esperar un poco. El brazo me parece... el hombro está dislocado si no es que se ha fracturado.

Aunque divertido, el doctor Thompson escuchó impasible la narración.

—¿Qué es lo que se habían apostado? —preguntó al final. El acompañante de Leighton se sacó una botella de whisky del bolsillo—. Single Malt —respondió—. En el ejército no es tan fácil de obtener. Por eso he puesto la botella a buen recaudo. No fuera a ser que los chicos de la Marina considerasen que un aterrizaje horizontal no era válido.

Ruth no pudo reprimir una sonrisa. El doctor Thompson, en cambio, se dominó.

—Bien, ahora puede que necesite un trago para combatir el dolor —anunció—. Primero tengo que encajar el hombro. Y luego entablillarlo. Aunque no lo parece, podría tratarse de una fisura en el hueso. En cualquier caso no podrá mover el hombro durante dos o tres semanas. Y ahora acuéstese, intente relajarse y prepárese para un dolor breve e intenso.

Leighton titubeó.

—Creo que primero debería tomarme un trago de whisky... —Extendió la mano hacia la botella.

El doctor Thompson hizo un gesto negativo.

—Estaría bien, pero no con la herida en la cabeza

—explicó—. La tenemos que observar con mayor atención. ¿Perdió el conocimiento?

—Muy poco tiempo —contestó el acompañante de Leighton, que entretanto se había presentado como Will McDougal—. Tres minutos...

—Es posible que se trate de una conmoción cerebral —advirtió Thompson—. ¿Está mareado?

—Solo a causa del dolor —afirmó Leighton.

El médico movió la cabeza.

—Prepare una cama, enfermera Ruth, creo que nuestro frustrado marinero tendrá que permanecer de momento aquí. Para mayor seguridad, uno o dos días en observación, quiero descartar una rotura craneal antes de enviarlo a su unidad, sargento. Y ahora... lo dicho...

Ruth se dirigió a una habitación contigua para preparar una de las dos camas y justo después oyó un breve grito. Encajar el hombro era sumamente doloroso pero, al menos, rápido. Cuando regresó, el doctor Thompson estaba atareado fijando al cuerpo el brazo izquierdo de Leighton. Ruth lo ayudó y limpió la herida de la cabeza después de que el doctor Thompson le hubiera quitado el vendaje provisional.

—Herida abierta —observó Thompson—. Tendremos que coser. Ahora sí que tendrá que demostrar realmente su valentía, sargento...

—No volveré a gritar —aseguró el joven, que después del proceso de encajar el hombro todavía se veía más pálido y debilitado—. Es que ha sido algo tan... tan inesperado...

El doctor Thompson hizo un gesto con la mano, pidió a Ruth aguja y catgut y empezó a suturar. Leighton cerró los puños y apretó los dientes. Y sí, superó los cuatro puntos sin emitir ningún sonido.

—Muy bonito —dijo el médico—. Ahora véndelo,

y muestre la cama al joven. Permanezca tendido y en calma, sargento Leighton. Su cabeza necesita de una tranquilidad absoluta y al hombro tampoco le irá mal. Dele algo de láudano, enfermera Ruth, así se dormirá.

Ruth condujo a Leighton a la habitación vecina, aunque él se negó virilmente a apoyarse en ella. Aun así, parecía bastante aliviado cuando por fin se tendió en la cama. Ella supuso que el hombro dislocado y la herida abierta solo eran las peores lesiones. Seguro que tendría hematomas por todo el cuerpo a causa de la caída.

Sin embargo, era capaz de volver a sonreír, esta vez algo menos torturado. Sus labios dejaron al descubierto unos dientes blancos y sanos.

—No sé si quiero láudano —objetó cuando Ruth vertió el líquido en un vaso y se lo tendió—. Me nublará la vista cuando pocas veces puedo disfrutar de una visión tan hermosa como la de usted, señorita... ¿Ruth?

Ruth se alarmó. Por un lado se sintió halagada. Hacía tanto tiempo que nadie coqueteaba con ella y ese chico era simpático. Por otro, todavía recordaba los groseros intentos de acercamiento de los cazadores de ballenas de Preservation Inlet, y se acordaba muy bien de cómo la habían manoseado.

—Enfermera Ruth —dijo íntegra, mientras Cooper se tragaba, a pesar de todo, el amargo medicamento—. O señora Mühlen. Ya debería haber visto que no soy una jovencita. —A esas alturas del embarazo era evidente que estaba encinta.

—Eso todavía la embellece más —aseveró Leighton—. Su marido puede considerarse un hombre feliz. ¿Qué hace aquí, en el «agujero infernal» de la bahía de Islas? Por lo que he oído decir de Kororareka, no habría pensado encontrar en este lugar a una mujer que no... hum... —Se interrumpió.

—Que no se venda en el puerto —completó Ruth sin adornos la frase—. Kororareka está mejorando. También gracias a los esfuerzos del clero. Mi marido es seminarista en Te Waimate, será pastor.

—Oh... —Leighton se quedó sin habla por un instante—. Eso sí que no lo hubiera imaginado. Pero bien. ¿Por qué no? ¿Han... han venido juntos a Nueva Zelanda o se conocieron aquí? Disculpe que sea tan curioso. En Australia uno siempre debe contar con que la gente se sienta ofendida porque sus antepasados o ella misma son presos.

Ruth no pudo evitar reír.

—Mi marido y yo vinimos a evangelizar a Nueva Zelanda —explicó—. Al principio en las islas Chatham. Para cristianizar a los maoríes.

Leighton puso una cara divertida.

—Deje que adivine, al verla esos tipos debieron de convertirse en masa —señaló—. Una misionera tan guapa... Así es más fácil creer en los ángeles...

Ruth se esforzó por lanzarle una mirada de desaprobación.

—Hemos trabajado mucho para acercarles a Dios Padre y Dios Hijo. Los espíritus... espíritus ya tienen ellos suficientes.

Si tenía que ser sincera, Ruth nunca había creído realmente en los ángeles; en cualquier caso, nunca más desde el estrepitoso fracaso de su ángel de la guarda cuando, a los ocho años, se cayó patinando y se rompió el brazo.

El sargento Leighton se echó a reír.

—Es usted una misionera fuera de lo común —se burló—. Pero una buena enfermera... uno deja de buen grado que usted lo tenga bien sujeto por la venda.

Ruth torció la boca.

—Gracias —dijo seca—. Pero no se trata de ningún don personal. Nos lo enseñan durante la formación.

Leighton movió la cabeza y volvió a contraer el rostro. Debía de dolerle todavía la cabeza.

—Hay enfermeras que son verdaderas furias —afirmó—. Cuando era niño me rompí una vez el brazo, y...

—Yo también —se le escapó a Ruth.

Leighton la examinó con la mirada.

—¿Y desde entonces ya no cree usted en el ángel de la guarda? —Ruth se quedó mirándolo pasmada. ¿Podía leer sus pensamientos?—. Se supone que el mío me protegió de algo peor cuando me caí del árbol —explicó tranquilo—. O al menos así lo vio mi madre. Pero de las manos frías como el hielo y velludas de la enfermera Mary Jan no me salvó... Aunque hoy ha enmendado su error.

—¿Ah, sí? —observó Ruth—. ¿No debería haberlo rescatado al saltar del mástil?

Él sonrió irónico.

—Debería haberlo hecho. Pero por otra parte me la ha enviado a usted. Así que tenía probablemente su razón de ser. Como es sabido, los caminos del Señor son inescrutables.

Ruth se llevó las manos a la frente.

—O bien el láudano ya obra efecto o su cerebro está más perturbado de lo que supone el doctor Thompson. Y ahora deje de decir tonterías. Me necesitan al lado, duerma un poco. Esperemos que cuando despierte vuelva tener la mente clara. Sargento Leighton... —Se dio media vuelta para marcharse.

—Llámeme Cooper —le pidió—. Y hágame caso: nunca he tenido la mente tan clara como hoy.

Cooper Leighton permaneció casi una semana en el pequeño hospital del doctor Thompson. El segundo día le subió ligeramente la fiebre y el médico decidió que sería una negligencia dejarlo marchar así al cuartel, sobre todo porque, por lo visto, el *Sydney* muy pronto volvería a Australia. El gobernador estaba satisfecho de los resultados de sus negociaciones con los maoríes y consideraba innecesario un refuerzo permanente de la presencia militar.

—En su estado actual no puede usted emprender una travesía en barco, sargento Leighton —advirtió el médico—. Ni tampoco usted, coronel Brouse. —El doctor Thompson también había retenido al oficial con la infección en el pie. Este compartía habitación con Cooper Leighton, lo que facilitaba las cosas a Ruth. A fin de cuentas, ni siquiera la fiebre impedía al joven flirtear con ella. Era un cortejo amable y admirativo, con frecuencia se limitaba a bromear y a hacerla reír. A pesar de todo, si hubiera estado a solas con él, se habría sentido incómoda. Pero como Brouse escuchaba y se llevaba teatralmente las manos a la cabeza horrorizado cuando Cooper le lanzaba unos piropos llenos de fantasía, ella podía disfrutar con toda naturalidad de esos elogios.

—Yo siempre me había imaginado a mi ángel de la guarda con el cabello suelto y ondeante... —señalaba Leighton, por ejemplo—. Como el suyo, hermana Ruth. Es demasiado bonito para llevarlo escondido bajo esa capota. En mí obraría un efecto más curativo si se lo dejara suelto, y...

—¿Y que tal vez secara con él los pies de su compañero? —replicó Ruth. Que estaba en ese momento limpiándole las heridas a Brouse.

Leighton levantó con fingido horror la mano sana.

—¿Un ángel infiel? ¡Dios nos libre! Delante de mí no tiene que arrodillarse nadie. No me gustan las mujeres devotas...

—Por lo visto, a ti no hay mujer que te guste —intervino Brouse—. Tanto hablar de los ángeles. ¿O es que nadie te ha contado que en la Biblia todos los ángeles son varones?

Ruth no pudo reprimir la risa. Encontraba refrescante esas lides entre los hombres, la insolencia de Cooper y la ligereza con que se reía de sí mismo y de los demás. Sobre todo en comparación con esa seriedad que David y los demás seminaristas llevaban como un escudo ante sí.

—Y audaces —añadió satisfecha—. En la Biblia no se habla de manos suaves y voces dulces. Los ángeles son allí una especie de guardia de corps celestial de los israelitas.

Justo después se mordió el labio. ¿Cómo había podido expresarlo así? David seguro que la habría reñido por ello.

En cambio, Cooper y Brouse se rieron de nuevo.

—Y a pesar de todo llevan el cabello como las chicas jóvenes —señaló Cooper, lo que a Brouse le llevó a pensar si, en caso de necesidad, el arcángel san Miguel se recogería la melena en unos moños de guerra como los de los maoríes. Llegados a ese punto, David habría hablado de blasfemia.

Ruth casi se puso un poco triste cuando el doctor Thompson dejó marchar a los dos jóvenes al cuartel. Brouse todavía iba con muletas y Cooper tendría que llevar el vendaje un par de semanas más.

—Así que volveremos a vernos —dijo complacido cuando se despidió de Ruth—. A más tardar cuando me quiten el vendaje. Y quién sabe, puede que nos crucemos alguna vez por la calle. ¿Sabe que me quedo en Kororareka?

El *Sydney* había vuelto a zarpar. Habían destacado rápidamente a Cooper y Brouse y los habían destinado a la guarnición de Kororareka.

—Tenemos que vigilar el asta de la bandera. —Cooper se rio—. En serio, ¡todo el día! Para que no vuelvan a tirarla esos enloquecidos jefes maoríes. Es un poco raro... pero hay acciones peores.

Ruth ya sabía ahora que Cooper Leighton pertenecía a una familia de granjeros. Era el penúltimo de ocho hermanos. Así que como no heredaría la granja, había tenido que enrolarse en el ejército tanto por necesidad como por su espíritu aventurero.

—Aunque lo de disparar tiros no es lo mío —le confió a Ruth—. Me gusta más hablar. —Sonrió—. Soy muy bueno convenciendo a la gente de cualquier cosa.

Ruth sonrió.

—Tendría que haber sido entonces un representante comercial —se burló ella.

La sonrisa del joven se ensanchó todavía más.

—¿Un vendedor de biblias? —preguntó.

—En fin, para convencerla de que se tomara algún día un café conmigo sería capaz de venderles a los maoríes el Corán en latín.

Ruth, por supuesto, rechazó la invitación alegando que era una mujer casada. Quedaba totalmente descartado que, como futura esposa de un pastor, se dejara ver con un extraño en un salón de té o un café. Sin embargo, las palabras de Cooper la alagaban. Hacía años que no se sentía tan joven, despreocupada y viva.

5

Mientras Cooper y sus compañeros custodiaban el asta de la bandera de Kororareka y Ruth esperaba el nacimiento de su segundo hijo, David cada día estaba más callado y meditabundo.

Recogía a su esposa de la consulta del doctor Thompson casi cada tarde o la llevaba por las mañanas a Kororareka. En el seminario lo atribuían a que estaba preocupado por el avanzado estado de gestación de ella, pero Ruth sospechaba que aprovechaba los viajes para visitar a sus amigos católicos. No había vuelto a pedirle que lo acompañara a una misa de los hermanos maristas. Ruth ignoraba si él iba por su cuenta y esperaba que se contuviera. Le parecía que su contacto con los católicos se había estrechado tanto que el reverendo Williams seguramente lo habría amonestado como pastor en ciernes.

Al final, el bebé llegaría al mundo en cuestión de días y Ruth se despidió afligida de los Thompson. Ahora que había vuelto a acostumbrarse a trabajar, el tiempo en la misión se le haría largo. En efecto, allí siempre había poco que hacer. Tal como Tom Peterson ya había observado cuando Ruth y David llegaron, los maoríes ni se acercaban. Casi nadie asistía a la escuela y los talleres estaban cerrados. El tonelero se planteaba seriamente abrir su propio negocio en Kororareka y Ruth se entristecía porque con ello perdería a Raukura, su única amiga en la misión. Ella tendría que aguantar dos años más en Kororareka, hasta que David hubiese terminado sus estudios.

Ahora se ocupaba sobre todo de poner al día la modesta canastilla de Laurent para su segundo hijo. Esperanzada, adornaba con bordados los cuellos de las camisas, deseaba que el bebé fuera niña, y le habría gustado compartir sus deseos e ilusiones a ese respecto con David. Cuando estaba embarazada de Laurent habían conversado mucho sobre el milagro de la vida que estaba creciendo en ella. Aunque él había esperado con inquietud el nacimiento, sí había participado y se había alegrado de tener al niño. Ahora casi no hablaba con ella. Se lo veía ausente, pasaba el día en el seminario o en la biblioteca y por las tardes se zambullía en unos gruesos libros, la mayoría de los cuales, para sorpresa de Ruth, estaban escritos en latín. David se entregaba al estudio de la lengua de la Iglesia con un celo que ella no percibía en los otros seminaristas. En ese seminario improvisado en un rincón del mundo enseñaban algo de latín, pero los futuros pastores apenas lo necesitaban. Sería mucho más útil practicar el inglés y la lengua de los maoríes.

Ruth renunciaba a reprochárselo. Que estudiara lo que quisiera. Lo importante era que acabase sus estudios en breve, de manera que por fin ella iniciara una vida como debía ser.

Alrededor de una semana antes del día para el que se esperaba el parto, David dijo solemnemente a su esposa que quería conversar con ella.

—¿Vamos... vamos mejor al jardín? —propuso nervioso—. Preferiría... preferiría que no nos oyera nadie.

Ruth asintió. La casa de los misioneros tenía las paredes muy finas, algo en lo que ella al principio no había caído. Pero ahora que había menos cosas que hacer, sus vecinos se quedaban más en casa. Sus constantes peleas le resultaban a veces lamentables a Ruth.

—¿Qué sucede? —preguntó cuando lo siguió al exterior acompañada por Jonas. Laurent estaba con Raukura, jugando con sus hijos en su vivienda.

—Sucede que... que... que tengo que decirte una cosa —empezó David—. Pero siéntate. —Señaló un banco debajo de una palmera de nikau. Ruth, preocupada, tomó asiento mientras David andaba intranquilo de un lado a otro—. Ya... ya sabes que en estos últimos tiempos he ido con frecuencia a Kororareka, a la misión de los hermanos maristas. —David hablaba deprisa, una peculiaridad de la que se servía para transmitir malas o complicadas noticias.

—Con los católicos —precisó Ruth.

Él asintió.

—Sí, y... bueno, yo... yo me he sentido muy bien allí. Algo así como en el lugar que me corresponde. La espiritualidad de los hermanos... encaja mucho conmigo. Me parece... un camino a mi medida para acercarme a Dios.

—¿Y? —preguntó Ruth—. ¿Quieres convertirte ahora? ¿Dejas los estudios? ¿Ya no quieres ser pastor?

Esa idea la asustó, pero también hizo germinar en ella la esperanza. A lo mejor a su familia le llegaba antes de lo esperado esa «vida normal». A Ruth le daba igual vivir tanto como esposa de un pastor evangelista como de un herrero católico en una acogedora casita.

David negó con un gesto decidido.

—Al contrario, siento mi vocación con más fuerza que nunca, pues creo haber encontrado el lugar al que Dios me tenía desde un principio destinado. Voy a convertirme al catolicismo, sí. Y sigo queriendo ser sacerdote. Pero católico. Como antes lo fue el pastor Goßner. Por decirlo de alguna manera... he tomado el camino inverso.

Ruth suspiró.

—O sea, que quieres ponerte a estudiar otra vez, ¿no? ¿En otro seminario? ¿Pero los hay aquí?

David se rascó la frente.

—El obispo Pompallier planea fundar uno y yo ya he hablado con él. Aceptarían mi ingreso. Y hasta entonces... hasta entonces me incorporaré a la orden de los maristas como hermano lego. Me mudo a su misión. —Miró a Ruth esperando su comprensión.

Ella se vio invadida alternativamente por una sensación de frío y otra de calor. De repente esa historia se estaba volviendo mucho más seria de todo lo que había vivido hasta entonces con su esposo.

—¿Y qué pasa conmigo? —preguntó alarmada—. ¿Conmigo y con los niños? ¿Podemos alojarnos también en esa misión?

Los sacerdotes católicos no se casaban. ¿O era un error? ¡Tenía que ser un error!

David se mordió el labio.

—Bueno, yo... Tú también podrías convertirte... Sería bonito que los niños recibieran una educación católica...

—Yo no he preguntado eso —lo interrumpió Ruth con rudeza—. He preguntado qué idea te has hecho de lo que será nuestro futuro. Tenemos un hijo, David, y otro que está en camino. Si ahora vuelves a empezar unos estudios...

David se retorció las manos y se detuvo delante de ella.

—Ruth... Bueno... si ingreso en la orden y más tarde me ordeno sacerdote, no... no puedo tener esposa.

Se quedó quieto, mirándola. En sus ojos había pesar y conciencia de culpabilidad, pero también una firme determinación.

En Ruth, el susto dejó paso a una cólera inmensa. Fulminó a David con la mirada.

—Pero a pesar de todo la tienes —advirtió—. Y eso no se puede cambiar. ¿O acaso tus nuevos hermanos admiten el divorcio?

David negó con la cabeza.

—No. Claro que no. Pero, ¿sabes?... en realidad, en realidad nunca estuvimos casados como debe ser.

—¿Qué? —Ruth creyó que no había oído bien—. ¿No te acuerdas de que nos casamos en las Chatham? ¡Nos casó el hermano Gottfried!

—Por eso —respondió David afligido—. Gottfried Stute nos casó. Pero él... él no era... un reverendo. Ninguno de nosotros estaba ordenado, no podíamos casar a nadie.

—¿Y bautizar? —se burló Ruth. No se lo podía tomar en serio—. ¿Tampoco podíais bautizar? Vaya, pues los maoríes y los moriori se sentirán como unos tontos redomados cuando no lleguen al cielo...

—El bautismo es otra cosa —la aleccionó David—. Todo el mundo puede dar el sacramento del bautismo, ni siquiera hay que ser cristiano. En la Edad Media...

—¡Ahora deja de decir tonterías! —Ruth le cortó la palabra, aunque con su enfado se mezclaba ahora el miedo. No era posible que los hermanos maristas lo dejaran salirse con la suya con esos hipócritas argumentos—. Te has casado conmigo, ante Dios y ante los hombres, has engendrado hijos conmigo.

David bajó la cabeza.

—Tienes que entenderlo, Ruth. El anhelo de dedicar mi vida total y enteramente a Dios es más fuerte que todo lo demás. Así lo ha querido el Señor... Es un signo de que nuestro enlace matrimonial nunca... nunca se cerrara del todo...

—Pero sí se consumó —protestó indignada Ruth—. ¿O es que vas a renegar de tus hijos?

David volvió a pasear inquieto de arriba abajo. Parecía tan infeliz y perdido como un niño al que han reñido, pero, por vez primera, Ruth no era capaz de ser indulgente con él.

—No, yo... No puedo, simplemente, Ruth. No puedo más. Tengo que seguir lo que dice mi corazón, mi vocación... Y los hermanos me necesitan. Mis conocimientos lingüísticos... enseguida realizaría una actividad provechosa... Y yo... tal vez encuentre algunas traducciones en el ámbito secular. Entonces podré darte dinero.

De repente, Ruth se sintió totalmente agotada. Fue entendiendo poco a poco lo que le esperaba. David tenía la intención de abandonarla a ella y sus hijos sin la menor vacilación, tal como había hecho con Kimi y su hija. Era posible que le hubiese dado unas razones similares a la joven maorí. De golpe entendió las alusiones de Kimi. ¿Le habría dicho David que su matrimonio con Ruth obedecía a la voluntad divina? ¿Y que debía aceptar su destino fuera lo que fuese lo que le deparase?

—Quédate con tu dinero —dijo con voz ronca, y se levantó—. ¿Ya has comunicado a la dirección del seminario, aquí, en Te Waimate, tu decisión? —preguntó.

David asintió.

—Esta mañana —dijo—. Y quieren... quieren que nos vayamos. A pesar de todo, seguro que tú podrás... Bueno, creo que no te echarán a la calle. Tampoco es... tampoco es culpa tuya.

—Tampoco fue culpa de Kimi que su hija no respondiera a las expectativas —objetó Ruth—. Y a pesar de todo tuvo que irse. Y yo... yo me llevo a mi hijo y... y me voy. —Estaba a punto de ponerse a llorar, pero David no debía verla llorar. Se dio media vuelta.

—Ruth... Ruth, no puedes... ¿Adónde quieres ir?

Ruth se giró de nuevo.

—En cualquier caso, no allí donde tú vayas, David —respondió con determinación—. Incluso si entras un día en razón. Te he seguido demasiadas veces, siempre he justificado tus locuras, siempre he esperado que encontráramos un lugar que tuviera espacio para mí y para tu Dios. ¡Tú, en cambio, solo piensas en ti! En ti y en tu supuesta vocación, como si Dios necesitara un ser fantasioso como tú. Dios necesita seres humanos que construyan, David. Tú solo sabes destruir. Así que vete a tu convento y encláustrate. Al menos así no causarás más estragos.

Ruth no sabía de dónde había sacado la fuerza, pero dejó plantado a su marido y se marchó directa a casa de los Peterson.

—Tengo que marcharme, Raukura. Tengo que irme o me volveré loca —soltó, cogiendo en brazos a Laurent—. Por favor... por favor, guarda mis cosas. Vendré a recogerlas o enviaré a alguien para que lo haga... No sé, yo...

Dejó también a su amiga sin más. Aunque Tom podría haberla llevado a Kororareka en el carro. Pero Ruth no podía y no quería pensar. Siguió la carretera que conducía a la ciudad como en un rapto de locura, el niño en brazos y el diligente Jonas a su lado. Después de haber caminado una hora y cuando estaba realmente extenuada, detuvo un carruaje. Conocía al conductor, abastecía la misión con productos lácteos. Se quedó mirándola, pero no le preguntó nada.

—¿Hacia Kororareka? —fue lo único que quiso saber. Su granja estaba cerca de la población.

Ruth asintió.

—Hasta su granja, luego seguiré a pie.

Se subió y se sentó con su hijo sobre la superficie de carga. Habría estado más cómoda en el pescante, pero allí habría tenido que hablar. Ahora se apoyó en un par de lecheras vacías e intentó pensar en el futuro. No se le ocurría nada. Se sentía vacía. Vacía, consumida y desesperada. Al final se quedó dormida y se despertó cuando el carro se detuvo. El lechero la dejó bajar en el desvío de su granja.

—¿Quiere venirse conmigo? —preguntó. No parecía entusiasmado, pero sí compasivo—. Mi esposa puede ocuparse de usted.

Ruth negó con la cabeza.

—Estoy bien —dijo, dándole las gracias por su ayuda. Ya conseguiría recorrer los últimos kilómetros.

Una hora más tarde había llegado a casa de los Thompson. Tenía la boca seca y un dolor insoportable en la espalda. Cuando la señora Thompson abrió, se desplomó en sus brazos.

—¡Enfermera Ruth! —La esposa del médico la cogió y la sostuvo—. Por el amor de Dios, ¿cómo es que ha venido aquí? ¿Ha venido a pie... desde la misión?

—No puedo volver —susurró Ruth—. Y me temo que el niño está en camino.

Por la noche, el doctor asistió a Ruth durante el parto de una niña sana. No le quedaban energías, pero la pequeña estaba bien colocada y el médico era un obstetra diestro. Aunque Ruth apenas se percató de ello, ese nacimiento sí que respondía a sus ideales de un parto «como es debido». Ella estaba tendida en una cama normal, llevaba un camisón limpio de la señora Thompson y unas personas amables, cuya lengua entendía, se ocupaban de ella. Solo que David no estaba a su lado y no había un padre orgulloso dispuesto a coger a la niña en brazos.

—¿Cómo se llamará? —preguntó afable el doctor Thompson cuando dejó a la niñita entre los brazos de Ruth.

Ella se encogió de hombros.

—No llevará ningún nombre relacionado con Dios... —susurró—. Tiene... tiene que ser feliz...

—¿Felicity, tal vez? —propuso la señora Thompson—. Sería un bonito nombre para una niña tan bonita, ¿no cree? Pero ahora duerma, Ruth. Y mañana nos cuenta qué ha ocurrido.

6

Tal como era de esperar los Thompson se quedaron estupefactos cuando Ruth les contó lo sucedido.

—Es totalmente insostenible —exclamó el doctor—. ¡E increíble que los misioneros colaboren con él! Tanto los protestantes como los católicos deberían haberlo puesto en su sitio. ¿Cómo puede invalidar de golpe y porrazo un matrimonio?

Entretanto, Ruth ya se había acostumbrado a la idea de haber perdido a David, si es que alguna vez ella había ocupado un lugar en su corazón.

—Los católicos parecen alegrarse por cada alma que arrebatan a los protestantes. Y los misioneros de Te Waimate... Es cierto que los misioneros de Goßner no eran auténticos sacerdotes. Deberíamos haber renovado los votos matrimoniales en Te Waimate. Pero nadie pensó en ello. Y ahora... ¿Qué han de hacer? No pueden obligarlo.

—Pero al menos podrían darles cobijo a usted y sus hijos —opinó la señora Thompson—. Echarlos de esta manera...

—Es como un *déjà vu*, ¿verdad, Hermine? —observó el doctor Thompson—. En el caso de Kimi tampoco se planteó quién era el culpable.

—¿Kimi? —aguzó el oído Ruth—. ¿Saben algo de Kimi? ¿De una joven moriori que tiene una hija con la piel clara? Desapareció de Kororareka el año pasado. —Alterada, intentó sentarse en la cama—. Mi marido la estuvo buscando.

—Quédese acostada —ordenó el doctor Thompson—. Todavía tiene que cuidarse durante un par de días. No vaya a ser que pierda más sangre.

Pero su mujer respondió amablemente a la pregunta de Ruth.

—¿Su marido estuvo buscando a Kimi y Rohana? —inquirió—. ¿Sin éxito? Entonces no debió de poner mucho esfuerzo. Kimi trabaja de niñera con los McIntosh, los dueños de la panadería. Viven justo en la esquina.

—La presentamos allí como ama de leche —explicó también el doctor Thompson—. La señora McIntosh no podía alimentar a la pequeña Paula y Kimi tenía leche de sobra. Por lo que yo sé, sigue todavía allí.

Su mujer asintió.

—Seguro. Aunque dice Margaret McIntosh que estas últimas semanas no se atreve a salir a la calle. Hubo un incidente en la tienda. Unos maoríes locos, partidarios de Hone Heke, la amenazaron. Kimi estaba muy trastornada.

Hone Heke seguía provocando alborotos en Kororareka. Pese a todos los esfuerzos del gobernador, había tirado dos veces más el asta de la bandera. Ahora la habían reforzado y estaba bajo vigilancia.

—Kimi siente pánico ante los maoríes —dijo Ruth—. Pero ella ya debe de haberles contado su historia.

—Nos habló de una invasión en las islas Chatham —confirmó la señora Thompson—. De unos misioneros alemanes. Uno de los cuales es el padre de su hija. La esposa de ese hombre la ayudó a escapar. Yo siempre he pensado que no de forma desinteresada. Aunque Kimi le está muy agradecida. ¡Y ahora no me diga que era usted, enfermera Ruth!

Ella asintió, consciente de su culpabilidad.

—No estaba segura de que la niña fuese de David. Pero debo admitir que me lo temía. No se podía hacer otra cosa por ella que ayudarla a escapar.

—Su fantástico marido también podría haberse casado con ella —señaló secamente el doctor Thompson—. Pero prefirió que le mandaran una mujer alemana. Que se la mandara Dios. Esto es al menos lo que contó Kimi. Una chica lista, pero algo ingenua.

Ruth suspiró.

—Dios no tiene nada que ver en este asunto —admitió—. De hecho, fui yo quien lo organizó todo. La idea de enviar posteriormente a las mujeres a la misión... se la di yo al pastor Goßner. Porque quería a David a toda costa. Traté de forzar el destino. Y este es el resultado. —Se pasó la mano por encima de los ojos, pero luego sonrió—. De todos modos, podría haber salido peor —dijo con valentía—. Kimi está en un lugar seguro y yo tengo dos hijos maravillosos. Y una profesión con la que puedo alimentarlos. Lo que debo agradecer a Goßner y su misión. A mí nunca se me habría ocurrido aprender enfermería. Ya saldremos adelante. Y yo me pondré en contacto con Kimi. Creo que tengo varias cosas que explicarle.

Por la tarde, ya era la segunda vez que Ruth daba de mamar a la pequeña Felicity, Tom y Raukura Peterson llamaron a la puerta de los Thompson. El día anterior, Ruth se había marchado aturdida y sin informar de su destino a su amiga, pero el matrimonio había pensado que se habría ido a casa del médico que le daba trabajo en la ciudad. Llevaban las pertenencias de Ruth, la ropa de Laurent, sus juguetes y la canastilla de Felicity.

—Es probable que te lo hubiese traído el mismo hermano David —dijo Raukura una vez superada la sorpresa de ver a su amiga de sobreparto y de haber admirado largo tiempo a Felicity—. Estaba muy abatido tras vuestra... pelea. Además, creía que a lo mejor no querrías verlo. ¿Qué ha pasado, Ruth? Él también se ha ido. ¿Ha abandonado sus estudios? ¿Es por eso por lo que te has enfadado?

Ruth volvió a contar lo ocurrido y de nuevo le respondieron con gestos de desaprobación. Por otro lado, Raukura se alegró enormemente de tener noticias de Kimi.

—Iremos de inmediato a verla, ¿verdad, Tom? —preguntó ansiosa a su marido—. ¡Oh, sabía que los dioses la protegerían! No podía creer que hubiese muerto o que... que se hubiera ido. Lo raro es que no la encontraras.

Tom se encogió de hombros.

—Cuando la busqué acababa de marcharse del puerto, y ni en sueños hubiera imaginado que la encontraría en unos barrios mejores. Claro que pregunté en un par de tiendas, donde me dijeron que había estado buscando trabajo sin éxito. Pero no sospeché que lo hubiera encontrado a través del doctor Thompson.

—David tendría que haberla localizado —dijo Ruth en voz baja—. Si se hubiese esforzado un poco más. Los Thompson sostienen que media Kororareka conoce la panadería McIntosh y a la niñera maorí que trabaja para la familia...

—Moriori —la corrigió Raukura—. ¡Oh, será maravilloso volver a hablar en mi lengua otra vez!

—El hermano David no tenía un gran interés en conocer a su hija —gruñó Tom—. Kimi le era indiferente.

Igual que usted, señora Mühlen, no se lo tome a mal, pero le digo la verdad. Irle a una mujer que está a punto de dar la luz con la noticia de que su matrimonio no vale y luego mirar tristemente como ella se aleja confusa por la carretera es una irresponsabilidad pura y dura. Debería haber ido tras usted, debería...

Ruth negó con la cabeza.

—Él supone que Dios se hará cargo de mí —dijo con voz cansina—. Igual que de Kimi. Y ahora se vería confirmado en esa suposición. A fin de cuentas, todo ha ido bien. Así que demos gracias al Señor. —Rio con amargura al ver los rostros estupefactos de sus amigos—. Esto es lo que he escuchado, una y otra vez, la mayoría de las ocasiones cuando he hecho un esfuerzo por organizar algo para sacar a David de un embrollo. Por favor, saludad a Kimi de todo corazón de mi parte. La iré a ver en cuanto me haya instalado en Kororareka.

La siguiente visita —Felicity ya tenía una semana y Ruth se había recuperado del todo del parto— fue Cooper Leighton. El sargento pasaba por allí para informar a los Thompson de cómo iba evolucionando la lucha en torno el asta de la bandera y se quedó sumamente sorprendido al encontrar en el salón a Ruth con su hijo y el bebé.

—En realidad, es imposible, pero creo que todavía está usted más guapa —saludó a la joven—. La reciente maternidad le sienta bien. Parece resplandecer desde su interior.

Ruth rio tímidamente y se alisó la falda oscura y gastada. Si hubiera sabido que venía esa visita se habría esforzado más por arreglarse. A lo mejor hasta habría intentado embutirse en un vestido que en realidad ya no le iba bien.

—Pues no tengo demasiadas razones para resplandecer —contestó—. No estoy guapa, sino deformada después del parto. Pero usted, sargento, tiene un aspecto de lo más gallardo con el uniforme. Y sin el brazo en cabestrillo.

Era verano y Cooper estaba tostado por el sol. Sus traviesos ojos brillaban, y al sonreír su cara adquiría una expresión divertida. Tenía una sonrisa contagiosa. Incluso Laurent, por lo general tímido, dejó que lo sentara en su regazo para jugar con los brillantes botones de la casaca roja del uniforme.

Cooper cogió un periódico de la mesa y empezó a plegarlo para construir un pájaro. El pequeño lo miró fascinado cuando lo lanzó al aire y corrió tras él para intentar hacerlo planear él también. Cooper se volvió de nuevo a Ruth.

—A mí ya me gusta que los ángeles estén rellenitos —observó con una sonrisa pícara—. Así no salen volando tan rápidamente.

Ruth frunció el ceño.

—¿No habíamos aclarado ya la cuestión de los ángeles? —señaló ella.

Cooper sonrió satisfecho.

—Solo en relación con el ámbito de los espíritus cristianos. En otras culturas, en cambio... elfos... ¡Sí, ya lo tengo! En Irlanda la gente cree en los elfos. También tienen alas y son preciosos... Aunque puede que no tan santos. Pero usted tampoco lo es, enfermera Ruth, aunque finja serlo. ¿Qué es lo que la ha traído aquí? ¿Ha sido el doctor Thompson quien la ha asistido en el parto?

En su último encuentro, Ruth le había contado que daría luz en la misión y que se recuperaría allí antes de volver a la consulta.

—Es una larga historia —dijo la señora Thompson,

que acababa de llegar con una tetera y un plato con pastas—. Y no estoy segura de que la enfermera Ruth quiera referirse a ella. Así que cuéntenos usted, sargento. Mi marido llegará de un momento a otro. —El médico atendía al último paciente del día—. ¿Dice que vuelven a producirse disturbios?

Cooper esperó un poco a que apareciera el médico y los informó entonces de los últimos acontecimientos.

—Opino que sería mejor que los ciudadanos supieran lo que ocurre antes de que salga en los periódicos —explicó—. Solo para estar alerta. Ha habido asaltos en las granjas de los alrededores de Kororareka. De momento no tenemos que lamentar muertes, por fortuna, pero saquearon las casas y robaron el ganado. Los autores eran guerreros de los nga puhi. Hone Heke no estuvo directamente implicado, sino otro jefe tribal, Te Ruki Kawiti. En cualquier caso, se diría que el conflicto va en aumento. Mientras nosotros custodiamos el asta de una bandera...

—No puede andar protegiendo todas las granjas apartadas —opinó el doctor Thompson—. Y yo creía que el asta había vuelto a caer.

Cooper puso los ojos en blanco.

—El gobierno de inmediato la remplazó, de forma provisional, por el mástil de un bergantín que estaba en el puerto. Además extranjero, se lo han comprado al capitán. Al fin y al cabo, no puede ser que la Union Jack no ondee durante tres días sobre Kororareka. Y ya está en camino un asta nueva y grande. Llegará a Auckland por barco. Al lado se construirá una casa de madera. Si quieren saber mi opinión...

—Sería más razonable que los soldados estuvieran por la ciudad evitando confrontaciones —intervino Ruth—. O vigilando las granjas. Los guerreros se quedarían de piedra si en lugar de tropezar con un granjero acobardado se encontraran con un casaca roja armado.

—Pero se trata del principio —explicó el doctor Thompson—. Al gobernador le corroe que toda Kororareka se burle de él—. Ese duelo por el asta tiene un aspecto totalmente cómico. Siempre que los implicados no exageren.

Cooper asintió. Parecía muy preocupado, aunque volvió a sonreír al volverse hacia Ruth.

—De todos modos, no corre usted peligro, enfermera Ruth... la misión es segura. Hone Heke y el reverendo Williams son amigos íntimos. ¿Sabía que Williams envía misioneros a los campos y pueblos de los maoríes para celebrar la misa con ellos?

Ruth lo sabía, por descontado. Desde que los maoríes no acudían en masa a la misión para beneficiarse de los adelantos culturales de los *pakeha*, los misioneros iban a verlos a ellos. David había tenido que asistir varias veces en los oficios de los poblados y siempre lo había hecho con miedo. Ahora ella no quería discutir sobre la relación entre la Iglesia y los maoríes. Había llegado el momento de explicarle a Cooper Leighton que sus circunstancias habían cambiado.

—Ya no vivo en la misión —dijo a media voz—. Yo... mi marido...

Cooper escuchó sus explicaciones sin interrumpirla. Ruth le agradeció que no pronunciara ninguna palabra ofensiva sobre David.

—Entonces ¿está buscando un nuevo alojamiento para usted y sus hijos? —preguntó con simpatía.

Ruth asintió.

—En cuanto me haya recuperado un poco. El doctor Thompson seguro que sabe quién alquila habitaciones. No será fácil convencer a mi casero de mi honorabilidad. Una mujer sola con dos hijos... ¿Cómo se presenta una?

Una chispa traviesa asomó de inmediato en el rostro de Cooper.

—En último lugar esto es solo cuestión de inventarse una buena historia —señaló—. Deje que piense...

El doctor Thompson encontró dos habitaciones para Ruth y sus hijos en la casa de una viuda. La señora Roades había llegado a Nueva Zelanda, procedente de Inglaterra, con su esposo, el capitán de un pequeño barco ballenero. El hombre le había construido con sus ahorros una vivienda en las afueras de Kororareka, donde ella debía esperarlo cuando zarpara. Por desgracia, murió en su primer viaje a las islas Chatham. La señora Roades había vendido el barco y ahora vivía más mal que bien de lo que le quedaba de la venta y del alquiler de habitaciones. Ruth se presentó como la esposa de un misionero cuya Iglesia lo había enviado a India. Ya volvería en algún momento, pero precisamente la señora Roades sabía, por supuesto, con qué facilidad se podía perder a su marido en tales viajes.

La historia que Cooper se había inventado para Ruth tenía el consentimiento de ella y la viuda no abrigó ninguna duda sobre su autenticidad. La mala conciencia de Ruth se mantuvo en sus límites, aunque encontraba a su nueva casera muy simpática.

La señora Roades debía andar alrededor de los setenta años, era comprensiva, amable y le gustaban los niños. También Jonas fue bien recibido cuando demostró que los gatos de la casera no tenían nada que temer de su parte. La mujer estaba dispuesta a ocuparse un par de días a la semana de los niños y el perro cuando Ruth volviera al trabajo. Los otros días, se encargaría de ellos la señora Thompson.

—Con esa historia sobre la misión en India también podría marcharse a Auckland —le sugirió el doctor Thompson—. Se está construyendo allí un hospital. Así que si prefiere abandonarlo todo a sus espaldas... Le escribiría una carta de recomendación. Por mal que me sepa que se marche.

Conmovida por su comprensión, Ruth le dio las gracias, pero rechazó la sugerencia. En esa época no la atraían las aventuras.

—Por ahora prefiero quedarme en Kororareka con la gente que conozco —explicó—. Los Peterson también van a mudarse a la ciudad. Y David... Puede que alguna vez me lo encuentre, pero es probable que salga del convento en pocas ocasiones. Ya es hora también de que vaya a ver a Kimi. Espero que me perdone.

7

El joven sargento Cooper Leighton encontraba más im
portante que los individuos fueran capaces de defenderse que el que las banderas pudieran ondear, así que dedicaba de buen grado una parte de su tiempo libre a enseñar
a los inquietos habitantes de Kororareka el empleo de las
armas en el puesto de tiro del cuartel. Esperaba poder
pasar en el futuro otra parte de su tiempo con Ruth y se
alegró como un niño cuando ella por fin aceptó su invitación de salir juntos a tomar un café. En eso estaban,
cuando él le habló de los ejercicios de tiro y ella se sorprendió al oírle mencionar a Kimi.

—En realidad, su tribu rechaza el empleo de armas
—señaló asombrada, y le contó la desgracia de los moriori.

Cooper asintió.

—Sí, odia el puesto de tiro —confirmó—. Solo va
porque su patrono la obliga. Y, sin embargo, tiene un talento especial. Casi nadie acierta con tanta frecuencia
como ella. Pero para Kimi es una carga, creo que al final
de cada sesión ejecuta una especie de ritual para apaciguar a los espíritus. —Mostró su divertida sonrisa—. Lo
cierto es que mucho éxito no tuvo usted en su misión,
enfermera Ruth.

Ruth se rio con él y le habló de sus reflexiones sobre la aceptación de los espíritus locales.

—Por cierto, llámeme simplemente Ruth —le permitió—. Aquí no estamos ni en la clínica ni en la misión, y ya no soy la señora Mühlen. Es probable que vuelva a adoptar mi apellido de soltera ahora que mi matrimonio no tiene validez. ¿Cómo se llamarán entonces los niños?

Cooper la miró de forma excepcionalmente seria.

—Ruth —dijo con delicadeza—, yo esperaría primero a ver si su marido toma la iniciativa y reclama el certificado de matrimonio. Y en un breve tiempo... todo se arreglará. Ya sabe que yo la adoro, Ruth... Yo... yo estoy enamorado de usted. Y creo que va a permitirme que la corteje de manera oficial. Si llega un día a corresponderme, se llamará usted Ruth Leighton. Y estaré encantado de ser el padre de sus hijos.

Ruth se mordió conmovida el labio. Cooper era generoso, amable, la hacía reír... Y a pesar de eso... Movió la cabeza.

—Cooper —respondió—. Su... confianza y su... su amor me honran. Pero usted no me conoce. Me ama como una vez yo amé a David. Me gustaba, me gustaba su voz, su forma de ser contenida, su seriedad...

Cooper le cortó la palabra.

—Y yo amo su energía, su capacidad de réplica, su humor...

—Pero no conoce a la mujer que hay detrás —le explicó Ruth—. A esa ni siquiera la conozco yo, hasta ahora solo he sido un apéndice de David. Y, Cooper, usted me gusta, me gusta su risa y su forma despreocupada de ser, incluso su audacia. Pero no sé qué puede estar escondido detrás, qué descubriré cuando intime más con usted.

Cooper levantó los brazos tranquilo.

—¡Encuéntralo! —dijo satisfecho, y sin complicarse, tal como era, pasó al tuteo—. Tómate tu tiempo, yo no tengo nada que esconder. Y yo, por mi parte, voy a intentar descubrir a la mujer que se esconde detrás del ángel... Perdona, detrás del elfo. O el espíritu alado.

Ruth sonrió, pero siguió hablando en serio.

—¿Tenemos tiempo, Cooper? —preguntó—. Tú estás en el ejército. Ahora estacionado en Nueva Zelanda, pero en realidad deberías estar en Sídney. ¿Qué ocurrirá cuando te ordenen que vuelvas a Australia?

Cooper hizo un gesto despreocupado.

—Bah, por el momento no se ve el final de la vista. Quién sabe si esto no degenera en campaña militar. En cualquier caso, puede durar meses hasta que me envíen de vuelta; en realidad, la tropa crecerá. Y si llega ese día... ¡Ruth, Australia es bonita! Hace mucho más calor que en Nueva Zelanda, la vegetación es totalmente distinta a la de aquí, y la fauna... Te gustará esa tierra. Y trabajo de enfermera encontrarás por todos sitios. Para los niños hay escuelas como deben ser... Aquí, hasta ahora solo hay escuelas en las misiones, Ruth, lo tienes claro, ¿verdad? ¿Quieres enviar a Laurent y a Feli a Te Waimate o a los hermanos maristas?

Ruth negó con la cabeza.

—Cuando Laurent y Feli sean mayores, las cosas pueden haber cambiado —contestó—. Por el momento no pienso en ello. En cambio, Australia... ¡No quiero, Cooper! No voy a seguir a ningún otro hombre hasta el otro extremo del mundo. Ya lo hice una vez y me equivoqué. Las Chatham, Nueva Zelanda... ahora Australia... No quiero volver a marcharme a lo desconocido solo porque amo a un hombre o porque creo amarlo. Te agradezco tu oferta, y todavía no sé cómo irán las cosas. Pero en un principio prefiero quedarme sola.

Cooper hizo una mueca.

—Lo acepto —dijo pensativo—, si solo se trata de esto, de lamerte las heridas. Pero ¿estás segura de que no lo dices por David? ¿Estás esperando todavía que entre en razón? ¿Que vuelva? Ruth, quiero... puedo darte mucho más que él.

Ruth lo miró con tristeza.

—No has entendido nada —confirmó—. O no quieres entender. No se trata de ti, Cooper, ¡ni mucho menos de David! Se trata de mí, y no soy un artículo que se venda al mejor postor. No quiero pertenecer a ningún hombre, y no quiero ir a donde alguien vaya. Tengo que encontrar mi camino, Cooper. Esto no significa que nos vayamos a dejar de ver...

—¿Debo andar persiguiéndote, entonces? —preguntó ofendido—. ¿Es lo que quieres?

Ruth suspiró.

—Ahora lo único que quiero es tranquilidad —dijo—. Necesito tiempo. Tiempo para mí.

Cooper se puso en pie.

—Entonces, tómatelo —respondió con una violencia poco común en él—. Si piensas que no me necesitas, que no me quieres... No voy a ir detrás de ti, Ruth. Puedes llamarme si algún día lo lamentas.

Decidido, levantó la mano en un breve saludo y dejó el salón de té antes de que Ruth pudiera reaccionar.

Confusa y triste se quedó allí, pero no se arrepintió de nada de lo que le había dicho. Por mucho que le gustara Cooper, era demasiado pronto para establecer un nuevo vínculo. Tenía muchas muchas cosas que ordenar relacionadas con su antigua vida. En un principio era impensable una nueva.

Al día siguiente, Ruth por fin se puso en camino hacia la casa de los McIntosh para ver a Kimi. Se llevó a sus hijos, lo que dificultó un poco la tarea. Laurent todavía no sabía andar solo demasiado bien, así que Ruth tenía que cargar con los dos niños, y para cuando llegó a Gould Street, donde vivían los McIntosh, estaba bastante cansada. El camino al floreciente barrio en el sur de la ciudad desde su nueva vivienda en el norte de Kororareka era largo, mientras que solo estaba a dos pasos desde la casa de los Thompson. Era casi increíble que en todos esos meses durante los cuales había trabajado para el médico nunca se hubiera cruzado con Kimi.

Con el corazón latiendo con fuerza entró en la panadería y se presentó a la señora McIntosh. La panadera enseguida salió del mostrador y la saludó cariñosamente, Kimi debía de haber hablado de ella.

—Seguro que se alegra de verla —anunció Margaret—. Cuando Raukura Peterson contó que estaba usted en la ciudad, se moría de impaciencia. En circunstancias normales ella misma habría ido corriendo a casa de los Thompson para visitarla, pero desde el asalto casi no se atreve a salir de casa. Yo estoy deseando que se arregle todo pronto con esos rebeldes maoríes. Estas no son condiciones... ¿Y estos son sus hijos? —Acarició la cabeza de Laurent y miró la cestita en la que dormía Felicity. El portabebés de caña trenzada era un regalo de Raukura. Ruth ya había llevado a Laurent en él cuando era pequeño—. Parece... discúlpeme, pero me recuerda mucho a Rohana cuando Kimi apareció por aquí por primera vez.

Ruth suspiró y renunció a comentar la observación. No sabía si la señora McIntosh estaba informada de que las niñas eran medio hermanas, seguro que se parecían. A lo mejor Kimi había hablado de David y el papel que había interpretado en su vida. Los moriori no se avergonzaban de mantener relaciones prematrimoniales.

Ahora la señora McIntosh le indicó el camino por el obrador hasta la escalera.

—Kimi está arriba con las niñas, golpee simplemente la puerta —le exhortó—. Ah, sí, y llévese unos *scones*. Mi marido acaba de hornearlos. A Paula y Rohana les encantan. Y seguro que querrá tomarse un té con Kimi.

También Laurent miró con apetito los pastelitos que la señora McIntosh colocó obsequiosa sobre una bandeja. Cogido de la mano de Ruth subió él solito la escalera.

Kimi abrió en cuanto oyó los golpes y Ruth se quedó sorprendida ante el buen aspecto que presentaba. Tuvo que reconocer que no la habría reconocido en la calle de tanto como había cambiado la delgadísima y cohibida esclava. El hermoso rostro de Kimi se había redondeado, llevaba su bonito cabello recogido en la nuca con un gran moño y debajo del vestido oscuro y con delantal blanco se insinuaba una silueta delgada pero femenina. Kimi tenía el pecho grande y las caderas redondeadas. Siempre había sido guapa, pero ahora se había convertido en toda una belleza exótica. Con la indumentaria tradicional de los moriori habría estado sin duda alguna arrebatadora.

—¡Hermana Ruth! —Kimi resplandeció al reconocer a Ruth—. ¡Oh, qué bien volver a verla! Y gracias, muchas gracias por haber hablado de mí a Raukura. Es tan tan tan maravilloso que volvamos a estar juntas...

Se acercó entusiasmada a Ruth para intercambiar el *hongi* con ella, pero se contuvo en el último momento. A los misioneros nunca les había gustado el saludo tradicional de los maoríes y moriori.

Ruth rodeó a Kimi con el brazo.

—Yo también estoy muy contenta —dijo—. Y tremendamente aliviada al volver a encontrarte sana y salva.

Lo de la misión... hay tantas cosas por las que he de pedirte perdón, Kimi. Me remordía la conciencia desde que llegó a mis oídos que... que tu hija tiene la tez blanca.

Kimi se tensó.

—La tiene —confirmó—, pero es moriori como yo. Me alegré cuando se demostró que Anewa no es su padre. Quiero decir que... yo la habría querido de todos modos, pero... si hubiera tenido que seguir mirando a los ojos de ese hombre... —Se frotó la frente—. Pero entre, hermana Ruth... y los niños... Raukura me ha contado que tiene un hijo pequeño. Y ahora también una niña... —Kimi mostró a Ruth y Laurent el camino al interior de la casa y miró a Felicity en su cunita, aunque no parecía ni la mitad de curiosa que su patrona.

—Vayamos a la habitación de las niñas. Las pequeñas podrán seguir jugando y allí también tendremos entretenido a su hijo.

A través de esa vivienda amueblada con buen gusto, Ruth siguió a Kimi hasta la iluminada habitación de las niñas, donde era evidente que también dormía la moriori. Junto a dos camitas, había otra grande, cubierta con un *quilt* escocés, y en la pared colgaba un cuadro que Ruth ya conocía bien de las islas Chatham: el retrato de Kimi dibujado por Brandon, su amigo de juventud. Sobre una alfombra blanca dos niñas estaban sentadas jugando con una casa de muñecas. Ruth enseguida reconoció a Rohana. La pequeña no podía esconder quién era su padre, aunque sus ojos redondos y sus labios carnosos eran iguales a los de su madre. Era rubia como David. En cuanto al color del pelo, Laurent se parecía más a Ruth, y en general asemejaban más a su madre que a su padre.

Kimi le dio un caballito de madera y una peonza para jugar y sacó de la cocina vasos y una tetera con té helado.

Justo después, los niños estaban mordisqueando los *scones* y Kimi hizo pasar a Ruth al salón. Dejaron la puerta abierta para ir echando un ojo a los pequeños.

Kimi habló del tiempo que había estado en la misión, Ruth, de Preservation Inle, hasta que ya habían tomado suficiente confianza la una con la otra como para coger el toro por los cuernos.

—Tengo que pedirte disculpas —dijo Ruth con franqueza—. Entonces, con David en las islas Chatham... Estuviste con él, ¿verdad? Y yo te aparté.

Kimi negó con la cabeza.

—Yo nunca viví con David —corrigió—. Anewa no lo habría permitido. Ya sabe... ya sabe lo severo que era conmigo. Solo me dedicaba al cuidado de la casa de los misioneros. Y lo de David... que nos amáramos... Solo fue una vez. David no lo encontraba grato a Dios, pero sucedió. Así, simplemente. Quiero decir... yo hacía tiempo que quería, pero él... Lo dicho, él ni lo consideraba antes del matrimonio, y yo tampoco estaba bautizada. Cuando a pesar de todo lo hizo, yo, claro, pensé que me quería. Si se hubiera casado conmigo... Anewa a lo mejor lo habría aceptado... A lo mejor me habría dejado en libertad.

—Y de no ser así, David habría tenido que obligarlo a aceptarlo —dijo indignada Ruth—. O haberse escapado contigo. ¿Por qué no intentaste que lo hiciera? Una mujer tiene posibilidades... —Se detuvo al pensar en la joven tímida y maltratada que había sido Kimi. Era impensable que utilizara las armas de una mujer. Ruth lamentaba todavía hoy haberle atribuido las características de alguien refinado e intrigante—. Cuando yo llegué... estaba desconcertada —siguió diciendo—. Sentía que había algo entre vosotros dos y esperaba... esperaba tener que luchar contigo por David. Pero tú ni siquiera intentaste retenerlo, simplemente renunciaste a él.

Kimi había ansiado volver a ver a Ruth, pero ahora casi sentía algo así como cólera hacia la joven. ¿Por qué tenía que insistir una y otra vez en lo que, en realidad, ya se entendía por sí mismo? Precisamente ella, que había vivido en las Chatham y conocía a los moriori, debería saber cuál era su postura. Claro que había sentido celos. Ruth había aparecido de repente y había destruido todas sus esperanzas. Pero ¿cómo habría tenido que pelear con ella?

—Soy moriori —dijo con vehemencia—. Yo no lucho.

—Tampoco tenías que golpearme en la cabeza con la maza de guerra —explicó Ruth—. Cuando dos mujeres pelean por un hombre, lo hacen más bien con palabras, con intrigas... Como yo cuando te convencí de dejar a Anewa. Fue egoísta, lo dispuse para librarme de ti, para separarte de David. Lo quería para mí sola. Tú eras una tentación para él.

—A lo mejor no tenía usted las mejores intenciones, pero para mí fue positivo alejarme de Anewa —observó Kimi—. Y, fuera como fuese, David no me quería. La quería a usted. Precisamente porque había menos resistencias. David no se habría enfrentado a Anewa. A él tampoco le gusta pelear.

Ruth suspiró.

—A poca gente le gusta pelear —dijo—. La mayoría de las personas solo cogen las armas porque no les queda otra cosa. Excepto, tal vez, morir.

—Hay algo peor que morir —afirmó Kimi—. Perder nuestro *mana*... nuestro honor... nuestra dignidad...

Ruth inhaló profundamente.

—En tal caso debemos recuperarlos —señaló con voz

firme—. David ha decidido quitarme mi nombre y mi posición social. Ha declarado que mis hijos son bastardos. La tuya también, por supuesto, aunque al principio se convenció a sí mismo de que era hija de Anewa. Pero todo esto no cambia para nada que ambas, en la sociedad *pakeha*, hemos perdido la honra. Yo debo mentir para que mis hijos tengan un techo bajo el que guarecerse. No me gusta, no me han educado así, pero a veces hay que romper las reglas. Hasta que vengan tiempos mejores. Mientras estemos vivas, Kimi, podemos luchar. Tenemos que luchar.

Kimi notó que las palabras de Ruth pulsaban alguna cuerda en su interior. Si era honesta consigo misma debía admitir que conocía los sentimientos de pasión y desesperación. Anewa no solo le había infundido miedo, sino también ira, había tenido que vencer sus fantasías más violentas mientras veía cómo los maoríes mataban a sus amigos. ¿Había sido realmente solo la obediencia a la ley de Nunuku la que le había impedido coger el revólver de debajo del mostrador, o también falta de valor?

—No puedo —dijo a pesar de todo, y pensó en la sensación de sostener el arma en la mano y de triunfo cuando una de las botellas estallaba en pedazos después de apretar el gatillo. No le había resultado demasiado difícil imaginar entonces el rostro de Anewa explotando en un surtidor de sangre.

—Pues entonces, procura encontrar a alguien que lo haga por ti —replicó Ruth—. Y visto desde este ángulo, puedes estar contenta de que David no se haya decidido por ti. Él siempre ha luchado solo para sí mismo. ¡Pero no te abandones a tu desamparo! Aunque te hayan dicho que es lo que piden los dioses. Los dioses no te protegen, tienes que hacerlo tú. Así que no permitas que nadie te infunda miedo. ¡No dejes que gane la maldad!

A SANGRE Y FUEGO...

Isla Chatham
Kororareka
Auckland

1845

1

Brandon Halloran había llevado una vida muy interesante desde que había dejado a Kimi en Waitangi. Primero había acompañado a Ernst Dieffenbach en sus expediciones por Nueva Zelanda, ascendido montañas con él y recorrido bosques para documentar con sus dibujos todo aquello que el naturalista encontraba digno de atención. Al final, Dieffenbach se había marchado de la Polinesia con una maleta llena de cuadros que mostraban la flora y la fauna del país, así como las características geológicas del paisaje. Brandon se habría podido ir con él a Inglaterra o a Alemania. Seguro que allí también habría encontrado encargos como dibujante. Pero regresar a Europa no lo atraía. Al contrario, lo único que realmente lo atraía era el recuerdo de Kimi, su vivaz amiga de las Chatham convertida en la resignada esclava del violento jefe tribal Anewa.

Brandon no podía olvidarse de Kimi, aunque Dieffenbach lo había puesto en contacto con otro científico que necesitaba a un buen dibujante para sus expediciones. Ludwig Leichhardt también era alemán y su pasión consistía en estudiar Australia. Al final, Brandon se reunió con él en Sídney y lo siguió a Newcastle, junto al río Hunter, desde donde partieron para explorar los montes

Liverpool y Royal y la bahía Moreton. Leichhardt plasmaba las peculiaridades del paisaje y del clima y describía los animales y plantas en su diario. Brandon se encargaba de las ilustraciones. Dibujaba fascinado koalas y canguros y de nuevo se acordaba nostálgico de Kimi cuando bosquejaba los delfines y ballenas de la bahía Moreton.

También realizó retratos de los nativos de ese país, los aborígenes, escuchó su extraña música y su sonoro lenguaje. Pese a ser tan fascinante, Brandon también descubrió los peligros que escondía Australia. A diferencia de Nueva Zelanda, allí había serpientes venenosas y otros animales peligrosos, y los nativos no eran tan abiertos con los blancos como los maoríes. Ludwig Leichhardt le parecía a veces algo ingenuo. El investigador no planeaba sus expediciones tan meticulosamente como Dieffenbach. De ahí que Brandon rechazara la oferta de ir con él a un viaje de reconocimiento más largo, desde Queensland al Northern Territory. Debía realizarse por terrenos que no había pisado nunca un blanco. Leichhardt le pintó de fabulosos colores las experiencias y descubrimientos que les esperaban.

—Podría participar en algo grande —explicó eufórico, pero Bandon hizo un gesto negativo.

—Todavía tengo un asunto por arreglar en Nueva Zelanda —afirmó, aunque lo que tenía en la punta de la lengua era: «O podría morir»—. Lo siento, pero debo volver.

En el barco, rumbo a Auckland, entendió que con ese pretexto ni siquiera había mentido. Tenía un tarea pendiente en Nueva Zelanda, o mejor dicho, en las islas Chatham. Pensar en el destino de Kimi le corroía, nunca había abandonado el deseo de ayudarla y ahora, por fin, veía la oportunidad. Esos últimos años había ganado mucho dinero y casi no lo había gastado. Con él habría podido construirse una nueva existencia en cualquier lugar del mundo, pero también podía regresar a las Chatham e intentar comprar a Anewa su esclava Kimi. Brandon veía capaz al jefe maorí de hacer un negocio de ese tipo. Después de tantos años, probablemente ya estaría harto de la joven y seguro que no podía ganar dinero suficiente para aumentar su deteriorado *mana* tras lo ocurrido en Waitangi. Claro que era un asunto no exento de cierto riesgo y que podía terminar en una decepción. A lo mejor Anewa se había casado a pesar de todo con la hija del jefe tribal y no renunciaría a ella. También podía haberla matado y era posible que reaccionara de forma agresiva ante la reaparición de Brandon.

El capitán Rumsford, el propietario del carguero en el que embarcó Brandon, consideraba que sus temores eran exagerados.

—Los maoríes de la isla Chatham son ahora la mar de pacíficos —anunció—. Y están todos bautizados. Hay dos misiones, una anglicana y otra alemana. La alemana está junto a Whangaroa, allí a donde quiere usted llegar. En un principio la llevaban cinco piadosos hermanos. Ese jefe tribal, Anewa, se aprovechó mucho de ellos. Su gente cantaba un par de himnos religiosos y a cambio los misioneros les construían casas y les preparaban los campos de cultivo. La tribu ganó una fortuna. Pero que puedan considerarse las almas de esos tipos salvadas...

Brandon se frotó la frente.

—Primero Dios tendría que perdonarles lo que hicieron a los moriori —dijo—. Pero parece que usted sabe de lo que habla, capitán. ¿Ha oído mencionar alguna vez a una muchacha llamada Kimi?

Escuchó con atención lo que Rumsford le contó sobre Kimi y sus actividad como traductora de los misioneros. El capitán creía recordar que se hallaba bajo la tutela de los alemanes. Después de la llegada de estos parecía más feliz. No había oído nada de que Kimi y Anewa hubiesen contraído matrimonio.

—Pero hace mucho que no paso por la isla Chatham —concluyó—. Me casé. —Sonrió y señaló la popa de su barco, que lucía desde hacía poco el nombre de *Katie Sue*—. E hice una pausa. Pero ahora he de volver a navegar, aunque no sea enseguida a Europa. Solo recojo mercancías de las estaciones balleneras de la isla para llevarlas a Kororareka. Parten para Inglaterra en embarcaciones más grandes.

Brandon pensó que las noticias sobre los maoríes, los misioneros y Kimi parecían alentadoras. Sin embargo, casi no logró dominar su impaciencia durante varios días que duró la travesía por ese mar siempre tempestuoso. Cuando el *Katie Sue* por fin ancló frente a Whangaroa, hizo que lo llevaran enseguida en la barca de remos a tierra, aunque pidió al capitán Rumsford que guardara su dinero en lugar seguro en el barco. Podía confiar totalmente en el capitán, y así no se arriesgaba a que Anewa y sus hombres le robaran.

Con el corazón desbocado, Brandon siguió el antiguo sendero desde la playa hasta el que había sido el poblado moriori, pero ahí lo esperaba una decepción. El asentamiento en que se habían establecido después de la invasión de los ngati tama seguía existiendo y en un estado mucho mejor que el anterior. Mostraba unas casas más estables y unos jardines cuidados, y los habitantes lo saludaban cortésmente y parecían por completo civilizados. Los saqueadores parecían domados. Aun así, no encontró ni a Kimi ni a Anewa en la isla Chatham.

—Anewa está en Nueva Zelanda —explicó el hombre que lo sustituía en el gobierno del poblado. Llevaba ropa occidental y hablaba bien el inglés, aunque mostraba tatuajes de guerra. Seguro que había formado parte de los asesinos seguidores de Anewa durante la invasión—. Provee soporte militar. Hone Heke, el jefe de los nga puhi se ha rebelado contra los impuestos de los *pakeha*. Anewa opina que esto también nos afecta a nosotros. ¡Y el caso promete unas buenas peleas!

Probablemente era eso último, sobre todo, lo que había conducido al guerrero Anewa a Nueva Zelanda. Brandon supuso que el belicoso jefe tribal llevaba años aburriéndose en la isla Chatham.

—Y... ¿Kimi? —preguntó con el corazón latiendo con fuerza—. Su... ¿su esclava?

El gobernador soltó una risa atronadora.

—Se le escapó —desveló—. A escondidas. Anewa estaba fuera de sí. El ballenero que se la llevó nunca más se ha atrevido a volver.

Brandon sintió que el mundo se desmoronaba. Naturalmente, se alegraba de que Kimi hubiera recuperado la libertad, pero ¿dónde estaría?

—¿Tiene alguna idea de dónde puede vivir? —preguntó abatido.

El guerrero se encogió de hombros.

—Pregúntale al hermano Heinrich —indicó—. Siempre sospechamos que los misioneros se habían metido por medio. Kimi nunca se habría atrevido a hacer algo así sola. Sabía muy bien lo que le sucedería si Anewa la encontraba. Interrogamos a los hermanos, pero no dijeron nada...

Brandon tuvo que controlarse para dar las gracias más o menos educadamente antes de tomar rumbo hacia la misión. De los cinco misioneros del principio solo quedaba Heinrich Bauer viviendo en la isla Chatham. Dirigía la misión con su esposa Wilma y en apariencia lo tenían todo bien organizado. Alrededor del edificio principal había un huerto cuidado con esmero y en un edificio anexo colgaba un cartel que anunciaba una escuela, otro señalaba el camino hacia una capilla y un tercero hacia una enfermería. Delante de la casa colgaba de un árbol un columpio, y un sube y baja esperaba que los niños fueran a jugar.

Heinrich Bauer tenía, sin embargo, un aspecto algo desastrado. La imponente barba podría haber aguantado un afeitado y en lugar de la ropa propia de un religioso llevaba vaqueros y chaqueta encerada; el ancho sombrero de misionero se veía viejo y raído. Brandon lo hubiese tomado antes por un campesino que por un predicador, pero, tal como iba a informarle la eficientísima Wilma Bauer, formaba parte de la filosofía de la misión de Goßner trabajar con los nativos conversos y de ese modo ayudarlos a adoptar un tipo de vida civilizado. Así pues, el hermano Heinrich pasaba más tiempo en las plantaciones que en la iglesia, mientras que la auténtica labor misionera se hallaba en manos de su esposa.

La alta y rubia hermana Wilma llevaba un vestido negro muy remendado pero que aun así se veía atildado. Dio una cariñosa bienvenida al visitante y le enseñó con orgullo el edificio de la misión. Para su sorpresa, Brandon descubrió algunos de sus dibujos colgados de las paredes. Kimi debía de haberlos encontrado en la cabaña y habérselos regalado a los misioneros. A partir de los cuadros, la conversación derivó de forma natural en torno al destino de la joven. Cuando Brandon le planteó sus preguntas, Wilma Bauer confesó de inmediato.

—Claro que ayudamos a Kimi. Bueno, los hombres no; nosotras tres, las auxiliares de la misión, organizamos la huida. Sobre todo Ruth, Ruth Mühlen. Ella era la que tenía más proximidad con Kimi y cuando supimos que estaba embarazada... No estoy segura, pero creo que Ruth abrigaba la sospecha de que el niño tal vez tuviera otro padre que no fuera Anewa. Uno blanco... Tal vez alguien de una estación ballenera o algún capitán... Ruth era muy discreta. No nos contó nada de lo que le había confiado Kimi. Y quería liberar a la joven de las garras de Anewa. Así que regalamos ropa a la chica, pagamos generosamente a un pícaro capitán para que la llevara a Kororareka y dimos a la muchacha una carta de recomendación para la misión del lugar.

Brandon sintió que se quitaba un peso de encima. Si Kimi se alojaba en la misión, quizá todavía estuviera allí.

—Entonces ¿está en Te Waimate? —preguntó esperanzado.

—Ya no. —Wilma Bauer se mordió el labio—. Todo este asunto ha transcurrido de forma algo desdichada. Kimi llegó bien allí, vivió durante un tiempo en la misión y dio a luz a su bebé. Una niña. Sin embargo, los temores de Ruth se vieron confirmados. La pequeña era de piel clara, con lo que los misioneros acusaron a Kimi de ejercer la prostitución y la echaron. Desde entonces está desaparecida. Mi familia y yo la mencionamos cada día en nuestras oraciones.

Wilma Bauer se santiguó mientras la cólera iba apoderándose de Brandon. ¿Cómo podían esos piadosos hermanos dejar en la calle a una joven madre?

—¿Cómo sabe usted todo esto? —preguntó a la misionera. Para la considerable distancia que separaba las Chatham y Nueva Zelanda, los Bauer estaban sorprendentemente bien informados.

—A través de Ruth Mühlen —respondió Wilma Bauer—. Desde hace poco vive en Te Waimate, donde su marido estudia en el seminario. Antes fue guía espiritual de una estación ballenera. En cualquier caso, Ruth escribe de forma regular y se la notaba muy afligida por lo que le había pasado a Kimi. Aunque el hermano David estuvo buscándola, no tuvo éxito. En tal caso, solo podemos rezar.

Volvió a santiguarse para dedicarse acto seguido a asuntos prácticos e invitó a Brandon a comer con su familia. Naturalmente, este aceptó encantado y accedió también a pasar la noche en la misión. Al día siguiente quería regresar con el capitán Rumsford a Kororareka para buscar a Kimi. No iba a arrojar la toalla tan deprisa. Siendo un antiguo cazador de ballenas y aventurero, a lo mejor averiguaba algo más que el piadoso misionero preguntando a la gente del puerto.

En un principio, sin embargo, aprovechó la oportunidad para enterarse de todo lo posible acerca de la misión de la isla Chatham y de la función que había desempeñado Kimi como mediadora entre los maoríes y los misioneros.

—Hablaba muy bien el inglés —dijo el hermano Heinrich—. Eso nos fue de gran ayuda. Y el hermano David estaba loco por ella. Le enseñó a leer y escribir. Y luego ella se ocupó de las tareas domésticas en la misión hasta que llegaron las mujeres.

Wilma habló con todo detalle sobre el destino de los demás moriori. Seguían siendo esclavos y se deslomaban trabajando en los campos de los maoríes. Sobrevivían en parte porque Wilma Bauer incansablemente abogaba por ellos, les repartía comida y se cuidaba de que la ropa y otras donaciones procedentes de Nueva Zelanda y Europa no solo llegaran a los maoríes, sino que también se distribuyeran entre los esclavos moriori. No obstante, subrayó que su trabajo no era más que una gota en el océano.

—Cuando todavía éramos tres, podíamos hacer más,

las auxiliares de la misión cocinábamos cada día para los peones del campo. Ruth e Hilde se ocupaban, además, de los enfermos y yo daba clases en la escuela. Yo sola no consigo ir cada día a su asentamiento. Y los maoríes no dejan marchar a sus esclavos; así que no pueden salir en busca de ayuda. Como mínimo, ya no los aniquilan. Hemos civilizado a los maoríes hasta el punto de que ya no matan a nadie a golpes ni comen carne humana.

Brandon imaginaba que lo que había contenido a Anewa no había sido tanto la cristianización, sino que con la anexión de las Chatham a través de Nueva Zelanda se había impuesto un mínimo de leyes de la Corona.

Al día siguiente dio efusivamente las gracias, dejó a los Bauer una parte de sus ahorros como donativo para los necesitados moriori y se alegró de poder abandonar de nuevo la isla. El ambiente de la isla Chatham lo oprimía. Pensaba en los muertos, los hornos subterráneos en la playa y el rostro hundido y desesperado de Kimi cuando volvió a verla en Waitangi. ¡Si al menos consiguiera encontrarla! No obstante, debían de haber pasado ya un par de meses desde la última carta que esa tal Ruth Mühlen había enviado a los Bauer. Tal vez se habían producido nuevos cambios. Brandon pasó el tiempo a bordo del *Katie Sue* dibujando delfines y ballenas. Kimi había pensado que sus espíritus eran portadores de buena suerte y él seguro que iba a necesitarla.

2

Cuando Brandon llegó a Kororareka se quedó sorprendido de lo mucho que había cambiado la ciudad. Seguía habiendo, por supuesto, tabernas y mujeres de la vida en el puerto, pero también se habían instalado honorables comerciantes y artesanos. A esas alturas sus esposas e hijos marcaban la imagen de la ciudad. A Brandon le llamó además la atención la elevada presencia militar. En el puerto estaban anclados cuatro navíos de guerra británicos. Mientras tomaba una cerveza en una taberna del lugar enseguida se enteró de la razón y del porqué de la tensa atmósfera general. La ciudad esperaba el ataque de los maoríes partidarios de Hone Heke. El asta de la bandera, que el jefe tribal había derribado en varias ocasiones, estaba fuertemente custodiada. Sin embargo, ese mismo día se habían producido escaramuzas entre los ingleses y algunos guerreros maoríes. En el barrio portuario muchos ciudadanos se habían armado.

—Pero los hermanos de Te Waimate no corren ningún peligro —advirtió el tabernero después de que Brandon le mencionara que iba a visitar la misión—. Siempre se llevan bien con los maoríes, celebran misas y tratan de mediar. Mañana habrá tregua, así que volverán a rezar mucho, también los papistas. Compiten a ver quién reza más. Siempre me pregunto si los maoríes ven alguna diferencia. Pero yo no creo que se hayan convertido. Toda esa palabrería no lleva a ningún sitio. Ese Hone Heke solo conoce un idioma: fusiles y cañones. Así que tenga cuidado. No me extrañaría que en breve se agravase esta situación.

Brandon dio las gracias por la información y preguntó por Kimi, pero el patrón de la taberna no la recordaba. Empezar a buscarla por el barrio del puerto no le pareció una buena idea. En ese momento, Kororareka solo conocía un tema: Hone Heke y sus guerreros. Las tabernas estaban llenas, no solo de marinos, sino también de militares. Los taberneros tenían algo mejor que hacer que conversar con Brandon sobre una joven que había desaparecido mucho tiempo atrás. De ahí que se dirigiera primero a la misión católica con la esperanza de encontrar una habitación donde dormir. Eso evitaría que gastase dinero en una pensión. Así fue, le ofrecieron su hospitalidad. Le abrió un fraile, lo invitó a asistir a la misa y le indicó un lugar donde dormir.

—Muchas gracias, padre —dijo Brandon, colocando su petate sobre el suelo del sencillo pero pulcro alojamiento. Esperaba saber algo más, tal vez, sobre el papel de las misiones en el conflicto en torno a Hone Heke hablando con ese joven rubio.

—No me llame «padre», todavía no —respondió el hombre—. Aunque espero ser sacerdote un día, hasta entonces solo vivo aquí como hermano laico. Así que llámeme hermano. Hermano David.

Brandon sonrió.

—Qué gracia —observó—. Estoy buscando justamente a un hermano David. Aunque él estudia en el seminario luterano. David Mühlen. ¿Lo conoce tal vez por casualidad?

Se sorprendió de que el rostro del hermano marista adquiriese un intenso color rojo.

—¿Quién... quién lo envía aquí? —preguntó desorientado el hermano David—. ¿Ruth? Pero no... no puede ser... Yo...

—Ruth Mühlen es su esposa, correcto. Los dos viven todavía en Te Waimate, ¿no es así?

Brandon encontraba a ese hombre cada vez más extraño. Sobre todo ahora que se pasaba las manos por las sienes y se humedecía los labios antes de seguir hablando.

—Lo de Ruth fue tomar el camino equivocado —explicó el hermano David—. Lo lamento mucho. Ella y los niños siempre están en mis oraciones. Seguro que el Señor lo enmienda todo. Al fin y al cabo... al fin y al cabo fue él quien me condujo hasta aquí.

Brandon frunció el ceño.

—¿Es usted David Mühlen? —inquirió.

—Ese era al menos mi nombre secular —admitió el hermano David—. Pero ahora solo quiero ser parte de la orden. Quiero dejar todo eso a mis espaldas, el mundo con sus errores, las tentaciones y los miedos... —Brandon se preguntó cómo se imaginaba que eso sería posible. Según lo que Wilma Bauer le había contado estaba casado con Ruth Mühlen. Las tres auxiliares habían contraído matrimonio con los misioneros de Goßner. También se había mencionado a unos hijos. ¿Qué se imaginaba ese hombre?—. Sea lo que sea que diga Ruth... —prosiguió ansioso el hermano David—, nuestro matrimonio no es válido. El obispo Pompallier lo ha confirmado. He vivido con ella en pecado, sí, y tendré que hacer penitencia largo tiempo por ello. Pero nunca se llevó a término un casamiento legal.

Brandon no entendía del todo a qué se refería, pero en realidad le daba igual. Le importaba más lo que ese hombre supiera de Kimi... o lo que tal vez había habido entre él y Kimi. Brandon todavía creía oír la voz del huraño Heinrich Bauer diciendo: «El hermano David estaba loco por ella».

—¿Y tampoco celebró usted un casamiento legal con una joven maorí llamada Kimi? —preguntó con más dureza de lo que pretendía.

David se sonrojó de nuevo.

—No sé nada de Kimi —manifestó—. Cuando llegamos a Te Waimate, Ruth deseaba que averiguara dónde estaba, pero no lo conseguí. Ahora nos hallamos todos en manos del Señor...

David se santiguó. A Brandon le sorprendió que no pregonara que incluía a la joven en sus oraciones. Por lo visto no quería sobrecargar a Dios con un exceso de mujeres de su pasado.

—¿Es posible que la hija que Kimi ha traído al mundo sea suya?

Brandon no pudo remediar plantear a su interlocutor un par de preguntas inquisitivas. Observó fascinado que David empalidecía.

—No tolero tales acusaciones —dijo con firmeza—. Yo... yo nunca he visto a la hija de Kimi...

Brandon arqueó las cejas.

—Esto no excluye una paternidad —observó secamente—. ¿Dónde puedo encontrar a su esposa? Es decir, a la mujer con quien usted nunca estuvo...

—¡No sé! —David Mühlen se dio media vuelta. Era evidente que la conversación lo excedía, en ese momento decidió que ya podía darla por terminada—. Le deseo buenas noches, señor Halloran, y éxito en su empresa. De todos modos, es muy poco probable que Kimi todavía esté aquí. Tom Peterson también la buscó... No hay esperanzas de dar con ella.

Al escuchar el nombre de Tom Peterson, Brandon se emocionó demasiado para seguir discutiendo con David Mühlen. Su viejo amigo seguía estando en Kororareka y tal vez ahora tuviera más información. Brandon recordó que Tom había tenido el propósito de trabajar en la misión. Era posible que supiera más sobre la joven que David Mühlen. De su reacción se deducía claramente lo culpable que este se sentía. Brandon no tenía la menor duda de que ante sus ojos se hallaba el padre de la niña de Kimi. Estaba seguro de que la moriori no había vendido su cuerpo. Brandon podía imaginar que había amado a ese hombre.

El día siguiente era domingo, pero Brandon no asistió a la misa de los maristas. No era muy correcto después de haber pernoctado gratis en su convento, pero David Mühlen seguro que no tenía gran interés en verlo. En lugar de eso, Brandon se dirigió bien temprano a Te Waimate, aunque no encontró a Williams. Según le informaron, el reverendo celebraba una misa en el campamento de los maoríes partidarios de Hone Heke. Los otros misioneros a los que Bandon preguntó respondieron vagamente cuando mencionó a Ruth y David Mühlen. Era evidente que lo sucedido con David les resultaba lamentable. Fue la esposa de uno de los reverendos quien le dio titubeante información sobre Ruth.

—La pobre no podía actuar de otro modo —dijo—. Al contrario, hizo realmente todo lo posible para que su marido estudiara aquí. Tenía ahorros y cuando no fueron suficientes se buscó un trabajo en la ciudad. Mi marido no me lo hubiese permitido. Cada día se iba sola a Kororareka, además embarazada... Exigirle esto era una falta de consideración. Pero ahora... No podía quedarse aquí, claro, después de la... apostasía del hermano David. Espero que el doctor Thompson la haya ayudado.

Brandon se enteró de que Ruth trabajaba como enfermera y se apuntó el nombre del médico con quien prestaba sus servicios; asimismo, preguntó por Tom y Raukura Peterson. Por fortuna, ellos dos no representaban un tema tan incómodo para la misión. La esposa del reverendo le habló con toda naturalidad del trabajo de Tom como tonelero en la institución y de la labor de soporte de Raukura a mujeres y niños. Sin embargo, no sabía dónde estaba exactamente el taller que había abierto en Kororareka. Los Peterson habían dejado la misión.

Pero Brandon estaba animado. Tampoco habría tantos toneleros en Kororareka. Seguro que enseguida encontraba la dirección. Emprendió el camino de retorno a la ciudad y en él se cruzó dos veces con guerreros maoríes que patrullaban por los alrededores. Iban armados, pero no se comportaban de forma agresiva. Lanzaron unas miradas recelosas a Brandon y uno de los jóvenes intentó asustarlo con una de sus muecas. Pero no pasó nada más allá. El asunto, a pesar de todo, le daba cierto miedo. Pensó si debía regresar a la misión católica por la noche, pero luego decidió buscar una pensión en la ciudad. La patrona enseguida le facilitó la dirección del médico, pero no la de los Peterson. No utilizaba toneles, se disculpó sonriendo.

Brandon ocupó su habitación y después se fue a beber un par de cervezas a una taberna. Qué lástima no poder hacerlo con Tom, sería estupendo volver a reunirse con su amigo.

A la mañana siguiente reinaba en la ciudad un ambiente todavía más tenso y el sobresalto de la gente no estaba exento de razón. Ya en el desayuno, la dueña de la pensión informó a Brandon de que se habían producido más ataques. Los hombres de Hone Heke habían intentado al amanecer cometer algunos asaltos más o menos decididos, pero estos se habían visto rechazados.

—Aunque no estamos en pie de guerra —dijo la mujer, una irlandesa ya mayor que seguramente tenía la experiencia de los conflictos armados de su país y sentía miedo—. Y, sin embargo, los maoríes suelen ser tan pacíficos... Es solo ese Hone Heke...

Brandon prefirió no contarle nada de los disturbios de las tribus de la isla Chatham, sino que se dirigió enseguida a la consulta del doctor Thompson. Las calles estaban llenas de gente inquieta y soldados armados. Brandon se preguntó si habría fortificaciones o cómo se defendería la ciudad en caso de que los maoríes realmente atacaran.

La sala de espera del doctor Thompson estaba llena, al parecer la gente enfermaba de miedo y desasosiego. Brandon esperaba encontrar allí, ese mismo día, a Ruth Mühlen, pero la amable mujer que lo dejó entrar era demasiado mayor para ser la esposa de David Mühlen. Se presentó como señora Thompson, la esposa del médico. La afluencia de pacientes no les permitió conversar largamente, pero ella enseguida le informó sobre el paradero de Ruth.

—La enfermera Ruth está ahora de vacaciones, mañana vuelve a su puesto. En realidad, quería venir a trabajar lo antes posible después de dar a luz, pero mi marido opinaba que necesitaba descansar. Y más después de tantas emociones, la mudanza... ¿Ya sabe lo de su marido?

Brandon asintió, expresó su asombro —que aumentó todavía más cuando se enteró de que Ruth Mühlen acababa de dar otro hijo a su marido— y cogió el papel con la nueva dirección de Ruth.

—Pero no le diga nada a la casera de que el misionero la ha abandonado —le indicó la señora Thompson—. Cree que la orden de David lo ha enviado a India. El asunto del supuesto matrimonio no legal ponía en un compromiso a la señora Mühlen. Aunque, por supuesto, ella no puede hacer nada. ¿Quién piensa en tales engañifas cuando se casa? En fin... eso no cambia que ahora esté sola y con dos hijos sin padre...

A Brandon le habría gustado preguntar por las circunstancias exactas de esa extraña anulación del matrimonio. A él seguía resultándole incomprensible que David Mühlen hubiese salido airoso de ese tema. No obstante, la señora Thompson estaba muy ocupada y tuvo que despedirse rápidamente. A lo mejor la esposa abandonada le contaba más. En cualquier caso, dirigió de inmediato sus pasos hacia el norte de Kororareka. La nueva residencia de Ruth se hallaba cerca de los cuarteles, muy lejos de la consulta del doctor Thompson, en el sur de la ciudad. Ruth tendría que recorrer un largo trecho para llegar a su puesto de trabajo, aunque antes ya salía de Te Waimate. Así que para ella sería un alivio vivir en la misma ciudad donde trabajaba.

La vivienda de la viuda Roades, la casera de Ruth, se veía limpia y acogedora. Se hallaba en una calle en general tranquila, pero por la que ese día circulaban muchos militares así como carruajes de artesanos y repartidores camino de la Polack's Palisade. Probablemente había que reforzar más la fortificación.

La anciana dama que abrió a Brandon cuando este llamó a su puerta parecía simpática, aunque algo inquieta. Cuando él le preguntó por Ruth Mühlen, asintió, pero su repuesta fue determinante.

—Sí, la señora Mühlen está en casa. Pero... no me malinterprete, yo solo alquilo a señoras y no permito la visita de ningún hombre. Como mucho, puedo anunciar su presencia a la señora Mühlen y poner a su disposición mi sala de estar para que conversen.

Brandon hizo un gesto con la mano.

—También puedo reunirme con ella en un salón de té —dijo—. Lo absurdo es que no me conoce... ¿Si no le importa decirle que estoy aquí a causa de Kimi? Soy Brandon Halloran... Ah, sí, quizá... dígale simplemente que soy el autor de los dibujos que cuelgan en la misión de la isla Chatham.

Aunque algo desconcertada, la señora Roades se retiró a avisar a su inquilina. En un abrir y cerrar de ojos estaba de vuelta con una mujer joven. Ruth Mühlen tenía un bonito rostro en forma de corazón, una tez clara y un cabello cobrizo, que llevaba recogido en un grueso moño en la nuca. Llevaba a un bebé en los brazos y un niño pequeño andaba detrás de ella.

—¿Es usted el amigo de Kimi, en la isla Chatham? —preguntó emocionada cuando Brandon se presentó—. ¿Y la está buscando?

Brandon asintió y poco después se alegró de recibir unas noticias mejores de lo que él había esperado. Como la señora Roades los escuchaba con curiosidad, el dibujante sugirió que siguieran conversando en un salón de té cercano. Estuvo a punto de disculparse con la patrona cuando esta se ofreció a cuidar de los niños y del perro mientras tanto.

—Así practico para mañana —dijo, cogiéndole a Ruth el bebé y ganándose a Laurent con la promesa de prepararle un chocolate y abrir una caja de galletas en su casa.

—Es un poco mojigata, pero para mí es una bendición —explicó Ruth, cuando salió a la calle con Brandon después de recoger el sombrero y el abrigo—. Le encantan los niños y está deseando cuidar a Laurent y Felicity cuando yo vuelva a trabajar. Es muy servicial. Aunque podría dejarlos a los dos en casa de mi amiga Raukura o, simplemente, llevármelos. La señora Thompson también los cuida a veces. En verdad tengo mucha suerte.

Brandon asintió, contento de que Ruth mencionara a Raukura. Parecía saber dónde vivían los Peterson. Pero entonces los dos oyeron unos disparos procedentes del cuartel.

—Lo de los maoríes da miedo —comentó Brandon.

Ruth asintió.

—Sobre todo cuando uno sabe lo que sucedió en la isla Chatham ¿Estaba usted entonces allí?

Ruth y Brandon pasaron una hora, que ambos encontraron en igual medida interesante, intercambiando noticias sobre la invasión de las Chatham y sus consecuencias, sobre Waitangi y el fracaso de Anewa frente al consejo de los jefes tribales, sobre la vida de Kimi como esclava de Anewa y su breve relación con David.

—¿Es su marido realmente el padre de sus hijos? —quiso confirmar Brandon, tras contarle su encuentro con David Mühlen.

Ruth lo afirmó y habló con franqueza de su malogrado matrimonio.

—Nunca debería haberme interpuesto entre él y su Dios —confesó abatida—. Y Kimi también creyó que la amaba. Ella... ¿No se lo toma usted a mal? —Fue una pregunta planteada con cautela.

Brandon hizo un gesto negativo.

—¿Cómo iba a hacerlo? Yo no tengo ningún derecho sobre ella, a fin de cuentas no hice nada para salvarla. Era demasiado joven, apenas tenía catorce años. Éramos amigos... Lo que más tarde salió de allí... lo que tal vez ahora pueda desarrollarse... ya se verá. Para comenzar, estoy contento de que siga con vida y de que le vaya bien. Creo que voy a verla ahora mismo. ¿Dónde viven los McIntosh?

Pero Brandon cambió sus planes cuando oyó que Kimi vivía en el barrio de los Thompson. Antes de desandar el camino, salió en busca de los Peterson. Ruth sabía, por descontado, dónde vivía la familia. Tom Peterson tenía su taller de tonelero cerca del puerto y por el momento vivía con Raukura y los niños detrás del taller.

—No es un alojamiento especialmente confortable —señaló Ruth—, pero en la misión tampoco tenían mucho sitio. A la larga seguro que se construyen una casa. El taller funciona bien, aquí siempre se necesitan toneles.

Tom Peterson no cabía en sí de alegría cuando, poco después, Brandon apareció en su taller con una botella de whisky como obsequio. Los viejos amigos pasaron una tarde estupenda, solo perturbada por el ruido de los cañones que llegaban desde Flagstaff Hill hasta el puerto. Raukura se estremecía con cada detonación; incluso después de convivir tantos años con familias maoríes en Te Waimate, su recuerdo de las Chatham no había empalidecido.

—Para Kimi esto es todavía peor —dijo preocupado Tom—. Y eso que John McIntosh se ha cuidado de que aprenda a disparar para que pueda defenderse en caso de duda. Pero ya conoces a los moriori... Desde el incidente en la panadería, Kimi está muerta de miedo.

Brandon enseguida se inquietó. Ruth no le había contado nada de que Anewa hubiese asaltado la panadería de los McIntosh; si lo hubiese hecho, ese mismo día habría ido a ver a Kimi. Ahora bien, Tom Peterson no consideraba que Kororareka estuviera especialmente amenazada, sobre todo el área sur.

—Si hay pelea será por Flagstaff Hill y junto al cuartel —opinó—. Y en realidad tenemos aquí tropas suficientes para combatir a esos tipos. Es posible que el alzamiento de Hone Heke no sea más que una fanfarronada. Este hombre está loco, puede incluso que sea un megalómano, pero no tiene intención de suicidarse. Querrá darle un poco la lata a la Corona, no desafiarla hasta superar los límites.

Brandon esperaba que tuviera razón, pero no dejó que la velada se alargara demasiado para no tener resaca cuando se encontrara con Kimi. Al regresar a la pensión estaba animado. El día siguiente sería un buen día. Se durmió pensando en los dulces ojos castaños de Kimi, su expresivo rostro y su larga y morena melena. Conservaba tan clara esa imagen en su mente que podría haberla pintado.

3

A la mañana del día siguiente, el 11 de marzo de 1845, el ejército decretó el confinamiento en la ciudad. Brandon se enteró a través de la excitada patrona de que los guerreros de Hone Heke habían matado a los guardianes de Flagstaff Hill y habían tumbado de nuevo el asta de la bandera. El jefe maorí se dirigía ahora con seiscientos guerreros hacia Kororareka, a ellos se añadía otro contingente bajo las órdenes del jefe segundo Te Ruki Kawiti. Los cañones y mosquetes ya no dispararían ahora tiros aislados. La ciudad se veía sacudida por el sonido de la contienda.

Sin embargo, Brandon estaba firmemente decidido a que nada lo detuviese. Quería ver a Kimi de una vez por todas, y aunque su patrona le rogó que permaneciera en la pensión, a eso de mediodía resolvió ignorar el toque de queda. Probablemente nadie controlaría, los soldados tendrían algo más importante que hacer. Además, Tom le había hablado de somatenes cuyos miembros seguro que no se atrincherarían en sus casas, sino que también formarían. En caso de dudas podría decir que iba a sumarse a ellos. El comentario de Tom, respecto a que Kimi casi se moría de miedo, no se le iba de la cabeza. Ahora que realmente se producía un ataque de los guerreros maoríes, quería estar junto a ella.

Brandon recorrió a paso ligero las fantasmagóricas calles sin transeúntes. Solo de vez en cuando aparecían mensajeros o pasaba traqueteando un carro llevando algo a los cuarteles. Los maoríes no se dejaban ver. Estaba convencido de no correr ningún peligro.

Esa tarde, Kimi se había quedado sola con las niñas en la casa de los McIntosh. John y Margaret se habían ido a una reunión vecinal que había convocado el comerciante Gilbert Mair. Este entregaba mercancías a la misión de Te Waimate, conocía a varios de los maoríes que estaban allí establecidos y ya se había enterado de los planes de ataque masivo. Naturalmente, enseguida se había dirigido a las autoridades y habían informado al teniente Phillpotts, comandante de uno de los navíos de guerra anclados en el puerto. Pero Mair sentía que este no había considerado en serio sus advertencias. Según su opinión, el ejército infravaloraba el peligro. De ahí que el comerciante se hubiera decidido a tomar cartas en el asunto y planease la organización de un somatén. Todo el que supiera disparar un arma estaba convocado a presentarse. John McIntosh no quería quedarse fuera. Margaret también estaba ahí entusiasmada, mientras que Kimi rechazó rotundamente participar.

—Alguien tiene que cuidar de las niñas —argumentó, lo que los McIntosh entendieron—. Y puedo... puedo dejar abierta la tienda...

Al decirlo tragó saliva. En realidad, habría preferido encerrarse en casa y esconderse debajo de la cama a medida que aumentaba el ruido del combate. Su instinto le decía que lo mejor era abandonar la ciudad y hacía caso de él hasta el punto de que siempre guardaba una bolsa preparada para Rohana y ella. Margaret McIntosh había movido la cabeza con desaprobación ante lo absurdo de sus temores el día en que había descolgado el dibujo que siempre estaba sobre su cama y lo había guardado. Desde que el ruido de los cañones se acercaba, Kimi constantemente llevaba la bolsa consigo.

Al bajar a la tienda la colocó debajo del mostrador. Los panaderos no esperaban ese día una gran afluencia de compradores. La mayoría se quedaría en casa, salvo quienes se hubiesen ofrecido a defender su barrio. Pero John McIntosh también suministraba a la Polack's Palisade. Suponía que más tarde irían a recoger los panes para los militares.

—Los chicos tienen que comer algo, precisamente ahora que están luchando —dijo—. El suministro de alimentación es importante, y mientras por aquí no pase nada, no hay razón para cerrar la tienda.

Así que Kimi se había quedado como encargada de la panadería después de que los McIntosh se hubieran ido. Había cerrado la puerta. Si alguien llegaba, tenía que llamar. Se quedó escondida detrás del mostrador y había dicho a las niñas que no salieran para nada del obrador. La calle de delante de la tienda estaba vacía, pero para Kimi era una calma engañosa. En otras zonas de la ciudad había tiroteos y ella no confiaba tan firmemente como sus patrones en la superioridad de los blancos sobre los maoríes. A fin de cuentas, los ingleses nunca habían hecho nada en la isla Chatham para proteger a los moriori; Kimi atribuía su pasividad a que tenían miedo a enfrentarse a Anewa y sus guerreros.

Intentó distraerse con la lectura del diario del día anterior, aunque en realidad había planeado no apartar la vista de la calle. Así que se llevó un susto tremendo cuando oyó los golpes en la puerta y se puso a temblar cuando dejó el escondite detrás del mostrador de la tienda para comprobar quién quería entrar. Un hombre alto y delgado... con el color del cabello rubio miel... seguro que no era un maorí. Kimi se tranquilizó un poco, abrió la puerta y creyó ver un espejismo cuando reconoció al visitante. ¡No podía ser! Brandon se encontraba de viaje con ese científico alemán, posiblemente lo había seguido a su país... Era inconcebible que se hallara delante de su puerta. Sin embargo... Ahí estaban sus amables y azules ojos y sus hoyitos, que siempre se le marcaban cuando sonreía, como en ese momento.

Kimi abrió la puerta.

—Brandon... —susurró—. ¿Eres Brandon o su espíritu?

Brandon bajó la vista hacia ella. Era mucho más alto, tal vez por eso siempre se había sentido tan segura a su lado. Aunque ese día la diferencia no le parecía tan grande como entonces en la isla Chatham. Por supuesto, ella había crecido. Brandon entró, cerró la puerta y miró con complacencia su silueta de mujer, su vestido negro que tan bien le sentaba y la capota que escondía el cabello oscuro.

—Creo que todavía estoy bastante vivo —contestó, y ella también reconoció entonces su cálida voz—. De hecho, ahora vuelvo a ser yo mismo. Hasta este momento un trozo de mí siempre estaba contigo, Kimi. No hay día que no haya pensado en ti.

Ella asintió.

—Entonces esa parte se encontraba en el retrato que pintaste de mí. Todavía lo tengo, me... me protege.

—Y a mí me han protegido los delfines cuyos espíritus tú invocaste —dijo con dulzura—. Si bien hoy no tienes aspecto de ir a conjurar a los espíritus. En realidad, más bien pareces una apacible creyente de la Iglesia de Escocia.

Kimi se alzó de hombros.

—Los McIntosh son creyentes —respondió—. Y su Dios me parece pacífico, aunque lejano. Los espíritus que yo siento aquí son fáciles de invocar. Allí fuera... allí fuera brama el dios de la guerra de los maoríes, Brandon: Tumatauenga. Me da miedo.

A Brandon le habría gustado abrazarla, pero sabía que eso no era posible entre los moriori. Así que extendió los brazos esperando sus manos. Kimi se las tendió confiada.

—También a mí me da miedo —reconoció Brandon—. Nunca fui un guerrero.

Kimi sonrió.

—No tienes que disculparte por respetar la ley de Nunuku. —Entonces se acercó a él, se puso de puntillas y le ofreció el rostro para intercambiar el *hongi*. Brandon colocó la nariz y la frente sobre las de la joven e inspiró profundamente.

De repente un ruido atronador rompió el silencio de la calle. Algo explotó.

Kimi y Brandon se separaron.

—¿Qué ha sido eso? —preguntó Kimi con voz áspera.

Brandon miró en dirección a la explosión y vio ascender humo.

—El cuartel —dijo Brandon—. Era la Polack's Palisade. Algo debe de haber volado por los aires, posiblemente el almacén de municiones.

Después de la explosión enmudeció el sonido del combate en el barrio para intensificarse poco después.

—Un incendio... —exclamó Kimi. El tono de su voz se alzó—. ¡Se ha producido un incendio!

Brandon asintió. Por el norte de la ciudad se elevaba una columna de humo.

—Kimi, tenemos que salir de aquí —dijo—. A lo mejor en dirección al puerto.

Ella negó vehemente con la cabeza.

—No puedo irme —susurró—. La... la casa... Alguien tiene que vigilarla. Mis pequeñas, Rohana y Paula, están en el obrador... Si nos llevamos a Paula y los McIntosh vuelven... Se... se llevarían un susto de muerte...

Se le aceleró la respiración, los ojos se le abrieron de par en par y desapareció el color de su tez al ver las llamas ascendiendo al cielo. El cuartel debía de estar ardiendo y era muy probable que el fuego fuera a propagarse. Se oyeron más disparos, luego también gritos. Delante de la tienda, la calle empezó a poblarse, la gente se marchaba hacia el puerto.

Brandon se hubiera unido a ellos, pero a Kimi le temblaba todo el cuerpo. Corrió al obrador, donde abrazó a las dos niñas, que lloraban, y se acurrucó en el rincón más apartado. Rohana y Paula se agarraban a sus faldas.

En ese momento uno de los transeúntes abrió la puerta de la tienda.

—¡Los maoríes han llegado! —vociferó—. Y el norte de la ciudad está en llamas...

—¡Enseguida vamos! —Brandon dio a gritos las gracias al hombre antes de entrar en el obrador.

—Es... es otra vez como en Rekohu. —Se escuchó la voz de Kimi—. Vienen... Yo... yo... van... van... van a matarlos a todos... han matado a todos... Tenemos que escondernos, Brandon, deprisa, tenemos... Pero nos encontrarán, entonces también nos encontraron... Anewa...

Kimi parecía no lograr distinguir entre el presente y el pasado, temblaba de forma descontrolada, las dos niñas lloraban agarrándose a ella y mirándole a él con los ojos desorbitados de horror. Brandon, impotente, las rodeó a las tres con los brazos.

—Cálmate, Kimi —dijo desesperado—. Por el momento no hay nadie aquí. Todavía no corremos peligro. Pero si los maoríes realmente irrumpen en la ciudad, los militares se retirarán en dirección al puerto. También nosotros debemos ir allí, con la gente. Nos llevamos a las niñas.

—No con la gente... —gimió Kimi—. Matan a la gente, ya lo sabes. El poblado... el poblado... todo es sangre... Tenemos... tenemos...

El corazón de Kimi latía desbocado. Brandon la zarandeó. Quería darle un bofetón para que volviera en sí, pero no lo conseguía.

—Mami —gimoteó la niña rubia. Brandon distinguió la confusión en su mirada. La pequeña, debía ser Rohana, miraba desconcertada a su madre sollozante y temblorosa—. Mami, ¿ay?

Brandon tomó la iniciativa. Kimi era incapaz de actuar, él tenía que decidirse. Sonrió a la pequeña.

—No, bonita, no tengas miedo. A tu mamá no le pasa nada, solo se ha asustado. Y ahora vámonos todos al puerto. A lo mejor nos vamos todos en barco. ¿Os gustaría? —No sabía si las niñas de esa edad ya lo entendían, pero esperaba que el tono calmado de su voz bastara para tranquilizarlas.

—Imi... —murmuró la otra pequeña, Paula.

Las niñas consiguieron que Kimi volviera a la realidad y Brandon decidió aprovechar el momento.

—Kimi, niñas, ¡nos vamos ahora mismo al muelle! —decidió levantando a las tres y llevándolas hacia la tienda—. Tenemos que saber qué sucede en la ciudad.

—Pero si... si invaden el poblado... —gritó histérica Kimi—. Matarán a todos.

Brandon movió resoluto la cabeza.

—Kimi, esto no es un poblado moriori. Es Kororareka y el barrio del puerto está lleno de militares, cazadores de ballenas y de focas. Todos van armados hasta los dientes. ¿De verdad te crees que van a dejarse matar? Ellos se defienden, Kimi. ¡Y está bien que sea así!

Kimi no logró contradecirle. El fragor de la batalla había aumentado, igual que los gritos, y ahora resonó un cristal. La ventana de la tienda estalló bajo el golpe de un hacha de guerra. Las niñas gritaron y Kimi y Brandon miraron horrorizados los rostros tatuados de tres guerreros.

De repente, el tiempo también se detuvo para Brandon. Volvió mentalmente a las Chatham. Delante de él estaba Anewa, como muchos años atrás. Incapaz de reaccionar, Brandon se quedó mirándolo hasta que el maorí lo reconoció.

—A ti ya te maté una vez —observó con una mueca. Era absurdo, pero Brandon se percató de que el inglés del maorí había mejorado definitivamente desde la invasión—. Y lo hubiera intentado una segunda vez. ¿Es que nunca tienes suficiente?

Brandon se alzó entre él, Kimi y las niñas.

—Puedes intentarlo cuantas veces quieras —dijo esforzándose por mantener la voz tranquila—. No lo conseguirás.

Reflexionó febrilmente sobre qué podía ofrecerle al guerrero. Ni pensar en luchar contra él. Excepto por una pequeña navaja de bolsillo, iba desarmado.

—¿Y ahora vuelves a tontear con mi esclava? —preguntó Anewa—. Ya entonces la querías para ti, ¿verdad? Y luego también en Waitangi... Y ella te quería ti. Pero da igual lo que ella quiera. Es mía. Y me la vuelvo a llevar... o a lo mejor me la como. Es díscola, prefiero otra. Hoy tendremos una gran selección. —Abarcó Kororareka con un gesto de la mano.

Los otros guerreros empezaron a guardar los panes y otros artículos de McIntosh en unas bolsas.

—¡Pues déjame a Kimi! —Brandon venció su miedo y su espanto. Sabía que la serenidad y la capacidad de negociación eran lo único que podía salvarlos a Kimi y a él—. Mira, Anewa, no te la quiero robar. O inducirla a que se escape. Lo que realmente me proponía, y puedes preguntar a todos los de tu tribu en las Chatham, era comprártela. Por mucho dinero, Anewa. Estos años me he ganado bien la vida. ¿Qué opinas, cien libras? ¿Sería ese un negocio justo? —Estaba dispuesto a ofrecer mucho más. Pero en primer lugar todo dependía de que Anewa estuviera dispuesto a negociar.

Anewa rio.

—Hombre blanco, gran amigo de mujer negra, no tengo que regatear contigo. Tampoco tengo que darte a la mujer. A mí me basta con cogerte la cabeza y el dinero. Y la mujer. Le daré tu nabo para que se lo coma. Eh, ¿qué te parece? ¿Es un negocio justo?

Levantó el hacha de guerra y apuntó hacia la sien de Brandon.

Kimi había vuelto a agacharse detrás del mostrador, también para proteger a las niñas que lloraban y que quedaban ocultas de las miradas de los hombres.

Naturalmente, sabía que eso no iba a servir de nada. Los maoríes sacarían a las niñas del escondite y las matarían con sus mazas de guerra o con sus cuchillos. Ante los ojos de Kimi se desplegaban las terroríficas imágenes del poblado. Y Brandon... lo veía caer otra vez, como entonces. Volvió a sentir su cólera impotente, de nuevo se sintió culpable por su muerte... todo empezaría desde el principio... Se veía tallando imágenes en los árboles para recordar a los muertos, pensó en el árbol de pohutukawa de Rohana, un árbol que sobrevivía en todos sitios. Un árbol que era un luchador...

Y entonces todo desapareció. Todos los pensamientos, todas las sensaciones se desvanecieron cuando cogió el arma cargada que estaba escondida en la tienda. No pidió perdón a los dioses por lo que iba a hacer, se olvidó de la ley de Nunuku.

Kimi disparó justo en el momento en que Anewa se disponía a golpear y el tiro le alcanzó en medio del rostro. Vio su cabeza hacerse añicos, la bala entró justo entre los ojos, y lo vio desplomarse.

Los otros dos guerreros, que mientras saqueaban la tienda no estaban preparados para la lucha, miraron incrédulos a su jefe, que yacía muerto en el suelo. Brandon le arrancó el hacha de guerra y se la clavó a uno de los hombres en el pecho. Quería volverse para atacar también al segundo, cuando sonó el siguiente disparo. Una flor roja se dilató sobre el pecho del hombre.

Kimi todavía tenía en la mano el arma humeante. Su mirada no expresaba nada.

Brandon se acercó lentamente a ella.

—¿Kimi? —musitó—. ¿Todo... todo bien, Kimi?

Blanca como un muerto, se volvió hacia él.

—Las niñas... —susurró—. La bolsa...

A Brandon se le quitó un peso de encima. Al menos distinguía todavía quién era amigo y quién enemigo. Hacía un momento casi parecía haber enloquecido.

—Cojo a las niñas —dijo. Kimi dejó el arma sobre el mostrador. Luego empujó a Rohana y Paula hacia él. Las dos gimoteaban. Brandon intentó atraerlas hacia sí de modo que no vieran el baño de sangre de la tienda—. Y no te separes del revólver —indicó a Kimi.

Ella negó asqueada con la cabeza.

—No, yo... es... es *tapu*, ¿no? ¿No es *tapu* tener una... una herramienta para matar?

—Pero es un *tapu* muy útil. —Brandon guardó el arma en su bolsillo y cogió a las niñas en brazos. Su mirada se posó en la bolsa lista para la escapada—. ¿Es tuya? —preguntó—. Entonces, llévatela. ¡Y ahora, vamos!

Salió decidido de la tienda. Kimi lo siguió y Brandon pronto reconoció que no iban sobrados de tiempo. Las calles estaban llenas de hordas de maoríes depredadores y de soldados que combatían para facilitar la retirada hacia el puerto. Intentaban reunir y proteger a tantos civiles como era posible. Brandon, con Kimi y las niñas, se unió a un grupo, donde se enteró de que los guerreros de Hone Heke y Te Ruki Kawiti habían irrumpido en la ciudad por tres sitios diferentes. La explosión del polvorín de la Polack's Palisade había sido determinante. Los edificios colindantes habían prendido fuego y el caos general reinante había debilitado las líneas defensivas de los británicos. Ahora la estrategia parecía consistir en evacuar a los habitantes de la ciudad con los barcos de guerra que estaban en el puerto y atacar a cañonazos Kororareka desde el mar.

—Pero no mientras todavía queden civiles aquí —tranquilizó uno de los casacas rojas a sus atemorizados protegidos—. Los acompañaremos a todos hasta el puerto, no tengan miedo.

Brandon intentaba calmar a las gimoteantes niñas con un mensaje apaciguador, mientras Kimi no pronunció ni una sola palabra en todo el camino. También permaneció muda cuando por fin lo siguió por la pasarela del bergantín *Victoria*, donde unos soldados y un par de mujeres valerosas recibían a los fugitivos. Les ofrecían mantas, agua y té.

—¡Aquí estarán seguros! —exclamó sosegadora una de las matronas cogiendo a las pequeñas de los brazos de Brandon—. Venid, preciosas, para vosotras y vuestra mamá vamos a encontrar un rincón tranquilito. ¿Queréis un vaso de té con mucho azúcar? ¿Y usted, señora? —Se volvió amablemente hacia Kimi, pero se quedó helada al ver su mirada fija en el vacío—. Tiene que ocuparse de su esposa, señor —dijo preocupada a Brandon—. Parece muy conmocionada... Venga, señora, ¡siéntese aquí primero!

Kimi siguió mecánicamente las indicaciones. Tomó asiento en un banco, cogió el vaso de té que le tendió la mujer, pero no parecía saber cómo acercárselo a los labios. Brandon guardó el revólver en su bolsa. La asistente miró el arma con desconfianza.

—¿Qué... qué es eso? —preguntó insegura.

—Tuvimos que defendernos —respondió lacónico Brandon—. Esto ha afectado mucho a mi esposa. Gracias... muchas gracias por su ayuda, pero creo que ahora simplemente necesita tranquilidad.

Colocó el brazo en torno a Kimi e intentó acercar el vaso a sus labios. Al final, ella bebió y Brandon suspiró aliviado. Se tranquilizaría, solo tenía que volver a encontrarse a sí misma.

4

Ese día, Ruth había empezado a trabajar de nuevo con el doctor Thompson, aunque no había gran cosa que hacer. Tanto el médico como ella estaban extrañados de que la sala de espera estuviese casi vacía. Solo dos pacientes, que vivían al lado, habían acudido.

—En algunas zonas de la ciudad se ha decretado el confinamiento —informó uno de ellos—. Los maoríes han atacado Flagstaff Hill, al parecer también hay altercados en otros barrios de la ciudad.

Ruth frunció el ceño.

—Yo vivo en el norte. ¿He de preocuparme? Mi casera cuida de mis hijos.

—No creo que derriben las barreras —contestó el doctor Thompson—. Con la cantidad de soldados que ha enviado el gobernador... Deberían ser capaces de defender la ciudad.

Ruth así lo esperaba, pero se preguntaba cómo sería en la práctica. A fin de cuentas, Kororareka no estaba rodeada de murallas con puentes levadizos y puertas que pudiesen cerrarse. Teóricamente, los maoríes podían internarse en la ciudad por todas partes. Hasta que los soldados llegaran al lugar de los hechos podían armar un buen jaleo.

No obstante, se quedó en la consulta, sobre todo porque al mediodía llegaron más pacientes. Entre ellos también había heridos procedentes de las filas de diversos somatenes que habían luchado junto a los soldados o protegido su barrio de grupos aislados de guerreros que andaban merodeando por ahí. Thompson contaba también con lesionados de la batalla de Flagstaff Hill, pero entonces uno de los hombres del barrio portuario les dijo que allí habían aniquilado a todo el ejército colonial.

—Esos tipos los han masacrado sin la menor piedad antes de tumbar de nuevo el asta de la bandera —explicó el paciente, un viejo pescador—. Esto ya no va de broma. ¡Es la guerra!

Como para confirmar sus palabras, el sonido de la batalla aumentó de volumen. Era evidente que empezaba el tiroteo también en el sur de la ciudad. El doctor Thompson pensó si debía cerrar la consulta para personarse en los cuarteles y ponerse a disposición del ejército como profesional. Si bien los casacas rojas tenían su propio médico, seguro que cualquier apoyo sería bien recibido.

Mientras meditaba sobre esa cuestión, resonó la explosión de la Polack's Palisade. Ruth se asomó asustada por la ventana cuando oyeron ese ruido infernal, pero no distinguió nada. Justo después, la señora Thompson bajaba corriendo la escalera que llevaba a la consulta. Se había quedado en la vivienda familiar del primer piso, desde cuyas ventanas la vista era mejor.

—¡Un incendio! —exclamó alterada la esposa del médico—. Un incendio en el cuartel, debe de ser grande. La columna de humo es altísima. A lo mejor... a lo mejor deberíamos marcharnos... por si los maoríes...

El doctor Thompson asintió.

—En tal caso la población seguro que será evacuada.

Posiblemente por barco. Deberíamos ir al puerto... Por si acaso.

Su esposa ya se había echado el abrigo sobre los hombros. El doctor Thompson cogió el maletín.

—Venga, Ruth —animó a su asistente, que se había quedado mirando asustada a la señora Thompson—. Vamos todos a los muelles...

—¿Al puerto? —preguntó con voz estridente—. Yo... yo ahora no puedo ir al puerto. Tengo que ir a casa de la señora Roades. Los niños... Por si se extiende el fuego...

La mayoría de las casas de Kororareka eran de madera. Si el fuego del cuartel llegaba hasta ellas toda la ciudad sería devastada. ¿Y percibiría la señora Roades la gravedad de la situación antes de que fuera demasiado tarde? Todavía era muy vigorosa, pero sin ayuda no conseguiría llevar a los dos niños a un lugar seguro. Era impensable que una mujer mayor cargada con un bebé y un niño pequeño consiguiera escapar corriendo por las calles. Necesitaba ayuda. ¿Se pondría en acción a tiempo? ¿Estaría dispuesta a dejar su casa, que a fin de cuentas representaba su única propiedad?

Ruth cogió su chal.

—Voy a Tapeka Road —murmuró con voz ronca—. Tengo que ir a buscar los niños... yo... —Salió y se encontró con que las calles ya estaban llenas de gente.

—¡Los maoríes han entrado! —le gritó un hombre que salía corriendo de la consulta—. Por la Polack's Palisade, pero también por aquí, por el sur. Están tomando la ciudad. ¡Corra al puerto, enfermera Ruth!

Ruth corría hacia el norte, en dirección al humo que procedía del cuartel. Sus temores no eran infundados. El fuego se extendía a una velocidad vertiginosa. Miró a su alrededor desesperada. Tenía que ir a buscar a sus hijos, pero no conseguiría llegar a pie antes de que las llamas alcanzaran la calle donde vivía.

Cooper Leighton estaba estacionado en el área sur de la ciudad con otros casacas rojas. Habían formado un anillo suelto alrededor de Kororareka, pero no habían podido mantenerlo largo tiempo cuando atacaron los maoríes. Te Ruki Kawiti dirigía un ejército de cuatrocientos nativos contra la ciudad, y en absoluto con las armas tradicionales, sino equipados con mosquetes y otras armas de fuego. Al principio se produjo un tiroteo, pero luego el altercado se convirtió en un enfrentamiento callejero con hachas de guerra y bayonetas. Cooper enseguida se percató de que los defensores luchaban en vano. Había, simplemente, demasiadas posibilidades para entrar en la ciudad, y a ello se añadía que, con el incendio, la confusión estaba creciendo. Después de la explosión del almacén de municiones, las calles se llenaron de civiles asustados que se esforzaban por llegar al puerto. Carros de caballos, jinetes y, naturalmente, un número incontable de personas que iban a pie. Ya no había tiroteos, los maoríes empujaban a la población, al igual que a los soldados, a avanzar por delante de ellos.

Cooper y sus compañeros solo podían encargarse de que la retirada fuera más o menos ordenada, ayudando a los fugitivos más débiles y cuidándose de que ningún anciano ni ningún niño se quedase encerrado en casa o que fuera pisoteado por la precipitada huida por las calles.

Precisamente en ese momento, Cooper estaba asegurando la retirada de todo un grupo de civiles cuando vio a una mujer que bloqueaba con determinación la circulación hacia el puerto. Se agarraba a las riendas de un caballo castaño que tiraba de un carruaje y hablaba desesperada con el hombre del pescante.

—¡Por favor! ¡Tiene que ayudarme, por favor! Tengo que ir a Tapeka Road. ¡Con el carro se llega enseguida! —La mujer sujetaba firmemente las riendas del caballo mientras el cochero intentaba seguir su marcha.

—¡Suelta! —gritaba el hombre—. ¡Suelta las riendas ahora mismo! ¡Todavía nos moriremos los dos aquí!

Cooper vio como sacaba el látigo para golpear a la mujer y enseguida se puso en medio.

—¡Eh, caballero! ¡Haga el favor de no extralimitarse! —En ese mismo momento reconoció a la joven que detenía el carro—. ¡Ruth! ¿Qué...?

Ruth no le dejó continuar. Le arrancó en un abrir y cerrar de ojos el fusil y apuntó con él al conductor del carro sin soltar las riendas.

—¡Ahora mismo me lleva a Tapeka Road! ¡Ahora mismo! —gritó al hombre, que la miraba sin dar crédito.

—Ruth... —Cooper iba a ponerle la mano sobre el hombro, pero ella se la sacudió de encima—. Ruth, no puedes.

—¡Y tanto que puedo! —Ruth no apartaba la vista del conductor—. Mis hijos están con la señora Roades, Cooper... tengo que recogerlos antes de que el fuego llegue a la casa. La señora Roades nunca la dejará, no huirá, no...

—¿Conoce usted a esta loca? —se volvió el hombre del pescante a Cooper—. Me está pidiendo que vaya hacia el cuartel...

Cooper asintió.

—Y yo en su lugar no me atrevería a contradecirla —le cortó la palabra—. Voy contigo, Ruth. Pero ahora tranquilízate. No sabes cómo funciona un fusil de este tipo...

—Creo que sé cómo se dispara un fusil —afirmó Ruth—. Al menos un poco. Pero si me acompañas, mejor. Siéntate en el pescante. Yo me siento detrás. ¡Y usted no haga tonterías, señor! Lo tengo todo el rato en el punto de mira. Como gire hacia el puerto, disparo y yo misma llevo el carro a Tapeka Road.

Cooper estaba sorprendido por ese comportamiento tan agresivo, pero admirado también del valor y determinación de Ruth. Se agarró al pescante mientras el conductor se lanzaba hacia el norte a una peligrosa velocidad. Si tenía que ir allí, cuanto antes llegara, mejor. El caballo se resistía. Ese castaño seguro que habría preferido ir al puerto.

—¡El edificio contiguo ya está en llamas! —gritó Ruth cuando por fin vio la casa de la viuda Roades—. Oh, Dios mío...

—A saber si todavía estará dentro —gritó Cooper, pero ya salían unos ladridos excitados del interior.

—¡Entra tú y coge a los niños! —ordenó a Cooper.

El caballo no podía quedarse quieto, tenía miedo de las chispas y el humo que ya envolvía la calle.

—¿No sería mejor que fueras tú? —preguntó Cooper—. La señora Roades tendrá más confianza contigo. Ella...

Ruth sacudió la cabeza.

—No puedo arriesgarme a que dejes que este tipo se largue —dijo, señalando al hombre del pescante—. Además, tú tienes más fuerza y podrás sacar más deprisa a la señora Roades y los niños.

—Pero no me conoce —protestó Cooper—. ¿Y si no quiere venir?

Ruth lo fulminó con la mirada.

—Eres soldado, te hará caso. Y si no, te la echas sobre el hombro. ¡Pero entra ya de una vez!

Cooper hizo lo que se esperaba de él y los temores de Ruth se confirmaron. Salieron en el último momento. La planta baja ya estaba llena de humo, desde arriba salía el llanto atemorizado de Laurent, los gritos de Felicity y los ladridos de aviso de Jonas. La señora Roades estaba intentando bajar a los niños por la escalera, pero Felicity no paraba quieta en los brazos de la anciana y Laurent se resistía.

Cooper subió corriendo la escalera para cogerle los niños. Jonas lo saludó eufórico.

—Ya tengo a los dos —gritó a la mujer—. Ahora baje despacio la escalera para no caerse... No tropiece con el perro. —Condujo diligente a la viuda y a los niños hacia el exterior.

Ruth sintió que le quitaban una tonelada de encima cuando vio salir a los cuatro. Cooper ayudó a la señora Roades a subir al carruaje y le tendió a los niños. Cuando él estuvo sentado sobre el pescante, Ruth dejó las riendas y bajó el arma para saltar ella misma con Jonas en el coche y ponerse a buen recaudo. El conductor giró a una velocidad impresionante y puso el caballo a galope rumbo al sur. Ruth lloró de alivio cuando tuvo a sus hijos en los brazos.

Pero por lo visto no habían superado el peligro.

Antes de que pudieran desviarse hacia el puerto, encontraron la calle bloqueada de nuevo. Un carro había patinado y volcado. El conductor había desenganchado los caballos y estaba dispuesto a montarse en uno y salir corriendo. Cooper lo detuvo.

—¡Caballero, esto no puede quedarse así! No puede dejar el carro aquí tirado como si nada, entonces no podrá pasar nadie más. Ate ahora los caballos en algún sitio y ayúdeme a enderezar esto.

Junto al malhumorado cochero, reclutó enseguida a dos hombres que huían y colocó su fusil como palanca para mover el vehículo. Gritó cuando resbaló al hacerlo.

—¡Joder! —Cooper se cogió el hombro—. Joder, qué daño, creo que me he vuelto a dislocar el hombro.

Ruth consideró que era muy probable. A fin de cuentas, acababa de recuperarse de su anterior lesión. La articulación todavía estaba débil.

Por suerte los otros hombres demostraron ser sumamente hábiles y fuertes. Después de que Cooper se hubiese lamentado, consiguieron levantar el carro sin su ayuda y apartarlo a un lado. Se había dañado una rueda y ya no se podían enganchar los caballos. Su aliviado propietario dio las gracias, montó sobre su pesado sangre fría y marchó a trote rápido hacia el puerto llevando al otro caballo de la mano con una cuerda.

Cooper se subió con dificultad al pescante del carro que Ruth había incautado.

—Puedo encajar el hombro de nuevo —le gritó—. Sé cómo manipularlo. Pero antes tenemos que llegar a un lugar seguro.

Cooper soportó el viaje por unas calles a veces muy irregulares hasta el muelle donde los barcos de guerra ingleses acogían, en efecto, a los fugitivos. Ruth señaló el bergantín *Victoria*, la embarcación más cercana, cuya pasarela invitaba a embarcar pese a que ya estaba llena de gente.

—Vamos a este mismo —decidió, saltando del carro. Bajó a los niños y ayudó a la señora Roades. Luego corrieron todos al barco.

—¡Muchas gracias señor! —gritó al malhumorado cochero, que siguió en busca de una posibilidad para embarcar también su caballo.

No respondió al saludo de Ruth.

El barco estaba hasta los topes. Cooper vio que los marineros, así como unas decididas matronas, se ocupaban de poner orden. Entre ellas reconocieron aliviados a la señora Thompson. El doctor debía hallarse también en el barco. Ruth sirvió un té caliente a la angustiada y totalmente abatida señora Roades y dejó a los niños bajo el cuidado de Cooper para ir a buscar al médico. Le había fijado el brazo de forma provisional con su chal.

—Que nadie se mueva de aquí, enseguida vuelvo —advirtió.

Cooper la miraba con una mezcla de fascinación y admiración. Ya antes había sabido que Ruth Mühlen era una mujer valiente, pero justo en ese momento descubrió la cantidad de fuerza que podía reunir cuando era necesario. Hasta entonces había pensado que exageraba un poco cuando ella le contaba la manera en la que había dirigido su vida con David Mühlen. ¿Cómo había conseguido una mujer de aspecto tan tierno y femenino manipular a un pastor en Alemania para que enviase a unas mujeres a Nueva Zelanda y luego convencer a un obispo para que sacara a su tan incompetente esposo de las Chatham primero y luego, sin ninguna calificación, lo aceptara en un seminario de religiosos? Fuera como fuese, el comportamiento de Ruth ese día lo había convencido de que era capaz de hacer todo lo que se proponía, y también de lo cansada que debía de estar de hacer tantos esfuerzos.

De repente consideró el rechazo a su propuesta de matrimonio desde otro punto de vista. Ruth tenía miedo de volver a cargar con un sujeto que la necesitara para sobrevivir. Era evidente que ya no podía imaginarse a un hombre a su lado que pudiera y quisiera protegerla. Que le quitase una carga de encima en lugar de obligarla a realizar nuevos esfuerzos y jugadas maestras para llevar una vida en cierta medida soportable. Cooper se propuso volver a pedir la mano de Ruth Mühlen en el futuro, pero de otro modo distinto. No tenía que pedirle nada, exigirle nada, y en absoluto que se mudara a Australia. Ruth necesitaba su independencia, al menos en un principio. Tenía que aprender, sentirse segura. El día que ella estuviera lista para unirse a otra persona, él quería estar presente.

Cuando Ruth cruzaba a paso ligero la cubierta para buscar al doctor Thompson, apareció ante ella Rohana co-
rreteando.

—Anda, ¿qué haces tú aquí tan solita? —preguntó,
cogió a la niña en brazos y enseguida descubrió a Paula
McIntosh y a Brandon, quien en un rincón más o menos
tranquilo se ocupaba de Kimi. Ruth se sobresaltó al ver a
su amiga moriori. Kimi miraba al vacío con la boca en-
treabierta y su cuerpo parecía petrificado.

—¡Señora Mühlen! —Brandon pareció aliviado al re-
conocerla—. Qué bien que esté aquí. Es usted enfermera. Puede... ¿puede decirme qué tiene? —Señaló a Kimi.

Ruth le tendió a Rohana y se acercó a Kimi para estu-
diarla. Esta tenía la piel fría y, sin embargo, la cubría una
fina lámina de sudor. No se movía, tampoco cuando
Ruth la pellizcó levemente para ver si estaba deshidrata-
da. Ruth movió la mano por delante de sus ojos, pero
Kimi no la siguió con la mirada.

—Yo diría que se encuentra en estado de shock —explicó Ruth—. ¿Qué ha ocurrido?

Kimi no reaccionó cuando Brandon le resumió lo que
había pasado.

Ruth suspiró.

—Esto debe de haberla trastornado totalmente —dijo—. En este momento no sé qué podemos hacer. Voy a intentar encontrar al doctor Thompson, pero creo que ahora atenderá casos más urgentes. Según mi opinión, no corre peligro de muerte. Asegúrese de que no pase frío y de que beba mucho. ¿Bebe?

Brandon hizo un gesto de ignorancia. Acercó a los labios de Kimi un vaso de agua, se lo inclinó cuando ella no hizo ademán de ir a beber por su cuenta y la animó a tragar. Kimi tragó obediente.

Ruth asintió.

—Dele tiempo —aconsejó—. Y cuide de las niñas. Volveré luego a examinarla. Pero ahora tengo que irme. Mi amigo se ha lesionado, necesita un médico.

Ruth encontró por fin al doctor Thompson en la cubierta más baja, donde atendía a civiles y miembros del ejército heridos. Las lesiones no eran en su mayoría de importancia. Eran pocas las personas embarcadas en el *Victoria* que habían tenido contacto directo con los maoríes. Solo unos soldados presentaban heridas graves de bala. La mayoría de los pacientes se habían caído durante la huida o habían sufrido quemaduras leves al intentar salvar objetos de valor de sus casas en llamas.

Por supuesto, el médico se alegró muchísimo al ver llegar a Ruth. Después de tratar a Cooper, ella lo ayudó a colocar vendas, calmar con láudano a mujeres y niños sobreexcitados y a consolar a las personas que con las llamas lo habían perdido todo en el sur de la ciudad. Entretanto, el fuego también había llegado a otros distritos. Al atardecer, cuando Ruth por fin volvió al rincón bastante tranquilo de Brandon y Kimi, y en el que ahora también se habían instalado Cooper, Laurent, Felicity y la señora Roades, media Kororareka estaba en llamas.

Se enteró de que la única zona que no se había visto afectada era la más externa del norte de la ciudad, así como la casa y la iglesia de los hermanos maristas.

—Por lo visto Hone Heke es cuidadoso con las misiones —opinó abatida Ruth.

—Es que es un buen cristiano —observó Cooper con una sonrisa torcida—. ¿Se habrán quedado los misioneros?

Ruth así lo suponía en el caso de los anglicanos de Te Waimate. Por lo que había contado un soldado, el ejército había evacuado a los católicos. Se encontraban en otra embarcación.

—Los veremos en Auckland —dijo Ruth suspirando.

Probablemente los barcos partirían hacia allí al día siguiente. Por el momento, el teniente Phillpotts, comandante del *HMS Hazard*, intentó dar la vuelta a la tortilla lanzando cañonazos a Kororareka desde el barco. Si con ello causaba daños dignos de mención entre los guerreros maoríes que estaban saqueando la ciudad y celebrando la victoria, era cuestionable.

—Más bien contribuye a dejar el resto de la ciudad reducida a cenizas —observó el doctor Thompson. A petición de Ruth, había acudido a reconocer a Kimi, su esposa ya se encontraba en uno de los pocos camerinos del barco que se había concedido a la familia del médico—. Lo que el fuego no ha destruido, será ahora demolido por los cañones.

El médico se frotó las sienes tras haber hecho a Kimi unas pruebas similares a las que había realizado Ruth antes.

—Un shock —constató él también—. No ha podido soportar todo lo que le ha caído encima y... por decirlo de algún modo, se ha encerrado en sí misma. Creo que volverá a la normalidad en cuanto se tranquilice...

—Me parece que está bastante tranquila —opinó Brandon.

El doctor asintió.

—Está congelada. Enfermera Ruth, adminístrele un poco de láudano. Salvo esto, no nos queda otro remedio que esperar...

Los escapados pasaron una noche inquieta en los barcos, contemplaban en silencio o llorando la ciudad en llamas. Escuchaban la cacofonía del chisporroteante fuego, los gritos y cánticos de los maoríes borrachos que celebraban su victoria en la zona portuaria y los impactos eventuales de las balas de cañón.

Por la mañana el teniente Phillpotts dio la batalla por perdida y ordenó la retirada. La última imagen de Kororareka mostraba a unos guerreros vociferantes y eufóricos, que los saludaban desde el muelle.

—Una victoria de primera categoría para esos tipos —observó Cooper disgustado—. Esto no debería haber pasado.

Brandon colocó protector un brazo alrededor de Kimi. Temía que los gritos triunfales de los guerreros le infundieran miedo de nuevo. Pero la muchacha no reaccionó. Seguía apática, sentada en su sitio, hasta que se durmió apoyada sobre el hombro del joven. El láudano, que por segunda vez Ruth le había administrado por la mañana, obraba su efecto. Brandon la tendió con cuidado sobre el banco y apoyó la cabeza de Kimi en su regazo. Hacía mucho que no rezaba, pero ese día rezó a su Dios y a los espíritus de ella para que cuando despertara ya se hubiera recobrado.

Auckland era una ciudad comercial, más grande que Kororareka y en crecimiento. En el que todavía era el mayor asentamiento de Nueva Zelanda se construía mucho. El doctor Thompson habló de un hospital cuando revisó a Kimi después de que esta despertara. El apacible sueño de varias horas no había influido en nada: seguía totalmente impasible y mirando fijo al frente.

—Tiene que llevarla al hospital, joven —recomendó el médico a Brandon—. En Auckland. Aunque no sé si ya lo han abierto. Creo que todavía está en construcción.

—En cualquier caso, hay un hospital militar —explicó Cooper—. Es decir, un dispensario en el cuartel local. Yo iré enseguida. Un médico militar debe confirmar que por el momento estoy fuera de servicio. —Después de que el doctor Thompson le hubiera vuelto a encajar el hombro, se encontraba algo mejor, pero seguro que no podía plantearse volver a moverse con normalidad durante las próximas semanas.

Ruth se sorprendió a sí misma suspirando aliviada. Seguro que en los próximos días se tomarían represalias contra Hone Henke y sus seguidores, y ella estaba contenta de que no enviaran a Cooper al campo de batalla.

Los cuatro navíos de guerra con la población evacuada de Kororareka llegaron al puerto de Auckland casi al mismo tiempo y poco después se representaron en el muelle algunas escenas en parte conmovedoras. Durante las contiendas y la huida, muchas familias y amigos se habían separado, habían escapado en barcos diferentes y habían pasado toda la noche preocupados por la suerte que habrían corrido sus seres queridos.

Cuando Brandon pisó tierra con Rohana y Paula de la mano —Kimi iba tras él, siguiendo sus órdenes como un perrito, aunque con movimientos lentos y mecánicos—, Margaret McIntosh se precipitó hacia ellos. Llorando y riendo a un mismo tiempo se desplomó delante de su hija y la estrechó entre sus brazos.

—Pensábamos que estaba muerta —dijo entre sollozos—. Dios mío, Dios mío, qué miedo he pasado, yo... —No podía parar de acariciar y besar a Paula.

—Naturalmente no considerábamos de verdad que hubiese muerto —relativizó su marido, quien también mostraba lágrimas en los ojos, aunque se controlaba mejor—. Esperábamos al menos que Kimi hubiera huido con las niñas. Encontramos los cadáveres de tres maoríes cuando regresamos. La casa estaba en llamas, pero todavía se podía echar un vistazo dentro de la tienda, y Kimi no estaba.

—Pero podía haber huido hacia arriba con las niñas —describió la señora McIntosh los temores que la habían torturado toda la noche—. Ya sabes el pánico que sentía. Y a lo mejor el fuego la habría sorprendido...

—Me costó mucho impedir a mi mujer que entrara en la casa en llamas para asegurarse —explicó John McIntosh—. Habría sido un suicidio. Pero ahora... Aunque, por cierto, ¿quién es usted? —Se volvió a Brandon, que todavía llevaba a Rohana de la mano—. ¿Mató usted a los maoríes?

Brandon negó con la cabeza.

—Kimi mató a dos —contestó—. Cuando amenazaban a las niñas... Yo solo...

—¡Kimi! —Margaret por fin había soltado a su hija y se dispuso a abrazar a la joven—. ¡Gracias, Kimi, gracias! Nos salvaste una vez y ahora lo has vuelto a hacer. Eres nuestro ángel, Kimi, gracias. —Se detuvo desconcertada al advertir el rostro inexpresivo y la actitud resignada de Kimi—. ¿Qué... qué te pasa, Kimi?

—Si... si no la cumplís, se os pudrirán las entrañas...

—Kimi hablaba con una voz apagada y monótona. Y al mismo tiempo se llevaba las manos al vientre como si esperase un dolor.

—Está muy afectada —explicó Brandon—. Creo que se siente profundamente culpable. Y, sin embargo, ha actuado en caso de necesidad. Me ha salvado la vida a mí, a las niñas y, claro está, a sí misma.

—Las entrañas se pudrirán —repetía monótona Kimi.

Brandon empalideció.

—La ley de Nunuku —dijo.

Margaret McIntosh comprendió.

—Esa ley absurda —musitó—. Esa ley absurda a causa de la cual todo su pueblo se dejó exterminar. ¿Qué hacemos ahora con ella?

—En primer lugar, nos la llevamos a los médicos del cuartel —contestó Cooper alentador.

Esa noche, como apenas había podido dormir a causa de los dolores, había estado observando cómo se comportaba Brandon con Kimi. La amaba. Fuera como fuese su historia común, cuándo y por qué se separaron... se pertenecían el uno al otro. Si ahora ella se hundía por haber violado la ley de Nunuku, perderla de nuevo podría destrozar a Brandon.

Ruth debía verlo del mismo modo. Colocó la mano suavemente sobre el hombro del dibujante.

—Kimi ha sobrevivido —dijo con voz firme—. En el pasado tal vez por azar, pero ahora porque ha luchado. Es una mujer fuerte, Brandon. Lo superará.

Brandon asintió y, justo después, al descubrir a Tom y su familia, se le levantaron un poco los ánimos. Habían huido de Kororareka en el *Hazard* y llegado realmente tarde al barco, pues Tom había formado parte de un somatén. Mientras, Raukura había pasado un miedo de muerte, desgarrada entre el deseo de defender la ciudad y el miedo ante las consecuencias de la ley de Nunuku cuando su marido cogiera las armas. Por otra parte, ya antes de percatarse del estado en que se hallaba Kimi, decía que Tom no era, naturalmente, ningún moriori. Nadie le exigía seguir las costumbres de la tribu.

—Si no cumplís la ley, vuestras entrañas se pudrirán. —Kimi no reaccionó al torrente de palabras de Raukura. Seguía citando de forma monótona la advertencia del anciano jefe tribal.

Ruth descubrió a David en un grupito de hermanos maristas que también había desembarcado del *Hazard*. Al parecer volvían a estar rezando juntos y dando gracias a Dios por una travesía sin incidentes.

—Esos ya pueden dar gracias a Dios —farfulló Tom—. Los maoríes no han tocado su misión. Si el ejército no los hubiese obligado, no se habrían embarcado. Sabían que a ellos no les pasaría nada y seguro que estaban al corriente de que se iba a producir un asalto. El día antes les tomaron la confesión a los guerreros. O rezaron con ellos. Igual que los misioneros protestantes de Te Waimate. Lo mismo pensaban que los habitantes de Kororareka se lo merecían. Al menos los maoríes han acabado de una vez por todas con ese agujero infernal de la bahía de Islas.

De golpe, Ruth montó en cólera. Así que David había sabido lo que le esperaba a la ciudad y que él no corría peligro. ¿No se le había pasado por la cabeza salvar a su esposa y sus hijos? Sin pensárselo dos veces se acercó a los frailes y le mostró a David a Felicity.

—¡Qué bien volver a verte, hermano David! —dijo en un tono cortante—. Así puedes conocer a tu hija. Que, por cierto, ayer casi se muere. ¡Conseguí sacarla de la casa en llamas en el último momento!

David le dirigió esa expresión complaciente de la que ella antes se había enamorado y luego había llegado a odiar.

—La mano de Dios está sobre ella —dijo amablemente, e hizo el gesto de bendecir—. Debemos darle las gracias por haberte protegido a ti y a... Laurent...

—Querrías decir a tu hijo —replicó Ruth—. Ah, sí, por cierto, tu otra hija, la mayor, también ha sobrevivido. También deberías dar gracias a su madre por haber faltado a las leyes de su pueblo. ¡Mientras tú estabas a buen recaudo en tu iglesia y el día antes rezabas con los asesinos! ¿Has pensado, aunque sea por un segundo, en llevarnos a la misión? ¿O avisarme a mí al menos?

David la miraba sin entender.

—Es un convento de frailes, Ruth —dijo—. No os podía alojar allí. Pero, por supuesto, he rezado por vosotros. Siempre te incluyo en todas mis plegarias...

Ruth puso una mueca.

—Yo a ti no —dijo con dureza—. Aunque, de todos modos, admito que no suelo rezar con frecuencia. En cambio, de vez en cuando sí suelto alguna blasfemia...

—¡Ruth! —David parecía horrorizado—. No dirás que invocas al diablo para...

—¿Para desear que te vayas al infierno? —preguntó sarcástica Ruth—. No, no te preocupes, no eres tan importante como para que haga ese esfuerzo. Hay un dicho muy bonito entre los maoríes: «No vale la pena comerte». Procede de la época en que se decapitaba a los jefes enemigos y se comía su corazón para obtener parte de su valentía y su fuerza. A ti, David, seguro que te habrían dejado en paz.

Y dicho esto, giró sobre sus talones y lo dejó plantado.

Cooper, que había seguido lentamente a Ruth y había escuchado la discusión, no pudo contener la risa al ver el rostro desconcertado de David. Se sintió tranquilizado: no tenía ni que pensar en David Mühlen. Se reprendió de nuevo por haber sentido celos en la última conversación con Ruth. Seguro que su amor no corría ningún peligro. Ruth Mühlen había roto con su marido: de una vez por todas.

6

Los habitantes de Auckland abrieron solícitos sus casas a los huidos de Kororareka, aunque la mayoría pensaba poder regresar pronto a su hogar. Hone Heke y sus guerreros no habían ocupado la ciudad, solo la habían saqueado para volver luego a sus escondrijos en los bosques. El ejército planeaba salir muy pronto en su persecución. Tenían que recuperar cuanto antes la soberanía sobre la bahía de Islas.

En un principio, sin embargo, los militares distribuyeron a los evacuados en viviendas dispuestas a acogerlos. Una parte de ellos también se instaló en casas de conocidos y familiares de Auckland. El doctor Thompson y su esposa se alojaron en casa de un colega de trabajo amigo. Invitaron a Ruth a que fuera con ellos. Seguro que podía colaborar en la consulta del médico y más tarde volver a Kororareka con los Thompson si su casa no estaba en ruinas.

Pero Ruth rechazó la propuesta. Consideraba la destrucción de Kororareka como un golpe del destino. Se quedaría en Auckland y pediría trabajo en el hospital en construcción. En un primer momento se encargó de encontrar una familia en la que pudiera alojarse la señora Roades y luego acompañó a Cooper, Brandon y Kimi al cuartel. Había un consultorio en el que tres médicos se ocupaban de los casacas rojas enfermos y heridos. Por supuesto, ese día también estaba abierto para los evacuados de Kororareka. Examinaron a Cooper y le volvieron a vendar el brazo. En las cuatro semanas siguientes permanecería fuera de servicio.

—El hombro tendrá que descansar tres semanas, tras las cuales puede usted empezar a moverlo con prudencia. Al final no sufrirá secuelas, pero los tendones están distendidos y tiene varios hematomas, así que ha de cuidarse.

Con respecto a Kimi, el diagnóstico no era tan sencillo. Solo uno de los médicos, veterano de diversas guerras, había visto algo parecido.

—Entre los soldados después de la batalla. La mayoría, muy jóvenes, que por primera vez se ven confrontados con la sangre y la muerte. Algunos de ellos se recuperan cuando su superior les propina un fuerte bofetón en la cara, esa es al menos la forma habitual de actuar en el ejército, ahí no se andan con miramientos. Pero otros también permanecen así. En algún momento acaban en el médico de combate. Enseguida se los califica de simuladores.

—Kimi no simula nada —protestó Brandon.

El médico movió la cabeza.

—Tampoco los soldados. Es como si... como si en su interior se hubiese roto algo...

—¿Y vuelven a curarse? —preguntó Ruth.

El doctor Walton se encogió de hombros.

—Algunos vuelven a ser capaces de reaccionar cuando se los saca del frente. Por regla general, se quedan algo apáticos, con la mirada siempre fija al frente; pero pueden realizar trabajos sencillos. También son capaces de desenvolverse, pueden comer y beber por sí mismos.

A los otros, los que no salen de su inmovilismo, al cabo de un tiempo los enviamos de vuelta con su familia. Escapa a mi conocimiento cómo evolucionan allí.

—¿Y ahora qué hacemos con Kimi? —preguntó Brandon—. ¿Puede... puede quedarse aquí? O... bueno... yo puedo cuidarla, pero... —Era evidente que se sentía un poco desbordado por la situación.

El doctor Walton lo miró con pesar.

—Déjela aquí. Seguiremos examinándola cuando vuelva la calma, a lo mejor obtenemos algún resultado. Y puesto que solo podemos dejarla al cuidado de una asistente que sea mujer... —Sonrió a Ruth, que enseguida se había presentado como enfermera y ofrecido sus servicios. El médico jefe le había propuesto directamente un empleo—. No habrá problemas de moralidad.

Ruth respondió a su sonrisa.

—Lo haré todo por ella —declaró—. Aun así, necesito alojamiento para quedarme en Auckland. ¿Sabe usted quizá de alguna vivienda que esté libre cerca de aquí?

De hecho, fue el doctor Thompson de nuevo, o más bien su colega de Auckland, quien la ayudó a encontrar alojamiento. Sabía de una casita que estaba en alquiler y Ruth la compartió con Tom Peterson y Raukura. El taller de Tom en Kororareka se había convertido en pasto de las llamas. También él pensaba empezar de cero en Auckland. La casa, que estaba cerca del puerto, podría servir a su vez como taller. Además, Jonas no molestaba a nadie allí y el cuidado de los niños, sobre todo, estaba garantizado. Raukura se encargaría de Laurent y Felicity mientras Ruth trabajaba y, por supuesto, de Rohana. Naturalmente, los McIntosh también se ofrecieron a llevarse a la pequeña, pero vivían en un espacio reducido con la familia que los acogía y querían regresar lo antes posible a Kororareka para reconstruir la panadería. Además, al menos eso pensaba Ruth, Kimi preferiría que su amiga moriori cuidara de la niña. Pero cuando se lo consultó, la joven no respondió.

—Hay que cumplir la ley —se limitaba a musitar cuando se pronunciaba la palabra moriori—, o vuestras entrañas se pudrirán. —Y dicho esto se cogía el vientre y se balanceaba de un lado a otro.

Brandon también podría haberse alojado con los Peterson. Pero no quería dejar sola a Kimi y prefirió pernoctar en algún lugar en el recinto del cuartel. Los médicos del hospital militar lo admitían, sobre todo porque efectuaba reparaciones y otros servicios. Además le pagaban por dibujar retratos de los soldados, que estos enviaban a sus familias y seres queridos en Australia, y de ese modo se ganaba bien la vida.

Así fueron transcurriendo las semanas. En abril dijeron que se había planeado una represalia contra Hone Heke. Justo después de los ataques, se habían hecho otros intentos, pero que no eran dignos de recordar. De hecho, la contraofensiva no se había dirigido directamente contra Hone Heke y sus aliados, sino contra la fortaleza de un jefe llamado Pomare, que hasta el momento había adoptado una posición neutral. Nunca había estado interesado en pelear contra los blancos; en cambio, administraba dos tabernas para marineros, colonos y cazadores de ballenas, los cuales mantenían buenas relaciones con él. Las tropas del gobierno atacaron a cañonazos su estratégico poblado desde el mar. Los maoríes enseguida lo desalojaron, sin oponer resistencia. Capturaron al mismo Pomare, pero enseguida quedó en libertad. Él solo se lamentó por la pérdida de sus tabernas, los casacas rojas les habían prendido fuego.

—Pero ahora se supone que van en serio contra Hone Heke —informó Cooper. Había ido al dispensario para que le examinaran el hombro y estaba hablando con Ruth y Brandon. Kimi también estaba presente, sentada a una mesa, empujando de un lado a otro las cajas de medicinas. Continuaba obedeciendo a Brandon o a Ruth cuando le decían que se sentara, se levantara, se acostara, comiera y bebiera. Sin embargo, no hacía nada por propia iniciativa y cuando hablaba era para citar la ley de Nunuku—. Han localizado a los guerreros junto al lago Omapere. No está muy lejos de la misión de Te Waimate. Hone Heke está construyendo un *pa* en las orillas.

—No puede ser demasiado resistente cuando lo ha levantado en menos de un mes —observó Brandon.

—En cualquier caso, está mejor fortificado que Kororareka —señaló Ruth airada—. Allí habría sido de más ayuda una empalizada que el asta de una bandera.

Cooper sonrió.

—Una buena empalizada siempre está adornada por un asta con una bandera —ironizó—. ¡Un poco más de patriotismo, por favor, enfermera Ruth! ¡Nosotros somos representantes de la Corona británica!

—Yo creo que la mayoría de los colonos lo que quieren es vivir en paz, simplemente —opinó Ruth—. Sin importar bajo qué bandera. ¿Tendrás... tendrás que irte cuando el ejército vaya a luchar contra los maoríes?

El tono con que hablaba era de preocupación. En esas últimas semanas su relación se había profundizado. Se habían encontrado para pasear y habían ido una vez al teatro. En Auckland estaban surgiendo las primeras ofertas culturales y se invitaba a compañías de danza y cantantes.

Antes de que Cooper pudiera contestar, Kimi intervino.

—Paz... —murmuró—. Vivir en paz... es lo que ordena la ley. Si no... si no, se os pudrirán las entrañas...

De nuevo se llevó las manos al vientre y empezó a balancear el torso.

Cooper, que la veía así por primera vez, se volvió desconcertado hacia Brandon y Ruth.

—¿Le duele el vientre?

—Casi lo parece —se lamentó Brandon. Fregaba el suelo del dispensario, mientras Ruth ordenaba una nueva remesa.

—Pero físicamente está sana —explicó Ruth—. Los médicos la han examinado varias veces. Tiene los intestinos bien. Ahora opinan que sufre un grave trastorno mental. Con lo cual el doctor Miller incluso se atreve a afirmar que es congénito entre los moriori. En una ocasión leyó algo sobre esta tribu y ya se considera un experto. El doctor Walton y, sobre todo, el doctor Thompson, que ya conoce desde hace tiempo a Kimi, lo han rebatido enérgicamente, pero tampoco pueden hacer nada por ella. La cocinera (que es maorí) opina que está poseída por los malos espíritus...

—Tonterías —dijo irritado Brandon—. Eso no existe.

Cooper frunció el ceño.

—Pero para Kimi ese jefe tribal parece estar totalmente presente —observó—. Y Ruth, tú cuentas que ella siempre hablaba con los espíritus de su pueblo.

—Era una especie de mujer sabia —confirmó Brandon—. O al menos iba camino de serlo. Estaba aprendiendo con la hechicera del lugar.

Cooper asintió.

—En este sentido, un exorcismo tampoco me parecería mala idea —dijo—. Tú no tienes por qué creer, Brandon. Lo importante es que ella sí lo hace.

—¿O tal vez una confesión? —reflexionó Ruth—. Ha cometido un pecado, podría ser perdonada. Si... —Suspiró. Tuvo que hacer un gran esfuerzo para superarse a sí misma—. Si esto prometiera el más mínimo avance, hablaría con David... Creo que los papistas dan mucha importancia a ese tipo de ceremonias.

—No fue un pecado —objetó Brandon—. Fue en defensa propia. Cualquier tribunal del mundo la declararía inocente.

—Salvo si estuviera formado por moriori —volvió a señalar Cooper—. Son consecuentes hasta el final. Pero en principio tienes razón. El responsable debería ser un tribunal, no un sacerdote. Kimi no ha infringido ninguna ley divina, ni siquiera su propia gente podría reprochárselo. Si recuerdo bien, Nunuku era un ser humano, un jefe tribal. Impuso una ley a su pueblo sin que ningún Dios se lo pidiera. Y Kimi no teme una sentencia, sino una maldición.

Eso era, por supuesto, correcto: «A quien no la cumpla, se le pudrirán las entrañas». El jefe tribal no estipuló ningún castigo terreno. Había maldecido a los miembros de la tribu que no obedecieran.

—Pero de las maldiciones se encargan de nuevo los dioses —reflexionó Ruth—. O los espíritus. O algún hechicero. Alguien debe haber que pueda librarla de la maldición. Si cree en ella. Me refiero... todo esto se lo imagina. ¿Puede ser verdad que la maldición de un jefe fallecido hace mucho la haya perjudicado?

—No —respondió Cooper—. Ya se ve que no tiene las entrañas podridas... —Intentó esbozar una sonrisa torcida.

Ruth se puso seria.

—Y pese a todo tiene suerte —observó—. Podría ser mucho peor. Una vez tuvimos un caso en la consulta del doctor Thompson, un marino del Caribe. Una... hum... —se ruborizó— una enfermedad masculina. Su sexo... hum... En cualquier caso, le dolía mucho, no podía apenas andar y ni pensar en hacer otro tipo de cosas. —Bajó la cabeza avergonzada mientras los hombres se miraban significativamente—. El doctor Thompson lo examinó a fondo, pero no encontró nada malo. El mismo hombre decía que las brujas de Haití lo habían hechizado. Su masculinidad se secaba. El doctor leyó algo al respecto y dijo que se trataba de vudú. Estaba muy extendido en el Caribe. Si el hombre al que se ha arrojado la maldición verdaderamente cree en ello, puede llegar a morir como consecuencia de esa maldición. Aunque en verdad esté sano. A lo mejor deberíamos tomarnos en serio lo que dice la cocinera. ¿Conocerá a alguien? ¿A alguna *tohunga* que pueda ocuparse de Kimi?

Brandon negó con la cabeza.

—La cocinera es maorí, Ruth —apuntó afligido—. Kimi jamás en la vida confiará en que una hechicera maorí vaya a librarla de la maldición. No se fía de ellos, ha tenido demasiadas malas experiencias. Si acaso, deberíamos encontrar un sacerdote moriori.

Cooper se alzó de hombros.

—¿Y qué te lo impide? —preguntó—. Cada dos días salen barcos hacia las Chatham. Coge a Kimi y llévala a su poblado. A lo mejor sirve de algo, a lo mejor no. En cualquier caso, no pierdes nada.

Brandon reflexionó.

—No tenemos nada que perder —repitió—. Visto así, tenéis razón. Vale la pena intentarlo. Mañana volveré a hablar con los médicos, pero da igual lo que digan. Me la llevo a las Chatham.

Raukura consideró que viajar a las Chatham era una buena idea. Una *tohunga* como la vieja Pourou podría curar a Kimi, de eso estaba segura. Por otra parte, la joven se vería confrontada de nuevo con sus torturadores. Y eso podría empeorar todavía más su estado.

—Pero Anewa está muerto —le recordó Brandon—. Y el resto se ha calmado. La última vez que estuve allí me parecieron bastante pacíficos. Más dedicados a los negocios que a la violencia. Ganan mucho dinero ocupándose de la manutención de las estaciones balleneras que se han abierto en lo que va de tiempo. También hay misioneros. A lo mejor podríamos alojarnos en su casa...

Tom Peterson negó con la cabeza.

—¿Con la intención de consultar a una hechicera pagana? ¡Olvídate, chico! Mejor que mires si tu vieja cabaña todavía sigue en pie. Ruth y su marido vivieron en ella durante un tiempo, todavía no debe de haberse caído. La mía puede que también exista. En cualquier caso, nada se opone a que lo intentes. Os deseo a los dos mucha suerte.

Los médicos del hospital militar desaconsejaron el viaje. Recelaban de los métodos curativos de los indígenas y, sobre todo, de la idea de practicar brujería.

—Lo mismo la envenenan —pronosticó el doctor Miller, el autocalificado experto moriori—. Esos curanderos han matado a más gente de la que han curado. ¿Sabe cuál era la esperanza de vida antes de que llegaran los colonos blancos?

Brandon no lo sabía, pero sí conocía las condiciones de vida en las que los moriori habían llevado su existencia. El clima y la escasez de alimentos en las Chatham no habían contribuido a su longevidad.

El doctor Walton también se mostró escéptico. El consuelo del religioso militar no había servido de nada entre sus pacientes en el ejército.

—No habían sufrido una maldición, claro —dijo el doctor Thompson, el único abierto a la iniciativa—. A lo mejor la confrontación con su antiguo hogar ya ayuda, seguro que eso debe de emocionar a una persona. Pruébelo. Y llévese a la niña. Si Kimi quiere encontrar el camino de vuelta a la vida, será sobre todo por su hija. A lo mejor hasta le quedan allí parientes. Creo que para la tribu es muy importante el culto a los antepasados. Puede que encuentre allí un punto de referencia.

Kimi embarcó apática con Brandon en uno de los cargueros que seguían navegando con frecuencia hacia las Chatham. El joven alquiló un camerino en el que quedar a salvo de las miradas curiosas, pero cada día la llevaba a ella y a la pequeña Rohana a pasar un par de horas en la cubierta y se alegró al creer que sus ojos se iluminaban en el momento en que los primeros delfines empezaron a saltar junto al barco.

—¡Tus espíritus protectores, Kimi! ¿Te acuerdas? Nuestros espíritus protectores. Mira, ¡qué vivarachos, cómo saltan! ¿No se los quieres enseñar a Rohana? Ven, dile cómo se llaman en moriori. Cuéntale las antiguas historias.

Ella callaba. Únicamente contemplaba el mar, pero Brandon sentía algo parecido a la esperanza, creía ver en su mirada algo más que indiferencia. En la expresión de Kimi se reflejaba tristeza.

En la playa de Whangaroa había en la actualidad una floreciente estación ballenera. Brandon arrugó la nariz cuando percibió el característico mal olor y vio el esqueleto del gigantesco animal tendido sobre la arena.

Kimi se puso en tensión al ver los edificios primitivos y las hogueras, los apestosos restos de las presas y los barriles con aceite de ballena esperando a que los cargaran en el barco. Brandon recordaba que los moriori enterraban allí a sus muertos, y los maoríes se habían burlado de esa costumbre durante la invasión dejando que los cadáveres de aquellos a quienes habían asesinado se pudrieran al aire libre. El hedor no debía de ser muy distinto al de ese día.

Kimi seguía sin reaccionar, tampoco parecía dispuesta a llevar a Rohana de la mano por la arena. La niña quería andar a toda costa y Brandon la cogió de la manita. La madre los siguió con esos movimientos mecánicos que a él ya le resultaban familiares.

Brandon reflexionó sobre cómo encarar el asunto. El poblado estaba en manos de los usurpadores, en su última visita no había visto a ningún moriori. Pero alguno debía quedar, pues tanto Wilma como Heinrich Bauer, así como el explorador Dieffenbach, los habían mencionado. Habían dicho que estaban mal alimentados y maltratados, pero, fuera como fuese, era ahí donde vivían. Finalmente preguntó a un trabajador de la estación ballenera.

—¿Moriori? —preguntó desconfiado el hombre—. Aquí solo hay maoríes... ¿O se refiere usted a los esclavos? Los llaman *blackfellas*. Aunque yo no los veo muy distintos de los maoríes, pero deben de ser de otra raza.

—*Paraiwhara* —susurró Kimi. De nuevo surgió en su rostro una expresión de tristeza. El corazón de Brandon latió con más fuerza.

—Esos mismos —respondió—. ¿Dónde puedo encontrarlos? ¿Tienen algún poblado?

—Probablemente en el interior, junto a las plantaciones —sugirió—. Solo los vemos cuando entregan mercancías. Los maoríes los hacen trabajar para ellos. Siempre nos preguntamos por qué se lo permiten. Al menos los hombres podrían largarse. Cualquier estación ballenera del maldito continente necesita gente. Y esto no es que sea el paraíso —señaló la hedionda playa—, pero, de todos modos, sí algo mejor que estar cultivando patatas medio muertos de hambre.

Brandon renunció a hablarle de la ley de Nunuku y del sentimiento de responsabilidad. Claro que los varones moriori podrían haber huido, incluso sin hacer uso de la violencia. Pero entonces lo habrían pagado sus mujeres e hijos.

Dio las gracias, cogió a Rohana en brazos y a Kimi de la mano y puso rumbo hacia el interior. Solo había que recorrer los caminos trillados que no conducían ni a la misión ni al poblado. Kimi seguro que lo habría seguido sin que él la condujera, pero él sentía la necesidad de tenerla cerca. Ella debía de conocer esos caminos que se extendían por el típico bosque de la isla Chatham, azotado por el viento. Antes había recogido frutas de karaka, bayas y helechos. Recordaba las trampas de pájaros y las nasas de pescar que ella le había construido. Su vieja cabaña estaba muy cerca.

De repente, al ver unas abejas que se introducían por el agujero de un árbol, Kimi se detuvo. Canturreó apagadamente un par de frases en su lengua. *¿Karakia?* El día en que los maoríes llegaron estaba recogiendo miel. Brandon creyó sentir todavía el gusto en su paladar.

Finalmente, el bosque dejó paso a unos extensos campos de cultivo, el viento se levantó y al momento el sol osó asomarse desde detrás de una nube. Pese a ello, todavía hacía frío. Brandon sintió pena por los trabajadores que iban apareciendo en los campos. Los hombres y mujeres apenas iban vestidos, solo unas capas de lino los cubrían y se envolvían los hombros y las caderas con pieles cosidas, de animales pequeños sin identificar. Antes, los moriori se abrigaban con pieles de foca.

La gente apenas levantaba la vista cuando Brandon y Kimi pasaban por su lado. Si alguien lo hacía era por un breve instante y fugazmente. Seguro que sus amos les prohibían apartar la mirada del trabajo. Después de andar mucho tiempo, apareció un poblado, un grupo de cabañas primitivas junto a un bosquecillo de árboles kopi. El asentamiento parecía abandonado; Brandon supuso que sus habitantes trabajaban hasta la puesta de sol, tendrían que esperar. Suspiró y se reprendió por no haberlo pensado antes. Deberían haberse quedado en la estación ballenera y haber comprado regalos para los moriori. Seguro que se habrían alegrado de tener algo de whisky y aún más de contar con un par de hogazas de pan y cereales para hacer ellos mismos la masa.

Brandon estuvo pensando en regresar y echar un vistazo a la misión. No debía desvelar los pormenores del motivo que los había llevado hasta allí. Bastaba simplemente con afirmar que iba visitar a los moriori con Kimi. Wilma Bauer seguro que le daría provisiones.

Pero entonces sintió que Kimi le soltaba la mano. La joven se desprendió de él y se fue directa hacia los árboles kopi. Brandon la siguió inquieto, era la primera vez desde el saqueo de Kororareka que ella actuaba *motu proprio*. Lentamente fue yendo de un árbol a otro, Brandon vio que en las cortezas habían tallado dibujos. Peces, aves, con mucha frecuencia también figuras humanas o símbolos de plantas. Y luego Kimi se desplomó junto a un árbol. Palpó las cicatrices de la corteza y empezó a llorar. Primero sin hacer ruido, despacio, por sus mejillas comenzaron a rodar una lágrima tras otra. Luego su llanto se hizo más intenso. Sollozaba, se encogía, temblaba, lloraba y lloraba.

Brandon intentaba consolarla, pero ella no reaccionaba. En cambio, Rohana se inquietó.

—¿Mamá triste? —preguntó—. ¡Mirar dibujos! —Brandon colocó a la pequeña en el suelo del bosque, salpicado del verde claro de los líquenes, y la vio caminar de un árbol a otro admirando las figuras talladas—. ¡Baila! —gritó la pequeña, señalando un hombrecillo cincelado que, realmente, parecía estar bailando. El sol y el viento proyectaban sombras en movimiento y la imagen pareció cobrar vida.

Brandon casi se sintió un poco atemorizado. Aunque los símbolos no tenían nada de amenazador, el ambiente era, a pesar de todo, extraño. Las hojas gruesas y coriáceas de los árboles susurraban empujadas por el viento.

Se sentó en un lugar algo seco y soleado, bajo un árbol, sacó de la bolsa la libreta de bocetos que siempre llevaba encima y empezó a dibujar los árboles con los grabados. Mientras, no perdía de vista ni a Rohana, que saltaba contenta entre los árboles intentado imitar el juego de las sombras, ni a Kimi, que seguía llorando. De vez en cuando, se levantaba y se acercaba a un árbol, lo abrazaba y lloraba con la cabeza arrimada a la corteza. O se agachaba bajo su sombra, colocaba las manos en el tronco y sus lágrimas mojaban el suelo del bosque.

En un momento determinado se quedó callada, como si ya no tuviera más lágrimas que derramar. Brandon dudó si debía intentar una vez más hablar con ella, pero se lo pensó mejor. Esperó y dibujó hasta que oyó ruidos procedentes del poblado moriori. Los esclavos volvían de los campos. Si quería, ahora podía hablar con ellos.

Despacio, para no asustarla, se acercó a Kimi y le puso la mano sobre el hombro.

—Tenemos que irnos, Kimi. Ven. Aquí hace demasiado frío para Rohana.

Hacía un rato que la niña ya se había aburrido de jugar con la sombras. Se había sentado junto a Brandon y garabateaba en una hoja de papel.

Kimi se levantó obediente. Parecía agotada, aunque ya no tan tensa. Brandon volvió a coger a Rohana en brazos y condujo a Kimi al poblado, donde su aparición provocó alarma al principio. Ahí no estaban acostumbrados a recibir visitas y, en especial, ninguna que procediera del bosque de los kopi.

Los habitantes del lugar hablaban entre sí inquietos, retrocedían a las puertas de sus casas, pero entonces una anciana se acercó a ellos.

—¡Kimi! —exclamó—. ¡Kimi!

Dijo algo a los demás moriori que despertó su interés. Se aproximaron con una expresión expectante y esperanzada. Kimi no reaccionó.

—¿Hay alguien aquí que hable inglés? —preguntó

Brandon, presentándose—. Lamento no saber decir ni una palabra en vuestro idioma. —Entre las frases que la mujer había pronunciado creía haber reconocido la palabra *tohunga*.

Un hombre dio un paso adelante.

—Yo hablo la lengua de los *pakeha* —declaró—. Mi nombre es Kananpaua.

Brandon inclinó la cabeza, dudando sobre cuál sería el saludo adecuado. Ahora todos los habitantes del poblado se habían reunido en torno a ellos: un reducido y triste grupo de unas veinte personas, todas demacradas, sucias y harapientas. Pero la expresión de sus rostros era amable. Una mujer se acercó a Kimi para intercambiar el *hongi*. Esta última se dejó hacer sin mostrar emoción ninguna.

—Yo... yo os traigo a Kimi... de vuestra tribu —empezó a decir vacilante Brandon.

Kananpaua asintió.

—Sí, nos acordamos de ella. Era la esclava de Anewa y antes la pupila de Pourou. Hablaba con los hermanos que nos trajeron a sus dioses y con los espíritus. Era *tohunga*... —Estudió a Kimi con la mirada y pareció entender. Esas personas habían vivido experiencias horribles. Era posible que otros hubieran reaccionado ante el espanto de forma similar a Kimi y a los soldados que el doctor Walton había mencionado en Auckland—. ¿Qué ha ocurrido? —preguntó el moriori.

Brandon le describió brevemente los sucesos de Kororareka.

—Ha incumplido la ley de Nunuku. Pero era un caso de necesidad. Solo... solo ha protegido a su hija... —concluyó.

Kananpaua levantó las manos.

—Eso no la disculpa. Todos nosotros habríamos tenido buenas razones para infringir la ley. Sin embargo, no lo hicimos.

Brandon fulminó al hombre con la mirada. Se esforzaba por no perder la calma, pero sentía montar en cólera en su interior. Aun así, habría tenido que admirar a esa gente. Era increíble todo lo que habían sufrido, todo lo que soportaban a diario por respetar una ley antiquísima.

—Lo que ocurrió fue hace casi dos meses por lo menos, y sus entrañas no se han podrido —apuntó sarcástico—. Solo está... totalmente petrificada...

—Tiene el alma presa —confirmó Kananpaua, quien había traducido lo que Brandon contaba a la mujer mayor y a unos pocos ancianos más.

—¿Y? —preguntó Brandon—. ¿Se la puede liberar?

La mujer dijo algo. Algo así como *hirihiri*, aunque con un tono apenado.

Kananpaua miró de nuevo a Kimi.

—Panna dice que hay una ceremonia que sirve para reconocer lo que le ocurre a una persona. Si se trata de una enfermedad, una maldición o de un mal espíritu que se ha introducido en ella. Solo... —Su mirada compasiva se posó en Brandon—. Amigo, por mucho que nos gustaría ayudarte, ya no tenemos entre nosotros a ninguna *tohunga* que pueda efectuar la ceremonia de *hirihiri*. Nadie conoce las *karakia* que hay que recitar para curarla. Pourou fue nuestra última *tohunga ahurawa*. Falleció hace cinco años. En la invasión murió su primera hija; la segunda, Whano, que todavía había conservado un poco del saber de su madre, nos dejó el año pasado. Lo siento, amigo, pero la única pupila de Pourou que todavía está viva es la misma Kimi. Solo ella puede hablar con los espíritus de esta isla. Siempre que consiga alzar la voz. Si calla, está perdida como todos nosotros estamos perdidos. Los dioses ya no nos escuchan.

Los presentes reaccionaron con lamentos ante esas palabras. Algunos se acercaron a Kimi, la tocaron, pero ella no daba muestras de vida. Aunque ya no tenía la mirada fija al frente, sino que dirigía la vista hacia el bosquecillo de los kopi.

—¿Qué hay en ese bosque? —preguntó con voz ronca Brandon—. ¿Qué significan esos dibujos?

—En esos árboles viven los espíritus de nuestros antepasados —dijo Kananpaua—. Y nuestros amigos, nuestros hermanos y hermanas que los maoríes asesinaron. Ahí están seguros y velan por nosotros. Kimi los conjuraba. Le estamos muy agradecidos. —Se inclinó ante la joven inmóvil.

Brandon arrugó la frente.

—Kimi... ¿Kimi talló esos dibujos en los árboles?

El anciano asintió.

—La mayoría —dijo.

Brandon recordó las figuras que casi parecían vivas. Todas tenían el mismo estilo.

—Debió de tardar años —opinó pensativo.

Kananpaua se lo confirmó.

—Todo el tiempo que vivió aquí tras el asalto. Debía de venir una y otra vez...

—¿No lo sabéis? —preguntó Brandon—. Pero si vivíais al lado. ¿Y dejasteis que lo hiciera todo ella sola?

—Nos trasladamos aquí más tarde. Cuando Kimi ya se había ido. Antes vivíamos en... bueno... nuestro antiguo poblado, junto a los ladrones. Querían tener cerca a sus esclavos. Vigilar que no huyéramos o que lucháramos. Anewa... Él y los demás maoríes disfrutaban torturándonos, se llevaban a nuestras mujeres a sus cabañas...

—¿Y ahora ya no lo hacen? —preguntó Brandon. La vida de los moriori parecía haber mejorado un poco, al menos en los últimos años.

—Ahora ya tienen más mujeres propias. La tribu es rica, han llegado mujeres de Aotearoa. Y los misioneros han ayudado. Los bautizaron. Los maoríes ya no matan. Tampoco quedamos muchos... —Kananpaua se acercó a Kimi y le dijo un par de cosas en su lengua. Brandon creyó que conseguía atrapar su atención por unos segundos antes de que ella volviera de nuevo la vista a los árboles—. Pase lo que pase, amigo —dijo luego al irlandés—, Kimi es de los nuestros. Estamos muy contentos de darle la bienvenida, tanto si su espíritu está libre como si está preso. Puedes dejarla con nosotros si así lo deseas.

Brandon negó con la cabeza.

—No —dijo con determinación—. Nunca se me ocurriría dejarla aquí, yo... yo la he estado buscando y ahora la he encontrado —rodeó a Kimi con el brazo—, nunca más me separaré de ella.

El anciano sonrió.

—Tal vez seas tú el mediador entre ella y los espíritus —opinó—. Primero... No tenemos mucho, pero queremos invitaros a comer con nosotros y formar parte de nuestra comunidad. Antes, habríamos invocado la bendición de los dioses para ello, pero ninguno tiene ya tanta fuerza. Pese a todo, sed bienvenidos. —Ofreció a Brandon su rostro para hacer el *hongi* y luego, uno tras otro, lo imitaron todos los miembros de la tribu de Kimi. También se acercaban tímidamente a ella, la atraían con suavidad hacia sí y colocaban la frente y la nariz contra su rostro. La joven no se oponía a ello. Respiraba profunda y tranquilamente cuando la tocaban.

Por supuesto, Brandon estaba decepcionado. Aun así, disfrutó en cierta media de la velada con los moriori. Compartieron sus escasos alimentos con él y con Kimi, que comió solícita el pan ácimo y las verduras. Brandon tenía la impresión de que ella comía más que de costumbre, pero no estaba seguro. No demostraba si identificaba las especias de su hogar, si le gustaban, y si conocía las canciones que luego entonaron las mujeres. Pero al menos estaba allí tranquila, sentada, sin citar la ley de Nunuku ni mecer el torso de un lado a otro. Brandon supuso que estaba cansada de tanto llorar. Y de repente él mismo percibió una profunda paz. Estaba a su lado, rodeándola con el brazo y creyó sentirse más cerca de ella que durante las semanas anteriores. Esa noche ya no tenía que preocuparse por Rohana. Las mujeres de la tribu la mimaban generosamente. Los últimos moriori apenas tenían hijos. Brandon solo se percató de la presencia de una niña de unos ocho años y de un chico, quizá de unos diez.

Los moriori invitaron a Brandon, Kimi y la niña a dormir en una de sus chozas, pero él prefirió buscar su vieja cabaña. Seguramente los protegería más del frío que esas primitivas viviendas de los esclavos.

—Ven, Kimi —dijo con dulzura cuando llegó la hora de retirarse.

Se sorprendió de que ella le cogiera la mano. Aunque todavía no decía nada, lo seguía como un niño y ya no como un objeto sin vida al que hay que ir arrastrando.

Brandon no se atrevía a hacerse grandes ilusiones. Al fin y al cabo, los moriori habían dejado bien claro que no podían ayudar a Kimi. Sin embargo, algo había cambiado. Tal vez Kimi no hablase todavía, pero algo se había despertado en ella. Brandon decidió volver al bosque de los árboles kopi al día siguiente. Por supuesto, él no creía en los espíritus, pero era un lugar donde se percibía algo mágico. Kimi había recuperado sus lágrimas allí, su pena. Brandon la besó prudentemente en la frente después de haberla tendido en la cama y tapado con mantas dentro de la cabaña de madera que, en efecto, había permanecido intacta.

—Duerme, Kimi —dijo con dulzura—. Me quedo a tu lado. Y solo dejaré entrar espíritus buenos en tus sueños.

8

Ruth sabía que iba a ocurrir. La tarde que Cooper la esperaba a la salida del trabajo, delante de las puertas del hospital militar, sospechó que le traía malas noticias.

—Me ha llegado la orden de partir —dijo a media voz—. Mañana nos llevan a la bahía de Islas. El teniente coronel Holme quiere atacar el *pa* de Hone Heke.

—¿El asentamiento junto a la misión de Te Waimate? —preguntó Ruth.

Cooper se encogió de hombros.

—Es posible, no conozco bien la zona. Solo he oído que los maoríes se están peleando. Tropas afines al gobierno bajo el liderazgo de Tamati Waka Nene y los rebeldes bajo el de Hone Heke. Se supone que están librando auténticas batallas. En realidad, me pregunto por qué no dejan que se arreglen entre ellos. Si gana Heke ya intervendremos. Pero el alto mando quiere ver sangre. Lo siento, mañana he de marcharme.

Levantó las manos impotente, como si fuera a abrazarla. Nunca antes se había atrevido. Aunque en esas últimas semanas ella estaba más accesible, Cooper se atenía a las reglas que él mismo había establecido tras su desafortunada proposición de matrimonio. Él no iba a presionarla en absoluto, Ruth lo sabía y podía marcar el ritmo con que evolucionaría su relación. Pero ese día al joven le resultaba difícil. Pasarían semanas sin volver a verse.

Ella lo miró con tristeza. Entonces tomó una decisión.

—Ven a mi casa —dijo—. Hablaremos y... y... ¿Qué te parece, compramos una botella de vino? Hace tanto que no bebo vino. —De hecho, la última vez había sido en Berlín. Sus padres habían abierto una botella de despedida. El alcohol, en cualquiera de sus modalidades, estaba mal visto entre los misioneros y Tom y Raukura compraban, como mucho, whisky o cerveza. Ruth se mordió el labio. No sabía si era sensato expresar lo que pensaba, pero lo hizo sin más—. Con David nunca bebía vino —explicó.

El rostro de Cooper se iluminó.

—Entonces puedo por una vez ofrecerte algo nuevo —señaló, y ella sonrió sin mencionar todas las novedades que él le había ofrecido desde que estaban en Auckland. Con David nunca había ido ni al teatro ni a un concierto. Nunca habían bailado.

—Me gustaría ir un día a bailar contigo —dijo de repente.

Cooper le rodeó los hombros con el brazo.

—Si solo se trata de esto... —contestó—. Pero me temo que lo mío es más el popular *square dance* que el vals...

Emocionada y extrañamente eufórica, Ruth lo siguió al barrio portuario, a un pub irlandés. Ya en el exterior se oía la música, violines, armónicas, flautas... y dentro giraban muchachos y muchachas al ritmo de las alegres melodías. Las muchachas tenían aspecto de ser veleidosas y no especialmente puritanas. Ruth supuso que en ese lugar había que pagar por bailar con una mujer y que todavía se podía esperar más de ella con un par de chelines. La mayoría de los bailarines ya se veían bastante achispados. Olía a whisky, cerveza y humo de cigarros.

Cooper no se dejó amedrentar por ello. Se inclinó solemnemente delante de ella y la condujo a la pista de baile. Ruth pensó por un instante en la extraña impresión que debía causar en los demás con su oscura indumentaria de enfermera, la capa negra, la respetable capotita y los prácticos zapatos de cordón. Pero luego se olvidó de todo lo que la rodeaba. Cooper la hizo girar al ritmo de la música. Ella lo siguió y se dejó contagiar por el ambiente despreocupado del lugar. Reía mientras él la hacía volar por los aires al compás y luego se estrechaba con toda naturalidad entre sus brazos. Por un breve tiempo, la amenazadora separación, los años con David y el infeliz período en la misión quedaron relegados al olvido. ¡Eso era vida, pura vida! Ruth pocas veces había sido tan feliz.

Después de unos cuantos bailes, Cooper la devolvió a la realidad.

—Ven —dijo—. Si quieres beber vino tenemos que irnos. Aquí solo hay whisky y cerveza y deberíamos pedir algo pronto, el dueño nos mira de una forma rara. Aquí no se viene solo para bailar, ¿comprendes? Hay que consumir algo. Así que, ¿nos damos a la bebida o...?

—Yo quiero vino —insistió Ruth, aunque ya en ese momento se sentía casi embriagada—. Y te quiero a ti...

Con estas últimas palabras, el corazón de Cooper se desbocó. Un par de calles más allá encontraron una tienda que vendía bebidas alcohólicas. Cooper entró y volvió a salir con dos botellas.

—Milady, me he permitido comprar no solo vino, sino también champán. Creo que en esta noche se impone el champán. Pero si no te gusta...

—Nunca he probado el champán —admitió Ruth—. Y me gustaría hacerlo... hoy... nuestro último día...

Cooper colocó el dedo sobre sus labios.

—¡Chisss! No hables del último día... Deja mejor que esta sea nuestra... primera noche.

Ruth permitió que la rodeara con el brazo y ambos se encaminaron, estrechamente enlazados, a la casa que ella compartía con los Peterson. Para sus adentros daba gracias a todos los dioses y espíritus por no estar viviendo con la señora Roades o con otra casera. Una mujer decente no permitiría que sus inquilinas recibieran visitas masculinas.

Ruakura, en cambio, sonrió cuando entró con Cooper y los invitó a compartir con ellos la cena.

—Solo un poco de potaje, pan y queso —se disculpó—. No sabía que teníamos visita.

—En realidad, tampoco queríamos... Es solo que... Cooper tiene que irse mañana. Con el ejército, a bahía de Islas. —Ruth tenía sentimientos encontrados. Por una parte quería estar sola con Cooper, pero por otra llevaba horas sin comer, y seguro que no era bueno beber champán con el estómago vacío.

Raukura la miró consternada.

—¿Mañana mismo? ¿A luchar contra Hone Heke? —Entonces se dibujó en su redonda cara una sonrisa bondadosa y les guiñó el ojo—. Vaya, una despedida. ¿Qué tal si os lleváis la comida a tu cuarto, Ruth? Y yo cuido de los niños.

Ruth casi la habría abrazado de agradecimiento. Pero intentó fingir impasibilidad. Besó a Laurent y Felicity, llenó un cesto con la comida y casi se le cayó cuando, justo después de cerrar la puerta, Cooper la estrechó entre sus brazos y la besó.

—¿Qué prefieres antes, a mí, el champán o la comida? —preguntó con una expresión traviesa.

Ruth frunció el ceño.

—El champán —contestó—. O, ¿puedo teneros a ti y el champán a la vez?

Cooper y Ruth se amaron salvaje y apasionadamente. Al principio, Ruth se quedó atónita ante la fantasía con que Cooper jugó con ella antes de penetrarla, en lugar de consumar el acto con una santificada gravedad, como había hecho David. Pero luego se dejó contagiar por su alegría y empezó a bromear con él y excitarlo, hasta llegar al éxtasis total cuando Cooper la sentó en su regazo y ella cabalgó sobre él. Bebieron champán, comieron pan y queso y, en un momento dado, se durmieron agotados. Poco antes del amanecer Cooper tenía que irse. De vuelta a la realidad se estrecharon de nuevo el uno contra el otro. Aquella alegría desbordante había desaparecido.

Ruth hizo un esfuerzo. Tenía de nuevo que tomar la iniciativa. No podía ser que, después de esa noche, Cooper simplemente se fuera sin hablar de cómo iba a ser su relación en adelante.

—Por supuesto, sé que no debería preguntarlo —empezó a decir—. Me lo deberías preguntar tú. Pero... te he dicho tantas veces que no, que... Bueno, si hoy me preguntaras... —Se rascó la frente avergonzada.

Cooper la miró divertido.

—¿Quieres que te pregunte si te casarías conmigo? —inquirió—. ¿O más bien quieres preguntar si me casaría yo contigo?

Ruth enrojeció.

—Me gustaría que te quedaras —dijo—. No puedes abandonarme.

Cooper movió la cabeza con pesar.

—Ruth, no me puedo quedar. Lo que no significa que

no quiera casarme contigo. Al contrario, no hay nada que desee más que eso, da igual quién se lo proponga al otro. Pero Ruth, tengo un compromiso con el ejército, por siete años. Y acaban de pasar seis. Si ahora me quedara contigo, sería un desertor. Y a este respecto, la Corona no está para bromas. Si me descubrieran, me colgarían. —Fue a rodearla con el brazo, pero Ruth se apartó de él.

—¿Por qué todos los hombres de mi vida están sometidos a un poder mayor? —preguntó con tristeza.

Cooper la besó en la nuca.

—En mi caso se trata de un plazo —señaló—. No soy David, Ruth. Yo no tengo sueños delirantes, no quiero cambiar el mundo. Solo te quiero a ti.

Ruth comprendió que tenía razón. No podía presionarlo más para que se quedara con ella. Si no obedecía la orden de partir, su vida correría peligro. El intento había sido absurdo. Pero no pudo evitar que los ojos se le inundaran de lágrimas.

—Pero me escribirás, ¿no? —preguntó—. Y... y... ¿me prometes que volverás? —Se giró hacia él.

Cooper la abrazó.

—Claro que te escribiré —prometió—. Si puedo, cada día. Y volveré. Claro que volveré. Si no caigo.

Ruth se apretujó de nuevo contra él, se amaron otra vez, brevemente, antes de que él tuviera que dejarla definitivamente.

Desde la ventana, ella lo siguió con la vista cuando tomó el camino hacia el cuartel. Otro hombre que la dejaba sola.

TOHUNGA MAKUTU

Chatham
Auckland, Isla Norte de Nueva Zelanda
Bahía de Islas

1845-1846

1

Kimi había sido presa de un sueño largo y apático. Había atravesado un mar de tristeza y culpa, había oído las voces de los ancestros, la maldición del jefe Nunuku. En ese sueño, lo había visto todo a través de un velo de sangre, los sonidos se perdían a lo lejos, los olores se disipaban.

Sin embargo, la primera noche en Rekohu, ese confuso sueño dejó espacio para otro, uno que mostraba imágenes más definidas. Imágenes largo tiempo olvidadas, días despreocupados que de pronto le parecieron más reales que todos los demás recuerdos desde aquel día en que recogía la miel de las flores de lino. En su sueño, Kimi estaba con Pourou y sus hijas a la orilla de un arroyo. Antes de recoger la miel, Pourou sacó las nasas del agua, los peces muertos que habían quedado atrapados en ellas y los colocó en un cesto. Kimi recordó que las niñas habían discutido poco antes. Ya no sabía por qué, pero Whano, la más joven, estaba muy enfadada y Pourou la había reñido porque había arañado a su hermana. Había incumplido la ley de Nunuku, así que Pourou había advertido a Whano que celebrarían una ceremonia de purificación. Además, la pequeña había tenido que dar toda su miel a su hermana para desagraviarla. Pero no parecía nada arrepentida. Miraba con terquedad los brillantes pescados del cesto. También ahí se había derramado sangre.

—¿Pero sí podemos matar animales? —preguntó provocadora Whano. Kimi vio ante sí, como si fuera ayer mismo, el rostro redondo y todavía con huellas de haber llorado de la niña pequeña. Y oyó suspirar a Pourou.

—A los animales sí podemos matarlos —resonó la voz de la mujer sabia atravesando el espacio y el tiempo—, si no, nos sería imposible sobrevivir. Igual que tenemos que apropiarnos de las raíces de la planta del lino y los brotes de los helechos y robar los huevos a los pájaros.

En ese momento el sueño se interrumpió y Kimi abrió los ojos. Volvió a ver el mundo con claridad, casi como en su sueño, y oyó el eco de las palabras de Pourou. Lentamente se irguió y deslizó la mirada por la cabaña. Solo tenía vagos recuerdos del día anterior, al igual que de todo el tiempo pasado desde que... Se sobrecogió cuando aparecieron ante ella de nuevo las imágenes de Kororareka. El arma, el rostro de Anewa estallando, toda esa sangre, la culpa... Kimi habría podido ponerse una venda, retirarse tras el velo rojo donde tanto tiempo había permanecido oculta. Pero se rebeló. No quería regresar a ese sueño apático, prefería concentrarse en lo que la rodeaba. Brandon... Brandon había estado a su lado... siempre, desde ese día... Lo vio en un rincón de la habitación, ovillado bajo una manta, bajo la cual también asomaba el cabello rubio de Rohana. Kimi recordó que estaban en su cabaña, en las Chatham. Y que el día anterior había llorado en los brazos de los espíritus de sus predecesores...

Se levantó sin hacer ruido, se deslizó descalza hacia la

puerta y salió de la cabaña. Había humedad, el aire estaba cargado de agua de lluvia y de mar, como casi siempre en Rekohu. También el suelo estaba empapado, pero no llovía. Kimi fue al bosque, puso atención para escuchar las voces de los espíritus, sin obtener respuesta. No era tan fácil. No podía ser tan fácil. Rekohu se le cerraba, a la apóstata. La mujer que había violado la ley de Nunuku, pero que cargaba con su pesada culpa aunque sin sentir remordimientos.

Kimi pensó en la ceremonia de purificación que Pourou había querido realizar con Whano. La mujer del poblado había mencionado el *hirihiri*... Kimi reflexionó. Las ceremonias *hirihiri* obraban contra distintas enfermedades, contra demonios, maldiciones o hechizos. En una sociedad pacífica como la de su poblado pocas veces se efectuaban, ella solo la había presenciado en dos ocasiones. En una se trataba de una mujer con fuertes molestias en el vientre y en la otra de un niño que siempre estaba atormentado por dolores de cabeza. Pourou les había expulsado las enfermedades de su cuerpo. Kimi todavía recordaba vagamente la forma en que había procedido la *tohunga*. Sabía que necesitaba un lugar que fuera *tapu* y agua corriente, habitada por espíritus solícitos. Encontrar un sitio así en Rekohu no era en la actualidad complicado. Estaban malditos todos los lugares en los que se había asesinado a alguien. Según la antigua ley, la mitad de la isla era *tapu*. Pero Kimi pensó en un sitio especial.

El corazón le latía con fuerza, no quería ir allí, pero sus pies se dirigían hacia el antiguo poblado moriori en el que ahora vivían los invasores. No muy lejos, a la orilla de un riachuelo, Anewa y los suyos habían celebrado su espeluznante bacanal. Allí estaban los hornos enterrados que sus víctimas habían tenido que cavar antes de que las mataran. Kimi recordaba que Ruth Mühlen había encontrado en ese lugar, años después, unos huesos humanos. Los espíritus de los sacrificados dormían en los árboles kopi a donde Kimi los había guiado. Todavía reinaba la penumbra de la noche. El cielo era mortecino, como casi siempre en la isla Chatham.

Kimi se arrodilló en la orilla y sacó agua del río. Pourou había tocado a los enfermos con la rama de una planta y humedecido su cuerpo con el agua en que había sumergido la rama. Pero Kimi no recordaba qué planta se relacionaba con qué enfermedad... ¿Había sido una rama de karamu? ¿O se empleaba esta más bien para expulsar a los demonios? Encontró uno de los arbolitos en la orilla y rompió una rama. La maldición de Nunuku era en igual medida dolor y obsesión, no podía equivocarse mucho.

Tiritando de frío, se quitó el vestido y las prendas íntimas, sumergió la rama en el agua y salpicó su cuerpo con ella. Pourou había invocado entretanto a los espíritus de los antepasados o hablado con los demonios para ordenarles que se marcharan. Kimi trató de invocar a Nunuku, pero no tenía la sensación de abrirse camino hasta él. En cambio, parecía haber docenas de otros espíritus arracimándose a su alrededor. Todos aquellos que habían sido asesinados, su padre, sus hermanos... Nakahu, la hija de Pourou... Kimi percibía su presencia. Debían de haber dejado el bosque de los kopi para consolarla, para protegerla de toda maldición.

Llevada por un impulso, se metió en el río. El agua estaba fría como el hielo, pero se diría que la limpiaba de la culpa y el miedo. Se dejó llevar por la corriente, se sumergió completamente antes de salir. Esperó desnuda el amanecer. Estaba medio congelada, pero se sentía ligera, segura y casi curada cuando regresó a la cabaña. Para concluir la ceremonia, tenía que encender un fuego y cocinar algo, preferentemente unas hojas de puha. Kimi salió en busca de esas plantas, más bien escasas en Rekohu. Al final encontró una y cogió un par de hojas, suficientes para un caldo para ella y Brandon. En realidad, la puha se cocinaba con carne, el gusto era un poco amargo. A Rohana no le gustaría...

Kimi sonrió al pensar en lo mucho que disfrutaban Rohana y Paula comiendo las pastas dulces de los McIntosh y cómo Whano y Nakahu se habían peleado por los panales. Pensó en la primera vez que comió un buñuelo, tiempo atrás, en el muelle de Kororareka. Había llegado el momento de los buenos recuerdos. Kimi canturreó *karakia*, dio gracias a los dioses por las plantas que había recogido y casi se sentía feliz cuando regresó a la cabaña. Brandon solía apilar la leña detrás de la casa. Tal vez los misioneros que habían vivido allí habían mantenido esa costumbre.

En efecto, encontró leña en el pequeño cobertizo, recogió algunas ramas secas y encendió un fuego girando una rama de madera blanda sobre un trozo de madera más dura. Aunque Brandon tenía cerillas, ella quería hacer todo el proceso correctamente. Igual a como lo habían realizado todos los *tohunga* antes que ella para liberar a los hombres de la maldad. Para terminar, hirvió las hojas de puha en una vieja olla que había encontrado en el cobertizo y concluyó la ceremonia de curación cogiendo un trozo de brasa enfriada y algunas hojas hervidas que pasó alrededor del muslo izquierdo. Por último, los levantó al cielo. El viento se llevó la enfermedad y la iniquidad.

Cuando Brandon salió de la casa con Rohana —estaba preocupado porque al despertar no había visto a Kimi—, ella estaba sentada junto al fuego, delante de la cabaña, comiendo las hojas. Sonrió a él y a la niña. Señaló la olla que colgaba del fuego, invitadora.

—Probablemente no sea el mejor desayuno que hayáis probado —empezó a decir—. Pero...

Brandon la miró sin dar crédito.

—Has vuelto, Kimi —dijo él emocionado—. ¡Dios mío, has vuelto!

La atrajo dulcemente hacia sí, tocó su rostro en un *hongi* y luego la besó. Kimi respondió a su beso. Volvieron a separarse cuando oyeron la vocecita indignada de Rohana.

—Ajjj. ¡No gusta! —exclamó la pequeña, intentando graciosamente escupir lo que acababa de meterse en la boquita en un gesto atrevido.

Brandon sonrió.

—Al contrario —afirmó, llevándose valiente a la boca el amargo potaje—. ¡Es el mejor desayuno del mundo!

Poco después, Rohana disfrutó de un desayuno, para ella mucho más rico, en la misión. Ni Brandon ni Kimi estaban preparados para enfrentarse a la alegría de los moriori por la milagrosa curación, pero no contaban con provisiones para llevarles. Así que al final siguieron la idea de Brandon de ir a visitar a Wilma y Heinrich Bauer.

—La señora Bauer seguro que se alegra de verte —dijo Brandon a Kimi—. Diremos que te he traído para que puedas ver a los tuyos. No tenemos que contarles nada de tu... alma cautiva.

Kimi asintió. Todavía tenía frío a causa del baño nocturno y una vez pasado el entusiasmo inicial sentía ahora vacío y agotamiento. La estufa de la misión —también las horas que había pasado delante de ella leyendo y estudiando formaban parte de sus buenos recuerdos— se le antojó como un refugio celestial.

En efecto, en la cocina de Wilma Bauer hacía calor y el recibimiento, como era de esperar, fue afectuoso. Naturalmente, hubo que rezar una plegaria de agradecimiento antes del té y los invitados no pudieron rechazar la invitación de Heinrich Bauer para asistir a la oración de la mañana. Pero al final Rohana estuvo mordisqueando su pan de miel y Kimi se calentó las manos con la taza de té. Brandon habló de sus vivencias en Kororareka.

El hermano Heinrich se llevó las manos a la cabeza cuando se enteró de lo de David. Entre los misioneros, siempre había sido el que más había abominado de los papistas. La conversión de David lo decepcionó tanto como que su antiguo compañero no reconociera la paternidad de la hija de Kimi.

—Por mucha lástima que sienta por él, está condenado —sentenció—. Pero también por romper el compromiso de matrimonio. Por aquel entonces, el hermano Gottfried nos casó a todos: a Wilma y a mí, a Oskar y a Hilde, y a David y a Ruth. Tal vez no estuviera ordenado, pero Dios nos dio su bendición. Dios nos reunió, y lo que él ha unido, no puede separarlo el hombre. —Y para subrayar sus palabras, cogió la mano de su esposa.

Brandon asintió dándole la razón y Kimi esperó que David no fuera a parar por eso al infierno de inmediato, ni desde luego Ruth, si aceptaba alguna vez la proposición de matrimonio de Cooper. Tal vez debería realizar el ritual de separación para los dos, todavía recordaba vagamente las palabras que Pourou pronunciaba. Los espíritus de los moriori no condenaban que una pareja se separase. Kimi sonrió. Era extraño de qué modo su mente se iba llenando de los conocimientos de Pourou. Y eso que durante años no había vuelto a pensar en las ceremonias y *karakia* que su maestra le había enseñado en el pasado.

—¿Así que estáis por aquí de visita? —preguntó Wilma Bauer, tal vez para cambiar de tema. Al parecer, las opiniones de su marido le resultaban demasiado severas—. ¿Cuánto tiempo vais a quedaros?

Brandon miró inquisitivo a Kimi. De haber sido por él, podrían haberse ido de inmediato. Por mucho que se alegrara de que ella se hubiese curado, en el fondo la isla le resultaba inhóspita.

—Unos cuantos días —determinó Kimi en cambio—. Ahora que ya estoy aquí, desearía... Desearía ver algunos lugares de la isla. Lugares que para los moriori —casi había dicho «son sagrados», pero se contuvo a tiempo—, que para los moriori tienen especial significado. Me temo que mi pueblo se está extinguiendo y alguien debe conservar un retazo de su historia.

Wilma asintió.

—Seguro que eres la persona apropiada para eso. Pero tened cuidado cuando viajéis por la isla. Aunque casi todos los maoríes están bautizados y están en gran parte pacificados, todavía siguen siendo beligerantes. La tribu vecina se ha calmado desde que no está Anewa. ¿Decíais que ha desaparecido en los tumultos de Kororareka? Heinrich, tienes que celebrar una misa por él. —Kimi y Brandon no habían contado a los Bauer nada sobre las particularidades de la muerte de Anewa—. Pero muchas tribus conservan los mismos jefes que antes. Con gente como los ngati wai de Waitangi no se puede hacer bromas. —Wilma sirvió el té.

—Pasaré la mayor parte del tiempo aquí cerca —advirtió Kimi—. Tengo que alejarme una sola vez. A Moreroa, a la laguna Te Whanga.

—¿Qué hay en esa laguna? —preguntó Brandon cuando dejaron la misión y descendieron hacia la estación ballenera. Esperaba poder comprar allí comestibles.

—*Te ana a* Nunuku —respondió Kimi a media voz—. La cueva de Nunuku.

—¿Otra vez Nunuku? —inquirió abatido Brandon—. Pensaba que lo habías superado. Que habías superado su... maldición o lo que sea. ¿Crees que es bueno volver a removerlo todo?

Kimi se encogió de hombros.

—Tengo que hacer las paces con él. Quedan... quedan preguntas abiertas. No sé lo que he de creer, lo que he de pensar. Qué he de decir a la gente cuando... cuando vuelva a reunirme con mi tribu.

—¿Por qué has de decirles algo? —quiso saber Brandon, de nuevo preocupado—. Ya lo has oído, olvidan sus costumbres. Y creen que sus dioses están muertos.

—Me han saludado como *tohunga makutu* —dijo Kimi—. La última pupila de Pourou. Esperan que les lleve respuestas.

—Si no quieres no tenemos por qué volver —opinó Brandon—. No estás obligada. No te molestes conmigo, pero Tom y yo siempre pensamos que los hombres de vuestra tribu os dejaron vergonzosamente en la estacada a las mujeres y a los niños. Por todos los cielos, Kimi, ¡si yo tuviese que luchar contra alguien para salvarte, me importaría un rábano que se me pudrieran las entrañas!

Kimi sonrió.

—Te amo, Brandon Halloran —dijo con dulzura—. Pero nunca entenderás a los moriori.

Kimi se tomaba su tiempo para volver a formar parte de Rekohu. Paseaba por los bosques, ponía trampas como antes, atrapaba pájaros que asaba en una hoguera, delante de la cabaña de Brandon. Recogía plantas comestibles y pescaba, y cuando pronunciaba *karakia* para los espíritus de las plantas y animales que hería y mataba, el eco de las palabras de Pourou siempre resonaba en sus oídos: «A los animales sí podemos matarlos, hija. Si no, nos sería imposible sobrevivir».

Lentamente volvió a percibir a los dioses y espíritus de los lugares que visitaba. De nuevo oía sus voces con la misma naturalidad como antes, cuando Pourou la eligió como pupila porque le resultaba fácil aprender idiomas. Pasaba mucho tiempo en el bosquecillo de los kopi con los espíritus de sus amigos y antepasados, les presentaba a Rohana y jugaba con la niña en el musgo, al pie de los árboles.

Un par de días después, Wilma Bauer pasó por la cabaña e invitó a Kimi y Brandon a la misa de réquiem por Anewa.

—Sé que se portó mal contigo —reconoció—. No era una buena persona. Pero ¿quiénes somos nosotros para juzgarlo? Al final se hizo cristiano. Su alma debe descansar en paz.

Brandon se sorprendió de que Kimi aceptara la invitación. En la pequeña iglesia de la misión, siguió la ceremonia con expresión estoica, sin recitar las oraciones. Se situó junto con Brandon algo apartada de los maoríes, que ofrecían sus últimos honores a su jefe. Ningún moriori hizo acto de presencia. A lo mejor los amos de los esclavos se lo habían prohibido. Era otoño, en los campos se cosechaba la patata.

Por la tarde, Kimi le pidió a Brandon que la acompañara al bosque cercano al asentamiento maorí.

—No me gusta ir allí sola —admitió—. Tengo miedo. Como venga alguien...

Los maoríes sabían, por supuesto, que Brandon y Kimi estaban en la isla, pero lo aceptaban en silencio. Nadie quería pelearse con un *pakeha* para recuperar a la esclava huida de Anewa.

—¿Qué tienes que hacer tú allí? —preguntó Brandon, pero se quedó en silencio cuando Kimi no contestó. Todavía más atónito se quedó cuando ella encontró un árbol kopi en los alrededores del poblado y empezó a grabar símbolos en él.

Al final entendió.

—¿Estás dedicando este árbol a Anewa? —preguntó—. Kimi, ¡no se lo merece! Con el perdón y la indulgencia no hay que exagerar.

Kimi le lanzó una mirada que no reflejaba ni perdón ni indulgencia. En realidad, en sus ojos bullía la cólera.

—Este no es un árbol para Anewa —dijo—. Es un árbol para mí. Y para Whano y todas sus víctimas. Sí, yo invoco el espíritu de él. Pero no en un lugar de paz. Este lugar es *tapu*, aquí mataron a los primeros miembros de mi pueblo. Quien queda cautivo aquí está condenado. Y este árbol no será una morada, será un calabozo. —Kimi seguía cantando *karakia* para invocar al demonio en el que veía el espíritu de Anewa y sentía al hacerlo la fuerza de todos los espíritus buenos de la isla. Brandon siguió la ceremonia con paciencia, aunque sin entender. Al final Kimi volvió a la cabaña satisfecha con su conjuro—. Nunca más hará daño a nadie —anunció lacónica.

En la noche siguiente, cuando Rohana dormía profundamente, se deslizó dentro de la cama de Brandon.

—¿Tienes sitio para mí? —preguntó a media voz, co-

lándose debajo de la manta y apretujándose contra él—.
¿En... en tu cama y en tu vida?

Brandon la atrajo hacia sí. La besó con ternura, la amó despacio, con cuidado, para no tocar antiguas cicatrices. De ese modo le aseguraba su amor y su fidelidad... No la atormentaría como Anewa ni la traicionaría como David. Kimi se entregó a sus caricias dudosa al principio. No parecía saber qué pensar. No conocía la ternura del preludio amoroso. Anewa era brutal, David la había penetrado desesperado y hambriento. Pero luego disfrutó del juego del amor, se retorcía de placer cuando él paseaba la lengua por su cuerpo y sus dedos acariciaron su sexo para notar si ya estaba húmeda antes de poseerla. Al final ambos se mecieron como en un baile y Kimi lloró de felicidad cuando compartieron el punto culminante de la excitación.

El día después partieron hacia Moreroa. La siguiente estación en el viaje de Kimi era el mismo Nunuku.

2

Un paseo de cuatro horas largas separaba Whangaroa de la laguna Te Whanga, en cuyo lado occidental se hallaban las cuevas que llevaban el nombre del famoso jefe tribal. En algún lugar de la zona había pronunciado sus legendarias palabras. Cerca tenía que estar el árbol que había dado albergue a su alma, si es que no estaba anclada en la gruta que Kimi planeaba visitar. Ahí los acantilados eran de piedra caliza, lo suficientemente blanda para dibujar en ella grabados que desterraran a los espíritus.

Brandon y Kimi empezaron la excursión con mucho equipaje. Ella sola se hubiera puesto en marcha y hubiera dejado que la cuestión de dónde comer y dormir se fuera resolviendo por sí misma, pero llevaban a Rohana y no había sido educada como una niña moriori. No estaba acostumbrada a las inclemencias del tiempo y se quejaba de que lloviera con tanta frecuencia. Y, sin embargo, apenas caminaba, pues Brandon y Kimi se alternaban para llevarla en brazos o montarla en el robusto caballito que Brandon había pedido prestado en la estación ballenera. El animal llevaba la comida, así como los palos de la tienda y las lonas, mantas y ropa de muda. Brandon quería que pasaran las noches en un lugar caliente y al abrigo de la humedad, incluso si llovía demasiado para encender una hoguera.

A la pareja no la incomodó la larga marcha a través de los bosques. Ella estaba acostumbrada desde pequeña a recorrer a pie trayectos largos, y Brandon había hecho expediciones mucho más agotadoras con Dieffenbach y Leichhardt. Para su sorpresa no tuvieron que abrirse camino ellos mismos a través del bosque. Había senderos trillados. Eso no inquietó a Kimi, pero a Brandon sí le preocupó.

—Mi pueblo siempre ha visitado estas cuevas —señaló Kimi para explicar la existencia de esos senderos, pero reflexionó cuando Brandon le recordó que en los últimos diez años los moriori no se habían movido de su sitio.

—Ya hace tiempo que los caminos deberían estar cubiertos de hierba —indicó él—. Si no es así, esto solo puede significar que los maoríes los recorren.

—¿Quieres decir que los maoríes acuden a las cuevas de Nunuku? —preguntó dubitativa Kimi—. Probablemente, no. Por otra parte... Anewa siempre mantenía contacto con los ngati wai. Los visitaba de vez en cuando y este camino también conduce a Waitangi.

Brandon suspiró.

—Bien, esperemos no tener ninguna sorpresa —pronosticó—. Según Wilma Bauer es difícil entenderse bien con esta tribu.

Cuando llegaron a la laguna —por fin había dejado de llover y el lago resplandecía bajo la última luz del día—, Brandon sacó de su mochila el revólver de los McIntosh y lo dejó preparado junto al sitio en el que estaba montando la tienda. Kimi lo miró recelosa. No sabía que se había llevado el arma a la isla Chatham, pero aun así no se lo reprochó.

—No tienes... cómo se dice... ¿pistolera? —preguntó tensa, sin perder de vista a Rohana, que estaba jugando al lado. Debían tener mucho cuidado de que la pequeña no cogiera el arma—. La gente... lleva esa cosa en el cinturón.

Brandon negó con la cabeza.

—No. Pero tienes razón, tendré que comprarme una si emprendemos estas excursiones con más frecuencia. De todos modos, espero que en el futuro vivamos en regiones más tranquilas. Aunque la ley de Nunuku no me dice gran cosa, el derramamiento de sangre me resulta tan desagradable como a ti. Si no fuera necesario, no llevaría ningún arma conmigo.

Pero esa noche, sin embargo, el revólver estaría a su lado, Brandon estaba firmemente decidido a ello.

La orilla de la laguna Te Whanga estaba rodeada en gran parte por pequeñas playas que casi directamente se convertían en planicies boscosas. Sin embargo, en el lado oeste, el monte caía de forma abrupta sobre la playa. Kimi y Brandon eligieron una elevación no muy alejada de las cuevas para montar la tienda. Brandon esperaba poder emprender el regreso enseguida, cuando Kimi las hubiese visitado a la mañana siguiente, aunque ella le explicó que podía tardar en unir su espíritu con el lugar y sentir la presencia de Nunuku.

Fuera como fuese, Brandon encontró que los espíritus locales eran realmente comunicativos. El viento estuvo silbando toda la noche por la planicie, o bien parecía susurrar con la hierba, o bien emitía sonidos fantasmagóricos. Brandon no pegó ojo y tampoco Kimi durmió tranquila. De ahí que se levantaran temprano a la mañana siguiente, contentos de que no lloviese y de que el viento hubiese amainado un poco. Brandon encendió un fuego, preparó té y ofreció a Kimi algo que comer. Pero ella tan solo bebió un par de sorbos y emprendió el camino hacia las cavernas.

—¿No debería acompañarte? —preguntó Brandon preocupado.

Kimi negó con la cabeza. Habían discutido varias veces sobre esta cuestión y ella siempre había dicho que no. Si bien las cavernas no eran consideradas *tapu* —al menos ella nunca había oído decir que hubiera restricciones de acceso para personas no iniciadas—, le resultaría más fácil concentrarse y escuchar las voces de los espíritus estando sola.

—No puedes venir y no tienes que apremiarme —le repitió a Brandon por enésima vez—. Voy sola y me tomaré el tiempo que necesite. No puede ser peligroso. Seguramente, los maoríes ni siquiera saben de la existencia de las cuevas. Así que no te pongas nervioso. Dibuja un poco o ve con Rohana a la playa. Por allí se puede bajar con facilidad por las rocas. Antes había focas. A lo mejor veis algunas...

Y dicho esto, se dio media vuelta y dejó a Brandon con otra preocupación más. Tal vez las cuevas no atrajeran a los cazadores maoríes, ¡a diferencia de una colonia de focas! Brandon esperaba que Kimi y sus espíritus se dieran prisa.

La caverna de Nunuku no se internaba demasiado en la montaña. A instancias de Brandon, Kimi había cogido una antorcha, pero estaba segura de que no iba a necesitarla. A fin de cuentas, sus antepasados no habían conocido ese artilugio, por lo que debía de entrar suficiente luz natural en la cueva para poder orientarse.

De hecho, la gruta era pequeña y no demasiado oscura. Había dibujos grabados en las paredes, muchos más de lo que Kimi había esperado. Reconoció unas focas. A lo mejor los cazadores habían apaciguado allí las almas de sus presas. Las imágenes de las paredes parecían haber insuflado nueva vida en los animales. Parecían nadar, bailar en el agua. Kimi se sentó en medio de la cueva e intentó unirse a los espíritus y rastrear a los seres humanos que los habían invocado. Algo de ellos debía de haber quedado en ese lugar, igual que algo de sí misma siempre permanecería en el bosque de los kopi junto a Whangaroa. A lo mejor el mismo Nunuku había cazado cerca y dejado sus dibujos.

Tal como Pourou le había enseñado, Kimi vació su mente y esperó el eco de las voces de sus ancestros. Pero no oía nada. Ni siquiera la ley de Nunuku acudía a su mente... y, aun así, en aquel sueño apático había creído oír hablar al jefe tribal. Ese día, sin embargo, solo percibía una paz profunda, benevolencia y calidez... era como si nadara con las focas, dejándose llevar por unas cálidas olas. Si ese que la envolvía era el espíritu de Nunuku, la voz severa que creía haber oído no le pertenecía. Ese espíritu no estaba encolerizado, era sereno, había amado a su pueblo.

Y de repente vio ante sí lo que Nunuku había presenciado entonces: los guerreros de dos tribus luchaban. Habían empezado por una nadería, las áreas de caza que no querían compartir, tan solo eso. Pero los hombres eran jóvenes y desmedidos. Habían llegado por mar, se asentaban ahora en una tierra fría y dura, y no conocían otra ley que la del más fuerte. Kimi contempló sus cuerpos combatiendo, a las víctimas fruto de sus enfrentamientos, a las mujeres y niños que morían de hambre porque los hombres peleaban en lugar de cazar. Si eso hubiera seguido siempre así, los moriori nunca hubiesen sobrevivido en Rekohu. Por supuesto, se habrían celebrado unas terroríficas comilonas y algunos habrían aguantado un tiempo más a base de matar y comerse al enemigo. Pero era mejor concentrarse en cazar y recolectar plantas comestibles. Así lo había reconocido Nunuku con toda su sabiduría. Y en un arrebato de cólera se lo había echado en cara a los hombres. Kimi creía verlo de pie frente a los combatientes y las mujeres que ya cavaban los hornos subterráneos para cocer la carne de los caídos. La barba de Nunuku estaba adornada con plumas de albatros, sus cabellos largos y su manto de jefe tribal ondeaban al viento. Llevaba una lanza y golpeaba iracundo el suelo con ella cuando increpaba a los hombres. «¡Dejad de masacraros! ¡Olvidaos del sabor de la carne humana! ¿Acaso sois peces que se comen a sus crías? ¡Bajad las armas! Nunca más debe estallar aquí una guerra como la del día de hoy. Esta es mi decisión. Y que vuestras entrañas se pudran si no obedecéis.»

El corazón de Kimi latía desbocado mientras la escena se desplegaba ante ella, y analizaba las palabras, cada una de ellas, hasta estar segura de lo que había querido decir el jefe. Nunuku había prohibido a los moriori emprender una guerra, nunca había hablado de defenderse contra posibles agresores.

«A los animales sí podemos matarlos, hija. Si no, nos sería imposible sobrevivir.» Kimi oyó de nuevo la voz de Pourou y en ese momento supo también por qué no se sacaba esas frases de la cabeza. «Sobrevivir», esa era la palabra clave. Nunuku había temido que su pueblo se aniquilase a sí mismo. Y eso era precisamente lo que su ley había provocado: los moriori casi se habían dejado aniquilar por amor a la paz. Incluso ella misma casi se había derrumbado por eso.

Kimi dejó que ese descubrimiento fuera haciendo mella antes de ponerse en pie y salir de la cueva. Cantó *karakia* para los espíritus que habitaban allí, dio gracias a las focas que le habían permitido nadar con ellas y les dejó una hoja de helecho. Había cumplido su misión. Nunca más volvería a ese lugar.

Trepó desde la salida de la cueva a los acantilados y se encaminó hacia el lugar donde habían acampado. Brandon y Rohana no estaban allí, supuso que habían ido a la playa. La bahía que por la mañana le había mostrado a Brandon seguro que estaba protegida. Allí arriba volvía a soplar un viento gélido y abajo el mar rompía contra las rocas. Kimi se alegraba de irse. Pero antes tenía que encontrar a Brandon y Rohana. Echó un vistazo a la tienda. El revólver estaba cerca de la cama, Brandon se había olvidado de cogerlo. Kimi sonrió. El dibujante no era un fanático de la paz, pero tampoco era un guerrero. A Anewa nunca le hubiese pasado eso.

Cubrió el arma con una manta y descendió hacia la playa. Esperaba encontrar una escena serena: Rohana jugando con la arena y Brandon dibujando. Sin embargo, allí abajo estaba pasando algo muy distinto. Kimi se sobrecogió al descubrir la canoa que habían arrastrado a tierra en la cala vecina. Cuatro hombres con vaqueros y unas chaquetas enceradas que los protegían del viento y la lluvia se acercaban a Brandon y Rohana. Por una fracción de segundo, Kimi esperó que fueran cazadores de ballenas *pakeha*, pero entonces vio las caras tatuadas. Eran guerreros de los ngati wai. Y seguro que sus intenciones no eran buenas.

Reflexionó febrilmente. Era poco probable que los cuatro fueran a matar a Brandon y Rohana. Él era *pake-*

ha y a primera vista no se distinguían en la niña raíces moriori. Si les infligían algún daño, corrían el riesgo de que el gobernador investigara. Era probable que solo interrogaran a Brandon, que a lo mejor lo maltrataran para robarle el caballo y la tienda. Más tarde dirían que como peaje, a fin de cuentas Brandon había pisado sin pedir permiso su territorio. En el fondo, Kimi solo tenía que esperar, pero de repente sintió que la rabia se apoderaba de ella. No, no iba a permitir que esos tipos amenazaran a su amado y su hija. Giró sobre sus talones, corrió a la tienda y cogió el revólver. Estaba cargado. Bien, si se veía obligada, enviaría a los cuatro tipos con sus ancestros. Decidida, bajó por la colina a la playa, intentando cubrirse detrás de las rocas, pero los hombres tampoco miraban en su dirección. Estaban demasiado ocupados amenazando con sus lanzas a Brandon y Rohana, haciendo muecas y hablándoles a gritos.

Brandon parecía intimidado. Cogía a Rohana en brazos y le volvía el rostro contra su pecho. La niña tenía que estar muerta de miedo. Kimi se olvidó de ponerse a cubierto. Corrió hacia la playa sin tomar precauciones. Normalmente, los guerreros la habrían oído, pero todos los ruidos eran apagados por el bramido del viento y el embate de las olas. Cuando llegó a la playa, Kimi tenía de su parte el factor sorpresa.

Todavía estaba a un nivel algo más elevado cuando los hombres se percataron de su presencia.

—¡Basta, bajad las armas! —gritó. Los guerreros levantaron la vista hacia ella. Uno se llevó la mano al cinturón, seguramente iba armado. Kimi disparó un tiro. La bala golpeó la arena, delante de sus pies—. ¡Tirad las lanzas! ¡Manos arriba!

Los cuatro estaban perplejos, pero obedecieron sus indicaciones.

—Y ahora id a vuestra canoa. Despacio, con las manos arriba. ¡Brandon, lleva a Rohana a un lugar seguro!

Brandon se había quedado tan desconcertado como los maoríes, pero hizo lo que ella le pedía.

—Vigilaré a estos cuatro hasta que zarpen —explicó Kimi. Pisó la playa, preparada para seguir a los guerreros a la cala vecina.

—No podemos zarpar —gritó uno de los hombres—. El oleaje es demasiado fuerte. Por eso hemos atracado aquí, nosotros...

—No os quiero ni oír —declaró Kimi—. Solo quiero que desaparezcáis. Remad hasta la próxima cala, seguro que lo conseguís. De lo contrario os disparo aquí mismo.

—¡Venga, no exageres! —Otro guerrero parecía estar recuperándose del susto—. Tú misma eres maorí...

—Yo soy moriori —le corrigió Kimi—. Y estoy muy enfadada. Así que largaos y dejad de molestar a personas indefensas... ¡o vuestras entrañas se pudrirán!

El guerrero rio.

—¿No es esta esa ley tan rara vuestra? Para nosotros no sirve. Aquí he «molestado» como tú dices a mucha gente y tengo las entrañas enteras.

Kimi volvió a disparar. Esta vez tocó una roca cerca de los tipos. La bala rebotó, pero la piedra se astilló. Y las astillas sí alcanzaron al guerrero. Miró incrédulo la sangre de su brazo.

—Tus entrañas no son lo único que puede pudrirse si vuelvo a disparar —gritó Kimi—. ¡Así que largaos ahora mismo!

Los hombres no replicaron más. Kimi no apartaba la vista de ellos, en especial del que tenía el arma en el cinturón, mientras empujaban la canoa al agua. No era sencillo. Las olas la arrollaban y necesitaban poner todas sus fuerzas para sacarla de la zona donde el mar rompía.

Kimi suspiró aliviada cuando los hombres por fin se subieron al bote e intentaron alejarlo de la orilla. Sus armas de fuego no funcionarían tras el abundante baño de agua salada.

Encontró a Brandon a medio camino entra la playa y la tienda. Consolaba a la llorosa Rohana mientras contemplaba la partida de los maoríes.

—Lo habrías vuelto a hacer —constató cuando Kimi se acercó a él, aseguró y se guardó el arma, y lo abrazó a él y a su hija.

Ella asintió.

—Sí. Habría vuelto a derramar sangre y habría vuelto a matar si hubiera sido necesario. Ahora sé qué he de decirle a mi pueblo. Ven, no perdamos tiempo. Deberíamos alejarnos antes de que esos tipos alerten a su tribu y vuelvan con refuerzos.

Brandon y Kimi desmontaron la tienda, cargaron el caballo y se pusieron en camino. Llegaron a su cabaña de Whangaroa ya entrada la tarde.

—¿He de ocuparme mañana del viaje de regreso a Nueva Zelanda? —preguntó esperanzado Brandon.

Kimi hizo un gesto negativo.

—Pasado mañana. Mañana tenemos que volver a visitar a la tribu. Kananpaua y Panna fueron amables. Y todavía no les hemos llevado regalos por su invitación... Tenemos que poner remedio. Ve mañana a la estación ballenera y compra. Necesito el día para mí. Nos veremos al atardecer en el poblado de los moriori.

Brandon pidió prestado el pequeño caballo para un día más y compró en el diminuto almacén de la estación ballenera todo aquello que podía satisfacer a los moriori:

comestibles, mantas y utensilios de cocina. Kimi había vuelto a pasar el día en el bosque de los kopi y él la fue a recoger allí antes de visitar a los moriori. Pasaba de un árbol a otro, admirando de nuevo los grabados.

—Parecen tan vivos... —opinó.

—Detrás viven los espíritus —afirmó Kimi—. Están contentos, aquí encuentran la paz. Sin embargo, es triste... Sigue siendo un lugar triste.

Brandon la abrazó.

—En el país de donde yo vengo —dijo—, también se hacen a veces grabados en la corteza de los árboles. Aunque, no porque se esté triste. Al contrario... —Sonrió—. Se hacen por amor.

Kimi lo miró inquisitiva.

—También nosotros conjuramos a los espíritus por amor —explicó—. Al menos la mayoría de las veces... —Era evidente que en ese momento pensaba en Anewa.

—Pero entre nosotros es algo distinto —dijo Brandon—. Mira... —Sacó una navaja y buscó el árbol apropiado. No debía ser un kopi, pues quizá lo habría profanado. A fin de cuentas, era posible que estuviera esperando el espíritu de otro moriori ahora vivo. Entre los árboles sagrados de la tribu se encontraba uno que Kimi le había presentado como *tarahinau*. Creía que en inglés lo llamaban *Grass Tree*. Brandon trazó rápidamente con la navaja un corazón en el tronco. Dentro escribió sus nombres: Kimi y Brandon.

Kimi lo miró desconcertada.

—Esto tiene que... ¿unir nuestros espíritus? —preguntó—. ¿Se hace para atarlos?

Brandon rio.

—En realidad, un hombre que graba un corazón en un árbol solo quiere dar a conocer a todo el mundo y para siempre lo mucho que ama a una mujer. Pero también puedes verlo como una unión. Kimi y Brandon, Brandon y Kimi, ¡para siempre!

Kimi sonrió.

—Para siempre —confirmó.

Habían visto a Kimi en el bosquecillo. Los moriori sabían de su llegada y recibieron a sus visitantes con todos los honores, vestidos de fiesta.

—¡*Tohunga!* —De nuevo fue Panna la primera que se acercó a Kimi y en esta ocasión su voz no solo delataba alegría, sino también un profundo respeto—. ¡*Tohunga makutu!* Nos honras con tu presencia.

Kimi le ofreció el rostro para intercambiar el *hongi*.

—¿Habéis oído que... que mi alma se ha liberado? —preguntó.

—Los dioses te han perdonado —añadió Kananpaua—. Has visitado la cueva de Nunuku...

Kimi asintió.

—No había nada que perdonar allí —dijo escueta.

Otra mujer se acercó a ella y le dio una rama de helecho.

—Kimi, *tohunga*, queríamos organizar un *powhiri*, para vosotros, por primera vez desde... desde... —No siguió hablando. Su rostro se contrajo ante el recuerdo de la última ceremonia de bienvenida con que su tribu había querido acoger a otra—. Queremos hacer a tu marido parte de nuestra tribu.

—Ya lo es —dijo Kimi—. Estaba presente la última vez que Pourou lanzó el *karanga*. Tal vez los ancianos todavía lo recuerden. Era el día... —No tenía miedo de expresarlo, pero la mujer la interrumpió.

—Pese a todo deseamos hacerlo —insistió—. Ahora que volvemos a tener a una mujer sabia, una mediadora entre nosotros y los dioses...

—Los dioses están muertos —intervino un hombre.

—A lo mejor no —replicó esperanzada la mujer—. Por favor, Kimi, ¿vas a quedarte con nosotros ahora? Pacificarás de nuevo los espíritus de nuestros muertos. Hay tantos árboles kopi que todavía esperan un dibujo. Cantarás el *karanga*, harás...

Kimi movió la cabeza.

—Me voy —respondió—. De vuelta a Aotearoa. Por mucho que me honre vuestra confianza, pero no voy a dejar que me esclavicen de nuevo y así es como acabaría si me quedara. Además, no puedo atenerme a vuestras costumbres. No puedo apoyaros, consolaros y recitaros la ley de Nunuku porque yo ya no creo en ella. No he vencido la maldición. No lo necesito, pues nunca la hubo. Nunuku nunca nos deseó nada malo. Nadie que se deja explotar y abusar actúa en su nombre. Mientras que os aferréis a no defenderos nunca (por una ley que ni siquiera fue promulgada por los dioses, sino por una maldición que lanzó un anciano para proteger a su tribu de sí misma), mientras os aferréis a eso, los espíritus no os hablarán. Ni a través de mí ni a través de ningún otro. Nuestros dioses y espíritus no están, sin embargo, muertos. Esperan. Esperan que seáis libres, que alcéis vuestra voz y que claméis justicia. Será entonces cuando el *karanga* resuene aquí y las tribus se fortalezcan. Depende de vosotros. No dejéis esa responsabilidad para los dioses.

La mujer la miró con tristeza.

—¿No lanzarás el *karanga*? —preguntó decepcionada.

Kimi negó con la cabeza.

—Aquí, no —dijo con voz firme—. No entre las chozas de los esclavos.

Empezó ostensivamente a descargar del caballo los

regalos. Estaba contenta de poder celebrar con su tribu que se había curado, pero no podía ser su sacerdotisa.

Brandon se sintió aliviado. No le habría gustado quedarse con Kimi en la isla Chatham. Sin embargo, le daba pena esa gente que cogía los obsequios agradecida pero con aspecto de estar triste y decepcionada. La llegada de Kimi les había devuelto por fin la esperanza y ahora ella volvía a abandonarlos. Pero entonces tuvo una idea. Mientras las mujeres moriori empezaban a preparar la comida, se llevó a Kimi a un lado.

—Kimi... tu pueblo... es... es tan desdichado por perderte. Me gustaría regalarles algo. Algo tuyo...

Ella lo miró sin comprender.

—Acabamos de repartir los regalos. Y algo mío... ¿Cómo puedo dejarles algo mío? No puedo partirme.

Brandon sonrió.

—Estaba pensando en un cuadro. Aquel viejo retrato que te hice. Lo he traído. Está en la cabaña.

Kimi frunció el ceño.

—Sería mucho de mí —dijo seria—. Todos estos años que el dibujo me ha acompañado... Ya forma parte de mí.

Brandon la atrajo hacia sí con dulzura.

—No tiene presa tu alma. —Le recordó los temores de los otros miembros de su tribu que pensaban que Brandon podía robar el alma de la gente al dibujarla—. ¿Te acuerdas de lo que dijo entonces vuestra hechicera? ¿Respecto a mis dibujos?

Kimi asintió.

—Pourou decidió que con ellos se mantenían vivos los recuerdos. Un extraño don...

—Que todavía conservo —le recordó Brandon sonriendo—. Yo puedo volver a dibujarte en cualquier momento. De hecho, ya he vuelto a hacerlo después de que nos encontrásemos en Waitangi. Tu retrato me ha acompañado todos estos años. Si regalas ahora tu viejo retrato a los moriori, los nuevos nos pertenecerán a los dos. Y aquí tendrán un recuerdo de ti, de la muchacha que eras antes de ver tanto dolor. Tu retrato tal vez lo atenúe un poco...

Kimi se mordió el labio. Le costaba tomar esa decisión, pero luego pidió a Brandon que fuera a buscar el cuadro.

—Me gustaría regalaros mis recuerdos —dijo Kimi al final a su pueblo, después de haberse negado otra vez a satisfacer la petición de Kananpaua de que rezara las antiguas oraciones con la tribu—. Con mis esperanzas, con mi retrato. Pensaré en vosotros y vosotros pensaréis en mí. Nos mantendremos unidos.

La vieja Panna recogió agradecida y ceremoniosamente el retrato de Kimi.

Kananpaua bajó la cabeza.

—Entre nosotros habrá un vínculo —aprobó, pese a que no parecía del todo reconfortado—. Aunque no sea el del *karanga*... Los dioses seguirán estando desaparecidos.

—¿Qué significado tiene en realidad el *karanga*? —preguntó Brandon cuando regresaban en medio de la noche a la cabaña. Kimi caminaba con la cabeza alzada a su lado y Rohana disfrutaba sentada como una reina sobre sus hombros.

—El *karanga* es un grito —respondió Kimi—. Establece un vínculo espiritual entre dioses y seres humanos.

O entre personas y personas. Es una parte de la ceremonia de saludo, cuando dos tribus que están en paz se encuentran. La última vez que se lanzó fue cuando llegaron los maoríes. Entonces, cuando tomábamos la miel de las flores de lino... Poco después los ngati tama rompieron el lazo de unión. Desde aquel día, los espíritus ya no hablan con mi pueblo.

Brandon reflexionó.

—A lo mejor deberías volver a crear ese vínculo —dijo—. ¿Qué hay de malo en acercar de nuevo sus dioses a los moriori? Y aprovechando esa oportunidad nos unes a ti y a mí también.

Kimi sonrió.

—No es una ceremonia de casamiento —explicó—. Y, además, entre nosotros ya hace tiempo que hay una unión. Se llama *aka*, puede dilatarse, pero nunca se rompe mientras una de las dos personas a las que conecta esté con vida. Tú y yo nunca estuvimos solos del todo.

—Pero tu pueblo sí lo está —objetó Brandon—. Sin sus dioses. Esos hombres... Yo había pensado que tu imagen los consolaría, pero siguen pareciéndome descorazonados. Sin esperanza alguna.

Kimi suspiró.

—Incluso si quisiera, no podría lanzar el *karanga* en Whangaroa —dijo—. No allí donde se derramó nuestra sangre. De todos modos, en ese lugar no debería vivir nadie. Toda esa área es *tapu*, tendrían que derribar el poblado.

—¿Y en otro lugar? —preguntó Brandon señalado la afilada montaña que a unos tres kilómetros de distancia custodiaba esas tierras—. ¿Acaso los dioses no te oyen en todas partes? ¿Tal vez desde una montaña? ¿Desde aquella? Se diría que allí viven espíritus amables.

Por la noche, antes de que Kimi abandonara Rekohu para siempre, resonó sobre la isla, desde la cima de la montaña Hemokawa, el grito ritual de la *tohunga*. La última sacerdotisa de los moriori lo arrojó con potencia y determinación: un grito, una amonestación... tal vez también una amenaza a todos aquellos que querían aniquilar a su gente.

Kimi había sobrevivido y esperaba que su tribu hiciera lo mismo.

3

Kororareka,
mayo de 1845

Ruth mía, a quien quiero más que a nadie en el mundo:

En primer lugar tendrás que perdonar que hasta ahora no haya dado señales de vida. Y, sin embargo, me hubiese gustado mantener mi promesa. Me habría llenado de alegría escribirte cada día y, créeme, mentalmente no he dejado de conversar contigo, he compartido contigo todos mis pensamientos, sueños y observaciones.

Por desgracia, no contamos durante la expedición con nada de tiempo para escribir, y, de todos modos, tampoco habría sido posible. El papel de carta se habría empapado tan deprisa como nuestros uniformes, tiendas y mantas. Esta incursión a finales de otoño es agotadora. Los maoríes ya saben por qué cuando pelean entre sí dejan descansar las armas en invierno. Pero el teniente coronel Holme, nuestro comandante jefe, no tiene piedad. Justo después de que nos reunieran en Kororareka, nos condujo tierra adentro; de hecho, al área en que se encuentra la misión de la que con tanta frecuencia hablabas. Esperábamos unas carreteras anchas y bien construidas para nuestra ofensiva, pero el alto mando decidió que teníamos que avanzar hacia el *pa* de Hone Heke a través del bosque. No sé... tal vez para que los misioneros no se enterasen de nuestro ataque.

Solo puedo decir que, aunque nos movíamos por unos paisajes en parte maravillosos, solo pudimos ver sus contornos a través de una cortina de lluvia. Tuvimos que abrirnos camino entre el barro y la maleza, y dimos gracias al cielo porque el alto mando militar hubiese al menos renunciado a llevarse los cañones. En cualquier caso, eso pensábamos los novatos; un par de veteranos que conocieran las fortalezas maoríes habrían estado encantados de cargar con el armamento pesado y estar así preparados para cualquier sorpresa. Pero el teniente coronel Holme optó esta vez por una nueva técnica: llevamos doce unidades de lo que se conoce como cohete Congreve. Los lanzamos al *pa*, que daba la impresión de ser sólido y amplio. Al atacarlo frontalmente seguro que corrimos un riesgo, pero al ejército británico nunca le ha faltado valor.

Con el corazón agitado, Ruth seguía la colorida crónica de Cooper sobre la batalla de Puketutu. Había oído decir que se habían producido pérdidas humanas y estaba preocupada por Cooper, pero casi al mismo tiempo que las noticias sobre el resultado de la contienda, había llegado su carta.

El lanzamiento de los cohetes fue, en efecto, muy impresionante. Si he de ser sincero, me alegré de no tener que estar demasiado cerca de esos monstruos que escupen fuego. En cuanto a su efecto, el tigre resultó no tener colmillos. O bien los cohetes no impactaban, o bien rebotaban en la empalizada de la fortaleza. Los maoríes construyen esos edificios de defensa con lino u otras plantas flexibles. La artillería más ligera no las perfora, simplemente rebota.

Así pues, la empalizada todavía estaba intacta cuando al día siguiente atacamos de frente, lo que resultó ser complicado. La fortaleza se hallaba junto al lago, y además, junto a un desfiladero. Al intentar atravesarlo, los maoríes abrieron fuego. A ello se añadió que nos atacaron guerreros procedentes del bosque. Kawiti, el aliado de Hone Heke, acudió con su ejército en su ayuda. Fue algo cercano al infierno. A menudo no sabíamos hacia qué dirección disparar y a veces luchábamos violentamente cuerpo a cuerpo, pero al final pudimos empujar a los atacantes en dirección a la fortaleza. Una vez se hubieron metido dentro, la situación se calmó y nuestro alto mando celebró la victoria. Pero Hone Heke sigue en su *pa* y debe de estar riéndose mientras nosotros nos lamemos las heridas y dejamos que se seque nuestra ropa en Kororareka.

Según el parte militar, nuestra retirada a la bahía de Islas transcurrió sin incidentes. Lamentablemente, no sin lluvia. No deja de llover a cántaros y espero que el teniente coronel Holme decida no hacer ningún ataque más hasta que mejore el tiempo.

Ruth no pudo evitar reírse ante la vivaz descripción de Cooper. Qué típico era de él describir hasta el mayor desastre como si fuera una divertida aventura. Con las mejillas enrojecidas leyó las tiernas palabras con que terminaba su carta. Le aseguraba que la amaba y que la añoraba, le enviaba besos y la adulaba diciéndole que recordaba su cabello a la luz de la luna y la caricia de sus suaves manos.

Deseo tanto poder reunirme pronto contigo, mi bellísima amada, y poder darte el sí o que me lo des tú a mí... poco importa quién le pregunte a quién si quiere pertenecer al otro para siempre.

Sonrió complacida. Cooper sabía expresarse, su estilo de escritura era totalmente distinto al de las secas misivas de David. Enseguida se puso a escribir una respuesta. Sin embargo, en Auckland no había muchas novedades, salvo que la construcción del hospital avanzaba a buen paso. A la pregunta de Ruth de si podría tener un empleo en él, la futura dirección había respondido con entusiasmo. Probablemente empezaría enseguida como enfermera jefe. Le contó todo esto a Cooper, aunque se preguntaba si en realidad él compartiría su alegría. Pues incluso si los dos querían dar el sí al otro, todavía no habían hablado de dónde iban a vivir. Ruth seguía sin querer marcharse a Australia. ¿Pero se quedaría Cooper en Auckland con ella?

—Deje primero que sobreviva a esta guerra —respondió el doctor Thompson cuando ella le contó sus dudas. Había acudido al consultorio con Felicity, que sufría un pertinaz resfriado. Después de que el médico examinara a la niña y le recetara los medicamentos, Ruth le habló de su intercambio epistolar con Cooper. Su amigo ya llevaba un tiempo fuera y todavía no se había visto envuelto en serias operaciones militares. Eso la tranquilizaba, le daba tiempo para concentrarse en sus preocupaciones por el futuro en común. Pero el doctor Thompson no parecía compartir su tranquilidad.

—Si quiere saber mi opinión, todo esto no está evolucionando de forma muy satisfactoria —advirtió—. La última operación de nuestro ejército fue más bien vergonzosa.

Ruth asintió. Cooper había contado con su acostumbrado estilo lacónico cómo los británicos con tres compañías y varias tropas de refuerzo maoríes habían marchado contra un *pa* que habían encontrado, sin embargo, abandonado. Sus defensores se habían retirado antes de que los atacaran. «Seguimos —había escrito Cooper— luchando sobre todo contra el frío y la lluvia.»

Parecía tomarse las cosas con humor, pero el doctor Thompson estaba preocupado.

—Por el momento, los maoríes vuelven a luchar entre sí, ¿verdad? —preguntó Ruth—. Cooper cuenta que ha estallado una auténtica batalla en Te Ahuahu. Sabe Dios dónde estará ese sitio. Y Hone Heke tal vez esté herido.

—Yo solo sé que han retirado al teniente coronel Holme y que lo han sustituido por un tal teniente coronel Despard. El doctor Haimon... —los Thompson todavía vivían en la casa del compañero de profesión y amigo, pues el médico aún no consideraba que la situación en Kororareka fuera lo suficiente segura para regresar— lo conoce y no le entusiasma. Lo considera una persona impetuosa y colérica. Habría sido mejor escoger a un hombre más reflexivo. En cualquier caso, Despard quiere intervenir ahora. Ya ha pedido más tropas y equipamiento para un hospital de campaña. Sean cuales sean sus planes, cuenta con tener grandes pérdidas. Cuando pienso que todo esto ha empezado por el asta tumbada de una bandera...

Ruth asintió, de nuevo intranquila. A mediados de junio, la siguiente carta de Cooper confirmó los temores del médico.

¡Mi bellísima y tan dolorosamente añorada Ruth!:

Ruth resplandeció, como siempre que a Cooper se le ocurría otro nuevo y maravilloso encabezamiento.

Parece que esta va a ser por el momento la última carta que voy a poder escribirte, pues mañana volvemos a marcharnos. Esta vez vamos en barco a la desembocadura del río Kerikeri y luego al interior, a un *pa* propiedad de un aliado de Hone Heke. El teniente coronel Despard quiere atacar a toda costa, aunque ahora estamos en pleno invierno y llegar hasta allí será bastante difícil. En lo que respecta a nuestro nuevo comandante estoy realmente preocupado. Tiene fama de ser difícil e irascible, y ayer discutió con Tamati Waka Nene (nuestro más importante aliado maorí), lo que confirma esa valoración. Me encontré en una taberna con su traductor, un tipo escocés muy agradable, y después de un buen número de whiskies (ya te veo fruncir el ceño, mi dulce exmisionera, pero de vez en cuando hay que beber con la gente si se quiere averiguar algo de ella), me contó que Despard había ofendido gravemente a Waka Nene. Y, sin embargo, el jefe tribal ha venido con más de doscientos guerreros con experiencia para ayudarnos a luchar contra Hone Heke. Y en lugar de darle una calurosa bienvenida, el teniente coronel le comunica que no ha pedido el apoyo de unos salvajes. El traductor suavizó mucho sus palabras, por no decir que las falseó del todo. Dio las gracias a Nene por el refuerzo que, supuestamente, Despard todavía valoraba más porque no lo había pedido. Ni pensar en lo que hubiera sucedido si hubiese traducido de forma literal sus palabras. Sin la ayuda de los indígenas somos ciegos y sordos en ese terreno. ¡Seríamos incapaces de percatarnos de cuándo los maoríes nos meten en una emboscada! Al menos, en esta ocasión estamos provistos de artillería pesada. Despard se llevará cuatro cañones con los cuales nos dejará vía libre para tomar por asalto el *pa*. Pese a ello, no cabe duda de que la operación será peligrosa. A lo mejor rezas por mí, mi querida Ruth. En empresas como esta necesitaré todo el apoyo celestial.

Ruth se mordió el labio. Según su experiencia, la oración no le había servido de gran ayuda hasta el momento. Más bien pensaba en presentarse como voluntaria para trabajar en el hospital de campaña que Despard había solicitado. De todos modos, aún no se había organizado ninguna expedición al respecto y, por añadidura, tenía sentimientos encontrados. ¿Iba a cometer una vez más el error de correr detrás de un hombre? Cooper era distinto de David, no necesitaba su ayuda. Probablemente se habría enfadado con ella si le hubiese hecho partícipe de sus intenciones. Seguro que no quería que ella corriera ningún peligro solo por estar cerca de él.

Así pues, no hizo nada en un principio y esperó a que llegaran más noticias. Siempre estaba bien informada gracias a su trabajo en la enfermería del cuartel. Incluso si Cooper no podía escribirle, sabía lo que ocurría. De modo que oyó hablar de la marcha forzada que habían realizado las tropas británicas con un tiempo extremadamente adverso y sobre un terreno embarrado. Tardaron días para acercarse tan solo al *pa* del rebelde.

—Yo creía que iban a trasladarlos en barco a ese *pa* —comentó Ruth al doctor Walton. Conocía al general jefe del cuartel de Auckland y este siempre lo ponía al día de las novedades sobre los movimientos en el frente.

El doctor Walton asintió.

—Sí, hasta la desembocadura del río. Pero el *pa* no está en la costa, tienen que avanzar tierra adentro. Si es que le dice algo, se trata de un lugar llamado Ohaeawai. En cualquier caso, está en medio del bosque. No hay carreteras que lleven hasta allí, solo los senderos que utilizan los maoríes. No tengo ni idea de cómo quieren transportar los cañones por allí. Es probable que primero tengan que desmontar el terreno. Los hombres estarán ya al límite de sus fuerzas antes de que se dispare el primer tiro.

Ni los médicos ni el jefe del Estado Mayor en Auckland tenían buena opinión de la expedición de invierno de Despard. Naturalmente, Hone Heke era una espina que todos tenían clavada, pero llevaba tanto tiempo triunfando que se le habría podido dar plena libertad hasta la primavera. A fin de cuentas, atrincherado en alguna fortificación apartada, no emprendería ninguna acción.

En los días que siguieron no se recibieron más noticias. Despard y sus soldados se abrían fatigosamente camino a través del bosque lluvioso y no tenían tiempo para enviar mensajeros. Hasta principios de julio no llegaron novedades. Cuando se presentó en el trabajo, Ruth encontró a los médicos en una intensa actividad. El doctor Miller y el doctor Walton reunían vendajes y medicamentos. Delante de la entrada de la enfermería un coche esperaba a que lo cargaran. Ruth observó pensativa los preparativos.

—Va a ser esto... ¿el hospital de campaña? —preguntó con la boca seca.

El doctor Miller asintió con expresión seria.

—Mañana nos marchamos —respondió—. Iremos en barco hasta el río Kerikeri y luego seguiremos por tierra lo más deprisa posible. Es una urgencia, Despard tiene graves pérdidas. Se dice que más de treinta muertos y muchos heridos.

El corazón de Ruth empezó a latir fuertemente.

—¿Van los dos? —preguntó a los médicos.

El doctor Walton negó con la cabeza.

—No, solo el doctor Miller y dos cuidadores. —La miró inquisitivo—. En caso de que tenga interés en unirse a ellos, enfermera Ruth... Es usted nuestra trabajadora con más experiencia. Celebraríamos mucho que acompañara al doctor Miller. Pero teniendo hijos... No se le puede exigir que lo haga...

Ruth tragó saliva. Por lo visto no tenía que convencer a nadie para que la enviaran al frente. El doctor Walton se lo ofrecía voluntariamente. La tentación era irresistible. Ruth no estaba hecha para limitarse a esperar con los brazos cruzados y rezar.

Inspiró una profunda bocanada de aire.

—Tengo a... —iba a decir «mi amor», pero se contuvo a tiempo—. El hombre con quien voy a casarme está en el frente —continuó—. Desde el principio de la nueva ofensiva no he sabido nada más de él. Como podrá imaginar, estoy muy preocupada por él. De ahí que...

El doctor Miller, que no se había pronunciado hasta el momento, torció la boca.

—No sé si puedo autorizar un ingreso por motivos personales —observó—. No vaya a ser que se derrumbe usted si a su futuro marido le ha sucedido algo. Además, el viaje es extenuante. Usted como mujer... Sin contar con los prejuicios morales...

El doctor Miller apreciaba el trabajo de Ruth como enfermera, pero no le gustaba que fuera tan independiente. Asimismo, encontraba cuestionable su posición como madre trabajadora, prefería a las mujeres en la cocina que en el hospital.

Ruth lo fulminó con la mirada.

—Soy bastante resistente —protestó—. He vivido durante años en las Chatham. No me asusto por cuatro gotas de lluvia y barro. Y tampoco me desmorono tan deprisa. Ya he pasado por muchas cosas, incluso he visto hombres desnudos, si se refiere a esto con sus escrúpulos morales. Pero, por favor, si pese a todo rechaza mi ofrecimiento... ¿Cuántos heridos debe de tener ya el teniente coronel Despard? ¿Cincuenta? ¿Sesenta? ¿Y quiere salir así airoso, con solo dos cuidadores sin experiencia? Bien, naturalmente usted es un hombre... —Puso los ojos en blanco—. Ay, sí. —Y añadió—: Además, yo hablo maorí la mar de bien...

El doctor Walton, que era mucho más liberal que su conservador compañero de profesión, se echó a reír.

—¡Ya lo ha oído, Miller! —dijo—. La señora tiene muchas más agallas que algunos de nuestros reclutas. Y conocimientos lingüísticos que pueden ser de utilidad. También tratará a individuos de las tropas maoríes de refuerzo. Por mí, no hay nada en contra de su incorporación. ¿Encontrará a alguien que se ocupe de sus hijos, enfermera Ruth? Es seguro que estará de viaje un par de semanas.

Ruth suspiró de alivio. El doctor Walton era médico jefe, así que por su rango era más importante que el doctor Miller. Su colega de profesión tendría que conformarse. Confirmó que Raukura podía ocuparse de los niños. No había problema por dos o tres semanas que se ausentara.

—Creo que no permaneceremos demasiado tiempo en el frente —reflexionó—. Seguro que enseguida llevamos a los heridos a Kororareka o tal vez incluso a Auckland.

Inmediatamente después se puso a enrollar vendas y reunir el equipo médico para el hospital de campaña. Por dentro no estaba tan serena. Treinta muertos y muchos heridos... Solo podía esperar que Cooper no se hallara entre ellos o que al menos ella llegara a tiempo para salvarlo. Además, no tenía tan poco miedo como fingía. El viaje sería peligroso, en realidad era una irresponsabilidad emprender una aventura así, tan de repente. El doctor Miller tenía toda la razón al avisarla, incluso si sus motivos misóginos la indignaban. Pero cualquier cosa era mejor que estar sin hacer nada esperando una carta de Cooper. Tenía que saber que estaba bien, y quería estar allí si de verdad le había sucedido algo malo. En esos momentos, las condiciones en el frente debían de ser catastróficas. Los heridos graves carecían casi totalmente de medicamentos, de tiendas hospitalarias resistentes y de material de vendaje suficiente. Claro que el teniente Despard contaba con uno o dos capitanes médicos entre sus hombres. Pero en operaciones contra los indígenas, se solía terminar con pérdidas reducidas. Seguro que los médicos no estaban preparados para tal cantidad de heridos.

Al día siguiente, Ruth acudió al trabajo con el corazón batiente, iba vestida del mismo modo que tiempo atrás, cuando se trasladó a las islas Chatham como auxiliar de la misión. Llevaba ropa oscura, unas botas resistentes, un abrigo grueso y una capota, y recordó con pena aquellos tocados de tejidos livianos, divertidos y adornados con flores que había llevado en Berlín muchos años atrás. Además de los airosos y coloridos vestidos... Los añoraba, tal vez un día podría volver a tener ese aspecto bello y despreocupado en lugar de parecer una decorosa matrona.

Raukura la acompañó con los niños hasta el puerto, donde iba a reunirse con el doctor Miller y los cuidadores. La moriori miraba con escepticismo el proyecto de

Ruth de irse a la guerra. Al igual que Kimi, temía a los maoríes y no estaba en absoluto convencida de la superioridad del ejército británico.

—Os internáis en el corazón de un territorio hostil —señaló temerosa Raukura—. Los maoríes sabrán dónde estáis. Siempre lo saben, incluso entonces, en Rakohu. Nos encontraron a todos, poco importaba dónde nos hubiésemos escondido. ¿Y ahora vais a circular con un coche lleno de cosas que ellos quizá necesiten a través de una zona que conocen como la palma de su mano?

—Nos acompañarán tropas de refuerzo —intentó tranquilizarla Ruth—. No nos dejarán en plena naturaleza salvaje sin vigilancia. Y nosotros somos médicos. En realidad, no deberían atacarnos.

Raukura suspiró.

—¿Se atuvo alguna vez Anewa a las reglas? Yo, en cualquier caso, no iría. Aunque me colocaran toda una guarnición de tropas de protección.

Ruth hizo un gesto de rechazo. Entretanto, ya habían llegado al puerto y Raukura contempló con desconfianza cómo cargaban solo el hospital de campaña, y no embarcaban más soldados, en el velero abombado de dos palos que iba a conducir a los médicos y los cuidadores al río Kerikeri. La embarcación acogió sin esfuerzo el carro con el material, así como los dos robustos alazanes que iban a tirar de él más tarde hasta llegar a Ohaeawai.

Ruth se despidió con un beso de sus hijos y con un abrazo de Raukura.

—El alto mando sabe lo que se hace —contestó—. A fin de cuentas, nos necesitan. Así que no intranquilices a los niños.

Laurent lloraba. Tal vez no había entendido los reparos de Raukura, pero percibía su preocupación.

—Volveré enseguida —prometió al niño, esperando

poder cumplir su palabra. Laurent era un niño dulce y obediente, pero en los últimos meses su vida había experimentado muchos cambios. Que su madre se marchara ahora, era excesivo. A Ruth se le desgarró el corazón cuando la abrazó entre sollozos.

—¡No te vayas, mamá, no te vayas!

Ruth dudó. Pero entonces vio la mirada burlona del doctor Miller. El médico pisaba en ese momento la pasarela del barco.

—¿Qué, enfermera Ruth? ¿Está pensando en dar marcha atrás? Por mí puede usted quedarse. Es una mujer, una madre. ¡Compórtese como tal!

Ruth lo fulminó con la mirada.

—¡Soy una enfermera! —contestó con firmeza—. Y como tal me comporto.

Decidida, desprendió de su falda las manitas de Laurent, lo besó otra vez y lo empujó hacia Raukura.

Esta la atrajo hacía sí y le ofreció el rostro para el *hongi*.

—No hagas caso de mi pesimismo —susurró—. Haz lo que debas. Los espíritus te guían.

Ruth suspiró, pero luego pisó la pasarela con determinación. No creía en espíritus conductores. Y solo era demasiado consciente de lo que hacía: no lo que debía, sino lo que quería. Como siempre. Eso, hasta ahora, nunca la había hecho feliz. Pero esta vez habría otro final. Encontraría a Cooper y lo traería de vuelta. Y luego, por fin, todo iría bien.

4

El barco llevó al personal del hospital de campaña en primer lugar a Kororareka, y Ruth se asombró de la determinación con que la gente se dedicaba a reconstruir la ciudad.

—Además, ya no la llamamos Kororareka —le contó la propietaria de la pensión en que pernoctaba. Los hombres dormían en los alojamientos provisionales que desde la caída de la Polack's Palisade daban cobijo a los miembros del ejército, pero Ruth todavía disfrutaba de una cama decente—. Ahora se llama Russell, por lord John Russell, el secretario de Estado para las colonias. ¡No queremos ni acordarnos de los nombres maoríes!

De hecho, Ruth había encontrado muy bonito el nombre de Kororareka, que significaba «dulce pingüino azul», pero, en cierto modo, también entendía a los habitantes del lugar. Cuando al día siguiente se pusieron en ruta, volvió a deleitarse con la belleza de bahía de Islas y se regocijó viendo saltar a los delfines que acompañaban al velero. En esta ocasión, sin embargo, el sol no brillaba y el viento empujaba una ligera llovizna hacia ella. Ruth no se amedrentó por ello. Permaneció en cubierta, mirando la ciudad que lentamente se iba desvaneciendo en el horizonte. ¿Habrían vuelto entretanto David y los otros hermanos maristas? No habían evacuado Te Waimate, pero el contacto con Hone Heke y sus maoríes se había roto del todo. Últimamente, Despard había reunido tropas en la misión. Ruth se preguntaba si eso sería del agrado del reverendo. Hasta ahora se habían mantenido del lado de los maoríes.

El río Kerikeri era ancho y caudaloso —se decía que, algo más arriba, había unas cascadas espectaculares—, aunque no era navegable porque carecía de suficiente profundidad. Desde Russell se llegaba a la desembocadura realmente deprisa, pero luego tenían que descargar el barco. Una vez concluida esta operación, la idea era continuar tierra adentro a pie, a caballo o en carro. Aun así, el doctor Miller y su equipo pasaron una noche a la orilla del río, en una pequeña misión donde algunos misioneros mantenían su posición. Se habían ocupado de una tribu maorí asentada en esa zona, aunque a esas alturas se habían marchado, se suponía que tras la estela de Hone Heke. Allí esperaban a los sanitarios seis soldados con sus monturas para escoltarlos hasta el lugar donde estaban destinados. A la mañana siguiente emprendieron la marcha por el mismo camino que había tomado el teniente coronel Despard con su ejército. Imposible no encontrarlo. Como había supuesto el doctor Miller, lo habían ensanchado para que circularan tropas y cañones. Ruth lamentó que hubieran destruido la naturaleza con tal objetivo. Los soldados habían desmontado sin la menor consideración y dejado tirados junto al camino los troncos de los árboles. Incluso así no habían conseguido hacer una pista firme por la que poder transitar cómodamente. El carro no dejaba de atascarse en el barro o quedaba sujeto a los tocones que no se distinguían debido al lodo y los charcos. Ruth, quien en realidad debía ir en el carro, pasaba la mayor parte del tiempo empujando el vehículo, al igual que los soldados, el médico y los cuidadores. Por la noche, no habían avanzado demasiado y, en cambio, estaban muertos de cansancio. El doctor Miller mandó montar las tiendas y encender una hoguera.

—¿Es realmente una buena idea? —preguntó uno de los cuidadores, australiano como la mayoría de los soldados, y veterano en diversas luchas con los aborígenes de su país—. Si hay indígenas alrededor, atraeremos su atención.

—De todos modos, ya nos han visto—observó Ruth, recordando las advertencias de Raukura—. Como también el modo en que avanzamos a tientas por este lugar y lo despacio que vamos... Eso no se les pasa por alto a los guerreros. Deberíamos haber cargado el material en monturas y nosotros haber ido a caballo.

El doctor Miller hizo una mueca.

—Qué bien que sepa usted evaluar la situación mejor que el alto mando, enfermera Ruth —se mofó—. Ahora solo es cuestión de aguantar. Si Despard lo ha logrado con seis cañones, también nosotros lo conseguiremos con un carro.

—Con cañones de treinta y dos libras como mínimo —añadió el cuidador—. Todavía me dan lástima esos pobres que tuvieron que transportarlo en medio de la naturaleza salvaje.

En la misión habían averiguado algunas cosas más sobre la actual campaña del teniente coronel Despard. Cada día se detenían allí mensajeros. Por lo visto, los soldados habían llegado al *pa* de Ohaeawai la última semana de junio, habían montado el campamento delante y habían abierto fuego. Sin embargo, la empalizada del fuerte había resistido, motivo por el cual habían solicitado un cañón más pesado que ya estaba en camino. Los oficiales de Despard le aconsejaron esperar a que el cañón llegase para realizar un ataque frontal y, al principio, estuvo de acuerdo. Aun así, los maoríes asaltaron el campamento de las tropas de refuerzo. Tamati Waka Nene había izado patrióticamente la Union Jack, que los rebeldes corrieron a robar y colgaron al revés y a media asta en su propio fuerte. Despard se puso tan furioso por esa blasfemia que ordenó un ataque con el que desencadenó una catástrofe. En el transcurso de pocos minutos, cayeron treinta y tres soldados británicos y más de sesenta sufrieron heridas. Los maoríes, que habían disparado protegidos desde el *pa*, no sufrieron ninguna pérdida.

Solo de pensarlo, Ruth se ponía rabiosa. Un solo individuo colérico que enviaba a la muerte a docenas de personas solo porque se sentía ofendido. Aunque eso era lo característico de toda contienda. Ya ahora se hablaba de la Flagstaff War, la guerra por el asta de la bandera.

Tras una noche intranquila en una húmeda tienda de campaña, rodeados de los sonidos del bosque lluvioso neozelandés en el que casi todos los habitantes animales eran nocturnos, avanzaron con la misma lentitud que el día anterior. Ruth se sentía cada vez más manifiestamente crítica. Estaban atascados en terreno enemigo y los soldados, que en realidad tenían que custodiarlos, estaban tan ocupados empujando y tirando del carro que no tenían tiempo para inspeccionar los alrededores y asegurar el entorno.

Por la noche se calentaba agradecida las manos en una hoguera y bebía té caliente, pero los reparos del veterano australiano no se le iban de la cabeza, tampoco las palabras de Raukura. ¿Corrían realmente un riesgo incontrolable al encender una hoguera o eran de verdad observados durante todo el viaje? Oteaba inquieta la oscuridad del bosque. ¡Ojalá llegaran pronto al campamento británico! La distancia hasta allí no superaba los veinte kilómetros, pero nadie sabía hasta dónde habían avanzado y cuánto les faltaba por recorrer. Ruth se sentía horrorizada de lo que quedaba de viaje. A estas alturas estaba totalmente tensa. Le dolían todos los músculos de tanto empujar y tirar y la humedad ya hacía tiempo que le había calado las botas. Lo único que mantenía firme era la esperanza de volver a ver a Cooper. No podía haber muerto en ese insensato ataque.

Al menos esa noche durmió de agotamiento y sin importar cuántos kiwis fueran lanzando sus tan poco melódicos gritos alrededor. Al día siguiente llovía intensamente. Ruth y los hombres prosiguieron su agotadora caminata.

—En realidad deberíamos llegar hoy —dijo optimista el doctor Miller, pero esa tarde oscureció antes de que surgiera a la vista un asentamiento, un campamento o una fortaleza.

Ruth deseaba poder descansar pronto. Tan solo ansiaba tenderse en una tienda más o menos a refugio de la lluvia y no oír ni ver nada más. Los hombres se apoyaban con todas sus fuerzas contra el carro para empujarlo, no estaban preparados para defenderse de un asalto. Los fusiles de las tropas de protección estaban guardados en las alforjas de los caballos, que andaban detrás de sus amos cuando no se los enganchaba delante del carro como refuerzo de los caballos de tiro.

Nadie estaba preparado cuando de repente unas balas azotaron el camino y salió del bosque un grupo de guerreros maoríes gritando. Ruth obedeció al impulso de esconderse en el barro debajo del carro. Vio caer al cochero y a tres soldados antes incluso de pensar en defenderse. El primero en sacar un mosquete fue el doctor Miller, pero los maoríes ya se habían acercado al carro. Antes de que pudiera disparar, recibió el golpe de una maza de guerra. Los casacas rojas, que todavía no habían sido heridos, desenvainaron sus sables y se enfrentaron a los guerreros, cuya superioridad demostró ser abrumadora. Ruth observaba pasmada cómo iban cayendo un hombre tras otro. Esperaba que no todos estuvieran heridos de muerte. El objetivo del ataque no era matar a los *pakeha*. Se trataba más bien de robar el cargamento. Uno de los guerreros sujetó los caballos. Los otros saltaron al vehículo después de que el último soldado hubiese caído.

—¡Hori tenía razón, son realmente medicinas!

Ruth percibió la alegría con que el maorí que inspeccionaba la carga comunicaba la noticia. Los otros se unieron a sus gritos de júbilo.

—Pero ¿dónde está la *tohunga*? —preguntó otro guerrero. Iba de uno de los caídos a otro mirándoles la cara. Parecía estar buscando algo o a alguien.

—Hori dijo que iban con una mujer...

Ruth hizo una mueca. Hori era el anciano maorí que trabajaba en la misión de la desembocadura del río. Cuando pasaron por allí, le había pedido al doctor Miller que le ayudara por un furúnculo y el médico lo había remitido a Ruth. Ella había abierto el furúnculo, limpiado y vendado la herida. Al hacerlo le había llamado la atención el excesivo servilismo de ese hombre... y ahora, por lo visto, había sido precisamente Hori quien había hablado de ella a esos hombres.

—¡Aquí está, ya la tengo! —oyó Ruth. Alguien la agarró por el borde de la falda y tiró de ella hacia atrás—.

¡Se había escondido! —Rio. Ruth volvió a ver los tatuajes que tanto le habían repugnado en Anewa y su gente—. ¿Habías pensado que no te encontraríamos? —preguntó el hombre, y le guiñó el ojo con lascivia—. ¿O es que ya te habías tendido en el suelo para... —Hizo un gesto obsceno.

Ruth se sentó y se esforzó para no mostrar el miedo que sentía.

—Me he puesto debajo del coche para protegerme de los disparos —dijo lentamente pero en un maorí muy correcto—. No soy cobarde.

—Yo también me lo monto bien con mujeres valientes —replicó el guerrero dispuesto a agarrarla. Pero entonces una lanza sesgó el aire. Ruth se llevó un susto de muerte cuando se clavó entre ella y el guerrero.

—¡Déjala en paz, Aketu, es *tohunga*! Forma parte del botín. El *ariki* la quiere. Y necesita su benevolencia. Quién sabe la magia que conocen los blancos. Podría maldecirlo en lugar de curarlo...

Un hombre alto, de cara ancha y ojos redondos, cabello negro y espeso y unos imponentes moños de guerra se acercó a ella. Por lo visto era el jefe de la tropa. También su rostro estaba tatuado, pero no era tan amenazador.

—¿Hablas nuestra lengua? —preguntó a Ruth.

Ella asintió.

—Estuve como... como enfermera en Wharekauri... —Dio el nombre maorí de las Chatham y ni ella misma entendió del todo por qué dijo enfermera y no auxiliar de la misión.

—Ya lo habéis oído —dijo el guerrero en un tono triunfal—. Es *tohunga makutu*.

Ruth frunció el ceño. Con esas palabras, los maoríes y los moriori se referían a una mujer sabia, que podía curar pero también echar una maldición. El hombre había considerado que esa era la traducción adecuada de la palabra enfermera.

—Yo no sé hacer magia —dijo.

—Pero ¿sabes utilizar todo eso? —El guerrero hizo un gesto con el que abarcaba el carro y las medicinas.

—Eso sí —admitió Ruth—. Soy enfermera, cuidadora... me ocupo de los enfermos y los heridos.

—*Tohunga makutu* —repitió satisfecho el guerrero—. Vendrás con nosotros.

—¿Con vosotros? —preguntó desconcertada Ruth. Pero luego se acordó de Anewa y de que los maoríes cogían esclavos—. Como... ¿esclava?

—Como presa —respondió el hombre—. Luego ya veremos...

«Una maga —pensó Ruth— no debe de ser tan fácil de convertir en esclava.» Si los hombres realmente temían que les echara una maldición, tal vez renunciarían a causarle algún daño. Empezó a reunir nuevas fuerzas.

—¿Adónde queréis ir? —preguntó. Los maoríes ya habían empezado a vaciar el carro y cargar los medicamentos, vendas y lonas de las tiendas en los caballos. Sin el carro avanzarían mucho más deprisa—. ¿A Ohaeawai?

A lo mejor también ellos necesitaban un hospital de campaña, pese a que hasta el momento se había mencionado que no habían sufrido pérdidas.

—No. A Ruapekapeka. Vas a cuidar del jefe tribal. Vamos, tenemos un largo trecho por delante.

A esas alturas ya había oscurecido, pero los maoríes no dudaron en ponerse en camino de inmediato.

—¿Y qué... qué ocurrirá con mis acompañantes? —preguntó Ruth, señalando a los hombres que yacían inertes en el barro. No cabía duda de que el doctor Miller y tres oficiales estaban muertos. Pero no estaba del todo segura de si los demás tampoco vivían.

El cabecilla de los guerreros hizo un gesto de rechazo.

—Muertos o no. Es igual, a lo mejor los encuentran mañana. Hori nos ha dicho que hay más suministros en camino...

Ruth se resistía a dejar a los hombres simplemente ahí tirados, pero no le quedó otra elección. Los maoríes la escoltaron a través el bosque, donde anduvieron por unos senderos casi indistinguibles. La tropa permanecía unida. Por lo visto, no habían planeado asaltar otros vehículos. Se diría que los hombres habían puesto sus miras en el hospital de campaña y en la mujer entendida en el arte de curar que lo acompañaba. Ruth pensó en que la arrogancia del doctor Miller era probablemente lo que ese día le había costado la vida. Si no hubiera pasado a ella el cuidado de furúnculo de Hori, habrían advertido que él era el *tohunga* y los maoríes le habrían perdonado la vida.

Pero luego ya no tuvo fuerzas para profundas reflexiones. Antes ya estaba cansada y la marcha la ponía, definitivamente, en el límite de sus fuerzas. Al menos, ahora ya no tenía que tirar del carro y el suelo no era fangoso. No eran senderos demasiado trillados. Los líquenes y la alfombra de musgo que cubrían el suelo impedían que resbalara. Como contrapartida, el ritmo de marcha de los guerreros era extraordinariamente rápido. Los hombres casi corrían, Ruth tenía la sensación de que solo se moderaban según lo que marcaran los caballos, que en ese suelo irregular tropezaban con tanta frecuencia como Ruth. Si bien la impelían a darse prisa, no ejercieron ninguna medida de fuerza cuando al amanecer se dejó caer sin más en el suelo.

—No puedo más —dijo—. Dejadme descansar o matadme... Haced lo que queráis. Pero no puedo dar un paso más.

No oyó lo que discutían los hombres, también estaba demasiado cansada para ello. Al final sintió que le ponían en la mano una pequeña calabaza.

—¡Beber! —dijo uno de los guerreros. Ruth tomó un trago y sabía a whisky—. ¡Hace fuerte! —aseguró el hombre.

Ruth negó con la cabeza.

—A mí, hoy, no hay nada que me haga fuerte. Tengo que descansar.

Los hombres volvieron a departir y para sorpresa de Ruth montaron un campamento. Se quedó tendida sin moverse mientras ellos encendían una hoguera, extendían un par de lonas y montaban una tienda provisional para su cautiva. Ruth se sentó cuando volvieron a llevarle whisky, así como pan ácimo y carne y pescado secos.

—Come primero y luego duerme. Pero no demasiado. Tenemos prisa. El jefe nos espera. Y nadie sabe cuánto tiempo le concederán los espíritus... —El cabecilla tomó un buen trago de la calabaza.

—El jefe está... ¿enfermo? —preguntó Ruth con cautela.

—Herido —respondió el guerrero—. Necesita un sanador y cree que los sanadores blancos son mejores que los nuestros. Tú demostrarás si es cierto. ¡Y ay de ti si fallas!

5

Pese a que la amenaza la amedrentó, Ruth durmió un sueño profundo y sin pesadillas durante las siguientes horas. Al despertar la esperaba un desayuno de pan ácimo y ave asada. Los hombres debían de haber ido a cazar mientras ella dormía.

Ruth se abalanzó hambrienta sobre la comida, pero luego los maoríes volvieron a darle prisas. Otra vez pasaron horas caminando, unas veces a través de la espesura del bosque, otras veces entre matorrales, junto a arroyos o vadeando ríos. Ruth ya no llevaba ni una prenda seca, tenía los pies llenos de ampollas y le dolían a cada paso que daba. Temblaba de frío y se encontraba mal. Cuando por fin llegaron al *pa* de Ruapekapeka, no le quedaban fuerzas para admirar la obra defensiva que los maoríes habían tenido que levantar en las últimas semanas. Los indígenas eran conocidos por la rapidez con que construían sus fortalezas y luego las abandonaban si eso les parecía estratégicamente conveniente. Por regla general, las viviendas que se hallaban en el interior del *pa* eran edificaciones muy primitivas. Los maoríes utilizaban un espacio mínimo para dormir.

Ruth solo vio de paso las vallas de unos tres metros de altura de troncos de puriri forrados con capas de hojas de lino que los protegían de las balas de los mosquetes. Entre las dos y hasta tres líneas de empalizadas transcurrían unas zanjas en las que los guerreros podían desplazarse sin correr riesgo. Había troneras y una torre de vigía cuya silueta fue lo único que pudo distinguir Ruth, pues ya hacía tiempo que volvía a ser de noche.

El *pa* estaba bien custodiado. La tropa de la empalizada enseguida vio a los guerreros que se aproximaban, los llamó, pero abrió las puertas antes de que se dieran a conocer. La llegada del hospital de campaña fue recibida con entusiasmo. Los hombres miraban con recelo a Ruth.

—¿Vamos ya a ver al jefe? —preguntó el cabecilla—. Podemos descargar deprisa.

—El jefe está durmiendo.

Ruth levantó la vista y descubrió a una mujer maorí, alta y delgada, que se protegía del frío y la humedad con la capa de plumas de kiwi propia de un jefe tribal. La maorí también se percató en ese momento de su presencia.

—¿Es el doctor? —preguntó extrañada—. ¿Por qué no es un hombre?

El cabecilla se frotó la frente tatuada y empezó a justificarse.

—Es *tohunga makutu*. Lo dijo Hori y ella lo ha confirmado. Es...

—¿Eres hechicera? —inquirió en un tono burlón la mujer a Ruth. Hablaba el inglés.

Ruth negó con la cabeza.

—Soy enfermera —contestó también en inglés—. Al médico lo ha matado tu gente.

El rostro de la mujer se contrajo de rabia. Alrededor de la boca mostraba unos pocos tatuajes que le quedaban sorprendentemente bien. Una mujer de una belleza extraordinaria, apuntó Ruth.

—Bien, lo habéis hecho estupendo, Paora —dirigió la palabra con sarcasmo al cabecilla—. ¿Es que no podéis hacer nunca nada correctamente? Estabas en la misión, estás bautizado. ¿Has visto alguna vez entre los *pakeha* a una *tohunga* mujer, salvo quizá como cocinera? Entre ellos es *tikanga*, costumbre. No permiten que las mujeres tenga *mana*. O sus mujeres son más tontas que las nuestras...

Ruth se enderezó. Pese a todo su cansancio no iba a pasar por alto esas palabras.

—Las mujeres *pakeha* no son, en absoluto, más tontas que las maoríes —dijo en la lengua de los nativos—. Si a pesar de eso no pueden estudiar Medicina es por una costumbre, una costumbre estúpida. Los hombres nos prohíben acudir a... —por lo que ella sabía, la palabra universidad no existía en maorí— sus escuelas. Pero también se puede aprender un poco fuera de ellas. Yo, por ejemplo, sé mucho del arte de curar. Yo soy una buena enfermera, una *tohunga*. Pero no *makutu*. No puedo hacer magia ni echar maldiciones a nadie. Al menos mis maldiciones no surten ningún efecto...

La mujer maorí reprimió una sonrisa.

—Igual que las mías —admitió—. Soy Hariata, la esposa del jefe tribal.

Ruth inclinó la cabeza.

—Ruth Mühlen —se presentó—. Enfermera Ruth. De qué... ¿de qué jefe hablas? Los hombres solo decían *ariki*. Yo...

Hariata se irguió.

—Hablo de Hone Heke —dijo, confirmando las sospechas que había abrigado Ruth—. Lo hirieron en la batalla de Te Ahuahu. Y la herida no se cura, vuelve a abrirse continuamente. Nuestros sanadores lo han intentado todo. Remedios y magia. Pero no mejora.

Ruth se rascó la frente.

—¿Es gangrenosa la herida?

Esperaba que no, en tal caso no podría hacer casi nada por el jefe. Además, la batalla de Te Ahuahu se había librado hacía semanas. Las tropas británicas no habían estado implicadas. Los maoríes habían luchado entre sí. Tribus fieles al gobierno bajo las órdenes de Tamati Waka Nene contra los rebeldes. Desde entonces había pasado mucho tiempo. Si se tratara de gangrena, Hone Heke ya estaría muerto hacía mucho.

Hariata también negó entonces con la cabeza.

—No. Nuestros *tohunga* han sabido evitarlo. No son tontos...

—Eso no lo ha dicho nadie —se apresuró a asegurar Ruth. No necesitaba mentir al respecto, en la isla Chatham y en Preservation Inlet había observado a suficientes sanadores con mucha destreza entre los maoríes—. Pero a pesar de todo, tal vez pueda la medicina de los *pakeha* lograr algo más. Escucha, Hariata, examinaré a tu marido mañana por la mañana. Pero hoy... Estoy agotada, estoy empapada y hambrienta y me muero de frío. Si tu marido está ahora durmiendo...

Hariata asintió comprensiva.

—Ven conmigo —dijo precediendo a Ruth—. Puedes comer y dormir. En mi *rua*...

—En tu... ¿nido? —preguntó confusa Ruth.

Hariata sonrió.

—Así es como llamamos a nuestro *pa*: nido de murciélagos. Enseguida verás por qué. —Condujo a Ruth al interior de la fortaleza donde, para su sorpresa, no se hallaban cabañas, sino solo pequeños montículos con entradas.

—Búnker —reconoció.

—Hemos enterrado nuestras casas —confirmó Hariata—. Para protegernos de vuestros cañones. Allí arriba está la mía.

Ruth esperaba que no la compartiese con Hone Heke y que este no la obligara a un examen inmediato si se despertaba durante la noche. De todos modos, había oído decir que los *ariki* maoríes concedían más valor que Anewa a la tradición de no vivir con sus esposas e hijos en la misma casa. El montículo al que la conducía Hariata tampoco parecía alojar a una familia. Al contrario, era algo más pequeño que los que lo rodeaban, así que debía tratarse de un alojamiento individual. Hariata indicó a Ruth que subiera a una escalera de madera y Ruth descubrió fascinada que la entrada se ensanchaba hacia dentro. La cueva tenía la forma de una calabaza enterrada. Abajo no hacía frío ni había humedad.

—¿Puedo desvestirme? —preguntó Ruth.

Su anfitriona asintió.

—Te buscaré un vestido —dijo. Ella llevaba la indumentaria tradicional, un corpiño tejido y una falda hasta media pierna con la cálida capa de jefe tribal. Pero era posible que tuviera ropa *pakeha*. Por ese inglés que hablaba a la perfección, tenía que haber convivido con blancos—. Aquí tienes una manta seca...

Pocas veces había sentido Ruth un placer mayor que al desprenderse de su ropa empapada. Se quedó completamente desnuda, se acurrucó en la manta que Hariata le tendió y aceptó agradecida una infusión caliente de hierbas. En un rincón de la cueva ardía un fuego junto al que poder entrar en calor. Hariata enseguida le calentó los restos de un potaje de boniatos y carne. Luego le señaló un lecho con una esterilla de lino y mantas.

—Puedes dormir allí. ¿No intentarás escapar? —quiso saber—. No he pedido guardián.

Ruth negó con la cabeza.

—Estaría demasiado agotada para escaparme —explicó—. ¿Y adónde? No tengo ni idea de dónde estoy. He venido a ayudar, Hariata. Es lo que exige mi profesión. No importa si los enfermos son maoríes o *pakeha*, jefes tribales o mendigos. Te prometo que daré lo mejor de mí para curar a tu marido. —Miró directamente a los ojos de la maorí.

—No me decepciones —dijo Hariata.

Ruth durmió como un lirón y se llevó un susto tremendo cuando Hariata la despertó. Necesitó unos segundos para saber dónde estaba. La gruta subterránea, la mujer maorí... Ahora recordaba cuál era su situación y qué deber tenía ante sí.

—El jefe está despierto —anunció Hariata—. Vístete y sube. Puedes comer algo y luego vas con él. Los hombres han descargado ya los medicamentos y vendajes, están en la *rua*. Si sabes lo que necesitas, alguien te lo llevará allí.

—Antes tengo que examinar la herida —contestó Ruth.

Observó satisfecha que, en efecto, ya había un vestido *pakeha* preparado para ella. Estaba algo raído y pasado de moda, pero estaba limpio y seco. Su ropa seguramente estaría todavía húmeda y necesitaría un lavado urgente. Las prendas interiores, que había dejado colgadas junto al fuego, estaban medio secas. Ruth se cubrió con ellas y el vestido nuevo. Le iba un poco grande, pero no importaba. Haciendo de tripas corazón, se calzó las botas mojadas —de nada servía que se le hubiesen secado las medias— y subió la escalera para salir. No sabía qué hora era. El sol se escondía detrás de montañas de nubes, pero era de día. Entre los montículos ardían hogueras, en algunas estaban cocinando. Hariata, que la esperaba en una de ellas, le dio una infusión de hierbas, pan y miel. Ruth comió con apetito y luego se sintió realmente preparada para examinar al jefe tribal.

—¿Lo tenéis en una especie de... enfermería? —preguntó a Hariata.

Ella negó con la cabeza.

—No. Todo esto es un poco complicado. A un jefe tribal no se lo puede instalar en una habitación con otros hombres. Es... *tapu* en muchos aspectos.

Ruth reflexionó. Naturalmente, un jefe del ejército herido también habría ocupado una habitación separada en un hospital de campaña inglés. Pero ¿qué más prohibiciones había en torno al *ariki*?

Hariata la condujo hasta la entrada de una gruta similar a la suya.

—Yo puedo entrar —dijo—. Y tú... En fin, creo que nuestras leyes no sirven para ti. Pero podemos hacer luego una ceremonia de purificación si así te sientes más segura...

Ruth no entendía de qué le hablaba, pero ahora no quería conversar sobre ese tema. Bajó decidida la escalera y vio a un hombre sobre una esterilla de lino trenzado a la manera del acostumbrado lecho maorí. Olía a cuerpo sin lavar y a orina; un cuenco con restos de comida descansaba en el suelo al lado de un aparato extraño y con forma de cuerno. El hombre que yacía allí y que ahora intentaba con esfuerzo enderezarse le parecía desaseado. Pese a los tatuajes, el rostro anguloso y de rasgos marcados de Heke, resultaba atractivo. Su cabellera era espesa y ondulada, aunque tenía el pelo enmarañado. Para sorpresa de Ruth lo llevaba corto y no recogido en moños de guerra. El torso desnudo del hombre estaba sin lavar. Ruth se acordó de las mendigas sin techo de las que habían tenido que ocuparse enfermeras y médicos en Berlín. Habían mostrado los mismos signos de abandono. Pero vivían en la calle y este era un poderoso jefe militar. Ruth se prohibió preguntar quién lo cuidaba. Superó su asco, se acercó a la cama y saludó respetuosamente.

—*Ariki*, la *tohunga* —los presentó Hariata. Se mantenía en un segundo plano.

—Ruth Mühlen —dijo Ruth—. Enfermera Ruth. Tu esposa y tus hombres... me han pedido que examine las heridas.

La boca del jefe tribal esbozó una sonrisa.

—Espero que lo hayan pedido cortésmente —observó hablando el inglés con tanta fluidez como su esposa.

Ruth lo miró.

—Después de haber matado a todos mis acompañantes, fueron muy corteses. Gracias. ¿Podrías descubrirte? ¿Dónde estás herido?

Se arrodilló junto al lecho y levantó la manta bajo la que yacía Hone Heke. Con ello confirmó la primera impresión acerca de que estaba mal atendido. No lo habían lavado, le habían salido llagas de estar acostado y además había bichos. Ruth tuvo que hacer un esfuerzo para sacar el vendaje de hojas que le cubría una de las heridas en la cadera. Una bala o una lanza había penetrado lateralmente por las costillas. Los órganos internos no parecían dañados, solo se había desgarrado el tejido muscular. La herida estaba abierta y supuraba.

—Ya la han curado —explicó el jefe tribal—. Pero se me abre continuamente. Me duele y consume toda mi energía. Nuestros *tohunga* ya han realizado rituales de exorcismo. Creen que unos espíritus malignos se han introducido en mí y me desgarran desde dentro.

Ruth palpó con cuidado la herida. El tejido estaba hinchado, pero no gangrenado.

—No es una herida de bala —constató.

El jefe negó con la cabeza.

—No, una lanza. La lanza de Tamati Waka Nene... Debe de haber puesto una maldición en ella —dijo, aunque no parecía creérselo ni él mismo.

Ruth se encogió de hombros.

—Una bendición seguro que no había —observó sarcástica—. Sin embargo, aquí no hay misterio ninguno. Supongo que la lanza se rompió en la herida. Tal vez rozó una costilla y saltaron un par de astillas. Estas lanzas son de madera, ¿verdad? —El enfermo asintió—. En cualquier caso, es bastante seguro que hayan quedado astillas en la herida y que estén circulando. Aunque el corte se cura superficialmente, en el interior no descansa. En tu cuerpo se está librando una batalla continua, *ariki*. Luchas contra la infección. Esta es la causa de tu debilidad.

Hone Heke contrajo el rostro.

—¿Qué se puede hacer en contra? —preguntó.

Ruth reflexionó.

—Te lo podré decir cuando haya limpiado a fondo la herida —respondió—. Podemos intentarlo con un ungüento para ampollas, pero no me hago muchas ilusiones. Me temo... me temo que tendremos que abrir al herida, buscar las astillas y sacarlas.

—¿Vas a ir haciéndome cortes por ahí? —preguntó Hone Heke.

—¡Es *tapu*! —intervino Hariata—. No deberías ni tan siquiera tocar al jefe tribal, y menos aún herirlo.

Ruth suspiró.

—Para cuidar y tratar a un paciente es inevitable tocarlo. Además, acabo de palparlo. En cuanto al corte... sería la única posibilidad de quitar las astillas. De lo contrario... Lo siento, ariki, pero probablemente antes o después morirías. Aunque en realidad la herida no es grave. Si estuviera limpia, se curaría enseguida, pero con un cuerpo extraño en su interior aparecerá en cualquier momento una septicemia.

—En esa... operación... —era evidente que la palabra le resultaba extraña— ¿podría morir?

Ruth levantó las manos.

—Probablemente no —contestó—. Pero te hará mucho daño pese al láudano. A veces los pacientes mueren a causa de un fallo cardíaco. De todos modos, creo que tienes un corazón sano, eres joven y fuerte. Claro que siempre existe cierto riesgo...

Hone Heke le dirigió una sonrisa irónica.

—Ves mi cara. ¿Crees que no soy capaz de soportar un dolor?

El rostro de Hone Heke estaba tatuado, y el *moko* tradicional de los maoríes no estaba simplemente perforado y pintado, sino grabado en la piel, formando así un relieve. El dolor que debió de haber experimentado en el proceso tuvo que ser inmenso.

—Yo te considero extraordinariamente fuerte —respondió Ruth.

Hone Heke asintió y pareció crecerse con el elogio.

—Entonces, hazlo —sentenció—. Ahora.

Ruth movió la cabeza.

—Ahora no —determinó—. Primero he de limpiarte y prepararte para la intervención. Tendré que lavarte, *ariki*. Por lo visto nadie lo ha hecho desde que te hirieron.

Hariata se entremetió.

—Claro que no. Como ya he dicho, tocar al jefe tribal es *tapu*. Yo lo he limpiado un par de veces... —No parecía muy entusiasmada. Siendo esposa del jefe, Hariata ocupaba un rango elevado en la tribu, probablemente también había sido educada como hija de un *ariki*.

Seguro que nunca había realizado trabajos innobles, ni tampoco se sentía llamada a cuidar a alguien. Ruth se preguntó si amaba a Hone Heke.

—Para mí no es *tapu* —afirmó—. Es solo una parte de mi profesión. Así que, por favor, procura que me traigan agua caliente en abundancia y una escoba. Hay que sacar de aquí todas estas inmundicias. Y alguien tiene que llevarme a donde estén los medicamentos. Necesito jabón, un escalpelo, láudano y alcohol. Mucho whisky o ginebra, lo que tengáis, y vendajes... En nuestro carro había de todo, no os preocupéis. Ah, y para la operación, a lo mejor tenemos que llevarlo arriba. Necesito luz, aquí está demasiado oscuro. No podré distinguir las astillas que estén clavadas en la carne.

Ruth pasó medio día fregando a fondo la gruta de Hone Heke, a quien lavó al final de todo. Era evidente que el *ariki* se sentía incómodo y Hariata no menos, pero Ruth cumplió su trabajo de manera rutinaria. Al final limpió la herida, pero no pudo extraer las astillas. Estaban profundamente insertadas en la carne, la operación era inevitable. Ruth no se sentía ni la mitad de segura de lo que había mostrado ante Hone Heke y Hariata. Si bien había colaborado en intervenciones similares, ella misma no las había efectuado. Pero como no había otra posibilidad, dejó de darle vueltas a la cabeza y, a primera hora de la tarde, pidió a Hariata que llevaran a su marido al exterior. El cielo invernal estaba gris y cubierto, pero al menos no llovía. Ruth esperaba que la luz natural fuera suficiente.

—Puedo ir yo mismo —afirmó Hone Heke—. Si me apoyo en vosotras dos y tiran de mí con una cuerda hacia arriba...

—Es desperdiciar fuerzas —protestó Ruth, mientras Hariata parecía dispuesta a satisfacer el deseo de su marido. Al final consiguió dar un par de pasos de su lecho a la escalera y dos fuertes guerreros maoríes tiraron de él hacia arriba. Gimió de dolor, pero se controló, inflexible. También se arrastró por sí mismo, apoyado en Ruth y Hariata, hasta el lecho de mantas que le habían preparado al aire libre.

Ruth miraba preocupada su rostro ceniciento a causa del esfuerzo.

—Descansa un poco antes de que empecemos —dijo acercándole a los labios un vaso de agua en el que había vertido unas gotas de opio. El jefe bebió diligente, pero torció el gesto al notar el sabor amargo.

—Eso aliviará el dolor, pero necesita algo de tiempo para obrar efecto —explicó Ruth—. Y luego... Lo siento, *ariki*, pero necesitaremos a dos hombres para sujetarte mientras corto. No podemos arriesgarnos a que te contraigas o te retuerzas, tengo que poder dirigir con seguridad y calma el cuchillo.

—Yo no voy a retorcerme —dijo con terquedad Hone Heke—. Me quedaré quieto, voy a...

—A lo mejor no puedes controlarte —objetó Ruth—. Y no es algo que podamos negociar. O lo hacemos bien o no lo hacemos.

El jefe clavó la mirada en ella, en su rostro luchaban la rabia y la admiración.

—¡Para ser prisionera eres muy insolente! —constató.

Ruth asintió.

—Yo soy la *tohunga* —le recordó—. Tendrás que reconocerme un poco de... cómo se dice... *mana*. ¿Tienes whisky, Hariata? Dale, por favor, unos tragos. También esto reduce el dolor, *ariki*.

Ruth esperó a que el paciente estuviera algo aturdido por el opio y el alcohol y pidió enérgicamente a dos guerreros reticentes que lo sujetaran por los hombros y las piernas.

Hariata les prometió una ceremonia de purificación. Ni su *mana* ni su alma sufrirían grandes consecuencias por haber tocado al *ariki* ese día.

Ruth comprobó que realmente sujetaban bien a Hone Heke antes de utilizar el escalpelo. El hospital de campaña contaba con una cantidad suficiente de instrumentos quirúrgicos. Ruth ya tenía listas las pinzas y los retractores, sobre cuyo uso ya había puesto al corriente a Hone Heke. La esposa de este tendría que ayudar. Ruth esperaba que soportara la visión de la sangre.

Para su sorpresa, la intervención transcurrió sin ningún contratiempo. El jefe no gritó, aunque su cuerpo se tensó cuando Ruth agrandó la herida con dos rápidos cortes. Taponó la sangre y llamó a Hariata, quien cumplió estoicamente con su tarea. Ella separó los bordes de la herida y Ruth la exploró con habilidad, de modo que enseguida encontró el primer cuerpo extraño. Tuvo que volver a realizar una breve segunda incisión para poder coger la astilla con las pinzas, y luego encontró y extrajo una segunda y una tercera astilla al final. Por último, limpió la herida con whisky, un método no utilizado en general pero en el que el doctor Thompson confiaba ciegamente. Solía preferir la ginebra, pero con whisky también tenía que funcionar. ¿O mejor fenol rebajado como hacía el doctor Miller? Ruth se lo pensó un poco y puso ambos en la herida. Hone Heke se estremeció. Por supuesto, ambos líquidos ardían como el fuego. No obstante, el jefe no se amilanó, tampoco cuando le cosió la herida con un par de puntos.

—¡Listo! —anunció sosegadora Ruth, después de haber secado la sangre. Estaba convencida de que la herida se iba a curar ahora—. Voy a vendarla y luego podrás descansar. Siento haber tenido que hacerte daño.

El cuerpo de Hone Heke estaba cubierto de sudor tras curarle la herida. No se podía ni pensar que regresara a la gruta por su propio pie. Ruth pensó en si debía pedir a los guerreros que lo llevaran, pero estos ya se habían escapado.

—Han ido a purificarse —dijo Hariata—. Los *tohunga makutu* llevan todo el día celebrando ceremonias para apaciguar a los espíritus.

Eso explicaba por qué ninguno de los sanadores maoríes había hecho acto de presencia para controlar lo que hacía Ruth. Aunque a lo mejor lo había prohibido el mismo *ariki*. Este parecía oscilar entre las costumbres maoríes y la cultura occidental.

En cualquier caso, Ruth tenía la solución.

—¿Podemos montar una tienda? —preguntó—. En el equipo que traíamos había tiendas. Grandes y pequeñas. Podríamos montar una con él dentro y así no tendríamos que moverlo.

Solícita, Hariata dio las indicaciones necesarias. Después de la operación estaba algo pálida, pero lo había hecho bien. Sonrió cuando Ruth le comunicó su agradecimiento.

—Las mujeres maoríes no son delicadas —explicó—. Si es necesario, luchamos junto a nuestros hombres. Sé manejar la maza de guerra. También podría haberme ocupado mejor de Hone si no existieran todos esos *tapu*...

—¿Estáis bautizados? —preguntó Ruth—. He oído decir que los misioneros habían rezado con la tribu de Hone Heke en Kororareka. Y tú y tu marido habláis un inglés estupendo. Debéis de haber asistido a una escuela de la misión.

Hariata asintió.

—Church Missionary Society en Kerikeri —le comunicó de buen grado—. Incluso nos casamos por la iglesia. Pero esto no significa que rompamos con todas nuestras tradiciones. —Sonrió—. No se debe encolerizar sin razón a los espíritus.

Ruth calló. Su período como misionera ya había pasado.

6

Hone Heke pasó la noche en una tienda del ejército protegido de la lluvia y el frío. Ruth y Hariata lo velaron, la última preocupada porque por la mañana volvía a tener fiebre.

—A veces puede pasar —dijo Ruth tranquilizándola, y le administró una tintura de corteza de sauce y de nuevo láudano.

Afortunadamente, los bordes de la herida no se habían infectado. Ruth cambió las vendas y aplicó una pomada. Hone Heke estaba despierto y consciente, aunque seguía muy débil y con resaca a causa del whisky.

Pese a todo, departió con algunos de sus guerreros, parecía extrañamente tranquilo. Al final, los hombres realizaron una especie de pantomima que satisfizo todavía más al paciente. Al parecer, representaban el sometimiento de un enemigo.

Cuando anochecía entraron en el *pa* unos nuevos guerreros que fueron recibidos con gritos de júbilo. Por la noche se sentaron en torno a las hogueras, comiendo la carne y los boniatos que las mujeres habían preparado en los hornos de tierra y fueron vaciando botellas de whisky.

—¿Está reuniendo nuevas tropas el *ariki*? —preguntó nerviosa Ruth a Hariata. Estaba con ella en la tienda de Hone Heke. La esposa del jefe tribal observaba con calma el trajín de los hombres—. ¿Cree que va a producirse una batalla en breve?

Hariata negó con la cabeza.

—No, en principio, no. Son los guerreros de Ohaeawai. Han abandonado el *pa* y ahora están aquí.

El corazón de Ruth latió con más fuerza. Así que la batalla de Ohaeawai había terminado. Si Cooper todavía estaba vivo, se hallaba fuera de peligro.

—¿Han ganado los británicos? —quiso saber.

La maorí se encogió de hombros.

—Han perdido la tercera parte de sus hombres para tomar un *pa* vacío. Además, ese Despard ha pasado días y días disparando y sitiándolo cuando los nuestros ya hacía tiempo que se habían ido. Si quieres llamarlo victoria...

Ruth suspiró.

—¿De verdad puede ganar alguien una guerra así? —planteó—. A mí todo esto me parece tan... tan infantil. ¿Vale realmente la pena, Hariata? Todas esas batallas, los muertos... ¿Por una bandera en Kororareka?

—No se trata de la bandera o el asta —señaló Hariata—. Se trata de que engañaron a mi pueblo en Waitangi. Y mi marido... Bueno, enseguida se entusiasma con ideas nuevas. Al principio estaba eufórico con los *pakeha*, también con vuestra religión. Era un cristiano convencido, incluso un predicador, consiguió que toda la tribu se convirtiera. Fue uno de los primeros en firmar el Tratado de Waitangi. Todos nosotros esperábamos que eso trajera ventajas para nuestro pueblo. Pero entonces se establecieron derechos de aduana, la capital se trasladó a Auckland... No era de nuestro agrado. Además, ajusticiaron a Wiremu Kingi Maketu...

—¿No era un asesino? —preguntó Ruth.

Había oído hablar de la captura y condena de Maketu. Había aniquilado a la familia de su patrono inglés y lo habían ahorcado por ello.

—Era uno de los nuestros —contestó Hariata—. Pertenecía a la tribu de Hone, y mi marido se enfadó mucho por el hecho de que los británicos se tomaran la libertad de juzgarlo. Sí, y luego se enteró de los americanos y de su guerra de la Independencia... —Sonrió fugazmente—. Y consiguió enseguida una de sus banderas y la colgó de un mástil de la canoa de guerra. Pero eso no llegó a molestar a nadie. Poco después cayó el asta de Kororareka, lo que realmente enfureció a los blancos. Tienes razón, es un poco infantil. ¿Tienes marido?

Algo sorprendida por el repentino cambio de tema, Ruth se lo pensó un poco antes de hablarle de David.

—Él también se apasiona por sus asuntos —concluyó.

—Y se comporta un poco como un niño —añadió Hariata; las dos sonrieron—. Pero ahora has ido al frente a causa de otro, ¿no es así? —indagó perspicaz—. Puede que dijeras que solo querías ayudar en general, pero tus ojos reflejaban otra cosa cuando preguntaste por el desenlace de los combates en Ohaeawai.

Ruth asintió y le habló de Cooper.

—Lo amo —admitió—. No quería, pero ha ocurrido. Y desearía que esta desdichada guerra por fin terminara.

Hariata asintió.

—Esperemos a ver cómo avanza —admitió—. Si mi marido sobrevive, estaremos en deuda contigo, Ruth Mühlen. Y creo que Hone se está hartando de todo esto. Esta herida... lo ha fatigado. Y los hombres lo desafían diciéndole que van a marcharse. Nosotros los maoríes no somos afines a guerras que duran años. Nos amenazamos, nos provocamos, emprendemos la batalla. Pero luego ya está, nos dedicamos de nuevo a labrar nuestros campos. Esta guerra con los ingleses ya dura mucho tiempo. A lo mejor puedo convencer a Hone de que firme por fin la paz.

En los días que siguieron, el jefe tribal fue recuperándose lentamente. Le bajó la fiebre y las heridas empezaron a cicatrizar. Hone Heke seguía estando, sin embargo, muy débil. Ruth lo cuidaba y atendía las heridas de otros guerreros con los medicamentos del hospital de campaña. Entretanto, habían llegado más hombres. Los ingleses habían destruido el *pa* del aliado de Hone Heke en Pakaraka y la guarnición había huido hacia Ruapekapeka. También ahí los maoríes habían abandonado su fortaleza antes de que se produjeran grandes pérdidas. Despard había vuelto a asaltar otro *pa* abandonado.

Para sorpresa general, poco después de ese acontecimiento, Hone Heke habló con sus guerreros por primera vez desde que lo habían herido. Informó de que había pensado presentar a los ingleses una oferta de paz.

—Hemos de enfrentarnos a los hechos, no podemos enviar a los *pakeha* de vuelta a su país —anunció con seriedad—. Están aquí y aquí se quedarán. No obstante, debemos obligarlos a que respeten nuestros derechos. Debemos mostrarles nuestra fortaleza y nuestra determinación. Lo hemos hecho en estos últimos meses. Los hemos encolerizado, les hemos causado pérdidas considerables y ¡ni una sola vez nos han vencido! Los guerreros golpearon con las lanzas contra el suelo para mostrar su aprobación—. Pero ahora ya es suficiente —prosiguió Hone Heke—. Si es que han aprendido la lección. Estoy decidido a enviar una oferta de paz al gobernador FitzRoy. Si la acepta, volveremos a nuestros poblados y cultivaremos la tierra. Pronto será primavera y se precisan hombres. Si la rechaza, seguiremos combatiendo. Entonces sus soldados se desangrarán delante de Ruapekapeka como hicieron antes en Ohaeawai.

Hone Heke había hablado con una voz potente, pero ahora se hundió en el asiento que había pedido para dar el discurso. No estaba restablecido del todo, pero al menos la herida no se había vuelto a abrir tras la operación. Ruth estaba convencida de que pronto recuperaría las fuerzas. El jefe tribal había pensado viajar a Auckland o Kororareka para negociar la paz y Ruth esperaba que se la llevara consigo y la dejara en libertad.

Transcurrieron semanas antes de saber qué decisión había tomado el gobernador y para Ruth el tiempo pasaba con extrema lentitud. Sin embargo, no se sentía como una cautiva en el *pa*, podía moverse con libertad y la amistad con Hariata cada vez se hacía más estrecha. En la medida de lo posible intentaba colaborar ayudando a las mujeres a cocinar y a realizar otras tareas domésticas, y, naturalmente, estaba a disposición para prestar cualquier ayuda médica. Pero casi no había enfermos en el *pa*. La población estaba formada sobre todo por hombres sanos y preparados para el combate, que vivían en cuevas en grupos de quince. En contadas ocasiones se veían mujeres y niños. Los jefes tribales, en particular, iban acompañados de sus familias; al guerrero común pocas veces lo seguía su esposa. Todas eran amables con Ruth. Incuso la invitaban a que fuera con ellas por el entorno del *pa* para poner trampas, pescar o ir a recoger plantas comestibles. Una de ellas, que era un poco versada en la materia, le enseñó las propiedades medicinales de las raíces y las bayas. En teoría habría podido escapar con facilidad durante una de esas excursiones, pero seguía sin tener idea de dónde se encontraba exactamente y no se atrevía a marcharse sola por el bosque. Así que se esforzaba por no perder la paciencia, lo que le hubiera resultado mucho más fácil si hubiese averiguado si Cooper estaba con vida. Además, añoraba a sus hijos y temía que ambos la hubiesen olvidado. Esperaba ansiosa la respuesta del gobernador y sufrió una gran decepción cuando por fin llegó el mensajero. Este anunció que el gobernador FitzRoy rechazaba firmar un tratado de paz.

—Dijo —informó el hombre, un guerrero de gran estatura que había aprendido inglés en la misión de Te Waimate— que no habría paz mientras no hubiésemos aprendido la lección. Que no podía tolerar que nos rebeláramos. Que en Waitangi nos pusimos bajo el gobierno de la Corona y tendríamos que aceptar las decisiones de sus representantes sin rechistar.

—Hone estaba muy alterado —explicó Hariata, que contó a Ruth la conversación del jefe tribal y de los guerreros de alto rango con el mensajero. Había tenido que participar en ella. El jefe informaría a los otros habitantes del *pa* al día siguiente—. Ha dado indicaciones para seguir reforzando las instalaciones defensivas. Nosotros concentraremos todas nuestras fuerzas aquí y libraremos una batalla como nunca antes se ha visto.

—Así que esto sigue —dijo desanimada Ruth—. ¿Qué se cree ese FitzRoy? ¿Qué espera, ganar?

—Pero tengo buenas noticias para ti —dijo con una sonrisa pícara Hariata, interrumpiendo las reflexiones de Ruth—. Di indicaciones al mensajero para que preguntara por tu Cooper Leighton.

—¿Y? —exclamó Ruth—. Está... está... —Su corazón latía con fuerza y las manos se le agarrotaron en torno al vendaje que estaba enrollando.

—Pudo hacerlo. —Hariata mantenía la tensión—. Las tropas de los ingleses acampaban junto a Te Waimate, donde se reunían para la siguiente ofensiva. Nuestro mensajero acudió a la misión y, por lo visto, tu Cooper ha sobrevivido ileso tanto a la batalla de Ohaeawai como a los combates de Pakaraka.

—¿Ha hablado vuestro hombre con él? —preguntó emocionada Ruth—. ¿Sabe... sabe algo de mí?

—Se te da por desaparecida —contestó Hariata—. Nuestro hombre también ha emprendido investigaciones al respecto. Pero, claro está, no pudo decir a nadie que estás aquí. Si hubiese llegado a oídos del gobernador que tenemos cautiva a una *pakeha*, se habría visto debilitada nuestra posición en las negociaciones de paz.

—De todos modos, no llegarán a iniciarse... —Ruth suspiró—. A pesar de todo, muchas gracias, ahora me siento mucho más tranquila, aunque me da pena que Cooper crea que estoy muerta.

Hariata levantó las manos.

—He hecho lo que he podido, y te deseo de corazón que puedas volver a verlo pronto.

—No sé si yo también me deseo esto —dijo a media voz Ruth—. No, si eso significa que tengo que presenciar que arremete contra este *pa* y tal vez se desangra delante de sus empalizadas...

Ruth volvió a alimentar esperanzas cuando un par de semanas más tarde oyó hablar de la elección de un nuevo gobernador. FitzRoy tuvo que ceder su cargo a George Edward Grey, quien se suponía que era más sensato. De hecho, poco después se encontraron mediadores en Ruapekapeka. Grey intentaba hacer las paces.

Ruth no se enteró mucho de cómo avanzaban las negociaciones, pero se percató de que los maoríes la encerraban mientras los mensajeros permanecían en el interior de los límites del *pa*. La existencia de una cautiva blanca habría enojado a los mediadores *pakeha* e influido en los tratos. Pero cuando se enteró de los resultados de la conversación entre los representantes del gobernador y los de los jefes maoríes, casi estalló iracunda.

—¿Se han negado? —preguntó a Hariata, quien de nuevo le dio la mala noticia—. ¿De repente ya no quieren que haya paz?

Hariata se encogió de hombros.

—Quieren a toda costa una batalla más —explicó—. Ahora, después de haber reforzado más Ruapekapeka. Te Ruki Kawiti quiere averiguar a toda costa si la construcción aguanta los cañones de los ingleses y durante cuánto tiempo.

—¿Qué? —Ruth se quedó mirando a la mujer maorí—. ¿Quieren comprobar la resistencia de sus empalizadas y para ello ponen en peligro las vidas de sus hombres? ¿Es para ellos algo así como un juego?

Hariata dibujó una mueca con los labios.

—Algo infantil, como ya advertimos en otra ocasión. Pero sí, el jefe argumenta que si ahora no libramos una batalla, todo el trabajo de las últimas semanas habrá sido en vano. Mi marido opina del mismo modo y además pretende vengarse del gobernador por haberlo humillado. Montó en cólera cuando FitzRoy rechazó su propuesta de paz.

Ruth se frotó la frente. Todo eso le resultaba increíble. Hariata bajó la vista. Ella tampoco parecía muy satisfecha de las decisiones del alto mando.

—¿Y qué ocurre conmigo? —preguntó Ruth—. ¿No podéis enviarme con los ingleses? Bueno... ahora ya están, de todos modos, enfadados, da igual que se enteren de que tenéis presos blancos. Y más si son liberados... Ya llevo meses aquí, Hariata. Quiero volver con mis hijos.

La maorí se mordió el labio.

—Se lo he sugerido a Hone —contestó—. Pero él... se ha negado.

Ruth se indignó.

—¿Se ha negado? ¿Por qué razón? Yo... yo lo he curado, algo me debe, tendría que...

Hariata hizo un gesto de resignación.

—Puede hacer con sus presos lo que quiera —dijo—. Y tú...

Calló, pero Ruth supo sacar sus propias conclusiones.

—No quiere dejarme en libertad —comprendió—. No antes de que la guerra haya terminado. Ahora tiene un bonito hospital de campaña, pero sin mí no sirve para nada. Así que me retendrá aquí para que en caso de urgencia pueda curar a los guerreros lesionados. Y a saber lo que se le ocurrirá más tarde. Puede que planee otras guerras.

Hariata parecía sentirse culpable.

—Podrías hacer mucho bien —dijo, defendiendo a su marido—. Cuando volviéramos con nuestra tribu... Podrías convertirte en nuestra mujer sabia. Ocuparte de las mujeres y niños.

Ruth negó con la cabeza.

—Tengo dos hijos que me necesitan —contestó furiosa—. Quiero volver a verlos de una vez. Deseo casarme con Cooper y trabajar en el hospital de Auckland. Estoy segura de que no me apetece tener un dispensario en un lugar apartado de la civilización. ¡Buscaos a una *tohunga*! Hay misiones suficientes. Allí os enviarán de buen agrado a una persona que se ocupe del cuidado de los enfermos.

Hariata suspiró.

—¡Queremos que nos curen, no que nos conviertan! —dijo—. El jefe pretende volver a las antiguas costumbres y coger de los *pakeha* lo que realmente sea positivo para nosotros. Justo en el campo de la medicina hay muchos vínculos. Tú ya estás aprendiendo ahora de nuestras *tohunga* y ellas aprenderán de ti. Nosotros...

—¡Yo no pienso quedarme! —exclamó Ruth con determinación—. Me voy en cuanto pueda. Incluso si tengo que arriesgarme a ir sola por el bosque. No voy a permitir que me hagáis esto, yo...

Hariata la miró apesadumbrada.

—Entonces tendremos que vigilarte a partir de ahora —advirtió—. Lo siento, Ruth, yo habría tomado otra decisión, pero Hone Heke hace lo que quiere. Y en este caso... Desde nuestro punto de vista es una muy sabia determinación.

Ruth se dio media vuelta. Estaba profundamente decepcionada, pero muy lejos de arrojar la toalla. Las tropas británicas llegarían muy pronto y, en esta ocasión, no dejarían nada al azar. Ruapekapeka no podría resistir una artillería verdaderamente pesada. Despard asaltaría el *pa*, sin importar las pérdidas que eso le costara. Ruth solo tenía que conseguir escapar en medio del caos general de la batalla y esconderse antes de que los maoríes se fueran y la arrastraran con ellos para volver a dejar un *pa* vacío. Estaba firmemente decidida. No iba a dejarse esclavizar con tanta facilidad como hicieron los moriori. Hone Heke no se saldría con la suya.

7

Ya era verano cuando las tropas de la Corona se dispusieron a enfrentarse al desafío de Hone Heke. Los oteadores de los maoríes informaron en diciembre de que el ejército se acercaba. Ruth se horrorizaba solo de pensar en el terreno intransitable que los hombres deberían recorrer. Todavía recordaba a la perfección la marcha forzada con los guerreros. A diferencia del hospital de campaña del doctor Miller, los pesados carros con los que se transportaban unos enormes cañones estaban muy bien vigilados. Cualquier intento de los audaces guerreros de arremeter contra el ejército en el camino a Ruapekapeka y de intimidar a los hombres fracasaba.

Al final, los ingleses acamparon en las colinas delante del *pa*. Ruth, quien pese a sus guardianes consiguió echar un vistazo a los sitiadores desde las empalizadas, se asombró de las proporciones del ejército allí reunido. Junto a las tropas británicas volvían a pelear los maoríes bajo las órdenes de Tamati Waka Nene, el hombre que había herido y casi matado a Hone Heke en la batalla de Te Ahuahu.

Al mismo día siguiente se inició el ataque. Despard bombardeó inmisericorde el *pa* de los maoríes. Apenas pasadas unas pocas horas, Ruth ya estaba totalmente desquiciada a causa del ruido y las vibraciones del suelo provocadas por los impactos. Las mujeres y los niños no podían salir de las grutas. Los ingleses lograban que algunos de sus cañonazos superasen las barricadas y entonces las balas impactaban en el interior de la fortaleza. Los guerreros se atrincheraban detrás de esos parapetos, bien protegidos por los muros de tierra y los pasillos subterráneos que facilitaban el cambio rápido de posición.

Al cabo de dos días, Ruth creía que era incapaz de soportar nada más. Hariata, por el contrario, aguantaba con estoicismo. Ambas mujeres compartían una cueva y Ruth vacilaba si considerar a la esposa del jefe como una compañera de penas o como una celadora. Todavía estaba enfadada con ella, pero su relación había mejorado en las últimas semanas. Había muy pocas mujeres en el *pa* y Hariata le resultaba demasiado simpática para enemistarse con ella.

Entre los cañonazos se oían de vez en cuando disparos.

—Hone está atacando —suponía Hariata.

En realidad, no habría sido necesario. Habría bastado con conservar el *pa*. Pero el jefe no tenía demasiada paciencia.

Despard se mostraba igual de intrépido. No dejaba de enviar patrullas que se peleaban con oteadores maoríes, de modo que además del cerco se producían pequeñas escaramuzas. Aunque al menos no había muertos en ninguno de los dos bandos. Ruth atendió a un par de guerreros, pero sus heridas eran de escasa importancia.

La tercera semana del asedio, los habitantes del *pa* estaban extenuados por la falta de sueño. Además, se alimentaban mal, pues nadie se atrevía a encender hogueras fuera de las grutas y preparar comida caliente.

Ruth se percató de que los ánimos habían bajado considerablemente. En los primeros días, los guerreros celebraban que los muros de su fortaleza resistían los cañonazos de los ingleses, pero ahora era como si hubiesen perdido las ganas.

Finalmente, apareció un mensajero del jefe en la cueva de Hariata y habló muy rápido con ella en maorí. Ruth no prestó atención. Llevaba días luchando con unos terribles dolores de cabeza y con el miedo por lo que podría pasar. ¿Qué ocurriría si los maoríes conseguían salvar la fortaleza? ¿Qué, si Despard se iba? ¿Se quedaría ella ahí retenida durante más meses, hasta que los británicos volvieran a intentarlo? ¿O se realizarían unas negociaciones de paz que tampoco incluirían su liberación? Si el jefe se la llevaba como prisionera, Cooper nunca se enteraría de que seguía con vida.

Cuando el mensajero se marchó, Hariata se dirigió hacia ella.

—El jefe va a abandonar la fortaleza —anunció inesperadamente—. Esta noche me marcho con las otras mujeres y los niños. Tú tienes que quedarte. Por si pelean. Las empalizadas han sufrido los primeros daños, es posible que los *pakeha* entren. Tienes que ocuparte de los heridos. Pero mañana, pasado mañana a más tardar, también te sacarán a ti.

—¿Adónde vais? —preguntó desconcertada—. ¿Cómo vais a salir de aquí?

Hariata sonrió.

—Siempre hay vías de escape. Iremos a Waiomio, es un asentamiento de los ngati hine. A unos tres kilómetros. Nos volveremos a ver allí muy pronto.

No, si puedo evitarlo, pensó Ruth, que se espabiló de

repente. Si realmente surgía una oportunidad de marcharse, sería en los días siguientes. Pero en un principio, solo podía esperar mientras los ingleses seguían bombardeando y el *pa* se iba vaciando. Hone Heke se retiraba con sus tropas, Te Ruki Kawiti mantenía ocupado el fuerte.

Dos días después, un domingo, por fin enmudecieron los cañonazos. En su lugar se oían disparos de mosquetes y gritos. El guerrero que desde la partida de Hariata vigilaba la entrada a su gruta hizo un signo a Ruth para que lo siguiera hacia el exterior.

—Nos han invadido —anunció escuetamente—. Habrá heridos. Te hemos montado una tienda en la parte posterior del *pa*. Ahí encontrarás todo lo que necesitas. Y está lo bastante cerca para los heridos de Kawiti y de Hone Heke.

—¿De Hone Heke? —preguntó extrañada Ruth—. Pensaba que se había ido.

El guerrero sonrió.

—Eso es lo que piensan también los casacas rojas —observó—. ¡Date prisa! Pronto se pelearán aquí mismo.

Ruth se apresuró a acompañarlo a través de las zanjas que unían el área de las viviendas con las instalaciones defensivas. No podía ver nada, pero oía, en efecto, el sonido de la batalla. Los ingleses habían logrado abrir una brecha en la empalizada y ahora irrumpían en masa en el interior de la fortaleza. Los hombres de Kawiti eran muy inferiores en número a ellos. Pero, por lo visto, Hone Heke planeaba un ataque. ¿O era una emboscada?

Ruth reflexionaba febrilmente mientras inspeccionaba la tienda en la que los maoríes habían montado un auténtico hospital de campaña. Reconoció las camas y medicamentos, los distintos materiales de vendaje y los instrumentos, todo lo que había empaquetado para poder dar unos primeros auxilios en la batalla. Poco después llevaron al primer herido.

—¿Lucha cuerpo a cuerpo? —preguntó Ruth a un joven guerrero cuando vendaba su herida, a primera vista provocada por una bayoneta.

El hombre asintió.

—Sí, pero también disparan. Ha habido muertos. Esos británicos... Son demasiados. Queríamos retirarnos enseguida, pero ellos... nos están aniquilando... tenemos que irnos de aquí...

Ruth quería retenerlo en el hospital, pero él dejó la tienda en cuanto lo hubo vendado. Ya no le llevaron más heridos, los maoríes parecían darse a la fuga. Era evidente que algo había salido mal o, al menos, no funcionaba según el plan trazado.

Sabía que iba a correr un riesgo, pero tenía que salir para obtener una visión general. El corazón le latía desbocado cuando abandonó la tienda, pero lo que vio le hizo sentir cierto optimismo.

El *pa* era un hervidero de soldados británicos en busca de sus enemigos. Los pocos maoríes que todavía se veían estaban defendiéndose o escapándose. Los ingleses empujaban delante de ellos a los defensores de la fortaleza. Parecían ebrios de esa fácil victoria.

Sin embargo, Ruth se percató de hacia dónde huían los guerreros maoríes. En la zona posterior del *pa*, en la que la fortaleza limitaba con la espesura del bosque, la empalizada estaba pisoteada. Parecía una huida desesperada, pero Ruth sabía que allí había una puerta. Cuando los hombres la habían llevado al *pa*, había entrado por ahí. Un portal escondido... una vía de escape ahora camuflada. No lejos de la tienda del hospital... lo suficientemente cerca de los heridos de Kawiti y Hone Heke...

Esas palabras del guerrero maorí resonaban una y otra vez en su cabeza.

Ruth se abalanzó hacia el jefe de una tropa de casacas rojas que estaban a punto de seguir a los enemigos que huían por la valla pisoteada.

—¡No! —gritó—. ¡Al bosque no! ¡Es una trampa! Es...

El sargento la miró desconcertado.

—Qué es esto, ¿una blanca? ¿De dónde sale usted? Da igual, déjenos pasar, esos tipos se están marchando. ¡Preparad los rifles! ¡Que no se nos escapen!

Dicho esto, prosiguió su camino a toda prisa. Sus hombres lo siguieron.

Ruth se quedó mirándolos horrorizada y distinguió enseguida un nuevo pelotón que cumplía órdenes de seguir a los maoríes. Entretanto, otros destacamentos registraban el fuerte. Despard consideraba la posibilidad de que en las cuevas todavía se escondieran guerreros.

Entonces, cortó decidida el camino a los siguientes combatientes y casi no pudo dar crédito a lo que veían sus ojos. ¡En el frente, con el sable desenfundado, corría Cooper Leighton!

—¡Cooper! —gritó abalanzándose hacia él.

Cooper se detuvo, estupefacto.

—¡Ruth! O, Dios mío, Ruth... tú... tú estás viva, tú... Bajó las armas y se dispuso a abrazarla.

—Tenía la esperanza de que te hubieran llevado presa cuando supe que habían robado todo el hospital de campaña... Pero luego... todos estos meses sin saber nada de ti... los mensajeros del gobernador...

—¡Sargento! —Unos de los soldados se dirigió con determinación a Cooper, que era quien dirigía la tropa—. Sargento, es... es estupendo que usted y esta dama se hayan reencontrado, pero nosotros... nosotros tenemos una orden, sargento, apoyar al sargento Lacy. Los maoríes no han de huir.

Ruth lo miró.

—¿El sargento Lacy es el hombre que acaba de salir por allí con sus hombres? —confirmó, señalando la valla tumbada. Se oían disparos procedentes del bosque—. Quería detenerlo, pero no me ha hecho caso. Yo...

Cooper se separó de ella con evidente mala gana.

—Tenemos órdenes claras, cariño —dijo—. Debemos perseguirlos y aniquilarlos... Tenemos que salir por allí. ¡Seguidme! —Volvió a levantar el arma.

Ruth lo cogió del brazo.

—¡Por Dios, Cooper, escúchame! —le suplicó—. No están huyendo. ¿No oyes los tiros? Os han preparado una emboscada. Los hombres de Hone Heke están en los árboles y disparan. El plan consiste en provocar las mayores pérdidas posibles entre vosotros antes de retirarse...

—¿Retirarse? —preguntó indeciso Cooper—. ¿Cómo lo sabes...?

Ruth seguía agarrada a su brazo.

—¡Pues claro que se retiran! —le gritó—. ¡Es lo que siempre hacen! Esto no es una ciudad ocupada con mujeres y niños a los que defender. Un *pa* se construye para la guerra, para una sola guerra. En cuanto se ha derramado sangre en él, se convierte en *tapu*, hay que cederlo. ¡Reflexiona, Cooper! ¿Cuántas veces en esta contienda habéis invadido «victoriosos» un *pa* abandonado.

Cooper miró hacia el otro lado de la empalizada pisoteada. Veía resplandecer los fogonazos y oía disparos. Ruth tenía razón: ante él la primera oleada de ataques era incapaz de responder a la lluvia de balas que caía sobre ellos.

Los maoríes eran unos maestros del camuflaje. Los partidarios de Heke se confundían con el follaje y disparaban desde un lugar seguro.

Sus hombres esperaban indicaciones. Cooper se enderezó.

—¡Ocupad la empalizada que aún sigue en pie! —ordenó—. Preparaos para cubrir la retirada de los nuestros o defender la construcción si los maoríes atacan. ¡Pero no vamos a salir!

En efecto, los primeros soldados de la tropa de Lacy ya huían regresando al fuerte. Los hombres de Cooper dispararon contra los maoríes que los seguían. Los guerreros se replegaron en cuanto advirtieron la defensa. Ruth lo contemplaba aliviada. Se había escondido detrás de Cooper, acurrucada bajo la sombra de una garita.

Los disparos finalmente enmudecieron. Tal como había predicho Ruth, los maoríes desaparecieron en la naturaleza.

Cooper ordenó salir con prudencia y rescatar a heridos y muertos. Contó doce cadáveres y decenas de heridos. Ruth empezó a ocuparse de ellos. El hospital de campaña por fin se ponía en marcha.

Horas más tarde, cuando Ruth y dos médicos militares que acompañaban al ejército de Despard ya habían atendido a más de treinta soldados con heridas de distinta gravedad, Cooper se reunió con ella. La batalla había terminado. La emboscada había sido el último intento de Hone Heke de vencer a los *pakeha*. No había tenido mucho éxito. Los británicos registraban en total catorce muertos.

—Sin tu advertencia habrían sido muchos más —opinó Cooper—. Nos habríamos precipitado al exterior sin presentir ningún peligro.

—¿Cuál es la situación en el otro bando? —preguntó uno de los médicos—. No nos han traído ni a un solo maorí herido. —Los médicos estaban listos para atender también a los prisioneros de guerra.

—Se los han llevado —dijo Cooper—. También a los muertos. Ha sido una retirada bastante ordenada.

—Pese a todo, algo en el plan no ha funcionado —indicó Ruth—. De lo contrario... de lo contrario yo no estaría aquí. Los hombres de Kawiti tenían orden de llevarme con ellos. Hone Heke quería conservar a su enfermera particular.

—Hemos entrado demasiado pronto —opinó uno de los soldados heridos—. Las tropas de refuerzo maoríes ya advirtieron ayer que se estaba vaciando el *pa*. Inmediatamente después Despard dirigió los cañones a los lugares más vulnerables de las empalizadas y abrió por fin una brecha. Hemos pasado a través de ella y sorprendido a los últimos guerreros que todavía no se habían puesto en camino.

Ruth reflexionó.

—Es probable que el plan consistiera en que los guerreros se reunieran cerca de la tienda hospital, fingieran que iban a luchar un poco cuando entraran los ingleses y luego huyeran en dirección al lugar de la emboscada. Los jefes deben haber pensado que podrían volver a tomar el fuerte después de la batalla en el bosque. De no ser así, no habrían montado la tienda en el interior.

—Sea como fuere, ya se han ido —señaló Cooper entre el alivio y la resignación—. Al menos en principio. Es probable que se instalen en un nuevo *pa*... esto puede durar una eternidad...

Ruth negó con la cabeza.

—No creo. Están hartos. Aprobarán las negociaciones de paz. Esta ha sido la última batalla.

—¿Y al final quién ha ganado? —preguntó un joven sargento que tras recibir una herida de bala, llevaba el brazo en cabestrillo.

Ruth se encogió de hombros.

—Es probable que cada uno reclame para sí la victoria.

Cooper miró resignado a los muertos que eran velados delante de la tienda. Y escuchó los gemidos de los hombres heridos y los vítores procedentes del centro del *pa*, donde Despard celebraba la victoria.

—Como siempre que hablan las armas, todos han perdido —dijo a media voz—. Nunca hubo nada más sensato que la ley de Nunuku...

Mucho más tarde, cuando ya todos dormían, Ruth y Cooper paseaban cogidos del brazo por la fortaleza abandonada.

Cooper la besó.

—Oh, Dios mío, Ruth, no puedes imaginar lo contento que estoy de volver a estar contigo. Siempre quise creer que estabas viva, pero a veces... a veces estuve a punto de perder la esperanza.

—No debería haberte seguido —admitió arrepentida Ruth.

Cooper sonrió.

—Debo admitir que me quedé algo desconcertado cuando me enteré —afirmó—. Primero no quieres de ninguna de las maneras ir conmigo a Australia, aunque allí realmente no corres ningún peligro, y luego te lanzas de cabeza a una aventura para volver a verme.

—Quería protegerte —dijo Ruth—. Cuando oí lo peligroso que se estaba volviendo...

Cooper puso los ojos en blanco.

—No tienes ninguna confianza en mí, ¿verdad? Ruth, ya te lo he repetido más de una vez: yo no soy David. Puedo cuidar de mí mismo. Soy un hombre, quiero mimarte, cortejarte. ¡Por todos los diablos, deja que sea yo quien te persiga, aunque sea por alternar!

Ruth sonrió.

—¿Tiene siempre que correr uno detrás del otro? —preguntó—. No podemos... ¿no podemos caminar uno al lado del otro?

Cooper le cogió la mano.

—Para siempre —dijo.

En efecto, con la batalla de Ruapekapeka concluyó la guerra que pasó a la historia con el nombre de Flagstaff War.

Hone Heke y su compañero de armas Kawiki declararon que pondrían punto final al alzamiento cuando los ejércitos británicos se hubieran retirado del territorio de los nga puhi, y el gobernador lo aceptó formalmente. De todos modos, el ejército ya iba camino de Auckland, de modo que ambos bandos salvaron la cara. Tamati Waka Nene volvió a ofrecerse para mediar con el gobernador y al final Hone Heke y sus hombres salieron bien parados. Se amnistió a los jefes tribales. La Corona renunció a adoptar medidas de castigo como la de confiscarles sus tierras.

—Hone Heke ha salido vencedor en toda línea —señaló el doctor Thompson. Él y su esposa habían regresado a Kororareka. Habían saqueado su casa, pero no la habían derribado, por lo que enseguida pudo volver a abrir la consulta. Cooper y Ruth visitaron al matrimonio antes de proseguir su viaje a Auckland—. La famosa asta de la bandera no se volverá a levantar.

—Además ha aumentado fuertemente su *mana* —observó Ruth. Había acompañado el transporte de los heridos de vuelta a bahía de Islas y había cuidado a su vez a los convalecientes de las tropas de refuerzo maoríes—. Incluso los guerreros del círculo de Tamati Wake Nene hablan de él con admiración. Entre los maoríes se convertirá en un héroe de la nación.

—De todos modos, se dice que su tribu ha sufrido —intervino la señora Thompson—. En Te Waimate están recaudando dinero para los necesitados. Ha habido epidemias entre los nga puhi y se han perdido cosechas mientras los hombres participaban en la guerra.

—Pero Kororareka..., no, debo decir Russell ahora, más bien se ha visto beneficiada —observó Cooper—. De las llamas del agujero infernal de la bahía de Islas ha surgido una pequeña ciudad verdaderamente bonita.

Los Thompson solo podían darle la razón. Muchos taberneros y prostitutas ya no habían vuelto tras el incendio y, en lugar de los alojamientos edificados a toda prisa en el barrio portuario, había ahora unas casas sólidas y bien construidas en las que vivían artesanos y comerciantes.

—A lo mejor le apetece volver con nosotros, Ruth —dijo esperanzado el doctor Thompson—. ¿Qué planes tienen de futuro?

Miró significativamente a Ruth y Cooper. Por supuesto, se había dado cuenta de que los dos irradiaban felicidad. No cabía duda de que les esperaba un futuro común.

—Espero cumplir lo que me queda de mi período de servicio en Auckland —respondió Cooper—. Vuelve a haber disturbios arriba, por Wellington, a donde han de enviarse tropas, pero para el par de semanas que me quedan no vale la pena desplazarme.

—¿No desea prolongar el servicio? —preguntó el médico.

Cooper movió la cabeza con determinación.

—No, buscaré algo al servicio de la vida y no de la muerte. Kimi diría: algo que satisfaga a los dioses.

—Mientras no te pongas a predicar, estoy contenta —bromeó Ruth—. Solo me casaré contigo si me satisface tu trabajo y da de comer a los niños.

Brandon y Kimi habían regresado a Auckland tras su estancia en la isla Chatham, también pasando por Russell. Brandon había reservado una habitación en una de las nuevas y bonitas pensiones del lugar y orientado enseguida la conversación hacia un tema delicado cuando la patrona les pidió el certificado matrimonial. Puesto que no lo tenían, alojó a la joven pareja en habitaciones separadas.

—Me gustaría casarme contigo —dijo Brandon—. Sé que hace tiempo que eres mi esposa, pero un documento nos lo pone todo más fácil. ¿Qué opinas? ¿Me darás el sí? ¿En una iglesia *pakeha*?

Kimi sonrió.

—Ya hace tiempo que mis dioses nos han dado su bendición, ¿por qué no van a hacerlo los tuyos también? Por mí, podemos casarnos en la primera iglesia que veamos, pero no me gustaría que fuera en Te Waimate. —No olvidaba el trato que le habían dado allí los religiosos.

Brandon la besó en los labios.

—Te garantizo que no será en Te Waimate —determinó—. Kimi, yo... Soy irlandés, ya sabes. Y nosotros... los irlandeses somos católicos romanos. Así que necesitamos una iglesia católica y de ese tipo... no hay en Auckland.

Se estaba poniendo nervioso, pero, para su sorpresa, Kimi no perdió la calma.

—Aquí hay una —contestó—. En la que está ahora David.

Brandon suspiró.

—Lo sé, pero no quiero que te sientas obligada a volver a verlo. Después de todo lo que os ha hecho a ti y a Ruth...

Kimi negó con la cabeza.

—Yo no me he peleado con David —aclaró—. Lo de Ruth fue, sin duda, una mala jugada. Pero a mí no me hizo ningún daño. Al contrario, tengo una preciosa hija suya y siempre fue bueno conmigo en Rekohu.

Brandon hizo una mueca.

—¡Abusó de ti, Kimi! Y te hubiera dejado en manos de ese violento de Anewa si Ruth no hubiese intervenido. Todavía... ¿todavía lo amas un poco?

Kimi rio al ver su cara de preocupación.

—Yo solo te quiero a ti —declaró—. Y a Rohana. Pero no tengo nada contra David. Siempre estuvo dominado por sus propios espíritus y nunca aprenderá a librarse de ellos. A lo mejor es feliz entre sus nuevos hermanos, a lo mejor no. Tal vez buscará toda su vida a su dios, pero no hay *karanga* para él.

Brandon sonrió.

—Debe lanzarlo una mujer —observó—. Y según la Biblia tiene que callar en la iglesia.

Kimi frunció el ceño.

—Pensaba que tenía que decir que sí... Tendrás que volver a explicármelo. En cualquier caso, yo no tendría nada en contra de que nos casara David.

Naturalmente, David Mühlen no pudo casarlos, acababa de comenzar la carrera de Teología católica. Tampoco tuvo que enfrentarse a un encuentro con la joven moriori, o al menos con Rohana. El sacerdote que acabó dando la bendición a Kimi y Brandon explicó que el hermano David se había retirado a realizar sus ejercicios espirituales.

—Era y es un cobarde —constató Ruth cuando Brandon contó indignado lo que había ocurrido en Auckland—. O al menos un ignorante. Es probable que haya borrado de su mente a Kimi como a mis hijos y a mí.

Meció a Felicity en sus brazos. Para su pesar, la pequeña no la había reconocido, así que tenía que volver a establecer vínculos con ella. Por el contrario, no había manera de que Laurent se desprendiera de su madre desde que esta por fin había regresado. Raukura contó que cada día le había hablado de ella y que cada noche había contemplado con él las estrellas.

—Para él, la estrella más clara era tu ojo vigilándolo —dijo sonriendo—. Tenías espíritus fuertes a tu lado.

Ruth había vuelto a ocupar la casa que compartía con los Peterson, mientras que Cooper se había retirado al cuartel para pasar allí sus últimas semanas de servicio. Lo designaron para la formación de reclutas, una tarea que le gustaba. Dar clases siempre había sido de su agrado. Ruth podía empezar en cualquier momento su trabajo en el hospital municipal recién abierto. Quería dedicarse en el futuro a educar a jóvenes enfermeras.

Cuando Ruth criticó al que había sido su esposo, Kimi se limitó a encogerse de hombros.

—Puede que David no quiera a sus hijos. Pero a pesar de todo son unos niños muy guapos. —Deslizó con satisfacción la vista sobre Rohana, Laurent y Felicity—. Lo hizo muy bien.

Brandon y Cooper se miraron.

—¡En marcha, colegas! —dijo Brandon lacónico—. ¡Vamos a hacerlo mejor!

Luego se echaron a reír.

Cooper y Ruth se casaron un soleado día de verano en Auckland, justo después de que él se licenciara en el ejército. Trabajó primero en el floreciente taller de toneles de Tom Peterson, en el cual se desenvolvía mejor en el ámbito comercial que en el trabajo manual. Su carácter expansivo y su dominio de las matemáticas lo predestinaban a ser comerciante. Proyectaba abrir una tienda en el futuro.

—Tal vez una tienda agrícola —reflexionaba mientras tomaban unas copas. Estaban celebrando la boda en un bonito restaurante con vistas al puerto de Auckland—. Yo entiendo del trabajo en la granja. Podríamos comprar algo de terreno, pero Ruth prefiere vivir en la ciudad.

Miró a su esposa con admiración. Ruth era una novia preciosa. Llevaba un vestido claro, estampado de flores de colores, y un atrevido tocado con un pequeño velo coronaba su cabeza. Recientemente se había instalado una sombrerera en Auckland y Ruth no había podido resistirse ante esa pequeña obra de arte.

Brandon y Tom asintieron. Alrededor de Auckland había muchas granjas. Una tienda con semillas, abonos y maquinaria seguramente funcionaría bien.

—¿Y ya es seguro que no os vais a Australia? —preguntó Kimi. Ruth se extrañó al percibir cierta tristeza en el tono de voz.

—Seguro que no —respondió—. ¡No más aventuras! Nos gusta Auckland. A mí me necesitan en el hospital y el concepto de tienda de Cooper parece muy prometedor. Con su paga del ejército y mi sueldo lo conseguiremos. Por supuesto, tendremos que ahorrar.

Recordó con nostalgia el dinero que le habían dado sus padres. Ahora podría haberlo invertido de verdad en su propio futuro. Pero a lo mejor había otro anticipo de su herencia. Habían escrito a sus padres y Cooper había añadido con posterioridad la petición de la mano de su hija. Ruth esperaba una respuesta amable por su parte. Cooper les caería mejor que David.

Kimi jugueteaba con un mechón que se había desprendido del cabello trenzado con que se había recogido la melena. También ella iba vestida de fiesta. Ya no tenía que llevar ropa *pakeha* usada, ni tampoco ningún aseado uniforme escocés de doncella. El vestido rojo con una especie de helechos estampados y de falda ancha resaltaban su delgado talle. La última moda le sentaba extraordinariamente bien a la joven moriori. Además, Kimi parecía más adulta desde que había viajado a las Chatham. Iba más erguida, caminaba más segura, su voz era más firme. Ruth encontraba que por fin había crecido de verdad.

—Es probable que nos vayamos a Australia —anunció Kimi en ese momento—. Brandon ha recibido una carta del hombre con quien antes viajaba, Ludwig Leichhardt. Quiere organizar otra expedición a no sé qué río. Y le ha pedido si quiere acompañarlo. Al parecer es el mejor dibujante que nunca ha tenido. Brandon está un poco inseguro, es un explorador muy atrevido. Pero si fuera otra vez con él, tendríamos dinero para una granja.

—¿Te gustaría tener una granja? —preguntó Ruth.

Kimi asintió.

—Tierra que me pertenezca —respondió—. Tierra

que nadie pueda quitarme, de la que no puedan echarme...

—Pero será una tierra totalmente distinta —planteó Ruth a su amiga—. Una tierra nueva, otro clima, otros animales, otras plantas, otros espíritus... ¿No será demasiado para ti?

Kimi negó con la cabeza.

—Las personas no serán tan distintas —dijo—. No temo a los espíritus. Y los dioses que hay tras los dioses siempre son los mismos... —Miró al mar a través de la gran ventana del restaurante. Uno de los barcos que estaban en el puerto pronto se la llevaría. Lejos, muy lejos de su hogar y de todo el horror que había experimentado allí. Su propio espíritu por fin encontraría la calma—. Tal vez regresemos algún día —anunció—. Nosotros o nuestros hijos. El árbol que plantaron cuando yo nací está en Rekohu, y el de Rohana en Russell. Si un día nos llaman... Yo soy y seguiré siendo moriori.

Ruth abrazó a su amiga.

—Tus espíritus permanecerán allí —dijo llena de ternura.

Despertar entre los árboles kopi

Isla Chatham

El presente

Epílogo

—¿Y has notado algo?

Norman soltó con cuidado las manos de Sophie. Esta parecía despertar de un sueño. Abrió lentamente los ojos y parpadeó a la pálida luz del sol. La corteza del árbol era áspera y se había impreso en su piel.

—Algo así como calidez —respondió—. Algo como... regresar al hogar. Pero esto es absurdo, claro, pura auto-hipnosis.

Norman se echó a reír.

—O el saludo de tus antepasados, una bienvenida por encima del espacio y el tiempo. ¡Toca también la figura del espíritu danzarín!

De mala gana, Sophie colocó la mano sobre la corteza del árbol karaka que antes habían admirado.

—Parece vivo. Y es como si irradiara la serenidad de este bosquecillo —observó—. Aunque aquí hayan pasado tantas cosas tristes. Si realmente era un culto a los muertos...

—Entonces fue un triunfo de la persona que los gra-bó, pues apaciguó a los espíritus —opinó Norman—. Podemos compartir enseguida con el grupo estos hallaz-gos. Tenemos que ir volviendo o llegarás demasiado tar-de a la reunión.

Sophie asintió y salió con él del bosquecillo. Al abandonarlo, quedaba a la vista una planicie reverdecida, campos de labranza. Una gran parte de la isla Chatham se utilizaba para la agricultura.

—Es posible que antes hubiese un pueblo aquí —pensó Sophie—. Para los trabajadores que cultivaban los campos.

Norman reflexionó.

—¿No deberían verse más indicios? Los pueblos no tendrían que haberse derrumbado del todo en ciento cincuenta años.

Sophie se encogió de hombros.

—Los moriori construían viviendas muy frágiles —explicó—. Y... no estamos hablando de bonitos *marae*. Sino de alojamientos de esclavos.

Norman pareció sorprendido.

—Un día tienes que contarme detenidamente esa historia —dijo. Cogió a Sophie de la mano y se inclinó contra el viento que cada vez parecía soplar con más fuerza. Pese a la arrebatadora vista y su admiración hacia las aves acuáticas que pescaban con destreza, se alegraron de llegar al Kopinga Marae. Con las mejillas enrojecidas y el pelo revuelto entraron en el amplio vestíbulo del centro. El suelo de madera era liso y estaba cuidado. En el centro de la habitación había una columna de madera clara en la que se habían grabado unos nombres. Alrededor de ella descansaban plumas y artefactos de jade como ofrendas.

—Bienvenidos al Kopinga Marae —los saludó una joven que esperaba en una especie de recepción para los visitantes—. ¿Puedo ayudarlos en algo? ¿Les gustaría hacer una visita guiada? Yo misma puedo enseñárselo todo. —Era una muchacha de tez oscura y cabello negro y largo. También sus rasgos mostraban claramente que era descendiente de maoríes o moriori.

Sophie le sonrió.

—Formamos parte del grupo de investigación de la Universidad Victoria. Hemos quedado aquí a las once...

Hiko —también ella llevaba una placa con su nombre— asintió.

—Sí, es en la sala de reuniones número dos. Son ustedes los primeros. ¿Desean hacer una visita guiada?

Sophie y Norman se miraron.

—¿Por qué no? —respondió Norman—. Si todavía tenemos tiempo... ¿Qué significa esta columna? —Se volvió con curiosidad a la columna de madera que se erigía en el punto central de la sala.

—Un recuerdo —explicó Hiko—. Son los nombres de nuestros mil quinientos antepasados que perdieron la vida en el año 1835, cuando los maoríes invadieron las Chatham. Sus descendientes elaboraron la lista en 1862. Ese año hicimos la primera petición al gobernador para reclamar nuestros derechos...

—¿Cuando dice «hicimos» se refiere a los moriori? —quiso saber Norman.

Hiko asintió.

—Sí. Todo lo que hay aquí evoca a los moriori. Pero no es ningún museo aunque presentamos una exposición que muestra la vida de nuestros antepasados. Se trata más bien de un centro espiritual. Aquí en este lugar realizamos nuestros consejos, lo que llamamos *hui*. Celebramos fiestas y recordamos...

—Pero también ofrecen cursos —dijo Sophie, acordándose de lo que había contado Kirsty—. Seminarios en torno a la polemología, investigan la guerra...

—Investigamos la paz —la corrigió suavemente Hiko—. Sí, aunque todo va unido. Estamos comprometidos con la paz. Seguimos respetando la ley de Nunuku.

—Se refiere a la total ausencia de violencia en el acto de convivir —explicó Sophie a su novio.

—Todo esto está dedicado a ella —prosiguió Hiko—. Y a todos aquellos que murieron por ella. Pero dejen que primero les hable un poco de la casa. Se inauguró en el año 2005, después de que nosotros, los moriori, por fin recuperásemos nuestros derechos ante el Tribunal de Waitangi. Obtuvimos unas considerables compensaciones económicas con las que pudimos construirlo. Las dos alas del edificio representan los brazos extendidos de las figuras que nuestros antepasados grabaron en las cortezas de los árboles kopi. O las alas de los albatros. Para nosotros sus plumas simbolizan la paz...

La joven los condujo hasta una maqueta del edificio para explicarles la arquitectura. Luego pasaron a la sala de exposiciones donde se mostraban utensilios e indumentaria.

—Aquí está la vestimenta típica de nuestros antepasados —explicó, mostrando una especie de falda de lino endurecido, cinturones de lino tejido y pieles—. A lo mejor les llama la atención su aspecto un tanto rústico en relación con las piezas tejidas por los maoríes; se debe a que el lino en las Chatham no prospera tanto como en Nueva Zelanda. Las hebras son más cortas y mucho más difíciles de trabajar. La gente se servía de pieles de foca; aunque no necesitaba mucho, no eran muy sensibles al frío. Ni el frío del mar les asustaba. Los hombres eran unos nadadores y buzos extraordinarios...

Sophie y Norman admiraron las herramientas hechas de madera y huesos. Al igual que los maoríes, los moriori tampoco conocían las técnicas para producir metal.

Hiko les explicó cómo construían sus barcos los moriori (sus *korari* se diferenciaban considerablemente de las canoas maoríes y aguantaban mejor los mares turbulentos) y les habló de los rituales de iniciación.

—Entre los maoríes el *mana* se obtiene mediante el valor en la batalla —explicó—. Nosotros, por el contrario, nos enfrentamos en competiciones pacíficas. Nuestros hombres practicaban la inmersión en mares tempestuosos en busca de langostas, y los mejores salían a la superficie con una en cada mano y otra en la boca. O se navegaba hasta los acantilados para robar huevos a los albatros, lo que exigía tener valor y destreza. Elegíamos a nuestros jefes tribales (los llamamos *ieriki*) en función de su sabiduría y habilidad. No había sucesión. Las mujeres disfrutaban de los mismos derechos...

Sophie se distrajo un momento. En discursos similares siempre se oía hablar de la igualdad de derechos de las mujeres en los pueblos indígenas, pero tras un estudio un poco más profundo, esas historias no solían responder a la realidad. Deslizó la mirada por las paredes de la sala de exposiciones en la que se exhibían sobre todo fotografías. En blanco y negro, por regla general de principios del siglo XX. Entonces descubrió los dibujos. Sobre todo imágenes de animales y plantas que le resultaban vagamente familiares. Se acercó un poco más.

—Los cuadros proceden de la misión —les contó Hiko—. Son de mediados del siglo XIX, un par de años después de la invasión, cuando vivieron aquí unos misioneros alemanes. Construyeron una casa grande que todavía puede visitarse.

—Y uno de ellos tenía dotes artísticas —supuso Norman—. Esos delfines... qué vivaces... Ese hombre se equivocó de profesión. Era un dibujante excepcional.

—¡Ahí está! —La voz emocionada de Sophie lo arrancó de sus pensamientos al contemplar una obra expuesta—. ¡Norman, es ella, la mujer de mi cuadro!

Había ido a una sala vecina, donde había descubierto el dibujo. Una muchacha delgada y bonita, de rasgos suaves y ojos bondadosos, más joven que la del dibujo que tenía Sophie en su despacho, pero indudablemente la misma mujer.

—¿Quién es? —preguntó Sophie conmovida—. ¿Se conoce su nombre? Creo que sé quién la ha dibujado.

Hiko mantuvo la calma.

—Oh, eso también lo sabemos nosotros —dijo con orgullo—. El cuadro es de Brandon Halloran, un paisajista del siglo XIX. Dibujó para distintos naturalistas, entre otros Dieffenbach y Leichhardt, sobre todo en Australia.

Sophie la escuchaba absorta.

—Creo que es un antepasado mío —apuntó—. ¿Y... y la mujer?

—La mujer es Kimi te Whangaroa —informó Hiko—. Era *tohunga makutu*, la última de los moriori. Sobrevivió a la masacre, luego se marchó y en un momento determinado volvió. Animó a nuestros antepasados a que lucharan por su supervivencia. Con métodos pacíficos, desde luego. Agitó a la gente y le recordó sus costumbres y su poder espiritual. Dado que no podía quedarse regaló este dibujo a su pueblo. Siempre la han honrado. Nos dieron el retrato cuando se fundó el Kopinga Marae. Para... para que Kimi vea, por así decirlo, a qué hemos llegado cuando por fin empezamos a rebelarnos. Se dieron muchos pasos atrás, la historia de los moriori nunca fue feliz, pero al final hemos ganado. —Resplandeció—. El Tribunal de Waitangi nos ha devuelto nuestro legado. Rekohu vuelve a pertenecernos y el mundo nos oye cuando hablamos de la paz.

Norman contempló el dibujo.

—Era una mujer muy hermosa —dijo—. ¡Como tú! —Sonrió a Sophie.

Sophie no vio ninguna similitud, pero tal vez había sido la calidez de Kimi, el legado de Kimi, lo que había percibido en el bosquecillo de los árboles kopi.

—Ponía «Kim y Brandon» —recordó de repente—. «Kimi y Brandon.» El paisajista y la *tohunga*. Él grabó ese corazón en la corteza para ella. Debió amarla.

—Claro —observó Norman—. Es bastante seguro que Kimi sea antepasada tuya. Dejó su tribu para ir con Brandon a Australia. Y por lo visto, puedes estar orgullosa de ella...

Oyeron voces en el vestíbulo. Jenna y los otros miembros del grupo de investigadores habían llegado.

Emocionada, Sophie apartó la vista del dibujo de su antepasada.

—Quiero saber más de ella —dijo ensimismada—. De ella y de su... de mi pueblo.

Norman sonrió.

—Por eso estás aquí. Estoy impaciente por ver esas cuevas. Pero ahora me gustaría beber un café.

Sophie frunció el ceño.

—¿Acabamos de comprobar que desciendo de la última hechicera de estas islas y a ti no se te ocurre otra cosa que querer beber un café? ¿Dónde está tu famosa espiritualidad?

—¿Acaso no hemos venido a esta isla para descubrir la tuya? —se burló él—. A lo mejor mañana llevamos unas ofrendas a las cuevas... A los espíritus seguro que les gusta...

—¡Café! —les gritó Jenna cuando dejaron las salas de exposición y se dirigieron a la sala del seminario en el que una colaboradora del centro acababa de servir unas tazas de café y pastas—. Hay café y cruasanes. —Lanzó una mirada inquisitiva a Sophie y Norman. Por lo visto, mostraban un aspecto muy alterado—. Se diría que necesitáis tomar algo. ¿Qué es lo que os ha ocurrido?

Mientras Sophie contaba lo sucedido, Norman se despidió no sin antes tomar un par de sorbos de café.

—Aquí no puedo ayudaros en nada —señaló, mirando al grupo de investigadores que diligentemente abrían sus ordenadores y colocaban papeles sobre la mesa para planificar los siguientes días.

Sophie le lanzó un beso con la mano y se puso a trabajar.

Por la tarde fue a visitar el bosquecillo de los kopi con los demás y... se sonrojó cuando volvió a encontrar el *Grass Tree*. Debajo del corazón que Brandon había grabado para Kimi en la corteza, descubrió un nuevo dibujo. Dos felices monigotes caminaban hacia el sol y debajo estaban sus nombres.

PARA SIEMPRE – SOPHIE Y NORMAN

Posfacio

La invasión de los poblados maoríes en las islas Chatham y la posterior esclavización de sus habitantes pertenece a uno de los capítulos más oscuros de la historia de Nueva Zelanda. No se oye hablar mucho de este tema, lo que no resulta extraño. Es una historia sumamente comprometedora para los maoríes, que disfrutan en general de la reputación de ser pacíficos y colaboradores frente a otros pueblos. También la población blanca de las Chatham, así como los tribunales de Nueva Zelanda, fallaron. Los moriori tuvieron que experimentar que su tribu casi fuese aniquilada sin que sus conciudadanos blancos movieran ni un solo dedo por ellos. Además, el Native Court, al que por fin apelaron en el decenio de 1860 para proteger sus derechos, concedió sus tierras a los invasores. Los jueces justificaron la sentencia basándose en que los maoríes se habían apropiado legalmente de ella siguiendo sus costumbres ancestrales. Habló en contra de los moriori el hecho de que ni hubiesen intentado defenderse ni que más tarde hicieran valer sus derechos. Nadie se interesó por sus propias y ancestrales costumbres, como la estricta adhesión a la ley de Nunuku.

Hasta 1994 no se produjo otro avance más de los moriori en el Tribunal de Waitangi, una jurisdicción neozelandesa que debe proteger los derechos de los nativos. Los moriori acusaron a la Corona de que no los defendiera y no representara sus intereses después de que las Chatham pasaran a formar parte de Nueva Zelanda. Argumentaron que el gobierno había actuado así contra la Slavery Abolition Act de 1833. Debería de haber puesto en libertad de manera inmediata a los esclavos moriori.

Los descendientes de los moriori denunciaron las sentencias erróneas del Native Court y exigieron una indemnización. En 2001 por fin se falló en su favor. Desde entonces trabajan con éxito en su rehabilitación. Un pueblo calificado injustamente de primitivo, vago y pérfido ha sido reconocido como mensajero de la paz.

He reproducido la historia de los moriori manteniéndome extremadamente fiel a los hechos. La descripción de sus costumbres, el proceso de la invasión y su drama como esclavos son, desde el punto de vista histórico, correctos, así como las opiniones de testigos de la época como Ernst Dieffenbach y el obispo Selwyn. Pero para poder integrarlo todo en la trama coherente de una novela tuve que hacer algunos arreglos en cuanto a los escenarios y las fechas.

Así pues, la invasión de las Chatham tuvo lugar, en efecto, en noviembre de 1835. Sin embargo, los cinco hombres de la misión de Goßner, en quienes se inspiran David y sus correligionarios, no llegaron a la isla Chatham hasta 1843 y no como en mi libro, en 1840, el año del Tratado de Waitangi. Tampoco construyeron el edificio de la misión en Whagaroa, sino que entraron en la isla Chatham por el este, por Point Manning. Las enfermeras que les fueron enviadas como potenciales esposas llegaron en 1846. Como se cuenta en la novela, las mujeres recibieron su formación en el hospital fundado por el pastor Goßner bajo los auspicios de Isabel de Prusia. Aunque la inauguración del hospital con el nombre de la reina no se realizó hasta 1847. Antes los enfermos se atendían en viviendas alquiladas para ese fin.

Las tres jóvenes mujeres encontraron pareja entre los misioneros en la isla Chatham, pero solo se mantuvo un matrimonio: Heinrich Baucke y su esposa, modelo esta de mi Wilma. También ella fundó una escuela y apoyó activamente a su marido en la misión. Los otros misioneros dejaron la isla al cabo de unos pocos años, sin duda por los mismos motivos que los personajes de mi novela. He descrito la historia de la misión de Goßner con bastante autenticidad. Los maoríes explotaron a esos hombres y pese al impresionante número de bautizados fueron pocos los maoríes y moriori conversos.

Ernst Dieffenbach visitó las Chatham en 1840, lo que, lamentablemente, no encajaba en mi historia. De ahí que haya adelantado su visita y que haya podido aludir a sus conocimientos sobre los moriori en la novela. Encontró a los esclavos en unas condiciones pésimas, desnutridos, con las espaldas cubiertas de úlceras. Además, certificó que tenían problemas en las articulaciones y los pulmones.

El obispo Selwyn, que inspeccionó las Chatham en 1848, lamentó mucho el estado de los moriori. He adelantado su estancia para hacer posible que Ruth hablara con él respecto al traslado de su marido.

Lo que resultó sumamente difícil fue localizar los distintos poblados de los moriori y hacer así una descripción geográfica exacta de la invasión. Si bien los movimientos de los maoríes en la isla Chatham están documentados, Michael King los enumera en su libro *Moriori, a People Rediscovered* (publicado por Penguin Books, Auckland, 2000, aunque hoy solo se encuentra en libro electrónico), no encontré en internet ningún mapa con los escenarios de la invasión que allí se mencionan, al menos con sus nombres en el idioma moriori. La mayoría de los mapas de las Chatham se limitan a dar los nombres en inglés de los lugares, que King, a su vez, no menciona. A pesar de todos los esfuerzos en pro de la autenticidad es posible que me haya equivocado en relación con los nombres de las tribus maoríes cuyos miembros se apropiaron de distintas partes de las Chatham. De todos modos, tampoco encuentro que sea tan importante que los representantes de los ngati mutunga o los ngati tama hicieran estragos por el norte o por el este de la isla. En todo caso, es sumamente improbable que lo hicieran bajo las órdenes o con el beneplácito de los ancianos. Hay muchos datos que indican que los invasores de las Chatham eran más bien miembros aislados o proscritos de distintas tribus de la Isla Norte.

Nadie sabe cómo esos novecientos maoríes —la mayor parte jóvenes y varones— fueron a parar a Port Nicholson. Lo único que se sabe es que se reunieron allí y planearon la invasión de las Chatham. En mi historia parto de la suposición de que ya en sus áreas tribales de origen, en la región de Taranaki, habían llamado la atención por su comportamiento poco social y por eso habían tenido que marcharse. Pero no hay documentación al respecto; tampoco se produjo el altercado entre mi ficticio Anewa y los jefes tribales del norte en las negociaciones previas al Tratado de Waitangi. Los maoríes de la isla Chatham no enviaron a ningún jefe al encuentro, lo que refleja un indicio de que se trataba de aventureros aislados y no de una tribu con una estructura tradicional.

Ernst Dieffenbach tampoco acudió a la reunión de Waitangi, aunque esta fue documentada por diversos dibujantes. Tampoco mis datos sobre la misión de Te Waimate son correctos del todo. Aunque la descripción del concepto de la misión y la vida allí sí son auténticos, y también la función que desempeñaron los misioneros en los tumultos de la Flagstaff War. También es cierto que la misión pertenecía oficialmente al asentamiento de Kororareka. Pero no se encontraba en el interior de la actual Russell, como sugiere mi novela, sino al oeste de Paihia, que entonces tampoco tenía importancia como lugar. Para que Ruth pudiera ir cada día a trabajar a Kororareka, me limité a desplazarla.

Te Waimate sigue apareciendo en los mapas de Nueva Zelanda y puede visitarse: <https://www.heritage.org.nz/places/places-to-visit/northland-region/te-waimate-mission>.

He descrito con la mayor autenticidad posible las costumbres y leyes de los moriori, pero algunas cosas no se han llegado a comprobar. Por ejemplo, nadie sabe qué significaban realmente los famosos grabados en los árboles, ni tampoco qué función desempeñaban. A partir de unos pocos indicios, asumo en este libro que se realizaron en el marco del culto a los ancestros. Lo que es seguro es que cuando un moriori nacía, se plantaba un árbol, tal vez para que acogiera su espíritu cuando muriese. Corrobora esta hipótesis que el último grabado documentado fue realizado por un hombre que poco antes había perdido a su familia. Se supone que quería recordarla de este modo. No obstante, no es algo seguro al cien por cien, a lo mejor los grabados y las pinturas rupestres se hicieron por razones bien distintas.

El Kopinga Marae se puede visitar, en efecto, en la isla Chatham y, como se describe, se encuentra cerca del aeropuerto. Sin embargo, no está cerca de Whangaroa, donde he situado la historia en gran parte ficticia de Kimi. El asentamiento moriori de Whangaroa posiblemente se encontrara en los alrededores de lo que hoy es Port Hutt. Los árboles kopi y las famosas tallas de los moriori tampoco se encuentran cerca del Kopinga Marae ni de Port Hutt. Solo pueden verse en un parque nacional, el J. M. Barker National Historic Reserve, al oeste de la isla Chatham. Esto no quiere decir, por supuesto, que en los tiempos de Kimi no pudiera haberlos también en el bosquecillo de Whangaroa. En el curso de la explotación agrícola de la isla, se talaron muchos árboles en las Chatham. También el envejecimiento natural de los árboles, así como el ramoneo de los animales y el vandalismo —a los visitantes de las Chatham no se les ocurrió otra cosa que desprender las cortezas con las figurillas talladas y llevárselas como souvenir— han dañado la población de árboles. A estas alturas, solo quedan unos ochenta árboles con dendroglifos en la isla Chatham.

Junto con la invasión de las Chatham, la llamada Flagstaff War constituye el trasfondo de mi historia. Aquí no he cambiado nada con relación al tiempo, y el comportamiento de los jefes tribales por un lado y de los comandantes británicos por el otro también está plasmado de la manera más precisa posible. Asimismo, sus estrategias, los modos de construcción del *pa* y todos los demás procesos bélicos. Es cierto que hirieron a Hone Heke en la batalla de Te Ahuahu, pero no secuestraron a ninguna enfermera para cuidarlo.

De hecho, en la época en que está ambientada la novela todavía no había oficialmente enfermeras en las tropas británicas. Pero no puedo imaginarme que los pocos médicos de una guarnición tan pequeña y aislada como la de Nueva Zelanda hubieran renunciado a colaborar con una experta como Ruth.

No obstante, debo admitir que he cometido un flagrante error en la reproducción de los hechos históricos relativos a Cooper y al ejército británico. En mi novela, Cooper deja el ejército al final de su período de servicio; cuando escribí la historia asumí que era posible un compromiso temporal de siete años. Pero de hecho, esta norma se había abolido en 1829. En los tiempos de Cooper, uno se comprometía con el ejército británico para toda su vida o por veinte años, lo que la mayoría de las veces equivalía a lo mismo. Mi lectora de pruebas Klara Decker me lo señaló amablemente y, por supuesto, habría sido posible cambiar la historia haciendo, por ejemplo, que Cooper recibiera una nueva herida y no quedara apto para el servicio. Pero en el contexto de la trama de la novela, eso no habría desempeñado una función, así que me abstuve de hacerlo sin más.

Ruth y sus compañeras de armas siguen el modelo de las auxiliares de la misión de Goßner, pero por lo demás son personalidades puramente ficticias. Esto se aplica también a Kimi y Brandon. No existe ningún retrato de la última *tohunga makutu* de los moriori expuesto en el Kopinga Marae de la isla Chatham. Sin embargo, el *karanga* se lanza de nuevo en Rekohu. Betty Urutahi honró de ese modo al último moriori de pura cepa, Tame Horomona Rehe, durante su última visita a Waitangi en diciembre de 1931.

Tame Horomona Rehe, conocido como Tommy Solomon, gozaba de un gran respeto entre su pueblo. Murió el 19 de marzo de 1933.

Agradecimientos

Al principio de cada libro hay una idea brillante y, en el caso de esta historia, fue determinante la propuesta de mi editora Melanie Blank-Schröder. A través de un documental se enteró del destino de los moriori y me lo hizo saber. ¡Muchas gracias! Gracias también a mi correctora Margit von Cossart, que comprueba meticulosamente todos los datos sobre la historia y geografía de Nueva Zelanda. A ella se debe en gran parte que mis novelas de Nueva Zelanda no solo pertenezcan al género Landscape, sino que también puedan leerse como novelas históricas bien documentadas.

Muchas gracias a las lectoras de pruebas, quienes aportan en parte unos conocimientos extraordinarios, como los períodos de servicio en el Royal Army en el siglo XIX. Y, por descontado, merecen mi agradecimiento todos los que han contribuido a que este libro llegue a las librerías, desde los tipógrafos hasta el diseñador de la cubierta. También para ellos mi especial agradecimiento.

Me alegra además especialmente que mis libros también tengan mucho éxito en otros países, sobre todo en mi país de adopción, España. De ello tengo que dar las gracias no solo a mi hacedor de milagros, mi agente Bastian Schlück, sino también, en particular, a Christian

Stüwe del departamento de licencias de la editorial Lübbe. Debo mencionar, asimismo, a muchos empleados de la editorial española Penguin Random House. Su apoyo en las distintas ferias y festivales literarios, a los que no dejan de invitarme, es simplemente fantástico.

Por último, pero no por ello menos importante, deseo agradecer a los libreros de todo el mundo que recomiendan mis libros y, por supuesto, a las fieles lectoras y lectores que siempre me siguen de buen grado a Nueva Zelanda.